VIVIEN

DER CLUB DER ZEITREISENDEN 11

JULIA STIRLING

INHALT

DIE ZEITREISENDEN - EINE ÜBERSICHT

Immer wieder werde ich um eine Übersicht gebeten, wer wer ist bei Der Club der Zeitreisenden. Hier ist sie jetzt.

Wichtig: Ich habe versucht, nicht zu viel über die Geschichten der einzelnen Frauen zu verraten, aber ein wenig kann man doch zwischen den Zeilen herauslesen. Vor allem natürlich, wer der Mann ist, der für diese Frau bestimmt ist.

Wenn Du die anderen Bücher von Der Club der Zeitreisenden noch nicht kennst, dann kannst Du Dir überlegen, ob Du diesen Abschnitt liest oder ob Du ihn lieber später durchlesen möchtest oder nur zum Zurückblättern nutzt, wenn etwas unklar ist.

Zur Übersicht: Der Club der Zeitreisenden besteht bisher aus 11 Büchern. Diese sind in drei Teile unterteilt - oder Staffeln. Diese Teile sind nach den Burgen benannt, in denen die Geschichten hauptsächlich spielen. **Teil 1 ist Dundarg, Teil Eriness und Teil 3 Kintallan.**

Jedes Buch ist in sich abgeschlossen und kann auch getrennt von den anderen gelesen werden, aber das Lesevergnügen ist größer, wenn man sie in der richtigen Reihenfolge liest.

Teil 1: Der Club der Zeitreisenden von Dundarg besteht aus Jenna, Allison, Lauren, Caitrin und Janet.

Teil 2: Der Club der Zeitreisenden von Eriness besteht aus Maira, Tavia, Leana und Blaire.

Teil 3: Der Club der Zeitreisenden von Kintallan besteht aus Brynne, und Vivien - und auch Isla und Holly werden noch Bücher bekommen. Diese sind aber erst in Planung.

Hier kommt nun das Who is Who von Der Club der Zeitreisenden. Ich beginne mit Teil 3, da dies für das Buch Vivien wichtiger ist.

TEIL 3: DER CLUB DER ZEITREISENDEN VON KINTALLAN - BRYNNE UND VIVIEN - UND SPÄTER ISLA UND HOLLY

TEIL 3 - DER CLUB DER ZEITREISENDEN VON KINTALLAN

Brynne Mackenzie, kommt als Locationscout nach Kintallan Castle, ein Burghotel in den schottischen Highlands. Dort lernt sie **Isla, Vivien** und **Holly** kennen, die dort arbeiten. Sie reist in die Vergangenheit und lernt dort einen sehr besonderen Mann kennen, für den das Hirschtattoo auf ihrem Handgelenk eine Bedeutung hat.

Vivien Munro, Mutter eines 13-jährigen Sohnes namens **Callum**. Sie ist Falknerin auf der Burg Kintallan.

Isla MacLeod, arbeitet an der Rezeption vom Hotel auf Kintallan Castle. Sie ist in Kintallan aufgewachsen und kümmert sich um ihre Mutter.

Holly Reed, ist bereits aus dem Buch Maira bekannt. Sie galt als vermisst, bis sie plötzlich im Haunted Café von **Maira Thomson (später Cameron)** aufgetaucht ist und damit die Polizei auf den Plan rief. Sie ist mit **Blaire Thomson (später Macdonald)** befreundet.

TEIL 2: DER CLUB DER ZEITREISENDEN VON ERINESS - MAIRA, TAVIA, LEANA UND BLAIRE

TEIL 2 - DER CLUB DER ZEITREISENDEN VON ERINESS

Maira Cameron, geborene Thomson – war Besitzerin des Haunted Café in Achnagary und kennt Zeitreisen seit sie 16 ist. Sie reist in das Jahr 1592 zurück mit dem kleinen Stein aus dem Haunted Café.

Sie ist verheiratet mit **Duncan Cameron**, mittlerweile Chief der Camerons von Strone, und gemeinsam haben sie einen Sohn namens **Danny**. Duncans Sohn **Ranald** aus erster Ehe lebt ebenfalls bei ihnen auf der Burg Eriness.

Blaire Macdonald, geborene Thomson – Zwillingsschwester von Maira und erfahrene Zeitreisende. Kann ebenfalls in das Jahr

1592 zurückgehen, genau wie ihre Schwester. Gemeinsam haben sie den Stein gefunden, als sie 16 Jahre alt waren.

Sie lebt dort bereits seit ihrem 20. Lebensjahr und arbeitet als Heilerin.

Sie ist mit **Iain Macdonald** verheiratet, den sie aber noch nie gesehen hat, da ihre Ehezeremonie eine Statthalterehe war. Diese musste sie eingehen, um sich unter den Schutz des Clans zu stellen, da man sie bezichtigte eine Hexe zu sein.

Sie lebt bei ihrem Schwager **Allan Macdonald**, dem Chief der Macdonalds, auf Finleven Castle.

Leana Macvail, früher Murphy – sie ist die Cousine von Blaire und Maira und hat erst vor rund einem Jahr von den Zeitreisen erfahren. Sie reist ebenfalls ins Jahr 1592. Vor ein paar Jahren hat sie ihren Mann Marc in einem tragischen Unfall verloren. Sie ist verheiratet mit **Gawayn Macvail** und lebt mit ihm bei seinem Clan im Glen Clachaig. Dort ist auch seine Mutter **Giselle**, ebenfalls eine Zeitreisende.

Tavia Cameron, geborene Anderson – auch sie reist in das Jahr 1592 zurück mit dem kleinen Stein aus dem Haunted Café in Achnagary. In ihrem Job als Polizistin hat Tavia versucht das Verschwinden von Blaire aufzudecken und dabei festgestellt, über welche Kräfte der Stein und auch sie selbst verfügt. Sie ist verheiratet mit **Niall Cameron**, dem Bruder von Duncan. Sie leben ebenfalls auf der Burg Eriness.

TEIL 1: DER CLUB DER ZEITREISENDEN VON DUNDARG - JENNA, ALLISON, LAUREN, CAITRIN UND JANET

TEIL 1 - DER CLUB DER ZEITREISENDEN VON DUNDARG

Jenna Mackenzie, geborene Campbell – Torhüterin des Steins von Dundarg und kann von allein nicht reisen. Sie ist verheiratet mit **Evan Mackenzie**, einem der wenigen Männer, der durch die Zeit reisen kann. Er wurde im Jahr 1711 in der Kolonie geboren, die heute als North Carolina bekannt ist und ist im 18. Jahrhundert und am Ende des 20. Jahrhunderts aufgewachsen.

Gemeinsam suchen sie nach weiteren Toren, die in die Vergangenheit führen und außerdem nach **Janet**, Evans Zwillingsschwester, und seiner Mutter, die beide in der Vergangenheit verschwunden sind, weil das Tor in North Carolina zerstört wurde, während sie sich gerade in der Vergangenheit befanden.

Jenna ist Ingenieurin und Evan Arzt.

Allison Macgilvie, geborene Grant – reist ins Jahr 1591 zurück. Sie ist verheiratet mit **Cailean Macgilvie**. Früher hat sie als Journalistin gearbeitet und ist unerschrocken und voller Tatkraft. Sie lebt in der Nähe der Burg Dundarg.

Lauren Bryden, geborene Forrester – reist ins Jahr 1815 zurück. Sie ist verheiratet mit **Robert Bryden**, einem Maler. Sie leben abwechselnd in London und in Kinloch Castle.

Caitrin Maclean – reist zurück ins Jahr 1789. Sie kann bereits seit ihrer Kindheit reisen. Ihre Großmutter war die Torhüterin des Steins von Dundarg und sie hat diese Aufgabe übernommen und alle Zeitreisenden mit Kleidung, Medikamenten und Lebensmitteln versorgt. Sie ist verheiratet mit **Finlay Maclean**, den sie schon seit ihrer Jugend liebt. Sie leben zusammen in Beldourie in der Nähe von Inverness.

———

Ich wünsche Dir viel Freude beim Lesen von Vivien!

Es war ein Gespräch, das Vivien eigentlich nie mit ihrem Sohn hatte führen wollen. Zumindest nicht im Alter von dreizehn Jahren.

»Dein Vater ist aus dem Gefängnis entlassen worden.«

Callum, der auf dem Tisch vor den Vogelvolieren saß, hörte auf, mit den Beinen zu baumeln. »Jetzt schon? Er hatte doch noch ein paar Jahre.«

Vivien nickte. »Das dachte ich. Aber anscheinend hat er sich so vorbildlich benommen, dass man ihn früher entlassen hat.« Und leider hatte man ihr das erst mitgeteilt, als er schon auf freiem Fuß war.

Callum nickte nachdenklich. »Okay.«

Vivien setzte den Falken in den Käfig zurück und wandte sich zu ihrem Sohn um. »Ich verspreche dir, dass du dir keine Sorgen machen musst. Ich werde nicht zulassen, dass Jeff auch nur in deine Nähe kommt.« Sie wusste zwar nicht genau, wie sie dieses Versprechen halten sollte, aber sie würde alles daransetzen. Denn für ihren Sohn würde sie Himmel und Hölle in Bewegung setzen. Das hatte sie schon immer getan.

Callum zog eine Grimasse und schaute auf seine Turnschuhe.

Der Falke gab einen ärgerlichen Laut von sich. Vivien seufzte und strich dem Vogel über den Rücken. »Ich weiß, ich würde jetzt auch viel lieber über den Highlands kreisen.« Aber leider mussten sie sich alle der Realität hier auf dem Boden stellen.

»Mum?«

Vivien wich dem forschenden Blick ihres Sohnes aus, als sie den Falknerhandschuh wieder an den Haken hängte. Aber wie immer nützte es nichts. Callum kannte sie zu gut und war viel zu erwachsen für seine dreizehn Jahre.

»Du machst dir selbst aber auch Sorgen wegen meines Vaters.« Es war nicht einmal eine Frage, sondern nur eine Feststellung.

Wie immer, wenn Callum Jeff nicht Dad nannte, sondern als *mein Vater* bezeichnete, war Vivien ein wenig erleichtert. Zwischen den beiden bestand kein Band mehr.

Da es keinen Zweck hatte, zu leugnen, nickte sie. »Ich hätte nicht gedacht, dass sie ihn vorzeitig aus dem Gefängnis entlassen.«

Callum zog eine Grimasse. »Glaubst du, dass er hierherkommen wird? Er weiß doch gar nicht, wo wir sind.«

Vivien zog es vor, darauf nicht zu antworten, aber sie wusste, dass es nur eine Frage der Zeit war, bis Jeff herausfand, wo sie sich aufhielten. Es gab in Schottland und England nicht sehr viele Falknerinnen und leider hatte die Hotelleitung darauf bestanden, dass man Fotos von ihr mit den Vögeln auf der Website des Kintallan Burghotels posten durfte. Sonst hätte sie den Job nicht bekommen.

Es würde überhaupt kein Problem für Jeff werden, sie zu finden. Wenn er nicht sogar schon auf dem Weg zu ihnen war.

Nachdenklich schaute sie ihren Sohn an. Er war zwar schon ein Teenager, aber im Grunde war er immer noch ein Kind. Und auch wenn er selbst anderer Meinung war, so war er doch auch immer noch verletzlich. Vor allem wenn jemand, der so manipulativ war wie Jeff, es sich in den Kopf gesetzt hatte, ihn für seine

Spielchen einzusetzen. Vivien wusste, dass sie sich etwas einfallen lassen musste.

Dieses Mal würde sie nicht davonlaufen. Sie wusste, dass sie so einen Job wie diesen nie wieder bekommen würde. Hier hatte sie alle Freiheiten mit den Vögeln, da sie die Station leitete, und sie konnte sie so einsetzen, wie es für die Tiere am besten war, indem sie mit ihnen zur Jagd ging. Sie hatte es sogar geschafft, sich eine Vertretung zu organisieren. Ein älterer Mann, der ein erfahrener Falkner war und der ihr half, wenn Not am Mann war. Somit war es ihr in diesem Jahr möglich, einen Sommerurlaub mit Callum zu planen. Wo hatte man so etwas schon?

Und das Allerwichtigste war: Callum liebte Kintallan Castle und fühlte sich wohl hier. Das wollte sie ihm nicht wegnehmen.

Zumindest war sie froh, dass sie die Scheidung durchgekriegt hatte, während Jeff im Gefängnis gewesen war. Nur Callum verband sie jetzt noch, aber da sie das alleinige Sorgerecht hatte, konnte Jeff zumindest rechtlich nicht an ihn herankommen. Doch das interessierte ihren Ex-Mann vermutlich herzlich wenig.

Wie so oft war es, als ob Callum ihre Gedanken gelesen hätte. »Wie gut, dass du Timothy über den Winter eingearbeitet hast. Wenn wir jetzt aufbrechen müssen, kann er sich um die Vögel kümmern. Er wird gut zu ihnen sein.« Sein Blick war kummervoll. »Sie werden mir trotzdem fehlen.« Er zögerte. »Können wir nicht ein paar mitnehmen? Schließlich sind sie auf dich geprägt.«

Vivien schüttelte den Kopf. »So weit ist es noch lange nicht. Bisher habe ich nichts von Jeff gehört.«

»Und was ist, wenn er einfach hier auftaucht?«

Vivien wuschelte ihrem Sohn durch die Haare, was er mit einer Grimasse beantwortete und sich die Haare gleich wieder glatt strich. »Dann werde ich dafür sorgen, dass das Gericht ein Kontaktverbot ausspricht und er sich dem Gelände des Hotels nicht mehr nähern darf.«

Sie tauschten einen Blick, weil selbst Callum wusste, dass Jeff sich vermutlich nicht daran halten würde.

Vivien seufzte und schloss den Schrank mit den Handschuhen und Schnüren. »Wir beide wussten schon immer, wie wir uns wehren. Daran hat sich nichts geändert. Und solange wir zusammenhalten, kann uns nichts passieren. Ich passe auf dich auf und du auf mich.«

Callums Blick wurde weich. »Genau so ist es.« Er grinste. »Ritterehrenwort.«

Vivien musste lachen. Als Callum noch klein gewesen war, hatte er Ritter über alles geliebt, und wenn ihm etwas besonders wichtig gewesen war, hatte er ihr sein Ritterehrenwort gegeben. Das hatte sie schon lange nicht mehr von ihm gehört.

Sie legte sich eine Hand aufs Herz und machte einen kleinen Knicks. »Solange ich meinen heldenhaften Ritter an meiner Seite habe, kann nichts geschehen.«

Wieder tauschten sie diesen verschwörerischen Blick, den Vivien so liebte. Auch wenn sie Jeff so sehr hasste, wie sie noch nie einen Menschen gehasst hatte, bereute sie nicht, sich mit ihm eingelassen zu haben, denn sonst hätte sie Callum nicht. Und sie wusste nicht, was sie ohne ihren Sohn machen würde. Sie brauchte ihn genauso wie ihre Arbeit mit den Vögeln, die ihre Seelenverwandten waren.

Sie trat zu ihm und nahm ihn fest in den Arm. »Ist alles okay? Willst du noch darüber sprechen?«

Callum erwiderte die Umarmung und sie konnte fühlen, wie er nachdachte. Dann schüttelte er den Kopf. »Nein. Mehr Infos brauche ich nicht. Wenn ich reden will, melde ich mich. Aber ich werde die Augen offen halten.«

Vivien atmete tief durch und küsste ihn auf die Haare. »Ich auch. Du brauchst dir aber wirklich keine Sorgen zu machen.«

»Ich weiß, Mum.« Er bewegte sich unbehaglich und wollte anscheinend losgelassen werden. Sie drückte ihn noch einmal fest an sich, dann trat sie zurück.

Callum sprang vom Tisch und schob die Hände in die Taschen.

Vivien zog ihr Handy aus der Hosentasche. »Ich muss jetzt die

Buchhaltung fertig machen und nachher noch hoch ins Hotel. Holly wollte Isla und mich sprechen.« Sie schluckte. »Ich möchte, dass du mitkommst.«

Jeff hatte ihren Sohn ein Mal entführt. Das würde sie nie wieder zulassen.

Callum jedoch war verständnisvoller, als es einem Dreizehnjährigen zuzutrauen war. »Kein Problem. Aber muss ich bei dem Gespräch dabei sein? Kann ich vielleicht in der Zeit in die Küche?«

Vivien nickte und schaute ihren Sohn von der Seite an. »Klar. Wir reden vermutlich eh nur über Frauensachen. Aber sag mal, du warst in letzter Zeit oft oben. Versorgt Marion dich wieder mit leckeren Sachen oder was zieht dich dorthin?«

Callum zögerte und für einen Moment wirkte es so, als ob er etwas sagen wollte, aber dann lächelte er nur. »So etwas in der Art. Vielleicht erzähle ich es dir demnächst mal.«

»Warum nicht jetzt?«

Wieder zögerte er und sie sah den Zweifel in seiner Miene. Sie stieß ihn mit dem Ellenbogen an. »Lass dich von mir nicht ärgern. Du musst mir nicht alles erzählen, was du so treibst.« Obwohl sie es sich manchmal wünschte. Als er klein gewesen war, hatte sie alles über seinen Tag gewusst. Doch das hatte sich deutlich verändert. Aber sie war sich sicher, dass sie die wichtigsten Dinge immer noch mitbekam.

Erleichtert lächelte er. »Genau, ein Mann muss auch mal Geheimnisse haben.«

Das brachte Vivien zum Lachen. »Wann bist du eigentlich so erwachsen geworden?«

Ihr Sohn zuckte nur mit den Schultern, und wieder war ihr, als ob er darüber nachdächte, ihr etwas zu erzählen. Doch dann fragte er nur: »Soll ich dich zum Cottage bringen? Dann würde ich versuchen, die Vogelkästen für die Burg fertig zu machen, bevor wir hochgehen.«

Obwohl Vivien diesen Weg sehr gut allein gehen konnte, hatte sie überhaupt nichts dagegen. Sie wusste, dass Callum in den nächsten Jahren immer mehr seine eigenen Wege gehen würde, daher genoss sie jeden Augenblick mit ihm.

Der Weg von der Falknerei zum Cottage war nicht weit und Vivien ging mit Absicht langsam. Zum einen stahl sie sich so noch ein bisschen mehr Zeit mit ihrem Sohn und zum anderen hatte sie keine Lust auf die Buchhaltung. Ein kleiner Bonus war, dass man vom Weg aus einen wunderbaren Blick auf die Burg Kintallan hatte.

Das Burghotel war großartig. Trotzdem hatte Vivien sich entschieden, nicht dort oben zu wohnen, so wie einige andere Angestellte. Sie brauchte ihre Ruhe und Raum für sich und die Vögel. Außerdem wollte sie nicht, dass Callum in einem Hotel aufwuchs und womöglich dachte, dass er immer bedient werden würde, denn sie hätten ihre Mahlzeiten im Hotel einnehmen müssen. Dass er in der wirklich guten Hotelküche ständig Leckereien abstaubte, war schon Luxus genug.

Im Cottage zu wohnen und so etwas wie Normalität zu haben, war viel besser. Außerdem konnte sie die Burg jedes Mal sehen, wenn sie in der Küche Geschirr spülte oder morgens aus dem Haus trat.

Kintallan war eine wunderbare Burg. So groß und majestätisch. Vivien liebte es, wenn die Greifvögel darüber kreisten. Es war ein spektakulärer Anblick. Und sie würde alles tun, um hierbleiben zu können. Jeff würde ihr das nicht auch noch nehmen.

»Geht es bei deinem Treffen mit Holly und Isla um die verschwundene Frau?«, riss Callums Stimme sie aus ihren Gedanken. Er stand neben ihr und blickte ebenfalls zur Burg.

Vivien atmete tief durch und nickte. »Ich denke schon. Wir wissen immer noch nicht, was passiert ist.«

Vor wenigen Wochen hatte Brynne Mackenzie ein Zimmer auf Kintallan Castle gebucht, weil sie die Burg als Filmlocation anschauen wollte. An ihrem ersten Abend auf der Burg hatten Isla und Vivien mit ihr ihren Geburtstag gefeiert. Es war ein interessanter Abend gewesen. Brynne war Vivien so vertraut gewesen, wie sie es sonst nur mit wenigen Menschen war. Als ob sie sich schon ewig kennen würden.

Doch in der ersten Nacht, als sie auf der Burg gewesen war, musste etwas geschehen sein, denn Brynne war seitdem verschwunden.

Aus irgendeinem Grund hatte Holly, die hier die Hausdame war, nur ihr und Isla davon berichtet und sie hatten es unter Verschluss gehalten. Niemand sonst wusste darüber Bescheid. Es hatte sich auch niemand gemeldet, der Brynne vermisste. Aber Callum hatte es natürlich trotzdem mitbekommen.

»Und sie war einfach so weg? Ihr Auto ist aber noch da, oder? Und ihre Kleider auch?«

Vivien schaute ihn von der Seite an. Er wirkte aufgeregt und sie ahnte, was er dachte, denn er liebte Rätselgeschichten und war äußerst geschickt darin, sie zu lösen. »Komm nicht auf die Idee, nach ihr zu suchen. Bestimmt taucht sie bald wieder auf.« Oder womöglich würde Holly ihnen mitteilen, dass sie doch langsam die Polizei rufen mussten. Eigentlich war es merkwürdig, dass die Hausdame dies noch nicht getan hatte.

Callum wirkte ein wenig betreten, sagte aber nichts.

Vivien stemmte die Hände in die Hüften und drehte sich zu ihm um. »Callum Julian Munro. Du hast schon nach ihr gesucht, oder?«

Er rückte seine Brille zurecht. »Vielleicht.«

»Was hast du getan?«

Er zögerte einen Moment. »Ich habe mich in ihrem Zimmer umgesehen.«

Erschrocken sog Vivien die Luft ein. »Aber das kannst du doch nicht machen. Was ist, wenn sie dich dort erwischt hätte?«

»Hat sie aber nicht, denn sie ist ja verschwunden. Und wenn sie mich erwischt hätte, wäre sie wieder da, und das wäre doch gut.« Wieder zögerte er so, als ob er noch etwas hinzufügen wollte, aber dann presste er die Lippen zusammen.

Vivien schüttelte den Kopf. Mit dieser Logik hatte ihr Sohn durchaus recht. »Es ist trotzdem nicht richtig. Wenn Holly davon erfährt, kann es sein, dass sie mir kündigt.«

Callum wirkte betreten. »Das wollte ich nicht. Aber sie war gestern nicht da. Sie ist weggefahren.«

Vivien stutzte. »Wirklich? Wohin denn?« Holly, die etwas sonderbare Hausdame, war immer im Hotel. Sie hatte Kintallan noch nie verlassen, seit Vivien hier arbeitete.

Callum hob die Schultern. »Keine Ahnung. Sie wirkte aber sehr hektisch und sie war lange weg. Außerdem hat sie sich das Hotelauto ausgeliehen.«

Es wunderte Vivien überhaupt nicht, dass ihr Sohn so etwas wusste. Er war äußerst aufmerksam. Vielleicht, weil er schon in jungen Jahren gelernt hatte, dass Menschen auch böse Dinge tun konnten.

Langsam ging sie weiter. »Ich möchte trotzdem nicht, dass du so etwas tust. Auch wenn es dir gefällt, Detektiv zu spielen. Es ist nicht unsere Aufgabe.«

»Okay, Mum.« Er senkte den Kopf und sie legte den Arm um seine Schultern und zog ihn kurz an sich.

»Ich bin dir nicht böse und kann dich sogar verstehen. Ich will auch wissen, was mit ihr passiert ist. Wir müssen trotzdem aufpassen, dass wir meinen Job hier nicht gefährden.«

Callum atmete tief durch. »Das will ich auf keinen Fall. Aber es ist so merkwürdig …« Er hielt inne.

»Was war merkwürdig?« Vivien drückte die schmalen Schultern ihres Sohnes. Er war zwar groß, aber sehr schlaksig. Etwas, das er von seinem Vater geerbt hatte. Dabei war er stärker, als er aussah, und vor allem ausdauernd, denn er war jeden Tag viele Stunden mit ihr draußen bei den Vögeln.

Callum zögerte. »Ach nichts.«

Natürlich war da etwas, doch sie wollte ihn nicht drängen. Er würde ihr schon sagen, was los war, wenn er bereit dazu war. Meistens musste er noch eine Weile darüber nachdenken. So war es jedes Mal. Zum Glück wusste ihr Sohn, dass sie immer ein offenes Ohr für ihn hatte.

Im Cottage verschwand Callum in seinem Zimmer und Vivien widmete sich ihrem Schreibtisch.

Nachdem sie sich zwei Stunden mit der Buchhaltung herumgeschlagen hatte – gut, es war nur eine halbe Stunde gewesen, aber es kam ihr wesentlich länger vor und sie hatte stattdessen noch einen neuen Futtermittelzusatz recherchiert – ging sie zusammen mit Callum hinauf zur Burg. Sie war gespannt, was Holly von ihnen wollte.

Sie traten durch den Hintereingang in den Burghof. Dort standen einige Autos, die gerade mit Gepäck beladen wurden. Vivien schaute auf die Uhr. Die Zeit zum Auschecken war gerade vorbei. Vermutlich waren das die letzten Gäste, die abreisten. Isla, die an der Rezeption arbeitete, hatte jetzt also Zeit. Die nächsten Gäste würden erst nach fünfzehn Uhr anreisen.

Wie immer in den letzten Tagen, seit sie von Jeffs Freilassung erfahren hatte, ließ Vivien den Blick aufmerksam über die Menschen im Burghof schweifen. Es würde sie gar nicht wundern, wenn er auf einmal hier auftauchte.

Plötzlich wurde ihre Kehle eng. Ihr war gar nicht bewusst gewesen, was für ein Luxus es gewesen war, als Jeff im Gefängnis gesessen hatte. Nie hatte sie sich Sorgen darüber machen müssen, dass er auf einmal vor ihr stand. Und jetzt schaute sie jeden Mann forschend an, ob er vielleicht ihr Ex-Mann war. Sie wusste ja nicht einmal, wie er heute aussah.

Callum verabschiedete sich und lief zum Kücheneingang. Sie schaute ihm hinterher, bis sich die Tür hinter ihm geschlossen hatte.

Vivien trat in die Lobby und Isla kam zu ihr. »So, ich bin endlich bereit. Heute waren es besonders viele Gäste, die abgereist sind.« Ihre grünen Augen blickten sorgenvoll. »Heute kommt übrigens auch der nächste Gast für Brynnes Zimmer. Ich fürchte, wir müssen ihre Sachen packen und da rausholen. Glaubst du, Holly will darüber mit uns sprechen?«

Gemeinsam gingen sie die Treppe zu Hollys Wohnung hoch.

Vivien hob die Schultern. »Ihre Einladung klang sehr geheimnisvoll. Ich denke eher, dass sie die Polizei rufen will.«

Isla seufzte. »Ich denke auch, dass das eine gute Idee ist. Langsam mache ich mir wirklich Sorgen. Brynne erschien mir gar nicht wie der Typ, der einfach so verschwindet, ohne etwas zu sagen. So wie du oder ich das auch nicht tun würden.«

Schuldbewusst senkte Vivien den Kopf. Isla hatte keine Ahnung, dass Vivien genau das schon zweimal in ihrem Leben getan hatte. Sie war einfach so verschwunden, ohne ihrer Familie oder ihren Freunden Bescheid zu sagen, wohin sie ging. Und das alles wegen Jeff.

Sie fragte sich, ob sie Isla von ihrem Ex-Mann erzählen sollte, denn es konnte durchaus sein, dass Jeff noch mehr Probleme machen würde.

Isla war die beste Freundin, die sie je in ihrem Leben gehabt hatte. Vom ersten Moment an hatten sie sich verstanden, dabei konnte Vivien nicht einmal erklären, was an Isla sie so anzog. Aber es war, als ob sie auf einer Wellenlänge lägen. Bei ihr musste Vivien nie viel erklären, sondern Isla verstand sie einfach.

Möglicherweise würde sie auch ihre Situation mit Jeff verstehen. Aber vielleicht würde sie es Vivien auch übel nehmen, dass sie ihr all die Jahre diesen wichtigen Teil ihrer Geschichte verschwiegen hatte.

Verdammt, es war gar nicht so einfach, Geheimnisse zu haben.

Sie erreichten das obere Stockwerk. Holly stand bereits in der Tür ihrer Wohnung und schaute ihnen entgegen. Wie immer trug sie eines ihrer altertümlichen Kleider. Vivien hatte sie noch nie in anderen Kleidern gesehen und auf einmal fragte sie sich, ob sie etwas anderes getragen hatte, als sie gestern für ein paar Stunden fort gewesen war. Außerhalb der Burg wirkten die Wollkleider doch recht sonderbar.

Sie beschloss, Callum danach zu fragen.

Holly lächelte ihnen entgegen, wirkte aber nervös. Aber vielleicht bildete Vivien sich das auch nur ein.

Isla winkte ihr zu, wandte sich dann aber an Vivien. »Bevor ich es vergesse. Vorhin hat jemand für dich angerufen.«

»Für mich?« Ein ungutes Gefühl machte sich in Viviens Bauch breit, obwohl sie nicht genau wusste, warum.

Isla nickte. »Ja, ein gewisser Jeff Savenger. Er sagte, dass er früher mit dir gearbeitet hat.«

Die Kälte, die sich in Vivien ausbreitete, brachte ihren Atem zum Stocken. Es hatte wahrlich nicht lange gedauert.

»Alles in Ordnung?«, fragte Isla besorgt und griff nach Viviens Unterarm.

Sie schaffte es gerade noch, zu nicken. »Was wollte er?« Ihre Worte klangen gepresst und Isla runzelte die Stirn.

»Dich sprechen, aber das war gerade nicht möglich, weil du bei den Vögeln warst.«

»Hat er was ausrichten lassen?«

»Er will sich wieder melden.«

Vivien schloss die Augen. Typisch Jeff. Er wusste, dass sie von dem Anruf erfahren würde, und es konnte Tage bis Wochen dauern, bis sie wieder von ihm hörte. Weil er wusste, dass sein Anruf ihr Angst machte.

Oh, wie sehr sie ihn hasste.

»Ist alles in Ordnung?«, fragte Isla besorgt.

Vivien öffnete die Augen. »Alles okay.«

»Wer ist der Kerl?«

»Nicht wichtig. Wir haben tatsächlich früher zusammengearbeitet.«

»Aber?«

»Nichts aber. Es ist lange her.«

Isla schien nicht überzeugt. »Soll ich ihn abwimmeln, wenn er sich wieder meldet?«

Für einen kurzen Moment war Vivien versucht, sie genau darum zu bitten. Aber Jeff würde sich nicht abwimmeln lassen. Nicht für immer. Sie würde sich selbst um eine Lösung kümmern müssen. Dafür hatte sie jetzt noch ein paar Tage Zeit, bis er sich wieder meldete.

»Nein, sag ihm, dass ich ihn zurückrufe.«

Sie würde sich etwas einfallen lassen.

2

Als sie in Hollys Wohnung traten, fiel es Vivien immer noch schwer, zu atmen. Sie konnte auch nicht klar denken. Jeff würde hierherkommen, das fühlte sie.

Undeutlich nahm sie wahr, wie Isla zu Holly sagte: »Warum bist du so nervös? Stimmt was nicht? Hat die Polizei sich wegen Brynne gemeldet?«

Vivien zwang sich, ihre Aufmerksamkeit den beiden anderen Frauen zuzuwenden. Jetzt konnte sie sowieso nichts anderes tun, als zu warten.

Und nun, da sie Holly anschaute, bemerkte sie, dass diese wirklich blass war. Sie knetete ihre Hände.

»Ist etwas auf deinem Ausflug passiert?«, fragte Vivien. Holly war sonst immer diejenige, die so ruhig und gefasst war.

Holly atmete tief durch. Ihre Wollröcke strichen mit einem leisen Rascheln um die Ecke des Sofas, als sie in die Küche ging. »Ich muss etwas mit euch besprechen«, sagte sie über die Schulter.

»Das hört sich aber ernst an«, sagte Isla und warf Vivien einen Blick zu.

Holly kehrte mit dem Teetablett in den Händen zurück, nickte knapp und starrte einen Moment auf die Teekanne. »Ich habe die Zitrone vergessen. Verzeiht.«

Sie stellte das Tablett ab und eilte wieder in die Küche.

»Weißt du, was mit ihr los ist?«, fragte Isla im Flüsterton.

Vivien schüttelte den Kopf.

»Glaubst du, dass sie vorhat zu kündigen?« Isla sah besorgt aus.

»Wie kommst du denn darauf, dass sie kündigen will?« Für Vivien machte Holly nicht den Eindruck, als ob ihr eine Kündigung Sorgen bereiten würde.

Isla hob die Schultern und setzte sich aufs Sofa. »Ich weiß nicht. Vielleicht ist das auch nur meine Sorge, weil mich das mit Brynne so durcheinandergebracht hat. Wenn jemandem etwas zustößt, ist dies ja schon schlimm genug. Aber wenn jemand einfach verschwindet und man nicht weiß, was passiert ist, finde ich es furchtbar. Ich konnte die ganzen letzten Nächte nicht schlafen.«

Vivien atmete tief durch und setzte sich ebenfalls. Die Sache mit Brynne bereitete ihr zwar auch Sorgen, aber noch schlief sie gut. Doch sie wusste, dass das mit Jeff ihr ab jetzt den Schlaf rauben würde. Bisher hatte sie sich hier immer so sicher gefühlt, aber das war jetzt anders. Denn er wusste, wo sie und Callum waren.

Sie setzte sich aufrechter hin, als sie an die Nächte in dem kleinen Cottage dachte. Wenn Jeff sie nachts dort überfiel, würde es niemand mitbekommen. Vielleicht sollten sie ab jetzt doch in der Burg übernachten. Ob Holly bereit war, ihnen eines der Dienstzimmer für eine Zeit zu überlassen?

Isla schüttelte den Kopf. »Ich sehe schon Gespenster. Auch bei diesem Typen, der eben für dich angerufen hat, hatte ich ein ganz merkwürdiges Gefühl.«

Vivien erstarrte. »Wie meinst du das?«

Isla hob die Schultern. »Ich weiß auch nicht. Er war zu nett. So serienmördermäßig nett.«

Vivien starrte sie einfach nur an und bemühte sich zu atmen. Doch es fiel ihr schwer.

Isla legte den Kopf schief. »Vivien«, sagte sie leise, »du musst jetzt einen Witz darüber machen, der mich beruhigt. Oder zumindest sagen, dass dieser Jeff definitiv kein Serienmörder ist, sondern ein netter Herr, mit dem du gern zusammengearbeitet hast.«

Vivien wusste, dass Isla recht hatte. In der Vergangenheit hätte sie an dieser Stelle einen Witz gemacht, doch sie konnte nicht. Aber sie wollte ihre Freundin auch nicht beunruhigen. Dumm nur, dass die sie zu gut kannte und anscheinend wahrnahm, dass Vivien sich Sorgen machte.

»Was kannst du mir noch über ihn erzählen? Weißt du, von wo aus er angerufen hat?«, fragte sie stattdessen, weil sie nicht viel Zeit hatte, bevor Holly wieder aus der Küche kam.

Isla runzelte die Stirn. »Vivien, wer ist der Typ?«

Sie zögerte einen Moment und dann sagte sie es doch. »Callums Vater.«

Isla zog die Augenbrauen hoch. »Das ist nicht gut, oder?«

Vivien hatte ihrer Freundin noch nie etwas über Jeff erzählt, aber gerade diese Tatsache schien Beweis genug für Isla zu sein, dass hier etwas nicht stimmte.

Doch jetzt stand Holly wieder neben ihnen und Vivien wünschte sich auf einmal, dass sie irgendwo anders sein könnte als in dieser Besprechung. Sie tauschte einen Blick mit Isla und schüttelte schnell den Kopf. Später, wollte sie ihr damit sagen, aber Isla verstand etwas anderes. Sie wurde blass und sagte leise: »Oh nein.«

Holly stellte vor jede von ihnen eine Teetasse. »Was ist los?«, fragte sie.

»Nichts«, sagten beide wie aus einem Mund und Isla fügte hinzu: »Wir fragen uns nur, warum du mit uns sprechen wolltest. Ist es etwas Ernstes? Ehrlich gesagt machen wir uns Sorgen.«

Vivien atmete erleichtert aus. Sie würde Isla von Jeff erzählen, aber mit Holly war sie nicht so gut befreundet, dass die auch davon erfahren sollte.

Holly hob die Schultern, dann nickte sie und schließlich schüttelte sie den Kopf und knetete ihre Hände. Noch nie hatte Vivien die Hausdame derart unsicher gesehen.

Holly seufzte und setzte sich aufs Sofa. »Ich weiß gar nicht, wo ich anfangen soll. Ich habe dieses Gespräch noch nie geführt.«

Vivien schossen die aberwitzigsten Gedanken durch den Kopf. So etwas sagte man doch, wenn man jemandem seine Liebe gestand oder Schluss machen wollte. Aber Holly war ihre Chefin, das konnte sie definitiv nicht meinen. Und Holly konnte auch keine Kündigung meinen. So etwas würde sie nicht nervös machen, denn sie hatte schon häufiger Leute gefeuert.

Auch Isla sah verwirrt aus. »Was für ein Gespräch meinst du?«

Holly schwieg und kaute auf ihrer Unterlippe.

Isla fragte: »Soll ich uns Tee einschenken?« Ohne eine Antwort abzuwarten, übernahm sie die Aufgabe.

Holly brauchte so lange mit der Antwort, dass das Schweigen fast peinlich wurde. So lange, dass Viviens Gedanken wieder abdrifteten. Sie legte sich eine Hand auf den Bauch, als der Gedanke um ihre Sicherheit im kleinen Cottage erneut in ihren Kopf schoss.

Was sollte sie tun, wenn Jeff sie dort überfiel? Sie hatte zwar ein bisschen was an Selbstverteidigung gelernt, um sich vor Jeff schützen zu können, und in ihrer Nachttischschublade lag eines ihrer größeren Jagdmesser, aber sie wusste, dass sie ihm nichts entgegenzusetzen hatte, wenn er es wirklich darauf anlegte. Das hatte sie noch nie gekonnt. Dafür war er zu abgebrüht und brutal.

Aber sie wusste ja noch nicht einmal, was er wollte. Konnte es sein, dass er sich im Gefängnis geändert hatte?

Doch sie wollte es nicht darauf ankommen lassen. Er hatte genug Chancen gehabt, sie würde ihm keine weitere mehr geben, wenn die Sicherheit ihres Sohnes dabei auf dem Spiel stand.

Oh verdammt, warum hatte er nur entlassen werden müssen?

Viviens Aufmerksamkeit richtete sich wieder auf Holly als diese sich etwas aufrechter hinsetzte. Es schien, als ob sie einen Entschluss gefasst hätte.

»Ich muss mit euch über Brynne sprechen.«

Isla nickte. »Das sagtest du bereits.«

Vivien zwang sich zuzuhören, aber es fiel ihr schwer, weil sie im Kopf die Sicherheitsvorkehrungen im Cottage durchging. Ob sie eine Alarmanlage einbauen konnte? Und würde die überhaupt etwas bringen?

Holly räusperte sich. »Ich fürchte, ich habe euch angelogen. Ich habe zwar gesagt, dass ich nicht weiß, wo sie ist, aber das stimmt nicht.«

Jetzt war Viviens Aufmerksamkeit doch bei ihr. Holly wusste, wo Brynne war?

»Und wo ist sie?«, fragte Isla, als Holly nicht weitersprach.

Die Hausdame nahm einen tiefen Atemzug und spielte mit einem Ring an ihrem Finger. Eine ungebetene Erinnerung brach über Vivien herein. Jeff hatte auch immer mit dem Ehering an seinem Finger gespielt, vor allem um sie daran zu erinnern, dass sie verheiratet waren. Es war fast wie eine Drohung gewesen. Deswegen hatte sie ihren eigenen Ehering immer als einengend empfunden. Schnell wandte sie den Blick ab.

Verdammt, sie musste Jeff aus ihrem Kopf bekommen. Doch es gelang ihr nicht, denn Holly nahm sich schon wieder Zeit mit der Antwort.

Wo Callum wohl gerade war? Immer noch in der Küche? Oder streifte er durchs Hotel?

Auf einmal breitete sich ein Kribbeln in ihrem Bauch aus. Es war wie ein Ziehen, aber nicht, als ob es an ihrem Körper zöge, sondern an etwas anderem. An ihrer Seele?

Dieser Gedanke war vollkommen absurd.

Sie bemühte sich, ruhig zu atmen. War das die Angst, die sich ihrer bemächtigte? Vor Jahren hatte Vivien versucht, die Angst aus ihrem Leben zu vertreiben, weil es ihr nicht half, wenn sie sich vor Jeff fürchtete. Aber dieses Gefühl hier verursachte ihr Unbehagen. Und sie hatte schon früh gelernt, auf ihre Intuition zu vertrauen, wenn es um Jeff ging.

Das Kribbeln wurde stärker und sie legte erneut eine Hand auf den Bauch und atmete tief durch. Da zerrte eindeutig etwas an ihr. Beinahe wurde ihr schlecht von dem Gefühl.

»Was ist mit dir?«, fragte Isla. »Du bist ganz blass. Weißt du auch etwas über Brynnes Verbleib?«

Vivien schüttelte den Kopf. »Nein, keine Ahnung, wo sie ist.« Und eigentlich hatte sie gerade auch andere Probleme.

Auch Holly musterte sie neugierig. »Was ist mit deinem Bauch?«

Vivien atmete tief durch. »Ich weiß es nicht. Er fühlt sich merkwürdig an.«

»Du wirst doch nicht etwa krank?«, fragte Isla mitfühlend.

Holly beugte sich vor. »Was meinst du mit merkwürdig?«

Vivien runzelte die Stirn. »Komisch eben.« Sie würde ganz bestimmt nicht zugeben, dass es sich anfühlte, als ob jemand an ihrer Seele ziehen würde. »Vermutlich sind es nur die schlechten Nachrichten.«

Holly hob die Augenbrauen. »Was für schlechte Nachrichten?«

Vivien biss sich auf die Unterlippe. Ihre Gedanken rasten, während ihr Bauch sich furchtbar anfühlte. Fast ein bisschen wie damals bei der Geburt, kurz bevor die Wehen eingesetzt hatten.

Dann entschied sie, dass es vielleicht sogar besser war, wenn Holly und Isla Bescheid wussten. So konnten sie ebenfalls die Augen offen halten. Sie atmete tief durch. »Callums Vater hat heute hier angerufen, und das, obwohl ich dachte, dass ich ihn noch lange Zeit nicht wiedersehen würde.«

»Hast du Angst vor ihm?«, fragte Holly.

Fast automatisch schüttelte Vivien den Kopf und hob das Kinn ein wenig. »Nein. Ich habe keine Angst. Aber ich will trotzdem nicht, dass er hier auftaucht.« Sie schluckte. »Ich mache mir vor allem Gedanken um Callum. Ich …«

Sie wollte weitersprechen, aber auf einmal schien die Welt stillzustehen und sie konnte nichts mehr sagen. Es war das sonderbarste Gefühl, das Vivien jemals erlebt hatte. Kurz dachte sie, dass sie ohnmächtig werden würde. Doch sie atmete weiter und ihr wurde auch nicht schwarz vor Augen. Aber alles um sie herum kam zum Stillstand und sie sah die gleiche Verwunderung in Islas Augen.

Holly hingegen strahlte Erleichterung aus.

Das alles geschah im Bruchteil einer Sekunde und dann wiederum schien es Stunden zu dauern.

Auf einmal rastete die Welt wieder ein und drehte sich weiter, anders konnte Vivien es nicht nennen.

Isla schnappte nach Luft. »Was war das denn?«

»Du hast es also auch gespürt?«, fragte Vivien.

Ihre Freundin nickte und beide schauten zu Holly. Die lächelte. »Ich glaube, Brynne ist wieder da.«

»Wie kommst du darauf?«, fragte Vivien verwirrt, während Holly aufstand und sich die Röcke glatt strich.

»Kommt mit, ihr werdet schon sehen. Das, was ihr eben erlebt habt, passiert nur, wenn jemand geht. Oder kommt.«

Isla stand ebenfalls auf. »Was meinst du damit? Was war das eben für ein komisches Gefühl?«

Vivien rieb sich über das Gesicht. Sie war kurz davor, zu glauben, dass sie gerade den Verstand verlor. Aber wenn Isla das auch gefühlt hatte und Holly möglicherweise auch, konnte das doch nicht sein, oder? Verloren sie vielleicht zusammen den Verstand?

Holly verschränkte die Arme vor der Brust und hob unbehaglich die Schultern. »Wir sollten wirklich nach oben in ihr Zimmer gehen und schauen, wie es ihr geht.«

»Warum bist du dir so sicher, dass Brynne wieder aufgetaucht ist? Und wenn ja, wo war sie?« Vivien spürte Ärger in sich aufsteigen. Holly sprach in Rätseln, und das konnte sie in dieser Situation überhaupt nicht gebrauchen. Sie brauchte Klarheit und nicht noch mehr Unsicherheiten.

Vor allem verspürte sie gerade eine tiefe Sehnsucht danach, Callum in die Arme zu nehmen und sich zu vergewissern, dass es ihm gut ging. Sie war keine Übermutter, aber manchmal, wenn sie wieder einmal merkte, dass sie die Welt nicht kontrollieren konnte, brauchte sie das Gefühl, dass ihr Sohn da war und dass er echt war. Dass sie ihn nicht nur geträumt hatte.

Holly wandte sich zur Tür und hielt dann inne. »Vielleicht ist es wirklich besser, wenn ich euch vorher sage, was passiert ist. Schließlich wissen wir nicht, in welchem Zustand sich Brynne befindet.«

Vivien wechselte einen Blick mit Isla und fragte sich, ob ihre Freundin auch der Meinung war, dass Holly sich sonderbar verhielt. Der Ausdruck auf Islas Gesicht war Antwort genug, denn sie schaute Holly beinahe verständnislos an.

»Das, was ihr eben gefühlt habt, ist ein Phänomen, das immer dann auftritt, wenn jemand das Tor benutzt.«

»Welches Tor? Das Haupttor?« Isla schüttelte den Kopf. »Ich sehe jeden Tag Dutzende von Menschen dort rein- und rausgehen. Das fühlt sich nie so an.«

Doch Holly reagierte nicht auf ihre Frage, sondern schaute Vivien an. »Du hast ein merkwürdiges Ziehen in deinem Bauch gefühlt, kurz bevor alles um uns herum eingefroren ist, oder? Wie ein Sog, der an dir zieht, nicht wahr?«

Vivien straffte die Schultern. Woher wusste Holly das? »Möglich.«

»Das bedeutet, du kannst es auch.« In Hollys Miene stand Triumph. »Ich wusste es.«

»Was kann ich?« Vivien verschränkte die Arme und merkte überrascht, dass das Kribbeln weniger geworden war. Oder besser gesagt, es hatte sich verändert. Es fühlte sich nicht mehr an, als ob es an ihrem Körper zöge, sondern war jetzt wie ein warmer Strom, der in sie hinein und wieder heraus floss.

Holly holte tief Luft. »Das, was Brynne anscheinend auch kann. Durch die Zeit reisen.«

Vivien war sich ganz sicher, dass sie sich verhört hatte. Holly hatte nicht gerade behauptet, dass Brynne durch die Zeit gereist war. »Das ist vollkommen absurd. So etwas gibt es nicht.«

Holly lächelte milde. »Ich weiß, dass es am Anfang schwer zu glauben ist. Aber es ist so. Ich kann es, andere Frauen, die ich kenne, ebenfalls, und anscheinend gehörst du auch dazu. Auch wenn du es noch nie getan hast.«

»Und woher willst du das wissen?«, fragte Vivien scharf. Doch dann schüttelte sie den Kopf. »Das ist verrückt. So etwas geht doch gar nicht.« Außerdem hatte sie keine Zeit für diesen Blödsinn. Sie wollte zu Callum. Der Drang, zu wissen, dass es ihm gut ging, war auf einmal übermächtig.

»Weil du das Tor fühlen kannst. Dieses Kribbeln, das du gespürt hast, dieses merkwürdige Bauchziehen, bedeutet, dass auf der anderen Seite jemand war.«

Vivien kniff die Augen zusammen. »Ich habe lange nicht mehr einen solchen Unfug gehört.«

Als sie die Augen wieder öffnete, sah sie, dass Holly sie voller Mitgefühl anschaute. »Ich wollte es am Anfang auch nicht wahrhaben. Du wirst schon noch erkennen, dass ich die Wahrheit sage und welche Macht dahintersteckt.« Sie wandte sich an Isla. »Du fühlst es auch, oder?«

Isla riss die Augen auf, dann schüttelte sie den Kopf. »Ich habe keine Magenschmerzen.«

»Es sind keine Schmerzen. Eher ein Prickeln und ein Wissen, dass da etwas anderes ist.«

Isla legte beide Hände auf ihren Bauch. »Ich spüre gar nichts.«

Vivien wusste, dass sie log. Isla sagte fast immer die Wahrheit, aber selbst wenn sie nur eine kleine Notlüge erfand, zuckte ihr linkes Augenlid.

Doch es war Vivien gleich, denn das war sowieso Blödsinn. Sie alle bildeten sich das nur ein. Das war der Stress. Mehr nicht.

Holly legte den Kopf leicht schief. »Vielleicht kommt es erst später. Oder es ist woanders. Ich fühle dieses Tor auch anders als das, durch das ich als Erstes gereist bin.« Sie nickte resolut. »Jetzt sollten wir aber zu Brynne gehen und sie in Empfang nehmen. Ich schätze, sie braucht uns. Immerhin hat sie viele Tage in einem anderen Jahrhundert verbracht. Wer weiß, was sie erlebt hat.«

Sie legte die Finger auf den Türgriff.

Vivien hob die Hand. »Moment mal. Du willst uns wirklich erzählen, dass Brynne gerade durch die Zeit gereist und jetzt wieder da ist?« Sie wusste nicht, warum diese Aussage sie so unglaublich wütend machte. Vielleicht weil sie sich veralbert vorkam, und das war etwas, was sie überhaupt nicht schätzte. Ihr Stiefvater hatte sich permanent über sie lustig gemacht und sie hasste ihn noch heute dafür.

Holly nickte jedoch und wirkte nicht so, als ob sie einen Scherz machen würde. »So ist es. Jemand hat gerade das Zeitreisetor benutzt, und es kann nur sie sein, denn sie ist die Einzige, die weiß, wo genau es sich befindet.«

Vivien lachte auf, es klang schrill in ihren Ohren. Isla starrte Holly mit offenem Mund an.

Die verschränkte die Arme und schaute Vivien an. »Du glaubst mir nicht. Aber ich werde es dir beweisen. Komm mit nach oben in Brynnes Zimmer. Sie wird uns sicher erzählen, wo sie war. Ich nehme an, ungefähr im Jahr 1500, denn damals hat die Legende der furchtlosen Brynne angefangen.«

Fassungslos starrte Vivien Holly an. »Du willst behaupten, dass Brynne im 15. Jahrhundert war und selbst die Legende ist, von der hier alle erzählen? Das geht doch gar nicht.« Es war ganz eindeutig, dass Holly den Verstand verloren hatte. Oder hier war irgendwo eine versteckte Kamera.

Jetzt hob Holly die Schultern. »Ich bin mir recht sicher, dass sie selbst die Legende ist. Und genau deswegen sollten wir jetzt zu Brynne gehen. Sie wird viel zu erzählen haben.«

»Aber das kann doch gar nicht sein«, sagte Isla leise.

»Weil es totaler Humbug ist«, sagte Vivien mit einem Schnauben. »Brynne ist nicht wieder da.«

»Wie wäre es, wenn wir nachschauen würden?«, sagte Holly sanft.

Der Ärger wallte in Vivien hoch wie ein Topf mit Nudelwasser, der auf einmal überkochte. Das hier war vollkommen absurd und sie hatte anderes zu tun, als sich damit herumzuschlagen. Sie bereute bereits, dass sie Holly von ihrer Angst vor Jeff erzählt hatte. Denn ganz offensichtlich hatte Holly mit eigenen psychischen Problemen zu kämpfen, wenn sie an Zeitreisen glaubte.

»Ich gehe jetzt Callum suchen. Ich muss mit ihm sprechen.«

Isla biss sich auf die Lippe. »Und was ist, wenn Brynne wirklich wieder da ist?«

»Das ist sie«, sagte Holly und klang zufrieden.

Vivien seufzte und schaute Isla an. Die hob fragend die Augenbrauen. »Kommst du wenigstens mit nachschauen?«

Sofort wusste Vivien, dass ihre Freundin nicht allein mit Holly gehen wollte. Isla und sie hatten sich versprochen, dass sie immer füreinander da sein würden, vor allem wenn es um beruflich schwierige Situationen ging. Die kamen in einem Hotel viel häufiger vor, als man dachte. Und sie wollte ganz sicher nicht ihre beste Freundin im Stich lassen.

Nun gut, dann würden sie jetzt also noch einmal Brynnes Zimmer absuchen und sich vergewissern, dass sie nicht da war.

In diesem Moment klingelte Hollys Hotelhandy. Mit einem Seufzen schaute sie darauf. »Ich muss da eben rangehen«, sagte sie. »Wartet bitte auf mich. Es dauert nicht lange.« Sie ging in ein angrenzendes Zimmer und zog die Tür hinter sich zu.

Vivien schloss die Augen. Sie wollte nicht warten, sondern mit Callum sprechen.

»Du machst dir Sorgen«, stellte Isla fest.

Vivien zögerte, dann nickte sie. »Ich weiß, dass ich mich wie eine Glucke benehme. Callum nervt es auch oft. Aber ich kann nicht anders.«

Sie öffnete die Augen und sah, dass Isla sie mitfühlend anschaute. »Warum ist das so?«

Vivien schluckte. Sollte sie es Isla wirklich erzählen? Aber was hatte sie schon groß zu verlieren? Außerdem konnte ihre Freundin ihr vielleicht helfen, wenn Jeff hierher kam.

»Ich habe im Leben nicht immer die richtigen Entscheidungen getroffen. Jeff war eine davon. Auf meine Eltern konnte ich mich nie verlassen, und als ich Jeff kennenlernte, erschien er mir wie ein sicherer Hafen. Das war er nur leider nicht. Im Grunde war er ein Gefängnis.« Sie atmete tief ein. »Er hat mich nicht gut behandelt. Ich hätte die Beziehung schon viel früher beenden sollen, aber dann bin ich schwanger geworden und dachte, wir kriegen die Kurve noch. Doch dann war Callum direkt nach der Geburt sehr krank. Wir hatten Geldsorgen und Jeff wurde immer wütender. Auf mich und auf Callum.«

»Oh Vivien, das tut mir so leid«, sagte Isla leise.

»Ist schon gut. Ich habe ein paar Jahre Therapie hinter mir und habe es verarbeitet. Zum Großteil zumindest.«

»Das muss furchtbar gewesen sein.«

Vivien hob die Schultern, doch dann merkte sie, dass sie schon wieder dabei war, es abzutun. Also nickte sie. »Das war es auch. Aber es wurde noch schlimmer. Irgendwann habe ich Jeff verlassen. Callum war zwei Jahre alt. Jeff war wütend, aber eine lange Zeit habe ich nichts von ihm gehört. Doch dann hat er Callum eines Tages entführt. Mehrere Tage war er mit ihm verschwunden, bis ich die beiden gefunden habe.«

Isla starrte sie aus großen Augen an. »Mehrere Tage? Das ist ja furchtbar. Ging es Callum gut?«

Vivien nickte. »Soweit ich das beurteilen konnte, ja.«

»Hast du die Polizei gerufen? Sie haben ihn hoffentlich verhaftet.«

Vivien presste die Lippen aufeinander, als sie an die demütigende Unterhaltung mit den Beamten dachte. »Ja, aber sie haben mir nicht wirklich geglaubt. Deswegen bin ich danach auch untergetaucht. Jeff ist dann ins Gefängnis gekommen - allerdings wegen etwas anderem - und ich habe mich von ihm scheiden lassen. Ich hatte gehofft, dass ich ihn nie wiedersehe.« Sie rieb sich mit einer Hand übers Gesicht. »Jahrelang waren Callum und ich in Sicherheit. Wir haben so viel durchgemacht, dass wir vermutlich noch viel enger miteinander verbunden sind, als manch andere Mütter und Söhne. Und vielleicht bin ich eine Glucke, aber ich kann nicht anders. Ich kann nicht zulassen, dass ihm nochmal etwas passiert. Das habe ich mir damals geschworen. Und auch wenn er schon dreizehn ist, so ist er immer noch mein Sohn und ich mache mir nun einmal Sorgen. So wie jetzt, wenn Jeff hier einfach anruft.«

Ihre letzten Worte klangen trotzig. Das hörte sie selbst.

Isla lächelte sanft und rieb ihr über den Arm. »Callum ist zwar schon dreizehn und gleichzeitig auch erst dreizehn. Und nach der Geschichte kann ich gut verstehen, warum du immer ein Auge darauf hast, wo er gerade ist.«

»Die meisten anderen Mütter halten mich für verrückt«, erklärte Vivien.

»Die kennen aber vermutlich deine Geschichte nicht«, sagte Isla. »Danke, dass du sie mir erzählt hast.«

Vivien wollte gerade antworten, als Holly wieder aus dem Zimmer kam. Also griff sie nur nach Islas Hand und drückte fest die Finger ihrer Freundin.

»Entschuldigt«, sagte Holly und wirkte abwesend. »Ein dringender Anruf.«

Doch Vivien war ihr gar nicht böse, denn so hatte sie Isla noch berichten können, was damals wirklich mit Jeff geschehen war. Auch wenn sie ihrer Freundin nie den Terror und die Angst würde erklären können, die sie fühlte, wenn sie an Jeff dachte und daran, was er Callum antun könnte.

Für sie war es manchmal wie eine Sucht, sich zu versichern, dass es ihrem Sohn gut ging. Und das wollte sie jetzt auch tun.

»Können wir?«, fragte Holly. »Ich denke, Brynne wartet sicher oben auf uns.«

Vivien seufzte und schüttelte den Kopf. Brynne war ganz sicher nicht da oben. Sie griff an Holly vorbei und öffnete die Tür. »Also gut, gehen wir nachsehen, aber ich versichere dir, dass du dich irrst.«

»Wir werden sehen«, sagte Holly mit einem Lächeln, das Vivien zur Weißglut brachte, und auf einmal war sie sich sicher, dass die Hausdame wirklich den Verstand verloren hatte. Vielleicht war es doch Zeit, von hier zu verschwinden.

3

Vivien wollte es nicht wahrhaben, aber je näher sie Brynnes Zimmer kam, desto stärker wurde die Energie, die durch ihren Körper floss. Das Wort Zeitreise spukte durch ihren Kopf, doch sie weigerte sich, es zuzulassen. Holly musste sich da in etwas verrannt haben.

Als ob die Hausdame von Kintallan durch die Zeit reisen könnte. Sie hatte schon lange nicht mehr einen solchen Blödsinn gehört.

Aber warum hatte Holly das Gefühl in ihrem Körper dann so treffend beschreiben können? Und Isla hatte es anscheinend auch gefühlt. Und dann war da noch der Moment gewesen, als die Welt eingefroren war. Das war wirklich sonderbar, und wie Holly gesagt hatte, war Vivien in dem Moment bewusst geworden, dass da irgendetwas war.

Eine Stimme in ihrem Hinterkopf sagte Vivien, dass hier Mächte am Werk waren, die sie bisher noch nicht gekannt hatte. Doch es konnte unmöglich sein, dass es sich dabei um Zeitreisen handelte. Das war physikalisch vollkommen unmöglich.

Ihr Ärger steigerte sich mit jedem Schritt, den sie in Richtung von Brynnes Zimmer tat.

Hinter ihr eilten Isla und Holly die Treppen hinauf und Vivien beschleunigte ihre Schritte, da sie als Erste am Zimmer sein wollte. Aus irgendeinem Grund wollte sie beweisen, dass Holly unrecht hatte und Brynne nicht da war.

Doch als sie die Hand auf die Türklinke legte, fiel ihr ein, dass sie gar keine Karte für das Zimmer hatte.

Sie biss die Zähne zusammen und wartete darauf, dass Holly und Isla aufschlossen, denn sie hatten den Generalschlüssel. Endlich erreichten sie den Flur, doch vor allem Holly war sehr aus der Puste.

»Meine Güte, läufst du immer so schnell?«, fragte sie.

Auch Isla war ein wenig außer Atem. »Man merkt, dass Vivien ständig draußen in den Highlands unterwegs ist.«

»Können wir jetzt bitte aufschließen?«, fragte Vivien, die keine Zeit für dieses Geplänkel hatte.

Auf einmal hörte sie von drinnen ein Geräusch. Wie Schritte auf dem Holzfußboden.

Sie legte ein Ohr an die Tür und lauschte. »Was war das?«, fragte sie und vermied es dabei, Holly anzuschauen, da sie ihr nicht die Genugtuung geben wollte, all die anderen Fragen, die sie noch hatte, in ihren Augen zu sehen.

Ihr ganzer Körper summte jetzt von der Energie, die dieses Zimmer ausstrahlte. Ein paar Mal war sie nur darin gewesen, seit Brynne verschwunden war. Und ja, da war immer ein leichtes Prickeln gewesen, aber so etwas wie jetzt hatte sie noch nie erlebt. Es ähnelte dem Gefühl, das sie vorhin gehabt hatte, kurz bevor die Welt stehen geblieben war.

Es war, als ob ein Magnet sie ins Zimmer zöge. Beinahe hatte sie den Drang, sich am Türrahmen festzuhalten, damit sie nicht hineingesaugt wurde. Dabei war das doch lächerlich. Es gab keine Energie, die sie in ein Hotelzimmer saugen konnte.

Während Holly die Karte herausholte, versuchte Vivien, ganz ruhig zu atmen. Diese Energie machte ihr ein wenig Angst und gleichzeitig fühlte sie sich magisch davon angezogen. Als ob ein tief liegender Instinkt ihr sagen würde, dass sich dort im Zimmer etwas befand, was sie finden musste.

Holly hielt die Karte hoch, doch bevor sie sie auf das Lesegerät an der Tür legte, hielt sie inne. »Hier ist es stärker, nicht wahr?«

Vivien wich noch immer ihrem Blick aus. »Ich weiß nicht, was du meinst.« Doch es bereitete ihr Sorgen, dass Holly sie so genau lesen konnte. »Kannst du jetzt bitte die Tür öffnen, damit wir sehen, dass Brynne nicht da drinnen ist? Und dann kann ich endlich Callum suchen gehen. Ich muss dringend mit ihm sprechen.«

»Natürlich.« Holly atmete tief durch. »Aber du wirst schon sehen, dass Brynne da ist. Auf dieses Stillstehen der Gegenwart, wie wir es eben erlebt haben, warte ich schon seit dem Tag, da sie verschwunden ist. Es war auch an dem Abend, als sie verschwunden ist, deswegen wusste ich, dass sie in der Vergangenheit sein muss.«

Vivien kniff die Augen zusammen. Sie wollte nicht schon wieder von den blöden Zeitreisen hören.

Sie hörte ein leises Klicken, als Holly die Tür öffnete. Bevor die Hausdame etwas tun konnte, stieß Vivien die Tür auf, und für einen ganz kurzen Moment erwartete sie, Brynne in dem Zimmer zu sehen. Doch was sie sah, ließ ihr Herz für einen Moment stillstehen.

Ihr Sohn lag auf dem Boden vor dem Kamin und er war sehr blass.

»Callum!« Vivien stürzte vorwärts und gleichzeitig hatte sie das Gefühl, als ob sie durch dicken Schlamm waten würde, so langsam nur trugen ihre Füße sie zu ihrem Sohn. »Was ist passiert?«, fragte sie, als sie neben ihm niederkniete.

Er schlug die Lider auf und seine Augen weiteten sich. »Mum!« Er atmete tief ein und Vivien tat es ihm gleich. Es ging ihm gut.

»Du musst mitkommen. Schnell!« Er sprang so hastig auf, dass ihre Köpfe beinahe aneinander stießen.

29

Die Erleichterung, dass er anscheinend unverletzt war, flutete durch ihren Körper und sie sank auf die Hacken. Tief atmete sie ein und rieb sich über die Brust, um ihr Nervensystem zu beruhigen. Ihren Sohn reglos am Boden liegen zu sehen, wenn ihr verrückter Ex-Mann möglicherweise hier herumlief und Holly ihr gerade so einen Blödsinn über die verschwundene Brynne erzählt hatte, war einfach zu viel gewesen. Sanft klopfte sie auf ihr Brustbein und versuchte, ihr Herz zu beruhigen.

»Was ist?«, fragte Callum.

»Nichts. Schon gut.«

Er zerrte an ihrer Hand. »Jetzt komm schon, Mum, ich muss dir etwas zeigen.«

Sie ließ sich von ihm hochziehen, erleichtert, dass er anscheinend wieder ganz der Alte war. So kannte sie ihren Sohn, immer neugierig und begeistert. Die Welt war ihm meistens zu klein und er wollte immer mehr erforschen.

»Gleich«, sagte sie und nahm ihn fest in die Arme.

»Mum«, wehrte er sie ab, seine Stimme an ihrer Schulter klang erstickt. »Dafür haben wir keine Zeit. Es ist wichtig. Du musst mitkommen.«

Bei Callum war immer alles wichtig.

Sie lächelte und wandte sich zu Holly um. Die stand mit offenem Mund an der Tür und starrte sie an.

»Wohin soll ich mitkommen? Was hast du gefunden?« Sie zog ihn noch etwas fester an sich und atmete seinen Geruch tief ein.

Callum befreite sich aus Viviens Umarmung, zog an ihrer Hand und machte einen Schritt auf den Kamin zu. »Du musst einfach nur die Hand auf die Steine im Kamin legen. Schau, so. Dann geht es los.«

Irritiert, was er damit meinte, drehte Vivien sich zu ihrem Sohn um. Er streckte tatsächlich gerade die Hand in den Kamin.

»Was tust du da?«, fragte sie und trat näher. »Hast du darin etwas entdeckt?«

Callum blickte über die Schulter zurück. Er lächelte und

öffnete den Mund, doch keine Worte kamen heraus. Und dann begann er auf einmal, sich vor ihren Augen aufzulösen. Ein Teil von Vivien sagte ihr, dass es nicht möglich war, und trotzdem geschah es direkt vor ihren Augen.

Vivien konnte gerade noch erkennen, wie er die Augen verdrehte und auf die Knie fiel. »Callum!«, schrie sie voller Panik, immer noch nicht begreifend, wie er sich einfach auflösen konnte. Sie fasste nach seinem Arm. Doch sie griff ins Leere und auf einmal drehte sich auch um sie alles. Eine Ohnmacht ergriff sie, doch das konnte sie jetzt überhaupt nicht gebrauchen. Sie kämpfte dagegen an, aber der Sog war so stark, dass sie es nicht schaffte.

Irgendjemand schrie, doch es war in weiter Ferne und Vivien hatte nicht die Kraft, sich dieser Energie, die sie ansaugte, weiter entgegenzustemmen.

Ihr war, als würde sie Callum in ihrer Nähe fühlen, aber dann war da auf einmal nichts mehr und sie gab den Kampf auf. Sie war zu schwach. Dann wurde alles schwarz.

4

Vivien erwachte davon, dass sie Callums Stimme hörte. »Mum«, flüsterte er. »Wach auf.«

Sie versuchte, die Augen zu öffnen, aber es gelang ihr nicht. Wie spät es wohl sein mochte? Es war selten, dass Callum sie wecken musste. Meistens stand sie schon vor dem Morgengrauen auf, um die Vögel ein erstes Mal zu versorgen.

Hatte sie etwa verschlafen?

Ihr Körper wollte ihr nicht recht gehorchen und ihr Kopf schmerzte fürchterlich. Hatte sie gestern etwa zu viel getrunken?

Sie konnte sich weder an den Abend zuvor noch an Alkohol erinnern.

»Wie spät ist es?«, fragte sie und war erstaunt, wie rau ihre Stimme klang. Dann hatte sie anscheinend doch einen Kater. Oder sie war krank.

Zu ihrer Überraschung kicherte Callum. Es war sein kindliches Lachen, das sie früher so geliebt und in den letzten Jahren zu vermissen angefangen hatte.

»Du liegst nicht im Bett. Mach die Augen auf. Komm schon, ich will dir was zeigen.«

Vivien zwang sich, die Augen zu öffnen, obwohl es ihr schwerfiel. Ihr Kopf pochte heftig.

Auf einmal spürte sie, dass sie tatsächlich nicht auf einer weichen Matratze lag, sondern anscheinend auf dem Boden.

Und dann erinnerte sie sich. Sie war in Brynnes Zimmer.

Aber dort roch es anders.

Irgendetwas stimmte hier nicht.

Und dann kam noch eine Erinnerung zurück. Callum hatte in den Kamin gegriffen und war dann vor ihren Augen verschwunden.

Jetzt riss sie die Augen auf. Callum kniete vor ihr und lächelte sie an.

»Was ist passiert?«, fragte sie und setzte sich auf.

Mit beiden Händen tastete sie ihren Sohn ab, ob er wirklich da war. Ihre Hände berührten sein Gesicht. Doch er drehte den Kopf weg.

»Alles gut, Mum.«

Sie schüttelte den Kopf. »Nichts ist gut. Du bist … du warst …« Sie wollte ihm keine Angst machen.

»Ich bin vermutlich verschwunden, oder?«

Vivien hielt den Atem und nickte.

Callum lächelte schief und schien ein wenig verlegen zu sein. »Ich habe mich schon die ganze Zeit gefragt, wie das funktioniert. Aber du hast dann auch in den Kamin gefasst und bist hinterhergekommen?«

Vivien schüttelte den Kopf. »Nein, ich habe nach dir gegriffen und dann bin ich in Ohnmacht gefallen.« Sie rieb sich über die Stirn. »Oh Gott, das ist mir noch nie passiert. Wo sind Isla und Holly?« Hatten die beiden sie und Callum wirklich allein gelassen, als sie ohnmächtig geworden waren?

Sie runzelte die Stirn. Hatte Callum gerade gefragt, ob er verschwunden war? Aber bei einer Ohnmacht löste man sich doch nicht auf, oder? Verdammt, was stimmte hier nicht? Ihr Gehirn konnte die Informationen nicht zu einem logischen Strang zusammensetzen.

Ihr Blick fiel auf eine Art Waschtisch hinter Callum. Der hatte vorhin nicht im Zimmer gestanden.

Sie ließ den Blick weiter wandern. Da war der Kamin, in dem Torfstücke aufgeschichtet waren. Der typische, erdige Geruch stieg ihr in die Nase – es war überhaupt nicht mit dem Hotelduft vergleichbar. Die Luft war kühler und feuchter. Die schweren Steinwände schienen die Kälte regelrecht zu speichern, ganz anders als die modernen Wände des Hotels. Ein merkwürdig hohes Bett mit Vorhängen stand direkt neben ihnen und eine Art Teppich hing an der Wand.

Viviens Herz schlug unangenehm schnell. Diesen Raum hatte sie noch nie in der Burg gesehen. Aber es war die Burg, so viel war klar, denn sie erkannte den Kopfstein des Kamins wieder.

»Wo sind wir?«, fragte sie und ärgerte sich, dass ihre Stimme kippte. Aber auf einmal ergriff die Angst sie.

Callum verschränkte die Arme und lächelte schelmisch. »Flipp jetzt nicht aus, Mum. Das ist so cool. Du wirst es nicht glauben.«

Ihr Sohn war so unglaublich entspannt und trotzdem wusste Vivien, dass es dafür überhaupt keinen Grund gab.

»Was werde ich nicht glauben?« Ihre Stimme zitterte immer noch.

Callums Augen blitzten. »Wir sind in der Vergangenheit.«

Sie war sich sicher, dass sie sich diese Worte eingebildet hatte. Das konnte nicht sein.

Doch dann kam ihr Hollys Stimme in den Kopf. Zeitreisen. Das Wort lauerte in ihrem schmerzenden Schädel.

»Nein«, sagte sie laut. »Das kann nicht sein.«

Callum griff nach ihrer Hand. »Ich weiß, das dachte ich erst auch. Aber ich habe mich hier schon ein wenig umgesehen. Es ist wirklich so. Wir sind in der Vergangenheit von Kintallan. Ich weiß allerdings nicht genau, wann. Vermutlich im Mittelalter. Es gibt keinen Strom und nicht einmal Fensterglas. Und die Männer tragen Schwerter.«

Er sagte es mit einer solchen Begeisterung, dass Vivien schlecht wurde. »Es gibt keine Zeitreisen«, würgte sie hervor.

Callum zog die Nase kraus. »Doch. Komischer Gedanke, oder? Es ist so cool hier.« Auf einmal verschwand das Lächeln aus seinem Gesicht und er sprang auf. »Komm, ich muss dir unbedingt was zeigen. Deswegen wollte ich, dass du mitkommst.«

Vivien starrte ihn an und ihr Geist war für einen Moment völlig leer gefegt. Doch als Callum ihr die Hand hinstreckte, um sie hochzuziehen, erwachte sie auf einmal aus ihrer Starre. »Ich glaube, ich brauche noch einen Moment«, sagte sie und schüttelte den Kopf.

Wieder schaute sie sich im Raum um. Mittelalter. Das war durchaus möglich, wenn sie sich die Möbel und die Ausstattung des Raumes so anschaute.

Aber sie konnte doch nicht durch die Zeit gereist sein. Das ging einfach nicht. Eben war sie doch noch mit Isla und Holly in dem Hotelzimmer gewesen.

Sie riss die Augen auf und schaute sich um. »Ist Holly auch hier?«

Callum runzelte die Stirn. »Nein. Warum sollte sie?«

Vivien drückte sich zwei Finger auf ihre Nasenwurzel. Noch immer schmerzte ihr Kopf fürchterlich und es fiel ihr schwer, einen klaren Gedanken zu fassen. Vielleicht hatte sie ja eine wichtige Information verpasst und deswegen ergab alles keinen Sinn.

»Weil sie vorhin auch etwas von Zeitreisen gesagt hat.«

Callum ging neben ihr in die Hocke und war wieder auf Augenhöhe. »Wirklich? Sie weiß davon? Das ist ja toll.« Seine Augen leuchteten auf. »Deswegen trägt sie also immer diese mittelalterlichen Kleider. Vermutlich, weil sie manchmal auch hierherkommt. Ich habe sie hier allerdings noch nicht gesehen.«

Vivien starrte ihn an. Es fiel ihr immer noch schwer, zu glauben, dass ihr Sohn die Wahrheit sagte. Doch er war kein Lügner.

Er griff nicht einmal zu Notlügen. Dafür war er äußerst charmant und niemand nahm ihm seine Offenheit übel.

»Wie oft warst du denn schon hier?« Sie wusste gar nicht, ob sie die Antwort wirklich hören wollte.

Callum überlegte einen Moment. »Drei Mal.«

Würgende Übelkeit packte sie. »Das kann doch nicht wahr sein.«

Callum zog eine Grimasse. »Ich weiß, dass es total verrückt klingt, aber es ist sehr sicher hier und so spannend. Ich kann sogar das Gälisch anwenden, das wir in der Schule gelernt haben.« Er klopfte ihr auf den Arm. »Wie gut, dass du das mit mir gelernt hast, als du mich abgefragt hast. Jetzt wissen wir, wozu das gut war. Du hast doch immer gesagt, dass ich es eines Tages bestimmt nutzen werde.«

Vivien presste sich eine Hand vor den Mund, weil ihr noch schlechter wurde. »Du hast hier mit jemandem gesprochen?«

Callum nickte. »Aber erst beim zweiten Besuch. Es ließ sich nicht vermeiden. Ich glaube aber nicht, dass sie gemerkt haben, dass ich nicht von hier bin.«

Vivien hatte keine Ahnung, ob sie lachen oder weinen sollte. »Warum hast du mir nichts davon gesagt?«

Callum hob die Schultern. »Du warst in letzter Zeit so beschäftigt. Und ich wusste, dass du dir Sorgen machen würdest. Deswegen wollte ich den richtigen Zeitpunkt abwarten und erst einmal ein bisschen mehr erkunden.«

»Aber das ist gefährlich. Du warst ganz allein hier.«

Callum schüttelte den Kopf. »Ist es nicht. Mir ist bisher noch nichts passiert. Und außerdem sagst du doch immer, dass ich meine Fehler selbst machen soll.«

Vivien biss die Zähne zusammen, dann griff sie nach der Hand ihres Sohnes. Seine Wärme gab ihr ein wenig Ruhe zurück. »Das habe ich damit nicht gemeint, und das weißt du auch.« Sie drückte seine Finger ganz fest. »Was ist denn, wenn dir hier etwas passiert wäre? Ich hätte nicht einmal gewusst, wo ich dich suchen soll.«

Ein reumütiger Ausdruck erschien auf seinem Gesicht. »Es tut mir leid, Mum. Darüber habe ich überhaupt nicht nachgedacht.«

»Das hättest du aber besser tun sollen. Es ist ja nicht so, als ob du einfach nur den Bus nach Fort William genommen hättest.« Fast hätte sie hysterisch gelacht, als ihr bewusst wurde, worüber sie hier gerade diskutierten. Dass ihr Sohn ohne ihr Wissen ins Mittelalter gereist war.

Sie durfte das Atmen nicht vergessen. Tief holte sie Luft, doch es half nicht, das surreale Gefühl zu vertreiben. Das konnte doch nicht wirklich gerade passieren.

»Ich kann immer noch nicht glauben, dass wir wirklich hier sind. Vielleicht ist das alles nur ein Traum«, murmelte sie.

Sie biss sich auf die Lippe und fühlte den Schmerz. Konnte man so etwas im Traum? Auf einmal war sie sich nicht mehr sicher, was alles möglich war.

»Das ist es nicht. Aber genau das ist ja das Coole.« Callum war ziemlich aufgeregt. »Können wir jetzt trotzdem gehen? Ich will dir etwas zeigen, weil ich nicht sicher bin, ob es richtig war, was ich getan habe.«

Vivien fuhr sich wieder über das Gesicht. Das ging ihr alles zu schnell. Ihr Herz raste, als sie sich bewusst machte, was ihr Sohn ihr da gerade erzählte. »Moment mal, ich muss mich erst einmal sortieren. Wenn du in diesen Kamin fasst, reist du also durch die Zeit?«

Callum nickte. Er trat von einem Fuß auf den anderen und sie wusste, dass er ungeduldig wurde. Aber sie brauchte die Zeit.

»Und die Leute hier können dich sehen. Du bist wirklich physisch hier?«

»Genau. Deswegen ist es kein Traum. Wir schweben hier nicht als Geister rum.« Er schnalzte mit der Zunge, als ob das ein total verrückter Gedanke wäre. Doch es war vollkommen verrückt. Oder war sie einfach nur zu alt, um das zu begreifen?

»Und es ist ganz leicht, wieder zurückzukommen?«

»Man muss einfach nur wieder zum Kamin gehen.«

Vivien drehte sich um und warf dem riesigen Kamin einen Blick zu. Konnte es wirklich so einfach sein? Sie hoffte sehr, dass das bei ihr auch klappte. Was war, wenn nicht?

»Können wir bitte wieder zurückgehen? Jetzt gleich? Ich muss erst einmal darüber nachdenken, was passiert ist.« Und sie wollte mit Holly sprechen, die ja anscheinend genau wusste, dass es Zeitreisen gab. Vivien hatte tausend Fragen, die Callum ihr sicherlich nicht beantworten konnte. Aber Holly bestimmt.

Doch Callum zog an ihrer Hand, wie er es als kleiner Junge schon getan hatte. »Gleich, Mum. Ich will dir erst noch jemanden zeigen. Ich weiß nicht, ob ich das Richtige mitgebracht habe.«

Vivien rappelte sich auf und klopfte sich die Binsen von den Hosen. »Wovon sprichst du?«

Auf einmal wirkte Callum verlegen. »Ich zeige es dir.« Er wies auf die Tür.

»Nein, sag mir erst, worum es geht. Ich laufe ganz sicher nicht in dieser Burg herum, ohne zu wissen, was mich erwartet.« Der Gedanke, Menschen aus einem anderen Jahrhundert zu treffen, ängstigte sie mehr, als sie zugeben mochte. Für Callum war das alles vielleicht wie ein Spiel, aber ihr erschien das eher wie ein Gruselfilm.

Callum biss sich auf die Unterlippe. »Hier gibt es zwei Kinder. Sie sind etwa so alt wie ich. Vielleicht etwas jünger. Der Junge spricht nicht viel und ist irgendwie anders. So wie Joshua in der Schule.«

Vivien atmete tief durch. Joshua aus Callums Klasse war Autist. »Dann ist das Leben für ihn hier bestimmt nicht einfach.«

Callum zog die Augenbrauen zusammen, als ob ihm dieser Gedanke noch gar nicht gekommen wäre. »Und das Mädchen ist krank. Ich wollte ihr helfen, aber ich bin mir nicht sicher, ob ich das Richtige getan habe.«

Ein ungutes Gefühl breitete sich in Viviens Magen aus. »Was hast du denn gemacht?«

Callum zögerte. »Sie hat eine Wunde am Arm und Fieber. Sie

schläft die meiste Zeit, aber sie hat auch Schmerzen. Und ich glaube, die Wunde ist entzündet, so wie damals bei mir, als ich mir den Splitter eingezogen hatte, den wir nicht rausbekommen haben.«

Viviens Gedanken rasten. Es war so typisch für Callum, dass er sich um die Schwächeren kümmerte. Aber wenn hier jemand eine schlimme Entzündung hatte, war es wahrscheinlich, dass die Person daran starb. Vor allem ein Kind. Callum wusste ganz sicher nichts davon, dass die Sterblichkeitsrate der Menschen im Mittelalter viel höher war.

»Ich verstehe, dass dir das Sorgen macht«, sagte sie vorsichtig und unsicher, wie sie das Gespräch führen sollte.

Callum straffte die Schultern. »Ich weiß, dass ich das nicht hätte tun sollen, aber ich habe ihr ein Antibiotikum gebracht. Und den Fiebersaft, den ich früher immer bekommen habe.«

Sprachlos starrte Vivien ihren Sohn an. Sie würde vermutlich nie aufhören, sich zu wundern, auf was für Ideen er manchmal kam. Und es war typisch für ihn, dass er helfen wollte. Er war immer der Erste, der nachts mit aufstand, wenn ein Vogel krank war, oder der seine Klassenkameraden anrief und nachfragte, wenn einer von ihnen nicht in die Schule gekommen war.

»Woher hast du denn ein Antibiotikum?« Doch dann fiel es ihr von allein ein. »Ist es das, was wir letzten Winter für die Ohrenentzündung für dich besorgt hatten und dann doch nicht brauchten?«

Callum nickte. »Ich habe ein wenig im Internet recherchiert und dachte, dass es passt. Ich will nicht, dass sie stirbt. Im Mittelalter sind viele Kinder gestorben. Aber wir können etwas dagegen tun.«

Für einen Moment wusste Vivien nicht, was sie darauf erwidern sollte. Er hatte ja recht, sie konnten etwas dagegen tun. Aber es war so sonderbar, dass sie diese Unterhaltung überhaupt führten.

Callum nahm wieder ihre Hand. »Lass uns zu ihr gehen, Mum.

Ich will nur, dass du sie dir einmal anschaust und mir sagst, dass ich alles richtig gemacht habe.«

»Und was ist, wenn uns jemand erwischt?«

Vivien war sich nicht sicher, ob sie sich weit von diesem Kamin entfernen wollte, wenn der ihr Rückfahrticket in ihre eigene Zeit war. Verstohlen warf sie den Steinen einen Blick zu. Warum war es denn ausgerechnet ein Kamin, mit dem man durch die Zeit reisen konnte? Es hatte etwas von Weihnachtsmann. Ob der auch aus einer anderen Zeit kam?

Dieser Gedanke lenkte sie für eine Sekunde ab, doch dann schüttelte sie den Kopf und wandte sich wieder ihrem Sohn zu. Das hier war wichtiger, auch wenn es so wenig real zu sein schien.

»Sie ist meistens ganz allein in ihrer Kammer, keiner kümmert sich um sie.« Er presste die Lippen zusammen. »Ich glaube, das war früher auch anders als bei uns heute.«

»Aber es ist gut für uns, wenn wir niemanden treffen.« Sie zögerte. »Dieses Mädchen ... Weiß sie, wer du bist?«

Er schüttelte den Kopf. »Sie schläft eigentlich nur. Deswegen habe ich ihrem Bruder die Tabletten gegeben. Ich habe sie extra aus der Verpackung genommen und in einen kleinen Beutel getan, damit die Plastikverpackung sie nicht verrät.« Er zögerte. »Aber ich bin mir nicht sicher, ob der Junge verstanden hat, wie man sie geben muss. Im Internet stand, dass es bei Antibiotika wichtig ist, dass man sie immer zur richtigen Zeit gibt und aufbraucht, damit keine Resistenzen entstehen. Ich habe auch nachgeschaut, was Resistenzen sind. Soll ich es dir erklären?«

Vivien drückte seine Finger. Er war nervös. Dann schützte er sich immer, indem er alles Wissen aufzählte, was er über die Situation hatte.

»Nein, ich weiß, was das ist. Aber ich denke, bei diesem Mädchen musst du dir über Antibiotikaresistenzen keine Sorgen machen.« Denn vermutlich würde es das einzige Mal in ihrem Leben sein, dass sie überhaupt mit diesem Medikament in Berührung kam.

Callum wirkte erleichtert. »Kannst du sie dir trotzdem anschauen?«

Vivien zögerte. Sie wollte ihrem Sohn diesen Wunsch nicht abschlagen und gleichzeitig wäre es ihr lieber gewesen, wenn sie diesen Ort, oder besser gesagt, diese Zeit, gleich wieder hätten verlassen können. Doch ein kleiner Teil von ihr war auch neugierig, wie die Menschen in dieser Zeit aussahen und wie der Rest der Burg eingerichtet war. Ob sie hier auch Greifvögel hatten? Wenn sie sich mit einem Falkner aus dieser Zeit unterhalten könnte, das wäre doch spannend.

Aber dann schob sie diesen Gedanken weit weg. Zum einen war es sehr unwahrscheinlich, dass sie hier einen Falkner traf, und zum anderen konnte sie sich mit dem doch sowieso nicht unterhalten. Was man wohl mit ihnen tun würde, wenn man erfuhr, woher sie kamen?

»Bitte, Mum«, sagte Callum. »Es ist mir wirklich wichtig. Aber wenn du Angst hast, können wir natürlich auch wieder gehen.«

Fast hätte Vivien gelacht. Callum wusste immer, wie er sie kriegen konnte. Schon immer hatten sie sich gegenseitig zu kleinen Herausforderungen angestachelt, indem sie dem anderen gesagt hatten, dass er bestimmt Angst hatte.

»Ich habe keine Angst«, sagte sie bestimmt. »Lass uns gehen. Aber nur fünf Minuten und dann kehren wir gleich wieder um.«

Callum strahlte. »Versprochen.«

Er zog sie zur Tür und öffnete sie vorsichtig. Viviens Herz schlug zum Zerbersten schnell, und auf einmal fragte sie sich, ob sie überhaupt bereit war, so etwas Außergewöhnliches wie eine Zeitreise in nur fünf Minuten abzuhandeln.

5

K ein Fenster erhellte den Gang, der sich hinter der Tür erstreckte. Nur ein paar Fackeln warfen spärliches Licht auf die grauen Steinmauern.

Es war genau so, wie Vivien es sich immer im Mittelalter vorgestellt hatte. Düster, grau und ein wenig unheimlich. Der Gedanke, dass Callum hier schon ganz allein herumgelaufen war, behagte ihr gar nicht. Trotzdem umfasste sie seine Hand fester. Es gab ihr ein wenig Ruhe zurück.

Zielsicher führte Callum sie eine Treppe hinunter. Viviens Herz pochte laut, als sie in der Ferne Rufe hörte. Es war kein Museum. Hier lebten wirklich Menschen. Menschen, die keine Ahnung hatten, wer sie und Callum waren.

Am liebsten hätte sie angehalten und Callum gefragt, ob es wirklich sicher war, wenn sie sich hier frei bewegten, doch sie hatte sich angewöhnt, ihrem Sohn gegenüber nicht zu zeigen, wenn eine Situation ihr Angst machte. Sie wollte, dass er wusste, dass er bei ihr sicher war. Wenn er ihre Sorge spürte, würde er ebenfalls Angst bekommen. Und Menschen, die Angst zeigten, wurden schneller zu Opfern als solche, die sich furchtlos zeigten. Trotzdem wisperte sie: »Nur fünf Minuten, okay?«

Callum nickte und lächelte sie über die Schulter an. Er wirkte so unbeschwert, als ob sie einen neuen Spielplatz erkunden würden. Sie war froh, dass er ihre Hand hielt.

Vor einer Tür hielt er an. »Hier ist es.«

Viviens Herz schlug immer noch schnell und sie war außer Atem, obwohl sie gar nicht gerannt war. Vermutlich hatte sie unterwegs vergessen zu atmen. »Okay.«

Callum hob die Augenbrauen. »Das Wort solltest du hier nicht benutzen. Am besten sagst du gar nichts, sonst fragen sie sich gleich, woher du kommst. Ich werde ab jetzt auch nur noch Gälisch sprechen.«

Verwundert starrte Vivien ihren Sohn an. Er hatte alles durchdacht. Wie viel Zeit er hier wohl schon verbracht hatte? Bei dem Gedanken wurde ihr schlecht. »Okay«, sagte sie noch einmal und ein bisschen aus Trotz, aber sie sprach so leise, dass nur er es hören konnte. »Aber wirklich nur fünf Minuten. Wenn ich dir ein Zeichen gebe, gehen wir. Sofort. Und es wäre mir lieb, wenn wir niemand anderem hier begegnen.«

Callum tippte sich an die imaginäre Mütze wie ein Soldat. »Aye, aye, Captain.«

Vivien verdrehte die Augen und gleichzeitig durchflutete Liebe für ihren Sohn sie. Diesen Ausdruck hatte er als Dreijähriger geliebt und ihr nur so geantwortet. Auf die Ritterphase war die Piratenphase gefolgt.

»Bereit zum Entern?«, fragte sie, weil er das als Kleinkind auch geliebt hatte.

Callum grinste und nickte. Dann öffnete er die Tür.

In dem Raum war es stickig und dämmrig. Ein Feuer brannte im Kamin, vor dem Fenster hing ein Laken, das nur ein wenig Licht durchließ.

Auf dem Bett lag ein Mädchen unter einer dicken Wolldecke. Sie war blass und hatte die Augen geschlossen. Fasziniert starrte Vivien sie an. Ein Mensch aus einem anderen Jahrhundert. Es verwunderte sie derart, dass sie auf der Türschwelle stehen blieb und das Kind einfach nur anschaute.

Als Callum etwas auf Gälisch sagte, riss sie das aus ihrer Starre. Sie nahm eine Bewegung hinter dem Bett wahr. Auf einem Stuhl saß ein Junge, der in Callums Alter sein musste, und schaute ihn mit großen dunklen Augen an. Auch er war blass, sehr dünn und ungelenk. Dann breitete sich ein Lächeln auf seinem Gesicht aus und er antwortete. Es dauerte einen Moment, bis Vivien die Worte zusammengesetzt hatte.

»Du bist wieder da.«

Wieder war Vivien vollkommen fasziniert. Ihr Sohn sprach mit einem anderen Kind, das vor … Sie hielt inne. Sie wusste nicht einmal, in welchem Jahr genau sie waren. Wie viele Jahrhunderte vor Callum war dieser Junge geboren worden?

»Ich bin wieder da«, bestätigte Callum auf Gälisch.

Vivien war dankbar, dass sich ihr passiver Wortschatz so sehr vergrößert hatte, seit Callum hier in Schottland in die Schule gekommen war. Die kleine Dorfschule nahm den Gälischunterricht sehr ernst und Vivien hatte Callum so gut es ging unterstützen wollen. Deswegen hörte sie bei der Arbeit oft Podcasts auf Gälisch, wenn sie langweilige Reinigungsarbeiten bei den Vögeln zu erledigen hatte. Auf diese Weise verstand sie immer mehr von der alten Sprache ihres Heimatlandes, die sie selbst nie gelernt hatte. Wer hätte gedacht, dass sie es einmal auf diese Art und Weise anwenden würde.

»Hast du deiner Schwester die kleinen Kugeln gegeben?«, fragte Callum jetzt und zeigte auf den Nachttisch neben dem Bett. Dort lag ein kleiner Beutel neben einem Becher aus Ton.

Vivien brauchte einen Moment, um zu begreifen, dass er mit den kleinen Kugeln die Tabletten meinte.

Der Junge antwortete nicht sofort. »Wer ist das?«, fragte er und deutete auf Vivien.

Callum wandte sich um. »Meine Mutter.«

Der Junge betrachtete sie forschend aus dunklen Augen. So lange, bis ihr ein wenig unbehaglich wurde.

»Hat deine Schwester die Kugeln bekommen?«, fragte Callum wieder.

Ein Schulterzucken war die Antwort.

Callum ging zum Bett und nahm das Säckchen in die Hand. Er öffnete es, schaute hinein und runzelte die Stirn. »Vier sind weg«, sagte er.

»Meine Mutter«, sagte der Junge.

Callum nickte. »Ja, das ist meine Mutter. Sie tut dir nichts.« Er nahm seine Brille aus der Tasche, setzte sie verstohlen auf und zählte die Tabletten noch einmal durch.

Der Junge runzelte die Stirn und schüttelte den Kopf, doch Callum bemerkte es nicht. »Meine Mutter«, wiederholte er und deutete auf Callum. Dann flackerte sein Blick zum Bett.

Jetzt begriff Vivien. »Er … Sie …« Ihr fielen die gälischen Worte nicht ein und sie wurde nervös, als der Junge sie wieder ohne zu blinzeln anstarrte. Doch dann setzte sie die Worte in ihrem Kopf zusammen. »Seine Mutter weiß von den Kugeln«, stieß sie hervor und hoffte, dass es die richtigen Worte waren.

Callum drehte sich zu dem Jungen um. »Meintest du das? Du hast deiner Mutter von den Kugeln erzählt?«

Jetzt nickte das Kind so heftig, dass ihm eine dunkle Locke in die Stirn fiel.

Erleichtert atmete Callum auf. »Hat sie deiner Schwester welche gegeben?«

Erneut ein entschiedenes Nicken. »Morgens, abends.« Er sagte es in einem Singsang.

Callum entspannte sich sichtlich. »Das ist gut.« Er wandte sich an Vivien. »Morgens und abends ist richtig, oder?«

»Ja.« Am liebsten hätte sie gesagt, dass es richtig war, wenn es so auf der Verpackung gestanden hatte. Aber dafür fehlten ihr definitiv die Worte. Sie deutete auf das Mädchen. »Geht es ihr«, verdammt, was war die Steigerung von gut, »anders?« Schnell fügte sie leise auf Englisch hinzu: »Besser?«

Callum beugte sich über das Bett und studierte das Gesicht des Mädchens. »Ich denke schon.«

»Nicht denken. Wissen.« Der Junge setzte sich auf und tippte an seine Stirn.

Vivien starrte ihn an und ihr wurde klar, wie sonderbar diese Situation war. Dieser Junge hat ganz eindeutig autistische Züge oder zumindest eine geistige Einschränkung. Zusätzlich stammte er aus einem anderen Jahrhundert und sprach eine Sprache, die sie nur leidlich verstand. Wie sonderbar, dass sie sich trotzdem unterhalten konnten.

Callum schaute das Mädchen noch einmal an. »Er hat recht. Es geht ihr wirklich besser. Sie hat kein Fieber mehr, oder?«

Vivien hob die Schultern, und ohne darüber nachzudenken, streckte sie die Hand aus und legte sie dem Kind auf die Stirn. Sie war normal warm. »Kein Fieber«, bestätigte sie.

Im gleichen Moment schrie der Junge. Es klang panisch. Er sprang in seinem Stuhl auf und brüllte aus Leibeskräften. Es waren keine Worte, sondern er schrie einfach nur.

Callum nahm ihre Hand und zog sie von der Stirn des Mädchens. »Er mag es nicht, wenn man sie anfasst.« Das sagte er auf Englisch.

Vivien hob beide Hände, um dem Jungen zu zeigen, dass sie seine Schwester nicht mehr anfasste.

Der Schrei brach ab und schwer atmend ließ sich der Junge in den Stuhl fallen. »Nicht«, sagte er.

»Okay«, sagte Vivien. »Es ist gut.«

»Mum«, zischte Callum.

Oh verdammt, sie hatte Okay gesagt. Nun gut, der Junge würde es vielleicht nicht bemerken.

Doch der wiederholte: »Okay.« Dabei nickte er und dann lächelte er verschwörerisch.

Vivien biss sich auf die Lippe. »Wir gehen jetzt«, sagte sie zu Callum. Die fünf Minuten waren schon lange um.

»Einverstanden«, erwiderte ihr Sohn.

Plötzlich gab der Junge ein Wimmern von sich. Er hatte die Augen weit aufgerissen und es schien, als ob er lauschen würde.

»Was ist?«, fragte Callum.

Der Blick des Jungen war auf die Tür gerichtet und er wandte den Kopf ein wenig, als ob er so versuchen würde, besser zu hören.

Und da vernahm Vivien es auch. Da war ein Poltern in der Nähe. Schritte wie von schweren Stiefeln und eine Frauenstimme.

»Nein. Nicht. Sie ist nicht hier.«

Ein Zittern ging durch den Jungen und plötzlich schnellte er hoch, lief zu einer Truhe, sprang hinein und schloss den Deckel über sich.

»Wir müssen hier weg«, stieß Vivien hervor. Ein Gefühl von drohender Gefahr hatte sich in ihre Brust geschlichen. Sie kannte dieses Gefühl nur zu gut. Wenn ihr Stiefvater früher betrunken nach Hause gekommen war, hatte sie schon gespürt, wenn er unten nur den Hausflur betreten hatte. Auch sie hatte sich dann unsichtbar gemacht, indem sie sich unter ihrem Bett versteckt hatte.

Der Junge hatte Angst vor jemandem und anscheinend war das ein Mann, denn das Poltern wurde immer lauter und die Frauenstimme klang verzweifelt.

Callum selbst stand wie eingefroren neben ihr. Sie nahm seine Hand und zog ihn zur Tür. »Komm schon. Wir müssen zurück zu diesem Kamin.« Sie wusste nicht, warum, aber sie war sich sicher, dass ihnen Gefahr drohte.

Doch bevor sie auch nur die Hand nach der Tür ausstrecken konnte, wurde diese aufgerissen und ein Mann stürmte herein. Er hatte einen Dolch gezückt und starrte sie wütend an.

6

Vivien wagte nicht, sich zu bewegen, und konnte ihn nur anstarren. Es war fast wie vorhin, als sie bei Holly in der Wohnung gesessen hatte und die Welt zum Stillstand gekommen war.

Der Mann war gut einen Kopf größer als sie. Dunkle Haare umrahmten sein Gesicht und durchdringend blaue Augen blickten sie wütend an. Gleichzeitig hatte sie jedoch das Gefühl, dass er verzweifelt wirkte.

Er war in ein Plaid in Brauntönen gekleidet, das kunstvoll über die Schulter gelegt und an der Taille gegürtet war. Ein Ende des Tuchs verlief quer über seine Brust und wurde von einer großen Brosche gehalten. Darunter trug er ein cremefarbenes Leinenhemd. Viviens Blick wanderte an ihm nach unten, bis zu den schweren, dreckverkrusteten Stiefeln, die sie vermutlich eben auf der Treppe gehört hatten. An seiner Seite hing ein riesiges Breitschwert und in der Hand trug er einen langen Dolch, den er sofort auf Vivien richtete.

Sein Anblick nahm Vivien den Atem an und sie wusste sofort, dass das nicht nur seiner drohenden Haltung und der Wut in seiner Miene geschuldet war. Seine Präsenz schien jeden Sauerstoff aus diesem Raum zu saugen. Sie konnte den Blick nicht von ihm wenden und schob Callum hinter sich. Aus irgendeinem Grund wollte sie nicht, dass dieser Mann ihn sah.

Hinter dem Krieger kam eine Frau ins Zimmer. Vivien schaffte es nur kurz, sie anzuschauen, da alle ihre Sinne auf den großen Mann vor ihr gerichtet waren, der sie mit einem Messer bedrohte. Die Frau war offensichtlich verzweifelt und gleichzeitig verwirrt.

Der Blick des Mannes huschte durchs Zimmer, blieb kurz an Callum hängen und dann am Bett. Seine Augen weiteten sich.

Vivien bemerkte, wie Callum sich die Brille von der Nase riss und sie in seine Tasche gleiten ließ. Das versetzte sie in Panik. Es war doch offensichtlich für alle, dass sie nicht von hier waren. Was war, wenn man sie einsperrte? Es fiel ihr schwer, zu atmen.

Der Mann schob den Dolch vorwärts und hielt ihn Vivien direkt vors Gesicht. Dann machte er einen Schritt nach vorn und beugte sich über das Mädchen auf dem Bett. Er gab einen wütenden und gleichzeitig schmerzlich frustrierten Laut von sich, den Vivien in ihrem Brustkorb fühlen konnte.

Die Frau sagte etwas und wieder brauchte Vivien einen Moment, bis sie die gälischen Worte zusammengesetzt hatte. »Ich habe gesagt, dass sie nicht hier ist. Sie ist nicht auf Kintallan. Habe sie noch nie gesehen.«

Der Mann bestätigte das mit einem kehligen abfälligen Laut, dann wandte er sich zu Vivien um. »Wer bist du?«

Sie schaffte es nicht, irgendetwas zu sagen, vor allem, weil der Dolch im Feuerschein direkt vor ihrem Gesicht aufblitzte. Und weil ihr die gälischen Worte fehlten. Aber was hätte sie auch sagen sollen? Es gab keine Erklärung dafür, wer sie war.

Jetzt hielt er ihr den Dolch unters Kinn und hob ihren Kopf ein wenig an, sodass sie ihn anschauen musste. »Sag mir, wer du bist.« Seine Stimme war schneidend und die blauen Augen blickten sie kalt an.

Noch immer hatte Vivien keine Antwort für ihn, doch sie

betete im Stillen, dass er mit dem Dolch nicht abrutschte und die Klinge direkt in ihrer Kehle landete.

Verzweifelt versuchte sie zu atmen. Sie hätte noch am Kamin darauf bestehen müssen, wieder nach Hause zu gehen. Das hier war gefährlich. Callum war noch ein Kind und konnte so etwas nicht einschätzen.

Jetzt wandte der Mann sich um und schaute die Frau an, die schwer atmend an der Wand stand. »Wer ist er?«

Doch auch sie schüttelte den Kopf. »Ich weiß es nicht.«

Viviens Herz schlug schneller. Sprach er etwa von Callum? Oh Gott, was geschah hier gerade?

Die Frau machte einen Schritt nach vorn. »Das Mädchen, das du suchst, ist nicht hier.«

»Wo hat Kenneth sie dann versteckt?« Er sprach leise und drängend.

»Ich weiß nichts davon. Auf Kintallan ist sie nicht.«

»Du lügst«, sagte er und dann wandte er sich wieder Vivien zu.

Seine eisblauen Augen wanderten über ihr Gesicht und wieder zog sich ihre Brust schmerzhaft zusammen. Sein Blick war so intensiv. Und auch wenn sie in ihrem Leben schon oft Angst vor Männern gehabt hatte, war das hier etwas anderes. Er schüchterte sie allein mit seiner Präsenz ein. Vielleicht weil er ein Krieger aus dem Mittelalter war, der vermutlich keine Gnade kannte. Vor allem nicht, da er anscheinend gerade nicht das bekam, was er wollte.

Er schaute an ihr herunter und sie sah, wie sich seine Augenbrauen hoben. »Du bist eine Frau«, sagte er und auf einmal studierte er wieder ihr Gesicht. »Eine Frau in Hosen.«

Vivien zitterte, als ihr bewusst wurde, in was für einer heiklen Situation sie steckte.

Seine Augen verengten sich. »Du bist die Frau von Kenneth.« Es war eine Feststellung, keine Frage.

Was redete er da? Vivien wollte etwas antworten, aber die

Furcht schnürte ihr die Kehle zu und nahm ihr jegliche Fähigkeit, gälische Worte zu formen.

»Nein, ist sie nicht«, sagte die Frau hinter ihm jetzt. »Ich bin es.«

Der Krieger wandte den Blick nicht von Vivien. Genugtuung stand in seinen Augen. »Du lügst, Magd. Du sagst es nur, um deine Herrin zu schützen.«

Die Frau trat neben ihn. »Das ist nicht wahr. Kenneth ist mein mir vor Gott angetrauter Ehemann. Ich weiß nicht, wer sie ist.«

Der Mann schüttelte langsam den Kopf. Als er sprach, wandte er sich an Vivien. »Ich lasse mich nicht von deiner Magd hereinlegen. Es ist ehrenvoll, dass sie ihre Herrin beschützen will. Aber jeder in den Highlands weiß, dass das Weib von Kenneth anders ist. Und du bist sonderbar. Außerdem wachst du über Kenneths Tochter.« Er nickte in Richtung des Bettes. »Das ist doch Kenneths Tochter, nicht wahr?«

Vivien schluckte. Sie wollte gern etwas sagen, aber sie wusste nicht, was. Vor allem, weil sie keine Ahnung hatte, welche Bedeutung es hatte, dass sie die Frau von diesem Kenneth sein sollte oder nicht.

Sein Blick wurde hart. »Ich werde sie mitnehmen.«

»Nein!« Die Magd schrie auf. »Das darfst du nicht.«

Vivien fühlte ihre Verzweiflung so deutlich, als ob es ihre eigene wäre. Schnell schüttelte sie den Kopf. »Sie ist krank. Du kannst sie nicht mitnehmen.« Für einen ganz kurzen Moment war sie stolz, dass sie es geschafft hatte, diese Worte zu sagen.

»Das werden wir ja sehen«, sagte er leise und drohend.

Wie gern hätte sie ihm gesagt, dass das Mädchen ansteckend war und er es allein deswegen nicht mitnehmen sollte, aber wieder fehlten ihr die Worte. Und das machte sie wütend.

Der Krieger schaute an ihr vorbei und Vivien wurde kalt, als ihr klar wurde, dass er Callum anblickte. »Ist das dein Sohn?«, fragte er und richtete den Blick wieder auf Vivien.

Sie fing an zu zittern, denn sie wollte nicht, dass seine

Aufmerksamkeit sich auf Callum richtete. Wieder wusste sie nicht, was die richtige Antwort war.

Von unten waren Rufe zu hören und der Mann warf einen nervösen Blick in Richtung Tür. Dann ließ er den Dolch an ihrem Hals nach unten wandern, sodass er direkt auf ihrem Kehlkopf saß. »Antworte mir.«

»Ja, ich bin ihr Sohn«, hörte Vivien auf einmal die Stimme von Callum. Fast hätte sie ihn angeschrien, dass er ruhig sein sollte. Aber das hätte sie auf Englisch tun müssen.

Für einen kurzen Moment runzelte der Krieger die Stirn, dann breitete sich ein Lächeln auf seinem Gesicht aus, doch es erreichte seine Augen nicht. »Also gut, dann werde ich deine kranke Tochter hier lassen. Richte deinem Gatten aus, dass ich seinen Sohn mitgenommen habe und er ihn wiederbekommt, wenn er mir im Austausch dafür meine Tochter bringt. Dann wird die Angelegenheit für ihn sogar noch dringlicher, denn soweit ich weiß, hat Kenneth nur diesen einen Sohn.«

Bevor Vivien die Worte ganz verstanden hatte, griff er schon nach Callum und zerrte ihn hinter ihrem Rücken hervor. Der Dolch verschwand von ihrer Kehle und Vivien taumelte rückwärts.

»Mum!«, schrie Callum verzweifelt und dieses eine Wort aus dem Mund ihres Sohnes löste die Erstarrung, in der Vivien sich befunden hatte. Sie hatte sich geschworen, Callum niemals kampflos Jeff zu überlassen. Und ganz sicher würde sie ihn auch nicht von einem anderen Mann entführen lassen.

Bevor sie auch nur darüber nachdenken konnte, wandte sie sich zur Seite, fuhr ihren Ellenbogen aus und warf sich gegen den Mann. Anscheinend kam der Angriff überraschend, denn er taumelte zur Seite und ließ dabei Callums Hand los. Doch er fing sich wieder, und ehe Vivien sich versah, packte er sie, schleuderte sie herum und presste sie gegen die Wand.

»Nein!«, schrie sie und schlug nach ihm.

Er fing ihre Hand mühelos ab und drückte sie ebenfalls gegen die raue Wand.

Jetzt versuchte sie, nach ihm zu treten, aber er lehnte sich gegen sie. »Schluss damit«, sagte er bestimmt, aber sie nahm in seiner Stimme ein leichtes Zittern wahr. Er biss die Zähne zusammen und seine Augen blickten sie wild an. »Lass das«, befahl er.

Doch Vivien dachte nicht daran, aufzugeben. Erneut versuchte sie, ihn zu treten. Außerdem bemühte sie sich, ihre Hand freizube-kommen. Ihr ganzer Körper schien vor Energie zu pulsieren, vor allem dort, wo er sie anfasste, als ob er wärmer wäre als andere Menschen und das auf sie ausstrahlte. Ob er Fieber hatte? Diese Frage, deren Antwort überhaupt keine Bedeutung hatte, schoss ihr durch den Kopf, während sie weiter kämpfte.

Er hielt ihre Hand fester und noch mehr Energie schoss in ihren Arm. Der Mann keuchte auf. »Hör gefälligst auf damit.« Er schrie ihr die Worte ins Gesicht.

Verzweifelt wehrte Vivien sich. »Lass mich los.« Ihr wurde erst bewusst, dass sie die Worte auf Englisch rief, als sie den verwirrten Ausdruck in seinen Augen sah.

Er lehnte sich zurück, nahm ihren Arm runter, legte ihn quer über ihren Brustkorb und lehnte sich dann wieder mit seinem Unterarm dagegen, sodass sie an der Wand festgepinnt war. Er schüttelte seine jetzt freie Hand und starrte für einen Moment darauf. »Was war das?«, fragte er schneidend. »Was hast du getan?« Erneut schüttelte er seine Hand, als ob sie schmerzte.

Vivien hörte, wie die andere Frau keuchend Luft holte. »Lass meinen Sohn in Ruhe«, sagte sie mit so viel Würde und Autorität, wie sie aufbringen konnte.

»Nein«, sagte er. »Er kommt mit mir. Vielleicht überlegt Kenneth sich dann, ob er einfach so meine Tochter entführt.«

»Ich kenne keinen Kenneth«, rief Vivien und merkte, dass sie schon wieder Englisch sprach. Aber anscheinend verstand er sie. »Und ich bin ganz bestimmt nicht seine Frau.«

»Lüg nicht.« Er hob das Kinn ein wenig. Sein Blick war durchdringend, aber auch forschend, so als ob er sich irgendetwas nicht erklären konnte.

Da waren sie definitiv schon zwei.

»Tue ich nicht. Aber du nimmst meinen Sohn nicht mit. Ich bin nicht, wer du denkst, schon gar nicht die Frau von Kenneth. Es ist alles ein Versehen und ich möchte jetzt wieder gehen. Lass mich einfach los und du wirst mich nie wiedersehen.«

Er lachte leise und sie nutzte den Moment, in dem er zu Callum schaute, um ihn nach hinten zu stoßen. Überrascht taumelte er rückwärts.

Vivien zögerte nicht lange, griff nach Callums Hand und rannte zur Tür. »Zeig mir den Weg zum Kamin«, schrie sie, denn sie war nicht mehr sicher, ob sie noch wusste, wo er war, und jetzt zählte jede Sekunde.

Callum brauchte einen Moment, um sich zu fangen, stolperte hinter ihr her und prallte fast gegen den Türrahmen.

»Lauf«, brüllte sie und war schon im Flur, als sie merkte, wie Callums Hand ihr entglitt. Als sie sich umwandte, packte das Entsetzen sie. Der Krieger hatte ihn geschnappt und einen Arm um seinen Hals gelegt. Er streckte seinen Dolch vor und in seiner Miene stand so viel Wut, dass Vivien kalt wurde.

»Ich werde jetzt deinen Sohn mitnehmen und dann werde ich darauf warten, dass dein Mann mir meine Tochter bringt. Sag ihm, er soll sich nicht zu viel Zeit lassen, denn sonst wird er seinen Sohn nicht lebend wiedersehen.«

Es fiel Vivien schwer, diese Worte zu begreifen, aber sie verstand sehr genau, dass er drohte, Callum zu töten.

»Nein!« Sie stürzte vorwärts, bereit, mit dem Krieger um ihren Sohn zu kämpfen, doch der streckte den Dolch weiter vor.

»Keinen Schritt weiter oder ihm geschieht etwas.«

Das brachte Vivien zum Stehen. »Er ist nicht der, für den du ihn hältst. Sein Vater heißt Jeff, nicht Kenneth.«

Der Mann lachte abfällig, dann schob er Callum vorwärts. »Lass uns durch. Kenneth weiß, wo er mich findet.«

»Aber ich nicht!«, schrie Vivien und in ihr breitete sich eine solche Panik aus, dass ihr fast die Beine wegknickten.

»Aus dem Weg«, sagte er und drängte sich an ihr vorbei.

»Mum«, würgte Callum hervor und wollte nach ihr greifen, doch seine Hände fassten ins Leere. Sie hörte die Panik in der Stimme ihres Sohnes. Sie konnte ihn nicht allein lassen.

Ohne darüber nachzudenken, packte Vivien den Krieger am Arm, so fest, dass sich ihre Fingernägel unter dem Leinenhemd in seine Haut bohrten. Selbst so konnte sie die Wärme spüren, die dieser Mann ausstrahlte. »Ich komme mit.«

Er hielt inne und starrte auf ihre Hand. »Nein.« Ruckartig zog er seinen Arm weg.

»Doch. Wohin er geht, gehe ich auch.«

Im gleichen Moment, da sie die Worte sagte, wusste sie, dass es absoluter Wahnsinn war. So oft hatte sie mit der Polizistin, die ihr damals geholfen hatte, als Jeff ins Gefängnis gekommen war, darüber gesprochen, dass sie im Falle einer Entführung von Callum lieber Hilfe holen sollte, als selbst zu versuchen, ihn zu befreien. Es wäre viel schlauer, die Polizei zu benachrichtigen oder Holly zu holen, irgendjemanden. Hilfe zu holen, war immer die bessere Idee. Doch Logik funktionierte nicht mehr bei ihr. Ihr Mutterinstinkt überwog alles andere. Sie konnte ihren Sohn nicht einfach hier allein lassen. In den Händen eines Wilden. Sie kannte ja nicht einmal den Weg zurück.

Er hielt inne und legte den Kopf schief.

Auf der Treppe erklang ein Poltern.

Er fluchte leise. Worte, die Vivien nicht verstand. Dann schnappte er sich Callum. »Los jetzt.«

Er wollte sich wieder an ihr vorbeidrängen, doch sie stellte sich ihm in den Weg. »Ich komme mit.«

Für einen Moment starrten sie sich an und wieder schien die Zeit stillzustehen, dann atmete er aus. »Anscheinend werde ich dich nicht davon abhalten können. Also gut, dann hat Kenneth noch einen Grund mehr, mir meine Tochter auszuhändigen. Gib deinen Leuten Anweisung, dass sie mich ziehen lassen. Sonst stirbt er.«

Vivien zitterte und nickte, obwohl sie keine Ahnung hatte, was sie tun sollte.

Er zog ihren Sohn aus dem Zimmer und Vivien blieb nichts anderes übrig, als ihm zu folgen.

Bevor sie in den Flur treten konnte, fasste die Frau nach ihrem Arm. »Hab keine Angst, alles wird gut.«

Sie sagte die Worte auf Englisch.

Vivien runzelte die Stirn. »Woher willst du das wissen?« Gar nichts war gut, denn ihr Sohn war in der Gewalt eines Entführers.

Sie schluckte und lächelte dann. »Weil ich es weiß. Geh jetzt. Begib dich auf deinen dir vorbestimmten Weg. Vertrau auf dein Herz. Es wird dir den richtigen Weg weisen. Und hab keine Angst. Sein Name ist Alasdair Mackenzie.«

Vivien wollte noch etwas fragen, doch dann hörte sie, wie Callum von der Treppe her rief: »Mum!« Er klang ängstlich. Also wandte sie sich um und rannte dem Entführer ihres Sohnes hinterher. In eine unbekannte Zukunft.

7

Vivien stolperte die Treppe hinauf und trat in den Gang. Hier lag das Zimmer mit dem Kamin, wenn sie sich richtig erinnerte. Ganz kurz dachte sie darüber nach, eine erneute Flucht zu wagen, aber sie wusste, dass der Krieger es ernst meinte, dass er Callum etwas antun würde.

Kalte Panik stieg in ihr auf. Ihrem Sohn durfte nichts passieren. Dafür würde sie alles tun, zur Not auch sich entführen lassen.

Als der Mann sich zur nächsten Treppe nach unten wandte, erhaschte Vivien einen Blick auf das Gesicht ihres Sohnes. Er war blass, aber sah nicht mehr so ängstlich aus. »Ich bin hier«, sagte sie schnell und hätte ihn am liebsten berührt, doch sie konnte nicht um den großen Krieger herumfassen.

»Ich weiß«, stieß Callum hervor und ging dann weiter die Treppe runter. Wenigstens hatte der Mann seinen Hals losgelassen. Dafür hielt er den Dolch direkt an Callums schmalen Rücken.

Hinter sich hörte Vivien eilige Schritte. Als sie sich umblickte, sah sie am anderen Ende des Ganges Röcke auf der Treppe verschwinden. Eine Frauenstimme rief etwas, das Vivien nicht verstehen konnte. Dann war es wieder still.

Der Mann, der sich anscheinend überhaupt nicht darum

scherte, ob Vivien ihm folgte oder nicht, führte Callum mehrere Treppen hinunter und verschiedene Gänge entlang. Vivien kam es vor, als ob sie sich in einem Labyrinth befänden. Das hier war die Burg Kintallan, aber sie hatte keine Ahnung, wo genau in der Burg sie sich aufhielten.

Schließlich stieß der Mann eine Tür auf und helles Sonnenlicht flutete in den Gang. Vivien blinzelte und hielt die Hand vors Gesicht.

»Runterklettern«, wies der Krieger Callum an.

Vivien trat näher und spähte nach draußen. Was sie sah, ließ sie den Atem anhalten. Vor ihnen war ein steiler Abhang. Natürlich, Kintallan lag auf einem Hügel. Der musste noch weitaus steiler gewesen sein, als die Burg noch jünger gewesen war. Vermutlich zur Verteidigung.

Callum schluckte, ließ sich dann aber auf alle viere nieder und begann, den Abhang hinunterzuklettern. Der Mann beobachtete ihn für einen Moment, dann schaute er Vivien an und hob herausfordernd eine Augenbraue.

Glaubte er wirklich, dass sie ihren Sohn allein lassen würde, nur weil es darum ging, einen lächerlichen Abhang hinunterzuklettern? Da hatte er sich definitiv geschnitten.

Sie warf ihm einen vernichtenden Blick zu, der ihn überhaupt nicht zu beeindrucken schien. Dann ging sie an ihm vorbei und kletterte seitwärts den Abhang hinunter, immer darauf bedacht, keine Steine loszutreten, die Callum verletzen könnten. Sie war froh, dass sie ihre wasserfesten Wanderstiefel trug, da sie keine Lust gehabt hatte, sich vor der Besprechung mit Holly und Isla umzuziehen. Auch Callum trug seine wetterfesten Schuhe mit den strukturierten Sohlen, sodass er genügend Halt hatte. Vivien war sich nicht sicher, wie schwer er sich verletzen würde, wenn er an diesem Abhang abstürzte. Und jetzt wollte sie nicht darüber nachdenken, denn es würde sie panisch und damit anfällig für Fehler machen. Sie musste ruhig bleiben.

»Keine weiteren Fluchtversuche«, wies der Entführer sie von

weiter oben an und erstaunt stellte sie fest, dass er Englisch gesprochen hatte.

Sie zog es vor, darauf nicht zu antworten.

Zu ihrer Genugtuung stellte sie fest, dass er mit den glatten Ledersohlen seiner Stiefel weitaus mehr Probleme hatte, den Hang hinunterzuklettern. Als er einen Stein lostrat, der nur knapp ihr Gesicht verfehlte, um dann in die Tiefe zu springen, hielt sie inne und schaute zu ihm rauf.

»Verzeihung«, murmelte er, sah sie dabei aber nicht an.

Erstaunt musterte sie ihn, dann kletterte sie langsam weiter. Mit einer Entschuldigung hatte sie nicht gerechnet.

Als sie sich umschaute, erkannte sie, dass unten bei den Bäumen ein anderer Mann mit zwei Pferden auf sie wartete. Er blickte ihnen entgegen und Vivien konnte die Verwirrung auf seinem Gesicht sehen.

Ihre Gedanken rasten. Das musste der Komplize ihres Entführers sein. Das hieß also wirklich, dass man sie von hier wegbrachte. Doch wohin? Was sollte sie tun? Ob sie die Entführung noch irgendwie verhindern konnte? Auf keinen Fall wollte sie Callum gefährden.

Die Frau in dem Zimmer hatte ihr gesagt, dass alles gut werden würde. Ob sie Hilfe holen würde?

Vivien blickte nach oben zu dem Mann, der angeblich Alasdair Mackenzie hieß. Das riesige Schwert an seiner Seite machte ihr Angst und der entschlossene Ausdruck in seinen Augen auch. Mit ihm war nicht zu spaßen, so viel war sicher. Er war auf der Suche nach seiner Tochter gewesen, von der er glaubte, dass sie entführt worden war. Was bedeutete, dass er unerbittlich sein würde, wenn er dachte, dass Callum der Sohn des Entführers seiner Tochter war.

Oh Gott, wie hatten sie sich nur in diese Lage bringen können? Viviens Kopf schmerzte noch immer, und es wurde schlimmer, als sie über die aussichtslose Situation nachdachte.

Callum hatte den Fuß des Abhangs erreicht und klopfte sich die Hände ab.

Erleichtert atmete Vivien auf. Wieder sprang ein kleiner Stein an ihr vorbei und sie warf einen bösen Blick nach oben. Alasdair Mackenzie erwiderte ihn ungerührt.

Sie musste ihm irgendwie entkommen und dann zu diesem Kamin zurückkehren. Wenn sie wieder zu Hause in ihrem Cottage war, konnte sie darüber nachdenken, was eigentlich passiert war.

Ihr Cottage. Sie wandte den Blick in die Ferne und schaute sich die Umgebung der Burg an.

Dort war der Loch, der in dieser Zeit aber mehr Wasser zu führen schien. Dahinten war der Wald, in den sie oft zum Jagen oder Trainieren mit den Vögeln ging. Auch er war größer. Die Straße nach Fort William fehlte natürlich. Ihr Cottage gab es noch nicht, da stand noch nicht einmal ein Haus. Und dann war da noch das Dorf, das jetzt aber aus torfgedeckten kleinen Häusern bestand und nicht aus den Steinhäusern wie in vielen hundert Jahren.

Ihr Bauch verkrampfte sich, als ihr das noch einmal ihre Situation bewusst machte. Sie befand sich wirklich in einem anderen Jahrhundert. Sie hatte eine Zeitreise gemacht! Noch immer rebellierte ihr Geist dagegen. Es war einfach nicht möglich.

Schließlich erreichte sie auch den Fuß des Abhangs. Kaum war sie auf das Gras getreten, bemerkte sie, dass Alasdair schneller kletterte und viel mehr Steine lostrat als zuvor.

Es dauerte nur wenige Sekunden und er hatte den Boden auch erreicht. Er packte Callum am Arm und rannte los. Um Vivien kümmerte er sich gar nicht. Also lief sie einfach hinterher.

Als sie einen Blick zurückwarf, erhob sich die Festung groß und mächtig hinter ihr. Noch nie war ihr Kintallan so bedrohlich vorgekommen wie in diesem Moment. Jemand hatte die Tür geschlossen, durch die sie gekommen waren.

Sie erreichte die Pferde. Der andere Mann musterte sie misstrauisch.

»Schau nicht so, Balthair. Ich musste sie mitnehmen«, sagte Alasdair.

»Warum?«

»Sie wollte ihren Sohn nicht allein lassen.«

Der andere Mann namens Balthair hob die Augenbrauen. »Das ist also Kenneths Sohn?«

Vivien wollte etwas sagen, doch zu ihrer Überraschung schüttelte Callum fast unmerklich den Kopf, so als ob er sie bitten wollte, nicht zu sprechen. Also presste sie die Lippen zusammen.

»Du nimmst sie, ich den Jungen«, sagte Alasdair jetzt und trat an sein Pferd heran.

Balthair nickte und warf einen Blick zur Burg. »Wir sollten uns beeilen.«

Alasdair schwang sich auf den großen Rappen. Dann beugte er sich runter und hob Callum vor sich in den Sattel.

Vivien biss die Zähne zusammen. Er würde sie tatsächlich mitnehmen.

»Wohin reiten wir?«, fragte sie.

Alasdair hob eine Augenbraue und schaute sie an. »Was denkst du?« Er antwortete ihr wieder auf Gälisch.

Balthair stieg ebenfalls auf sein etwas kleineres Pferd, und bevor Vivien sich versah, zog er sie vor sich in den Sattel. Er roch sauer und die körperliche Nähe war ihr unangenehm. Der Sattelknauf drückte in ihren Po und sie schwang ein Bein über den Hals des braunen Pferdes.

»Warum trägt sie Hosen?«, fragte der Mann hinter ihr. »Ist sie wirklich eine Frau?«

»Weiß nicht«, antwortete Alasdair.

Vivien setzte sich etwas aufrechter hin. »Weil ich mich so besser bewegen kann. Sei froh darüber, sonst hätte ich den Abhang nicht so schnell runterklettern können«, erwiderte sie, während die Männer die Zügel aufnahmen.

Alasdair warf ihr einen Blick von der Seite zu. »Mir wäre es lieber gewesen, wenn du in der Burg geblieben wärst. Machst alles nur komplizierter.«

Sie schleuderte ihm einen wütenden Blick zu. Mittlerweile war ihr klar geworden, dass er kein grausamer Mann war, sondern ein verzweifelter. Sie wusste nicht genau, woran sie es festmachte, aber er war nicht rücksichtslos. Trotzdem machten seine Taten sie wütend.

»Du kannst uns immer noch hier lassen. Schließlich hast du sowieso die Falsche erwischt.«

Sein Blick wurde ernst. »Ich bin mir sehr sicher, dass du genau die Richtige bist.«

»Und woher willst du das wissen? Vielleicht machst du einen sehr großen Fehler.«

Ein leichtes Lächeln umspielte seinen Mundwinkel, verschwand aber gleich wieder. »Das fürchte ich auch.«

Balthair umfasste die Zügel fester. »Du solltest aufhören zu reden. Wir müssen weg von hier.«

Alasdair schüttelte den Kopf. »Sie hat die Wachen zurückgehalten. Keiner wird uns behelligen.« Er nickte Vivien zu, als ob er ihr danken wollte.

»Ich habe die Wachen nicht …«

Weiter kam sie nicht, denn Alasdair wendete sein Pferd und es verfiel sofort in einen leichten Galopp. Der Braune machte ein paar Schritte und schlug mit dem Kopf, vermutlich passte es ihm nicht, dass zwei Reiter auf seinem Rücken saßen. Balthair trieb das Tier trotzdem an und als das Pferd unter ihr in den Galopp wechselte, wurde Vivien unangenehm nach oben geschleudert, weil sie keine Steigbügel hatte.

Balthair hinter ihr grunzte, denn anscheinend war ihr Zopf in sein Gesicht geschlagen. Dann hielt er sie fester und Vivien wurde ein wenig schlecht. Es war unangenehm, diesem Mann so nah zu sein.

Die Pferde galoppierten durch ein Waldstück und brachten sie immer weiter von der Burg weg. Vivien hielt sich so gut sie konnte an der Mähne des Pferdes fest und hielt den Blick starr auf den breiten Rücken von Alasdair gerichtet. Die grüne Landschaft sauste an ihr vorbei und schon bald war sie außer Atem. Die Pferde blieben dicht zusammen und ihre Hufe trommelten auf dem Waldboden.

Die Männer blieben ganz ruhig, aber es gab etwas, das sie vollkommen verwirrte. Anscheinend sagte Alasdair ab und zu etwas zu Callum und der antwortete sogar. Denn immer wieder sah sie ihn Handbewegungen machen. Worüber sprachen die beiden? Und warum benahmen sie sich, als ob das hier etwas anderes wäre als eine Entführung?

Sie verließen den Wald, durchquerten das Tal und bogen in das kleine Glen Liath ab, das Vivien gut kannte, aber in ihrer Zeit, denn dort konnte sie ihre Vögel in der Schlucht fliegen lassen, was vor allem den schnellen Merlinen gut gefiel. Jetzt war hier nur Wildnis, bis auf einen schmalen Pfad, der sich durch den Wald schlängelte.

Mit jedem Schritt, den sie sich von Kintallan entfernten, schwand Viviens Hoffnung, dass sie schnell zu diesem Kamin zurückkehren würden.

Ein paar Mal schweiften ihre Gedanken zu Brynne. Wenn es stimmte, was Holly sagte und Brynne auch eine Zeitreise angetreten hatte, war sie dann womöglich hier? War sie auch entführt worden?

Noch immer konnte sie nicht glauben, dass das wirklich passierte. Bisher hatte sie die Abenteuerlust ihres Sohnes immer geschätzt, aber jetzt war sie sich nicht sicher, ob sie sie nicht direkt ins Verderben führen würde. Nun, sie würde es ja erleben, denn sie konnte nichts anderes tun, als sich an der Mähne festzuhalten und zu hoffen, dass ihnen nichts geschah.

8

Vivien wusste nicht genau, wie lange sie schon geritten waren, aber sie schätzte es auf ungefähr eine Stunde. Eine Stunde, die ihr wie ein halbes Leben vorgekommen war.

Balthair sprach nicht mit ihr, und sie versuchte zu vergessen, dass er direkt hinter ihr saß.

Das Pferd schien sich mit seinem Schicksal abgefunden zu haben und trottete durch den Wald. Zumindest galoppierten sie jetzt nicht mehr und Balthair hielt sie nicht mehr fest. Was dazu führte, dass Vivien Fluchtpläne schmiedete. Sie wusste ungefähr noch, wo sie waren, denn das hier würden später einmal die Ländereien der Blackwoods of Ardmore sein, auf denen sie ebenfalls jagen durfte. Jetzt gab es das Herrenhaus bestimmt noch nicht, denn es war Anfang des 19. Jahrhunderts als Jagdschloss gebaut worden.

Wenn sie es irgendwie schaffen konnten, sich abzusetzen, würden sie zu Fuß noch vor der Dämmerung nach Kintallan zurücklaufen können.

Alasdair ritt die meiste Zeit vor ihnen, aber manchmal ließ er sich neben Balthairs Pferd zurückfallen. Dann wechselte er einsilbig ein paar Worte mit Balthair, deren Sinn Vivien nicht verstand, aber anscheinend ging es um ihre Reiseroute. Sie selbst nutzte den Augenblick, um zu Callum zu blicken. Der saß relativ entspannt auf dem Pferd, und obwohl sie einen erschöpften Zug um seine Augen entdeckte, sah sie keine Angst in seiner Miene.

Callum war wie alle Kinder, die in einem traumatisierenden Haushalt gelebt hatten, sehr gut darin, Menschen zu lesen. Und Vivien wusste, dass Alasdair ihm keine Angst machte. Das sollte sie beruhigen, aber gleichzeitig verwirrte es sie auch.

Aus irgendeinem Grund hatte sie auch keine Angst vor ihm, aber er machte sie wütend. Er hatte kein Recht, sie mitzunehmen, und er weigerte sich anzuerkennen, dass er sich geirrt hatte.

Sie hoffte so sehr, dass alles gut ausgehen würde. Das hatte die Frau doch gesagt. Alles würde gut werden. Doch woher wollte sie das wissen? Wie gern hätte Vivien sie weiter ausgefragt.

Manchmal ertappte sie Alasdair dabei, wie er sie fragend anschaute, so als wunderte er sich, wer sie war. Und vermutlich tat er genau das. Möglicherweise dämmerte ihm da doch die Einsicht seines Irrtums.

Als es zu regnen anfing, löste Alasdair das Plaid über seiner Schulter und breitete das Tuch über seine und Callums Schultern aus. Dankbar atmete Vivien aus. Callum trug nur ein T-Shirt und hatte keine Jacke dabei, während sie ihre Fleecejacke trug. Die war zwar nicht wasserabweisend, aber sie wärmte sie wenigstens gut.

Als Balthair ebenfalls Anstalten machte, ihr sein Plaid um die Schultern zu legen, schüttelte sie den Kopf und lehnte sich nach vorn. Sie wollte nicht mit diesem Mann unter einem wollenen Tuch sitzen. Es war zu intim, zu vertraut.

Alasdair schaute zu ihr rüber und runzelte die Stirn. Vivien reckte das Kinn, was bei ihm wieder den Anflug eines Lächelns hervorrief. Er zog das Plaid noch ein wenig fester um sich und Callum. Vivien fand es beinahe rührend, zu sehen, wie gut er sich um ihren Sohn kümmerte.

Sie überlegte gerade, ob sie ihm ein dankbares Lächeln

schenken sollte oder ob das in dieser Situation zu weit ging, als Alasdairs Pferd plötzlich stieg. Auch Balthairs Brauner scheute zurück.

Viviens Magen krampfte sich zusammen, als auf einmal vier Männer auf dem Weg auftauchten. Sie waren dreckig und zerlumpt. Einer hatte ein Schwert erhoben, die anderen Knüppel und Messer.

Balthair fluchte leise hinter ihr, und sie spürte, wie er versuchte, sein Schwert aus der Scheide zu ziehen. Doch es gelang ihm nicht, da sie vor ihm saß.

Undeutlich nahm sie wahr, dass Alasdair das gleiche Problem hatte. Vor allem musste er sich erst einmal aus dem Plaid entwirren, das er gerade um sich und Callum festgesteckt hatte.

Die Männer auf dem Weg brüllten und attackierten die Pferde. Für einen Moment war Vivien zu geschockt, um etwas zu tun, aber dann wurde ihr klar, dass Alasdair und Balthair kämpfen mussten. Also beugte sie sich nach vorn und legte sich so flach wie möglich über den Pferdehals. Im nächsten Moment hörte sie das zischende Geräusch, als Balthair sein Schwert zog.

»Runter, Callum!«, rief sie, war sich aber nicht sicher, ob er sie hören konnte. Er saß wie erstarrt. Doch Alasdair griff einfach vorn um ihn herum und zog sein Schwert auf diese Weise. Dann rammte er dem Pferd die Hacken in die Flanken und es sprang nach vorn, direkt auf die Männer zu. Die sprangen auseinander und attackierten Alasdair nun von der Seite. Vivien schrie, aber sie wusste nicht einmal, warum. Sie hatte solche Angst, dass Callum verletzt werden würde, dass sie nicht mehr klar denken konnte.

Es dauerte einen Moment, bis sie begriff, dass auch ihr Pferd angegriffen wurde. Einer der Männer schlug mit dem Knüppel nach dessen Beinen, verfehlte jedoch.

Balthair fluchte wieder, und sie spürte, wie er versuchte auszuholen, aber es ging nicht. »Runter, Mädchen!«, brüllte er.

Sofort legte Vivien sich wieder auf den Pferdehals, was jedoch ein Fehler war, denn jetzt war sie auf Augenhöhe mit einem der

Angreifer. Der grinste sie bösartig an und entblößte dabei vergammelte Zähne. Er holte mit dem Knüppel aus und wollte nach ihrem Kopf schlagen, doch in dem Moment riss Balthair das Pferd herum und es sprang zur Seite.

Balthair grunzte ungehalten. »Bleib hier sitzen, Mädchen.«

Behände sprang er vom Pferd und sofort stürzte sich einer der Angreifer auf ihn. Auch der andere ging auf ihn los, doch Balthair wich ihren Schlägen geschickt aus. Selbst Vivien konnte sehen, dass die beiden keine erfahrenen Kämpfer waren, Balthair hingegen schon.

Als der Blick des Mannes, der sie angegriffen hatte, wieder auf sie fiel, wusste sie, dass sie sich aus dem Kampfbereich entfernen musste. Sie wendete das Pferd und schaute gleichzeitig zu Alasdair. Der hatte sein Schwert erhoben, hielt Callum fest an sich gedrückt und dirigierte gleichzeitig sein Pferd von links nach rechts, sodass die beiden Männer, die ihn bedrängten, keine Möglichkeit hatten, zuzuschlagen, sondern ständig dem riesigen Tier ausweichen mussten.

Obwohl Vivien Todesangst um ihren Sohn ausstand, musste sie zugeben, dass es gekonnt, beinahe elegant aussah.

Als einer der Angreifer sich dem Pferd näherte und fast Callums Bein mit einem Messer erwischte, schrie Vivien auf. »Nein!« Sie trieb ihr Pferd an, um ihrem Sohn zu helfen, doch Alasdair drehte sich auf dem Pferd um.

»Bleib, wo du bist!«, brüllte er auf Englisch. Dann schwang er sich aus dem Sattel, verpasste seinem Pferd einen Schlag auf den Hintern und schickte es so zu Vivien. Callum, der eigentlich gut reiten konnte, klammerte sich lediglich am Sattel fest, wurde hin und her geschüttelt und sah blass aus.

Hektisch griff Vivien nach den Zügeln des Rappen und brachte sie aus der Gefahrenzone. Die Pferde waren äußerst willig, aus dem Kampfgetümmel zu kommen, und der Rappe sprintete los. Der Braune folgte ihm, aber am Ende des Weges machten die beiden halt.

Keuchend lehnte Vivien sich zu Callum rüber. »Ist alles in Ordnung?«

Callum, der immer noch ganz weiß im Gesicht war, nickte.

Das Geschrei der Männer hallte durch den Wald und zitternd fuhr Vivien sich über das Gesicht. »Ist dir wirklich nichts passiert?«, fragte sie.

»Nein. Alasdair hat gut aufgepasst.«

Er sagte es so, als ob die beiden sich schon lange kennen würden. Aber Vivien musste ihrem Sohn recht geben. Alasdair hatte wirklich gut auf sie aufgepasst.

»Was sind das für Kerle?«, fragte Callum jetzt.

Vivien hob die Schultern. »Wegelagerer vermutlich.« Sie wurde sich der Absurdität dieser Situation bewusst. So etwas hatte sie sonst nur in Filmen gesehen.

Selbst von hier konnte sie erkennen, wie gut Alasdair und Balthair gemeinsam gegen die Räuber kämpften. Sie standen Rücken an Rücken, die Schwerter erhoben, und führten gekonnt Schläge gegen ihre Angreifer aus.

»Wir müssen ihnen helfen«, sagte Callum.

Doch Vivien schüttelte den Kopf. »Untersteh dich, da noch einmal hinzugehen. Die beiden schaffen das. Hier sind wir sicherer.« Und noch sicherer wären wir zu Hause, dachte sie, als ihr auf einmal klar wurde, welche Gelegenheit sie gerade verstreichen ließ. Ihre Entführer waren abgelenkt und sie hatten die Pferde. »Oh mein Gott«, flüsterte sie. »Callum, wir müssen weg. Lass uns zurück nach Kintallan reiten.«

Sie nahm die Zügel des Braunen auf.

»Mum! Das können wir nicht tun.«

Vivien runzelte die Stirn. »Wie bitte? Wir müssen fliehen.«

»Aber wir können sie hier doch nicht einfach allein lassen.«

»Natürlich können wir das. Schließlich haben sie uns entführt. Und ich will zurück nach Hause. Du nicht? Komm schon.« Sie griff nach den Zügeln des Rappen.

»Doch«, sagte Callum zögerlich, »aber wir sollten ihnen wenigstens ein Pferd lassen. Alles andere wäre unfair.«

Vivien biss die Zähne zusammen. Ihr Sohn hatte einen stark ausgeprägten Gerechtigkeitssinn, der ihm schon manches Mal im Leben im Weg gestanden hatte. »Also gut. Bleib, wo du bist. Ich komme zu dir aufs Pferd.«

»Du willst Kavan mitnehmen? Aber er ist Alasdairs Pferd und er hängt an ihm. Kavan hat ihm mal das Leben gerettet. Lass uns den Braunen nehmen. Bitte, Mum.«

Vivien starrte ihren Sohn an. Mit dieser Reaktion hatte sie nicht gerechnet.

Sie warf einen Blick zurück zu den Kämpfenden. Jetzt waren es nur noch drei Angreifer und sie sahen auch nicht mehr so eifrig aus wie vorher. Der vierte lag am Boden und hielt sich den blutenden Arm.

»Na gut, dann komm hier rüber. Setz dich hinter mir in den Sattel. Schaffst du das?« Sie lenkte den Braunen neben das größere schwarze Pferd und Callum krabbelte von einem Pferderücken auf den anderen. Als er sich an ihr festklammerte, seufzte Vivien erleichtert auf. Es war gut, ihren Sohn wieder so nah bei sich zu haben.

Sie schnalzte mit der Zunge und trieb den Braunen an. Erst langsam, dann immer schneller setzte er sich in Bewegung. »Komm schon«, murmelte Vivien und trieb ihn weiter an.

»Er kann nicht schneller, Mum«, sagte Callum neben ihr. »Er ist erschöpft.«

»Aber wir müssen hier weg, bevor sie merken, dass wir fliehen.«

Sie wandte sich um, weil sie sichergehen wollte, dass die Männer immer noch vom Kampf abgelenkt waren. Aber sie hatte Pech. Von den Angreifern war nichts mehr zu sehen und Alasdair und Balthair standen, ihre Schwerter immer noch erhoben, auf dem Weg und schauten in ihre Richtung.

»Scheiße«, murmelte Vivien.

»Mum«, sagte Callum tadelnd, doch sie ignorierte ihren Sohn. Für solche erzieherischen Finessen war jetzt nicht die Zeit.

»Komm schon, schneller. Jetzt lauf doch endlich schneller!« Sie trieb das Pferd immer weiter an, aber es wollte einfach nicht. Vielleicht lag es daran, dass es seinen Gefährten zurücklassen sollte. Sie hätten doch den Rappen nehmen sollen.

Endlich hatten sie die Wegbiegung erreicht und Vivien trieb den Braunen um den Felsen herum, der auf dem Weg lag. Wieder warf sie einen Blick zurück, und was sie sah, ließ sie erstarren. Alasdair rannte den Weg entlang, einen mörderischen Ausdruck auf seinem Gesicht.

»Verfluchte Scheiße«, stieß sie hervor, und bevor Callum etwas sagen konnte, fuhr sie ihn an: »Ich weiß, dass sich das nicht gehört, aber das ist wirklich eine beschissene Situation.«

Noch einmal warf sie einen Blick zurück. Alasdair schwang sich gerade auf sein Pferd. Es war eine fließende Bewegung und der riesige Rappe sprang sofort nach vorn und galoppierte los. Alasdair legte sich tief über seinen Hals und mit wenigen mächtigen Sätzen hatte das große Tier ein atemberaubendes Tempo drauf.

Vivien wusste, dass sie es nicht schaffen würden. Der Braune hatte dem anderen Pferd nichts entgegenzusetzen. Trotzdem trieb sie das Tier um den Felsen herum. »Runter!«, brüllte sie.

Callum lehnte sich nach vorn, aber Vivien schüttelte den Kopf. »Runter vom Pferd. Los!« Sie schubste ihn beinahe runter und sprang dann ebenfalls auf den Waldboden. Sie packte Callums Hand und rannte in die Büsche. Brombeerranken versuchten, sie festzuhalten, aber es war Vivien gleich und sie rannte einfach weiter.

Der Hufschlag des Rappen dröhnte auf dem Weg.

Keuchend stolperte sie vorwärts, Callum folgte ihr.

Hinter einem Felsen ging es einen Abhang hinunter, unten plätscherte ein kleiner Bach. »Hier runter«, sagte sie und zog Callum weiter.

»Mum, das schaffen wir nicht.«

»Doch, das werden wir. Ich will nach Hause. Ich habe die Nase voll. Komm, du zuerst.«

Doch Callum hatte noch nicht einmal einen Fuß auf den Abhang gesetzt, als Vivien ein Rascheln hörte. Bevor sie sich auch nur umdrehen konnte, schloss sich eine Hand um ihren Oberarm und riss sie herum.

»Wo willst du hin?«

Wütend schaute Alasdair sie an. Schweiß glitzerte auf seiner Stirn und seine Wangen waren gerötet, aber er war nicht einmal außer Atem.

»Nach Hause«, fauchte Vivien und versuchte, ihm ihren Arm zu entwinden.

»Dann hättest du beide Pferde nehmen sollen.«

Vivien biss die Zähne zusammen. Sie war einfach zu gutmütig. Nicht immer sollte sie auf Callum hören. »Das hätte ich«, presste sie hervor.

Alasdairs Blick fiel auf Callum. »Es ist gefährlicher für euch, zu fliehen, als bei uns zu bleiben.«

Callum runzelte die Stirn. »Warum?«

Vivien verdrehte die Augen. Das war nicht die Zeit für solche Fragen. Und vermutlich hatte Alasdair es auch nur gesagt, um seine Entführung zu rechtfertigen.

Alasdair seufzte. »Weil sich in dieser Gegend allerhand Gesindel herumtreibt. Ich will nicht, dass euch etwas passiert.« Wie immer, wenn sie allein waren, sprach er Englisch mit ihnen.

Vivien konnte ein abfälliges Lachen nicht unterdrücken. »Wenn du nicht willst, dass uns etwas passiert, solltest du uns nicht entführen.«

Er wandte sich ihr wieder zu und der Blick aus seinen blauen Augen bohrte sich in sie, doch sie zwang sich, ihm standzuhalten. Er machte ihr keine Angst. »Ich habe nicht vor, euch etwas zu tun. Ich will nur, dass Kenneth mir meine Tochter zurückbringt. Das ist alles. Und ich gehe davon aus, dass er ihr auch nichts getan hat.

Wenn dem nicht so sein sollte …« Er führte den Satz nicht zu Ende, aber es reichte auch so als Warnung.

Vivien schloss für einen kurzen Moment die Augen. Sie hasste es, dass er sie immer noch am Arm festhielt. »Dann hoffen wir mal, dass dieser Kenneth, den ich nicht einmal kenne, sich bald bei dir meldet.«

Alasdair schüttelte den Kopf. »Du musst dich nicht verstellen. Ich weiß, dass du seine Frau bist. Und jetzt kommt.« Er ruckte an ihrem Arm und kurz kämpfte Vivien dagegen an, doch er war so stark, dass sie keine Chance hatte.

»Du kannst mich loslassen«, sagte sie, als sie hinter ihm durchs Gestrüpp stolperte.

»Nein.«

»Selbst wenn ich versuche wegzulaufen, wirst du mich gleich wieder einfangen. Das hast du doch gerade gezeigt.«

Er seufzte nur, hielt sie aber weiterhin fest. Als sie auf dem Weg ankamen, wo die beiden Pferde friedlich zusammenstanden und Balthair auf einem Felsen saß und ihnen entgegenschaute, blieb Alasdair stehen. Er drehte sich zu ihr um. »Ich habe noch nie eine so sonderbare Frau wie dich getroffen.«

Vivien war versucht, ihm zu sagen, dass sie sich das vorstellen konnte, weil er vermutlich noch nicht viele Zeitreisende getroffen hatte. Aber das würde sie bestimmt in noch mehr Schwierigkeiten bringen, als wenn er glaubte, dass sie Kenneths Frau sei. »Irgendwann ist immer das erste Mal«, stieß sie daher lediglich hervor.

Alasdair runzelte die Stirn und blickte zu Callum, der nur die Schultern hob, als ob er sich für sie entschuldigen wollte.

Vivien schaute den Braunen an. »Verräter«, murmelte sie leise. »Du hättest ruhig schneller laufen können.«

Zu ihrer Überraschung lachte Alasdair leise. Dann nickte er Callum zu und wies auf Balthair. »Du reitest mit ihm.«

Vivien drehte sich zu ihm um. »Warum?«

Er beantwortete ihre Frage nicht. »Du kommst zu mir.«

»Aber warum?« Aus irgendeinem Grund wollte sie nicht vor

ihm im Sattel sitzen. Hinter ihm auch nicht. Sie wollte ihm überhaupt nicht nahe sein. Da war Balthair ihr dann doch lieber.

Entnervt schaute er sie an. »Weil ich dich dann besser unter Kontrolle habe. Dein Sohn wird nicht allein fliehen und er kann Balthair auch nicht übertölpeln. Bei dir bin ich mir nicht so sicher. Vor allem nicht, da du jetzt den Trick mit den zwei Pferden kennst.«

»Den kannte ich auch schon vorher«, sagte Vivien schnippisch und kam sich ein wenig kindisch vor.

Alasdair wirkte, als ob er sie nicht gehört hätte. Er gab Balthair einen Wink mit der Hand und der klopfte Callum auf die Schulter. »Komm, Junge.« Er stieg aufs Pferd und half dann Callum hoch, der sich vor ihn in den Sattel setzte. Er zitterte ein wenig und Vivien sah, wie kalt ihm war.

Kurzerhand zog sie ihre Fleecejacke aus und reichte sie Callum. »Hier, zieh die an.« Sie selbst trug jetzt nur noch ein T-Shirt und sofort spürte sie kühle Waldluft an den Armen.

Callum zögerte nur kurz, dann griff er nach der Jacke und streifte sie sich über. Wie immer, wenn er etwas von ihr trug, war sie erstaunt, wie groß er schon geworden war. Noch vor einem Jahr wäre er in der Jacke verschwunden, aber er hatte übers Frühjahr einen unglaublichen Schub gemacht.

Alasdair seufzte genervt. »Zieh die Jacke wieder an. Balthair wird ihn mit unter seinen Umhang nehmen.«

Vivien verschränkte die Arme. »Wenn meinem Sohn kalt ist und ich ihm meine Jacke geben will, dann werde ich das tun.«

Finster schaute er sie an. »Dann erwarte aber nicht, dass ich dich mit unter meinen Umhang nehme.«

Vivien verschränkte die Arme vor der Brust. »Keine Sorge. Ich kann das aushalten.«

Für einen Moment starrte er sie an und ihr fiel auf, dass er ihr nicht ins Gesicht schaute, sondern sein Blick ein Stück weiter unten ruhte. Und dann wurde ihr bewusst, wie eng das T-Shirt war und dass sie dadurch, dass sie die Arme verschränkt hatte, ihre Brüste noch etwas nach oben schob. Obwohl es vermutlich unklug war, ihre moderne Kleidung derart zur Schau zu stellen, weigerte sie sich, die Arme zu lösen. Sollte er sich doch sattsehen und sich über sie wundern.

Schließlich wandte er den Blick ab, schüttelte den Kopf und schwang sich in den Sattel. »Komm her«, forderte er sie auf.

Für einen kurzen Moment war sie versucht wegzulaufen, doch das war vollkommen blödsinnig. Zum einen konnte sie Callum nicht mitnehmen und zum anderen würde sie nicht weit kommen.

Das Schweigen zog sich in die Länge, doch Alasdair wartete. Sie wusste, dass er viel zu stolz war, als dass er als Erster nachgeben würde.

Balthair räusperte sich und schließlich rutschte Callum im Sattel herum und sagte leise: »Mum, was ist, wenn die Räuber wiederkommen?«

Das war ein guter Punkt, den sie noch gar nicht bedacht hatte. Trotzdem sagte sie: »Alasdair und Balthair sind doch gut mit ihnen fertiggeworden.«

Alasdair wandte den Kopf ab, und sie meinte, ein Lächeln auf seinem Gesicht zu sehen. Trotzdem war ihr bei dem Gedanken an die Räuber unwohl geworden. Langsam ging sie auf den Rappen zu, breitete die Arme aus und sagte: »Bitte schön.«

Alasdair beugte sich runter und hob sie mühelos vor sich aufs Pferd. Sie fühlte, wie er ein Stück nach hinten rückte, und es war ihr ganz recht. Sie wollte ihn nicht berühren. Und ganz sicher brauchte sie seinen Umhang nicht.

»Dann los«, sagte sie mehr zu sich als zu den anderen, aber sie hörte seine Stimme dicht hinter sich.

»Ich gebe hier die Befehle.«

Der Klang seiner Stimme so dicht an ihrem Ohr verursachte ihr eine Gänsehaut, doch sie weigerte sich, weiter darüber nachzudenken, warum sich das so gut anfühlte. Als Antwort straffte sie nur die Schultern und rückte sich auf der Vorderkante des Sattels zurecht. Sie wusste, dass es bequemer sein würde, wenn sie nach hinten rutschte, aber sie wollte diesem Mann nicht zu nahe kommen.

Alasdair sagte etwas zu Balthair, das Vivien als »Achtung« deutete, und dann zogen beide Männer ihr Schwert aus der Scheide. Langsam setzten sich die Pferde in Bewegung.

»Glaubst du, dass sie uns noch einmal angreifen werden?«

»Nein. Aber allein die gezogenen Schwerter werden sie abschrecken. Du hast nichts zu befürchten.«

Trotzdem war Vivien unruhig und schaute sich immer wieder zu Callum und Balthair um.

Als sie den Wald hinter sich gelassen hatten, schüttelte Alasdair den Kopf. »Ihm wird nichts geschehen. Das lasse ich nicht zu. Genauso wie ich davon ausgehe, dass dein Mann meiner Tochter nichts antut.«

Vivien holte Luft, um ihm abermals zu sagen, dass sie nicht die Frau von Kenneth war, doch dann schwieg sie. Denn alles, was sie heraushörte, war, dass sich ein Vater um seine Tochter sorgte. Und diese Sorge konnte sie ihm nicht nehmen, denn sie hatte keine Ahnung, wer Kenneth war, und schon gar nicht, ob er sich gut um ein kleines Mädchen kümmern würde. »Deine Frau muss außer sich sein vor Sorge«, sagte sie stattdessen, um überhaupt zu antworten. Denn im Grunde waren sie beide nur Eltern, die gut auf ihre Kinder aufpassen wollten. Das hatte ein wenig Respekt verdient.

Vielleicht war es gut, ein wenig mit ihm zu reden, damit sie eine Verbindung aufbauten. Das würde ihr ganz sicher helfen, wenn er endlich erkannte, dass er die Falsche entführt hatte. Sie wollte noch nicht einmal daran denken, was das für sie und Callum bedeuten konnte. Ob er sie dann umbringen würde? Aber auch wenn sie ihn noch nicht gut kannte, hatte sie so eine Ahnung, dass er kein grausamer Mann war. Vielleicht würde er sie einfach zurückbringen oder laufen lassen.

Er atmete tief durch. »Die Mutter meiner Tochter ist tot.«

»Das tut mir leid.«

Er antwortete nicht.

Vivien neigte den Kopf ein wenig zur Seite, in der Hoffnung, dass er noch etwas sagen würde. Kein Wunder, dass er so besorgt um seine Tochter war, wenn ihre Mutter schon gestorben war.

Sie erinnerte sich daran, wie oft sie sich gewünscht hatte, dass Jeff einfach sterben würde, damit er aus ihrem Leben verschwand. Nicht, dass sie ihm wirklich den Tod wünschte, aber es hätte ihr Leben so viel einfacher gemacht. Jedes Mal, wenn sie wirklich jemanden getroffen hatte, der verwitwet war, hatte sie sich geschämt, da der Schmerz oft so groß gewesen war. Jetzt wunderte sie sich über sich selbst, als sie nach dem Schmerz in seiner Stimme suchte. Doch sie konnte ihn nicht finden. Im Gegenteil, er klang neutral. Aber sie konnte die Sorge um seine Tochter spüren, auch wenn er es nicht aussprach.

Himmel, er war zusammen mit einem anderen Mann viele Stunden geritten und in eine fremde Burg eingedrungen, nur um seine Tochter zu befreien. Wenn sie sich richtig erinnerte, hatte er für einen Moment geglaubt, dass das kranke Mädchen auf dem Bett in Kintallan seine Tochter war. Hieß das, dass das Mädchen noch jung war?

»Wie alt ist deine Tochter?«, fragte sie.

Bildete sie es sich ein oder versteifte er sich auf einmal?

»Warum fragst du das?«

Vivien ließ den Blick über die Landschaft schweifen und dachte über ihre Antwort nach. Ihr wurde klar, dass sie sich ebenfalls Sorgen um das Mädchen machte, obwohl sie es nicht einmal kannte. Aber es war entführt worden in einer Welt, wo man nicht einfach die Polizei rufen konnte. »Weil ich auch eine Mutter bin«, sagte sie. »Und ich wünschte, ich könnte etwas für sie tun.«

»Dann sag Kenneth, dass er sie mir bringen soll.«

Jetzt konnte sie den Schmerz in seiner Stimme deutlich hören, obwohl er versuchte, ihn zu verstecken. Sie fuhr sich mit der Hand übers Gesicht. »Ich wünschte, dass es so einfach wäre.«

Darauf bekam sie keine Antwort mehr.

Der Regen fiel dichter draußen auf dem freien Feld als im Wald und schon bald rannen die Tropfen Vivien über Gesicht und Arme. Sie räusperte sich und verschränkte wieder die Arme, denn nun fröstelte sie doch. Wenigstens hatte sie kein weißes T-Shirt angezogen. »Ist es noch weit?«, fragte sie schließlich.

»Vor der Dämmerung sind wir da.«

Vivien schaute gen Himmel, aber der war grau und wolkenverhangen und sie hatte überhaupt kein Gefühl dafür, wie spät es war. Aber wer konnte es ihr verübeln, wenn man bedachte, dass sie zur Mittagszeit noch in Kintallan gewesen war. Und im 21. Jahrhundert.

»Dir ist kalt«, stellte er fest.

»Nein.« Sie ließ ihre Stimme so entschieden klingen wie möglich.

Er antwortete nur mit einem Seufzen. Im nächsten Moment spürte sie, wie er sie nach hinten zog. Nicht ganz bis zu sich heran, aber so, dass sich ihre Unterschenkel leicht berührten. Dann schlang er seinen Umhang um ihre Schultern. Die Wolle war warm von seiner Körperwärme und Vivien musste ein erleichtertes Seufzen unterdrücken. Diese Genugtuung würde sie ihm nicht geben.

»Besser?« Seine Stimme war fast sanft.

»Es wäre auch ohne den Umhang gegangen.«

Gespannt wartete sie auf seine Reaktion, aber die kam nicht. Stattdessen schwieg er eine Weile und fragte dann: »Was hat das Bild auf deiner Kleidung zu bedeuten?«

Vivien runzelte die Stirn und versuchte, sich zu erinnern, was für ein T-Shirt sie heute übergestreift hatte. Es war aus dem Onlineshop einer Frau, der sie auf Instagram folgte, die Klamotten für Surfer designte. Sie hatte noch nie so genau hingeschaut, aber wenn sie sich richtig erinnerte, war auf dem Rücken des T-Shirts eine Welle abgebildet und darauf eine Frau mit langen wehenden Haaren auf einem Surfbrett.

Verdammt, wie sollte sie das nur erklären? Sie hob die Schultern. »Es ist nur ein Muster. Es hat nichts zu bedeuten.«

Und sie zwang sich, nicht darüber nachzudenken, was es bedeutete, dass sie es nicht unangenehm fand, sich mit ihm zu unterhalten. Anscheinend hatte die Reise durch die Zeit auch ihre Gefühle verwirrt, denn sie sollte alles tun, um von ihm wegzukommen. Stattdessen ertappte sie sich dabei, dass seine Gegenwart etwas Vertrautes hatte, obwohl sie ihn gar nicht kannte, ja ihn sogar fürchten oder womöglich hassen sollte.

9

Der Regen wurde immer stärker und erschwerte ihr Vorankommen. Teilweise fiel er so stark, dass Vivien Balthair und Callum nicht mehr erkennen konnte, als sie sich zu ihnen umwandte.

Zu ihrer Überraschung sagte Alasdair: »Keine Sorge. Balthair kennt sich hier besser aus als jeder andere und sein Pferd ist trittsicher. Ihm wird nichts geschehen.«

Auch er verstand ihre Sorge als Mutter und dafür war sie dankbar.

Dann senkte sich die Dämmerung über sie und Vivien hoffte, dass Alasdair mit seiner Einschätzung, dass sie es noch vor Einsetzen der Dunkelheit schaffen würden, recht behielt.

Doch dem war nicht so. Sie mussten mindestens eine Stunde durch die schwarze Nacht reiten, bevor sie in der Ferne Lichter flackern sah. Mittlerweile waren sie alle vollkommen durchnässt und Vivien hatte es sich doch erlaubt, sich an Alasdairs breite Brust zu lehnen. Seine Wärme unter dem Umhang tat gut, denn sie fröstelte in ihrem dünnen T-Shirt.

»Ist es das?«, fragte sie hoffnungsvoll und wischte sich wohl zum hundertsten Mal übers Gesicht. Was hätte sie für eine wasserfeste Kapuze getan.

»Wir sind da«, bestätigte Alasdair. »Nicht mehr weit.«

Er klang nicht im Mindesten erschöpft und Vivien fragte sich, wie das sein konnte.

Balthair schloss zu ihnen auf. »Da ist es«, sagte er.

Vivien seufzte erleichtert und blickte zu ihrem Sohn, der blass vor Balthair im Sattel saß. »Alles in Ordnung bei dir?«, fragte sie leise.

Callum nickte und versuchte sich an einem Lächeln, aber sie sah, wie erschöpft er war. Sie hoffte sehr, dass man ihnen gleich zumindest etwas zu essen geben würde.

Den Rest des Weges legten sie schweigend zurück. Erst als direkt vor ihnen Burgmauern auftauchten und sie im schwachen Licht von Fackeln ein Tor erkennen konnten, fragte Callum: »Wo sind wir hier?«

»Dun Coinneach«, war die kurze Antwort von Alasdair.

Vivien lief eine Gänsehaut über den Rücken, als er das Wort sagte und sie die Vibration seines Brustkorbs an ihrem Rücken spürte, und sie konnte nicht einmal genau sagen, warum.

Die Mauern wirkten dunkel und düster, fast bedrohlich, und auf einmal bekam Vivien Angst. Auf dem Weg hierher hatte sie sich ein wenig entspannt, weil Alasdair sich nicht grausam und gemein gezeigt hatte, sondern eher fast fürsorglich war. Aber er war immerhin ihr Entführer und hatte sie gegen ihren Willen hierher verschleppt. Was würde sie hier erwarten? Auch wenn diese Entführung nicht geplant gewesen war, musste er sich doch Gedanken darüber gemacht haben, was er jetzt mit ihr und Callum anstellen würde.

Wollte er sie womöglich in einem Verlies einsperren? Würde er diesen Kenneth kontaktieren und den Austausch fordern? Aber Kenneth kannte sie nicht und es würde ihn vermutlich nicht interessieren, ob sie und Callum gefangen waren.

Plötzlich war ihr die Nähe zu Alasdair unangenehm und sie

streifte sich das nasse, schwere Plaid von den Schultern. Sofort streifte die Nachtluft kalt ihre Arme und sie fröstelte.

»Was tust du?«, fragte Alasdair und zog das Plaid wieder nach oben. »Wir sind gleich im Trockenen.«

»Was hast du mit uns vor?«, fragte Vivien und vor lauter Aufregung schlugen ihre Zähne aufeinander.

Er antwortete nicht sofort und sie wurde immer zappeliger.

»Mum?«, fragte Callum und sie sah, dass er und Balthair neben ihnen ritten. Ihr Sohn streckte die Hand aus. Schnell nahm sie seine Finger.

»Alles ist gut«, beruhigte sie ihn, doch sie sah an seiner Miene, dass er genau wusste, dass sie Angst hatte. Und jetzt war auch er besorgt.

Das Tor öffnete sich mit einem lauten Knarren und Vivien sah aus dem Augenwinkel, wie Alasdair Balthair zunickte. Der trieb sein Pferd an und er und Callum verschwanden im Burghof. Alasdair ließ sein Pferd langsamer folgen.

»Ich nehme an, du wirst uns einsperren«, stieß Vivien hervor. Mit klopfendem Herzen wartete sie auf seine Antwort.

»Das habe ich noch nicht entschieden.«

»In ein Verlies?« Sie schaffte es nicht, die Worte zurückzuhalten. Denn wenn es so war, wollte sie vorbereitet sein.

Er gab einen abfälligen Laut von sich. »Nein.«

Erleichtert atmete sie aus. »Wo dann?«

Er seufzte und lenkte den Rappen zu einem Gebäude, das wie ein Stall aussah. Balthairs Brauner stand schon vor der Tür und ein Mann mit einer Decke kam ihnen entgegen. »Abend, Chief«, sagte er und nahm den Rappen an den Zügeln.

Vivien brauchte einen Moment, bis sie das Wort begriffen hatte. Chief? Hatte der Mann Alasdair gerade wirklich Chief genannt?

Sie wandte sich zu Alasdair um und studierte ihn. Der schaute sie mit hochgezogener Augenbraue an. »Was ist?«

Schnell schüttelte sie den Kopf. »Nichts.« Sie wusste selbst nicht, warum es sie überraschte, dass er Chief war. Das bedeutete, dass er der Ranghöchste hier in der Burg war und alle anderen Clanmitglieder ihm unterstanden.

»Dachtest du, ich wäre ein Halunke, der im Wald haust?«

Er nahm dem Knecht die Decke ab, zog sein Plaid von ihren Schultern und legte die Decke um Vivien.

»Nein«, sagte Vivien schnell.

Er sah sie so an, als würde er ihr das nicht abnehmen, aber er sagte nichts mehr, sondern schwang sich vom Pferd. Dann hob er sie runter.

Der Knecht starrte sie mit offenem Mund an und beschämt zog Vivien die Decke um sich, damit man ihre Hose und das nasse T-Shirt nicht mehr sah.

»Komm mit«, sagte Alasdair und deutete auf das riesige Gebäude links von ihnen.

»Wo ist Callum?«, fragte sie.

Alasdair schaute sich um und winkte dann. Zwei Gestalten lösten sich aus dem Schatten des Stalls und kamen zu ihnen. Erleichtert atmete Vivien auf, als sie Callum und Balthair erkannte. »Hier entlang«, sagte Alasdair und deutete auf eine Tür. Der Regen fiel immer noch dicht.

Hinter ihnen führte der Knecht den Rappen weg, aber Vivien bemerkte, wie Alasdair dem Tier noch einmal den Hals tätschelte. Noch ein Pluspunkt: Er behandelte Tiere respektvoll.

Vivien hielt inne. Warum sammelte sie Pluspunkte für Alasdair?

Weil er ihr Entführer war, entschied sie. Es war gut, zu wissen, dass er kein grausamer Mensch war. Und wenn er Tiere gut behandelte, galt das sicher auch für seine Gefangenen.

Sie hatten die Tür noch nicht ganz erreicht, als Alasdair sie am Arm nahm. »Warte.«

Sie wandte sich zu ihm um und er ließ ihren Arm schnell wieder los, so als wäre es ihm unangenehm, sie zu berühren.

»Wie ist dein Name?«

Vivien hob die Augenbrauen. Und dann fiel es ihr auf. Obwohl sie mehrere Stunden zusammen auf dem Pferd gesessen hatten, kannte er ihren Namen nicht. Callum hatte sie immer nur Mum genannt. Sie kannte seinen Namen nur daher, weil die Magd auf Kintallan ihn ihr gesagt hatte.

»Vivien«, erwiderte sie.

»Vivien«, wiederholte er und erneut lief eine wohlige Gänsehaut über ihren Rücken. Sie mochte die Art, wie er ihren Namen aussprach. Es klang fast melodisch, zumindest hatte es einen Rhythmus. Aber vielleicht bildete sie es sich auch nur ein.

»Vivien MacLeod«, sagte er jetzt.

Sie runzelte die Stirn. »Nein. Vivien Munro.«

Verblüfft schaute er sie an. »Munro?«

Sie nickte und dann begriff sie. »Ich sagte dir bereits, dass ich nicht die Frau von Kenneth bin.« Sie schluckte. »Du könntest uns jetzt also einfach gehen lassen.«

Er stemmte die Hände in die Hüften und drehte sich zum Hoftor um. »Du möchtest jetzt wieder gehen?«

Unbehaglich verschränkte Vivien die Arme. »Morgen früh wäre mir lieber. Aber was ich eigentlich sagen will, ist, dass ich die Falsche bin.«

»Du bist nicht die Falsche«, sagte er und nickte nachdrücklich. »Dessen bin ich mir sehr sicher.«

Vivien presste die Lippen zusammen, doch sie konnte die Worte nicht zurückhalten. »Dann bist du ein …« Gerade noch rechtzeitig schaffte sie es, abzubrechen.

»Was bin ich dann?«

»Schon gut.«

»Nein, sag es mir.«

Vivien haderte mit sich, doch dann nickte sie so würdevoll wie möglich. »Es wäre nicht sehr klug, meinen Entführer, der noch darüber entscheiden muss, ob er mich einsperrt oder nicht, als Dummkopf zu beschimpfen.«

»Ein Dummkopf bin ich also?« Er hatte jetzt auch die Arme verschränkt, wirkte aber eher amüsiert.

»Ich habe eben gesagt, dass es nicht sehr klug wäre, dich als einen solchen zu bezeichnen.«

»Aber du würdest es tun, wenn ich dich nicht entführt hätte? Außerdem darf ich dich daran erinnern, dass du freiwillig mitgekommen bist. Du hast dich mir sogar aufgedrängt.«

Vivien hob das Kinn ein wenig. »Gut, dann wäre es nicht klug, den Entführer meines Sohnes als Dummkopf zu bezeichnen, selbst wenn er sich so aufführt.«

Alasdairs Mundwinkel zuckte. »Du bleibst also dabei, dass du Vivien Munro heißt?«

»Natürlich, das ist mein Name.«

Er seufzte leise und wies dann auf die Tür. »Nach Euch, Vivien Munro mit dem englischen Akzent, den Kleidern eines Mannes und dem Mut einer Bärin.«

Sie funkelte ihn noch einen Moment an und war sich nicht sicher, ob das eine Beleidigung oder ein Kompliment gewesen war, dann nickte sie würdevoll und wandte sich zur Tür. Doch sie hörte genau, wie Alasdair noch sagte: »Eins muss ich Kenneth lassen, er hat einen außergewöhnlichen Geschmack, was Frauen angeht.«

Sie wandte sich zu ihm um und öffnete den Mund, doch Alasdair hob die Hand. »Ich weiß, du bist nicht mit ihm verheiratet. Aber diese Lüge wird dir auch nicht schneller die Freiheit schenken. Du wirst schon warten müssen, bis dein Mann mir meine Tochter aushändigt, bevor du wieder einen Fuß durch dieses Tor setzt.«

Vivien schluckte hart. »Dann mach dich darauf gefasst, dass wir uns in den kommenden Jahren gut kennenlernen werden, denn Kenneth wird niemals kommen, um mich zu befreien.«

Der Gedanke versetzte sie in Panik. Sie wollte zurück nach Hause, wenn möglich, noch heute. Und sie würde eine Möglichkeit zur Flucht finden, dessen war sie sich sicher.

10

V ivien trat vor Alasdair in den kleinen Raum. In der Ferne hörte sie Stimmengemurmel. Callum und Balthair warteten bereits auf sie. Ein Feuer brannte im Kamin und unwillkürlich rückte Vivien ein wenig näher an die Wärme. Erst jetzt merkte sie, wie durchgefroren sie war.

Eine Frau eilte auf sie zu. Sie trug ein paar grobe Leinentücher über dem Arm. »Guten Abend, Chief. Wollt Ihr Euch erst einmal umkleiden oder zuerst in die Halle gehen?«

Alasdair griff nach einem der Leinentücher und reichte es an Vivien weiter, dann nahm er sich selbst eines und schickte die Frau mit einem Wink zu Callum und Balthair. »Guten Abend, Moira. Sind alle bereits zum Abendmahl versammelt?«

Moira nickte und schaute in Richtung der Halle. »Lachlan hat gerade das Gebet gesprochen.«

Alasdair atmete erleichtert aus. »Gut, dann werde ich gleich in die Halle gehen.« Er wies auf Vivien und dann auf Callum. »Wir haben Gäste. Bitte richte das Zimmer auf der Nordseite her, und«, er zögerte und schaute Vivien an, »gibt es ein Kleid, das groß genug für sie ist?«

Wenn die Magd überrascht war, ließ sie es sich nicht anmerken, aber sie musterte Vivien von oben bis unten. »Natürlich, Chief.«

»Dann bring es ihr bitte und gib ihr einen Raum, in dem sie sich in Ruhe …«

Weiter kam er nicht, denn ein anderer Mann kam mit großen Schritten durch die Tür. Er musste ungefähr zwanzig Jahre alt sein.

Die Ähnlichkeit zu Alasdair war nicht zu übersehen und Vivien fragte sich sofort, ob das sein Sohn war. Er hatte ebenso dunkle Haare wie Alasdair, allerdings trug er sie lang. Und im Gegensatz zu Alasdairs eisblauen Augen waren seine braun, fast schwarz sogar, und er hatte ein viel jugendlicheres Gesicht.

Er war ein gut aussehender Mann, aber irgendetwas an ihm erinnerte Vivien an ein Wiesel, auch wenn sie nicht genau sagen konnte, warum. Doch dann fiel es ihr ein. Er hatte Ähnlichkeit mit Jeff. Ein Wiesel durch und durch.

Er lächelte breit, als er Alasdair sah. »Du bist wieder da. Gott sei Dank. Ich war in Gedanken die ganze Zeit bei dir. Wo ist Fiona?«

Mit einem Stirnrunzeln schaute er sich um, und als sein Blick an Vivien hängen blieb, wurde ihr für einen kurzen Moment noch kälter.

»Wer ist das?«, fragte er.

Alasdair fuhr sich mit dem Leinentuch durch die Haare und seufzte. »Lachlan, da bist du ja. Danke, dass du hier die Stellung gehalten hast. Ich komme gleich in die Halle.«

Der junge Mann nickte, blickte aber immer noch Vivien an. Sie zog die Decke fester um sich.

Alasdair wischte sich mit dem Tuch über das noch immer feuchte Gesicht. »Das ist die Frau von Kenneth MacLeod.« Er deutete auf Callum. »Und sein Sohn.« Er warf Vivien einen kurzen Blick zu, als ob er wollte, dass sie protestierte, aber sie sagte nichts. Irgendwie wollte sie nichts sagen, wenn dieser Mann mit im Raum war.

Der lachte ungläubig. »Du hast Frau und Sohn von Kenneth MacLeod entführt? Was für ein dreister Zug von dir. Heißt es nicht, dass er außerordentlich an ihr hängt? Das wird er sicherlich nicht einfach so hinnehmen.« Er stieß die Luft aus. »Ich hoffe, du weißt, dass du dich auf einen Überfall von ihm vorbereiten musst. Hast du schon die Wachen verstärkt?«

Vivien runzelte die Stirn. Irgendwie klang es sonderbar, dass der jüngere Mann so mit Alasdair sprach, obwohl der hier doch der Chief war.

Alasdair hob die Schultern. »Heute Nacht wird er nicht mehr kommen. Er war nicht in Kintallan. Aber mittlerweile sollte er wissen, dass er mir nur Fiona bringen muss und dann bekommt er Frau und Sohn wieder. Ich denke, selbst Kenneth MacLeod ist schlau genug, diesen Handel einzugehen.«

Vivien biss die Zähne zusammen, und als sie dieses Mal Alasdairs Blick auffing, öffnete sie doch den Mund, aber er schüttelte warnend den Kopf.

Auf einmal wirkte Lachlan betrübt. »Das heißt, dass Fiona immer noch in seiner Gewalt ist? Ich habe dir doch gesagt, dass du nicht hättest hinreiten sollen. Es war zu gefährlich.«

Alasdair hob die Schultern. »So konnte ich wenigstens selbst zwei Gefangene machen.«

Lachlan schaute erst Vivien und dann Callum abschätzig an. Da war ein Ausdruck in seinen Augen, der ihr nicht gefiel. Aber er dauerte nur eine Sekunde und dann war er wieder verschwunden. Doch Vivien wusste, dass sie ihn gesehen hatte, und sie bemerkte, dass auch Callum die Augenbrauen leicht zusammenzog. Dann hatte er es also auch wahrgenommen.

Irgendwie wusste sie, dass sie sich vor Lachlan in Acht nehmen musste.

Die Magd kehrte mit einem Kleid zurück und stand abwartend in der Tür.

Alasdair nickte. »Geh und zieh dich um.«

Vivien zögerte. »Was ist mit meinem Sohn?«

Doch es war nicht Alasdair, der antwortete, sondern Lachlan. »Ist er so schwach, dass er ein wenig Nässe nicht ertragen kann?«

Vivien presste die Lippen zusammen. Sie musste wirklich vorsichtig sein, vor allem auch für Callums Wohl. »Natürlich nicht. Aber ich hatte gehofft, dass er mir helfen kann.« Sie wollte nicht von Callum getrennt werden. Nicht einmal für ein paar Minuten.

»Das schickt sich nicht«, erklärte Lachlan ihr und sah fast angewidert aus. »Ich weiß ja nicht, wie die Sitten auf Kintallan sind, aber hier wird ein Knabe mit sieben Jahren von seiner Mutter getrennt. Er ist unter Männern besser aufgehoben.«

Vivien schluckte und wandte sich an Alasdair. »Ich würde mich freuen, wenn er bei mir bleiben könnte.«

Doch Alasdair schüttelte den Kopf. »Lachlan hat recht. Dein Sohn ist zu alt, um ständig in deiner Nähe zu sein.«

Vivien begann zu zittern, als Panik in ihr aufstieg. Sie wollte nicht von Callum getrennt werden. Dabei war ihr egal, was in diesen Zeiten für Sitten herrschten.

Alasdair nickte ihr zu. »Zieh dich um und komm dann in die Halle. Ich werde mich solange darum kümmern, dass Callum sich ebenfalls umkleiden kann.«

Vivien wollte protestieren, aber sie sah ein, dass sie hier nur verlieren konnte. Und aus irgendeinem Grund vertraute sie Alasdair, dass er sich gut um Callum kümmern würde.

Lachlan verschränkte die Arme. »Unsere arme Fiona hat auch niemanden, der ihr in der Gefangenschaft beisteht, und wer weiß, was dein Mann mit ihr anstellt.«

Als sie begriff, was Lachlan damit andeuten wollte, sah Vivien, wie sich eine Mischung aus Ekel und Angst in Alasdairs Züge schlich. Und sie konnte ihn so gut verstehen. Um einen Jungen machte man sich schon Sorgen, aber bei einem Mädchen war es noch einmal etwas ganz anderes.

»Ich bin mir sicher, er behandelt sie gut. So etwas würde er niemals tun«, stieß sie hervor, obwohl sie nichts dergleichen wusste. Sie kannte Kenneth ja nicht einmal. Doch sie wollte, dass Alasdair sich beruhigte. Sie war jetzt von ihm abhängig.

Alasdair schaute sie einen Moment lang prüfend an und Vivien erwiderte seinen Blick. Sie versuchte, Mut und Stolz in ihren Ausdruck zu legen, und gleichzeitig schlug ihr das Herz bis zum Hals. Schließlich nickte er der Magd zu, die Vivien anblickte und dann auf eine Tür an der Seite wies.

»Hier entlang.«

»Lass uns schnell machen«, sagte Vivien auf Gälisch und hoffte, dass es die richtigen Worte waren. Sie wollte Callum nur so kurz wie möglich allein lassen. Sie wechselte einen Blick mit ihm. »Keine Sorge. Ich bin gleich wieder da«, fügte sie auf Englisch hinzu.

Obwohl sie Aufregung in seinem Gesicht sah, legte er sich eine Hand auf die Brust und sagte lautlos: »Ich kann auf mich aufpassen. Ritterehrenwort.« Das konnte sie ihm von den Lippen ablesen.

Wenn er noch kleine Witze machte, konnte es ihm nicht so schlecht gehen. Zu gern hätte sie ihn in den Arm genommen, aber sie wollte ihn vor den Männern nicht in Verlegenheit bringen.

Als sie aus dem Raum ging und der Magd in einen dunklen Gang folgte, sah sie noch, wie Alasdair ihrem Sohn eine Hand auf die Schulter legte. Und tatsächlich beruhigte sie das.

Der Blick von Lachlan hingegen behagte ihr gar nicht. Er war berechnend und sie wollte auf keinen Fall, dass Callum mit diesem Mann allein blieb.

Noch ein Grund, so schnell wie möglich zu fliehen.

11

K aum war sie in der kleinen Kammer angekommen, riss Vivien sich das T-Shirt über den Kopf. Es war klatschnass und aus ihren Haaren tröpfelte Wasser. Sie sah, wie die Magd ihren BH mit erstauntem Blick betrachtete, aber es war ihr egal, denn sie wollte einfach nur schnell wieder zu Callum.

Mit kalten Fingern versuchte sie, den Knopf ihrer Hose zu öffnen, aber es gelang ihr nicht. Als sie versuchte, sie einfach so über die Hüften zu zerren, hatte sie auch keinen Erfolg.

»Hilfe«, sagte sie zu der Magd und ihre Zähne klapperten. Zum einen war ihr kalt, zum anderen war sie furchtbar aufgeregt. Was sie wohl in der Halle erwartete? »Bitte«, fügte sie hinzu.

Die Magd half ihr, den Knopf zu öffnen, und beinahe verschämt öffnete Vivien den Reißverschluss. Sie hoffte, dass die Magd ihn sich nicht genauer anschaute.

»Warum tragt Ihr Hosen?«, fragte die Magd.

Mit eiskalten Fingern machte Vivien sich an ihren Wanderschuhen zu schaffen. Sie hatten dem Regen am längsten getrotzt, aber sie waren mittlerweile auch vollkommen durchnässt. Ihre Socken konnte sie auswringen.

Vivien schlüpfte aus der Hose, ihre Beine waren eiskalt. Die

Unterhose war zwar auch vom Regen nass, aber sie entschied sich, sie anzulassen.

»Ich …« Sie hatte keine Antwort auf diese Frage und entschied sich, auszuweichen. Gerade hatte sie ganz andere Probleme. »Kann ich das Kleid haben?«

Die Magd reichte ihr ein Unterkleid, das so viele Bänder hatte, dass Vivien überhaupt nicht wusste, wo vorn und hinten war. Sie schlüpfte hinein. Das Leinen lag eng an ihrem Hals an.

Die Magd kicherte und wurde ernst, als sie Viviens Blick auffing. »Das ist falsch herum.«

»Ach, verdammt«, murmelte Vivien und sah, wie die Magd erstaunt die Augenbrauen hob.

Sie quälte sich wieder aus dem Hemd und verheddert sich dabei in den Schnüren. Sie gab einen ungeduldigen Laut von sich und versuchte, das Unterkleid richtig zu halten, aber irgendwie ergab das alles keinen Sinn.

Verzweifelt blickte sie die Magd. »Ich will zu meinem Sohn. Hilf mir doch.«

Schnell nickte die Magd und nahm ihr das Hemd aus der Hand. Sie richtete es und hielt es Vivien so hin, dass sie reinschlüpfen konnte. Mit flinken Fingern band sie die Schnüre zu. Dann half sie Vivien in das dunkelgrüne Wollkleid, das sie mit einem Gürtel festmachte.

»Meine Großmutter war eine MacLeod, aber niemand hier weiß davon«, sagte sie auf einmal leise.

Es dauerte einen Moment, bis Vivien begriff. Natürlich dachte hier jeder, dass sie eine MacLeod war, und das waren bestimmt die Feinde, wenn sie dachten, dass der Chief der MacLeods von Kintallan die Tochter von Alasdair entführt hatte.

Auf einmal blieb ihr der Atem weg. Sie war nicht nur entführt, sondern auch noch in die Burg gebracht worden, wo vermutlich jeder sie hasste. Einfach nur, weil sie sie mit dem Clan MacLeod verknüpften.

Sie sah, dass die Magd die Luft anhielt und ihrem Blick

auswich. Vivien atmete tief durch. »Dann sind wir also Verbündete. Zumindest ein bisschen?«

Das brachte die Frau zum Lächeln und Vivien bemerkte erstaunt, wie gut es tat, dass jemand sie anlächelte. Und weiß Gott, sie brauchte Verbündete auf dieser sonderbaren Reise.

»Das sind wir. Mein Name ist Moira.«

Vivien griff nach Moiras Hand und drückte sie. »Hast du Kinder?«, fragte sie.

Die Magd nickte. »Acht an der Zahl.«

Überrascht hob Vivien die Augenbrauen. Sie konnte sich nicht vorstellen, acht Kinder zu haben. »Ich habe nur einen Sohn. Sein Name ist Callum. Er ist auch mit hier und ich mache mir Sorgen um ihn.«

Moira nickte ernst.

Vivien wusste nicht, ob sie zu weit ging, aber sie wollte es probieren. »Glaubst du, dass Alasdair ihm etwas tun würde?«

Moira runzelte die Stirn und Vivien fragte sich schon, ob die Frau die Frage überhaupt beantworten würde. Doch dann schüttelte sie den Kopf. »Alasdair ist selbst Vater und ein guter dazu, obwohl er nur eine Tochter hat. Er wird deinem Sohn nichts tun.«

Vivien spielte mit dem Band ihres Kleides. Sie wollte so schnell es ging wieder zu Callum, um ihn in dieser Situation nicht allein zu lassen, aber sie hatte keine Ahnung, wann oder ob sie überhaupt noch einmal Gelegenheit haben würde, mit Moira zu sprechen. Anscheinend war sie eine gute Quelle für Informationen. Und sie wollte möglichst viel über das, was sie hier erwartete, wissen.

»Wer ist der Mann, der zu uns gekommen ist? Lachlan heißt er.«

Dieses Mal war das Stirnrunzeln stärker und Moira schwieg länger, als ob sie ihre Antwort abwägen müsste. »Er ist Alasdairs Neffe.«

Vivien konnte hören, dass noch mehr dahintersteckte, doch

Moira wirkte nicht so, als ob sie noch mehr sagen wollte. Trotzdem stellte sie die Frage.

»Könnte er Callum gefährlich werden?«

Moira wich ihrem Blick aus und hob Viviens Hose auf. »Alasdair würde das nicht zulassen.«

Also ja. Sie beschloss, Lachlan im Auge zu behalten. Zumindest soweit sie das konnte.

Sie wischte sich über die Stirn. Als Jeff noch auf freiem Fuß gewesen war, hatte sie oft Angst um Callum gehabt. Genau wie in den letzten Tagen, seit sie erfahren hatte, dass Jeff aus dem Gefängnis entlassen worden war. Das Gefühl war nichts Neues für sie, aber in ihrer Welt fiel es ihr wesentlich leichter, die Gefahren einzuschätzen und sich dementsprechend zu verhalten. Außerdem hatte sie dort Geld und ein Netzwerk, auf das sie zurückgreifen konnte, wenn sie Hilfe brauchte. Hier hatte sie nichts.

»Wir sollten in die Halle gehen«, sagte sie, obwohl ihr davor graute.

Moira nickte.

Vivien legte ihr noch einmal eine Hand auf den Arm. »Danke, dass ich dich das fragen durfte. Es bedeutet mir sehr viel.«

Jetzt hob die ältere Frau den Blick und in ihren Augenwinkeln bildeten sich Lachfältchen. »Ich werde auf dich und deinen Jungen achtgeben.«

Erleichtert atmete Vivien durch. Es war zwar nicht viel, aber sie musste sich hier schnell ein Netzwerk aufbauen. Moira war der erste wichtige Knotenpunkt.

Gerade wollte sie sich abwenden, als ihr noch etwas einfiel. »Ist er verheiratet?«, fragte sie.

Moira hielt inne. »Lachlan? Nein, er sucht eine Frau.« Sie schaute Vivien ein wenig misstrauisch an.

»Oh nein, das meinte ich nicht. Ich …« Auf einmal fiel es ihr schwer, das zu fragen, denn sie wusste, dass es falsch rüberkommen könnte. »Ich weiß, dass Frauen oft großen Einfluss auf ihre Männer haben, deswegen will ich wissen, ob Alasdair wieder geheiratet hat. Die Mutter seiner Tochter ist doch verstorben, oder? Es geht nur um die Sicherheit meines Sohnes.«

Moira schaute sie einen Moment lang an, dann fragte sie: »Du bist mit Kenneth MacLeod verheiratet, oder?«

Vivien zögerte und wusste nicht, was die richtige Antwort war. In ihrem Kopf rasten die Gedanken. Würde es helfen, wenn sie Moira die Wahrheit sagte, zumindest die halbe Wahrheit, dass Alasdair die Falsche entführt hatte? Aber würde sie es ihr glauben? Und wenn sie es tat, was für ein Licht warf es dann auf Alasdair?

Außerdem, wenn Moira so misstrauisch fragte, ob Vivien verheiratet war, hatte es sicherlich einen Grund. Nicht, dass man ihr unterstellte, dass sie Alasdair verführen wollte. Nein, das fühlte sich sehr gefährlich an, wenn man womöglich so etwas von ihr dachte.

Sie wünschte sich, dass sie die Frage nicht gestellt hätte.

Schließlich entschied sie sich für eine halbe Lüge. »Ich bin verheiratet.«

»Mit Kenneth MacLeod.«

Vivien nickte und hoffte, dass es ganz unverbindlich aussah. »Dem Vater meines Sohnes.« Niemals hätte sie gedacht, dass sie Jeff einmal als Ausrede und Notlüge benutzen würde, und dabei wurde ihr ein wenig schlecht.

Moira entspannte sich ein wenig. »Alasdair ist nicht verheiratet, aber er ist auf Brautschau. Du hast also nichts von einer Frau zu befürchten.« Sie zögerte. »Aber ich weiß, was du meinst. Die Frau des Bruders meines Mannes war nie gut zu mir und immer misstrauisch. Die Ehefrauen haben einen großen Einfluss auf ihre Männer.«

Vivien atmete erleichtert aus. Zu gern hätte sie Moira erzählt, dass es in Jeffs Leben auch eine Frau gegeben hatte, die der Grund für ihr Zerwürfnis und im Grunde auch Jeffs Verurteilung gewesen war. Beinahe hätte diese Frau nicht nur Jeff, sondern Callum und Vivien gleich mit ins Verderben gerissen.

Es erleichterte sie, dass diese Komplikation in diesem Fall wegfiel. Dass ein ganz kleiner Teil von ihr aus einem anderen Grund erleichtert war, dass Alasdair nicht verheiratet war, erschreckte sie jedoch und sie schob den Gedanken ganz weit von sich.

Dann musste sie also vor allem auf Lachlan aufpassen. Oder möglichst schnell von hier fliehen. Sie hatte zwar noch keine Ahnung, wie sie das anstellen sollte, aber sie hatte schon immer einen Weg gefunden, wenn sie etwas wollte. Vor allem wenn es darum ging, Callum zu schützen. So würde es auch dieses Mal sein. Sie würde schneller von hier weg sein, als irgendjemand erwartete.

12

M oira führte sie zu der großen Halle und Viviens Knie wurden immer weicher, je näher sie kamen. Zu ihrer Überraschung warteten Alasdair, Lachlan und Callum immer noch in dem kleinen Vorraum. Auch Alasdair und Callum hatten die Kleider gewechselt und Vivien konnte ihren Sohn nur anstarren. Er trug ein Hemd und ein gegürtetes Plaid und er sah aus, als ob er es schon immer getragen hätte. Seine wasserfesten Turnschuhe passten nicht so recht dazu, aber da sie schwarz waren, fiel es nicht so auf. Vivien war auf einmal dankbar, dass die mit den neonfarbenen Applikationen Callum noch zu groß gewesen waren und er sich für die schlichten schwarzen entschieden hatte.

Das Schuhgeschäft in Inverness schien auf einmal so unglaublich weit weg.

»Geht es dir gut?«, fragte sie leise.

Callum nickte und schob seine Brille zurecht.

Sie trat näher zu ihm heran. »Vielleicht solltest du die abnehmen.« Es reichte, wenn sie Turnschuhe trugen, wenn sie vor die versammelten Mackenzies traten. Aber eine Brille war sehr auffällig.

Callums Augen weiteten sich vor Überraschung, dann riss er sich die Brille von der Nase. »Daran habe ich gar nicht gedacht.«

Er wollte sie in die Hosentasche stecken, etwas, das Vivien ihm immer wieder untersagte, da sie nicht genug Geld hatte, um ständig die zerkratzten Brillengläser zu erneuern, denn Callum sammelte gern Steine, Münzen und allerlei Zeug in seinen Taschen. Da fiel ihm auf, dass er ein Plaid trug und keine Tasche hatte. Vivien streckte die Hand aus und nahm die Brille an sich. Ihr Kleid hatte auch keine Taschen, also steckte sie sich die Brille kurzerhand in den Ausschnitt. Es war wichtig, dass sie nicht verloren ging.

Das Plastik war kühl auf ihrer Haut.

Sie fühlte, dass Alasdair sie anschaute, und wandte sich betont langsam zu ihm um. Was er wohl von ihr denken musste?

Sein Blick wanderte an ihr herunter und wieder hinauf. Sie versuchte, den Ausdruck in seiner Miene zu deuten, konnte es aber nicht. Einen Moment verweilte sein Blick auf ihrem Ausschnitt und sie wusste, dass er den Austausch mit Callum bezüglich der Brille bemerkt hatte. Auch Lachlan hob fragend die Augenbrauen.

Vivien straffte die Schultern. »Sollen wir gehen?« Meistens war es gut, wenn man selbstbewusst gegenüber solchen selbstherrlichen und dadurch gefährlichen Männern auftrat.

Alasdair verschränkte die Arme und sah belustigt drein. Bevor er etwas sagen konnte, meinte Lachlan: »Hat sie dich den ganzen Weg hierher so herumkommandiert? Du solltest vorsichtig sein, dass sie dir nicht die Zügel aus der Hand nimmt.«

Irgendetwas an dieser Aussage irritierte Vivien. Es klang freundschaftlich und belustigt, aber etwas in Lachlans Stimme sagte ihr, dass er diese Aussage mit Berechnung gewählt hatte.

»Keine Sorge«, sagte Alasdair. »Wir haben schon darüber gesprochen, welche Freiheiten ihr zustehen und welche nicht. Außerdem ist sie freiwillig mitgekommen.«

Er schaute Vivien lange an und ihr Herz schlug ein bisschen

schneller. Alasdair verunsicherte sie in seiner Ruhe. Er strahlte eine solche Überlegenheit aus.

Lachlan lachte. »Sag nicht, dass es ihr freisteht, zu gehen.«

»Ich gehe nur, wenn ich meinen Sohn mitnehmen darf«, entfuhr es Vivien und sie bereute es sofort, dass sie sich überhaupt eingemischt hatte. Anscheinend fand ein Machtkampf zwischen den beiden Männern statt, den Lachlan ernster nahm als Alasdair. Und da wollte sie sich ganz sicher nicht einmischen.

Alasdair schüttelte den Kopf. »Nicht mehr. Sie ist jetzt eine Gefangene.«

Bei dem Gedanken lief ihr ein Schauer über den Rücken und erneut fragte sie sich, ob Alasdair sie in einen Kerker sperren würde. Es wäre besser, sich mit ihm gut zu stellen und ihn nicht gegen sich aufzubringen. Aber sie wurde immer ein wenig herrisch, wenn sie unsicher war.

Und alles, was sie wollte, war, möglichst schnell von hier zu verschwinden.

»Dann solltest du sie auch so behandeln«, wandte Lachlan ein.

Alasdair seufzte. »Sie ist vor allem die Frau von Kenneth MacLeod und allein dadurch hat sie es verdient, mit Anstand behandelt zu werden.«

Wieder schaute er sie lange an und Vivien fragte sich, was das für eine Regung war, die sie in seinem Blick wahrnahm. Doch sie konnte es einfach nicht deuten.

Alasdair riss seinen Blick von ihr los und wandte sich Lachlan zu. »Das gilt auch für dich. Du musst lernen, dich zu mäßigen.«

Die Spannung zwischen den beiden Männern war fast mit den Händen zu greifen und Vivien ertappte sich dabei, wie sie die Luft anhielt.

Lachlans gesamte Haltung spannte sich einen Moment lang an, doch dann lächelte er und schlug Alasdair auf die Schulter. »Ich werde einfach deinem Beispiel folgen.« Er schaute Vivien an und in seinem Blick lag eine unmissverständliche Härte. Er würde sich nicht mäßigen, zumindest nicht, wenn Alasdair fort war.

Sie hoffte sehr, dass sie es schaffen würde, ihm aus dem Weg zu gehen. Auch wenn sie eine Gefangene war.

»Du solltest dich jetzt wirklich in der Halle blicken lassen«, sagte Lachlan und klang besorgt. »Aber mach dich darauf gefasst, dass alle erwarten, dass du Fiona mitgebracht hast.«

Alasdair straffte die Schultern und Vivien fiel auf, wie groß er war. Lachlan war fast genauso groß, aber ihm fehlten die stattliche Statur und die Ausstrahlung eines natürlichen Anführers, wie Alasdair sie hatte.

Alasdair winkte Balthair, der immer noch in der Ecke stand, und dann ging er eine Treppe hoch, die vermutlich in die Halle führte.

Unsicher, was sie tun sollte, schaute Vivien ihm nach. Doch im nächsten Moment fasste Lachlan sie am Arm. Mit der anderen Hand hatte er Callum gepackt. »Los jetzt, dann wollen wir unserem Clan mal zeigen, welcher Fang unserem Chief ins Netz gegangen ist.«

Seine Finger um ihren Oberarm gruben sich tief in ihren Muskel, aber sie weigerte sich, einen Schmerzenslaut von sich zu geben, obwohl es wirklich wehtat. Alasdair hatte sie nicht ein Mal so grob angefasst. Auch nicht nach ihrem Fluchtversuch.

Sie haderte mit sich, ob sie ihm sagen sollte, dass Alasdair unter Mäßigung sicherlich etwas anderes verstand, aber dann wurde ihr klar, dass sie ihn dadurch noch weiter gegen sich aufbringen würde. Also schwieg sie, auch wenn sie sich an den Worten fast verschluckte.

Doch Lachlan wollte ihr anscheinend noch etwas mitteilen. »Du weißt, dass all die Menschen dort oben in der Halle sehr enttäuscht darüber sein werden, dass Fiona immer noch verschwunden ist, und dass sie deinem Mann, den sie sowieso schon aus tiefster Seele hassen, dafür die Schuld geben?«

»Sie ist nicht mit Ken…«, setzte Callum an, doch Vivien unterbrach ihn schnell. Diese Information brauchte Lachlan ganz sicher nicht. Sie hatte Sorge, dass es sie noch mehr in Gefahr bringen würde, wenn er wusste, dass sie eigentlich nutzlos waren. Sollte er doch glauben, dass Kenneth MacLeod auf dem Weg hierher war, sie zu befreien. Dann war sie wenigstens noch zu etwas nütze. Callum durchschaute diese ganzen Spielchen noch nicht. Sie musste unbedingt allein mit ihm sprechen, damit sie einen Plan absprechen konnten. Dass sie jetzt zusammenhielten und immer dasselbe sagten, war das Wichtigste.

»Das weiß ich sehr wohl«, unterbrach sie ihren Sohn und funkelte Lachlan wütend an. »Genauso wie du in der Halle von Kintallan Hass erfahren würdest.«

Amüsiert schaute er sie an, während er sie die Treppe hinaufführte. »Wie gut, dass wir auf Dun Coinneach sind und nicht auf Kintallan. Ich hoffe sehr für dich, dass dein Gatte rechtzeitig kommt, um dich zu retten. Wenn ich mir dein Mundwerk so anschaue, wird es gefährlich für dich werden.«

Vivien biss die Zähne zusammen, um nicht eine bissige Bemerkung zurückzuschleudern. Sie musste wirklich vorsichtig sein, auch wenn es ihr nicht gefiel. Trotzdem war es ihr wichtig, dass Lachlan glaubte, sie sei die Frau von Kenneth MacLeod. Das gab ihr immer noch ein wenig Schutz. Bestimmt würden sie selbst in diesem Jahrhundert nicht einfach die Frau eines anderen Chiefs ermorden, oder?

Verstohlen warf sie Lachlan einen Blick zu und auf einmal war sie sich nicht so sicher, ob er zu so etwas nicht doch fähig war. Aber Alasdair würde es nicht tun, dessen war sie sich sicher. Und sie wusste gar nicht genau, warum.

Als Lachlan sie beide um eine Ecke schob, konnte sie sich zu Callum umwenden. Sie tauschten einen Blick und Vivien schüttelte den Kopf. Sie hoffte sehr, dass er verstand, dass er sie reden lassen sollte. Sie wusste, dass er ein gutes Herz hatte und nur vermitteln und das Missverständnis aufklären wollte, aber das war hier zu gefährlich.

Callum nickte und sie betete, dass er wusste, was sie ihm hatte sagen wollen. Wie verwirrend das alles hier für ihn sein musste.

Aber sie würde ihn schon gut durch dieses Abenteuer lotsen. So wie sie es schon immer getan hatte. Schließlich war das ihr Job als Mutter.

Dann hatten sie die Halle erreicht. Vivien stockte der Atem, als sie sah, wie viele Menschen sich hier versammelt hatten. Und alle waren ganz still und schauten zu Alasdair hinauf, der am Ende der Halle etwas erhöht stand und gerade sprach. Seine dunkle Stimme trug durch den großen Raum und Vivien hätte die Worte zu gern verstanden, doch ihr Herz klopfte zu laut. Es dröhnte beinahe in ihren Ohren.

Früher hatte sie Callum viele Ritterbücher vorlesen müssen und natürlich waren auch oft Beschreibungen der Versammlungen in den Hallen vorgekommen. Es jetzt aber live zu erleben, war etwas ganz anderes.

Ja, Alasdair war kein Ritter, aber er war ein Highlandkrieger durch und durch. Vivien ertappte sich bei dem Gedanken, dass ihr ein solcher Krieger wesentlich lieber war als ein Typ in einer Rüstung.

In ihrem dröhnenden Kopf hörte sie das Wort *Fiona* und auf einmal stöhnten viele in der Halle auf. Vivien begriff, dass Alasdair ihnen gerade gesagt hatte, dass er seine Tochter nicht hatte befreien können. Sie zwang sich zur Ruhe und versuchte zu hören, was er weiter sagte.

»Doch wir wissen, dass sie bei Kenneth MacLeod ist, und ich denke nicht, dass der ihr etwas antun wird.«

Ein entsetztes Raunen ging durch die Menge und eine Frau in ihrer Nähe fing an zu weinen, als ob sie gerade vom Tod des Mädchens erfahren hätte.

»Kenneth MacLeod?«, rief jetzt ein älterer Mann von der Seite. »Da kennst du ihn aber schlecht.«

Bei dem Gedanken, dass Kenneth dem Mädchen wirklich etwas tun könnte, wurde Vivien ein wenig schlecht. Es war zwar nicht ihre Schuld, dass die Situation so war, wie sie war, trotzdem hatte sie ein schlechtes Gewissen. Und Mitgefühl für Alasdair und alle, die sich Sorgen um Fiona machten. Warum mussten sie auch unbedingt ein Kind in diesen Konflikt hineinziehen?

Alasdair schüttelte den Kopf. »Wie ihr alle wisst, war ich als Ziehsohn bei den Grants of Freuchie. Dort habe ich einige Jahre zusammen mit Kenneth MacLeod verbracht. Sosehr wir uns auch hassen, er ist ein Ehrenmann und würde keinem Kind etwas antun. Er will lediglich die Heirat mit seinem Sohn erzwingen, wenn sie im rechten Alter ist. Aber das kann und werde ich nicht zulassen, denn Fiona ist bereits jemand anderem versprochen.«

»MacLeods sind keine Ehrenmänner!«, rief jemand.

Lachlan ruckte an ihrem Arm und zwang sie weiterzugehen. Bisher hatte noch niemand sie bemerkt, da die ganze Aufmerksamkeit auf Alasdair gerichtet war, doch jetzt drehten sich die Ersten zu ihnen um.

Vivien bemühte sich zu atmen und hoffte, dass Callum das hier alles gut überstand. Er hasste es, wenn er vor der Klasse einen Vortrag halten musste. Das hier war sicherlich die Hölle für ihn.

Sie sah, wie Alasdair zu ihnen blickte, und sie erkannte, wie irritiert er war.

»Los, vorwärts«, herrschte Lachlan sie an.

Alasdair holte tief Luft und wandte sich wieder an die Anwesenden. »Es gibt noch einen Grund, warum Kenneth MacLeod Fiona schon bald herausgeben wird, denn ich habe etwas, das Kenneth äußerst wichtig ist. Und er weiß, dass ich mich an meinen Gefangenen rächen werde, wenn er Fiona etwas antut.«

Vivien gefror das Blut in den Adern, als er das sagte. Es klang so anders, als sie ihn draußen erlebt hatte. Er würde ihnen doch nicht wirklich etwas tun, oder?

Jetzt wandten sich alle zu ihnen um und Vivien hörte das erstaunte Gemurmel. Verdammt, warum hatte sie Callum nur erlaubt, dass sie das kranke Mädchen besuchten? Sie hätten direkt umkehren sollen, als sie durch diesen merkwürdigen Kamin gefallen waren, dann wären sie jetzt nicht in dieser Situation.

Kurz schoss ihr der Gedanke durch den Kopf, dass ihr mal

eine andere Mutter vorgeworfen hatte, sie ließe Callum zu viel durchgehen. Fast hätte sie hysterisch gelacht. Das hatte die andere Mutter damit bestimmt nicht gemeint.

»Wer ist das?«, rief ein Mann.

Vivien sah, wie Alasdair Luft holte, doch es war Lachlan, der antwortete.

»Kenneth MacLeods Sohn und seine Frau. Alasdair hat wirklich einen glorreichen Fang gemacht. Wir sollten stolz auf ihn sein, auch wenn es bedeutet, dass wir jeden Moment mit dem Angriff von MacLeod rechnen müssen.«

Für einen Moment war es ganz still, dann brach der Lärm los. Viele standen auf und reckten die Hälse, um Vivien und Callum besser ansehen zu können. Rufe erklangen.

»Mum!«, hörte sie Callum rufen.

Sie sah, wie er stolperte, und auf einmal kam die Löwenmutter in ihr durch. Mit einem Ruck machte sie sich aus Lachlans Griff los und trat zu Callum. Sie fasste nach seiner Hand. »Ich bin hier. Keine Angst.« Doch sie sah in seinem Gesicht, dass er sich sehr wohl fürchtete.

Zum Glück hatten sie das Podest erreicht, auf dem Alasdair stand, und konnten die Menge hinter sich lassen.

Alasdair bot ihr eine Hand und half ihr nach oben. Als sie neben ihm stand, sagte er leise: »Niemand wird ihm etwas tun. Aber behandle ihn nicht wie ein Kind. Niemand achtet einen schwachen Mann und es wirft ein schlechtes Licht auf deinen Ehemann.«

»Aber er ist noch ein Kind«, entfuhr es Vivien und sie wollte Callum nach oben helfen. Der wehrte ihre Hand jedoch ab und stieg selbst auf das Podest.

Sie sah, wie Alasdair die Augenbrauen hob. »Er ist kein Kind mehr, sondern ein Mann. Er ist dreizehn.«

Bevor Vivien darauf etwas sagen konnte, hob Alasdair beide Hände. »Ruhe!« Seine Stimme hallte durch die Halle und sofort wurde es still.

»Hast du wirklich MacLeods Balg hierher geholt? Und sein Weib?« Einer der Männer schaute Alasdair kopfschüttelnd an.

Der verschränkte die Arme. »Das habe ich, denn ich hatte keine andere Wahl. Er hat Fiona irgendwo versteckt, wo ich sie nicht finden kann. Aber er wird sich zu einem Austausch herablassen, wenn er davon erfährt, dass ich seinen Sohn und seine Frau habe. Es heißt, er hängt sehr an ihnen. Und das macht einen Mann weich und unvernünftig.«

»Was nicht heißt, dass Alasdair unvernünftig ist, nur weil er seine Tochter liebt«, rief Lachlan in den Raum. Nur ein paar Leute lachten.

Vivien starrte ihn an und fragte sich, ob er versuchte, Witze zu machen. Aber das hier war nicht witzig. Ganz und gar nicht.

Lachlan runzelte die Stirn und wandte sich an Alasdair. »Was glaubst du, wann MacLeod kommen wird?«

»Schon bald, dessen bin ich mir sicher. Und sobald Fiona bei mir ist, können die beiden gehen.«

Zustimmendes Gemurmel erhob sich. Lachlan hingegen schaute Vivien durchdringend an und sie fragte sich, was er gerade dachte. Vielleicht wollte sie es aber auch gar nicht wissen.

»Solange werden die beiden auf dieser Burg wie Gäste behandelt. Wenn ich etwas anderes sehe oder erfahre, wird es demjenigen schlecht ergehen. Bei den Mackenzies herrscht das Gesetz der Gastfreundschaft. Wir sind Ehrenmänner!«

Alasdair blickte in der Halle umher und Vivien hielt die Luft an. Tatsächlich nickten die meisten. Ein paar schauten zu Lachlan und sie sah, wie zufrieden der wirkte.

Irgendetwas stimmte hier nicht. Lachlan spielte irgendwelche Spielchen. Vielleicht war es das, was sie an Jeff erinnerte. Und sie wusste ganz sicher, dass sie nicht in der Mitte von etwas landen wollte, das ihr und Callum gefährlich werden konnte und worauf sie keinen Einfluss hatte. Doch in diesem Moment hatte sie keine Chance, zu fliehen, und musste es einfach aushalten.

»Wir werden Fiona sicher nach Hause holen«, rief Alasdair und dieses Mal gab es viele Zustimmungsrufe.

»Das hoffen wir sehr«, rief Lachlan und klopfte Alasdair auf die Schulter. »Aber nehmt euch vor einem Angriff der MacLeods in Acht. Sie sind heimtückisch.«

Vivien schluckte und schaute auf ihre Füße. Damit meinte er auch sie. Alle starrten sie an und sie wusste nicht, was sie mit ihren Händen tun sollte. Also verschränkte sie diese hinter dem Rücken und straffte die Schultern. Sie würde das hier überstehen. Irgendwie. Und dann würde sie nie wieder hierher zurückkehren.

13

Alasdair wies auf die dunkle Tür. »Das hier ist deine Kammer für die Zeit, in der du auf Dun Coinneach bist.«

Vivien warf der Tür einen Blick zu und hätte sie am liebsten geöffnet, um zu erfahren, was sich dahinter verbarg. Wie würde ihre Gefängniszelle aussehen? Auch wenn Alasdair sagte, dass sie wie ein Gast behandelt werden würde, wussten sie doch alle, dass sie eine Gefangene war.

So war es eben beim Essen auch gewesen. Es war fast ein Wunder, dass niemand sie an ihrem Stuhl festgebunden hatte. Die Stimmung war eisig gewesen.

Sie nickte. »Verstanden.«

Lachlan stand schräg hinter Alasdair und sie hasste es, dass er ihnen zuhörte. In seiner Nähe traute sie sich nicht, so mit Alasdair zu sprechen, wie sie es während des Rittes getan hatte.

»Ein Feuer ist bereits geschürt, es war immerhin kalt auf dem Pferderücken. Du musst dich aufwärmen.«

Erleichtert atmete Vivien auf. Die Kälte steckte ihr tatsächlich immer noch in den Knochen. »Danke«, sagte sie und neigte den Kopf.

Alasdair zögerte. »Wie ich schon sagte, du bist Gast auf Dun Coinneach, aber es bedeutet nicht, dass du dich frei bewegen kannst.«

Vivien schluckte. »Ich verstehe.« Es hatte keinen Sinn, jetzt zu diskutieren und um Ausnahmen zu bitten. Viel wichtiger war, dass sie in Sicherheit war und nicht mehr in dieser Halle, wo die meisten sie anschauten, als ob sie ein Verbrechen begangen hätte.

Alasdair zögerte. »Es wäre gut, wenn du dich nützlich machst. Wir werden dir eine Aufgabe zuweisen.«

Vivien starrte ihn an. Hatte sie das richtig verstanden? »Was für eine Aufgabe?«

»Wir haben viel Wolle von den Schafen. Sie muss gesponnen werden.«

Der Mund klappte Vivien auf. »Ich soll spinnen? Aber das kann ich …« Sie brach ab, als sie Lachlans hochgezogene Augenbrauen sah.

»Das kannst du nicht, wolltest du sagen?«, fragte der nun auch prompt.

Vivien biss sich auf die Unterlippe. »Natürlich kann ich spinnen.« Sie versuchte, so viel Selbstbewusstsein wie möglich in ihre Stimme zu legen. Herrgott, hoffentlich musste sie das nicht beweisen. Sie hatte nicht mal das Internet, wo sie sich schnell ein YouTube-Video anschauen könnte. »Aber ich ziehe andere Aufgaben vor.«

»Und die wären?«, fragte Lachlan.

Vivien verschränkte die Arme und versuchte, nicht ins Schwitzen zu kommen. »Ich könnte im Stall helfen.«

Beide Männer schauten sie verwundert an. »Im Stall?«, wiederholte Alasdair und sie konnte die Verwirrung in seiner Stimme hören.

Natürlich war ihr klar, dass das keine Frauenarbeit war, aber ihr war auf die Schnelle nichts Besseres eingefallen.

»Ganz recht. Oder alles, was mit Kraft zu tun hat.« Sie dachte an Butter schlagen, Wäsche waschen oder Sonstiges, aber sie traute sich nicht, das zu sagen, für den Fall, dass sie es dann tatsächlich tun musste und es doch irgendwelcher Fertigkeiten bedurfte. Obwohl ein Butterfass zu rühren doch nicht so schwer sein konnte. »Ich bin stark«, sagte sie, und als ihr Blick auf Alasdairs muskulöse Oberarme fiel, fügte sie schnell hinzu: »Für eine Frau.«

»Du willst lieber im Stall arbeiten, als zu spinnen?«, fragte Alasdair jetzt ungläubig.

Sie nickte. »Viel lieber. Und sticken mag ich auch nicht.« Nur für den Fall, dass er ihr diese Aufgabe übertragen wollte. »Aber vermutlich bin ich in wenigen Tagen sowieso wieder fort.« Selbst wenn Kenneth hier nicht auftauchen würde, war sie sich sicher, dass sie einen Weg finden würde, um mit Callum zu fliehen.

Noch immer schauten die beiden Männer sie verwirrt an.

»Kenneth lässt dich solche Arbeiten verrichten?«, fragte Alasdair.

»Habt ihr dafür keine Mägde?«, fragte Lachlan hämisch.

Vivien bedachte ihn mit einem strengen Blick. »Natürlich haben wir die, aber ich bin auf dem Land aufgewachsen und liebe die Arbeit draußen. Ich ziehe sie jederzeit dem Spinnen in einer stickigen Kammer vor.« Außerdem konnte sie besser Fluchtpläne schmieden, wenn sie draußen war.

Alasdair schüttelte den Kopf. »Man erzählt sich viel über dich, aber das hätte ich nicht erwartet.«

Viviens Herz schlug schneller. »Was erzählt man sich denn über mich?«

Alasdair antwortete nicht sofort, aber Lachlan hatte eine Antwort parat. »Es heißt, dass die Frau von Kenneth MacLeod sonderbar ist. Keiner weiß, woher du kommst, denn niemand hat dich zuvor gesehen. Jemand hat einmal behauptet, dass du nicht einmal aus England bist, aber wenn ich dich höre, kannst du nur eine Engländerin sein. Es heißt sogar, dass du ein Wesen aus einer anderen Welt bist, vielleicht sogar eine Baobhan Sith oder jemand vom kleinen Volk, dem Kenneth zum Opfer gefallen ist. Und nun bestätigt es sich, dass Kenneths Frau sogar Hosen trägt und Männerarbeit verrichtet. Das ist verabscheuungswürdig.« Er klang ehrlich angeekelt und fast erwartete sie, dass er vor ihr auf den Boden spucken würde.

Alasdair hob die Hand. »Lass es gut sein, Lachlan.«

Vivien spürte, wie sie zitterte. Sie hatte keine Ahnung, wer die Frau von Kenneth MacLeod wirklich war, aber wenn solche Gerüchte über sie verbreitet wurden, konnte es gefährlich für sie werden. Und für Callum.

Sie breitete die Hände aus. »Ich bin eine ganz normale Frau, und die Hosen habe ich nur getragen, weil ich draußen mit dem …« Verdammt, was sollte sie sagen? »… mit dem Holz geholfen habe. Da war es unpraktisch, Röcke zu tragen.«

Lachlan verschränkte die Arme. »Oder bevorzugt Kenneth womöglich Männer und lässt dich deswegen Hosen tragen?« Er lachte laut los.

»Es reicht jetzt, Lachlan«, sagte Alasdair, aber seine Stimme klang nicht allzu streng. »Ich bin mir sicher, dass sich unser Gast gut benimmt und tun wird, was wir ihm sagen. Zur Not auch spinnen.« Er atmete tief durch. »Und jetzt geh in deine Kammer, damit ich die Tür verschließen kann.« Er schaute Lachlan an. »Dich will ich gleich in meinem Arbeitszimmer sprechen.«

Lachlan stieß die Tür auf und machte eine einladende Geste, die aber eher übertrieben war. »Dann schlaft wohl, edle Dame.«

Vivien schaute in das Zimmer. Sie konnte ein Bett erkennen und das Feuer, das Alasdair schon erwähnt hatte. Und doch wollte sie nicht hineingehen. Denn es war trotz all der Annehmlichkeiten ein Gefängnis. Sie wandte sich an Alasdair. »Was ist mit Callum?«, fragte sie leise, obwohl es unsinnig war, denn Lachlan hörte es trotzdem, egal wie leise sie sprach.

»Was soll mit ihm sein?«

»Wo wird er schlafen?« Sie hatten Callum in der Halle warten lassen, zwei junge Männer, Teenager eigentlich, hatten sich zu ihm gesetzt und ein Gespräch mit ihm angefangen. Vivien hatte sich gewehrt, als man sie nach oben geführt und Callum bedeutet hatte, zu bleiben. Aber es hatte nichts genützt. Nun horchte sie die ganze Zeit mit einem Ohr nach unten und hoffte, dass es Callum gut ging.

»Bei den jungen Männern. Mein Neffe Torquil wird auf ihn achtgeben.«

Die Angst griff so schnell und kalt nach ihrem Herzen, dass ihr beinahe schwindelig wurde. Bevor sie wusste, was sie tat, griff sie nach Alasdairs Händen. »Kann er nicht bei mir schlafen?«

Alasdair starrte einen Moment auf ihre Hände und zog seine dann ruckartig weg. Wie immer, wenn er sie berührt hatte, kribbelten ihre Finger, obwohl sie sich nicht erklären konnte, warum das so war.

»Er ist ein Mann. Es schickt sich nicht, wenn er bei seiner Mutter schläft.« Alasdairs Stimme war rau.

Doch dies war ein Punkt, in dem Vivien nicht nachgeben wollte. »Ich bitte dich darum. Er ist …« Wie sollte sie Alasdair erklären, dass Callum nicht nur auf einer fremden Burg, sondern auch in einer anderen Zeit und einer Kultur gefangen war, die er nicht kannte? Vielleicht waren die Männer in dieser Zeit viel früher erwachsen als im 21. Jahrhundert. Aber dort war Callum eher noch ein Kind als ein Mann.

»Er ist ein Schwächling?«, fragte Lachlan jetzt. »Würde mich bei einem MacLeod nicht wundern. Vielleicht sollten wir ihn ein wenig abhärten.«

Die Kälte kroch in Viviens Knochen und sie konnte sich kaum zurückhalten. Zu gern hätte sie Lachlan angeschrien. Doch sie sah ein, dass sie damit alles für Callum schlimmer machen würde.

»Er ist kein Schwächling«, sagte sie mit so viel Würde, wie sie aufbringen konnte. »Kann ich dann wenigstens mit ihm allein sprechen?«

»Nein«, sagte Lachlan finster.

Alasdair schüttelte den Kopf. »Wenn ich an Fiona denke, dann will ich, dass Kenneth ihr die gleichen Dinge erlaubt.« Der Blick aus seinen eisblauen Augen richtete sich auf Vivien. »Würde er das?«

»Natürlich würde er ihr das erlauben.« Es war Vivien egal, dass sie log, sie würde alles tun, um Callum zu beschützen. »Bitte, es ist mir sehr wichtig.«

Lachlan machte ein verkniffenes Gesicht und Alasdair schwieg eine Weile. Dann nickte er. »Also gut. Rede mit ihm.« Er winkte einen anderen Mann heran, der die ganze Zeit in den Schatten der Treppe gewartet hatte. »Bring MacLeods Sohn her.«

Vivien presste sich eine Faust vor den Mund, damit ihr nicht herausrutschte, dass Callum nicht Kenneth MacLeods Sohn war. »Danke«, murmelte sie nur.

Alasdair schaute sie eine Weile durchdringend an, dann rieb er sich über die Hand und atmete tief durch.

»Du wirst noch bereuen, dass du so weich mit ihr bist«, murmelte Lachlan. »Ich denke, sie ist nicht zu unterschätzen und du solltest ihr solche Freiheiten nicht erlauben.«

Alasdair riss den Blick von Vivien los und wandte sich zu seinem Neffen um. »Ich unterschätze sie nicht, aber ich nehme deine Sorge ernst. Trotzdem wird Kenneth sich in den nächsten Tagen hier blicken lassen und wir müssen einen Plan ausarbeiten.«

Erstaunt bemerkte Vivien, wie sich ein triumphierender Ausdruck in Lachlans Gesicht schlich. Doch im nächsten Moment maskierte der junge Mann es wieder und schaute besorgt drein.

War er stolz, dass Alasdair ihn in solche Entscheidungen einbezog?

In diesem Moment kam Callum die Treppe hinauf. Er wirkte ein wenig angespannt und blickte von einem zum anderen.

»Deine Mutter will mit dir sprechen«, erklärte Alasdair. »Klopf an die Zimmertür, wenn du wieder gehen willst. Eine Wache wird dich dann nach unten bringen.« Er nickte knapp. »Gute Nacht.«

Vivien schluckte. Sie wusste, dass sie ihm dankbar sein sollte, dass er ihr Zeit mit Callum ließ, und gleichzeitig hasste sie ihn dafür, dass er sie überhaupt hierher gebracht hatte. Und viel mehr noch hasste sie es, dass er ihr nicht glaubte.

Zu gern hätte sie ihm noch einmal gesagt, dass sie die Falsche war. Doch sie wusste, dass er vor Lachlan nicht klein beigeben konnte. Also war es vergeudete Liebesmüh, überhaupt etwas zu erwähnen. Sie würde später mit ihm sprechen. Doch was, wenn sie dazu keine Gelegenheit hatte? Was, wenn man sie ab jetzt in diesem Zimmer einsperrte, bis Kenneth MacLeod vorbeikam? Würde sie hier dann Jahre verbringen?

Dieser Gedanke versetzte sie in Panik.

Erneut griff sie nach Alasdairs Arm, doch dieses Mal berührte sie wohlweislich nur sein Hemd. »Es gibt etwas, das ich gern mit dir besprechen würde. Allein.«

Wieder starrte er auf ihre Hand und zog dann seinen Arm weg. »Worum geht es?«

Sie waren nicht allein. Verzweifelt schaute sie ihn an. »Können wir morgen darüber sprechen? Jetzt bin ich zu erschöpft von der Reise.«

Lachlan verschränkte die Arme. »Wenn du reden willst, dann tu es jetzt.«

Vivien schüttelte den Kopf. Sie ignorierte Lachlan und wandte sich an Alasdair. »Ich möchte gern morgen allein mit dir sprechen. Ist das möglich?«

Alasdair atmete tief durch. »Wir werden sehen.« Er nickte in Richtung Zimmer. »Geht jetzt.«

Vivien biss die Zähne zusammen. Also gut, dann würde sie sich jetzt einsperren lassen.

Sie folgte Callum in das Zimmer, und als sich die Tür hinter ihnen schloss und ein Riegel vorgeschoben wurde, konnte sie für einen Moment nicht mehr atmen. Es war einfach alles zu viel. Die Tränen drängten nach oben, doch Vivien kämpfte sie runter. Sie würde nicht weinen. Nicht vor Callum. Das hatte sie noch nie getan, selbst wenn Jeff sie so schlimm bedroht hatte. Callum musste wissen, dass er sich immer auf sie verlassen konnte. Sonst hatte er doch niemanden.

Sie war sich nicht sicher, wie sie ihn und sich aus dieser Situation befreien sollte. Vielleicht hatte ihr kluger Sohn eine Idee.

14

C allum trat zu ihr und fragte leise: »Alles okay, Mum?«
Sie schüttelte den Kopf und nahm ihn dann ganz fest in den Arm. »Wer hat mir denn gesagt, dass ich hier nicht *okay* sagen soll? Das warst doch du.«

Er hielt sie ganz fest und seine Nähe tat so gut, auch wenn eigentlich sie es war, die ihm Halt geben musste.

»Uns hört doch keiner«, sagte er.

Vivien hielt inne. Dann flüsterte sie ihm ins Ohr: »Da wäre ich mir nicht so sicher. Es kann sein, dass sie uns belauschen.«

Er versteifte sich etwas in ihren Armen. »Glaubst du das wirklich?«

»Ich traue ihnen alles zu.«

»Wirklich? Was denn noch?«

Das brachte sie zum Lächeln. Diese Frage meinte er durchaus ernst. Da kam manchmal doch noch das aufgeweckte und neugierige Kind in ihm durch. Alasdair irrte sich. Callum war noch kein Mann.

»Immerhin haben sie uns gefangen genommen.«

Noch immer sprachen sie leise. Vivien löste sich von Callum und führte ihn zum Feuer. Sie hatte keine Ahnung, wo er die

Nacht verbringen würde, aber sie wollte, dass er sich ein wenig aufwärmte. Und sie selbst brauchte die Wärme auch.

Sie atmete tief durch, als sie spürte, wie ihre Finger warm wurden und die Wärme des Feuers unter ihren Rock kroch. Es war immer noch verrückt, dass sie ein Kleid trug. Das letzte Mal, als sie eines getragen hatte, musste zu ihrer Hochzeit gewesen sein. Und die wollte sie lieber vergessen.

Die Manager des Burghotels hatten immer wieder versucht, sie davon zu überzeugen, dass sie die Flugschau mit den Greifvögeln in einem mittelalterlichen Kleid machte, doch Vivien hatte das strikt abgelehnt, da sie sich bewegen musste und die Röcke ihr nur im Weg wären. Und nun trug sie welche, weil sie wirklich im Mittelalter war.

Auch Callum streckte die Hände dem Feuer entgegen. »Ich glaube nicht, dass Alasdair uns etwas tun wird. Er ist nett.«

Vivien seufzte. »Trotzdem hat er uns entführt. Das ist nicht nett.«

»Weil er Angst um seine Tochter hat. Hättest du nicht das Gleiche getan, wenn du in seiner Situation wärst?«

Sprachlos schaute sie ihn an. Manchmal war er viel zu erwachsen für sein Alter. »Wir müssen uns jetzt nicht darüber unterhalten, ob es okay war, dass er uns entführt hat oder nicht. Das war es nicht. So etwas ist nie okay. Wir sollten lieber darüber sprechen, wie wir hier verschwinden können.« Bei den letzten Worten senkte sie die Stimme.

Callum nickte ernst. »Allerdings könnte das schwierig werden.«

»Ich werde einen Weg finden«, sagte Vivien bestimmt. »Denn dieser Kenneth wird nicht kommen, um uns zu befreien.«

Callum hob die noch schmalen Schultern. »Warum sollte er? Er kennt uns ja nicht einmal. Ich denke, wir sind auf uns allein gestellt.«

»Mach dir keine Sorgen«, sagte Vivien, »ich schaffe das.«

Callum griff nach ihrer Hand. »Wir schaffen das, Mum.« Er

JULIA STIRLING

lächelte sie an und ihr Herz schmolz ein wenig. Auf einmal wirkte
er nicht mehr wie ein Kind. »Ich denke aber, dass wir ein bisschen
abwarten sollten. Nach ein paar Tagen werden sie vielleicht nicht
mehr so aufmerksam sein und bis dahin können wir uns einen
Fluchtplan überlegen.«

Vivien atmete tief durch. »Ich würde am liebsten sofort
zurückkehren und dich in Sicherheit bringen.«

Ihr Sohn zögerte einen Moment und starrte ins Feuer. »Ich
finde es eigentlich ganz cool hier.«

Überrascht schaute sie ihn an. »Wie bitte?«

Er wirkte beinahe ein bisschen betreten. »Du nicht?«

»Ich …«, setzte Vivien an. »Ich weiß nicht.« Sie hob die
Schultern.

»Wer hat denn schon einmal die Gelegenheit, in so einer Welt
zu leben? Und hast du gesehen, wie Alasdair und Balthair mit
ihren Schwertern gekämpft haben? Ich wünschte, ich könnte das
auch.«

Vivien hob die Augenbrauen. »Du willst mit einem Schwert
kämpfen?«

»Nicht nur, aber ich würde gern noch viel mehr darüber erfahren, wie hier alles abläuft. Was meinst du, wie ich dann im
Geschichtsunterricht glänzen könnte.«

»Ich bin mir nicht sicher, ob du das später benutzen können
wirst.«

»Aber es ist trotzdem total cool.« Er wisperte die Worte nur.

Doch da musste Vivien ihm recht geben. Zumindest ein bisschen. Allerdings hätte ihr der kurze Besuch bei dem kranken
Mädchen gereicht.

»Ich wünschte nur, dass wir nicht entführt worden wären und
frei entscheiden könnten, wie lange wir bleiben wollen.«

Callum nickte langsam und drehte seine Hände so, dass auch
der Handrücken warm wurde. »Das stimmt. Hin und her gehen
zu können, wäre auch gut.«

Vivien lehnte sich an ihn. »Das hast du in den letzten Tagen doch schon getan, oder?«

Ihr Sohn hob die Schultern. »Ist das schlimm?«

Vivien war sich nicht sicher, ob sie lachen sollte. So etwas konnten nur Kinder fragen. »Schlimm ist gar kein Ausdruck. Ich hätte zumindest gern davon gewusst.«

»Tut mir leid«, sagte er. »Darüber habe ich nicht nachgedacht. Außerdem habe ich erwartet, dass du es mir verbietest.«

»Hätte ich vermutlich auch.«

Er lachte und seine Stimme kippte, wie sie es manchmal schon tat. »Siehst du, dann ist es besser, dass ich es dir nicht gesagt habe. Sonst hätte ich dem Mädchen auf Kintallan nicht das Antibiotikum geben können und wir würden jetzt nicht dieses Abenteuer erleben.«

Vivien versuchte sich an einem Lächeln, aber es gelang ihr nicht recht. Das hier war auf jeden Fall zu viel Abenteuer für ihren Geschmack und sie hoffte sehr, dass sie es sicher hier raus schaffen würden.

Auf einmal lächelte Callum. »Weißt du eigentlich mittlerweile, in welchem Jahr wir gelandet sind?«

Vivien schüttelte den Kopf. »Nein, leider nicht. Du etwa?«

In diesem Moment wurde der Riegel vor der Tür zurückgeschoben.

Callum wurde ein wenig blass. »Ich muss jetzt wohl gehen.«

Am liebsten hätte Vivien ihn an sich gedrückt und nie wieder losgelassen. »Hab keine Angst«, sagte sie. »Wir schaffen das. Irgendwie kommen wir hier raus.«

Callum runzelte die Stirn. »Ich habe keine Angst. Torquil habe ich schon kennengelernt. Er scheint nett zu sein.«

Vivien presste die Lippen zusammen. Sie hatten schon oft darüber gesprochen, dass Callum ein ausgesprochen gutes Gefühl für Menschen hatte. Er wusste, wenn jemand gefährlich war oder nicht. Und wenn er sagte, dass Torquil vertrauenswürdig war, dann war er das wohl auch. Auch Alasdair hatte Callum gleich vertraut, obwohl der ihn entführt hatte.

Vermutlich musste sie auch vertrauen. Aber so leicht war das nicht.

Die Tür wurde geöffnet und Alasdair stand davor. Neben ihm stand ein vielleicht Fünfzehnjähriger, der neugierig ins Zimmer schaute. Vermutlich war das Torquil. »Es wird Zeit«, sagte Alasdair.

Vivien drückte die Hände ihres Sohnes. »Gib auf dich acht«, flüsterte sie.

»Du auch. Wir sehen uns bestimmt morgen wieder.«

»Dafür werde ich sorgen«, sagte Vivien und unterdrückte den Impuls, ihn noch einmal an sich zu ziehen.

Doch dann war es Callum, der sie in die Arme schloss. »Alles wird gut«, flüsterte er. »Ritterehrenwort.«

Vivien kniff die Augen zusammen und hoffte so sehr, dass er recht hatte.

Bevor er sich löste, sagte er ganz leise: »Ach ja, wir sind im Jahr 1402.«

Und dann war er fort.

Vivien hörte, wie er mit Torquil die Treppe hinunterging. Wie betäubt starrte sie auf die Mauer ihres Zimmers.

Nach einer Weile bemerkte sie, dass Alasdair immer noch in der Tür stand und sie beobachtete. Als sich ihre Blicke kreuzten, schaute er schnell weg.

»Schlaft wohl, Vivien MacLeod«, sagte er.

Sie hob das Kinn ein wenig. »Gute Nacht, Alasdair Mackenzie. Und im Übrigen heiße ich Munro.«

Jetzt schaute er sie doch wieder an und einige Herzschläge lang schaffte sie es, seinem Blick standzuhalten. Doch dann wurde es zu viel und sie wandte sich zum Feuer um.

Als er die Tür schloss und nach kurzem Zögern den Riegel vorschob, schlang Vivien die Arme um sich. Jetzt erlaubte sie sich doch die Tränen, die sie vorhin unterdrückt hatte. Sie hatte keine

Ahnung, wie sie Callum aus dieser Situation in Sicherheit bringen sollte, und die Hilflosigkeit nagte an ihr. Doch sie nahm sich vor, es irgendwie zu schaffen. Es wäre schließlich nicht das erste Mal in ihrem Leben, dass sie ihren Sohn beschützen musste. Aber es war das erste Mal, dass er es als großes Abenteuer sah und es sogar genoss. Sie hoffte sehr, dass er recht hatte. Aber vermutlich würde sie es einfach herausfinden müssen.

15

In dieser Nacht schlief Vivien nicht. Ab und zu döste sie ein, aber es war kein erholsamer Schlaf. Die Decken und Kissen rochen ungewohnt und ihr Kleid drückte. Sie hatte nicht gewagt, es auszuziehen, weil sie sich damit wenigstens ein bisschen geschützter fühlte. Nur die Schuhe hatte sie abgestreift und in die Nähe des Feuers gestellt, damit sie trocknen konnten.

Sie lauschte auf die nächtlichen Geräusche in der Burg und beobachtete, wie das Feuer immer weiter runterbrannte, bis es nur noch Glut war.

Hin und wieder knarrten die Eichenbalken der Burg. Einmal schritt jemand an ihrer Zimmertür vorbei. Der Wind pfiff in den Ritzen und in der Ferne konnte sie das leise Murmeln eines Baches oder Flusses hören.

Mitten in der Nacht setzte der Regen wieder ein und irgendwo tropfte es laut, es wirkte beinahe hypnotisch.

Vivien fragte sich, ob Callum schlief und wo er überhaupt war. Lauschte er auf die gleichen Geräusche wie sie? Hatte er Angst? Sie hoffte, dass man ihr erlauben würde, ihn gleich morgens zu sehen.

Es ärgerte sie noch immer, dass Alasdair gesagt hatte, Callum sei schon ein Mann und sie würde ihn mit ihrer Fürsorge bloßstellen. Er war erst dreizehn Jahre alt. Und egal, wie alt er war: Sie würde sich immer um ihn sorgen. Wie sollte es bei ihrer bewegten Vergangenheit mit Jeff auch anders sein?

Sie dachte daran, wie sie mit Isla darüber gesprochen hatte. Das war kurz bevor sie durch die Zeit gefallen war und damit erst einen halben Tag her. Aber es kam ihr vor wie eine Ewigkeit.

Sie hatte sich selbst als Glucke bezeichnet. Vielleicht bemutterte sie Callum tatsächlich zu sehr. Doch was sollte sie denn tun, wenn sie hier in einer verfluchten Burg voller Highlandkrieger waren, die alle aussahen, als wären sie einem Film entsprungen?

Sie musste gegen Morgen doch eingedöst sein, denn als sie erwachte, schien die Sonne ins Zimmer. Der Regen hatte sich verzogen und auch die Geräusche der Burgbewohner waren wieder lauter. Draußen wieherte ein Pferd und irgendwo kläffte ein Hund.

Vivien lag ganz still und wartete. Etwas anderes konnte sie nicht tun.

Irgendwann kam eine schüchterne junge Magd, schürte das Feuer und stellte ihr ein Tablett mit Essen hin. Eine Schale Haferbrei, eine Art Getreidekuchen, der aber nicht sonderlich süß war, und ein paar getrocknete Beeren.

Vivien war erschöpft von den Aufregungen des Tages zuvor und ausgehungert, aber gleichzeitig fiel es ihr schwer, etwas zu sich zu nehmen, da die Sorge um Callum ihr würgend in der Kehle saß. Trotzdem zwang sie sich zu essen, denn sie wusste, dass sie Kraft brauchte, wenn sie einen Ausbruch planen und durchführen wollte.

Sie hoffte, dass die Magd wiederkommen und das Tablett mitnehmen würde, dann konnte sie sie vielleicht fragen, ob sie Callum sehen konnte. Aber niemand erschien.

Die Sonne stieg immer höher und sie hörte noch mehr Geräusche aus dem Burghof. Mehrere Menschen gingen an ihrer Tür vorbei. Von draußen war das Lachen von zwei Männern zu hören.

Vivien war versucht nachzuschauen, wer so entspannt im Hof lachte, während es ihr hier drinnen schlecht ging, aber sie wollte niemandem die Genugtuung geben, sie dabei zu erwischen, wie sie aus dem Fenster schaute.

Nein, sie würde einfach warten. Irgendwann musste doch jemand kommen. Oder würde man sie hier eingesperrt lassen, bis Kenneth kam? Das konnte ja heiter werden.

Doch dann hörte sie den Schrei eines Adlers und sie hielt es nicht mehr aus.

Das Fenster lag so hoch, dass sie nicht einfach rausschauen konnte. Also zog sie den Schemel heran und stellte sich darauf. Jetzt konnte sie etwas mehr vom Himmel sehen und ein bisschen von den Bergen, aber nichts von der Burg.

So leicht wollte sie sich nicht davon abbringen lassen, einen Blick auf den Adler zu erhaschen. Sie schaute sich im Zimmer um. Es war äußerst spartanisch eingerichtet. Ein Bett, der Schemel, ein wackeliger Tisch mit einer Schüssel und einem Krug Wasser sowie der Nachttopf. Mehr nicht.

Nun gut, dann würde sie eben das Bett nehmen müssen. Der Tisch würde sie auf keinen Fall halten.

Sie stellte sich hinter das Bett und schob so lange daran herum, bis es unter dem Fenster stand. Es machte schabende Geräusche auf dem Holzfußboden, aber das war Vivien egal.

Sie stellte den Schemel auf das Bett, hielt sich an der Wand fest und kletterte hinauf. »Ha!«, entfuhr es ihr, als sie in den Burghof schauen konnte. Von hier hatte sie einen fantastischen Blick.

Und was sie sah, nahm ihr den Atem. Die Burg saß auf einem kleinen Hügel mitten in einem Tal. Um sich herum sah sie zuerst Äcker und ein kleines Dorf, dann grüne Wiesen, so weit das Auge reichte. Darauf stand in der Ferne eine riesige Kuhherde. Ein Fluss zog sich durch die Graslandschaft und glitzerte in der Sonne. Die stand so hoch am Himmel, dass es bestimmt schon Mittag sein musste. Um die Wiesen herum erhoben sich graugrüne Berge und dann die majestätische Burg. Obwohl sie nur einen Ausschnitt sehen konnte, wurde ihr klar, dass sie sehr groß sein musste.

Im Burghof waren einige Pferde angebunden, sie hörte das Hämmern auf einem Amboss. Sie musste selbst in einem Turm sein, denn sie war erhöht und konnte zwei andere Türme sehen. Einer davon wurde gerade gebaut oder in Stand gesetzt, denn da war ganz offensichtlich eine Baustelle.

Dann hörte sie wieder den Schrei eines Adlers, den die Tiere nur ausstießen, wenn sie in der Luft kreisten. Sie reckte den Hals, um ihn zu sehen, aber konnte ihn nicht erkennen. Sie stützte die Arme auf die Fensteröffnung und stellte sich auf die Zehenspitzen, damit sie um die Ecke schauen konnte, aber außer noch mehr Wiesen und einem weiteren Innenhof der Burg sah sie nichts.

»Du weißt, dass ein Fluchtversuch aus diesem Fenster zwecklos wäre, nicht wahr?«, sagte auf einmal eine tiefe Stimme hinter ihr.

Vivien erschrak so sehr, dass sie vergaß, dass sie auf einem Schemel stand, den sie auf einer weichen Matratze platziert hatte. Mit einem Fluch fuhr sie herum und konnte sich gerade noch an einem der hohen Bettpfosten festhalten, bevor sie herunterfiel.

Alasdair stand in der Tür und hatte die Arme verschränkt. Seinen Gesichtsausdruck konnte sie nicht deuten, aber er wirkte eher amüsiert denn verärgert.

»Ich wollte nicht fliehen«, sagte sie so würdevoll wie möglich und kletterte vom Schemel herunter, der prompt zu Boden polterte.

»Sondern?«

»Die Aussicht genießen. Denn mir war langweilig.«

Er hob eine Augenbraue. »Langweilig.« Es wirkte, als ob ihm dieses Wort nichts sagen würde, und auf einmal fragte Vivien sich, ob die Menschen im Jahr 1402 so etwas wie Langeweile überhaupt kannten. Bestimmt war hier immer etwas zu tun. Sonst hätte Alasdair ihr nicht das Spinnen angedroht. Vermutlich überlebte man hier nicht lange, wenn man die Hände in den Schoß legte.

Bei diesem Gedanken erschauderte sie. Bisher war ihr noch nie so klar gewesen, dass überleben und sich langweilen etwas miteinander zu tun haben könnten.

»So ist es. Es gibt hier ja nichts zu tun. Außerdem habe ich einen Adler gehört und wollte nachschauen, ob ich ihn sehe.«

Wieder runzelte er die Stirn, wirkte aber belustigt. Er glaubte ihr nicht. Doch sie würde nicht weiter mit ihm darüber diskutieren, warum sie aus dem Fenster geschaut hatte.

Draußen hörte sie erneut den Schrei des Adlers, dieses Mal aber weiter entfernt. Sie hob den Finger. »Da ist er wieder. Hörst du es?«

Alasdair nickte, wurde aber ernst und betrachtete sie genauer. Sein Blick war so intensiv, dass es anfing, unangenehm zu werden. Fast hätte sie sich weggedreht. Sie verschränkte die Arme vor der Brust. »Kann ich etwas für dich tun?« Hier oben vom Bett konnte sie auf ihn runterschauen. Es war durchaus befriedigend, mal nicht zu ihm nach oben schauen zu müssen.

»Für mich tun?«, wiederholte er.

Sie hob die Schultern. »Es muss doch einen Grund geben, warum du gekommen bist.«

Alasdair blinzelte, als ob er aus einer Trance erwachte. Er atmete tief durch. »Ich wollte dich zur Arbeit in die Ställe bringen«, sagte er.

Jetzt war es Vivien, die die Stirn runzelte. Sollte das ein Witz sein? Doch sie konnte keine Heiterkeit in seiner Miene erkennen.

Gestern war er noch so dagegen gewesen. Wenn es jedoch bedeutete, dass sie hier rauskam, wollte sie das nicht hinterfragen.

»Gern«, sagte sie und sprang vom Bett. Schnell zog sie ihre Schuhe an.

Sie fühlte, wie Alasdair sie schweigend beobachtete. Er hatte eine merkwürdige Art an sich, dass er sie immer so anschaute. Als ob er sie studierte und sie für ihn ein Forschungsobjekt wäre, das er nicht verstand. Dabei gab es doch gar nichts zu sehen und zu verstehen.

Sie senkte den Kopf, weil sein intensiver Blick ihr unangenehm war, und ihre Haare, die sie gestern Abend aus dem Zopf gelöst und mit den Fingern gekämmt hatte, damit sie ebenfalls über Nacht trocknen konnten, fielen ihr vors Gesicht.

Sie schnitt eine Grimasse, als sie daran dachte, dass es an ihr sehr wohl etwas Sonderbares gab. Sie war durch die Zeit gereist und vielleicht spürte Alasdair, dass mit ihr etwas nicht stimmte. Ob er sie deswegen so merkwürdig anschaute?

Sie hatte ihre Schuhe fertig gebunden und erhob sich. Dabei raffte sie ihre langen schwarzen Haare zu einem Zopf zusammen und begann, ihn zu flechten. Wenn sie wirklich im Stall arbeiten musste, war es gut, wenn die nicht mehr im Weg waren.

Als sie aufblickte, bemerkte sie, dass Alasdair sie anstarrte. Schnell wandte er den Blick ab und räusperte sich. Dann wies er auf den Flur. »Die Treppe nach unten.« Seine übliche Entschlossenheit schien für einen Moment erschüttert.

Vivien runzelte die Stirn. Es gab nur eine Treppe, die sie nehmen konnten. Wovon redete er?

Sie versuchte, einen Blick auf sein Gesicht zu erhaschen, schaffte es aber nicht. Doch als er sich abwandte, sah sie, dass seine Ohren unter den dunklen Haaren ganz rot waren.

Wenn sie es nicht besser wüsste, würde sie meinen, dass er verlegen war.

Er schloss die Tür hinter ihr und ging langsam die Treppe hinunter. Vivien folgte ihm. »Wie geht es meinem Sohn?«, fragte sie. Vermutlich war es nicht klug, schon wieder wie eine besorgte Mutter nach ihm zu fragen, nachdem Alasdair ihr gestern Abend erklärt hatte, dass Callum hier ein Mann sei. Aber sie konnte nicht anders. Sie sehnte sich nach ihm.

Im Gehen wandte Alasdair sich zu ihr um. »Gut. Er übt mit Torquil und den anderen.«

Vivien runzelte die Stirn. »Was übt er denn?«

»Schwertkampf.«

Fast wäre Vivien gestolpert. »Mit echten Schwertern?«

»Natürlich.«

»Oh Gott«, murmelte sie und musste sich an der Wand festhalten.

Alasdair blieb ebenfalls stehen. »Die Schwerter sind stumpf und leichter als echte Waffen.« Er legte den Kopf schief. »Lässt Kenneth die jungen Männer nicht so etwas üben?«

Vivien schüttelte den Kopf. Doch dann fiel ihr ein, dass es natürlich unsinnig war. Dieser Kenneth würde sicherlich das Gleiche tun. »Sicher. Sie proben den Schwertkampf ständig. Es ist nur …« Die Vorstellung, dass Callum, der noch nie ein Schwert gehalten hatte und sich natürlich auch noch nie in einem Messerkampf oder etwas Ähnlichem hatte beweisen müssen, draußen mit anderen jungen Männern so etwas Gefährliches trainierte, nahm ihr die Luft zum Atmen.

»Ihm wird nichts geschehen«, sagte Alasdair leise. »Torquil gibt gut auf ihn acht. Das verspreche ich dir.«

»Kann ich zuschauen?«, fragte Vivien.

Alasdair zögerte, dann schüttelte er den Kopf. »Ich denke nicht, dass es gut für ihn ist, wenn seine Mutter dabei ist.«

»Aber ich …« Auf einmal war Vivien verzweifelt. »Aber ich bin seine Mutter und ich muss wissen, dass es ihm gut geht. Es würde mir helfen, die Gefangenschaft besser zu überstehen.«

Alasdair schaute sie lange an, dann nickte er. »Wir können von der Burgmauer zum Übungsgelände runterschauen. Sie werden uns nicht einmal bemerken.«

Erleichtert atmete Vivien auf. »Danke«, flüsterte sie.

Während sie die Treppe weiter runtergingen, dachte Vivien daran, wie oft sie in der Schule irgendwelche Erklärungen hatte unterschreiben müssen, dass Callum auf einen Ausflug mitdurfte. Wegen jedem kleinen Kratzer hatte man sie angerufen und gefragt, ob es in Ordnung war, dass man ein Pflaster auf die

Wunde klebte. Und jetzt kämpfte er hier mit einem Schwert und es war ihr noch nicht einmal erlaubt, dabei zuzuschauen.

Doch wie sie ihren Sohn kannte, genoss er das gerade in vollen Zügen. Wo erlebte man sonst noch so ein Abenteuer? Das allein sollte sie beruhigen. Wenn Callum keine Angst hatte, sollte sie die auch nicht haben.

Sie betrachtete Alasdair, der vor ihr ging. Er hatte ihr versichert, dass Callum nichts geschehen würde. Sie glaubte ihm, auch wenn sie sich immer noch nicht erklären konnte, warum. Eigentlich hatte er ihr Vertrauen doch gar nicht verdient.

Das hier war eine sonderbare Welt und sie fragte sich, ob sie sie anders erleben würde, wenn sie nicht ihrem Sohn hier wäre. Ob sie dieses Abenteuer dann auch besser genießen könnte?

Sie durchquerten die jetzt leere Halle, doch ab und zu trafen sie andere Burgbewohner. Vivien bemerkte, dass sie alle Alasdair mit Höflichkeit und Ehrerbietung und einige sogar mit echter Freude begegneten. Er erwiderte jeden Gruß, blieb aber nicht stehen. Ihr hingegen warfen die Menschen schräge Blicke zu und sie sah Misstrauen und auch Abneigung in ihren Mienen. Vivien konnte es ihnen nicht verdenken, denn immerhin dachten sie, dass sie die Frau des Mannes war, der Alasdairs Tochter entführt hatte. Und trotzdem störte es sie ein wenig. Oder besser gesagt, es bereitete ihr Sorgen.

Wenn Alasdair dabei war, geschah ihr sicher nichts, aber was war, wenn er nicht hinschaute? Ob man sie dann schlecht behandeln würde? Nun gut, sie würde es bestimmt irgendwann herausfinden, denn Alasdair würde ja sicher nicht ständig als ihr Babysitter an ihrer Seite bleiben. Zumindest hoffte sie das. Es würde ihre Flucht einfacher machen.

Doch gleichzeitig war seine Nähe angenehm, und das nicht nur, weil er ihr Sicherheit bot. Vivien ertappte sich dabei, dass sie Alasdair Mackenzie zu mögen begann. Er war wirklich kein schlechter Mensch, soweit sie es beurteilen konnte. Sie hatten sich nur im völlig falschen Moment getroffen, als er aus Sorge um seine Tochter gehandelt hatte.

Einmal ließ er sie an einer Treppe vorbeigehen und legte ihr dabei eine Hand auf den Rücken, wie um sie zu schützen. Doch kaum hatte er sie berührt, zog er die Hand auch schon wieder weg. So als hätte er sich verbrannt.

Auf einmal schob sich eine Erinnerung in ihren Kopf. Als sie gestern mit Callum hatte fliehen wollen, war Alasdair zurückgeschreckt, als er sie gegen die Wand gedrückt hatte. »Warum tust du das?«, waren sein Worte gewesen. Noch immer war ihr die Bedeutung dieser Worte nicht klar, aber sie erinnerte sich daran, dass ihre Haut an der Stelle geprickelt hatte, wo er sie berührt hatte. Ob das auch seine Empfindung gewesen war? Fühlte es sich so an, wenn man jemanden aus einer anderen Zeit berührte? Kam die Energie des Universums nicht damit zurecht, dass zwei Menschen aus unterschiedlichen Jahrhunderten sich physisch berührten?

Sie dachte darüber nach, ob sie noch jemand anderen hier berührt hatte. Zumindest nicht Haut an Haut. Balthair hatte sie beim Reiten festgehalten, aber da war ihre Jacke dazwischen gewesen. Doch bei Alasdair hatte sie diese merkwürdige Energie auch durch den Stoff seines Hemdes gespürt.

Und dann erinnerte sie sich, dass sie dem Mädchen auf dem Bett eine Hand auf die Stirn gelegt hatte. Da war das Prickeln ausgeblieben.

Das alles war höchst sonderbar. Vielleicht waren Menschen aus verschiedenen Zeiten wirklich nicht kompatibel.

Es war unbestritten, dass ihr Körper auf Alasdair reagierte. Es musste also wie ein Fehler im System der Zeit sein. Und es machte sie eher neugierig, so wie vieles an der Zeitreise.

In dieser Nacht hatte sie viel Muße gehabt und sich darüber Gedanken gemacht, was Holly ihr erzählt hatte, als sie sich wegen Brynne getroffen hatten. Das war vor vierundzwanzig Stunden gewesen. Noch gar nicht so lange her und trotzdem konnte sie sich nicht mehr an viel erinnern, da sie so in Sorge um Callum gewesen war. Nun wünschte Vivien sich jedoch, dass sie mehr nachgefragt hätte. Anscheinend wusste Holly eine ganze Menge über die Zeitreisen. Sie hatte sogar gesagt, dass sie selbst und viele andere Frauen es konnten. Ob sie auch hierher reisen konnte? Und wenn ja, würde sie versuchen, Vivien zu retten? Vielleicht war die Rettungsaktion schon in vollem Gange. Vivien hoffte es sehr.

Während sie weiter nach unten gingen, zermarterte sie sich den Kopf darüber, was Holly alles gesagt hatte. Waren es wirklich nur Frauen, die dazu in der Lage waren? Nein, das konnte nicht sein, denn Callum war ja mit ihr durch die Zeit gereist. Nicht nur das, er war sogar allein hierhergekommen.

Es gab noch so vieles, was sie nicht wusste. Möglicherweise hatte Callum noch mehr Informationen. Er war sehr aufmerksam und hatte bestimmt so einiges aufgeschnappt. Sie musste unbedingt mit ihm sprechen.

Als sie in den Burghof kamen, blieb Vivien stehen und blinzelte. Die Sonne war gerade hinter einer Wolke hervorgekommen und es war unglaublich hell, nachdem sie so lange in der schlecht beleuchteten Burg gewesen war. Nach einem kurzen Moment hatten sich ihre Augen an das Licht gewöhnt und sie schaute sich um. Alle Menschen hatten in ihrer Arbeit innegehalten und starrten sie an. Der Schmied hielt sogar noch den Hammer erhoben, während ein Eisen auf dem Amboss abkühlte.

Alasdair räusperte sich. »Ich zeige unserem Gast die Burg«, rief er laut. »Geht wieder an die Arbeit.«

Vivien verschränkte die Arme und hob das Kinn. Sie fühlte sich wie das neue Mädchen an einer Schule, das misstrauisch beäugt wurde. Diese Situation hatte sie als Jugendliche oft durchleben müssen.

»Der Stall ist dort drüben«, sagte Alasdair und wies auf einen Torbogen, der anscheinend zu einem weiteren Hof führte.

Langsam setzten sie sich wieder in Bewegung. »Darf ich wirklich im Stall arbeiten?«, fragte Vivien hoffnungsvoll.

Alasdair blickte sie von der Seite an. »Ich hatte das für einen Scherz gehalten.«

Sie schüttelte den Kopf. »Es ist keiner. Ich liebe Tiere.«

»Aber Stallarbeit ist nichts für die Frau eines Chiefs.«

Vivien blickte ihn trotzig an. »Ich tue es lieber, als zu spinnen oder zu sticken. Und es ist anstrengend, den ganzen Tag in diesem Zimmer eingesperrt zu sein.«

Er seufzte schwer, als ob er kaum glauben könnte, diese Unterhaltung zu führen. »Ich kann dich nicht im Stall arbeiten lassen.«

Vivien biss die Zähne zusammen. Sie würde nicht betteln, aber sie war trotzdem enttäuscht. Was sollte sie nur die ganze Zeit tun, während sie hier war? »Ich würde mich gern nützlich machen.«

Er schwieg einen Moment. »Das weiß ich sehr zu schätzen.«

Jetzt seufzte sie. »Also heißt das Nein. Dabei würde dir meine Hilfe im Stall zugutekommen. Ich kenne mich mit Tieren wirklich aus.«

»Du wirst nicht im Stall arbeiten.«

Viviens Blick fiel auf einen Falken, der auf der Spitze einer der Türme saß und dort im Wind balancierte. »Besitzt du Greifvögel?«, fragte sie einem Impuls folgend.

Alasdair schaute sie mit einem Stirnrunzeln an.

»Zum Jagen«, fügte Vivien hinzu. »Jagst du mit Greifvögeln?«

Das Stirnrunzeln vertiefte sich. Schließlich nickte er. »Ja.«

Viviens Herz machte einen Sprung. »Wirklich? Darf ich sie sehen?«

Alasdair starrte sie einen Moment lang an. »Warum?«

Sie atmete tief durch. »Weil ich mich mit Greifvögeln sehr gut auskenne. Ich könnte dir mit ihnen helfen.« Bitte sag Ja, fügte sie in Gedanken hinzu.

Es war eine Sache, dass sie sich so die Zeit vertreiben konnte, aber sie wollte vor allem erfahren, was die Menschen hier über die Jagd mit Greifvögeln und ihre Haltung und Pflege wussten. Vielleicht konnte sie noch etwas lernen.

»Nein.«

Vivien fühlte sich wie vor den Kopf gestoßen. »Warum nicht?«

»Du bist eine Frau.«

Das konnte doch nicht wahr sein! Dieser Typ machte sie wahnsinnig.

»Na und? Das hat doch mit den Vögeln nichts zu tun. Lass sie mich wenigstens anschauen.«

Er schüttelte den Kopf. »Du bist nicht in der Position, Forderungen zu stellen.«

»Das ist keine Forderung.«

»Was ist es dann?«

»Eine Bitte.«

Er legte den Kopf schief. »Es klang aber nicht wie eine Bitte. Vergiss nicht, du bist meine Gefangene.«

Vivien schloss die Augen. Sie war entschlossen, ihn umzustimmen. Das hier war ihr wichtig. Möglicherweise musste sie eine andere Strategie wählen.

»Du hast selbst gesagt, dass ich sonderbar bin und man das über mich sagt. Wie du gesehen hast, trage ich Hosen. Und ja, ich liebe die Arbeit mit Tieren wirklich mehr als das Spinnen. Auch wenn ich eine Frau bin und es dir ungewöhnlich erscheint, habe ich viele Jahre Erfahrung mit Greifvögeln. Ich liebe diese Tiere und will sie nur ein Mal sehen.«

Er schüttelte den Kopf. »Die Vögel brauchen Ruhe und sind fremde Menschen nicht gewohnt.«

Sie nickte ernst. »Das ist mir bewusst. Aber ich weiß, wie ich die Tiere schnell an mich gewöhnen kann. Ich könnte sie für dich ausbilden.«

Er seufzte. »Nein. Das wirst du nicht. Dafür bist du nicht lange genug hier.«

»Darf ich sie wenigstens sehen?« Sie hörte selbst, dass es wie ein Betteln klang. Doch sie wollte die Tiere wirklich unbedingt sehen. Was für Arten er wohl hatte?

»Du gibst niemals auf, nicht wahr?«

JULIA STIRLING

Vivien war sich nicht sicher, aber sie meinte, etwas wie Bewunderung aus seiner Stimme herauszuhören. Das musste sie für sich nutzen. »Nein. Ich bin wie ein Adler, wenn er sich darauf versteift hat, eine Beute zu schlagen. Ich gebe nie auf.« Vielleicht half ihm die Greifvogelmetapher, es ihr doch zu erlauben. Und wenn sie dann erst einmal bei den Vögeln war, konnte sie noch besser ausspionieren, wie sie hier rauskam.

Aufmerksam schaute er sie an. »Wenn du nie aufgibst, heißt das, du wirst auch wieder versuchen zu fliehen?«

Vivien hob das Kinn und zog es vor, darauf nicht zu antworten. Wie hatte er sie nur gleich wieder durchschaut? Sie musste bei ihm sogar achtgeben, was sie dachte.

»Ich nehme an, dass das ein Ja ist.«

»Würdest du dich anders verhalten?«, fragte sie zurück und schaute ihn herausfordernd an.

Sie betraten den zweiten Burghof. Er war größer als der erste und Vivien sah sofort die Ställe. Direkt daneben befand sich der Turm mit der Baustelle. Vielleicht war es klug, erst einmal über etwas anderes zu sprechen. Doch sie würde später darauf zurückkommen, denn das wollte sie sich nicht entgehen lassen. Sie fand so selten Menschen, die auch Greifvögel hielten, und dann noch im Mittelalter. Wer hatte schon die Gelegenheit, so etwas zu sehen?

Aber alles zu seiner Zeit. Sie hatte von den Greifvögeln gelernt, Geduld im Ansitz zu haben. Irgendwann würde sie zuschlagen, wenn er es nicht mehr erwartete.

Sie suchte gerade nach einem neutralen Thema, als Alasdair doch noch antwortete. »Nein, vermutlich nicht. Ich würde auch alles daransetzen, zu fliehen. Deswegen bin ich bei dir ja auch so vorsichtig und du darfst nur in meiner Begleitung nach draußen. Vorerst zumindest.«

Innerlich jubelte sie. Mit einem Vorerst konnte sie leben. Wie gesagt, sie hatte gelernt, geduldig zu sein. Irgendwann würde sie fliehen.

Sie nickte ihm zu. »Ich sehe, wir verstehen uns.« Sie blieb stehen und er tat es ihr gleich. »Ich will nur, dass mein Sohn in Sicherheit ist. Ich würde ihn gern zurück nach Kintallan bringen. Verstehst du das nicht?« Und sie wollte, dass Callum ins 21. Jahrhundert zurückkehrte, damit sie endlich wieder etwas leichter atmen konnte. Wenn Callum in Sicherheit war, würde sie entscheiden, was sie mit dieser neuen Erkenntnis, dass sie durch die Zeit reisen konnte, anfangen würde.

Seine Stimme war eine Spur kälter, als er sagte: »Und ich will, dass meine Tochter unversehrt heimkehrt.«

Vivien nickte. »Ich weiß. Aber ich …« Sie atmete tief durch und brach ab. Er war gerade zu ärgerlich, als dass sie sagen konnte, was sie wirklich dachte.

Eine Weile schwiegen sie und Vivien hörte wieder den Schrei des Adlers. Doch dieses Mal ließ sie sich davon nicht ablenken, denn das Gespräch mit Alasdair war wichtig.

Schließlich verschränkte er die Arme und schaute sie beinahe herausfordernd an. »Sag, was du sagen willst. Was verschweigst du mir bezüglich meiner Tochter?«

Vivien schaute zu ihm auf und atmete tief durch. Er zog eine Augenbraue hoch und blickte sie abwartend an. Die Sonne kam hinter einer Wolke hervor und ließ seine Augen blau aufleuchten, bevor er sie zusammenkniff. Aus irgendeinem verrückten Grund stolperte Viviens Herz. Sie ließ sich selten von Männern einschüchtern und dieser Highlandkrieger aus dem Mittelalter würde sie definitiv nicht in die Knie zwingen. Also hob sie herausfordernd das Kinn. »Ich habe dir schon zuvor gesagt, dass ich die Falsche bin, und jetzt sage ich es noch einmal. Du hast dich geirrt und es wäre besser, wenn du mich und Callum gehen ließest.«

Er verdrehte doch tatsächlich die Augen! Auf einmal wurde Vivien wütend. Sie verschränkte ebenfalls die Arme und trat auf ihn zu. Jetzt musste sie zwar den Kopf noch weiter in den Nacken legen, aber sie war dafür so dicht bei ihm, dass sie ihm zur Not gegen das Schienbein treten konnte.

»Ich weiß, dass du das nicht hören willst, aber es ist wichtig. Ich bin nicht die Frau von Kenneth MacLeod.«

Er lehnte sich ein wenig zu ihr herunter, sodass ihre Gesichter direkt voreinander waren. »Das sagst du nur, damit ich dich freilasse.«

»Nein.« So ein Idiot!

»Dann willst du also nicht freigelassen werden?« Sein Mundwinkel zuckte.

Empört schaute sie ihn an. Sie hasste es, wenn jemand ihr die Worte im Mund herumdrehte und sich dann auch noch über sie lustig machte.

»Natürlich will ich das. Hast du mir eben nicht zugehört? Aber ich sage es nicht nur, damit du mich gehen lässt.«

»Sondern?«

Aus dem Augenwinkel bemerkte Vivien, wie einige Leute stehen blieben und sie schon wieder anstarrten. Auch Alasdair musste es aufgefallen sein, denn der spielerische Ausdruck verschwand aus seiner Miene und er trat einen Schritt zurück. Sein Blick wurde hart.

Doch so leicht ließ sie ihn nicht davonkommen und rückte nach. »Je länger du darauf wartest, dass Kenneth kommt und mich befreit, desto mehr Zeit wird deine Tochter in Gefangenschaft verbringen. Denn ihre Entführung hat mit mir rein gar nichts zu tun. Ich will nur, dass sie möglichst schnell freikommt, und das wird sie nicht, wenn du hier sitzt und darauf wartest, dass Kenneth kommt und mich befreit.«

Sie sah, wie er blinzelte, und wusste, dass sie seine Angst am Schopf gepackt hatte. Doch dann verhärtete sich sein Ausdruck wieder. Er hob den Zeigefinger. »Wage es nicht, so mit mir zu sprechen.« Seine Stimme war laut genug, dass das letzte Wort von den Burgmauern widerhallte.

Doch Vivien konnte nicht anders. Sie war jetzt richtig wütend. Er war so ein Sturkopf. »Wie du eben schon sagtest, ich bin deine Gefangene und nicht ein Kind, das du schelten kannst, weil dir nicht gefällt, was du hörst. Du solltest mir glauben, denn es wird deiner Tochter besser bekommen. Und ehrlich gesagt möchte ich auch, dass sie wohlbehalten nach Hause zurückkehren kann.«

Er starrte sie einen Moment lang an und sie fühlte, wie der Ärger durch ihn pulsierte. Dann räusperte er sich, wandte sich um und rief einem der Umstehenden zu: »Jamie, öffne das Tor! Lass unseren Gast gehen. Sie wird nicht behelligt, wenn sie die Burg verlässt.«

Ein Mann eilte in Richtung Tor davon.

Ungläubig starrte Vivien Alasdair an. »Du lässt uns wirklich gehen?«

Jetzt wandte er sich ihr zu. »Nein, ich lasse dich gehen. Geh nach Hause zu deinem Ehemann und berichte ihm, was geschehen ist. Er soll meine Tochter sofort hierher bringen.«

Zitternd atmete Vivien ein. Würde er es denn nie verstehen? »Wie ich schon sagte, Kenneth ist nicht mein Mann und ich kann ihn auch nicht erreichen. Du musst deine Tochter selbst finden.« Sie schaute sich um. Tatsächlich wurde das Tor geöffnet. »Wo finde ich Callum?« Sie wollte gleich aufbrechen. Vermutlich würde man ihr kein Pferd geben. Der Weg war weit, aber sie würden es meistern. Irgendwie. Zum Glück war Callum lange Wanderungen gewohnt.

Doch Alasdair schüttelte den Kopf. »Dein Sohn bleibt hier. Ich werde ihn an deiner statt in das Turmzimmer sperren. Möglicherweise beeilt sich Kenneth, wenn er weiß, dass sein Sohn allein hier ist.«

Viviens Herz rutschte ihr in die Knie, als ihr klar wurde, dass sie nicht richtig zugehört hatte. »Ich soll Callum hier lassen?« Sie flüsterte, weil sie nicht sicher war, dass ihre Stimme ihr gehorchte.

»So ist es. Es wird deinen Gatten zur Eile antreiben, dessen bin ich mir sicher. Callum ist sein einziger Sohn, nicht wahr?« Alasdair musterte sie ungerührt.

»Das kannst du nicht tun.« Vivien bemühte sich, sich zusammenzureißen, während ihre Gedanken nur so rasten. Sie konnte

Callum auf keinen Fall allein hier lassen, auch wenn sie so die Möglichkeit hätte, nach Kintallan zurückzukehren und Hilfe zu holen. Sie wusste ja nicht einmal, wen sie holen sollte.

»Doch, das kann ich und das werde ich. Nun geh schon.«

Vivien trat einen Schritt zurück. »Nein. Du irrst dich. Callum …«

Er kam wieder auf sie zu, die Arme verschränkt, und schaute böse auf sie runter. »Ich irre mich also? Ich denke nicht, Vivien MacLeod. Ich denke eher, dass du versuchst, mich zu übertölpeln.«

»Das tue ich nicht. Ich schwöre es beim Leben meines Sohnes. Er ist nicht Kenneth MacLeods Sohn. Deswegen ist er als Gefangener wertlos. Genau wie ich.« Im gleichen Moment, da sie es sagte, wünschte sie sich, dass sie die Worte nicht ausgesprochen hätte. Denn wenn Alasdair sie wirklich als wertlos erachtete, gab es keinen Grund mehr, sie zu behalten, aber auch nicht, sie zu schützen oder am Leben zu lassen.

Eine würgende Angst machte sich in ihr breit.

»Was sagt sie da?«, fragte auf einmal ein junger Mann, der dichter bei ihnen stand. »Sie ist nicht die Frau von Kenneth MacLeod?«

Alasdair fuhr herum. »Natürlich ist sie das!« Er schrie die Worte mehr oder weniger über den Hof. »Sie ist die Frau von Kenneth MacLeod und der Junge ist sein Sohn. Ich habe sie selbst im Schlafgemach des Chiefs der MacLeods auf Kintallan gefangen genommen. Sie behauptet nur, dass sie jemand anderes ist. Aber wir kennen die Lügen der MacLeods! Sie können gegen die Mackenzies niemals gewinnen.«

Er sagte es mit solcher Inbrunst, dass selbst Vivien ihm geglaubt hätte, wenn sie es nicht besser gewusst hätte. Und natürlich verstand sie, dass er das seinen Leuten gegenüber sagen musste, um nicht dumm dazustehen. Doch es zementierte die Unwahrheit und das war überhaupt nicht gut für sie und Callum.

Warum um alles in der Welt hatte sie mit diesem Gespräch

nicht gewartet, bis sie allein waren? Das hier war ein großer Fehler gewesen.

Er wandte sich ihr wieder zu. »Willst du nun gehen?«

Vivien schaute auf das offene Tor und ihr Herz schlug schnell. »Nur wenn ich Callum mitnehmen kann.«

»Nein.«

Immer noch starrten alle sie an und sie wollte nur noch fort von hier.

»Dann bleibe ich.«

Alasdair winkte und jemand schloss das Tor wieder.

Er wollte sich abwenden, doch sie zischte: »Ich lüge nicht.«

Ein knappes Nicken war die Antwort. »Wir werden sehen.«

Die Zuschauer verstreuten sich langsam, da das Spektakel anscheinend vorbei war.

»Dann bringe ich dich wieder auf dein Zimmer.«

Vivien zögerte, doch dann verschränkte sie die Arme. »Du hast mir versprochen, dass wir Callum von der Mauer aus zuschauen können.«

Seine Augen weiteten sich vor Überraschung und sie fragte sich, ob sie zu weit gegangen war. Aber sie musste Callum sehen. Ihr Herz schmerzte schon vor lauter Sorge.

Alasdair blickte wieder eine Weile in die Ferne, dann schien er eine Entscheidung zu treffen. Er wandte sich ab. »Folge mir.«

Erleichtert atmete Vivien durch und ging ihm hinterher. Sie würde das hier irgendwie überstehen. Vielleicht sollte sie ihr Mundwerk ein wenig im Zaum halten. Auf der anderen Seite schien Alasdair es ihr nicht allzu übel zu nehmen. Manchmal hatte sie sogar das Gefühl, als ob es ihn belustigte.

Möglicherweise war nicht nur sie sonderbar, sondern auch er.

16

Eine Gruppe junger Männer hatte ihr Training gerade beendet, als Vivien mit Alasdair oben auf der Burgmauer ankam. Sie klopften sich gegenseitig auf die Schulter und lachten.

Viviens Herz machte einen kleinen Sprung, als sie Callum zwischen ihnen erblickte. Verschwitzt und mit roten Wangen, aber unverletzt. Er wirkte so glücklich, wie Vivien ihn schon lange nicht mehr gesehen hatte. Und auf einmal fragte sie sich, ob es auch gut gewesen war, dass sie hierhergekommen waren.

Als ob er ihren Blick gespürt hätte, schaute er nach oben, und als sie sich anschauten, hob er die Hand und winkte ihr zu, ein strahlendes Lächeln auf dem Gesicht. Sie winkte zurück. »Es geht ihm gut«, sagte sie leise.

Obwohl sie dachte, dass sie so leise gesprochen hätte, dass Alasdair sie nicht verstanden hätte, nickte er. »Darauf habe ich dir mein Wort gegeben.« Er klang immer noch verstimmt. Auf dem Weg nach oben auf die Burgmauer hatte er kein Wort mit ihr gesprochen.

Sie hob den Blick und nickte. »Ich weiß. Danke.«

Ein Muskel zuckte an seiner Wange und sie fragte sich, ob er die Zähne zusammenbiss. Dann schüttelte er den Kopf und wandte sich ab.

Vivien atmete tief durch. Das eben im Burghof war wirklich ungünstig gelaufen. »Es tut mir leid, dass ich so störrisch bin. Ich kann nicht anders.« Sie galt selbst in ihrer Zeit als selbstbewusst. Wie musste es den Männern hier vorkommen? Aber immerhin musste sie sich um sich selbst und ihren Sohn kümmern. Sonst tat es keiner. Es lag allein in ihrer Verantwortung, dass er in Sicherheit war.

Wieder winkte Callum zu ihr rauf, dann wandte er sich ab und schlenderte mit den anderen davon. In dem Moment, als er sich abwandte, hatte er solche Ähnlichkeit mit Jeff, dass ihr wie immer ein wenig schlecht wurde, da sie diese Verbindung so hasste. Aber es ließ sich nicht leugnen, wessen Sohn er war. Doch Callum hatte ein viel liebevolleres Wesen.

Als ihr etwas klar wurde, hielt sie die Luft an. Jeff konnte ihnen hierher nicht folgen. Zumindest war es sehr unwahrscheinlich. Er würde also nicht einfach hier auftauchen und ihr Callum wegnehmen.

Sie musste einen Laut gemacht haben, denn Alasdair schaute sie von der Seite an. »Was ist?« Seine Stimme klang missmutig.

»Nichts. Es ist nur …«, begann sie, beendete den Satz aber nicht, als ihr die Absurdität dieser Situation bewusst wurde. Sie war froh, dass Callum hier vor seinem Vater sicher war, damit der ihn nicht entführte und ihr wegnahm. Aber sie waren von einem anderen Mann entführt worden, der darauf wartete, dass Callums angeblicher Vater kam und ihn befreite.

Sie stöhnte auf und wischte sich über das Gesicht. Und das Verrückteste war, dass sie sich bei Alasdair sicher fühlte, selbst wenn er wütend auf sie war, so wie jetzt gerade, und sie derart vorgeführt hatte. Sie verstand, warum er das alles tat, denn er beschützte die Menschen, die er liebte und deren Anführer er war. Callum war bei ihm in besseren Händen, als wenn er mit seinem Vater zusammen wäre.

Als sie wieder aufblickte, schaute Alasdair sie forschend an, sagte aber nichts. Aber sie konnte die Fragen in seinen Augen sehen. Es war so leicht, ihn zu lesen. Genauso wie es ihm anscheinend leichtfiel, zu wissen, was sie dachte oder plante.

Vivien schüttelte den Kopf. Sie konnte es ihm nicht sagen. Er würde es niemals verstehen. Vermutlich würde er sie dann doch in einen Kerker sperren. Die verrückte Frau von Kintallan Castle, die behauptete, sie würde durch die Zeit reisen.

Sie schaute auf ihre Schuhe. »Ich freue mich, dass es ihm gut geht, sonst nichts.«

Aus dem Augenwinkel sah sie, dass Alasdair sie lange anschaute. Als sie den Kopf hob, wurde seine Miene ernst. Fast wirkte er ein wenig frustriert. Sie bemerkte, dass er an ihr herunterschaute und wieder hinauf. Dann fuhr er sich durch die Haare und wandte sich ab.

»Du hast deinen Sohn gesehen. Ich bringe dich wieder in dein Zimmer.«

»Oder wir könnten noch einmal bei den Vögeln vorbeigehen?«, schlug Vivien vor.

Als er sich mit einem genervten Seufzen umdrehte, hob sie die Hände. »Das war ein Scherz.« Aber anscheinend verstand er keine Scherze, denn er nickte nur knapp und wies auf die Treppe. Außerdem war es natürlich nicht wirklich ein Scherz gewesen, nur ein Versuch, noch länger hier draußen zu bleiben. Zu gern hätte sie mit Callum gesprochen oder zumindest noch eine Weile hier gestanden und in die Ferne geblickt, hätte die Sonne auf dem Gesicht und den Wind in den Haaren gespürt.

Doch Alasdair hatte anscheinend genug von ihr. Schweigend gingen sie zum Zimmer zurück.

Dort angekommen, stand er noch eine Weile in der Tür und musterte sie. Erneut sah sie die Frustration in seinem Blick. So als ob er nicht wüsste, was er mit ihr anfangen sollte.

»Danke für den Ausflug«, sagte sie, als sich das Schweigen für ihren Geschmack zu sehr in die Länge zog. Sie überlegte, ob sie noch einmal versuchen sollte, mit ihm zu sprechen, aber irgendwie wusste sie, dass er ihr nicht zuhören würde. Nachdem er sie heute im Burghof öffentlich als Kenneth MacLeods Frau bezeichnet hatte, konnte er nicht mehr zurück. Sie konnte sich den Atem sparen. Nun gut, dann musste sie wohl doch einen Fluchtplan schmieden, um hier rauszukommen.

Er nickte knapp, sagte aber nichts. Dann zog er die Tür zu und schob den Riegel vor. Das schleifende Geräusch ließ ihr einen unangenehmen Schauer über den Rücken laufen. Und irgendwie wünschte sie sich, dass sie sich im Guten getrennt hätten, dass er noch irgendetwas Nettes gesagt hätte.

Verwundert, warum ihr das so wichtig war, verschränkte sie die Arme und lauschte auf die Schritte vor der Tür, doch es dauerte eine Weile, bis er ging.

Was für ein sonderbarer Mann. Und warum war es ihr wichtig, was er über sie dachte und ob er nett war oder missgestimmt?

Einfach nur, weil sie von seinen Launen abhängig war. Wenn er sich nicht über sie ärgerte, hatte sie bessere Karten auf ein wenig mehr Freiheit. Aber die hatte sie heute ganz sicher verspielt.

Sie ließ sich aufs Bett fallen, das immer noch an der Wand stand, und starrte zu dem Stück Himmel hoch, das sie durch das schmale Fenster sehen konnte. Ihre Gefühle waren erstaunlich durcheinander dafür, dass ihre Situation doch eigentlich klar war. Alasdair Mackenzie hatte sie und ihren Sohn entführt und hielt sie gefangen. Außerdem glaubte er ihr nicht, dass sie die Falsche war und er sie zu Unrecht festhielt. Sie müsste wütend auf ihn sein und ihn hassen. Doch auf merkwürdige Art und Weise fühlte sie sich zu ihm hingezogen. Das war etwas, das sie irritierte. Nein, nicht nur das, es störte sie, und zwar gewaltig.

Doch tief in ihrem Inneren wunderte es sie nicht. Er war nicht nur ein attraktiver Mann, sondern er strahlte so eine Kraft und Überlegenheit aus, wie es vermutlich nur ein Krieger aus dieser Zeit konnte. Und dazu war er nicht nur irgendein Krieger, sondern er war Chief eines Clans, Anführer all dieser Menschen hier. Und gleichzeitig hatte er eine sanfte Seite, die umsichtig war und mit der er andere beschützte. Mit der er auch ihr und Callum auf eine verdrehte Art und Weise Schutz bot.

Sie war sich sicher, dass er sich für Menschen, die er liebte, in jeden Kampf werfen würde. Wie es sich wohl anfühlte, wenn ein Mann sie so beschützen würde? Das hatte sie noch nie erfahren. Nur Jeff hatte es vermeintlich getan, aber eigentlich hatte er sie nur kontrolliert. Die meisten anderen Männer in ihrer Zeit waren von ihrem Selbstbewusstsein und ihrer Unabhängigkeit eingeschüchtert.

Aber Alasdair ließ sich davon nicht beeindrucken. Ganz im Gegenteil. Unglaublich, dass er sie wirklich hatte laufen lassen wollen. Doch jetzt war ihr klar, dass er natürlich gewusst hatte, dass sie niemals ohne Callum gehen würde.

Sie atmete tief durch und schloss die Augen. Wie das hier wohl alles weitergehen würde?

Man holte sie erst wieder zum Abendessen. Wie am Abend zuvor setzte man sie an den Tisch auf dem Podest in der Halle. Auf der einen Seite von ihr saß Lachlan. Vivien ertappte sich dabei, wie sie unwillkürlich etwas von ihm abrückte. Aber er beachtete sie überhaupt nicht. Anscheinend passte es ihm nicht, dass sie hier war.

Ihr linker Platz blieb eine Weile frei, dann kam Callum herein und Alasdair deutete auf den Platz neben Vivien.

Vor Freude hätte sie beinahe geweint. Sie musste sich zurückhalten, ihren Sohn nicht zu umarmen, als er sich neben sie setzte.

»Hi Mum«, flüsterte er und das entlockte ihr ein Lächeln.

»Geht es dir gut?«, fragte sie.

Er nickte und griff nach dem Krug vor ihnen auf dem Tisch. Er goss sich etwas in einen hölzernen Becher und trank einen Schluck. Dann verzog er das Gesicht.

»Was ist?«

»Bitter«, sagte er.

Vivien nahm ihm den Becher aus der Hand und trank ebenfalls einen Schluck. »Das ist Bier oder so etwas.«

»Ale«, erwiderte Callum. »Das gab es heute den ganzen Tag.«

»Du hast heute Alkohol getrunken?«

»Es gab nichts anderes.«

»Ich besorge dir Wasser.« Sie schaute sich um, doch Callum legte ihr eine Hand auf den Arm.

»Nicht, Mum. Wir müssen vorsichtig sein.«

Die letzten Worte flüsterte er und Vivien merkte, wie Lachlan sich ein wenig zu ihnen beugte. Vermutlich um zu lauschen. Sie überlegte, ob sie diesen Kampf ausfechten sollte, aber vermutlich hatte ihr Sohn recht und es war besser, nicht aufzufallen.

Sie trank noch einen Schluck und stellte fest, dass vermutlich nur sehr wenig Alkohol in dem Ale war.

Wenigstens kein Whisky. Das hätte sie den Menschen hier durchaus auch zugetraut.

»Schwerter, Alkohol … Was kommt als Nächstes?«, raunte sie Callum zu.

Der lachte nur, aber eigentlich war es kein Spaß gewesen.

»Hat es dir heute gefallen?«

Callum holte tief Luft und schaute sie dann von der Seite an. »Wäre es sehr schlimm, wenn ich Ja sagen würde?«

Vivien schüttelte den Kopf. »Nein, das wäre es nicht.«

Erleichtert lächelte Callum. »Gut. Ja, ich hatte Spaß. Sie haben mich sogar mit einem Schwert kämpfen lassen.« Seine Augen leuchteten.

Verstohlen lehnte Vivien sich gegen ihn. Es tat gut, seine Wärme zu spüren.

Das Essen wurde aufgetragen, und als sie den Blick hob, merkte sie, dass Alasdair zu ihr schaute. Schnell setzte sie sich wieder aufrecht hin, vermisste jedoch sofort die Berührung ihres Sohnes.

Alasdair nickte leicht und es hatte etwas Beruhigendes.

Wie am Abend zuvor auch gab es irgendein Geflügel. Vivien

merkte erst jetzt, wie hungrig sie war, obwohl sie den ganzen Tag nichts getan hatte. Außer sich mit Alasdair im Hof zu streiten. Zu gern hätte sie Callum davon erzählt, aber Lachlan neben ihr drehte sich die ganze Zeit zur anderen Seite. Sie wusste sehr wohl, dass er lauschte. Deswegen würde sie hier ganz sicher nichts besprechen, was sie verraten könnte.

Lachlan traute ihr nicht, das spürte sie mit jeder Faser. Und er traute auch Alasdair nicht. Doch der schien das nicht wahrzunehmen, oder er war es gewohnt und ignorierte das Gefühl. Aber möglicherweise bildete sie sich das alles nur ein, weil Lachlan sie in vielen Dingen an Jeff erinnerte.

Sie hatten ihr Essen zur Hälfte verspeist, als Callum sich auf einmal ein wenig versteifte. »Mum?«, flüsterte er.

»Was ist?« Sofort war sie alarmiert.

»Alle beobachten uns.«

Vivien atmete tief durch und hob den Kopf. Als sie sich in der Halle umschaute, senkten die meisten rasch den Blick. Einige starrten aber offen zurück. »Ich weiß.«

»Warum tun sie das?« Callum klang fast ein wenig panisch.

Vivien bemühte sich um ein Lächeln, weil sie ihm nicht den Arm um die Schultern legen konnte. »Weil wir neu sind und sie sich an unseren Anblick noch nicht gewöhnt haben.« Am liebsten hätte sie hinzugefügt, dass es im Mittelalter auf einer Burg nicht viel Neues gab, und alles, was anders war, wurde angestarrt. Aber sie traute sich nicht, denn Lachlan hatte sich schon wieder verdächtig nahe zu ihr gelehnt.

Callum schob ihren gemeinsamen Teller weg.

»Bist du satt?«

Er schüttelte den Kopf und schaute nach unten.

Vivien tätschelte ihm verstohlen unter dem Tisch das Bein. Sie wusste, dass er es nicht mochte, wenn Menschen ihn anstarrten. Da war er dann doch noch der ungelenke Teenager, der sich für alles Mögliche schämte, obwohl er sich sonst manchmal so erwachsen fühlte.

»Wo hast du denn letzte Nacht geschlafen?«

Callum atmete tief durch. »In einem Raum mit den anderen.«

»War es warm genug?« Sie sprach leise, weil sie ahnte, dass es ihm unangenehm sein würde, wenn sie ihn zu sehr bemutterte.

»Ja«, murmelte er und stopfte sich jetzt doch noch etwas Brot in den Mund. »Ich glaube, ich muss auch bald fort. Torquil sagte mir, dass er Abenddienst im Stall hat.«

Tatsächlich war Torquil am anderen Ende des Tisches aufgestanden und winkte Callum.

Obwohl sie enttäuscht war, dass ihre gemeinsame Zeit schon wieder vorbei war, nickte sie und lächelte ihn an. »Ich wünsche dir eine gute Nacht. Wir sehen uns morgen.«

»Schlaf wohl, Mum«, sagte Callum artig und Vivien sehnte sich danach, ihn wie zu Hause in die Arme zu nehmen und fest zu drücken, bevor er in seinem Zimmer verschwand.

Wieder fühlte Vivien, dass Alasdair sie anschaute, doch als sie den Kopf wandte, blickte er schnell fort.

An diesem Abend brachte Balthair sie nach oben in ihr Zimmer. Er wünschte ihr eine gute Nacht, bevor er die Tür schloss. Er war nicht unfreundlich, aber ihr auch nicht besonders zugewandt und eher ein bisschen misstrauisch. Vermutlich weil er schon erlebt hatte, wie sie flüchten wollte.

In dieser Nacht schlief Vivien etwas besser. Zum einen, weil sie erschöpft war, und zum anderen, weil sie wusste, dass es Callum gut ging.

Mitten in der Nacht, als der Dreiviertelmond hoch am Himmel stand, schreckte sie auf. Verwirrt horchte sie und bemerkte, dass ihr Herz schnell schlug. Hatte sie etwas gehört? Doch dann erinnerte sie sich an einen Traum. Nur flüchtig glitt die Erinnerung an ihr vorbei. Hatte sie wirklich von Alasdair geträumt?

Sie konnte den Traum jedoch nicht greifen und ließ ihn ziehen.

Selbst wenn sie von ihm geträumt hatte, es war ja kein Wunder, immerhin hatte er im Moment großen Einfluss auf ihr Leben.

Am nächsten Tag wurde ihr nur Frühstück gebracht, dann ließ man sie den ganzen Tag in Ruhe. Sie verbrachte ihn damit, auf dem Bett zu liegen und Fluchtpläne zu ersinnen.

Am Abend konnte sie wieder in die Halle gehen und sie ertappte sich dabei, wie sie es genoss, unter Menschen zu sein. Das kleine Zimmer erschien ihr winzig.

Alasdair wies Callum wieder den Platz neben Vivien zu, doch dieses Mal saß ein Mann, den Vivien nicht kannte, auf ihrer anderen Seite. Allerdings lauschte er genauso wie Lachlan und Vivien war sich sicher, dass er und Alasdairs Neffe ständig Blicke tauschten.

Man beobachtete sie also. Deswegen beschränkte sie ihre Konversation mit Callum auf unverfängliche Dinge. Doch sie spürte, dass ihr Sohn noch etwas glücklicher war als am Abend zuvor. Er genoss die Tage hier in vollen Zügen. Die Jungen waren im Fluss schwimmen gewesen und er hatte ein wenig mit seinen Tauchkünsten angeben können.

Hier und da schaffte sie es, ihn heimlich zu berühren, und er dankte es ihr mit einem stillen Lächeln. Sie liebte es, dass sie sich auch ohne Worte verstanden.

Wieder bemerkte sie, dass Alasdair sie sehr genau beobachtete. Aber es war ihr nicht unangenehm. Sollte er ruhig sehen, dass sie ihren Sohn liebte und sich um ihn sorgte. Außerdem wusste er das sowieso schon.

Die nächsten beiden Tage verliefen nach dem gleichen Muster und allmählich gewöhnten sich die Burgbewohner an ihren Anblick. Kaum jemand schenkte ihnen noch Beachtung.

Callum berichtete von weiteren Trainingseinheiten mit dem Schwert. Die jungen Männer waren sogar reiten gewesen. Aber man hatte sehr genau auf ihn achtgegeben und sein Pferd war alt und langsam gewesen. Vermutlich, damit er nicht fliehen konnte.

Vivien wusste jedoch, dass Callum ohne sie nicht gehen würde.

An diesem Abend gab es ein kleines Fest in der Halle. Oder zumindest Musik und Geschichten. Das Essen war ein wenig üppiger und Vivien fragte sich, ob es ein Feiertag war. Es kam ihr jedoch sehr gelegen, denn sie hatte einen Plan geschmiedet. In ihrem winzigen Zimmer ging sie die Wände hoch. Sie hatte schon angefangen, kleine Workouts in ihren Tag zu integrieren, genau wie Rechenaufgaben, und sie erzählte sich manchmal selbst Geschichten. Einfach nur, um nicht durchzudrehen. Manchmal stellte sie sich auch auf den Schemel und schaute aus dem Fenster. Doch es gab nicht viel zu sehen. Auch den Adler sah sie nicht wieder.

Sie sehnte sich nach den Greifvögeln. Ihr war, als ob sie spüren würde, dass sie hier ganz in der Nähe waren. Sie waren für sie wie eine Droge, die sie brauchte, um bei Sinnen zu bleiben. Nach der Trennung von Jeff hatte sie sich voll in die Arbeit mit den Vögeln gestürzt und sie war noch heute der Meinung, dass sie ihr damals das Leben gerettet hatten. Oder zumindest, dass sie nicht in Depression und Wahnsinn verfallen war, weil die Vögel ihr immer wieder Klarheit gegeben hatten.

Sie beugte sich zu Callum. »Du weißt, dass Alasdair Greifvögel hat, nicht wahr?«

Ihr Sohn nickte.

»Weißt du, wo er sie hält?«

Wieder ein Nicken. Vivien atmete erleichtert auf. Es war so schön, dass ihr Sohn ein Auge für solche Details hatte und sich alles anschaute und merkte.

»Im zweiten Burghof direkt neben der Baustelle am Turm. Da ist eine Art Stall. Da sind sie drin.«

Vivien lehnte sich zurück und klopfte ihm aufs Bein. »Danke.« Diese Antwort machte sie sehr zufrieden. Denn es war möglich, dorthin zu kommen. Zwar musste sie dafür ein wenig ihrer kostbaren Zeit mit Callum opfern, aber das war es wert. Sie wollte die Vögel sehen. Und jetzt war der richtige Augenblick, denn alle waren von der Musik und den Geschichtenerzählern abgelenkt. Sie konnte wieder hier sein, bevor es jemand merkte.

Und selbst wenn sie jemand erwischte, wusste ja niemand, dass Alasdair ihr die Vögel nicht hatte zeigen wollen. Sie musste also nur hier wegkommen, ohne dass Alasdair es bemerkte.

Er war tief in ein Gespräch mit zwei Männern versunken, schaute aber ab und zu auf, wenn eine Geschichte erzählt wurde.

Sie erhob sich. »Ich muss austreten«, sagte sie zu Balthair, und zwar so laut, dass nicht nur er es hörte.

Mit einem Stirnrunzeln schaute er sie an. »Bitte.« Er wies auf die Tür, die zu dem Gang führte, wo der Abort war.

»Ich bin gleich wieder da.« Im Vorbeigehen legte sie eine Hand auf Callums Schulter und drückte sie kurz.

»Mum?«, fragte er leise, und an der Art, wie er es sagte, wusste sie, dass er ahnte, was sie vorhatte. Vermutlich wäre er gern mitgekommen, aber das konnte sie nicht zulassen. Es wäre zu auffällig. Vor allem musste er hierbleiben, damit Alasdair nicht davon ausging, dass sie fliehen wollten.

Gemessenen Schrittes ging sie zur Tür. Die Versuchung, sich umzudrehen und zu schauen, ob Alasdair sie beobachtete, war groß. Doch sie wusste, dass sie sich damit verraten würde. Denn wenn sie wirklich den Abort besuchte, würde sie sich niemals umschauen.

Kaum hatte sie die Tür zur Halle hinter sich geschlossen, schlug ihr Herz schneller.

Sie hatte Glück, denn sie sah eine der Mägde gerade auf den Abort gehen, der Vivien immer noch ein Schütteln entlockte, obwohl sie ihn selbst erst ein Mal benutzt hatte. Wasserspülungen waren schon etwas Feines.

Schnell eilte sie die Treppe ins Erdgeschoss hinunter und hoffte, dass sie irgendwie in den Hof kommen würde. Einmal bog sie falsch ab und wäre fast in der Küche gelandet, aber sie machte kehrt und dann war sie tatsächlich im Hof. Es war schon dämmrig, die Sonne war bereits untergegangen, aber noch nicht dunkel. Perfekt.

Sie raffte die Röcke, die sie immer noch nervten, weil sie so unpraktisch waren, und rannte über den Hof. Sie war dankbar für ihre Wanderschuhe, denn in den einfachen Lederschuhen, die andere hier trugen, hätte sie bestimmt nicht rennen können.

Als sie in den zweiten Hof kam, trat gerade ein Knecht aus dem Stall. Er trug einen Eimer in der Hand und schaute sie erstaunt an.

Vivien wurde langsamer und ließ die Röcke fallen. Sie nickte ihm zu. »Guten Abend.«

Er erwiderte das Nicken, jedoch nicht den Gruß. Während sie gemessenen Schrittes weiterging, spürte sie, wie er sie anschaute. Dann brummte er etwas und verschwand wieder im Stall.

Hektisch schaute Vivien sich um. Jetzt galt es, den Greifvogelstall zu finden.

Da war die Baustelle. Daneben waren mehrere kleine Ställe und Gebäude. Deren Türen waren alle verschlossen. Sollte sie jetzt etwa in jeden reinschauen? Das konnte schwierig werden, wenn jemand sie dabei erwischte.

Dann wanderte ihr Blick nach oben und sie sah auf der Burgmauer einen weiteren Verschlag. Er erschien ihr beinahe zu klein, um dort Greifvögel zu halten, aber es würde Sinn ergeben, sie auf einer solchen Höhe zu halten. Wenn man sie dann fliegen ließ, musste man sie nicht erst aus der Burg tragen.

Kurz entschlossen stieg sie die Leiter nach oben, die neben dem Stall an der Mauer angebracht war.

Sie konnte die Vögel bereits riechen, als sie vor dem Verschlag stand, und vor Freude hätte sie beinahe geweint.

Einmal schaute sie sich noch um. Der Burghof war leer, und wenn sie sich günstig hinstellte, konnte niemand sie von unten sehen.

Sie schob den Riegel beiseite und trat in den winzigen Raum.

Was sie sah, ließ sie vor Freude erzittern. Drei Vögel saßen auf Stangen und blickten sie missmutig an. Ein Uhu, ein Wanderfalke und ein Steinadler. Sie waren durch Wände voneinander abgetrennt, sodass sie sich nicht sehen konnten.

»Hallo«, flüsterte sie. »Da seid ihr ja. Ich habe euch schon gesucht.«

Der Falke schlug mit den Flügeln und trippelte auf seiner Stange hin und her. Der Adler fixierte sie mit hartem Blick und der Uhu blinzelte einmal. Sie liebte die Feueraugen dieser Tiere und ein warmes Gefühl machte sich in ihrem Bauch breit. Hier war sie richtig.

Wie immer, wenn sie zu den Vögeln kam, atmete Vivien tief durch und öffnete ihr Herz für die Wildheit dieser Tiere. Erleichtert stellte sie fest, dass es auch hier klappte. Sie konnte ihre Energie spüren.

Doch was sie beim Adler wahrnahm, irritierte sie.

»Hast du Schmerzen?«, fragte sie ihn und trat zu ihm. Wohlweislich blieb sie außerhalb seiner Reichweite, denn er kannte sie nicht und sie hatte keine Ahnung, wie er darauf reagierte. Mit den meisten Greifvögeln war nicht zu spaßen, aber Adler waren besonders eigenwillig und stolz.

Er hob den Kopf ein wenig, als ob er ihr sagen wollte, dass sie nicht näher herankommen sollte. Vivien nickte und öffnete ihr Herz noch ein bisschen weiter. Sie wusste, dass die Vögel das spüren konnten. Sie hatte es von ihrem Mentor gelernt, auch wenn andere es für spirituellen Blödsinn hielten. Doch sie wusste, dass es funktionierte.

Dann fiel ihr auf, dass Zeitreisen noch viel verrückter waren, als in Gedanken sein Herz für ein Tier zu öffnen, und ganz offensichtlich funktionierte das Reisen durch die Zeit ja auch.

Sie lächelte den Adler an. »Ich weiß, dass du dir Sorgen machst. Aber ich tue dir nichts. Ich will dir helfen, auch wenn es dir nicht so vorkommt. Noch nicht. Vielleicht lernst du mich erst einmal ein bisschen kennen.«

Vögel brauchten immer Zeit, sich an einen neuen Menschen zu gewöhnen.

Vivien stand einfach da und betrachtete die drei im schwächer werdenden Licht. Der Adler schonte seinen rechten Flügel, so viel konnte sie sehen. Dem Falken ging es gut und der Uhu war schon älter, aber, soweit sie es erkennen konnte, auch gesund.

Zumindest waren alle drei wohlgenährt.

Vivien fragte sich, wie oft sie wohl eingesetzt wurden und wie viele Flugstunden sie am Tag hatten. Ob es dieser Adler gewesen war, den sie an ihrem ersten Tag über der Burg gehört hatte?

So viele Fragen. Wer trainierte mit ihnen? Alasdair? Als Chief würde es ihm zustehen, aber dafür hatte er doch sicher keine Zeit. Ob jemand das für ihn machte? Hatte er einen Falkner?

An der Seite sah sie einige Utensilien für die Vögel stehen, die alle säuberlich sortiert waren. Jemand kümmerte sich also um die Tiere. Das war eine Erleichterung. Sie konnte Tierleid nicht ertragen und musste dann immer etwas dagegen tun.

Doch etwas sagte ihr, dass diese Vögel nicht ausgelastet waren und mehr Zeit draußen brauchten. Ob sie irgendwo eine Voliere hatten oder ob sie nur auf den Stangen saßen, wenn sie gerade nicht geflogen wurden?

Der Adler bewegte sich ein wenig und schüttelte sich. Vivien sah, dass er den rechten Flügel nicht so bewegte wie den linken. Anscheinend hatte er Schmerzen.

Das war gar nicht gut, denn dann konnte er nicht richtig fliegen, und je weniger er flog, desto schneller würden seine Muskeln verkümmern.

Nachdenklich betrachtete sie ihn. Was würde sie dafür geben, dass sie ihn untersuchen konnte.

An der Wand hing ein Lederhandschuh. Vivien zögerte nur einen Moment. Sie wusste, dass es unvernünftig war, einen der Vögel auf die Hand zu nehmen, da die Tiere sie noch überhaupt nicht kannten und vermutlich wenig mit Frauen zu tun hatten. Trotzdem wollte sie das Gewicht auf der Hand spüren.

Nur einmal kurz. Einfach, weil es so schön war.

Der Uhu erschien ihr der geeignetste Kandidat. Und dann würde sie sich den Adler noch einmal genauer anschauen. Ihr war klar, dass er ihr gegenüber extrem misstrauisch sein würde, vor allem wenn er Schmerzen hatte. Aber sie war sich sicher, dass sie etwas für ihn tun konnte.

Doch jetzt musste sie ein Mal den Uhu halten. Sie wandte sich dem majestätischen Vogel zu, atmete tief durch und öffnete ihr Herz für ihn.

Tatsächlich drehte die große Eule ihr den Kopf zu und musterte sie eindringlich.

»Das hast du gespürt, nicht wahr? Ich möchte, dass du weißt, dass ich reinen Herzens bin. Ich bin deine Freundin und tue dir nichts. Ich werde dich gut behandeln und möchte nur deine Nähe spüren. Gewährst du mir das?«

Sie wartete eine Weile ab und ließ dem Vogel Zeit, zu entscheiden. Dann streckte sie ihre Hand mit dem Lederhandschuh aus.

Der Uhu blinzelte, dann schüttelte er seine Federn.

Vivien lächelte. »Danke. Das weiß ich sehr zu schätzen und du machst mich unheimlich glücklich.«

Sie trat auf die Stange zu und streckte ihm die Hand hin. Doch bevor der Vogel auf ihren Handschuh klettern konnte, trippelte der Falke hin und her. Der Adler richtete sich auf und der Uhu schaute zur Tür.

Und sofort wusste Vivien, dass sie nicht mehr allein war. Ihr Nacken prickelte und das allein sagte ihr, wer in den Raum getreten war. Verdammt, warum konnte sie fühlen, dass er es war?

Sie schluckte und wandte sich um. Alasdair stand in der Tür. Er hatte die Arme verschränkt und sich gegen den Türrahmen gelehnt.

Sie seufzte enttäuscht.

Er legte den Kopf schief. »Erst dachte ich, dass du vorhattest zu fliehen, aber dann fiel mir ein, wie gern du die Vögel sehen wolltest.«

Vivien biss die Zähne zusammen. Sie würde sich nicht entschuldigen. »Du hast sie mir ja nicht zeigen wollen. Aber ich musste sie sehen.«

Alasdair runzelte die Stirn. »Warum?«

Vivien trat einen Schritt zurück. »Weil mir etwas fehlt, wenn ich nicht mit ihnen zu tun habe. Ich arbeite sonst jeden Tag mit ihnen. Meine Vögel fehlen mir.«

Wie immer, wenn sie an ihre acht Vögel auf Kintallan dachte, zog sich ihr Herz zusammen. Doch sie wusste, dass sie gut aufgehoben waren. Schon mehrmals hatte sie sich selbst gratuliert, dass sie vor ein paar Monaten angefangen hatte, Timothy einzuarbeiten. Sie war sich sicher, dass Isla ihn darüber informiert hatte, dass er das Versorgen der Tiere übernehmen musste, als Vivien und Callum im Kamin verschwunden waren.

Alasdair hob eine Augenbraue und sie sah, dass er wirklich überrascht war. »Deine Vögel? Du besitzt eigene?«

»Ja.« Dass sie eigentlich dem Hotel gehörten, war eine dumme Nebensächlichkeit. Die Vögel waren auf sie geprägt und das war alles, was zählte. Deswegen waren es ihre Vögel.

»Kenneth lässt dich mit Greifen arbeiten?«

Vivien schloss die Augen. Sollte sie diese Diskussion schon wieder anfangen? Es ärgerte sie maßlos, dass er ihr nicht glaubte.

Der Falke schrie unruhig und Vivien merkte, dass ihre Stimmung sich auf die Vögel übertrug. Also schob sie ihren Frust beiseite. »Ich arbeite schon sehr lange mit Greifen.«

Er betrachtete sie so durchdringend, wie der Adler es eben getan hatte. Er wusste, dass sie ihm ausgewichen war.

»Und so stiehlst du dich davon, um meine Vögel anzuschauen?«

»Wie ich schon sagte, du hast sie mir ja nicht gezeigt.«

»Ich hatte meine Gründe.«

»Und welche?« Doch dann winkte sie ab. »Stimmt, ich habe es ganz vergessen. Ich bin ja eine Gefangene und deswegen steht es mir nicht zu, so etwas zu fragen.«

Er lächelte und machte einen Schritt in den Verschlag. Der Raum schien auf einmal viel kleiner geworden zu sein und Viviens Herz schlug schneller. Wie konnte ein Mensch eine solche Präsenz haben?

Ihr fiel auf, dass die Vögel ganz ruhig blieben.

»Sie kennen dich«, stellte sie fest.

Er runzelte die Stirn. »Natürlich kennen sie mich.«

»Das heißt, du bist derjenige, der sich jeden Tag um sie kümmert?«

Alasdair schüttelte den Kopf. »Ich habe einen Knecht, der das tut.«

»Keinen Falkner?«

Er runzelte die Stirn. »Mein Falkner ist letzten Winter am Fieber gestorben. Seitdem übernimmt ein Knecht die Aufgabe. Die Vögel akzeptieren ihn und er macht seine Sache gut.«

Vivien zögerte. Sie wollte niemanden anschwärzen, aber sie konnte es auch nicht unerwähnt lassen. »Dann weiß er, dass der Adler an der Schwinge verletzt ist?«

Alasdairs Augen weiteten sich. »Wie bitte?« Er trat zu dem Vogel. Dabei streifte er ihren Arm, weil der Raum so eng war, und Vivien lief ein Schauer über den Rücken. »Ich sehe nichts.«

»Es ist rechts. Er schont den Flügel.«

Alasdair runzelte die Stirn und betrachtete den großen Greif genauer. »Ich kann keine äußere Verletzung erkennen.«

»Vielleicht hat er die Sehnen überdehnt oder einen Muskel gezerrt. Es ist trotzdem gefährlich und muss behandelt werden.«

Alasdair warf ihr über die Schulter einen Blick zu. »Wie?«

»Mit …« Vivien brach ab. Hier hatte sie keinen Zugang zu Röntgenaufnahmen und speziellen Tapes. Also war wieder improvisieren angesagt. »Ich müsste es mir erst genauer anschauen, um es sagen zu können. Aber vermutlich können wir jedes Heilmittel benutzen, das auch für Menschen gut ist.«

»Ich bin vor ein paar Tagen mit ihr geflogen, da war noch alles in Ordnung.«

Dann war der Adler also ein Weibchen.

Vivien biss sich auf die Unterlippe. »Sind sie sonst immer hier auf der Stange?«

»Natürlich.«

»Sie haben keinen Käfig, in dem sie fliegen können?«

»Käfig?«, wiederholte Alasdair ungläubig. »Wer sollte so einen großen Käfig bauen?«

Vivien presste die Lippen zusammen. »Es wäre gut für ihre Muskeln. Wenn sie nicht täglich ein paar Stunden fliegen oder sich wenigstens im Käfig bewegen können, verkümmern ihre Muskeln, und wenn sie dann unruhig auf der Stange werden, kann es zu Verletzungen kommen. Oder wenn sie auf einmal zu lange geflogen werden. Oder in zu waghalsigen Manövern. Hast du mit ihr gejagt?«

Alasdair betrachtete sie lange. »Woher weißt du so etwas?«

Sie hob die Schultern. »Ich hatte ausgezeichnete Lehrer.«

»Und es waren Männer, die dich in dieser Kunst ausgebildet haben?«

Vivien nickte. Das war wenigstens nicht gelogen. Sie hatte nur eine Ausbilderin gehabt, aber das war eine Tierärztin gewesen, die sie mit Wissen über Tierheilkunde und vor allem Parasiten versorgt hatte.

Alasdair starrte sie immer noch staunend an. »Hat Kenneth einen solch großen Käfig für seine Greife?«

Vivien überlegte einen Moment. Kenneth MacLeod schien Alasdair nicht nur ein Dorn im Auge zu sein, anscheinend maßen sich die beiden auch miteinander. Vielleicht war das etwas, was sie für sich ausnutzen konnte.

»Auf Kintallan gibt es so etwas, wo die Vögel sich mehr bewegen können.« Auch das war nicht wirklich gelogen, denn sie hatte nicht dazu gesagt, in welchem Jahrhundert es so war.

Alasdair wandte sich zu ihr um. Zweifel stand in seiner Miene und gleichzeitig so etwas wie Wettbewerbsgeist.

Schnell fügte Vivien hinzu: »Vielleicht ist es möglich, so etwas auch für deine Vögel zu bauen. Dann ist die Verletzungsgefahr geringer.« Als sie Interesse in seinen Augen aufflammen sah, fügte sie hinzu: »Ich könnte dir dabei helfen, so etwas zu entwerfen. Außerdem kümmere ich mich gern um die Verletzung des Adlers. Vielleicht kann ich sie heilen.«

Alasdair wandte sich zu dem großen Vogel um. »Sie heißt Beira«, sagte er leise. »Ich habe sie allein großgezogen, als ich etwa so alt war wie Callum.«

Er liebte diesen Vogel, das konnte sie fühlen, und aus irgendeinem Grund machte es sie sehr glücklich.

»Dann sollten wir alles tun, damit sie wieder ohne Schmerzen fliegen kann.«

Er nickte nur knapp, aber sie konnte in seinen Augen sehen, wie sehr er sich sorgte. Und da war auch ein wenig Dankbarkeit. Gut, dann hatte sie also wieder Boden gutgemacht, nachdem sie ihn vor ein paar Tagen so verärgert hatte. Vielleicht erlaubte er ihr jetzt, dass sie mit den Vögeln arbeitete. Dann würde sie wenigstens aus ihrem Zimmer kommen.

»Ich verspreche dir, dass sie wieder gesund wird. Auch wenn es ein paar Wochen dauern wird. Und dann bauen wir ihr eine Voliere, damit sie sich besser bewegen kann.«

Erst als sie die Worte ausgesprochen hatte, wurde ihr klar, dass sie gerade ein Versprechen gab, das sie eigentlich nicht halten konnte. Zumindest nicht, wenn sie ihren Fluchtplan durchsetzen wollte. Die Voliere zu bauen und Beira zu heilen, würde einige Zeit brauchen. Wochen vielleicht. So lange würde sie hierbleiben müssen. Sie konnte nicht gehen, wenn sie wusste, dass hier ein Tier war, ein solch wunderbares noch dazu, und ihre Hilfe brauchte.

Sie seufzte.

Alasdair wandte sich zu ihr um. »Was ist?«

Sie schüttelte den Kopf. »Nichts.«

Er verengte die Augen und für Vivien fühlte es sich an, als ob er ihre Gedanken lesen könnte.

»Es wird einige Wochen dauern, bis sie wieder gesund ist.«

»Und du hast Sorge, dass Kenneth vorher meine Tochter bringt?«

Vivien biss sich auf die Lippe und erwiderte seinen Blick. Sollte sie es noch einmal wagen? Doch sie traute sich nicht. Gerade hatten sie durch die Vögel wieder auf neutralen Boden gefunden, nachdem Alasdair so wütend auf sie gewesen war. Was ehrlich gesagt kein Wunder war. Wieder und wieder hatte sie die Szene im Kopf durchgespielt und ihr war klar geworden, dass sie ihn im Burghof in eine unmögliche Situation gebracht hatte. Sie hatte seine Autorität vor seinen Leuten infrage gestellt, indem sie ihn hatte wissen lassen, dass er einen gravierenden Fehler gemacht hatte. Selbst wenn Alasdair jemand war, der einen Fehler eingestehen konnte, war es ihm nicht möglich, sich einer Frau, und seiner Gefangenen dazu, vor seinen Leuten geschlagen zu geben. Er hätte als Dummkopf dagestanden, wenn er angefangen hätte, mit ihr zu diskutieren.

Darüber hatte sie in dem Moment nicht nachgedacht. Die meisten Männer in ihrer Zeit spielten sich auf und fühlten sich viel wichtiger, als sie eigentlich waren. Aber Alasdair war wichtig. Er war der Chief hier, er führte diesen Clan an. Sein Wort hatte Gewicht. Seine Entscheidungen betrafen Leben und Tod dieser Menschen. Es war wichtig, dass seine Autorität gewahrt wurde.

Sie konnte ihm das nicht einmal übel nehmen, sondern verstand ihn. So war es mit den Vögeln auch. Natürlich öffnete sie den Tieren ihr Herz und versuchte, sich mit ihnen anzufreunden. Aber gleichzeitig war sie auch die Chefin und durfte nie Schwäche zeigen, denn sonst speicherten die Tiere sie als schwach ab und verhielten sich dementsprechend. Dann wurde es für alle gefährlich. Vor allem da Greifvögel nie unterwerfendes Verhalten zeigen.

Und auch wenn es ihr nicht gefiel, dass Alasdair sie entführt hatte und ihr nicht glaubte, konnte sie ihn doch verstehen, dass er noch einmal vor allen erwähnt hatte, dass sie die Lügnerin war und er recht hatte. Leider hatte er dadurch die Situation nur unwissentlich schlimmer gemacht. Denn je länger er sie hier festhielt und darauf wartete, dass Kenneth sie retten kam, desto länger würde seine Tochter in Gefangenschaft bleiben.

Vivien hatte oft über das Mädchen nachgedacht, das sie nicht einmal kannte, und ihr gute Gedanken geschickt. Sie hoffte so sehr, dass Fiona gut behandelt wurde, sodass die Gefangenschaft nicht unerträglich wurde.

Sie entschied, dass sie es in den nächsten Tagen noch einmal probieren würde, Alasdair von seinem Irrtum zu überzeugen, aber nicht jetzt. In diesem Moment war sie darauf angewiesen, dass er sie mit den Vögeln arbeiten ließ. Wenn sie ihm dadurch ihren Wert beweisen konnte, würde er in dem Moment, da er herausfand, dass sie eine wertlose Geisel war, vielleicht Milde walten lassen. Noch viel wertloser, als er dachte, denn hier in dieser Welt gab es niemanden, der auch nur bereit wäre, einen Laib Brot für sie und Callum zu geben.

Außerdem wusste sie nicht, wie Alasdair reagieren würde, wenn er merkte, dass er einem Irrtum aufgesessen war, den er auch noch seinem gesamten Clan gegenüber kundgetan hatte. Es gab viele Männer, die sich dann irrational verhielten. Und dann wollte sie ein Druckmittel in der Hand haben.

Wie sie an seinem Gesicht gesehen hatte, als er über den Adler gesprochen hatte, war der ihr Druckmittel. Oder zumindest die Tatsache, dass der Vogel wieder gesund wurde. Also nickte sie nur. »Richtig. Es könnte sein, dass ich nicht genug Zeit habe, sie zu heilen.«

Alasdair blickte zu seinem Vogel, dann wieder zu Vivien. »Gib dein Bestes.«

Innerlich jubelte sie, doch äußerlich blieb sie scheinbar unbeteiligt. »Dann muss ich aber täglich hierherkommen und mich um die Vögel kümmern. Ich könnte die Aufgabe des Knechts übernehmen.«

Alasdair zögerte und Vivien hob seufzend die Hände. »Und ich verspreche, dass ich nicht versuchen werde zu fliehen, wenn ich diese Freiheiten habe.«

Er zögerte. »Schwöre es mir beim Leben deines Sohnes.«

Vivien biss sich auf die Unterlippe. Er meinte es also ernst. Konnte sie das schwören? Doch dann fiel ihr Blick auf den Adler und wie er seinen Flügel etwas hängen ließ. Selbst wenn sie nicht auf Callums Leben schwören würde, könnte sie Beira sowieso nicht in diesem Zustand allein lassen.

»Ich schwöre«, sagte sie.

Alasdair schüttelte ganz leicht den Kopf. Er wirkte ungläubig, dass sie es tatsächlich getan hatte. Mittlerweile war es fast dunkel in dem Verschlag und seine blauen Augen schienen im Dämmerlicht zu leuchten.

»Wir sollten jetzt wieder in die Halle gehen.« Er wies auf die Tür.

Doch Vivien wollte noch nicht gehen. Sie trat von einem Fuß auf den anderen. »Ich will noch den Uhu auf die Hand nehmen.«

»Warum?«, fragte Alasdair.

Sie kam sich ein wenig dumm vor, aber sie sagte es trotzdem. »Mir fehlt das Gewicht eines Vogels auf der Hand. Ich will es nur kurz fühlen.«

Für einen winzigen Moment dachte sie daran, dass ihr genauso das Gewicht eines Mannes auf ihr fehlte. Und für den Bruchteil einer Sekunde schoss ihr ein Bild durch den Kopf. Eines, das sie im Traum gehabt hatte. Davon, wie Alasdair auf ihr lag.

Erschrocken schaute sie zu Boden und hoffte sehr, dass ihr früheres Gefühl sie täuschte und er nicht ihre Gedanken lesen konnte.

Seine Stimme war eine Spur dunkler, als er ihr antwortete, und aus einem unerklärlichen Grund lief ihr ein wohliger Schauer über den Rücken. »Ich weiß, was du meinst.«

Vivien spürte, wie Wärme in ihre Wangen schoss. Hatte er wirklich ihre Gedanken gelesen? Doch dann erinnerte sie sich daran, dass sie gesagt hatte, dass sie das Gewicht eines Vogels auf der Hand spüren wollte. Darauf hatte er geantwortet, oder?

Vorsichtig schaute sie ihn an. Er erwiderte ihren Blick und für einen Moment sahen sie sich einfach nur an. Vivien gelang es nicht, zu atmen, und ihr wurde ein wenig schwindelig.

Was war das nur mit Alasdair Mackenzie, dass er sie derart aus der Fassung brachte?

Schließlich deutete er auf den Uhu. »Sein Name ist Merrigan. Allerdings ist er sehr wählerisch und geht nicht zu jedem.«

Das riss sie aus ihrer verwirrten Starre und weckte ihren Wettbewerbsgeist. Sie war sich sicher, dass Merrigan zu ihr kommen würde. Das wollte sie Alasdair beweisen.

Mit klopfendem Herzen, fast so sehr, als wenn sie das erste Mal einen Greifvogel auf die Hand nehmen würde, hielt sie der großen Eule die Hand mit dem Lederhandschuh hin. Der Uhu starrte sie ausdruckslos an, fast so, als würde er sich fragen, ob sie ernsthaft erwarten würde, dass er sich zu so etwas herabließ.

Eine Weile standen sie einfach so da. Auch Alasdair wartete ganz ruhig ab. Und schließlich bemerkte Vivien, dass sie etwas vergessen hatte. Sie atmete tief durch und öffnete innerlich ihr Herz für den Raubvogel. Jetzt blinzelte Merrigan und es schien ihr, als würde er sich ein wenig entspannen. Schließlich trat er vor und setzte sich auf ihren Handschuh.

»Danke«, wisperte Vivien.

Sie genoss das Gewicht auf der Hand. Dieser Uhu war etwas schwerer als ihrer auf Kintallan, aber sie konnte ihn locker halten. Sie hatte viele Jahre Muskeltraining gemacht, damit sie selbst große Vögel über längere Zeit auf der Hand tragen konnte.

Sie spürte Alasdairs Blick auf sich, traute sich aber nicht, zu ihm zu schauen.

Wieder dachte sie an das ungebetene Bild in ihrem Kopf, wie er im Halbdunkeln auf ihr lag, sein attraktives Gesicht direkt vor ihrem. Und auf einmal spürte sie, dass sie sich danach sehnte.

Nicht so sehr nach Alasdair, sondern danach, so mit einem Mann zusammen zu sein.

Merrigan drehte den Kopf, blickte sie forschend an und sie war sich sicher, dass er genau wusste, was sie dachte. Also hob sie leicht die Schultern. Sie war auch nur eine Frau und konnte solche Gedanken nicht zurückhalten. Außerdem war es schon sehr, sehr lange her, dass sie mit einem Mann im Bett gewesen war. Zumindest entspannt und mit viel Zeit, sodass man einfach nur gemeinsam dort liegen konnte.

Der Uhu wurde unruhig und Vivien wurde klar, dass sie mit ihren Gedanken zu weit abgeschweift war. Sie zwang sich, sich wieder auf den Moment zu fokussieren. Sie schickte Merrigan gute Gedanken und dann hielt sie die Hand wieder neben die Stange, damit er sich wieder dorthin begeben konnte. Doch der Vogel blieb stur sitzen.

»Na komm«, sagte Vivien. »Begib dich wieder zur Ruhe.«

Alasdair lachte leise. »Ich glaube, er hat erwartet, dass er fliegen darf.«

»Morgen darfst du bestimmt wieder fliegen«, sagte Vivien. Doch Merrigan rührte sich immer noch nicht.

»Ich verspreche es dir. Bald darfst du deine Schwingen wieder ausbreiten. Ich wette, du bist ein majestätischer Flieger und ein großartiger Jäger. Aber jetzt ruh dich ein bisschen aus.«

Der Uhu musterte sie noch einmal eindringlich, als ob er sich versichern wollte, dass sie es ernst meinte, dann kletterte er wieder auf seine Stange. Nun drehte er ihr aber den Rücken zu.

Vivien lächelte und zog den Lederhandschuh aus. »Hast du hier eine Belohnung für sie?«

Alasdair schüttelte den Kopf. »Nur wenn ich mit ihnen jagen gehe.«

Ohne darüber nachzudenken, tippte sie ihm auf die Brust. »Ich glaube, ich kann dir noch viel über Vögel beibringen.«

Seine Hand umfasste ihre, und da war es wieder, dieses Kribbeln. »Lass das«, sagte er leise, fast drohend.

Vivien war atemlos und konnte nicht gleich antworten. Sie starrte auf ihre Hände und fragte sich erneut, warum es sich so merkwürdig anfühlte, wenn Alasdair sie berührte.

Auch er schaute auf ihre Hände, dann ließ er sie abrupt los. »Wir sollten wieder in die Halle gehen.«

Auf einmal war er kurz angebunden und schaute sie auch nicht mehr an.

Erneut hatte sich etwas zwischen ihnen geändert. Es war, als ob sie einen Tanz vollführten, der sie immer zusammenführte und dann wieder auseinandertrieb. Es verwirrte und faszinierte Vivien zugleich. Und auf einmal fragte sie sich, ob es Alasdair auch so ging oder ob sie sich das alles nur einbildete.

Als er nach draußen trat und hinter ihr die Tür des Verschlags schloss, nur um dann wortlos an ihr vorbei zur Treppe zu gehen, wusste sie, dass sie heute Abend nichts mehr aus ihm herausbekommen würde. Aber vielleicht würde sie mehr über ihn erfahren, wenn sie jetzt mit den Vögeln zusammenarbeiten. Und aus irgendeinem Grund freute sie das ungemein. Sie war gespannt auf alles, was sie ihm noch entlocken würde. Auch wenn sie vermutlich niemals erfahren würde, wie es sein würde, wenn er im Halbdunkeln auf ihr lag. Und das war etwas, was sie außerordentlich bedauerte.

17

Als sie am nächsten Morgen erwachte, war Viviens Herz so viel leichter als an den Tagen zuvor.

Wieder hatte sie die halbe Nacht wach gelegen. Doch dieses Mal hatte sie sich Gedanken über die drei Greifvögel gemacht, und statt Fluchtpläne zu schmieden, hatte sie sich gefragt, wie sie dem Adler helfen konnte. Außerdem hatte sie darüber nachgedacht, wie sie Alasdair überzeugen konnte, eine Voliere für die Tiere zu bauen. Aber da er die Tiere liebte, wusste sie, dass sie es schaffen würde, ihn von der Notwendigkeit zu überzeugen.

In der Nacht hatte sie versucht, die Gedanken an Alasdair und ihre Träume von ihm wegzuschieben. Doch es war ihr nicht gelungen. Als sie unter ihrer Decke gelegen und über ihn nachgedacht hatte, war unweigerlich immer wieder sein Bild vor ihrem Auge erschienen. Nicht irgendein Bild, sondern so, als ob er auf ihr liegen und auf sie herunterschauen würde. Es war erregend und gleichzeitig auf eine sonderbare Weise vertraut. Als ob sie es schon einmal erlebt hätte. Dabei konnte sie sich nicht einmal genau an den Traum erinnern. Da war immer nur das Bild von seinem Gesicht direkt über ihr. Wenn sie versuchte, es genauer zu betrachten, zerfloss das Bild jedoch. Aber das undeutliche Gefühl von der Schwere seines Körpers auf ihrem blieb.

Was sie besonders wunderte, war, wie sehr sie diese Vorstellung beruhigte. Als ob er eine warme, schwere Decke an einem Wintertag wäre.

Und dann hatte sie an das Kribbeln gedacht, das sie erfasste, wenn sie einander berührten. So etwas hatte sie noch nie erlebt.

Ein rebellischer Teil in ihr wollte austesten, was das war. Auch wenn das wirklich gefährlich werden konnte, immerhin war sie seine Gefangene. Doch da war etwas zwischen ihnen, das sie nicht mehr verleugnen konnte. Irgendetwas, das sie magisch anzog.

Doch immer wenn sie bei diesem Gedanken ankam, kehrte sie zu den Vögeln zurück und schmiedete Pläne für die Voliere. Das erschien ihr sicherer, als darüber nachzudenken, wie sie mit Alasdair Mackenzie im Bett lag.

Beim Frühstück in der Halle war sie zunächst allein. Anscheinend hatten die meisten Burgbewohner schon gefrühstückt und gingen ihrem Tagwerk nach. Nur Balthair leistete ihr als Bewacher Gesellschaft.

Als sie gerade den Rest ihres etwas faden Haferbreis aus der Holzschüssel gekratzt hatte, kam Alasdair in die Halle. Gefolgt von Lachlan. Wie immer, wenn sie den jüngeren Mann sah, zog sich Viviens Magen zusammen. Sie traute ihm nicht. Absolut nicht.

Die beiden Männer waren in ein Gespräch vertieft, doch Alasdair schaute auf, und als sich ihre Blicke trafen, lächelte er kurz. Erstaunt schaute sie ihn an. Es war kein Lächeln aus Höflichkeit gewesen, sondern echt.

Lachlan hingegen wirkte missmutig, als er in ihre Richtung schaute.

Als die beiden näher kamen, sagte Alasdair gerade: »Du wirst sehen, dass sie es kann.«

Vivien wusste sofort, dass er über sie sprach. Und auch, dass es Lachlan nicht gefiel.

Ob den beiden Männern klar war, dass sie sie hören konnte? Da es in der Halle so still war, hallten ihre leisen Worte von den Wänden wider und natürlich spitzte Vivien auch die Ohren.

»Sie kann den Adler nicht tragen«, sagte Lachlan prompt. »Immerhin ist sie eine Frau.«

Vivien lächelte still in sich hinein. Ja, ein Adler war ein großer Vogel, aber sie hatte selbst einmal einen geführt. Doch sie war sich sicher, dass Beira nur auf Alasdair hörte. Adler waren schwierig zu führen und sehr starke und eigensinnige Tiere. Beira passte ausgezeichnet zu Alasdair. Der Greifvogel strahlte die gleiche Ruhe und Kraft aus.

Vivien würde nicht einmal versuchen, den weitaus kleineren Falken fliegen zu lassen, denn das konnte durchaus schiefgehen. Aber allein um Lachlan zu zeigen, dass sie es konnte, wäre es einen Versuch wert.

Jetzt blieb Lachlan stehen. »Hast du eigentlich Nachricht von Kenneth bekommen?« Er blickte zu ihr rüber und Vivien senkte schnell den Kopf über ihre Schüssel, damit er nicht merkte, dass sie zuhörte.

»Nein«, gab Alasdair zu, senkte aber auch die Stimme. »Und es wundert mich.«

Mich nicht, dachte Vivien.

»Ich verstehe es nicht«, sagte Lachlan und seufzte schwer. »Es heißt doch, dass er seine Frau so verehrt. Wenn er sie nicht retten kommt, kann sie ihm ja nicht so viel bedeuten.«

Vivien presste die Lippen zusammen und kratzte sorgfältig ihre schon blanke Schüssel noch einmal aus.

Lachlan fuhr fort. »Ob er nicht weiß, dass sie hier ist?«

»Die Magd wird es ihm gesagt haben«, erwiderte Alasdair. »Sie hat gesehen, dass ich die beiden mitgenommen habe.«

»Und wenn sie es nicht gesagt hat? Man weiß nie, was im Kopf einer Frau vorgeht.« Er räusperte sich und sagte dann im Flüsterton, der aber trotzdem noch so laut war, dass er durch die gesamte Halle zu hören war: »Möglicherweise solltest du ihm noch einmal eine Nachricht schicken. Ich möchte das Leben von Fiona ungern in die Hände einer dummen Magd legen. Wir müssen alles tun, um deine Tochter nach Hause zu bringen.«

Vivien horchte auf. Irgendetwas an Lachlans Ton irritierte sie. Verstohlen blickte sie hoch.

Alasdair nickte nachdenklich. »Vielleicht hast du recht. Ich werde ihm eine Nachricht senden und um den Austausch bitten.«

»Bis dahin solltest du sie einsperren. Wer weiß, was sie im Schilde führt.«

Vivien hielt den Atem an. Alasdair schaute zu ihr rüber und hastig blickte sie wieder nach unten. Gestern erst hatte er ihr zugesichert, dass sie mit den Vögeln arbeiten durfte. Sie wollte, dass es dabei blieb.

»Keine Sorge, ich habe sie im Griff.«

Alles in Vivien sträubte sich bei diesen Worten. Niemand hatte sie im Griff. Sie hasste solche Ausdrücke, aber vermutlich war so etwas bei einem Mann aus dem Mittelalter nicht anders zu erwarten.

Sie hob den Kopf nicht wirklich, sondern schaute nur zwischen ihren Wimpern hoch. Dabei fiel ihr Blick auf Alasdairs Hände. Seine großen und starken Hände. Und ganz kurz dachte sie daran, wie schön es wäre, wenn er sie damit körperlich im Griff hätte. Nur für eine Nacht.

Sie atmete ob dieses sehr unpassenden Gedankens tief durch und kratzte ihre Schüssel noch einmal mehr aus.

»Torquil wird auf den Jungen besonders achtgeben. Sie werden uns nicht einfach entwischen.« Alasdair klopfte Lachlan auf die Schulter. »Aber du hast recht, wir müssen etwas tun, damit wir Fiona möglichst schnell wiederbekommen. Ich werde den Boten gleich losschicken.«

Vivien schaute wieder auf und sah gerade noch ein selbstgefälliges Lächeln auf Lachlans Lippen, das aber so schnell verschwand, wie es gekommen war. »Das kann ich auch für dich tun. Gib mir einfach deine Nachricht.«

Alasdair nickte. »Mache ich. Danke.«

Lachlan zögerte und warf einen Blick zu Vivien. Dieses Mal erwiderte sie ihn, einfach weil es langsam albern war, so zu tun, als ob sie nicht zuhören würde. Denn auch Balthair neben ihr lauschte aufmerksam. Und wenn die beiden nicht wollen würden, dass sie alles mitbekam, hätten sie sich ja woanders unterhalten können.

»Stimmt es eigentlich, dass sie vor ein paar Tagen zu dir gesagt hat, dass sie gar nicht die Frau von Kenneth MacLeod ist?«

Alasdair stöhnte auf und warf Vivien einen Blick zu. Jetzt trank sie doch einen Schluck aus ihrem Becher, damit sie ihn nicht mehr anschauen musste. Aber sie war gespannt auf seine Antwort. Ihr tat immer noch leid, dass sie ihn so bloßgestellt hatte.

»Ja, das hat sie.«

»Glaubst du das?«, fragte Lachlan und klang ehrlich besorgt.

Alasdair zögerte. »Nein.«

Lachlan schüttelte den Kopf. »Ich glaube es auch nicht. Es ist sicherlich nur eine Finte, damit du sie freilässt. Aber das können wir nicht zulassen, sonst haben wir kein Druckmittel mehr in der Hand, um Fiona wiederzubekommen. Sie fehlt hier. Findest du nicht auch?«

Jetzt wagte Vivien doch wieder einen Blick. Der Schmerz stand Alasdair ins Gesicht geschrieben und ihr tat das Herz weh, als sie es sah. Die Stunden, die Jeff damals Callum in seiner Gewalt gehabt hatte, waren die schlimmsten ihres Lebens gewesen. Vor allem, da niemand ihr geholfen hatte, weil er ja der Vater des Kindes war.

Sie konnte es so gut nachempfinden, wie es Alasdair ging. Und Fiona war nun schon viele Tage weg. Sie wünschte so sehr, dass sie helfen könnte, aber sie hatte keine Ahnung, wie. Das Einzige, was sie tun konnte, war, Alasdair klarzumachen, dass er die Falsche entführt hatte. Dann würde er wissen, dass er handeln musste und nicht nur hier sitzen und warten konnte. Aber das würde sie ganz sicher nicht tun, wenn Lachlan in der Nähe war.

Irgendwie hatte sie das Gefühl, dass er ihr überhaupt nicht traute und alles, was sie sagte, als Lüge bezeichnen würde. Möglicherweise würde er Alasdair sogar überzeugen, dass sie wieder Zimmerarrest bekommen sollte, wenn sie sich zu weit aus dem Fenster lehnte.

Nein, sie musste einen geeigneten Zeitpunkt abwarten, um mit Alasdair allein zu sprechen. Und vielleicht fiel ihr bis dahin ein, wie sie ihm beweisen könnte, dass sie gar nicht Kenneths Frau war.

Alasdair atmete tief durch. »Wir werden sie zurückholen. Und wenn es das Letzte ist, was ich tue.«

Wieder bemerkte Vivien einen merkwürdigen Ausdruck auf Lachlans Gesicht. War das Genugtuung? Dieser Mann verhielt sich nicht normal.

Er warf Vivien einen Blick zu und erneut erwiderte sie ihn selbstbewusst.

»Willst du sie wirklich zu den Vögeln lassen? Nicht, dass sie ihnen schadet.«

Alasdair schüttelte den Kopf. »Das wird sie nicht, denn ich werde sie begleiten.«

Spielerisch schlug Lachlan ihm gegen die Schulter, doch als er lächelte, erreichte es seine Augen nicht. »Du lässt sonst niemanden zu den Vögeln, nicht einmal mich. Ich hoffe sehr, dass du vorhast, sie Beira zum Fraß vorzuwerfen.«

Alasdairs Miene verdunkelte sich. »Das geht zu weit, Lachlan. Sie ist unser Gast.«

Trotzig schaute Lachlan ihn an und auf einmal sah man, wie jung er eigentlich war. Kein Wunder, dass er solche Bemerkungen machte. »Aber sie ist eine MacLeod. Das dürfen wir nicht vergessen. Ihnen ist nicht zu trauen.«

»Keine Sorge, ich weiß, was ich tue. Und jetzt will ich nichts mehr davon hören.«

Lachlan wirkte nicht so, als ob er das Thema schon aufgeben wollte, doch er nickte knapp und warf Vivien noch einen finsteren

Blick zu. »Ich werde den Umbau kontrollieren.« Dann stapfte er durch die Halle davon.

Alasdair schaute ihm hinterher und Vivien schob endgültig ihre Schüssel von sich, denn es wäre peinlich, wenn sie die noch weiter auskratzen würde.

Schließlich kam Alasdair zu ihr. »Bereit?« Er wirkte ein wenig irritiert und sie fragte sich, warum. Ob Alasdair auch merkte, dass Lachlan nicht so offen und ehrlich war, wie er sich zu geben versuchte?

Vivien zögerte einen Moment, aber dann konnte sie es sich doch nicht verkneifen. Sie stand auf. »Mich deinem Adler zum Fraß vorwerfen zu lassen? Sehr gern.«

Das Lächeln erschien so schnell auf seinem Gesicht, dass er selbst überrascht davon schien. Und es war so schön anzusehen. Sie mochte es, dass sie so ein Lächeln bei ihm hervorrufen konnte. Dann verschwand es wieder, aber sein gesamter Ausdruck war heiterer, als sie zusammen in den Burghof gingen. Ganz kurz dachte Vivien daran, dass sie sich durchaus an dieses Lächeln gewöhnen könnte. Aber war das sinnvoll?

Da erschien in ihrem Kopf wieder das Bild von ihm über ihr. Dieses Mal lächelte er und Vivien wurde für einen kurzen Moment schwindelig.

Nein, es wäre nicht gut, sich an diese Art von Lächeln zu gewöhnen, denn dann würde es ihr schwerfallen, von hier zu fliehen. Und das war doch das Einzige, was zählte.

18

Vivien atmete tief durch und öffnete ihr Herz für den Adler, der vor ihr auf der Stange saß. Beira war ein wunderschöner Vogel und unglaublich aufmerksam.

»Glaubst du wirklich, dass du sie behandeln kannst?« Alasdair klang skeptisch.

Vivien nickte und wollte ihm versichern, dass es kein Problem wäre, doch dann hielt sie sich zurück. In ihrer Zeit wäre es bestimmt machbar, aber hier? Vor allem wusste sie nicht, wie lange sie hierbleiben würde.

»Ich würde sie gern untersuchen. Kannst du sie bitte von der Stange nehmen und ihr eine Haube aufsetzen?«

Auf einmal fragte sie sich, ob es in dieser Zeit schon Hauben gab, aber dann atmete sie erleichtert auf, als Alasdair eine Haube aus der Tasche vorn an seinem Gürtel zog. Er griff nach einem der Lederhandschuhe, der besonders gepolstert schien. Kein Wunder, denn die Klauen eines Adlers waren scharf und spitz.

Er hielt Beira den Arm hin und sie schaute ihn ein wenig gelangweilt an, aber trat dann auf seinen Arm.

Vivien ertappte sich dabei, wie sie die Luft anhielt. Auf Alasdairs Arm wirkte der Vogel noch einmal viel größer.

Beruhigend redete Alasdair auf Beira ein. Worte, die Vivien nicht verstand. Dann zog er dem Vogel die Haube in einer raschen Bewegung über den Kopf. Jetzt saß Beira ganz still. Alasdair band trotzdem das Lederband an ihren Füßen an seinen Handschuh fest und Vivien nickte ihm zu. Das gab ihr noch ein bisschen mehr Sicherheit, falls Beira die Untersuchung nicht gefiel.

Sie stellte sich vor den Greifvogel und versuchte, mit dem riesigen Tier eine Verbindung herzustellen. Sie spürte, dass Alasdair sie genau beobachtete.

»Darf ich dich anfassen, meine Hübsche?«, fragte sie und senkte ihre Stimme so, dass sie ruhig und entspannt, fast ein bisschen rauchig klang. Ihre eigenen Vögel mochten das.

Der Adler war noch zögerlich, das fühlte sie genau.

»Vielleicht solltest du einfach gar nicht sprechen, dann merkt sie nicht, dass es jemand anders ist«, warf Alasdair ein. Auch er hatte die Stimme gesenkt und ein wohliger Schauer rieselte über ihren Rücken, weil es sich so schön und vertraut anhörte.

Es dauerte einen Moment, bis sie in der Lage war, zu antworten. Langsam schüttelte sie den Kopf. »Es hat keinen Sinn, sich zu verstellen. Natürlich merkt sie, dass ich jemand anders bin. Und wenn ich dann noch versuche, ihre Intelligenz zu beleidigen, wird sie mich noch weniger mögen.«

Sie wartete ab und bemühte sich, ihr Herz sprechen zu lassen. Aber ein klein wenig war sie auch aufgeregt, weil sie Alasdair so gern beweisen wollte, was sie konnte.

Eine Weile standen sie einfach so da. Der Wind hatte aufgefrischt und rüttelte an dem Verschlag.

»Worauf wartest du?«, fragte Alasdair schließlich mit dieser tiefen und rauchigen Stimme, die wie ein warmer Kakao an einem kalten Tag ihren gesamten Körper zu wärmen schien. Kurz dachte sie daran, wie sie ihm entlocken könnte, noch mehr zu sagen, doch dann zwang sie sich, wieder an Beira zu denken. Es ging jetzt um sie und nicht um ihre Fantasien, in denen Alasdair die Hauptrolle spielte.

Ruhig atmete sie tief durch. »Auf ihre Erlaubnis.«

Aus dem Augenwinkel sah sie, wie er die Stirn runzelte, aber sie wandte den Blick nicht von dem Greifvogel ab. Obwohl Beira sie nicht sehen konnte, spürte sie ganz bestimmt, was um sie herum vorging. Wie alle Greifvögel verließen auch Adler sich vor allem auf ihre Augen. Trotzdem wusste Vivien, dass diese Tiere viel mehr spürten, als man ihnen zugestand.

Nach einer Ewigkeit, in der Vivien weiter ruhig atmete und versuchte, jede Anspannung zu vertreiben, senkte Beira den Kopf ein wenig und entspannte die Flügel. Jetzt war sie bereit für Vivien.

Auch Alasdair musste es gespürt haben, denn er hob erstaunt die Augenbrauen.

»Danke schön«, murmelte Vivien und trat näher. Vorsichtig nahm sie den Flügel in die Hand und breitete die Schwinge aus. Sie war riesig. »Die Schwungfedern sind wunderschön«, murmelte sie und ließ ihre Finger vorsichtig über die gestaffelten Federn gleiten. Dort, wo der Flügel am Körper ansaß, spürte sie eine leichte Schwellung. Behutsam tastete sie den Bereich ab. Beira zuckte kaum merklich zusammen und Vivien hielt sofort inne. »Es tut mir leid, meine Schöne. Ich weiß, das ist unangenehm.«

Sie wartete einen Moment, bis der Vogel sich wieder entspannte, dann untersuchte sie die Stelle noch einmal. Die Schwellung war warm, aber nicht heiß. Das war ein gutes Zeichen.

»Ich brauche einen Moment deine Hilfe«, wandte sie sich an Alasdair. »Kannst du sie ein wenig höher halten? Ich möchte sehen, ob sie den Flügel gleichmäßig fallen lässt.«

Als er den Arm anhob, breitete Vivien den Flügel noch einmal vorsichtig aus. Sie konnte spüren, wie angespannt Alasdair war – nicht nur, weil er um seinen Vogel besorgt war, sondern auch, weil sie so dicht beieinanderstanden. Der würzige Duft von Leder und Kräutern, der von seiner Kleidung ausging, lenkte sie fast ab.

»Sie hat sich die Stelle geprellt«, sagte sie schließlich. »Vermutlich bei der Landung auf einem Ast. Die Schwellung ist nicht schlimm, aber ich würde sie gerne kühlen und mit einem Wickel stabilisieren.«

Mit geübten Bewegungen legte sie einen Kräuterwickel an, den sie mit einem schmalen Leinenstreifen fixierte. Diese hatte sie vorhin von Moira bekommen. Die Bandage war fest genug, um Halt zu geben, aber locker genug, dass Beira den Flügel noch bewegen konnte.

Als Alasdair die Haube wieder abnehmen wollte, zuckte Beira plötzlich zur Seite. Ihr scharfer Schnabel erwischte seinen Handrücken und hinterließ einen tiefen Kratzer, der sofort zu bluten begann.

»Lass mich das ansehen«, sagte Vivien sofort und griff nach seiner Hand, doch er zog sie weg.

»Es ist nichts«, sagte er schroff. Ein Tropfen Blut rann seinen Handrücken hinab. »Ich bin es gewohnt.«

»Aber der Schnabel ist schmutzig, die Wunde muss gereinigt werden.«

»Ich sagte, es ist nichts.« Seine Stimme hatte einen Unterton, der keinen Widerspruch duldete, aber in seinen Augen lag etwas anderes. Als ob er ihre Berührung mehr fürchtete als die Verletzung.

Eine Weile standen sie unangenehm schweigend ganz dicht nebeneinander, dann setzte Alasdair Beira wieder auf die Stange. Vivien fiel auf, wie liebevoll er mit ihr umging. Und das war etwas, was ihr außerordentlich gut gefiel.

Als er sich umwandte und sie beim Starren ertappte, wandte sie schnell den Blick ab und stellte die Schale mit der Kräuterpaste beiseite. »Sie ist wirklich ein außergewöhnlich schöner Vogel«, sagte sie schnell, um zumindest irgendwas zu sagen.

Alasdair lächelte und schaute sie ruhig an. »Es wundert mich, dass sie dich die Untersuchung hat durchführen lassen. Normalerweise lässt sie niemanden außer mich in ihre Nähe. Ich habe Wochen gebraucht, bis ich den Knecht an sie gewöhnt hatte. Und jetzt duldet sie ihn nur. Er dürfte sie niemals so berühren, wie du es heute getan hast.«

Vivien wandte den Blick ab, weil seine Stimme immer noch gesenkt und rauchig war, und wenn er dann von Berührungen sprach, sprang ihr Kopfkino gleich wieder an. Manchmal war sie sich nicht sicher, ob er das nicht auch sehen konnte.

Vielleicht kam ihre Verbindung daher, dass sie sich beide so für die Vögel öffnen konnten.

»Das ist nur, weil ich gewartet habe, bis sie mir die Erlaubnis gegeben hat.« Jetzt schaute sie ihn doch wieder an.

Alasdair wirkte vollkommen entspannt und gelassen. Sie mochte es, dass er in ihrer Gegenwart so sein konnte. Und gleichzeitig hatte er immer noch alles im Blick. Genau wie ein Adler. Selbst in Momenten der Entspannung nahm der alles um sich herum wahr.

»Kannst du etwa auch mit Vögeln sprechen?«

Vivien hielt inne. »Auch? Wer kann es denn noch?« Meinte er etwa sich selbst? Das würde sie nicht wundern.

Kurz presste Alasdair die Lippen zusammen, als ob er etwas Falsches gesagt hätte. Doch dann nickte er, als ob er einen Entschluss gefasst hätte. »Ich meinte zusätzlich zu deinen anderen Fähigkeiten.«

Ihr Herz schlug ein bisschen schneller. Vivien verschränkte die Arme. »Und welche Fähigkeiten sind das? Deiner Meinung nach?«

Bildete sie es sich ein oder kroch eine feine Röte Alasdairs Hals hinauf?

Er brauchte ein wenig, bis er antwortete. »Nun, du trägst zum Beispiel Hosen.«

»Das ist keine Fähigkeit.«

»Du widersprichst mir ständig und tust deine Meinung kund.«

»Auch das ist nur eine Angewohnheit und keine Fähigkeit. Außerdem hatte ich das Gefühl, dass du das sogar schätzt.« Aus irgendeinem Grund bereitete es ihr Freude, dass er sich so wand.

Er wollte nicht sagen, was er wirklich dachte. Doch jetzt war sie neugierig.

»Ich schätze es überhaupt nicht«, wehrte er ab. »Es ist ermüdend.«

»Und ich glaube, dass du das nur sagst, weil du nicht zugeben willst, dass du Frauen, die ihre Meinung äußern, interessant findest. Frauen wie mich.«

Sie hatte sich so in dem Geplänkel entspannt, dass sie gar nicht mehr darüber nachdachte, was sie da eigentlich sagte. Alasdair war ihr auf eine fast unheimliche Art und Weise vertraut. Irgendwie fühlte es sich so an, als ob sie ihm so etwas sagen könnte. Aber nun hingen die Worte zwischen ihnen in der Luft und Alasdair starrte sie an. Schließlich schüttelte er den Kopf und seine Miene wurde ernst. »Du bist die Frau eines anderen. Meines Feindes noch dazu. Ich interessiere mich überhaupt nicht für dich. Egal wie vorlaut oder schlagfertig du bist.«

Vivien blieb der Atem weg. Warum sprach er das so an? Hieß das, dass er sich auch zur ihr hingezogen fühlte? Und warum in aller Welt tauchte das Wort *auch* in ihren Gedanken auf? Fühlte sie sich etwa zu ihm hingezogen? Mehr als nur körperlich?

Hastig verdrängte sie das Bild von ihm über ihr im Halbdunkeln aus ihrem Kopf. Das kam nur ständig in ihre Gedanken, weil sie so lange keinen Sex gehabt hatte und weil Alasdair nun einmal ein außergewöhnlich attraktiver Mann war. Mehr war da nicht.

»Gut«, sagte sie und hörte, wie schnippisch sie klang. »Sehr gut sogar. Denn das beruht auf Gegenseitigkeit.«

Er verschränkte die Arme und funkelte sie an. »Das beruhigt mich«, sagte er, doch es klang nicht so, als ob er es wirklich so meinte.

Worüber sprachen sie hier eigentlich?

Eine Weile schauten sie sich schweigend an, dann wandte Alasdair sich zur Tür. »Ich muss …«, er hielt inne und machte eine vage Handbewegung, »… etwas anschauen.«

Er wollte also der Situation entfliehen. Zugegeben, die Luft zwischen ihnen war aufgeladen, aber Vivien musste sich eingestehen, dass sie es genoss. So etwas hatte sie schon lange nicht mehr mit einem Mann erlebt. Oder vielleicht sogar noch nie.

Sie nickte. »Ich bleibe hier.« Ihr Bedürfnis nach Greifvögeln war noch lange nicht gestillt. »Ich hatte gehofft, dass wir den Falken fliegen lassen können. Der Wind wäre ideal für ihn.«

Alasdair nickte. »In Ordnung. Aber später.«

Vivien biss sich auf die Lippe, aber sie schaffte es nicht, sich die Worte zu verkneifen. »Stimmt, du musst ja noch … etwas anschauen.« Sie baute sogar die gleiche Pause ein.

Ja, sie wollte ihn reizen, damit er noch mehr so herrliche Dinge sagte, an die sie dann heute Nacht denken konnte.

Alasdair hob eine Augenbraue. »Du spielst mit dem Feuer und bist dir dessen nicht einmal bewusst.«

Ihr Herz schlug schneller. Das wurde immer spannender mit ihm. »Ich bin mir sehr wohl bewusst, womit ich spiele.«

Durchdringend starrte er sie an und für einen Moment fragte sie sich, ob er gerade überlegte, ob er auch mit dem Feuer spielen wollte. Genug Hitze lag definitiv in seinem Blick. Doch dann schien seine Vernunft die Oberhand zu gewinnen, denn er gab einen unwilligen Laut von sich und verließ den Schuppen.

Vivien trat an die Tür. »Wann ist später? Heute Nachmittag?« Sie sah ihm nach, wie er zur Treppe ging. Sie liebte es, seinen breiten Rücken anzuschauen. Es war so erstaunlich, dass all diese Muskeln von harter Arbeit und Kämpfen kamen und nicht in einem Fitnessstudio antrainiert waren.

Er hob nur die Schultern, ohne sich umzudrehen. »Ich werde dir Bescheid geben.«

»Ich stehe den gesamten Nachmittag zu deiner Verfügung«, rief sie jetzt lauter, weil er schon so weit weg war.

Ihre Stimme hallte von den Burgmauern wider und sie sah, wie er stehen blieb und sich versteifte. Dann ging er weiter. Aber als er die Treppe hinabstieg, konnte sie sein Gesicht sehen. Er schaute sie direkt an und in seinen blauen Augen loderte es. Mit den Lippen formte er ein Wort. Da es Gälisch war, brauchte sie einen Moment, um es zu entziffern. Doch dann musste sie lächeln. »Feuer«, hatte er gesagt.

Was sie zu weit gegangen? Vermutlich ja, aber sie konnte nicht anders. Nicht bei ihm.

19

E rst am kommenden Nachmittag klopfte jemand an Viviens Tür und gleichzeitig wurde der Riegel draußen weggeschoben. Als Vivien sie öffnete, machte ihr Herz einen kleinen Sprung. »Callum!« Sie verschränkte die Hände hinter dem Rücken, damit sie ihm nicht um den Hals fiel.

Alasdair stand neben ihm, schaute sie nur einen kurzen Moment an und wandte dann den Blick ab. Nahm er ihr immer noch übel, was sie gestern gesagt hatte? Oder war es ihm peinlich, dass er zu viel gesagt hatte?

Da er sie bei den Greifvögeln allein gelassen hatte, war sie dort geblieben und hatte ihre Freiheit für einen Nachmittag genossen. Beim Abendessen hatte Alasdair ziemlich schnell gegessen, sie keines Blickes gewürdigt und sich dann mit Lachlan zurückgezogen.

Am Morgen hatte man sie nicht aus ihrem Zimmer geholt. Da es geregnet hatte, war das allerdings nicht so schlimm gewesen, denn hier in dieser Zeit brauchten nasse Kleider ewig, um zu trocknen, und da sie nur dieses eine Kleid hatte, wollte sie nicht unbedingt, dass es nass wurde.

Auf ihrem Zimmer hatte sie viel Zeit gehabt, darüber nachzudenken, wie das Gespräch mit Alasdair am Tag zuvor gelaufen war. Spannend war es auf jeden Fall und Vivien merkte, wie fasziniert sie von ihm war. Sie wollte mehr über ihn wissen, liebte es, dass er selbst mit Vögeln arbeitete und einen Adler ausgebildet hatte. Und die Art, wie er sie anschaute, machte etwas mit ihr. Es weckte ihre Weiblichkeit und gleichzeitig die Lust, mit ihm zu … ja, was? Zu flirten war zu oberflächlich. Reden war es auch nicht. Sie mochte den gewitzten Schlagabtausch.

Es war offensichtlich, dass Alasdair ein intelligenter Mann war. Und das war nur einer seiner vielen Vorzüge. Nett anzuschauen war er außerdem auch. So nett, dass die Gedanken einer Frau sich definitiv in Richtung Schlafzimmer bewegen konnten.

Doch das Problem war und blieb, dass sie ihn eigentlich hassen sollte. Aber das konnte und wollte sie nicht.

Vivien hasste solche Zwiespalte, was die Gefühle anbelangt, denn sie war in einer Welt aufgewachsen, in der es hauptsächlich Schwarz und Weiß, Gut und Böse gegeben hatte. Mit Alasdair hingegen war alles anders.

In diesem Moment aber war ihr gleich, was zwischen ihnen war oder nicht war, denn sie hatte nur Augen für ihren Sohn. Und sie war Alasdair dankbar, dass er ihn mitgebracht hatte. In den vergangenen Tagen hatte sie ihn viel zu wenig gesehen und sie hatte Entzugserscheinungen.

Da außer Alasdair niemand zugegen war, trat sie auf Callum zu und nahm ihn fest in die Arme. Sie konnte einfach nicht anders, auch wenn sie sich eben bewusst zurückgehalten hatte. Er war schon wieder gewachsen.

»Ich hab dich so vermisst«, flüsterte sie und sog tief den vertrauten Geruch ihres Sohnes ein.

»Ich dich auch«, erwiderte Callum, klang allerdings ein bisschen verschämt. »Aber wir sehen uns doch jeden Abend.«

Sie seufzte und machte sich von ihm los. »Ich weiß, aber das ist nicht genug.«

Sie wusste, dass Alasdair sie beobachtete. Doch es war ihr

egal, wenn er dachte, dass ihre Mutterliebe zu viel oder zu groß war. Sie war der Meinung, dass sie ihrem Sohn nie genug zeigen konnte, wie sehr sie ihn liebte. Und wenn Alasdair das störte, war das sein Problem, nicht ihres.

Callum löste sich von ihr und trat einen Schritt zurück. Er lächelte strahlend. »Ich habe etwas für dich«, sagte er und hielt einen kleinen Korb hoch.

Vivien schaute hinein, und als sie erkannte, was es war, klatschte sie freudig in die Hände. »Mäuse! Wie großartig!«

»Ich habe gehört, dass du mit den Vögeln arbeitest, aber ich kann mir vorstellen, dass es schwierig ist, hier an die geeignete Belohnung zu kommen.« Er biss sich auf die Lippe und sie ahnte, warum. Er hatte schon fast zu viel gesagt.

Vivien lächelte und nickte ihm beruhigend zu. »Das stimmt.« Die Küken, die sie sonst immer tiefgefroren bestellte, gab es hier natürlich nicht. »Woher hast du die?«

»Es gibt eine alte Katze. Die ist ein toller Mäusefänger, aber sie frisst sie nicht mehr. Ich habe mich mit ihr angefreundet und sie überlässt mir ihre Beute gern.«

Vivien drückte stolz seinen Arm. Das war typisch Callum. »Ich kann sie wirklich gut gebrauchen.« Sie runzelte die Stirn. »Allerdings nur, wenn Alasdair mich überhaupt noch einmal zu den Vögeln lässt.« Sie legte den Kopf schief und schaute ihn fragend an.

Er räusperte sich. »Deswegen sind wir hier. Callum wollte uns begleiten. Sagt, er versteht auch etwas von Greifen.«

Sie legte Callum eine Hand auf die Schulter und lehnte sich verstohlen an ihn. »Das stimmt, er unterstützt mich immer bei meiner Arbeit.« Sie tauschte einen Blick mit ihrem Sohn und auf einmal sehnte sie sich nach ihrer kleinen Hütte bei der Falknerei und ihren Vögeln.

»Dann lasst uns gehen«, sagte Alasdair.

Endlich! Vivien konnte es kaum abwarten, raus an die frische

Luft zu kommen. »Lassen wir heute den Falken fliegen?«, fragte sie und versuchte, nicht zu aufgeregt zu klingen.

Als Alasdair nickte, trat sie aus der Tür. »Ich bin bereit. Den ganzen Morgen habe ich darauf gewartet.« Sie hatte sogar ihre Schuhe schon angezogen, wobei sie sich nicht wirklich sicher gewesen war, ob Alasdair nicht doch langsam genug von ihr hatte und sie in ihrem Zimmer schmoren lassen würde.

Callum ging als Erster die Treppe hinunter, so selbstverständlich, als ob er schon immer hier gewohnt hätte. Auch das gegürtete Plaid, das Hemd und die Lederschuhe trug er mit einer entspannten Selbstverständlichkeit, die Vivien so gar nicht von ihm kannte. Und sie musste gestehen, dass sie es mochte, dass er sich hier anscheinend so wohlfühlte.

Alasdair bedeutete ihr, dass sie hinterhergehen sollte. Er wirkte ein bisschen griesgrämig, aber eher auf eine niedliche Art und Weise. Sie konnte nicht anders und sagte: »Hast du dir denn …« Doch dann unterbrach sie sich und schüttelte den Kopf. Sie sollte ihn besser nicht zu sehr reizen, denn immerhin konnte er sie jederzeit wieder in ihrem Zimmer einsperren.

»Was möchtest du wissen?«

»Nichts. Vergiss, dass ich etwas gesagt habe.«

Er seufzte schwer. »Frag, was du fragen wolltest.«

Vivien bemerkte, wie Callum einen fragenden Blick über die Schulter warf.

»Ich wollte nur wissen, ob du dir angeschaut hast, was du anschauen wolltest.« Sie lächelte süß. »Es schien ja wichtig gewesen zu sein.«

Alasdairs Augen weiteten sich vor Überraschung. Dann atmete er tief durch und schüttelte den Kopf. »Ich habe den Umbau besichtigt.«

»Ist alles in Ordnung dort?« Sie war sich sicher, dass er nicht auf die Baustelle gegangen war, denn das hätte sie vom Stall aus gesehen.

Doch er antwortete nicht auf ihre Frage und sagte stattdessen: »Du warst noch lange bei den Vögeln.«

Aha, dann hatte er sie also auch beobachtet.

»Ich wollte meine Freiheit genießen. Schließlich war ich lange genug in diesem Zimmer eingesperrt. Und wie die Vögel auch will ich ab und zu meine Schwingen ausbreiten.«

Sie bogen um die Ecke einer Treppe und sie hatte Gelegenheit, ihn anzuschauen. Um ihren Punkt zu unterstreichen, breitete sie die Arme aus und machte damit Flugbewegungen.

In seine Augen trat ein amüsiertes Funkeln. »Solange du nicht wegfliegst, kannst du deine Schwingen ausbreiten, so viel du magst.«

»Wirklich? In meinem Zimmer geht das leider so schlecht. Vielleicht darf ich öfter zu den Vögeln auf die Burgmauer gehen. Sonst werde ich möglicherweise so unleidlich wie dein Adler.«

Er rieb sich über den Handrücken, wo Beira ihn gestern verletzt hatte.

Und dann waren sie auf der nächsten Treppe und er ging wieder hinter ihr. Sie fühlte seinen Blick in ihrem Nacken, und einfach nur weil sie wusste, dass er ihre Haare schon öfter betrachtet hatte, als ob sie ihm gefallen würden, nahm sie ihren dicken Zopf über die Schulter und begann, ihn zu lösen. Sie ließ die Strähnen durch ihre Finger gleiten, schüttelte das Haar aus und flocht es dann schnell wieder zusammen.

Als sie um die nächste Ecke bogen, sah sie, wie er die Zähne zusammenbiss und starr auf seine Stiefelspitzen schaute. Es amüsierte sie, dass sie diese Wirkung auf ihn hatte. Ja, vermutlich spielte sie mit dem Feuer, aber das tat er doch auch. Immerhin hatte er gestern damit angefangen. Und bei Alasdair fühlte es sich nicht gefährlich an, mit dem Feuer zu spielen. Er würde ihr nichts tun.

Außerdem war dieses harmlose Spiel vielleicht auch für ihn eine Ablenkung. Immerhin machte er sich große Sorgen um seine Tochter. Allein deswegen konnte sie ihr Herz nicht vor ihm verschließen. Es rührte sie an, dass er so intensiv nach ihr suchte und sogar Gefangene machte, um sie zurückzubekommen. Und wer sein Kind so liebte, konnte kein schlechter Mensch sein.

Als sie in den Hof traten, ließ Alasdair sich ein wenig zurückfallen und Vivien konnte neben Callum gehen. »Mum«, sagte der leise. »Du solltest ihn nicht derart ärgern.«

»Was habe ich denn getan?«, fragte sie und wunderte sich, dass ihr Sohn so etwas überhaupt bemerkte.

»Du widersprichst ihm ständig. Er ist hier der Chief. Alle reden nur sehr ehrfürchtig von ihm«, wisperte Callum. »Nun ja, fast alle. Lachlan nicht, aber der darf das vermutlich auch. Aber Alasdair wird sehr verehrt und viele würden sich nie trauen, ihn überhaupt anzusprechen. Und du sprichst mit ihm, als ob …« Er brach ab und warf einen Blick über die Schulter zurück.

Auch Vivien schaute kurz nach hinten. Alasdair ging außer Hörweite hinter ihnen und sah sie auch nicht an. Aber sie fühlte, dass seine Aufmerksamkeit trotzdem auf sie gerichtet war.

»Als ob was?«, fragte sie weiter.

»So als ob er Isla wäre. Du musst hier aufpassen, was du sagst.«

»Ich werde uns schon nicht verraten«, flüsterte Vivien.

Callum machte eine verzweifelte Miene. »Ich weiß. Aber du bist so …«, wieder überlegte er, »so anders als die anderen Frauen hier. Viel direkter. Du hast eine Meinung und sagst sie auch. Ich glaube, das ist nicht gut.«

Nachdenklich schaute Vivien ihn an und fragte sich, ob ein grundsätzliches Gespräch darüber, dass Frauen genauso ihre Meinung sagen durften wie Männer, jetzt angebracht war. In ihrer Zeit hätte sie ihm das in diesem Moment ganz sicher erklärt. Aber sie wusste auch, dass Callum ihr das im 21. Jahrhundert niemals gesagt hätte. Denn er wusste, was Gleichberechtigung war, und wie jeder Junge, der allein bei seiner sehr unabhängigen Mutter aufgewachsen war, kannte er auch ihre starke feministische Seite. Und er schätzte sie.

Doch hier war alles anders. Callum hatte Angst um sie, das spürte sie in seiner Stimme. Es rührte sie, dass er auf diese Art und Weise auf sie aufpassen wollte, egal ob es ihrer Erziehung im 21. Jahrhundert widersprach oder nicht.

»Keine Sorge«, sagte sie und hakte sich bei ihm unter. »Ich werde uns nicht in Gefahr bringen.«

»Gut«, sagte er knapp. »Außerdem ist Alasdair ...«

»Er ist was?«, hakte sie nach.

»Freundlich.« Aber er formulierte es wie eine Frage. »Ich meine, ehrlich freundlich. Zu allen. Nicht nur zu mir. Er wird wirklich sehr verehrt.«

»Das sagtest du bereits.« Vivien kaute auf der Unterlippe und fragte sich, ob sie wirklich zu offen mit ihm redete.

»Er ist der Chief, Mum. Das ist hier so etwas wie der Premierminister oder König.«

Natürlich wusste sie das, aber irgendwie war Alasdair für sie einfach nur ein Mann. Zugegeben, ein beeindruckender Mann, aber trotzdem eben auch nur ein Mensch.

Ein paar Schritte gingen sie schweigend. Da sie den zweiten Burghof schon fast erreicht hatten und Vivien nicht wusste, wie oft sie in den nächsten Tagen Gelegenheit haben würde, allein mit ihm zu sprechen, sagte sie schnell: »Ich habe über einen Fluchtplan nachgedacht.«

Die Augen ihres Sohnes weiteten sich. »Mum!«, presste er hervor. »Was ist, wenn er uns hört?«

»Das tut er nicht. Aber wir sollten uns Gedanken darüber machen, wie wir fliehen können.«

Callum senkte den Kopf. »Okay.«

»Okay?«, wiederholte Vivien leise. »Das hört sich aber nicht begeistert an.«

Ihr Sohn warf ihr einen Blick zu. »Ich finde es hier eigentlich ganz schön.«

Vivien öffnete den Mund, aber sie wusste nicht, was sie sagen sollte. Sie hatte es geahnt, aber nicht geglaubt, dass Callum sich hier so schnell so wohlfühlen würde. Auch über ihn hatte sie in den Stunden in ihrem Zimmer lange nachgedacht.

»Ist das sehr schlimm?«, fragte ihr Sohn leise.

»Nein«, sagte Vivien schnell, um ihn zu beruhigen. »Aber irgendwann müssen wir wieder nach Hause.«

Callum nickte. »Ich weiß. Aber noch nicht jetzt. Ich habe Freunde gefunden.«

Vivien seufzte und rieb sich über die Stirn.

Callum drückte ihren Arm. »Ich weiß, dass du immer sagst, dass es Zeit braucht, um eine wirkliche Freundschaft aufzubauen, aber ich habe das Gefühl, als ob ich Torquil und die anderen schon ewig kenne.« Er bekam rote Flecken am Hals, wie immer, wenn er über etwas sprach, was ihm wirklich wichtig war.

Was sie aber am meisten verwunderte, war, dass sie genau wusste, wovon er sprach. Mit Alasdair ging es ihr ähnlich. Ihr war, als ob sie ihn schon viel länger kannte. Vielleicht war das auch ein Effekt der Zeitreise, dass Lebenswege sich anders überschnitten, als es zuvor geplant gewesen war, und es sich deswegen so vertraut anfühlte. Denn Alasdair fühlte sich definitiv vertraut an. So wie Torquil anscheinend für Callum. Dabei sollten auch die Jungen sich nicht mögen, denn Callum war ein Gefangener und aus einem verfeindeten Clan noch dazu. Zumindest aus Torquils Sicht.

Aber sie hatte nicht vor, Callum davon zu erzählen, dass sie deswegen mit Alasdair so entspannt umging, weil es sich anfühlte, als ob sie schon ewig befreundet wären. Ihr Sohn würde sich nur Hoffnungen machen, dass sie vielleicht doch bleiben konnten. Denn sie wusste, wie groß seine Sehnsucht schon immer gewesen war, eine Freundesgruppe wie diese zu haben. Eine, mit der er Abenteuer erleben konnte.

Sie hatten die Treppe erreicht und gingen langsam nach oben. Alasdair folgte ihnen immer noch in einigem Abstand.

»Weißt du, was das Beste an all dem hier ist, Mum?« Callum riss sie aus ihren Gedanken.

Vivien schloss kurz die Augen und schüttelte den Kopf. »Was denn?«

»Jeff kann uns hier nicht finden. Oder? Hier brauchst du keine Angst zu haben, dass er mich entführt.«

Vivien legte ihren Kopf an seine Schulter. »Ach Maus.« So hatte sie ihn schon lange nicht mehr genannt. Aber jetzt konnte sie nicht anders.

»Das ist doch gut, nicht wahr? Es ist das, wovor du am meisten Angst hattest.«

Vivien nickte. »Du hast recht, und ich habe auch schon darüber nachgedacht. Das Problem ist nur, dass wir nicht für immer hierbleiben können.« Sie schaute nach hinten zu Alasdair, der langsam ebenfalls die Treppe hochging.

Callum schluckte. »Aber es wäre doch cool, oder?« Und da war sie wieder: die Hoffnung in seiner Stimme.

Vivien sagte leise: »Unsere Welt ist auch cool. Und du brauchst keine Angst zu haben, ich werde dich immer vor deinem Vater beschützen.«

Callum schwieg einen Moment. »Geht es dir gut, Mum? Ich meine, hier. Geht es dir hier gut?«

Vivien zögerte und dann nickte sie. »Im Grunde schon.«

»Warum nur im Grunde?«

»Weil ich es nicht mag, wenn ich in einem Zimmer eingesperrt bin.«

Callum kaute auf der Unterlippe. »Aber jetzt gerade bist du nicht in deinem Zimmer.«

Sie lächelte. »Das stimmt. In den letzten Tagen ist es besser geworden. Seit ich die Greife kennengelernt habe, geht es mir besser.«

Erleichtert atmete ihr Sohn durch.

Alasdair schloss langsam auf, da sie den Verschlag erreicht hatten. Ihre Zeit mit ihrem Sohn war vorbei und sie bedauerte es.

»Was für Vögel sind da drin?«, fragte Callum neugierig.

»Ein Wanderfalke, ein Steinadler und ein Uhu.«

Callum hob überrascht die Augenbauen. »Ein Uhu?«

Vivien bemerkte, wie Alasdairs Gesicht sich verfinsterte, als er Callums Nachfrage hörte. »Er bringt kein Unglück. Ganz im Gegenteil.«

Verwirrt schaute sie ihn an. Callum hatte doch gar nichts von Unglück gesagt. Doch ihr Sohn nickte einfach nur. »Ich weiß. Ich finde Uhus großartig. Meine Mutter hatte auch mal einen. Sie sind so allwissend.«

Alasdair schaute ihn prüfend an, sagte aber nichts. Sein Blick flackerte kurz zu Vivien, als ob er sie fragen wollte, ob das stimmte.

Sie legte den Kopf schief. »Wer glaubt, dass der Uhu Unheil bringt?«

Verwirrung lag in Alasdairs Miene, als er sich zu ihr umwandte. »Jeder. Es ist allgemein bekannt, dass Eulen mit der Unterwelt in Kontakt stehen und den Tod bringen.«

Vivien erinnerte sich dunkel daran, dass ihr mal ein Ausbilder erzählt hatte, dass früher viel weniger Eulen zur Jagd gehalten worden waren als im 21. Jahrhundert.

»Zeigst du deswegen niemandem deine Vögel?«, fragte sie, denn sie erinnerte sich daran, dass Lachlan fast ein wenig eifersüchtig schien, dass Vivien zu den Greifvögeln durfte.

Er hob die Schultern. »Sie verstehen nicht, dass der Uhu sie schützt.« Alasdair schaute zu Callum. »Er ist wahrlich weise.« Dann wandte er sich an Vivien. »Ich habe ihn noch nie auf die Hand eines anderen Falkners gehen sehen. Bis vorgestern.«

Stolz stieg in ihr auf, aber sie versuchte, es nicht zu zeigen. Stattdessen fragte sie: »Hast du ihn auch selbst aufgezogen?«

Alasdair schüttelte den Kopf. »Nein, mein Vater. Er besaß ihn schon, bevor ich geboren wurde.« Er zögerte, als ob er noch etwas sagen wollte, doch dann presste er die Lippen zusammen.

Vivien versuchte, in seiner Miene zu erkennen, was er gerade dachte, denn sie hatte das Gefühl, als ob es ein sehr emotionales

Thema war. Doch er hatte sich so verschlossen, dass sie ihn nicht mehr lesen konnte.

Callum legte nachdenklich den Kopf schief. »Wenn Eulen in Verbindung mit der Totenwelt stehen, hast du dann über den Uhu noch Kontakt zu deinem Vater?«

Vivien war sich sicher, dass ihr Herz einen Schlag aussetzte. Eben noch hatte Callum sie ermahnt, dass sie nicht mit Alasdair reden sollte, wie sie mit Isla sprach, und jetzt stellte er so eine Frage. Sie warf ihm einen sorgenvollen Blick zu, den er aber gar nicht bemerkte, denn er schaute Alasdair an und schien ehrlich interessiert an der Antwort. Er hatte sich überhaupt nichts dabei gedacht. Da war es wieder, das neugierige Kind in ihm. Und sie war froh, dass es auch noch da war.

Vivien atmete tief durch und wagte es, zu Alasdair zu schauen. Nachdenklich blickte dieser Callum an, dann richtete er sich auf und betrachtete etwas in der Ferne. Sein Gesicht war verschlossen.

Sie räusperte sich. »Ich denke nicht, dass ...«, setzte sie an, doch Alasdair unterbrach sie, indem er die Hand hob.

»Ich möchte gern auf Callums Frage antworten.«

»Wirklich?«, erwiderte sie und ihr Magen flatterte ein wenig. Hoffentlich nahm er Callum seine Ehrlichkeit und Neugier nicht übel.

Er nickte und wandte sich dann an ihren Sohn. »Darüber habe ich mir noch nie Gedanken gemacht, aber nun, da du es sagst, glaube ich, dass du recht hast. Ich denke, der Uhu steht in Kontakt mit meinem Vater, und manchmal zeigt er mir den richtigen Weg. Es ist gut möglich, dass das Zeichen von meinem Vater sind. Er war ein sehr weiser Mann.«

Vivien schluckte. Sie war sich nicht sicher, ob ein Mann in ihrer Zeit so etwas zugegeben hätte. Vermutlich hätten die meisten Männer es noch nicht einmal gedacht. Aber Alasdair hatte die Frage ernst genommen und Callum dann auch noch recht gegeben.

Ihr Sohn nickte ernst. »Ich glaube, dass Eulen so etwas tatsächlich können. Sie sind so geheimnisvoll und wissen so viel. Gerade die Uhus. Sie sind sowieso faszinierend, weil sie so leise fliegen. Wusstest du, dass die Federn an den Schwingen besonders geformt sind, sodass sie lautlos sind? Man kann es …« Er öffnete den Mund erneut, um noch etwas zu sagen, doch dann zog er auf einmal den Kopf ein.

Vivien schüttelte hinter Alasdairs Rücken warnend den Kopf, doch es war zu spät. Er hatte etwas erzählt, was eigentlich nur in ihrer Zeit zum Allgemeinwissen gehörte, da man dort Mikroskope hatte.

Natürlich runzelte Alasdair die Stirn. »Davon habe ich noch nie gehört. Was meinst du mit speziell geformt? Zeigst du es mir?«

Callum schaute ihn entsetzt an und Vivien wusste, dass sie ihn retten musste. »Man kann es nicht bei jeder Eule sehen. Nur bei einigen«, sagte sie schnell.

»Und wie ist es beim Uhu?«

Beim Uhu konnte man es besonders gut sehen, zum Teil schon mit bloßem Auge, aber eine Lupe oder ein Mikroskop waren natürlich besser.

»Wir können es versuchen«, sagte Callum und schaute sie fragend an.

Vivien dachte an die Diskussion zu ihren besonderen Fähigkeiten, die sie erst gestern mit Alasdair geführt hatte. Sie wollte ihm nicht noch mehr liefern, das ihn misstrauisch werden ließ, wer sie eigentlich war. Abwehrend schüttelte sie den Kopf. »Dafür müssten wir den Uhu rausholen. Dort drinnen ist nicht genug Licht. Und ich denke, dass es besser für ihn ist, wenn er schläft. Vielleicht machen wir es ein anderes Mal.« Oder nie, fügte sie in Gedanken hinzu.

»Nein, ich will es sehen«, sagte Alasdair. »Ich habe unzählige Federn von den Vögeln. Auch von seinen Schwingen. Die können wir im Tageslicht betrachten, ohne ihn zu stören.«

Vivien stöhnte leise auf und Alasdair schaute sie irritiert an.

Sie lächelte schief. »Ich würde nur gern erst den Falken fliegen sehen.« Vielleicht hatte Alasdair es danach ja vergessen. Doch so wie sie ihn einschätzte, vergaß er so schnell nichts.

Er nickte. »Also gut. Wir lassen Sgian fliegen und schauen uns danach die Federn an.« Er steckte die Finger in den Mund und pfiff einmal laut.

Ein Mann trat aus der Tür des Pferdestalls. »Chief?«, rief er zu ihnen nach oben.

»Sag deinem Jungen, dass er in mein Arbeitszimmer gehen und all die Federn holen soll, die in dem Krug auf dem Tisch stehen. Er soll sie hierher bringen.«

Der Mann tippte sich an die Mütze und verschwand im Stall.

Nun gut, dann würde er es wohl nicht vergessen. Vivien seufzte wieder, was ihr erneut einen fragenden Blick von Alasdair einhandelte. Also setzte sie ein Lächeln auf und hoffte, dass sie das irgendwie überstehen würden, ohne in allzu große Erklärungsnot zu kommen.

»Möchtest du die Vögel sehen, Junge?«, fragte Alasdair jetzt.

Callum nickte begierig. Er freute sich ebenfalls auf die Tiere, und es machte Vivien glücklich. Schon oft hatte sie gedacht, wie schrecklich es wäre, wenn Callum ihre Leidenschaft für Greifvögel nicht teilen würde.

Alasdair stieß die Tür zum Verschlag auf und Callum trat staunend ein.

Die drei Vögel betrachteten ihn aufmerksam, während Callum vor ihnen stehen blieb, tief durchatmete und kurz die Augen schloss. Auch er öffnete sein Herz.

Alasdair runzelte die Stirn, dann wandte er sich an Vivien. »Das hast du ihm beigebracht.«

Sie verschränkte die Arme. »Was meinst du?«

»Du hältst auch inne und sprichst in Gedanken mit den Tieren, nicht wahr?«

Vivien biss auf ihre Unterlippe, bis es wehtat, weil sie nicht wusste, was genau sie antworten sollte. Doch dann erinnerte sie sich daran, dass Alasdair gerade zugegeben hatte, dass er über den Uhu möglicherweise mit seinem Vater im Totenreich in Kontakt stand. Dann konnte sie auch das mit dem Herz zugeben. Sie schüttelte den Kopf. »Ich spreche nicht direkt mit ihnen, sondern versuche, mein Herz für sie zu öffnen. Damit sie meine Energie spüren und fühlen, dass ich in guter Absicht komme.« Beim Sprechen legte sie ihre Hand aufs Herz.

Alasdair schwieg eine Weile, nickte aber nachdenklich. »Vertrauen sie dir deswegen so schnell?«

Vivien hob langsam die Schultern. »Ich nehme es an, kann es aber nicht belegen. Zumindest schadet es nicht, wenn man in ihrer Gegenwart ruhig wird. Angst ist kein guter Begleiter.«

Er lächelte wehmütig. »Das ist sie nicht. In der Tat.« Er blickte zu Callum. »Er hat auch keine Angst vor den Tieren.«

Stolz sagte Vivien: »Er weiß genau, wie weit er gehen kann.«

»Du und Kenneth habt ihn gut erzogen.«

Dieser Kommentar kam so unerwartet, dass er sich fast wie ein Schlag anfühlte. Vivien biss die Zähne zusammen und schwieg.

Alasdair hob eine Augenbraue. »Keine Widerworte dieses Mal?«

Vivien schüttelte den Kopf. »Ich will die Zeit mit den Vögeln genießen und nicht riskieren, dass sie schon wieder in einem Streit endet. Das bringt niemandem etwas.«

Lange blickte er sie an. »Du überraschst mich immer wieder.« Dann wandte er sich an Callum, der den Falken aufmerksam betrachtete. »Ich denke, sie will fliegen. Lass deine Mutter sie rausnehmen.«

»Ich?«, fragte Vivien aufgeregt.

Er nickte und trat beiseite. »Oder traust du dich nicht?«

»Natürlich traue ich mich.« Sie hielt den kleinen Korb hoch, den Callum ihr gebracht hatte. »Wozu habe ich die denn sonst bekommen?«

Sie griff nach dem Lederhandschuh und streifte ihn mit einer fast kindlichen Freude über. Alle drei Vögel beobachteten sie aufmerksam.

»Glaubst du, sie wird trotzdem hierher zurückkommen, wenn ich sie fliegen lasse?« Manche Vögel nutzten die Situation aus, wenn sie mit einem ihnen unbekannten Falkner arbeiten sollten, und kehrten nicht mehr zurück.

»Solange ich direkt neben dir stehe, wird sie zurückkehren.«

Aus irgendeinem Grund kribbelte ihr Magen bei seinen Worten. Dann würde er dieses Mal also länger bleiben. Außerdem war es eine große Ehre, dass sie einen seiner Vögel fliegen durfte. Vor allem wenn Lachlan sie noch nicht einmal besuchen durfte. Lustigerweise brachte ihr das eine grimmige Genugtuung. So als ob sie einen Wettbewerb gewonnen hätte.

Der Falke kam schneller auf ihre Hand als der Uhu. Sie fütterte ihn ein wenig, aber so, dass er noch mehr wollte. Dann wickelte sie seine Lederriemen um ihre Hand und trat vorsichtig mit dem Tier vor die Tür.

Im Burghof war niemand und Vivien war es ganz recht, denn so konnte niemand zuschauen. Denn das konnte auch richtig schiefgehen und irgendwie wollte sie Alasdair beweisen, dass sie es gut konnte. Sie hatte schon tausende Male in ihrem Leben Flugschauen auf Kintallan abgehalten und war bestimmt bei einhundert Jagden dabei gewesen, bei denen sie die Vögel geführt hatte. Aber heute schien es ihr besonders wichtig, dass sie sich als gute Falknerin zeigte.

Sgian flatterte aufgeregt mit den Flügeln, als sie den Wind in ihrem Gefieder spürte. Vivien musste über ihre Vorfreude schmunzeln.

Sie stellte sich mit dem Wind im Rücken an die Burgmauer und löste vorsichtig das Geschüh von Sgians Fängen. Mit geübten Fingern nahm sie die Haube ab, wartete einen Moment, während der Falke den Kopf drehte und seine Umgebung mit scharfen Augen erfasste. Sie zeigte Sgian das Stück Fleisch, gab es ihr aber nicht.

Ein leises Gebet kam über ihre Lippen, in dem sie den Falken bat, zu ihr zurückzukommen. Dann hob sie den Arm in einer sanften, schwungvollen Bewegung und entließ den Vogel in den Himmel.

Sgian stieß einen hellen Schrei aus und stieg in weiten Spiralen höher und höher, bis sie fast nur noch als dunkler Punkt vor den Wolken zu erkennen war. Von dort oben würde sie ihr Revier überblicken können.

Atemlos schaute Vivien ihr zu. Callum stand auf ihrer einen Seite, Alasdair auf ihrer anderen. Schweigend beobachteten sie den Vogel.

Schließlich holte Vivien das Luder hervor – ein Stück frisches Fleisch an einer kurzen Lederschnur – und begann, es zu schwingen. Ihr spezieller Lockruf, den sie seit Jahren benutzte, hallte von den Burgmauern wider. Ihr Herz klopfte schnell, als der Falke sich näherte. Die entscheidende Probe würde sein, ob Sgian sich auf den Handschuh setzen würde.

Der Falke zog eine letzte elegante Schleife, dann senkte er sich in einem kontrollierten Gleitflug. Mit einem leisen Rauschen der Schwingen landete er sicher auf ihrer Hand.

Alasdair schwieg die ganze Zeit und beobachtete sie. Aus irgendeinem Grund wusste sie, dass ihm gefiel, was er sah. Aber sie merkte auch, dass sie ihn gern einmal bei der Arbeit mit den Vögeln beobachten würde. Es sagte so viel über einen Menschen aus.

Als Sgian die zweite Runde drehte und der Falke gerade seinen Ruf hören ließ, sagte Vivien: »Sie genießt es, zu fliegen.«

Alasdair nickte. »Ich hatte in den letzten Tagen nicht viel Zeit für sie.«

»Ich kann sie gern jeden Tag ein wenig fliegen lassen.« Aber dann fiel ihr ein, dass Alasdair dafür immer dabei sein musste. Also schüttelte sie den Kopf, bevor er etwas sagen konnte. »Verzeih, ich habe nicht daran gedacht, dass du auch mit da sein musst.«

Sie zögerte. Jetzt war ein guter Zeitpunkt, um über die Volieren zu sprechen. Doch wie fing sie es am besten an?

Ihr Sohn nahm ihr dieses Problem ab. »Es wäre am besten, wenn sie einen großen Stall hätten, in dem sie sich etwas besser bewegen könnten als nur auf der Stange. Gibt es so etwas?«

Alasdair hob die Augenbrauen. »Du sprichst von dem Käfig, den deine Mutter schon erwähnt hat?«

Callum hob die Schultern. »Einen Käfig in der Größe stelle ich mir schwierig vor. Ich denke eher an einen Stall mit Sitzmöglichkeiten und Stangen darin. So wie das, was sie haben, nur größer.«

Vivien dachte daran, wie einfach es in ihrer Zeit war, eine Voliere zu bauen. Maschendraht war schon eine feine Sache.

Alasdair schaute zum Falken hinauf. »Braucht jeder von ihnen so einen Raum?«

Vivien nickte. »Es würde ihnen guttun.« Das Wort artgerecht nahm sie lieber nicht in den Mund. »Aber natürlich ist der Platz auf der Burg begrenzt und es ist nicht einfach umzusetzen.«

Alasdair wiegte den Kopf hin und her. »Unterhalb der Baustelle ist ein alter Ziegenstall, der nicht mehr genutzt wird, wo der Schmied einige seiner Materialien lagert. Wäre der ausreichend?«

Vivien wandte den Kopf, konnte den alten Ziegenstall aber von hier aus nicht sehen. »Callum, schaust du bitte?« Sie konnte hier nicht weg, da Sgian noch in der Luft war.

Ihr Sohn trat an das andere Ende der Burgmauer und lehnte sich darüber. »Das sieht gut aus. Wenn wir noch eine kleine Erweiterung machen würden, könnte man bestimmt drei Volieren darin unterbringen. Er ist …«, Callum zögerte kurz, »in etwa so groß wie der kleine Stall am Cottage, den wir vor zwei Jahren angebaut haben.«

Vivien warf Alasdair verstohlen einen Blick zu, der ihren Austausch aufmerksam verfolgte. Doch Callum hatte es neutral genug formuliert. Es ließ sich daraus nicht ableiten, wo, oder besser gesagt, wann genau der Stall existierte.

»Das sollte reichen«, erklärte sie Callum, der zufrieden lächelte und sich wieder neben sie stellte. Dann wandte sie sich an Alasdair. »Wenn du möchtest, können wir dir so einen Stall für die Vögel bauen.«

Im gleichen Moment, da sie es sagte, war sie sich zwar nicht sicher, wie sie das ohne Akkuschrauber und Kreissäge machen sollte, aber bestimmt gab es hier Handwerker, die ihr helfen konnten. Außerdem erwartete man von einer Frau sicherlich nicht, dass sie selbst auf so einer Baustelle mitarbeitete, wenn sie noch nicht einmal im Stall oder mit den Greifvögeln arbeiten durfte.

Alasdair verfolgte den Falken mit dem Blick und ließ sich Zeit mit der Antwort. Schließlich nickte er. »Ich werde darüber nachdenken.«

Vivien atmete tief ein und vermied es, ihn anzusehen. Es war nicht die Antwort, die sie hören wollte. Am liebsten hätte sie sofort ein Ja gehabt. Aber sie wusste, dass es besser war, sich in Geduld zu üben. Alasdair schien jemand zu sein, der immer ein wenig Zeit brauchte, um über etwas nachzudenken.

Nur Entführungen schien er spontan durchzuführen.

Dieser Gedanke brachte sie zum Lächeln. Als sie einen kurzen Blick zur Seite wagte, sah sie, dass Alasdair sie beobachtete, einen amüsierten Ausdruck auf seinem Gesicht.

Sgian kehrte auf Viviens Befehl hin zurück und freute sich über den Leckerbissen, den sie ihr reichte. Anscheinend hatte sie den Flug genossen und Vivien konnte es ihr nicht verdenken. Wie gern wäre sie jetzt auch über die grünen Wiesen und um die Burg geflogen. Den Wind im Gesicht zu spüren und die eigene Kraft auszutesten, war etwas Wunderbares.

»Ich bringe sie wieder rein«, sagte Vivien gerade, als ein etwa sechsjähriger Junge sich ihnen näherte. In beiden Händen hielt er jede Menge Federn.

Viviens geübtes Auge erkannte sofort die von einem Adler, dem Uhu, aber auch eine weiße Feder, entweder von einem Schwan oder einer Gans, sowie gebänderte von Sperber oder

Turmfalke. Es waren allesamt große Federn aus den Schwingen oder vom Stoß. Eine beeindruckende Sammlung. Und erst als Vivien sah, dass einige der Federn am Kiel dunkel verfärbt waren, begriff sie, dass dies Alasdairs Schreibutensilien waren.

Aus irgendeinem Grund verknotete sich ihr Magen. Das hier war nicht das 21. Jahrhundert. Manchmal gab es Momente, da sie es vergaß, aber Dinge wie Schreibfedern oder Fackeln an den Wänden, die einem die Haare versengten, wenn man zu dicht daran vorbeiging, holten sie meist in ihre neue Wirklichkeit zurück.

Schnell wandte sie sich ab und ging in den Verschlag. Draußen sagte Alasdair etwas und die helle Stimme des Jungen antwortete.

Vivien versorgte den Falken und setzte ihn wieder auf die Stange. Doch sie konnte nur an die Federn denken und daran, dass sie für Alasdair das waren, was ihre Kugelschreiber, ja sogar ihr Computer mit dem Buchhaltungsprogramm, für sie waren. Es dauerte einen Moment, bis sie begriff, warum diese Erkenntnis sie so erschütterte.

Während sie Sgian zusammen hatten fliegen lassen, war ihr alles normal erschienen. So etwas tat sie zu Hause jeden Tag. Es hatte sich angefühlt, als ob alles wie immer wäre.

Aber jetzt traf die Erkenntnis sie wie ein Fausthieb auf die Brust. Sie war nicht zu Hause und gar nichts war normal. Für einen Moment konnte sie nicht atmen, als ihr klar wurde, dass sie für eine ganze Weile vergessen hatte, dass sie sich in einem anderen Jahrhundert befand.

Wenn sie hier mit Alasdair zusammen war, war alles so, wie es sein sollte.

Vivien legte sich eine Hand auf die Brust und fühlte ihr klopfendes Herz. Sie lehnte sich an die Wand des Stalls und schloss die Augen. Nichts war normal und sie war hier auch nicht zu Hause.

Sie mussten so bald wie möglich fliehen. War sie eigentlich verrückt, dass sie Alasdair sogar noch anbot, länger zu bleiben?

Als sie die Augen öffnete, fiel ihr Blick auf die drei Vögel, die sie still beobachteten. Und dann wurde ihr klar, dass sie es für die drei tat. Sie würden es besser haben, wenn sie in einer Voliere leben konnten. Sie selbst konnte dann ruhigen Gewissens gehen, denn sie hatte den drei Greifen zu einem besseren Leben verholfen. Auch wenn Alasdair sich schon gut kümmerte. Er wusste es nicht besser, und das war nicht seine Schuld.

Auf einmal erschien Callum in der Tür. »Mum, ich brauche meine Brille. Weißt du, wo sie ist?«

Vivien starrte ihn einen Moment lang an. Diesen Satz hatte sie in ihrem Leben schon unzählige Male gehört. Callums Sehschwäche war nicht so stark, dass er die Brille ständig tragen musste, und da er oft im Freien war und es hasste, wenn Regentropfen auf den Brillengläsern ihm die Sicht versperrten, nahm er sie oft ab. Schon seit er fünf Jahre alt war, nahm sie die Brille dann meistens und trug sie in ihrer Tasche mit sich herum, für den Fall, dass er sie brauchte. Und so hatte sie sie einfach aus Gewohnheit jeden Tag wieder in die Tasche ihres Kleides gesteckt, die in den Falten versteckt war.

»Mum, bitte, ich brauche sie. Sonst kann ich die Federn nicht erkennen.«

Sie schüttelte den Kopf. »Ich denke nicht, dass das klug ist. Es ist zu auffällig.«

Callum schüttelte den Kopf. »Alasdair hat mich schon mit der Brille gesehen. Und ich brauche sie jetzt wirklich.« Er lächelte. »Vertrau mir.«

Vivien schloss die Augen. Diesen Satz benutzte er fast immer, wenn er sie rumkriegen wollte. Und meistens funktionierte es, weil er wirklich ein gutes Gespür für solche Situationen hatte. Sie konnte ihm tatsächlich vertrauen.

Seufzend holte sie die Brille aus der Tasche und reichte sie ihm. Er setzte sie sich auf die Nase, grinste sie noch einmal an und ging wieder nach draußen.

Der Adler flatterte mit den Flügeln, und Vivien, die ihrem Sohn gerade nach draußen hatte folgen wollen, ging zu dem großen Tier. Schnell atmete sie durch und versuchte, Ruhe in ihr Herz fließen zu lassen.

»Hallo, meine Schöne, bist du aufgeregt? Du musst ganz ruhig sitzen bleiben, damit dein Flügel heilt.«

Der Adler schüttelte sich noch einmal.

»Schau mal, möchtest du einen kleinen Leckerbissen?« Vivien zog den Lederhandschuh an und hielt Beira eine der Mäuse hin. Es war eine geniale Idee von Callum gewesen, sie der zahnlosen Katze abzuluchsen.

Der Adler nahm sie gnädig und beruhigte sich wieder. Vivien versorgte auch den Uhu mit etwas zu fressen, allerdings tat der so, als ob er schlafen würde. Dann atmete sie tief durch und ging wieder nach draußen. Was sie sah, ließ sie jedoch erstaunt innehalten.

Alasdair hielt nicht nur eine Uhufeder, sondern auch Callums Brille in der Hand und setzte diese gerade auf. Er schaute auf die Feder und auf einmal weiteten sich seine Augen vor Erstaunen. Er nahm die Brille wieder ab, warf erneut einen Blick auf die Feder und schüttelte ungläubig den Kopf.

Callum beobachtete Alasdair fasziniert, als der die Brille wieder aufsetzte. »Man kann viel besser sehen, oder?«

Alasdair nickte. »Unglaublich. Ich kann die kleinen Haken wirklich sehen.«

Vivien war mehr als unwohl, als sie den Highlandkrieger mit der Brille ihres Sohnes auf der Nase sah.

Callum nickte begeistert. »Es macht einen großen Unterschied.«

Alasdair nickte langsam und betrachtete jetzt seine Hände, dann die Mauer und schließlich blickte er in die Ferne. Jetzt runzelte er die Stirn. »Ich kann die Berge nicht mehr erkennen.«

»Das ist normal«, sagte Callum leichthin. »Diese Brille ist eher fürs Lesen gedacht.«

Vivien hielt die Luft an, als Alasdair sich ihm zuwandte. »Du beherrschst also das Lesen?«

Jetzt zögerte Callum, als ob ihm bewusst wurde, mit wem er gerade sprach. Er warf Vivien einen unsicheren Blick zu.

Sie trat zu den beiden. »Das tut er. Es war mir immer wichtig, dass er das kann.«

Alasdair nahm die Brille ab und betrachtete Vivien. »Bedeutet das, dass du es ebenfalls kannst?«

Sie entschied sich, es nicht wie eine große Sache zu behandeln. »Natürlich.«

»Und schreiben?«

»Schreiben kann ich ebenfalls.« Allerdings hoffte sie, dass sie das hier niemals beweisen musste, denn ganz sicher sah ihre Handschrift anders aus als die im 15. Jahrhundert. Von der Rechtschreibung mal ganz abgesehen. Deswegen fügte sie schnell hinzu: »Aber nicht so gut.«

Alasdair schaute von einem zum anderen und schüttelte dann wieder verwundert den Kopf, so wie er es schon oft getan hatte, wenn er mit ihren sonderbaren Eigenschaften konfrontiert wurde.

Auf einmal merkte Vivien, wie gern sie ihm gesagt hätte, warum sie so war, wie sie war. Und sie fragte sich, ob Alasdair nicht vielleicht jemand war, der es sogar verstehen könnte. Er war so offen für vieles.

»Darf ich mir die borgen?«, fragte er jetzt und hielt die Brille hoch.

»Natürlich«, antwortete Callum, bevor Vivien auch nur reagieren konnte. Also nickte sie auch.

Langsam fiel es ihr schwer, Alasdair Mackenzie einen Wunsch abzuschlagen. Und das war etwas, was ihr anfing, Sorgen zu bereiten, denn normalerweise konnte sie sehr gut Nein zu allem sagen.

20

Vivien trat in den Burghof und hielt das Gesicht in die Sonne. Es war ein herrlich sonniger Tag, obwohl es die ganze Nacht geregnet hatte. Die Luft roch sauber und frisch und sie freute sich auf die Vögel. Und darauf, die Voliere weiter zu bauen. Die Erweiterung war fast fertig, und wenn alles gut ging, konnte der Falke schon in wenigen Tagen umziehen.

Leider konnte Callum nicht so viel helfen, wie sie gehofft hatte, da er die meiste Zeit mit Torquil und den anderen jungen Männern verbrachte, denen ständig irgendwelche spannenden Aktivitäten einzufallen schienen. Aber es machte ihr auch so Spaß, die Voliere zu planen. Der Sohn des Schmieds und ein Knecht verrichteten die groben Arbeiten, aber Vivien packte auch mit an. Und sie hatte schon einige Tricks und Kniffe gelernt, die einen Akkuschrauber sowie eine Kreissäge unnötig machten. Etwas, was sie später zu Hause sicherlich auch gut würde gebrauchen können.

Auch Alasdair sah sie nur wenig, zu den täglichen Flug-übungen und beim Abendessen, wo er aber weit entfernt von ihr saß und sie nur ab und zu Blicke tauschten. Bei den Flugstunden der Vögel sprachen sie nicht viel miteinander. Zumindest gab es keinen Schlagabtausch und auch keine Flirts mehr. Es schien Vivien beinahe so, als ob Alasdair sich bewusst zurückhalten würde. Manchmal schien er sogar regelrecht verstimmt zu sein.

Er berührte sie nie und irgendwie enttäuschte sie das. Aber sie nahm wahr, dass er sich immer mehr Sorgen um seine Tochter machte und ständig Ausschau zu halten schien, ob sich ein Bote der Burg näherte.

Das Thema Kenneth MacLeod schnitten sie beide nicht mehr an, denn Vivien konnte fühlen, dass es keinen Sinn hatte, ihn darauf anzusprechen. Mehr als ein Mal überlegte sie jedoch, ihm zu sagen, woher sie eigentlich kam. Doch jedes Mal traute sie sich nicht, weil sie nicht wusste, wie es ihr Leben hier verändern würde.

Ein Leben, das sie sich mittlerweile gut eingerichtet hatte. Obwohl die Burgtore immer noch verschlossen waren und sie ständig beobachtet wurde, hatte sie mehr Freiheiten. Sie verbrachte nicht mehr so viel Zeit in ihrem Zimmer. Manchmal stand sie einfach lange auf der Burgmauer und blickte ins Tal oder beobachtete das Treiben auf dem Burghof, was sie immer noch vollkommen faszinierte. Mit dem Sohn für den Geschichtsunterricht über Burgen und Ritter zu lernen, war eine Sache, aber das Leben hier zu beobachten, war etwas ganz anderes.

Auch die Bewohner der Burg hatten sich an sie gewöhnt. Aus irgendeinem Grund hatten sie alle Callum viel schneller akzeptiert als sie. Er war gleich vom ersten Tag an bei den jungen Männern aufgenommen worden. Später hatte er ihr gestanden, dass er schon am ersten Abend eine kleine Aufnahmeprüfung hatte machen müssen, die er aber gut gemeistert hatte. Außerdem war die Tante von Torquils Mutter eine MacLeod gewesen und Torquil war der Anführer der Gruppe junger Männer. Als er Callum akzeptiert hatte, hatten es die anderen auch getan. Jetzt gehörte ihr Sohn einfach dazu. Etwas, was ihm in seiner Schule im 21. Jahrhundert immer gefehlt hatte.

Und so hatte sie es nicht eilig, Alasdair anzuvertrauen, woher sie eigentlich kam. Vermutlich würde er ihr sowieso nicht glauben, da er vermutete, dass sie log, um freizukommen. Allerdings nagte das schlechte Gewissen an ihr, denn sie wollte, dass es Alasdairs Tochter gut ging und sie schnellstmöglich nach Hause zurückkehren konnte. Jeder Tag, an dem sie Alasdair nicht von seinem Fehler überzeugte, musste das Mädchen länger in Gefangenschaft sein. Diesen Gedanken konnte sie kaum ertragen.

Sie ließ den Umhang von den Schultern rutschen und schloss die Augen, während sie die wärmenden Sonnenstrahlen auf ihrem Gesicht und den Armen genoss. Auf einmal ertönte ein Pfiff und riss sie aus ihren Gedanken. Sie öffnete die Augen und schaute sich um. Alasdair stand vor dem Pferdestall, zusammen mit dem Knecht, der sich immer um die Vögel kümmerte, sowie Torquil, Balthair und Callum. Neben ihnen standen ein paar gesattelte Pferde.

Viviens Brust zog sich zusammen. Durfte Callum etwa heute wieder mit ausreiten? Sie gönnte es ihrem Sohn, aber er war schon ein paar Mal außerhalb der Burg gewesen und hatte die Gegend erkundet. Sie hingegen hatte nichts gesehen außer der Burg, und davon auch nur einen kleinen Teil.

Sie schluckte, als sie sah, wie Alasdair sie zu sich winkte. Vermutlich wollte er ihr nur sagen, dass sie heute keine Flugübungen machen würden.

Jetzt legte sie doch wieder den Wollschal um ihre Schultern, denn ihr war ein bisschen kalt. Sie hob das Kinn, setzte ein leichtes Lächeln auf und ging durch den Burghof zu den Männern. »Ihr reitet aus?«, fragte sie und versuchte, ihre Stimme leicht klingen zu lassen.

Alasdair schüttelte den Kopf. »Nein. Wir reiten aus. Du kommst mit.«

»Oh«, entfuhr es ihr.

Er runzelte die Stirn. »Es sei denn, du willst nicht.«

»Doch«, sagte sie schnell. »Natürlich will ich. Wohin reiten wir?«

»Zur Jagd. Wir nehmen Sgian mit.«

»Was jagen wir?«, fragte Vivien und musste sich zurückhalten, um nicht vor Freude in die Hände zu klatschen.

»Vielleicht ein bisschen Kleinwild für die anderen beiden. Aber ich will mich vor allem nach den Hirschen umschauen. Es wird also eher ein Erkundungsritt als eine Jagd.«

Vivien hob abwehrend die Hände. »Das ist mir gleich. Hauptsache …« Doch sie brach ab.

Ein kleines Lächeln erschien in Alasdairs Mundwinkel. »Du kommst hier raus?«

Es hatte sowieso keinen Zweck, es zu leugnen, also nickte sie. »So ist es.«

Er hob eine Augenbraue. »Aber keine Fluchtversuche.«

Vivien nickte schnell. »Versprochen. Ich versuche nicht zu fliehen.« Sie würde ihm alles versprechen, solange sie endlich aus dieser Burg rauskam.

Ohne darüber nachzudenken, hielt sie ihm die Hand hin. Er starrte eine Weile darauf, so lange, bis Balthair sich räusperte. Dann nahm er sie, und wie immer, wenn er sie berührte, nahm es ihr den Atem.

»Ich verspreche es dir«, sagte sie leise, weil ihre Stimme ihr auf einmal nicht mehr gehorchte. Und das ärgerte sie, denn eigentlich wollte sie doch Leichtigkeit vortäuschen.

Forschend schaute er sie aus seinen blauen Augen an und die Intensität seines Blickes jagte ihr einen wohligen Schauer nach dem anderen über den Rücken. »Gut«, sagte er schließlich und auch seine Stimme war leise und etwas tiefer als sonst. »Und ich verspreche dir, dass ich dich jagen und einfangen werde, wenn du es trotzdem versuchst.«

Da war noch etwas anderes in seiner Stimme und sie war sich auf einmal nicht mehr sicher, wie er das meinte.

Sie schaffte es nicht, den Blick loszureißen. Dabei war es vollkommen albern, denn sie standen im Hof mitten in einer Jagdgesellschaft und starrten sich so an.

Spätestens jetzt konnte Vivien es nicht mehr leugnen. Zwischen ihr und Alasdair hatte sich viel mehr entwickelt, als sie es jemals für möglich gehalten hätte. Und er fühlte es auch. Dessen war sie sich sicher.

Schließlich räusperte Balthair sich erneut. »Wir sollten aufbrechen, sonst kommen wir heute mit leeren Händen heim und Beira wird noch unleidlicher.«

Alasdair zog seine Hand zurück und rieb sich unauffällig darüber. Er wies auf einen stämmigen Fuchs. »Du nimmst ihn«, wies er Vivien an.

Balthair stieg auf einen schlanken Apfelschimmel, der sehr agil aussah. Der Knecht hielt den Braunen am Zügel, den Balthair geritten hatte, als sie aus Kintallan gekommen waren. Auf seinem Arm saß der Falke mit einer Haube.

Callum bekam einen älteren Hellbraunen und Alasdair schwang sich in den Sattel von Kavan. Der Rappe schlug mit dem Kopf und scharrte mit den Hufen. Es war offensichtlich, dass er sich auf den Ausflug freute.

Alasdair hob die Augenbrauen. »Brauchst du Hilfe beim Aufsteigen?«

Er lenkte Kavan zu ihr rüber und wollte sich anscheinend schon runterbeugen, als Vivien mit dem Kopf schüttelte. Sie stellte einen Fuß in den Steigbügel und zog sich in den Sattel. Der Fuchs zuckte nur mit den Ohren und wechselte von einem Ruhebein auf das andere. Vivien tätschelte ihm den Hals. Sie konnte ihr Glück kaum fassen.

Der Knecht kam zu Alasdair und wollte ihm den Handschuh und den Falken reichen, aber er schüttelte den Kopf. »Vivien nimmt sie.«

Verblüfft schaute der Knecht ihn an, hob dann aber die Schultern und kam zu Vivien. Er reichte ihr den Handschuh, den sie sich schnell überstreifte. Dann nahm sie Sgian entgegen und atmete tief durch, damit sie ihr Herz öffnen konnte. Allerdings war das schon vollkommen offen, weil sie so glücklich war.

»Hallo, meine Schöne. Heute machen wir einen größeren Ausflug. Freust du dich?«, wisperte sie.

Sie wusste, dass alle sie anschauten, aber es störte sie nicht.

»Dann los«, rief Alasdair, doch in diesem Moment erklang eine Stimme.

»Ich komme mit.«

Es war Lachlan und Viviens Freude wurde bei seinem Anblick ein wenig gedämpft.

Alasdair zögerte nur kurz, dann lächelte er. »Natürlich. Gern. Du kennst die besten Jagdgründe.«

»Deswegen wundert es mich umso mehr, dass du mich nicht mitnehmen wolltest.« Lachlan winkte einem der anderen Knechte und der eilte in den Stall, um ein Pferd zu holen.

»Ich war davon ausgegangen, dass du dich um die Bauarbeiten kümmern wolltest.« Alasdair wies auf den halbfertigen Turm direkt über der Voliere.

Lachlan winkte ab. »Die Jagd ist wichtiger. Vor allem, wenn du MacLeods Frau unser Wild zeigst.«

Vivien schluckte und senkte den Kopf, sagte aber nichts.

»Ach, und sein Sohn ist auch dabei? Willst du den beiden eine Gelegenheit zur Flucht geben?«

Vivien richtete sich auf und schaute auf ihn runter. Obwohl der Fuchs nicht so groß wie Alasdairs Rappe war, saß sie deutlich höher als Lachlan. »Ich habe ihm versprochen, dass ich nicht fliehen werde.«

»Oho! Versprochen. Ich weiß nicht, ob ich den Worten einer MacLeod trauen würde.«

Vivien wusste, dass er sie nur provozieren wollte, aber es nagte trotzdem an ihr. Dennoch schaffte sie es, den Mund zu halten, und war stolz auf sich.

Der Knecht brachte eine gescheckte schmale Stute aus dem Stall. Doch Lachlan schüttelte den Kopf. »Nicht die. Ich will Dair.« Er deutete auf das Pferd, auf dem Balthair saß. Dann klopfte er Alasdairs Rappen aufs Hinterteil. »Muss doch mithalten können. Oder besser noch gewinnen. Vielleicht machen wir nachher ein Wettrennen.«

Vivien verdrehte die Augen. Lachlan hatte es anscheinend nötig, sich in allem zu messen.

Balthair verzog das Gesicht und es wirkte, als ob er überlegen würde, zu widersprechen.

Alasdair seufzte. »Wir werden sehen. Vorrangig geht es um die Jagd. Deswegen ist es wichtig, dass Balthair ein schnelles Pferd hat.«

Lachlan hob die Augenbrauen und seufzte. »Dann bring mir den jungen Braunen mit der weißen Fessel. Er ist schnell genug.«

Der Stallknecht versicherte sich mit einem kurzen Blick bei Alasdair, ob er das wirklich tun sollte, dann wandte er sich um und führte die Scheckstute zurück in den Stall.

Lachlan verschränkte die Arme und beäugte Vivien. »Du hast ihr den Vogel anvertraut? Du bist leichtsinnig.«

Er sagte es derart von oben herab, dass Vivien die Luft anhielt. So sollte er wirklich nicht mit dem Chief reden.

Alasdair schüttelte den Kopf. »Lass es gut sein, Junge.«

Als er das letzte Wort sagte, loderte Wut in Lachlans Augen auf, aber er maskierte dieses Gefühl so schnell, wie er es immer tat. Und wieder war Vivien sich nicht sicher, ob Alasdair es bemerkt hatte.

Der Knecht kam mit einem dunkelbraunen Pferd zurück, das deutlich mehr Feuer hatte als die Stute und noch jung und ungestüm war. Vivien hätte es für so einen Ritt niemals ausgewählt, da ihm die Ruhe für eine Jagd fehlte. Doch Lachlan lächelte zufrieden.

Nachdem er aufgestiegen war, setzte sich die Gruppe in Bewegung, und als das Tor vor ihnen geöffnet wurde, sang Viviens Herz. Zu gern wäre sie neben Callum geritten, doch er war bei Balthair und Torquil. Der Knecht ritt neben Alasdair, und da sonst nur Lachlan blieb, zog Vivien es vor, allein zu reiten. Aber sie hatte den Falken, mit dem sie still kommunizieren konnte. Das war alles, was sie brauchte.

Es war ein herrlicher Tag zum Ausreiten. Die Feuchtigkeit der Nacht stieg aus der Erde und verwandelte sich in Nebel, der über den Wiesen hing. Über ihnen strahlte die Sonne am Himmel, der von leichten Wolken übersät war.

Es war magisch. Keine Autos, keine Straßen, keine Telefonmasten, keine eingezäunten Wiesen, die in Privatbesitz waren, keine Touristen.

Wenn sie doch immer unter diesen Umständen ausreiten könnte. Der Fuchs war ruhig und entspannt und der Falke hatte sich mittlerweile so gut an sie gewöhnt, dass auch er nicht mehr nervös war.

Sie durchquerten einen Wald und dann ein Tal. Eine Weile folgten sie einem Bachlauf und Vivien war fasziniert von der Landschaft, die so ursprünglich und unberührt war. Nach einiger Zeit fanden sie die Hirsche, die Alasdair gesucht hatte, und beobachteten sie eine Weile. Die Männer schmiedeten Jagdpläne. Dann machten sie sich auf den Rückweg.

Auf einem freien Feld war endlich die Zeit für Sgian gekommen. Alasdair kam zu ihr und wies Vivien an, dem Vogel die Haube abzunehmen.

Wie auf der Burg auch ließ Vivien den Falken fliegen. Doch dieses Mal durfte sie Beute machen.

Es dauerte nicht lange und sie hatte ein Moorhuhn geschlagen.

Beim letzten Mal kam sie jedoch ohne die geschlagene Beute wieder. Der Hase war zu schwer für sie gewesen.

Vivien streckte dem Vogel den Arm hin und er landete darauf. »Sie ist zu erschöpft, um das Wild herzubringen.« Sie gab dem Falken eine der Mäuse, die Callum für sie gefangen hatte.

Lachlan lachte abfällig. »Und dafür wird sie belohnt?«

Vivien versuchte, ruhig zu bleiben, und band die Lederriemen an ihrem Handgelenk fest. »Sie hat gute Arbeit geleistet.«

»Zwei Hühner und ein Hase sind keine gute Arbeit. Wir hätten den Adler nehmen sollen.«

»Beira ist verletzt und muss geschont werden.« Es kostete Vivien Mühe, nicht wütend zu werden.

»Ich nehme an, dass es eine Ausrede ist, da du den Adler niemals so lange hättest tragen können.«

Da hatte er leider recht, aber Vivien war nicht bereit, klein beizugeben. »Wenn wir den Adler mitgenommen hätten, hätte Alasdair ihn geführt.« Und der hätte ihn sicher mühelos mehrere Stunden tragen können.

Lachlan lehnte sich im Sattel zurück und betrachtete sie abfällig. »Frauen sollten überhaupt keine Greife führen. Es ist nicht natürlich. Sie sind zu schwach.«

Vivien setzte dem Falken die Haube auf und balancierte auf der Grenze davon, ihr Herz für Sgian offen zu halten und gleichzeitig Lachlan die Stirn zu bieten. Ihr war bewusst, dass alle mit wachsendem Interesse zuhörten. Doch da sie diese Diskussion in einer ähnlichen Form vermutlich schon an die hundert Mal geführt hatte, störte es sie nicht. Sie konnten alle etwas lernen.

Sie tauschte jedoch einen Blick mit Callum, der schon oft dabei gewesen war, wenn sie ihren Beruf als Falknerin in der einen oder anderen Form hatte verteidigen müssen. Er zog eine Grimasse, weil er vermutlich auch dachte, dass man überall den gleichen Vorurteilen begegnete. Allerdings traute sie sich nicht, zu Alasdair zu blicken, denn sie wollte nicht wissen, auf wessen Seite er stand.

Langsam hob sie die Schultern. »Ich weiß nicht, ob es dir aufgefallen ist, aber wir arbeiten bei den Greifen hauptsächlich mit den Weibchen. Das liegt daran, dass sie stärker und größer als die Männchen sind. Denn sie haben den Instinkt, dass sie ihre Jungen großziehen und verteidigen müssen. Ich glaube kaum, dass man Frauen, vor allem Mütter, als schwach bezeichnen könnte.«

Lachlan starrte sie an, als ob er erst einmal verstehen müsste, was sie gesagt hatte. Er holte Luft, doch sie ließ ihn nicht zu Wort kommen, sondern setzte nach. »Außerdem sehe ich nicht, dass du einen Greif führst. Auf meiner Hand hingegen sitzt einer, und er ist heute mehrfach zu mir zurückgekommen, obwohl er mich erst seit Kurzem kennt. Ein Kunststück, das meiner Meinung nach nur den wenigsten Männern gelingen würde.«

Dieses Mal starrte Lachlan sie mit offenem Mund an, während Vivien noch einmal die Schnüre festband, nur um etwas zu tun zu haben. Ja, das war eine flammende feministische Rede gewesen, aber sie hätte nicht gedacht, dass sie in dieser Zeit auf die gleichen blöden Vorurteile treffen würde wie im 21. Jahrhundert.

Schließlich verdunkelte sich Lachlans Gesicht. »Ich bin trotzdem immer noch stärker als du.«

Vivien konnte ein Seufzen nicht unterdrücken. Man merkte sein noch fast jugendliches Alter. Sie lächelte süß. »Das ist richtig.«

Lachlan reckte das Kinn, denn vermutlich dachte er, dass er gewonnen hatte. Doch sie war noch nicht fertig mit ihm.

»Was die körperliche Kraft anbelangt sicherlich. Das ist bei Menschen anders. Aber was die Klugheit und Stärke des Geistes angeht, so kannst du mir nicht das Wasser reichen. Und ehrlich gesagt würde ich die geistige Überlegenheit der körperlichen Stärke in jedem Kampf als Waffe vorziehen.«

Lachlan starrte sie so empört an, dass sie fast lachen musste. Doch sie wusste, dass das sehr unklug wäre. Also schaute sie ihn ungerührt an, während ihr Herz rasend schnell schlug.

In ihrer Zeit wusste sie, wie weit sie gehen konnte, aber hier war sie möglicherweise übers Ziel hinausgeschossen. Aber sie hasste diese Vorurteile und konnte ihnen nicht mit Gleichmut begegnen. Was vielleicht ein Zeichen dafür war, dass sie mental nicht so stark war, wie sie nach außen hin tat. Aber das würde sie Lachlan gegenüber sicherlich nicht zugeben.

Der sah aus, als hätte er in eine Zitrone gebissen, und kämpfte immer noch mit seiner Antwort. Schließlich sagte er: »Du bist eine MacLeod und ich bin ein Mackenzie. Es ist klar, wer von uns der Stärkere ist.«

Vivien atmete tief durch und überlegte, ihn nochmals auflaufen zu lassen. Doch sie war schon zu weit gegangen und dieses Mal würde sie ihm keine Angriffsfläche mehr bieten. Wer wusste schon, wie ein testosterongesteuerter Angeber wie er auf so etwas reagieren würde. In vielen Erfahrungen aus Schulen und mit diversen bösartigen Mädchen hatte sie gelernt, dass es schwierig wurde, wenn jemand anfing, sich überlegen zu fühlen, nur weil er einer Gruppe angehörte. Außerdem hatte er recht, sie galt hier als MacLeod und sie war umgeben von Mackenzies. Den Kampf konnte sie nicht gewinnen. Und Callum auch nicht. An ihn musste sie vor allem denken.

Sie nickte. »Ich denke, wir sollten jetzt Sgians Beute holen, bevor ein Fuchs sie sich schnappt.« Sie blickte zu dem Knecht, weil sie es immer noch nicht schaffte, Alasdair anzuschauen. Was war, wenn ihm missfiel, wie sie mit Lachlan sprach? Würde er ihr dann ihre Privilegien wieder entziehen?

Doch anscheinend war es das Falsche gewesen, was sie gesagt hatte, denn sie konnte fühlen, wie Lachlan sich regelrecht aufplusterte.

»Ich bin noch nicht fertig mit dir. Du bist eine Gefangene auf Dun Coinneach. Wir können mit dir tun und lassen, was wir wollen, wenn uns nicht gefällt, was du sagst.«

Vivien biss die Zähne zusammen und zählte innerlich langsam bis zehn. Dann nickte sie knapp.

Doch Lachlan hatte sich anscheinend so richtig in Fahrt geredet. Er lenkte sein Pferd zu ihr. »Und mit deinem Sohn auch. Vielleicht wiegst du dich in Sicherheit, aber du bist hier nicht sicher. Denn du bist eine MacLeod, und wir hassen MacLeods.«

Eine kalte Hand griff nach Viviens Herz. Hatte er wirklich gerade Callum bedroht? Sie würde irgendwie mit Lachlan fertigwerden, aber Callum hatte ihm nichts entgegenzusetzen.

Sie rang mit sich, denn sie wusste, dass es wahre Stärke war, wenn sie nichts darauf erwiderte, doch gleichzeitig hatte die Angst sie gepackt. Aber sie wusste auch, dass sie vor jemandem wie Lachlan keine Angst zeigen durfte.

Sie hob das Kinn. Doch ehe sie etwas sagen konnte, kam Alasdair auf dem Rappen näher.

»Ich möchte nicht, dass du meinen Gästen drohst, Lachlan«, sagte er ruhig.

»Sie ist nicht dein Gast, sondern eine Gefangene. Hat sie dir …«

Er kam nicht weiter, denn Alasdair sagte streng: »Schweig!«

Lachlan schaute ihn voller Hass an, doch dann schloss er die Augen und sein Gesicht entspannte sich ein wenig. Dieser Mann war gefährlich, das wurde Vivien in diesem Moment klar.

Alasdair schaute ihn streng an. »Vivien und Callum haben sich nichts zuschulden kommen lassen. Ganz im Gegenteil. Sie verhalten sich wie Gäste und deswegen behandeln wir sie auch so.«

Doch Lachlan sah nicht so aus, als ob er sie wie einen Gast behandeln wollte. »Sie hält sich für etwas Besseres«, schimpfte er.

Vivien presste die Lippen so fest zusammen, dass es wehtat. Es war wirklich klüger, wenn sie jetzt nichts sagte.

Alasdair warf ihr einen Blick zu, als ob er fragen wollte, ob sie darauf etwas erwidern wollte, doch sie schüttelte den Kopf.

Er nickte ihr zu. »Wie wäre es, wenn du die Beute holst?« Er wies auf Balthair, Callum, Torquil und den Knecht. »Begleitet sie. Dann könnt ihr auch gleich noch das Wäldchen dort hinten auf Spuren überprüfen.«

Er wollte also allein mit seinem Neffen sprechen. Der war wenigstens klug genug, dass er es ebenfalls sofort merkte, denn er schaute seinen Onkel angriffslustig an. »Ich gehe auch mit.«

»Nein, ich muss noch etwas Wichtiges mit dir besprechen. Allein.«

Ob er ihn zur Rede stellen würde? Zu gern hätte Vivien dabei Mäuschen gespielt. Einfach weil es ihr eine immense Genugtuung geben würde, zu erleben, wie Lachlan in seiner überheblichen Art in die Schranken gewiesen wurde.

Alasdair schwang sich aus dem Sattel und nickte Lachlan zu. »Lass dein Pferd grasen. Wir gehen rüber zum Bach, die Wasserschläuche auffüllen.«

Lachlan sah aus, als ob er protestieren wollte, ließ dann aber die Zügel los, woraufhin sein Pferd sogleich den Kopf senkte und Gras rupfte.

Alasdair nickte Balthair zu, der daraufhin sagte: »Mir nach.«

Vivien wollte gerade ihr Pferd wenden, als Alasdair zu ihr trat. Wie so oft in letzter Zeit, wenn er in ihre Nähe kam, flatterte ihr Magen ein wenig.

»Dein Pferd ist erschöpft«, sagte er.

Vivien klopfte dem Tier mit der freien Hand den Hals. »Ich weiß. Aber er gibt sein Bestes.«

Alasdair schaute auf die Wiese, wo Sgian den Hasen erlegt hatte. »Ihr müsst euch beeilen, denn das Wetter schlägt um. Es wird ein Gewitter geben, und wenn wir rechtzeitig nach Hause kommen wollen, müsst ihr schneller reiten. Ich bin mir nicht sicher, ob es zu viel für ihn wird.«

Verwirrt schaute Vivien ihn an. Ja, ihr Pferd war schon älter und er ruhte sich gerade aus, aber den Ritt würde er schon schaffen. »Ich denke, das wird schon ...«

»Wie wäre es, wenn du Kavan nimmst? Er kann ein wenig Extraarbeit gut vertragen.«

Vivien war sich nicht sicher, ob sie ihn richtig verstanden hatte. »Ich soll Kavan reiten?«

Alasdair nickte. »Nur um die Beute zu holen und das Wäldchen zu kontrollieren. Dann hat der Fuchs einen Moment Zeit, sich auszuruhen.«

Vivien sah, wie Lachlan leise lachte und den Kopf schüttelte. Er fand diesen Deal nicht gut. »Du leihst nie jemand anderem dein Pferd«, sagte er auch prompt und es klang trotzig.

»Heute tue ich es, damit wir den Fuchs schonen.« Alasdairs Stimme war schneidend.

»Sie wird versuchen zu fliehen«, erwiderte Lachlan. »Kavan ist der Schnellste von allen, wir würden sie nur schwer einholen.«

Alasdair hob die Augenbrauen. »Mit dem richtigen Reiter könnte dein Pferd Kavan einholen. Er hat sich gut entwickelt.«

Lachlans Wangen wurden rot und er atmete tief durch.

Torquil mischte sich ein und er klang unbedarft, als er sagte: »Außerdem hört Kavan auf Alasdairs Pfiff wie ein Hund. Dabei ist es sicher egal, wer auf seinem Rücken sitzt. Er könnte Kavan einfach zurückpfeifen.«

Vivien warf dem Rappen einen Blick zu. Das Pferd war seinem Besitzer so zugetan, dass sie Torquil jedes Wort glaubte.

»Und Vivien hat mir versprochen, dass sie nicht versuchen wird zu fliehen. Das ist doch eine hervorragende Gelegenheit, ihre Absichten zu testen.« Alasdair lächelte sie an.

Vivien hob eine Augenbraue. »Als ob ich das jetzt noch tun würde. Ich denke, ich bin klüger, als das zu probieren.«

»Klug«, stieß Lachlan abfällig aus und spuckte ins Gras.

Alasdair ignorierte seinen Neffen und wandte sich an den Knecht. »Gib mir den Lederhandschuh.«

Der Knecht holte ihn aus der Satteltasche und warf ihn Alasdair zu. Der streifte ihn über und nach kurzem Zögern übergab Vivien den Falken.

Für einen Moment debattierte sie mit sich, ob sie wirklich den Rappen nehmen sollte. Aber etwas sagte ihr, dass Alasdair einen Plan hatte und ihr mit Absicht das Pferd gab. Vielleicht um Lachlan in seine Schranken zu weisen. Also stieg sie vom Fuchs und kam direkt neben Alasdair zum Stehen. Sie verknotete die Zügel über dem Hals, damit der Fuchs grasen konnte und sich dabei nicht in den Zügeln verhedderte. Dann führte Alasdair sie zu seinem Pferd, das ebenfalls die Gelegenheit genutzt und den Kopf zum Grasen gesenkt hatte. Doch als sie zu ihm traten, blickte er sofort auf.

»Ihr kennt euch ja bereits«, sagte Alasdair leise neben ihr.

Vivien nickte und klopfte dem riesigen schwarzen Tier den Hals.

»Ich fürchte, ich muss dir raufhelfen«, sagte Alasdair.

Vivien schaute hinauf zum Sattel. Sie konnte nicht einmal den Steigbügel mit dem Fuß erreichen.

»Was ist?«, rief Lachlan und man konnte den Trotz in seiner Stimme hören. »Traut sie sich nicht?«

Vivien lächelte nur und schüttelte den Kopf. »Hilf mir rauf«, sagte sie so, dass nur Alasdair es hören konnte.

»Ich denke, er könnte einen schnellen Ritt gebrauchen. Und du auch, oder?«, sagte Alasdair ebenso leise. »Zeig mir, was du kannst.«

Sie musste lächeln, als sie sich fragte, ob ihm bewusst war, wie anzüglich diese Worte klangen.

Gerade wollte sie etwas Schlagfertiges erwidern, als sie einen Blick über die Schulter warf. Sie konnte nicht mehr antworten, denn für einen Moment war ihr, als ob ihr schwindelig werden würde. Er stand hinter ihr, so dicht, dass sie seinen Atem an ihrer Schläfe spüren konnte. Aber er berührte sie nicht. Seine blauen Augen schienen sich jedoch in ihre zu bohren und ihre Wangen wurden warm. In seinem Blick lag etwas, das sie nicht deuten konnte, aber das ihr gefiel und sie herausforderte.

Ja, zwischen ihnen hatte sich etwas verändert, das war nicht zu leugnen. Und er hatte es auch gemerkt. Es war kein Zufall, dass er so dicht hinter ihr stand. Aber es war gefährlich, denn alle beobachteten sie.

Sie fühlte etwas an ihren Haaren, ein leichtes Ziehen, und als sie erstaunt die Augenbrauen hob, bemerkte sie, dass Alasdair etwas in der Hand hielt. Ihr Haarband.

»Warum hast du das getan?«, flüsterte sie.

Doch er antwortete nicht, sondern ließ es in seiner Tasche verschwinden.

»Reite einfach, so schnell du kannst«, sagte er und seine Stimme klang ein bisschen heiser.

Noch immer verstand sie nicht, aber sie mochte den Ausdruck in seinen Augen.

»Steig auf«, wies er sie an.

Vivien hielt sich am Sattel fest, und bevor sie sich versah, hatte Alasdair ihr Bein genommen und sie nach oben geschoben.

Kaum saß sie im Sattel, bewegte Kavan sich unruhig und Vivien fasste schnell die Zügel nach.

Alasdair stieß einen leisen Pfiff aus und der Rappe kam sofort zum Stehen. Es war wirklich beeindruckend. Vivien konnte sich nicht daran erinnern, dass sie so etwas schon einmal gesehen hatte.

Alasdair schaute sie noch einen Moment lang ruhig an, dann wandte er sich ab und atmete tief durch. »Beeilt euch. Das Wetter schlägt bald um und ich will nicht durch einen Gewittersturm reiten.«

Vivien schaute gen Himmel und sah, dass riesige Wolken sich am Horizont auftürmten. Alasdair hatte recht, sie mussten wirklich schnell sein. Also wendete sie den Rappen und legte ihm die Unterschenkel an den Bauch. Er sprang ungestüm vorwärts und sie war froh, dass sie darauf vorbereitet gewesen war, sodass sie den großen Sprung abfangen konnte.

In riesigen Sätzen bewegte sich der Hengst vorwärts und Vivien genoss es, ein so mächtiges Tier unter sich zu spüren. Zwar war sie ihn schon einmal geritten, aber da hatte Alasdair hinter ihr gesessen und es war anders gewesen. Jetzt spürte sie die Freude des Pferdes und seine Lust, sich zu bewegen. Und sie fühlte die gleiche Freude in sich aufsteigen. Es war genau die Freiheit, nach der sie sich so lange gesehnt hatte.

Das Gras war nur noch eine einzige grüne Fläche, so schnell schossen sie vorwärts. Hinter ihnen bemerkte sie die anderen Pferde, aber sie hatten keine Chance gegen Kavan. Trotzdem johlten und lachten die Männer. Anscheinend genossen sie den Ritt auch.

Vivien entspannte sich etwas, als sie merkte, dass Kavan alles im Griff hatte, und setzte sich aufrechter hin. Ihr geflochtener Zopf hatte sich gelöst und ihre Haare flatterten hinter ihr her, so schnell lief das riesige Pferd. Es war ein herrliches Gefühl und die trommelnden Hufe des Hengstes waren wie Musik in ihren Ohren. So fühlte sich Freiheit an!

Viel zu schnell kam das Ende der Wiese in Sicht und Kavan wurde langsamer. Vivien brachte ihn zum Stehen und wandte sich zu den anderen um. Sie waren ein gutes Stück hinter ihr, obwohl sie auch im gestreckten Galopp über die Wiese rasten.

Vivien legte den Kopf in den Nacken und lachte, weil es sich so gut anfühlte, sich endlich wieder derart bewegen zu können.

Als die Männer neben ihr zum Stehen kamen, sagte Balthair mit einem Lächeln: »Ich weiß nicht, ob ich schon einmal jemanden so schnell habe reiten sehen. Nicht einmal Alasdair.« Dann runzelte er die Stirn. »Sag ihm das aber nicht.«

Vivien erwiderte sein Lächeln und legte sich eine Hand aufs Herz. »Werde ich nicht, versprochen.«

Torquil rief: »Ich habe die Beute gefunden.« Er sprang vom Pferd und sammelte einen Hasen auf.

Wie von Alasdair befohlen, kontrollierten sie das Wäldchen und fanden Spuren von Hirschen.

Als sie wieder zwischen den Bäumen hervorkamen, blickte Balthair sorgenvoll gen Himmel. »Wir sollten uns beeilen. Wettrennen zurück zu den anderen?«

Ohne eine Antwort abzuwarten, trieb er sein Pferd an und galoppierte los. Die anderen drei folgten ihm, was dazu führte, dass Vivien die Letzte war.

Unter ihr schien Kavan zu vibrieren. Er fühlte sich an wie ein Pulverfass kurz vor der Explosion. Vivien lachte, griff in die Mähne, dann gab sie ihm die Zügel frei und machte sich auf den Ritt ihres Lebens gefasst. Wieder sprang Kavan mit so mächtigen

Sprüngen nach vorn, dass es sie fast aus dem Sattel geworfen hätte.

Kaum hatte er seine Geschwindigkeit erreicht, streckte der Hengst den Hals nach vorn wie ein Rennpferd und beschleunigte noch weiter. Vivien legte sich so flach wie möglich auf seinen Hals und versuchte, sich seinem Rhythmus anzugleichen und dem Pferd zu vertrauen. Wenn sie Angst hatte, würde sie Fehler machen und die könnten hier tödlich enden.

Aber Kavan wusste, was er tat.

Als sie die anderen überholte, jubelte sie laut, doch dann waren sie auch schon vorbei und hatten das Ende der Wiese erreicht. Vivien nahm die Zügel auf, setzte sich im Sattel gerade hin und brachte Kavan zum Stehen. Sie keuchte, genau wie das Pferd, aber sie fühlte auch, dass es dem Tier Freude bereitet hatte.

Es dauerte einen Moment, bis sie Alasdair zwischen den Bäumen erblickte. Er stand mit verschränkten Armen da und betrachtete sie mit einem feinen Lächeln um die Lippen.

Aber es war das, was sie in seinen Augen sah, was sie erschaudern ließ. Dieser Mann wollte sie, das konnte sie ganz deutlich sehen. Und sie hatte überhaupt nichts dagegen. Die Frage war nicht mehr, ob etwas zwischen ihnen passieren würde, sondern nur noch, wann.

21

Die ersten Regentropfen fielen, als die Burg schon in Sichtweite war. Donner grollte in der Ferne und immer wieder zuckten Blitze über den Himmel. Lachlans Brauner wieherte nervös und tänzelte unruhig hin und her, aber Vivien musste ihm zugestehen, dass er ein guter Reiter war, der sein Pferd im Griff hatte.

Sie trieben die Pferde noch einmal an und galoppierten auf die Burg zu. Auch wenn die Schotten kein Problem mit Regen hatten, war dieses Gewitter heftig und der Sturm riss an den Bäumen. Immer wieder fielen Zweige zu Boden und einmal verfehlte ein großer Ast Torquils Pferd nur knapp.

Als sie im Hof zum Stehen kamen, rannten Männer auf sie zu. »Torquil, Balthair, schnell, wir müssen die Kornkammer sichern«, rief einer von ihnen. Die beiden rutschten vom Pferd und Callum tat es ihnen gleich. Jemand nahm ihnen die nervösen Pferde ab und sie rannten davon.

Zu gern hätte Vivien Callum hinterher gerufen, dass er vorsichtig sein sollte, aber sie verkniff es sich. Er würde gut auf sich aufpassen.

Einer der Handwerker winkte Lachlan heran. »Der Wind drückt gegen die neue Mauer auf der Westseite.«

Auch er sprang vom Pferd, warf dem Knecht die Zügel zu und rannte davon.

Alasdair, der immer noch den Falken trug, stieg ebenfalls ab und auch Vivien rutschte von ihrem Fuchs. Der Wind riss an ihren offenen Haaren, und als ein riesiger Blitz über den Himmel zuckte, schreckte sie zusammen.

»Rein mit den Pferden«, brüllte Alasdair.

Ein Knecht wollte Kavan nehmen, doch der Rappe schlug mit dem Kopf, wieherte und stieg. Das steckte die andere Pferde an und auch Lachlans Brauner schüttelte den Kopf und ging rückwärts.

Alasdair fluchte leise und griff in Kavans Zügel, um den Rappen zu beruhigen. Der Falke auf seiner Hand schlug mit den Flügeln und sofort drehte der Braune, der direkt danebenstand, wieder durch.

Vivien wusste, was zu tun war. Sie rannte zu dem Pferd des Knechts und zog den Lederhandschuh aus der Satteltasche. Während sie auf Alasdair zuging, versuchte sie, ruhig zu werden und ihr Herz zu öffnen. Sie streifte den Handschuh über. »Ich nehme Sgian und du bringst die Pferde rein.«

»Nein, ich bringe den Vogel weg.«

»Aber Kavan hört nur auf dich. Ich kann Sgian übernehmen.«

Alasdair atmete tief durch, dann nickte er. »Also gut, aber sei vorsichtig. Und mach schnell.«

Er übergab ihr den Falken, der immer unruhiger wurde, und griff dann nach den Zügeln des Braunen. Beruhigend redete er auf das Tier ein, während Vivien schnell die Lederbänder des Falken an ihrem Handschuh festband. Dann ging sie mit raschen Schritten zur Treppe. Eine Windböe ergriff sie und hätte sie fast gegen die Wand geschleudert, aber sie konnte sich gerade noch halten.

Der Falke schlug erneut mit den Flügeln.

Vivien hastete die Treppe hoch und hielt sich an der kalten Wand fest. Mittlerweile war es fast dunkel, nur ab und zu erhellte ein Blitz die gesamte Burg.

Es kostete Vivien viel Kraft, mit nur einer Hand die Tür zum Verschlag aufzustemmen, denn der Wind drückte dagegen. Im nächsten Moment kam er aus der anderen Richtung, riss ihr die Tür aus der Hand und sie schlug krachend gegen das Holz.

Keuchend trat Vivien ein. Der Uhu und der Adler schauten ihr gelassen entgegen, als ob draußen kein Sturm toben würde. Vermutlich war es nicht das erste Mal, dass sie so etwas erlebten.

Schnell nahm Vivien dem Falken die Haube ab und setzte ihn auf die Stange. Unwillig schlug er mit den Flügeln, anscheinend war er wütend auf sie. Das konnte sie ihm nicht verdenken. Sie gab ihm das letzte Stück Fleisch, das sie noch hatte, und sagte zu den anderen beiden: »Ihr bekommt nachher etwas. Erst einmal müssen wir den Sturm abwarten.« Sie verneigte sich leicht vor dem Falken. »Tausend Dank für deine tolle Arbeit heute.« Auch wenn sie keine Zeit hatte, war es ihr wichtig, dass er das wusste. Dann legte sie den Lederhandschuh weg, prüfte noch einmal, ob alle sicher waren, und ging wieder nach draußen.

Der Sturm riss an ihren Kleidern und ihren Haaren und schien entschlossen zu sein, sie mit sich zu reißen. Mit aller Kraft stemmte sie sich gegen die Tür, bis der Sturm sie ihr wieder aus der Hand riss und zuknallte.

»Entschuldigung!«, rief sie den Vögeln zu und schob den Riegel vor. Sie betete, dass der Verschlag halten würde und nicht weggerissen wurde. Dann raffte sie die Röcke und rannte zurück zur Treppe. Einmal fiel sie fast, weil sie in der Dunkelheit eine Stufe übersah.

Im Hof war der Wind etwas weniger heftig, aber das Gewitter tobte jetzt direkt über der Burg. Niemand war mehr im Hof zu sehen und durch den dichten Regen hatte Vivien Mühe, etwas zu erkennen. Doch sie hielt einfach auf den Stall zu und hoffte, dass sie die Tür finden würde.

Auf einmal sah sie ein Licht und eine Gestalt. Ein Blitz erhellte den Burghof und sie erkannte Alasdair in der Tür des Stalls. Er rannte raus in den Regen, packte ihre Hand und gemeinsam liefen sie zurück zum Stall. Hier drinnen war es geschützter, denn der Stall lag direkt hinter der Westmauer und hatte ein Vordach. Der Regen prasselte laut auf das Dach, doch hier drinnen war es warm und trocken.

Vivien konnte spüren, dass die Pferde unruhig waren, doch keines war in Panik. »Ist alles in Ordnung?«, fragte sie atemlos.

»Hier ja. Und bei den Vögeln?«

Sie nickte, aber dann fiel ihr ein, dass er das nicht sehen konnte. »Auch.«

Sie schaute sich um, obwohl sie nur schemenhafte Umrisse erkennen konnte. Hier im Stall gab es keine Laternen oder Fackeln, da die Gefahr eines Feuers so groß war.

»Müssen wir irgendetwas tun? Die Pferde beruhigen?«

»Nein, das machen die Knechte. Ich bleibe nur hier bei Kavan.«

Auch er klang atemlos.

»Weißt du, wo Callum ist?«, fragte sie.

Im weißlichen Licht eines Blitzes, das durch die winzigen Fenster drang, sah sie, wie er sich übers Gesicht wischte. Sein Blick jedoch lag die ganze Zeit auf ihr. »Er ist bei Torquil. Sie haben die Kornkammer gesichert und bestimmt sind sie jetzt in der Halle.« Er drückte ihre Hand. »Ihm wird nichts passieren.«

Erst jetzt bemerkte Vivien, dass sie sich immer noch an den Händen hielten. Es fühlte sich gleichzeitig fremd und vertraut an. Doch sie wollte es nicht anders und genoss die Nähe.

Der Donner krachte so heftig, dass sie spürte, wie das Holz des Pferdestalls erbebte. Irgendwo wieherte ein Pferd und ein zweites antwortete.

Vivien strich sich eine Haarsträhne aus dem Gesicht, die an ihrer Stirn klebte. Wieder zuckte das Licht eines Blitzes durch den Stall und sie sah, dass Alasdair jetzt direkt vor ihr stand und sie mit einem so intensiven Blick anschaute, dass es sie atemlos machte. Dann war es wieder dunkel und trotzdem konnte sie noch fühlen, wie dicht er vor ihr stand. Seine Präsenz hatte sie schon immer fasziniert. Jetzt hüllte sie Vivien ein, und es war, als hätte er eine Decke um ihre Schultern gelegt. So wie auf dem Pferd, als sie gemeinsam unter seinem Umhang gesessen hatten.

Und auf einmal wollte sie ihm näher sein, viel näher.

Die Luft zwischen ihnen war aufgeladen, nicht nur wegen des Gewitters.

Als der nächste Blitz über den Himmel zuckte, sah sie, dass er sie immer noch so anschaute. Er spürte auch die Energie zwischen ihnen, dessen war sie sich sicher.

Vivien machte einen kleinen Schritt nach vorn und plötzlich waren seine Hände auf ihrer Taille.

»Ist dir kalt?«, fragte er, seine Lippen dicht an ihrem Ohr und ihr lief ein wohliger Schauer über den Rücken, weil sie selbst aus diesen wenigen Worten die Intensität seiner Gefühle heraushören konnte. Nicht nur sie machte die Nähe atemlos.

»Nein.« Sie legte beide Hände flach auf seine Brust und fühlte fasziniert, wie sein Herz schlug.

Er holte tief Luft und seine Hände glitten auf ihren Rücken.

Vivien schloss die Augen, als ein gleißender Blitz den Stall für den Bruchteil einer Sekunde erhellte. Sie wollte jetzt nur fühlen.

Sie lehnte sich noch weiter an ihn und legte ihre Stirn auf seine Brust. Bildete sie es sich nur ein oder schlug sein Herz schneller?

Es war ein berauschendes Gefühl, ihm hier in der Dunkelheit so nah zu sein.

Seine Arme hüllten sie ein. Eine Hand hatte er auf ihrem unteren Rücken ausgebreitet, mit der anderen hielt er ihren Kopf. Als ob er sie beschützen wollte. Es gab nur noch sie beide.

Seine Wange lag auf ihrem Scheitel und sie lauschte seinem Atem, der warm über ihre Wange strich.

Noch nie in ihrem Leben hatte sie sich so gehalten und geborgen gefühlt.

Draußen tobte das Gewitter und sie war eingehüllt in einen sicheren Kokon, den er ihr bot.

Der Donner polterte laut und Alasdair zog sie noch ein bisschen näher zu sich heran, sodass sich jetzt auch ihre Körper vollständig berührten. Ihr Atem fand den gleichen Rhythmus, und obwohl sie so etwas sonst immer als einlullend empfand, steigerte es dieses Mal eher Viviens Erregung, als dass es sie zur Ruhe brachte.

Mit jedem Atemzug, den sie gemeinsam taten, umschlangen sie sich ein wenig fester und enger.

Alasdair senkte den Kopf, sodass seine Wange an ihrer Schläfe lag, seine Lippen direkt an ihrem Ohr. Sein Atem, warm auf ihrer Haut, hypnotisierte sie.

»Wir sollten das nicht tun«, flüsterte er und zog sie gleichzeitig näher zu sich heran.

Vivien kniff die Augen noch etwas fester zusammen und schluckte hart, weil eine Welle der Erregung sie ergriff, die sie mitzureißen drohte. Sie war sich nicht sicher, ob sie ihr standhalten konnte. Und schon gar nicht, ob sie es wollte.

Sie hob den Kopf und schmiegte ihre Stirn an seinen Hals. Sie brauchte den Kontakt von Haut zu Haut. »Und was ist, wenn ich es trotzdem will?«, wisperte sie.

Der Donner verschluckte ihre letzten Worte, doch Alasdair hatte auch so verstanden.

Unter ihren Händen fühlte sie ein Vibrieren und dann hörte sie, wie er stöhnte. Auch das wurde von einem Donner verschluckt, doch was sie gehört hatte, reichte, um sie halb um den Verstand zu bringen.

Wieder waren seine Lippen direkt an ihrem Ohr. »Was machst du mit mir?«

Sie konnte nicht antworten, aber sie schlang die Arme um seinen Nacken und presste sich an ihn, wollte noch viel mehr von ihm fühlen.

»Wir müssen aufhören«, sagte er leise an ihrem Ohr und es

kitzelte so herrlich. Seine Hände straften seine Worte Lügen, denn er fuhr mit den Fingern in ihre immer noch offenen Haare.

»Ich kann nicht«, murmelte sie erstickt und atmete seinen Geruch tief ein. Sie war sich sicher, dass sie nie einen Mann intensiver gefühlt hatte als ihn. Dabei hatten sie sich noch nicht einmal geküsst und sie trugen beide noch ihre Kleider.

Sie genoss das Gefühl seiner Finger auf ihrer Kopfhaut und fragte sich, wie weit sie gehen würden. Sie wollte ihn so gern küssen, aber sie traute sich nicht, den Anfang zu machen.

Als sie fühlte, wie seine Lippen über ihr Ohrläppchen strichen, wurde ihr klar, dass es nicht so war, dass sie sich nicht traute. Nein, sie wollte geküsst werden. Von ihm. Sie wollte begehrt werden. Von ihm. Wollte, dass er sie so sehr begehrte, dass er endlich die Grenze in seinem Kopf überschritt. Aber sie sehnte sich danach, noch mehr von ihm zu fühlen. In seinen Armen zu liegen, von ihm geliebt zu werden.

»Wir dürfen das nicht tun«, sagte er noch einmal und dieses Mal mit ein wenig mehr Intensität, als wollte er sich selbst überzeugen.

Und es forderte sie heraus, ihm zu helfen, alle Vorsicht hinter sich zu lassen und das zu tun, was er eigentlich wollte.

Auf einmal wieherte ein Pferd ganz in ihrer Nähe.

»Es wird weniger«, rief eine Stimme hinten aus dem Stall.

Verwirrt blinzelte Vivien. Sie hatte vollkommen vergessen, dass die Knechte auch noch hier waren.

Alasdair versteifte sich. »Guter Gott«, flüsterte er. Anscheinend war auch ihm aufgefallen, dass sie nicht allein waren. »Ich …«, setzte er an, doch in diesem Moment wurde die Stalltür direkt hinter ihnen geöffnet.

Sie stoben auseinander wie zwei Teenager, die beim Knutschen erwischt worden waren. Das Adrenalin pulsierte durch Viviens Adern.

Zwei schlanke Gestalten waren in der Tür zu erkennen, als ein Blitz den Hof erhellte.

»Callum!«, sagte Vivien schwach, als sie ihn erkannte. »Ich bin hier.« Sie war sich nicht sicher, ob er sie in der Dunkelheit sehen konnte. Und auch wenn sie ihren Sohn sehr liebte und sich immer freute, ihn zu sehen, hätte er dieses Mal ein wenig später kommen können. Sie waren so kurz davor gewesen, sich zu küssen. Doch auf so etwas nahmen Kinder keine Rücksicht.

»Mum, hier bist du. Wir haben uns schon Sorgen gemacht.« Sie konnte ihn nicht sehen, aber sie hörte die Erleichterung in seiner Stimme.

Und auch sie war erleichtert, dass bei ihm alles in Ordnung war.

»Geht es den Pferden gut?«, fragte jetzt Torquil.

Alasdair räusperte sich. »Alles in Ordnung.«

Eine Stimme aus dem Gang hinter ihnen erklang. »Oh, Chief, ich wusste gar nicht, dass du hier bist.« Der Knecht konnte nicht weit von ihnen entfernt stehen. Ob er die ganze Zeit da gewesen war? Sie hätten sehr leicht erwischt werden können, das wurde ihr jetzt bewusst.

Es blitzte wieder und Vivien sah in Alasdairs Gesicht einen hektischen Ausdruck. Sie wechselten einen ganz kurzen Blick, er schüttelte den Kopf. Dann war es wieder dunkel.

Ein völlig unangebrachtes Lachen wollte sich aus Viviens Brust lösen, aber sie presste die Faust vor den Mund und blieb still. Callum würde merken, dass sie sich merkwürdig benahm.

Gleichzeitig überkam sie eine große Traurigkeit darüber, dass der Moment mit Alasdair vorüber war. Mehr noch, dass es nicht zu mehr gekommen war. Sie hätte ihn gern wenigstens geküsst. Doch sie hatte auch das Gefühl, dass er noch nicht bereit war, so weit zu gehen. Da war immer noch eine Sperre in seinem Kopf. Auch wenn er sie anscheinend genauso wollte wie sie ihn.

»Werdet ihr hier noch gebraucht oder wollt ihr mit in die Halle kommen?«, fragte Callum jetzt.

Vivien legte sich eine Hand auf die Brust und atmete tief durch. Der Moment war vorbei und würde nicht mehr wiederkommen, egal, wie sehr sie sich das wünschte. »Ich komme mit«, sagte sie.

Im gleichen Moment hörte sie Alasdair sagen: »Ich bleibe noch eine Weile.«

Sie nickte und ging mit schwerem Herzen an ihm vorbei zur Tür. Im Dunkeln streckte sie die Hand aus, um vielleicht die seine zu streifen. Aber sie bekam Alasdair nicht zu fassen. Und vielleicht war es auch gut so.

22

Am nächsten Morgen war die Luft klar und frisch. Das Gewitter hatte die Burg verschont und nirgendwo war ein Blitz eingeschlagen. Doch die Menschen sprachen davon, dass sie noch nie ein solches Unwetter erlebt hatten. Einige der Weiden waren überflutet und die Ernte von ein paar Feldern war verloren.

Bevor Vivien an diesem Morgen zum Frühstück in die Halle gebracht wurde, waren Alasdair und Lachlan schon aufgebrochen, um die umliegenden Dörfer zu besuchen und auf Schäden zu überprüfen. Vivien bekam mit, dass die meisten sich wunderten, dass Alasdair mitgeritten war und nicht Lachlan allein geschickt hatte. Doch Vivien wusste, warum. Er wollte ihr aus dem Weg gehen oder er brauchte Zeit zum Nachdenken. Und obwohl sie auch ein wenig Zeit für sich brauchte, vermisste sie ihn doch. In den vergangenen Wochen hatte sie sich jeden Tag auf ihre gemeinsame Zeit gefreut.

Sie verbrachte zwar den halben Tag mit den Vögeln, aber ließ Sgian nicht fliegen. Sie war noch zu erschöpft vom Tag zuvor und allein traute sie sich doch noch nicht.

Alasdair kam auch am Abend nicht zurück und blieb in den nächsten Tagen ebenfalls verschwunden. Das gab Vivien mehr

Zeit mit Callum, die sie auch nutzte, denn sie vermisste ihren Sohn ebenfalls. Doch Torquil blieb die ganze Zeit an seiner Seite, als ob ihn jemand als Wache abgestellt hätte. Und vielleicht war es auch so.

Möglicherweise hatte Alasdair Sorge, dass sie nach dem, was im Stall geschehen war, versuchen würde zu fliehen. Ob er wusste, dass sie das alles, was zwischen ihnen passiert war, und sogar noch viel mehr, auch gewollt hatte?

Sie verbrachte viel Zeit auf der Burgmauer und dachte darüber nach, was sie jetzt tun sollte. Ja, sie wollte mehr von Alasdair, aber sie war sich nicht sicher, ob das auch sein Wunsch war und ob er es ihr geben würde.

Das mit Alasdair war so intensiv, viel mehr, als sie es je zuvor mit einem anderen Mann erfahren hatte. Das machte ihr Angst, denn sie hatte das Gefühl, die Kontrolle zu verlieren. Und das war das Letzte, was sie zulassen konnte.

Alasdair war jemand, der sie zutiefst berührte und durch ihre Mauern drang, die sie nach Jeff so sorgfältig errichtet hatte.

Vielleicht war es besser, einfach zu gehen, bevor das hier zu viel wurde und sie gar nicht mehr gehen wollte.

Doch die Vorstellung, zu fliehen, war auf einmal nicht mehr so verlockend wie noch vor ein paar Tagen.

Beim Gewitter im Stall hatte er sie gefragt, was sie mit ihm machen würde. Nun, sie könnte ihn sicherlich dasselbe fragen. Wie war es ihm gelungen, dass sie gar nicht mehr so richtig von hier fortwollte?

Doch im Grunde wusste sie es. Nie zuvor hatte sie einen Mann getroffen, der die Falknerei so liebte wie sie und mit dem sie Zeit draußen verbringen und fachsimpeln konnte. Zusätzlich kümmerte er sich so fürsorglich um sie, behandelte sie wie einen Gast oder eine gute Freundin, obwohl sie eigentlich seine Gefangene war. Das musste er alles nicht tun.

Er hatte sich sogar ihretwegen mit Lachlan gestritten. Und wenn sie ehrlich war, schätzte sie es besonders, dass er sie vor seinem Neffen nicht in Schutz genommen, sondern sie ihren eigenen Kampf hatte ausfechten lassen. Das war etwas, was die wenigsten Männer konnten. Er hatte sich erst eingemischt, als Lachlan angefangen hatte, ihr zu drohen. Viele andere Männer wären viel früher eingestiegen, um sich als Retter zu beweisen. Doch Alasdair war anders.

Und gleichzeitig war er Chief eines Clans und im 15. Jahrhundert zu Hause. Das war doch nichts, was eine Zukunft haben konnte.

Eine kleine Stimme in ihrem Hinterkopf sagte ihr, dass sie trotzdem mit ihm ins Bett gehen könnte, ganz ohne Konsequenzen, denn sobald sie Dun Coinneach verließ, würde er sie nicht einmal mehr finden. War das nicht sogar der Optimalfall?

Allerdings wusste sie auch, dass er nicht mit ihr schlafen würde, solange er glaubte, dass sie Kenneth MacLeods Frau war. Dafür war er zu sehr Ehrenmann. Und das war vielleicht besser so. Eine Affäre mit ihm würde das hier alles viel zu kompliziert machen.

Vivien hasste es, dass sie ihre freie Zeit nutzte, um sich wie ein verliebter Teenager darüber Gedanken zu machen, ob Alasdair sie wollte oder nicht. Es fehlte nur noch, dass sie einem Gänseblümchen die Blütenblätter ausriss. Er liebt mich, er liebt mich nicht.

Albern war das alles. Sie war zu alt für solche Sperenzchen.

Es dauerte noch einen Tag, bis er wiederkam. Ihr Herz machte einen Sprung, als sie seine Stimme im Burghof hörte, und sie wünschte, dass sie es viel entspannter hätte hinnehmen können.

Sie trat an die Burgmauer und spähte nach unten. Er, Lachlan und zwei andere Männer stiegen gerade von den Pferden. Alasdair wirkte ein wenig angespannt, aber er lächelte, als einer der anderen einen Scherz machte.

Die Pferde wirkten zufrieden, aber nicht erschöpft.

Sie ertappte sich dabei, wie sie hoffte, dass er zu ihr nach oben schauen würde, aber das tat er nicht. Fast so, als ob er sich mit Absicht nicht umschauen würde.

Lachlan hingegen ließ den Blick schweifen. Erst zum Vogelstall und dann weiter die Burgmauer entlang. Als er sie entdeckte,
verdüsterte sich sein Gesicht.

Vivien hob das Kinn und schaute einfach zurück. Sie hob
weder grüßend die Hand noch begrüßte sie ihn sonst. Und auch
er zeigte keinen Gruß. Aber es war offensichtlich, dass er nicht
erfreut war, sie zu sehen.

Das beruhte auf Gegenseitigkeit. Seit ihrem Zusammenstoß
beim Ausritt war sie noch genervter von ihm und sich sicher, dass
er irgendetwas im Schilde führte. Und sie stand ihm dabei
im Weg.

Torquil und Callum traten in den Burghof und begrüßten die
Männer. Es wurde sich reihum auf die Schultern geklopft, zumindest mit Torquil. Callum lächelte alle nur von der Seite an.

Vivien wartete darauf, dass Lachlan irgendjemanden auf sie
aufmerksam machte, aber er tat nichts dergleichen. Stattdessen
verwickelte er Callum, der vorsichtig antwortete, in ein Gespräch.

Es passte ihr nicht, dass er ihrem Sohn den Arm um die Schultern legte. Ob er das wohl mit Absicht machte, um sie zu ärgern?

Alasdair streckte sich und erst jetzt bemerkte Vivien, wie müde
er aussah. Dann nahm er Kavans Zügel und ging in Richtung
Stall. Die anderen außer Lachlan, der die Zügel seines Pferdes
einem Knecht übergeben hatte, folgten ihm.

Als ob Callum ihren Blick gespürt hätte, schaute er auf.
»Mum!«, rief er und seine Stimme brach ein wenig, wie so oft in
letzter Zeit.

Vivien winkte ihm zu, behielt aber Alasdair im Auge. Der
wurde kurz langsamer in seinem Schritt und zögerte, doch dann
ging er entschlossen weiter. Er wollte sie also wirklich nicht sehen.

Enttäuschung machte sich in ihr breit und sie schluckte hart.

Lachlan hatte den Austausch beobachtet und ein gehässiges
Lächeln erschien auf seinem Gesicht. Und auf einmal fragte sie
sich, ob er Alasdair während ihrer Reise etwas eingeflüstert hatte.
Zuzutrauen wäre es ihm.

Callum winkte ihr noch einmal zu und rannte dann den anderen hinterher. Er liebte es hier, und wenn sie es richtig einschätzte, hatte er in Torquil einen echten Freund gefunden, genau wie er es in den ersten Tagen gesagt hatte. Die beiden verbrachten gern Zeit miteinander und lachten viel. Etwas, was ihr außerordentlich gut gefiel.

Und trotzdem wurde es langsam Zeit, zu gehen. Sie konnten nicht für immer hierbleiben. Sobald Kenneth MacLeod Fiona freigelassen hatte, wären sie hier nicht mehr erwünscht. Außerdem hatte sie ihren Job auf Kintallan, ihre Freunde, und Callum musste zur Schule. Es war nicht möglich, hierzubleiben. Egal, wie gern ihr Sohn das wollte.

Genau wie für sie selbst auch wäre es vermutlich besser, jetzt zu gehen und nicht noch ein paar Wochen zu warten, bis sich ihre Freundschaften hier weiter vertieft hatten.

Sie ging zurück zum Vogelstall, der direkt unterhalb der Baustelle lag. Doch sie ging nicht zu den Vögeln rein, denn sie wusste, dass ihr emotionaler Zustand nicht gut für die Raubvögel wäre. Außerdem hatte sie heute schon viel Zeit mit ihnen verbracht.

Sobald Alasdair die Volieren abgenommen hatte, waren die Tiere bereit für den Umzug. Vivien konnte es kaum erwarten, dass das passierte. Beiras Flügel war fast verheilt. Die Ruhe hatte ihr gutgetan, doch jetzt war es Zeit, dass sie wieder flog. Und auch das konnte nur Alasdair mit ihr tun.

Verdammt, er war der Dreh- und Angelpunkt für alles hier. Und eigentlich brauchte er sie dafür gar nicht.

Sie verschränkte die Arme und atmete tief durch. Es konnte doch nicht sein, dass sie immer nur an ihn dachte. Aber was gab es hier auch anderes zu tun?

Ihr Blick fiel auf die Baustelle. In den letzten Tagen hatten die Handwerker eine Mauer halb eingerissen und eine andere dafür aufgebaut. Die Steine erschienen ihr riesig und sie wusste gar nicht, wie die Männer so etwas ohne Kran heben konnten. Dafür ging es auch wirklich langsam voran. Und auch die Baustoffe waren andere als in ihrer Zeit. Hier gab es keinen schnell trocknenden Zement, sondern der Mörtel brauchte eine Ewigkeit, um fest zu werden.

Sie beobachtete, wie Lachlan zur Baustelle ging und über eine Leiter ins Obergeschoss kletterte. Er schien sie nicht bemerkt zu haben.

Vivien wandte den Blick ab und schaute wieder in die Ebene. Sie liebte dieses Land und seine raue Schönheit in diesem Jahrhundert noch viel mehr. Es war so viel echter als in ihrer Zeit.

Aus dem Augenwinkel nahm sie eine Bewegung an der Leiter wahr, die zur Burgmauer hinaufführte. Ihr Herz stolperte ein wenig, als sie bemerkte, dass es Alasdair war. Er wusste, dass sie hier oben war. Bedeutete das, dass er mit ihr sprechen wollte? Und wenn ja, worüber? Vielleicht hatte sie sich getäuscht und er war gar nicht verärgert.

Mit klopfendem Herzen schaute sie zu, wie er die Leiter hochkam. Er war noch nicht ganz oben, als er sich schon zu ihr umdrehte.

Das vorsichtige Lächeln auf seinem Gesicht ließ sie den Atem anhalten. Er war nicht böse auf sie. Ganz im Gegenteil, er freute sich, sie zu sehen, und wirkte eher verlegen.

Seit sie bei dem Gewitter mit Callum aus dem Stall gegangen war, hatten sie sich nicht mehr gesehen. Was bedeutete, dass sie das letzte Mal, als sie zusammen gewesen waren, in den Armen des anderen gelegen hatten.

Nicht nur ihr Geist, sondern auch ihr Körper erinnerte sich gut an diesen Augenblick und daran, wie wundervoll es sich angefühlt hatte. Ja, sie wollte definitiv mehr davon und noch nicht gehen. Das wurde ihr jetzt klar, als sie ihn sah.

Er trat auf die Burgmauer und in diesem Moment sah sie, wie oben auf der Baustelle direkt über Alasdair einer der Ständer, der die neue Mauer hielt, zur Seite kippte.

Vivien richtete sich auf und starrte entsetzt nach oben. Unter dem Druck der Steine knickte der zweite Ständer ein. Die Mauer, deren Mörtel noch nicht trocken war, schwankte und senkte sich dann wie in Zeitlupe in Richtung der Burgmauer.

Die massive Steinmauer neigte sich bedrohlich zur Seite. Es knirschte und krachte, als der noch feuchte Mörtel nachgab. Für einen Herzschlag schien die Zeit stillzustehen, dann kippte der gesamte Mauerblock als Ganzes nach vorn. Nur am Rand bröckelten einzelne kleinere Steine ab und prasselten wie Vorboten auf die Burgmauer.

Das große Mauerstück würde Alasdair unter sich begraben, wenn er nicht sofort reagierte.

»Alasdair!«, schrie sie und rannte los.

Er blieb stehen und schaute sie erstaunt an.

»Nein!«, brüllte sie und wedelte mit den Armen. »Lauf!«

Doch er runzelte nur die Stirn, während die Mauer immer weiter kippte.

Es waren nur wenige Meter bis zu ihm, doch es kam Vivien vor wie einige Kilometer. Ihre Beine waren schwer und schienen ihr nicht gehorchen zu wollen. Es war wie in einem dieser Albträume, in dem sie rannte, um Callum zu retten, und nicht vorankam.

Der erste Stein krachte auf die Burgmauer, direkt hinter Alasdair. Er fuhr herum und starrte eine gefühlte Ewigkeit nach oben. Ein zweiter Stein fiel und jetzt bewegte Alasdair sich endlich.

Vivien hatte ihn fast erreicht, als ein großer Fels direkt vor ihr auf die Mauer fiel und ein Loch in den Boden schlug. Instinktiv sprang sie darüber und betete, dass die Burgmauer nicht auch noch einstürzte.

Alasdair lief jetzt in ihre Richtung. Direkt neben ihm fielen mehr Steine herunter.

Jetzt hatte er sie erreicht und Vivien wurde klar, dass sie keine Ahnung hatte, was sie tun sollten. Sicher war, dass sie unter der Mauer begraben werden würden, wenn sie im Ganzen herunterkam.

»Die Leiter runter«, rief sie, doch innerlich wusste sie, dass es zu spät war.

Alasdair packte sie um die Taille. »Vertrau mir!«, schrie er. Dann hob er sie hoch und schleuderte sie zur Seite.

Vivien wusste nicht, wie ihr geschah, denn auf einmal war sie in der Luft und fiel. In den Burghof. Von der Mauer herunter. Sie war zu perplex, um zu schreien. Aber sie wusste, dass sie diesen Fall nicht überleben würde.

Während es in ihren Ohren rauschte und die Blätter der Linde zu einem Meer aus Grün wurden, sah sie Bilder aus ihrem Leben vor ihrem inneren Auge. Vor allem Bilder von Callum, dann von Isla und Kintallan, wieder Callum und schließlich für den Bruchteil einer Sekunde Alasdair.

Und dann schlug sie auf. Für einen kurzen Moment dachte sie, sie wäre tot. Doch dann landete etwas mit einem satten Geräusch neben ihr und unter ihrer Wange fühlte sie etwas Weiches. Etwas stach in ihre Hand und in der Ferne hörte sie ein Poltern.

Noch ein Geräusch, das wie *Pflop* klang, und dann spürte sie auf einmal ein Gewicht auf ihrem Rücken. Es wurde dunkel um sie herum.

»Ich habe dich«, hörte sie Alasdairs Stimme direkt an ihrem Ohr.

Dann lag er also auf ihr? Sie blinzelte und versuchte, etwas zu sehen, aber sein Arm war vor ihrem Gesicht. Sie wollte den Kopf drehen, aber auf einmal roch sie etwas Abscheuliches. Der Boden, auf dem sie lag, stank fürchterlich.

Es dauerte noch einen Moment, bis sie begriff, dass sie auf dem Misthaufen gelandet war.

Sie blinzelte verwirrt, während ihr Kopf die Fakten zusammensetzte. Alasdair hatte sie über die Mauer auf den Misthaufen geworfen. Und war dann selbst hinterher gesprungen.

Immer noch fielen kleinere Steine neben ihnen herunter, aber anscheinend keine größeren Brocken mehr, denn Alasdair richtete sich auf. Endlich konnte sie wieder atmen.

»Geht es dir gut?«, fragte er keuchend.

Vivien setzte sich auf, betrachtete ihre Hände und Beine, die alle intakt schienen, dann nickte sie. »Ich glaube, ja.« Sie musterte ihn. Er war dreckverschmiert und atmete schwer, aber sie sah keine Wunden an seinem Körper. »Wie geht es dir?«

»Alles in Ordnung.«

Vivien schüttelte den Kopf und schaute nach oben. »Die Mauer ist eingestürzt.«

Er nickte. »Ich habe keine Ahnung, wie das passieren konnte.«

Auf einmal hörten sie Stimmen. Als Vivien sich umdrehte, sah sie, wie einige Männer auf den Misthaufen zugelaufen kamen. Es waren die Handwerker.

»Chief!«, rief einer. »Was ist geschehen?«

Alasdair rappelte sich auf und kam zum Stehen. Er reichte Vivien die Hand, um sie hochzuziehen, die sie dankbar annahm.

»Die neue Mauer ist eingestürzt.«

Ungläubig starrten die Männer sie an. »Aber wie denn? Das ist nicht möglich. Wir haben sie abgestützt.«

»Das kann ich bezeugen«, sagte Lachlan, der jetzt hinter sie trat. Er war blass und schaute Alasdair entsetzt an. »Warum warst du auf der Mauer?«

Alasdair antwortete ihm nicht. »Ich denke, uns ist nichts passiert.«

Vivien kam neben ihm zum Stehen und schaute zur Burgmauer hoch. Ihr Blick fiel auf den Stall und ihr Herz setzte einen Schlag aus. Auf dem Dach des Vogelstalls lagen Steine und in der einen Wand klaffte ein Loch. »Scheiße«, murmelte sie, raffte die Röcke und beeilte sich, vom Misthaufen runterzukommen. Immer wieder sackte sie ein, aber es war ihr egal, denn sie wollte nur wissen, ob es den dreien gut ging.

»Vivien!«, rief Alasdair, doch sie blieb nicht stehen, sondern sprang auf den Boden und rannte zur Treppe. Die Leiter konnte man nicht mehr benutzen. Ein Stein hatte drei Sprossen rausgeschlagen und oben lag ein großer Geröllberg, der ihr den Weg versperrte.

Sie hastete weiter die Treppe rauf. Sogar hier hinten lagen Steine, die bis hierher gerollt waren.

Endlich hatte sie den Stall erreicht. Sie riss die Tür auf und schaute in drei Paar Vogelaugen. Der Falke war nervös, der Uhu indigniert und der Adler schlecht gelaunt. Aber allen ging es gut.

Ein Brett an der Seite, die zur Baustelle zeigte, war zerbrochen und mitten auf dem Fußboden lag der Stein, der das verursacht hatte.

»Habt ihr euch erschreckt?«, fragte Vivien und versuchte, ihre Stimme ruhig klingen zu lassen.

Der Falke schüttelte sein Gefieder.

Vögel waren es gewohnt, bei Gefahr wegzufliegen. Aber die drei hatten keine Chance gehabt. Zum Glück war ihnen nichts passiert.

Hinter sich hörte sie Alasdair an der Tür. »Wie geht es ihnen?«, fragte er keuchend.

»Zum Glück gut. Ein Stein hat eine Wandlatte durchbrochen und sie sind ein wenig eingeschnappt, aber sonst fehlt ihnen nichts.«

Sie wandte sich um und sah, dass hinter Alasdair noch mehr Menschen standen. Zu gern wäre sie ihm um den Hals gefallen, um ihm dafür zu danken, dass er vermutlich gerade ihr Leben gerettet hatte. Doch sie traute sich nicht einmal, ihn anzufassen, wenn andere zuschauten.

Sie öffnete den Mund, um wenigstens etwas zu sagen, doch Alasdair schüttelte den Kopf. »Geht es dir wirklich gut?«

Sie nickte.

Er streckte die Hand nach ihr aus, zog sie dann aber gleich wieder zurück. »Ich denke, es ist das Beste, wenn du auf dein Zimmer gehst. Wir sprechen später.«

Vivien blinzelte. Er wollte sie auf ihr Zimmer schicken? Jetzt? »Aber ich muss mich um die Vögel kümmern«, brachte sie hervor.

Wieder schüttelte er den Kopf. »Den Tieren geht es gut. Ich möchte, dass du dich ausruhst. Moira wird dir ein neues Kleid bringen.« Er wandte sich um. »Alexander, bring sie nach oben.«

Sein Ton duldete keine Widerworte.

Enttäuscht ballte Vivien die Hände zu Fäusten, sagte aber nichts mehr. Sie hatte keine Chance, das wusste sie.

Als sie in den Burghof kamen, hatten sich dort viele Menschen versammelt und begutachteten die Unfallstelle. Vivien stapfte zwischen ihnen durch und die Treppe hinauf in ihr Zimmer. Sie schlug dem verwunderten Alexander die Tür vor der Nase zu, und als er den Riegel vorschob, legte sie frustriert den Kopf in den Nacken.

Alasdairs Rückkehr hatte sie sich anders vorgestellt.

Auf einmal fühlte sie, wie das Adrenalin ihren Körper verließ und eine bleierne Schwere ihre Beine ergriff. Atemlos setzte sie sich aufs Bett.

Sie wäre eben fast gestorben. Wenn Alasdair sie nicht über die Mauer geworfen hätte, wäre sie jetzt tot oder so schwer verletzt, dass sie in diesem Jahrhundert nicht überlebt hätte.

Und er vermutlich ebenfalls.

Sie hatte keine Ahnung, wie sie ihm das je danken sollte.

23

Vivien setzte sich aufs Bett und schüttelte immer noch ungläubig den Kopf. Obwohl sie das Kleid und ihr Unterkleid gewechselt hatte, roch sie immer noch nach Pferdemist. Allerdings störte es sie nicht sonderlich, denn immerhin hatte der Misthaufen ihr das Leben gerettet.

Während die Magd ihr beim Umkleiden geholfen hatte, war sie wieder und wieder in Gedanken durchgegangen, was auf der Burgmauer geschehen war. Immer wieder blieb sie an der Stelle hängen, als der erste Stein gefallen und sie zu Alasdair gerannt war. Sie war sich nicht sicher, warum sie auf ihn zugelaufen war. Zur Gefahr hin. Was hätte sie denn tun wollen? Es wäre viel schlauer gewesen, sich selbst in Sicherheit zu bringen.

Vage erinnerte sie sich daran, dass sie ihm gesagt hatte, er solle die Leiter herunterklettern, aber das war wirklich eine verrückte Idee gewesen. Das hätte sie vermutlich beide umgebracht.

Alasdair hatte viel überlegter und klüger gehandelt, auch wenn sie in dem Augenblick, da er sie über die Mauer geworfen hatte, wirklich mit dem Leben abgeschlossen hatte.

Sie erinnerte sich noch an den Moment, als ihr klar geworden war, dass sie auf einem Misthaufen gelandet war, Alasdair über ihr lag und sie mit seinem Körper vor den herabfallenden Steinen beschützte.

Als ihr klar wurde, wie oft sie sich schon vorgestellt hatte, dass er auf ihr läge, musste sie lachen. So hatte sie sich das wirklich nicht vorgestellt.

Sie erhob sich, rieb sich übers Gesicht und ging durchs Zimmer. Moira hatte ihre Schuhe mitgenommen, um sie zu säubern. Vivien hatte sie nicht davon abhalten können und hoffte, dass die Magd sich die Schuhe nicht zu genau anschaute.

Es verwirrte sie immer noch, dass Alasdair sie auf ihr Zimmer geschickt hatte. So als ob er sie nicht im Burghof dabeihaben wollte.

Callum war bei ihr gewesen und hatte sich vergewissert, dass es ihr gut ging. Aber ihn schien der Unfall nicht sehr schockiert zu haben, denn er hatte ihn nicht miterlebt, sondern hinterher nur gesehen, dass sie unverletzt war. Er war noch nie ein Mensch gewesen, der sich mit Fragen wie *Was hätte nicht alles passieren können?* aufhielt. Also war er wieder gegangen, um beim Aufräumen der Steine zu helfen. Zu gern hätte sie ihn begleitet, aber Alasdairs Anweisung war unmissverständlich gewesen. Und wenn sie ehrlich war, wackelten ihre Knie immer noch ein bisschen.

Sie hatte in ihrem Leben schon viele schlimme Dinge erlebt, aber eine Nahtoderfahrung war noch nicht dabei gewesen.

Sie fuhr sich durch die Haare und fand einen Strohhalm. Sie zog ihn heraus und zwirbelte ihn in der Hand.

In diesem Moment klopfte es. Dann zog jemand den Riegel draußen zurück.

»Komm rein«, rief Vivien. Moira hatte etwas davon gesagt, dass sie Wasser zum Waschen holen wollte.

Doch es klopfte erneut.

Vivien runzelte die Stirn und ging zur Tür. »Wer ist da?« Auf einmal war sie vorsichtig.

»Ich bin es«, sagt eine mittlerweile vertraute Stimme.

Alasdair. Vivien legte sich eine Hand auf den Brustkorb, um ihr Herz zu beruhigen. Dann öffnete sie die Tür.

So oft genoss sie seinen Anblick, wenn sie beieinander waren, aber jetzt war es noch einmal ein ganz anderes Gefühl. Er sah großartig aus. Auch er hatte sich umgezogen und seine Haare waren nass und wirkten jetzt schwarz. Seine blauen Augen schauten sie aufmerksam an.

»Hallo«, sagte sie und hörte selbst, wie atemlos sie klang. »Warum kommst du nicht einfach rein?«

Er zögerte. »Ich war mir nicht sicher, ob du ...«, er zeigte auf ihren Körper, »bereits umgezogen bist.«

Vivien biss sich auf die Lippe und unterdrückte das Bild in ihrem Kopf. Nein, sie wollte sich jetzt nicht vorstellen, dass sie nackt war und er sie hier im Zimmer überraschte. »Bin ich.« Sie zögerte, dann trat sie einen Schritt zurück. »Möchtest du reinkommen?«

Einen Moment schaute er sie einfach nur an. »Darf ich?«

Aus irgendeinem Grund lag in der Frage so viel mehr als nur die Bitte darum, eintreten zu dürfen.

Jetzt ließ auch Vivien sich Zeit mit der Antwort. »Du darfst.«

Ein ganz leichtes Lächeln war da in seinem Mundwinkel. Es war das Lächeln, das sie so mochte, weil es verschmitzt und gleichzeitig verlegen wirkte.

Er bückte sich und hob einen Wassereimer auf, der Vivien vorher gar nicht aufgefallen war. Es dampfte herrlich aus dem Eimer.

»Du hast mir warmes Wasser gebracht?« In diesem Jahrhundert war das ein sehr wertvolles Geschenk und Vivien fiel auf, dass sie das seit ihrer Ankunft hier nicht mehr gehabt hatte.

»Ich dachte, du willst dich vielleicht waschen.«

Sie lächelte. »Das ist ausgesprochen nett von dir.«

Sie wussten beide, dass die Magd ihr auch das Wasser hätte bringen können. Aber er war selbst gekommen. Und Vivien hoffte, dass das Wasser nur ein Vorwand war, um in ihr Zimmer zu kommen. Denn dagegen hatte sie überhaupt nichts.

»Das hier habe ich dir auch mitgebracht«, sagte er und öffnete die Hand. Darin lag ein Stück cremefarbener Seife, durchsetzt mit Blütenblättern.

Sie schluckte. Normalerweise war sie niemand, den man mit Geschenken erfreuen konnte, und schon gar nicht mit sehr weiblichen Geschenken wie Bodylotion oder Parfum. Aber diese Seife war etwas anderes. Sie kam von ihm.

Und es war ein passendes Geschenk. Immerhin hatten sie zusammen auf dem Misthaufen gelegen.

Sie schaute ihn mit schief gelegtem Kopf an. »Danke.« Sie deutete auf sein Haar. An einer Strähne hing ein Wassertropfen. »Hast du die auch schon benutzt?«

Er schüttelte den Kopf. »Die wurde noch nie benutzt. Sie ist nur für dich.« Er fuhr sich durch die Haare. »Ich habe mich im See gewaschen.«

Und da war schon wieder eines dieser Bilder. Alasdair nackt im See. Sie sollte wirklich ihre Fantasie in den Griff bekommen.

»Das ist sehr aufmerksam von dir.«

Unschlüssig standen sie voreinander. Wollte er, dass sie sich wusch, wenn er danebenstand?

Als er nichts sagte, räusperte sie sich. »Vielen Dank, dass du mir heute das Leben gerettet hast.«

Seine Augen weiteten sich. »Es tut mir sehr leid, dass ich dich über die Mauer geworfen habe.«

»Es hat mir vermutlich das Leben gerettet. Und der Misthaufen dazu.«

Er lächelte schief. »Ich hatte gehofft, dass du darauf landest.«

»Und wahrscheinlich haben wir beide nur dank des Misthaufens überlebt.«

Auf der Treppe waren Schritte zu hören und Alasdair zog eine Grimasse. Mit zwei Schritten war er bei der Tür und schloss sie leise.

Vermutlich schickte es sich nicht, dass sie allein in einem Zimmer waren, aber Vivien genoss jeden Moment.

Er lehnte sich gegen die Tür und betrachtete sie. »Ich sollte nicht hier sein«, sagte er langsam und bestätigte damit ihre Vermutung.

»Ich will aber, dass du bleibst«, sagte sie.

War das Erleichterung in seinen Augen?

Er atmete tief durch und wies mit dem Kinn auf den Eimer. »Das Wasser wird kalt.«

Unschlüssig schaute Vivien auf den Eimer. Sie war nicht prüde, aber sie wusste wirklich nicht, was er jetzt erwartete.

Auf einmal weiteten sich Alasdairs Augen. »Moira sagte mir, dass du noch deine Haare waschen musst. Deswegen habe ich es dir gebracht.«

Jetzt war sie es, die erleichtert war, und sie nickte schnell. »Stimmt, ich muss meine Haare noch waschen. Sie riechen etwas streng.« Sie nahm ihren Zopf und entdeckte noch einen Strohhalm.

»Ich …«, setzte er wieder an. Dann schüttelte er den Kopf. »Ich sollte gehen.«

»Nein«, sagte Vivien schnell. »Bleib bitte.«

Doch er wandte sich ab. »Es war eine törichte Idee.« Er stand direkt an der Tür, öffnete sie aber nicht.

»Was meinst du damit?«

Er rieb sich über den Nacken, der auf einmal erstaunlich rot war, so als ob ihm etwas sehr peinlich wäre.

Es dauerte einen Moment, bis er antwortete. »Ich wollte dir anbieten, dass ich deine Haare wasche, aber jetzt klingt es dumm. Ich sollte dich besser allein lassen.«

Damit hatte sie definitiv nicht gerechnet. »Du willst meine Haare waschen?«

Er wirkte etwas gequält, als er nickte. »Aber natürlich kannst du das besser allein.«

»Nein.« Sie schüttelte den Kopf und räusperte sich. »Ich kann es nicht besser allein und würde mich freuen, wenn du mir hilfst.«

Noch nie hatte ein Mann ihr so etwas angeboten und allein der Gedanke war erregend. Auch wenn er das vielleicht gar nicht im sexuellen Sinn meinte.

War es womöglich doch einfach eine praktische Überlegung von ihm?

Er nickte. »Da du meinetwegen auf dem Misthaufen gelandet bist, ist es das Mindeste, was ich tun kann.«

Sie wechselten einen Blick und Vivien erkannte, dass es auch ihm nicht nur um eine praktikable Lösung ging. Und das war gut so. Sie wollte mehr und das war die passende Gelegenheit.

Sie nahm ihren Zopf über die Schulter und löste das Haarband, wobei ihr nicht entging, dass sein Blick auf ihren Fingern ruhte und sein Atem ein klein wenig schneller ging. Oh nein, Alasdair Mackenzie war nicht aus Höflichkeit hier.

Sie dachte an den Moment auf der Jagd, als er ihr heimlich das Haarband aus den Haaren gelöst hatte, damit er sehen konnte, wie sie im Wind flatterten. Sie mochte ihre langen dunklen Haare auch, aber es war besonders schön, wenn sie einen Mann so faszinierten. Ihr Beruf und die zweckmäßige Kleidung, die sie dabei trug, gaben ihr manchmal das Gefühl, zu wenig weiblich zu sein. Doch wenn Alasdair sie so anschaute, fühlte sie sich sehr weiblich und begehrt.

Sie wies mit dem Kinn auf den Stuhl, während ihre Hände die Strähnen des Zopfes voneinander lösten. »Soll ich mich da hinsetzen?«

Es dauerte einen Moment, bis Alasdair ihr ins Gesicht schaute. »Wie bitte?«

»Soll ich mich auf den Stuhl setzen? Oder lieber aufs Bett?«

Das war gewagt, sie wusste es selbst. Aber es war damit auch eindeutig, was sie wollte und wohin das hier führen konnte.

Er atmete tief durch und auf einmal hatte er sich gefangen. Er ging zu der kleinen Bank, die vor dem Waschtisch stand. »Wir nehmen diese hier.« Er stellte sie vor ihr ab und bedeutete ihr, sich darauf zu setzen. »Lehn dich nach hinten«, sagte er und seine Stimme war so unglaublich sanft, wie sie sie noch nie gehört hatte.

Sie tat, was er sagte.

Er räusperte sich. »Darf ich?«, fragte er und nahm eine Strähne ihrer Haare in die Hand. Es war die gleiche Frage wie zuvor an der Tür.

»Natürlich.«

Vorsichtig fuhr er mit den Fingern durch ihre Haare und jetzt ging sein Atem definitiv schneller. Hier und da holte er Gras und Strohhalme und sogar ein Blatt aus ihren Haaren. Es war ihr fast ein wenig peinlich und auf einmal fühlte sie sich ungepflegt. Doch Alasdair schien es gar nicht zu stören.

Sie schloss die Augen und versuchte, seine Berührungen zu genießen, als er ihr eine Strähne hinter die Ohren strich.

»Ich mag deine Haare«, sagte er. »Sie sind so schön.«

Vivien lächelte. »Hast du mir deswegen das Haarband aus den Haaren genommen, als ich Kavan geritten habe?«

Er lachte leise, fasste ihre Haare zusammen und zog ganz leicht daran. Überrascht keuchte Vivien auf, weil es sich so gut anfühlte.

»Deine Haare sind der Grund, warum ich dich Kavan über-haupt habe reiten lassen.« Er ließ ihre Haare wieder los und fuhr noch einmal mit gespreizten Fingern hindurch.

»Wie meinst du das?« Sie hatte eine Ahnung, aber sie wollte es hören.

Mit dem Daumen strich er ihr über den Nacken. »Weil deine Haare so schwarz wie sein Fell sind und ich sehen wollte, wie sie im Wind wehen, wenn du ihn reitest.« Vivien hielt die Luft an. »Zum Glück«, fuhr er fort, »liebst du Wettbewerbe und wolltest als Erste am anderen Ende der Wiese sein.«

Auf einmal sah sie das, was auf der Wiese geschehen war, in einem ganz anderen Licht. Sah sich selbst mit seinen Augen über die Wiese galoppieren, die Haare hinter sich im Wind flatternd.

»Das Schönste war«, fuhr er fort und strich noch einmal mit dem Daumen über ihren Nacken, »dass du es ebenso genossen hast.«

»Das tue ich«, antwortete sie atemlos und fügte dann hinzu: »Ich meine, das habe ich. Sehr sogar.«

Er zog den Eimer heran. »Lehn dich noch weiter nach hinten.«

Sie tat, was er sagte. Auf einmal fühlte sie warmes Wasser an der Kopfhaut. Als sie den Blick wandte, sah sie, dass er den Eimer so hochhielt, dass ihre gesamten Haare darin eintauchten. Mit der Hand schöpfte er ein wenig Wasser auf den Haaransatz.

Sie musste lächeln und fragte sich, wie oft er das schon gemacht hatte. Vermutlich nicht sehr häufig, denn es war ein ungewöhnlicher Ansatz, die Haare auf diese Weise zu waschen, aber sie würde sich nicht beschweren, denn es fühlte sich himmlisch an.

Das Schönste daran war, dass er es für sie tat. Noch nie hatte ein Mann ihr die Haare gewaschen.

Er stellte den Eimer wieder ab und das Wasser rann aus ihren Haaren. Er griff nach der Seife, tauchte sie kurz in den Eimer und rieb sie dann zwischen den Händen. Dann fasste er in ihre Haare und arbeitete die Seife ein. Sie schäumte nicht so sehr wie die Seifen, die sie kannte, aber ein wenig schon. Und der Duft war so angenehm.

Aber das Schönste waren seine Hände in ihren Haaren und auf der Kopfhaut. Sie hätte nie gedacht, dass es so wunderbar sein könnte, von einem Mann die Haare gewaschen zu bekommen. Es hatte etwas unglaublich Intimes.

Als er fertig war, spülte er ihre Haare noch einmal aus. Er drückte das Wasser raus, dann nahm er eines der Leinentücher, die Moira ihr vorhin hingelegt hatte, und trocknete die Haare. »Setz dich wieder auf«, sagte er und musste sich räuspern.

Sie fragte sich, wie er das empfunden hatte. Sie selbst war wie in einer Trance gefangen und tat, was er sagte.

»Rutsch noch ein bisschen nach vorn«, bat er, und als sie das getan hatte, setzte er sich hinter sie auf die Bank. Vorsichtig drückte er noch einmal das Wasser aus ihren Haaren, dann legte er das Tuch auf den Boden.

Atemlos wartete sie, was er als Nächstes tun würde.

Es dauerte einen kleinen Moment, dann schlang er einen Arm um ihre Taille und zog sie zu sich heran, sodass ihr Rücken an seiner Brust war.

Vivien musste lächeln. Es hatte etwas so Vertrautes. »Wie auf dem Ritt hierher«, sagte sie.

Er seufzte leise und hielt sie fester. Dann schob er ihre Haare beiseite und sie fühlte seinen Atem in ihrem Nacken. Eine wohlige Gänsehaut lief über ihren gesamten Körper.

Sie schloss die Augen und fühlte ihn einfach nur. Es war so schön, von ihm gehalten zu werden.

Sein Atem auf der empfindlichen Haut in ihrem Nacken wurde heißer, und sie wusste, dass er mit den Lippen direkt über ihrer Haut schwebte. Es war furchtbar und schön zugleich, wie ein Orgasmus, der in greifbarer Nähe schien und den man doch nicht erreichen konnte, zumindest nicht allein.

Ihr fiel auf, dass er sie noch nie geküsst hatte. Nicht einmal auf die Schläfe oder wie jetzt in den Nacken, obwohl er mittlerweile schon einige Gelegenheiten dazu gehabt hätte.

Leise sagte er: »Wenn ich ehrlich bin, hätte ich das damals schon gern getan.«

Sie wandte den Kopf leicht und er wanderte mit den Lippen ihren Nacken hinauf. »Was denn?«

»Dich so berührt«, wisperte er. »Aber ich darf es nicht.«

Sie lehnte sich nach hinten und er umschlang sie fester, vergrub sein Gesicht in ihren noch feuchten Haaren.

»Du darfst alles, Alasdair. Alles, was du willst.«

Zitternd atmete er ein und sagte nichts, seine Lippen immer noch Millimeter von ihrer Haut entfernt.

Sie nahm seine Hände, die auf ihrem Bauch lagen, und

bemühte sich, klar zu denken, was ihr schwerfiel, weil sie ihn so sehr wollte.

»Ich weiß, dass es nicht leicht ist, aber ich bitte dich, mir zu glauben. Ich bin nicht mit Kenneth MacLeod verheiratet. Ich kenne ihn nicht einmal. Wir tun nichts Unrechtes. Ich darf lieben, wen ich will.«

Erschrocken hielt sie inne. Das Wort lieben hatte sie im Sinne *von ins Bett gehen* gemeint, nicht lieben wie einen Ehemann oder so etwas. Ob er das verstanden hatte?

Noch immer schwieg er und sie konnte regelrecht fühlen, wie er nachdachte.

»Aber du warst bei seiner kranken Tochter. Auf seiner Burg, in den Räumen der Familie.«

Er schien sich an dem Wort lieben nicht zu stören. Das war immerhin eine Erleichterung.

Jetzt bemühte sie sich, seine anderen Worte einzuordnen. Sie nickte und nahm seine Hände fester, verschränkte ihre Finger mit seinen. »Das stimmt, ich war dort, aber es bedeutet nicht, dass ich seine Frau bin. Ich habe lange darüber nachgedacht und ich denke, dass die Frau, die du für eine Magd gehalten hast, tatsächlich Kenneths Ehefrau ist.« Sie war in der Situation so überfordert gewesen, weil auf einmal dieser Highlandkrieger vor ihr gestanden und ihren Sohn bedroht hatte, dass sie alles nicht so recht mitbekommen hatte. Doch diese andere Frau hatte irgendetwas davon gesagt, dass sie mit Kenneth verheiratet sei.

Alasdair senkte den Kopf und legte ihn auf ihre Schulter. »Ist das wirklich wahr?«

Sie nickte. »Ich würde dich nicht anlügen. Dafür ist das, was zwischen uns ist, viel zu kostbar.«

Auch das war die Wahrheit. Irgendetwas Besonderes war da zwischen ihnen, das keiner von ihnen leugnen konnte.

»Was meinst du damit?«, fragte er leise und sie hörte die Hoffnung in seiner Stimme.

Vivien setzte sich so hin, dass ihre Wange an seiner lag. »Jedes Mal, wenn ich dich berühre, ist es, als ob ich …« Sie brach ab. … *einen elektrischen Schlag bekomme* konnte sie nicht sagen. »… als ob eine unbekannte Energie mich erfüllt. So etwas habe ich noch nie gefühlt.«

Er atmete tief aus. »Dann spürst du es auch? Ich dachte, dass es nur mir so geht.«

Sie schüttelte den Kopf. »Nein, das war von Anfang an da.«

Tief atmete er an ihren Haaren ein. Sie fühlte, dass er immer noch unentschlossen war, und sie konnte ihn durchaus verstehen.

»Alasdair?«, fragte sie leise.

»Was ist?«

Sie setzte sich auf und drehte sich so um, dass sie ihn anschauen konnte. Es war wunderbar, sein Gesicht so dicht vor ihrem zu haben. »Ich schwöre dir beim Leben meines Sohnes, dass ich nicht mit Kenneth MacLeod verheiratet bin. Wenn es so wäre, würde ich das hier niemals zulassen.«

In seinem Gesicht arbeitete es. »Bist du mit jemand anderem verheiratet?«

Sie dachte an den Moment, als sie ihre Unterschrift unter die Scheidungsurkunde gesetzt hatte. »Nein.«

»Dann bist du Witwe?«

Sie zögerte. Im Grunde war sie das, denn Jeff war noch nicht einmal geboren und sie konnte nicht sagen, dass sie geschieden war. Gab es so etwas in dieser Zeit überhaupt?

Sie nickte.

Er atmete tief durch und auf einmal sah sie so etwas wie Traurigkeit und Sorge in seiner Miene.

»Was ist?«, fragte sie und legte ihm eine Hand auf die Wange.

»Ich habe in den letzten Tagen so viel über dich nachgedacht und ich habe schon geahnt, dass du die Wahrheit sagst. Ich glaube dir, wenn du sagst, dass du nicht die Frau von Kenneth bist. Und einerseits erleichtert mich das, denn ich darf dich wollen …«

Er biss die Zähne zusammen und es brach ihr beinahe das

Herz, weil sie spürte, was ihn umtrieb. Genau wie sie es bei Callum fühlen konnte.

Sie atmete tief durch. »Und gleichzeitig bedeutet es auch, dass ich wertlos als Gefangene bin und Kenneth MacLeod niemals kommen wird, um mich gegen deine Tochter auszutauschen.«

Er nickte.

Vivien strich mit dem Daumen über seine Wange. »Und du bereust, dass du so viele Tage gewartet hast, die sie in Gefangenschaft verbringen musste.«

Wieder nickte er. »Woher weißt du das?«

»Weil es mir genauso gehen würde.«

Er schüttelte den Kopf und stand auf. »Ich hätte dir früher glauben müssen. Du hast es mir schon auf Kintallan gesagt und seitdem immer wieder. Aber ich war mir so sicher, dass du mich anlügst, um freizukommen. Denn das wäre es gewesen, was Kenneth getan hätte.«

»Vielleicht hätte ich es noch deutlicher sagen müssen.«

»Es ist nicht deine Schuld.«

Er stemmte die Hände in die Hüften und ging ein paar Schritte durchs Zimmer. Vivien wusste, dass er jetzt nachdenken musste, und ließ ihm die Zeit. Sie war froh, dass er blieb und nicht aus dem Zimmer lief.

Und gleichzeitig sehnte sie sich danach, dass er sie wieder in den Arm nehmen würde.

Schließlich blieb er stehen und nickte. »Ich muss sie befreien. Ich muss wissen, wie es ihr geht.«

Vivien zögerte, weil das Thema sie immer wieder umtrieb. »Aber du hast gesagt, dass du Kenneth kennst und weißt, dass er sie gut behandelt. Ihr geht es gut, oder?« Sie würde sich ewig Vorwürfe machen, wenn es anders wäre. Dann würde es auf ihrem Gewissen lasten, weil sie sich nicht mehr Mühe gegeben hatte, Alasdair davon zu überzeugen, dass er die falsche Geisel hatte.

Er nickte knapp. »Egal, wie es zwischen uns steht, Kenneth ist ein Ehrenmann. Er würde einem Kind niemals etwas tun.«

Vivien schaffte es nicht, die Worte zurückzuhalten. »Aber würde ein Ehrenmann wirklich ein kleines Mädchen entführen?«

Alasdair runzelte die Stirn. »Es geht ihm nur darum, mir zu beweisen, dass er mehr Macht hat. Und er will die Heirat zwischen Fiona und seinem Sohn, weil die Verbindung zwischen unseren Clans Vorteile für ihn hat. Ich habe ihm deutlich gesagt, dass ich Fiona mit jemand anderem verheiraten will. Wenn er Fiona etwas antun würde, wüsste er, dass es zum Krieg zwischen unseren Clans kommen würde. Das ist nicht in seinem Sinne. Nein, Fiona geht es gut bei ihm. Dessen bin ich mir sicher. Aber ich muss sie trotzdem zurückholen.«

Die Tatsache, dass dem Mädchen vermutlich nichts passiert war, erleichterte Vivien so sehr, dass sie kurz die Augen schloss. Doch dann fiel ihr etwas auf und sie öffnete die Augen. »Das heißt, du wirst nach Kintallan gehen?«

Alasdair schüttelte den Kopf. »Ich glaube nicht, dass sie da ist. Ich habe die ganze Burg abgesucht, als ich dich dort gefunden habe. Sie war nicht da. Nur dieses Mädchen, das krank war.« Er legte den Kopf schief. »Sie ist Kenneths Tochter, nicht wahr?«

Vivien zögerte und schließlich schüttelte sie den Kopf. Die Wahrheit war der beste Weg. »Ich weiß es nicht.«

Zum Glück ging er nicht darauf ein. »Weißt du, ob Fiona in der Burg ist?«

»Nein. Ich habe auch Kenneth nie getroffen.«

Er blieb stehen und schaute sie fragend an. »Niemals? Warum nicht? Du warst in seiner Burg. Was hast du dort getan?«

Unruhig rutschte Vivien auf der kleinen Bank hin und her. Dieses Gespräch war schon heikel genug. Sie mussten jetzt nicht auch noch über die Zeitreisen sprechen. Sie war sich nicht sicher, ob er ihr das in diesem Moment glauben würde.

Trotzdem schüttelte sie den Kopf. »Ich habe ihn nie getroffen.«

Alasdair atmete tief durch. »Was weißt du noch über die MacLeods? Irgendetwas, das mir helfen könnte, Fiona zu finden.«

Vivien erstarrte. Sie wusste so gut wie nichts über die

MacLeods. Aber sie war in deren Burg gewesen, in den Räumen der Familie noch dazu, wie Alasdair angemerkt hatte. Normalerweise würde sie dann sehr viel über diesen Clan wissen müssen. Doch sie würde bei der Wahrheit bleiben, so gut es ging.

»Ich bin erst an dem Tag angekommen. Ich war auch nur Gast dort.«

Er betrachtete sie skeptisch, doch dann hob er die Schultern und machte wieder seine kleine Runde durchs Zimmer. Schließlich nickte er. »Ich werde noch einmal dorthin reiten und herausfinden, wo sonst er Fiona versteckt halten könnte.«

Vivien verschränkte die Arme und löste sie gleich wieder. »Willst du …« Sie räusperte sich, weil ihr auf einmal ein Kloß im Hals saß. »Sollen Callum und ich mitkommen?«

Alasdair hielt inne und starrte sie so entgeistert an, als ob sie ihm gerade erklärt hätte, dass sie einen Wassergeist im Burggraben gesehen hätte. Er zog die Augenbrauen zusammen. »Willst du denn dorthin zurück?« Bevor sie antworten konnte, kniff er die Augen zusammen. »Natürlich willst du das. Die ganze Zeit hast du versucht zu fliehen.«

Der Gedanke, nach Kintallan zurückzukehren und in ihr eigenes Jahrhundert zu reisen, war so verlockend, dass Vivien zu zittern begann. Doch gleichzeitig wollte sie nicht dorthin. Noch nicht zumindest. Sie wollte bei ihm bleiben und herausfinden, was das zwischen ihnen war. Sie war sich sicher, dass es nur ein Strohfeuer war. Ein Feuerwerk, das explodieren, aber schnell verpuffen würde und das nur so heftig war, weil es von der Diskrepanz in der Zeit befeuert wurde. Aber dieses Feuerwerk wollte sie genießen.

Sie stand auf. »Alasdair. Ich will nicht zurück nach Kintallan.«

Er blieb stehen und schaute sie verwundert an. »Warum nicht?«

Mit klopfendem Herzen ging sie auf ihn zu. Ganz vorsichtig legte sie ihm eine Hand auf den Brustkorb. Sein Herz schlug so schnell wie ihres. »Weil ich bei dir bleiben will.« Zumindest noch ein bisschen, fügte sie in Gedanken hinzu.

Er legte seine Hand auf ihre und schaute sie an, doch der Ausdruck in seinen Augen war gequält. »Ich will auch, dass du bleibst. Aber …«

Sein Atem ging schnell, als er ihr Gesicht in beide Hände nahm und seine Stirn an ihre legte.

»Was aber?«, fragte sie nach.

»Du bist meine Gefangene. Alle denken, dass du Kenneth MacLeods Frau bist. Das Unterpfand für Fiona. Ich kann ihnen nicht sagen, dass ich mich geirrt habe und nicht weiß, wo Fiona ist.« Er atmete tief durch. »Lachlan hat mir immer wieder gesagt, dass es ein Fehler war, dich zu entführen. Und ich habe es immer verteidigt.«

Sie schluckte. »Was wäre so schlimm daran, wenn du ihnen sagst, dass du dich geirrt hast?«

»Es gibt mehrere in meiner Familie, die glauben, dass der Titel des Chiefs ihnen zugestanden hätte. Ich darf keine Fehler machen. Darauf warten sie nur, um mir all das wegzunehmen, was ich mir aufgebaut habe.«

»Und ich bin ein Fehler«, sagte Vivien leise.

Schnell schüttelte er den Kopf. »Nein, mein Herz, du bist kein Fehler, aber es bringt mich in eine schwierige Lage. Es wäre gut, wenn sie weiterhin glauben würden, dass du Kenneth MacLeods Frau bist, bis ich Fiona befreit habe.«

Viviens Herz machte einen Sprung, als ihr etwas auffiel. »Und was hindert uns daran, so zu tun als ob? Niemand muss wissen, wer ich wirklich bin.«

Es war die perfekte Lösung. Alasdair hatte endlich begriffen, dass er Fiona aktiv suchen und befreien musste. Und sie konnte bleiben. Wenn Fiona dann gefunden war, konnte sie immer noch nach Kintallan zurückkehren.

»Du meinst, wir sollen es ihnen verheimlichen? Weiter so tun, als wärst du meine Gefangene?« Er schüttelte den Kopf. »Das kann ich dir nicht antun.«

Vivien legte ihm einen Finger auf die Lippen. »Du tust mir gar nichts an. Im Gegenteil, du gibst mir Zeit, länger hierzubleiben.« Sie lächelte. »Und wenn ich schon deine Gefangene bin, dann will ich es auch richtig sein.«

Er nahm ihre Hand von seinen Lippen, hielt sie aber fest. Seine Augen waren dunkel vor Verlangen. »Du weißt nicht, was du da sagst.«

»Doch, das weiß ich.« Sie trat noch näher an ihn heran. »Ich will bei dir sein, Alasdair.«

Er schloss die Augen und atmete zitternd aus. Als er sie wieder öffnete, lag eine Entschlossenheit darin, die ihr einen wohligen Schauer über den Rücken jagte. »Dann bleibst du meine Gefangene. Aber nur bis ich Fiona gefunden habe.«

Sie nickte. »Einverstanden.«

»Ich muss jetzt gehen.« Er strich ihr eine feuchte Strähne aus dem Gesicht. »Es gibt einiges zu klären.«

»Ich weiß.«

Er neigte sich zu ihr, seine Lippen nur Millimeter von ihren entfernt. Doch dann richtete er sich wieder auf. »Später«, flüsterte er. »Wenn ich zurückkomme.«

Es war ein Versprechen, das ihr Herz schneller schlagen ließ.

Er wandte sich zur Tür, doch dann drehte er sich noch einmal um. »Vivien?«

»Ja?«

»Danke, dass du mir die Wahrheit gesagt hast.«

Sie lächelte. »Danke, dass du mir endlich glaubst.«

Als er die Tür hinter sich geschlossen hatte, lauschte sie auf das Geräusch des Riegels. Doch Alasdair schob ihn nicht vor. Ihr Herz war leicht und sie war so aufgeregt wie schon lange nicht mehr. Sie war sehr gespannt, was die nahe Zukunft bringen würde. So sehr sehnte sie sich nach ihm.

24

An diesem Abend war das gemeinsame Essen in der Halle eine Tortur für Vivien.

Alasdair war nicht da, genauso wie Lachlan. Aber alle anderen sprachen über den Einsturz der Burgmauer und darüber, dass Alasdair fast darunter begraben worden wäre, sich aber mit einem beherzten Sprung über die Burgmauer in Sicherheit gebracht hätte.

Vivien fiel auf, dass niemand über sie sprach. Keiner schien ihre Rolle bei der Sache zu kennen und sie war zutiefst dankbar darüber, denn sie war sich nicht sicher, ob alle ihr geglaubt hätten, dass sie auch fast ein Opfer bei diesem Unfall gewesen wäre. Oder ob sie ihr unterstellt hätten, schuld an dem Einsturz zu sein.

Sie hatte schon mehrmals den Aberglauben der Highlander erlebt und sie war in ihren Augen nun einmal eine MacLeod. Bestimmt hätte man ihr den Unfall angehängt.

Dafür dachte sie mehrmals darüber nach, warum Lachlan dort oben auf der Mauer gewesen war. Ob er etwas mit dem Mauereinsturz zu tun hatte? Zuzutrauen wäre es ihm. Aber allein dass er dort oben gewesen war, bewies nicht, dass er etwas so Furchtbares getan hatte. Vielleicht war es wirklich nur ein dummer Zufall gewesen.

Callum war an diesem Abend besonders aufgekratzt. Vielleicht waren es die Erlebnisse des Tages. Er erzählte ihr davon, was er und die Jungs am Nachmittag beim Wegräumen der Steine erlebt hatten und dass sie in ein paar Tagen auf eine nächtliche Jagd gehen wollten, aber es fiel Vivien schwer, ihm zuzuhören. Immer wieder schaute sie auf Alasdairs leeren Platz und fragte sich, ob er womöglich schon nach Kintallan aufgebrochen war. Hätte er das getan, ohne sich von ihr zu verabschieden? Nach dem, was sie sich in ihrem Zimmer gestanden hatten?

Er hatte ganz deutlich gesagt, dass er sie auch wollte. Und er wusste nun, dass er sie haben konnte. Würde er ihr dann nicht wenigstens mitteilen, dass er sich auf eine so gefährliche Mission begab?

Auf der anderen Seite konnte sie nur zu gut verstehen, dass die Sicherheit des eigenen Kindes tausend Mal wichtiger war, als mit jemandem ins Bett zu gehen. Sie hätte genauso gehandelt, wenn es um Callum gegangen wäre.

Als ihr auffiel, dass Callums Sicherheit der einzige Grund war, warum sie überhaupt hier an diesem Tisch saß, schüttelte sie den Kopf. Im Grunde war es eine Ironie des Schicksals, dass sie und Alasdair mit ganz ähnlichen Problemen zu kämpfen hatten.

Trotzdem verursachte sein leerer Platz ihr ein flaues Gefühl im Magen. Heute saß einer von den Männern neben ihr, die sie nicht kannte. Balthair war zumindest noch da, aber er hielt sich am anderen Ende der Halle auf.

Alasdair hätte ihn doch sicherlich mitgenommen, wenn er nach Kintallan gegangen wäre. So wie letztes Mal auch.

Das Mahl war schon fast vorüber, als auf einmal ein Raunen und dann ein Jubel durch die Menge ging.

Vivien setzte sich auf, weil sich die Energie im Raum merklich verändert hatte. Nicht nur, weil die Burgbewohner so reagierten, sondern weil sie Alasdairs Nähe fühlen konnte.

Und tatsächlich trat er mit grimmigem Gesicht durch eine der Türen. Als er bemerkte, dass alle ihm zujubelten, blieb er stehen und schaute verblüfft in die Runde.

Viviens Herz schlug zum Zerbersten schnell. Er war noch da.

Ihre Blicke trafen sich für einen kurzen Moment, doch er hielt nicht inne, sondern schaute sich weiter um. Trotzdem hatte dieser kurze Moment gereicht, um zu wissen, dass er auch an sie dachte.

Obwohl sie enttäuscht war, dass sie nicht wie sonst ihre langen Blicke tauschen konnten, weil zu viele Augenpaare auf Alasdair gerichtet waren, konnte sie sein Verhalten verstehen. Manchmal vergaß sie, dass er der Chief dieses Clans war. Dieses Amt war mit so viel Verantwortung verbunden, die sie nicht einmal ansatzweise begreifen konnte. Für sie war er eigentlich nur Alasdair, mit dem sie sich kabbelte und der die gleiche Liebe zu Greifvögeln pflegte wie sie.

Einige der Männer scharten sich jetzt um ihn und begannen, auf ihn einzureden.

Jemand tippte Vivien auf die Schulter. Es war Alexander, der schon manches Mal als ihre Wache abgestellt worden war.

»Es ist an der Zeit.«

Vivien seufzte. Das war immer Alexanders Satz, wenn er sie auffordern wollte zu gehen.

Zu gern hätte sie Alasdair noch ein wenig beobachtet, einfach nur, um ihn anzuschauen und sich zu vergewissern, dass er wirklich da war. Und vielleicht um den einen oder anderen heimlichen Blick mit ihm zu tauschen, das schöne Kribbeln zu fühlen, in dem Wissen, dass er sie so begehrte wie sie ihn. Doch das konnte sie sich jetzt abschminken, schließlich konnte sie Alexander nicht sagen, dass sie noch bleiben wollte, um den Chief anzuschmachten, der ihr erst ein paar Stunden zuvor mit zärtlicher Hingabe die Haare gewaschen hatte. Also verabschiedete sie sich von Callum, der sie fest umarmte und ihr leise sagte: »Ich bin froh, dass dir heute nichts passiert ist. Ich hab dich lieb.«

Sie küsste ihn auf die Stirn, einfach weil sie nicht anders konnte. »Ich dich auch. So sehr.«

Für einen kurzen Moment schauten sie sich in die Augen und Vivien war so froh, dass sie die Entscheidung getroffen hatte, mit ihm hierher zu kommen. Was wohl passiert wäre, wenn Alasdair nur Callum mitgenommen hätte?

Als sie mit Alexander zur Treppe ging, warf sie Alasdair einen verstohlenen Blick zu. Ganz kurz schaute er sie an und sie sah eine Emotion in seiner Miene aufblitzen, die sie nicht einordnen konnte, doch dann wandte er sich wieder seinem Gesprächspartner zu.

Alexander blieb neben einem der Treppenaufgänge stehen und wies darauf. »Hier entlang.«

Vivien hielt inne und deutete auf die gegenüberliegende Seite. »Aber mein Zimmer ist dort drüben.«

Alexander schüttelte den Kopf. »Nicht mehr. Euch wurde ein neues Zimmer zugewiesen.«

Unschlüssig schaute Vivien zu der anderen Treppe, die zu ihrem bisherigen Zimmer führte. »Warum?«

Alexander hob die Schultern. »Weiß ich nicht. Lachlan hat mich nur angewiesen, Euch in das andere Zimmer zu bringen.«

»Lachlan«, wiederholte Vivien und runzelte die Stirn. Warum hatte der ihr ein anderes Zimmer zugewiesen?

Sie schaute zu Alasdair. Ob er davon wusste?

»Kommt Ihr?«, fragte Alexander, der offensichtlich zurück in die Halle wollte. Er schätzte seine Babysitterdienste nicht sehr.

In diesem Moment schaute Alasdair auf. Er nickte so unmerklich, dass sie es fast nicht gesehen hätte. Und auf einmal wusste sie, dass alles gut war.

Wie immer fand sie diese Verbindung zwischen ihnen erstaunlich.

Sie folgte Alexander die Treppe hinauf in den ersten Stock. In diesem Turm war sie noch nie gewesen und sie wusste nicht, wer hier sonst noch wohnte.

Er öffnete eine Tür und ließ sie eintreten. Neugierig schaute Vivien sich um. Das Zimmer war ein wenig größer und komfortabler ausgestattet als ihr altes. Das Bett war definitiv luxuriöser und vor allem schwerer. Das würde sie nicht so leicht durch den Raum schieben können.

Im Kamin brannte ein behagliches Feuer und hier hatte sie sogar eine große Truhe. Nur leider besaß sie nichts, was sie in die Truhe legen könnte.

An den Wänden hingen Wandteppiche, die kunstvoll bestickt waren. Früher hatte Vivien immer gedacht, dass sie nur als Schmuck dienten, doch mittlerweile wusste sie, dass sie vor allem dazu da waren, den Wind abzuhalten, der manchmal durch die Ritzen pfiff. Es war wie eine zusätzliche Wärmedämmung.

Doch das Beste an diesem Raum war das Fenster. Ein Vorhang hing davor, aber Vivien ging hinüber und schob ihn beiseite. Es war schon fast dunkel und sie konnte nicht mehr viel erkennen, aber mittlerweile kannte sie die Burg und die Umgebung so gut, dass sie wusste, dass sie von hier aus in den ersten Burghof blicken konnte.

Alexander schaute sie fragend an und trat von einem Fuß auf den anderen. »Kann ich gehen?«

Vivien nickte. »Natürlich. Danke. Gute Nacht.«

»Nacht«, sagte Alexander knapp, schloss die Tür und schob den Riegel vor. Er tat das immer so zackig, dass es meist besonders laut war und Vivien bewusst machte, dass man sie immer noch einschloss. Dabei war sie eigentlich keine Gefangene mehr. Es wusste nur noch keiner.

Sie ging ans Feuer und wärmte sich die Hände. Dabei dachte sie an das, was heute geschehen war.

Zu gern hätte sie mit Alasdair darüber gesprochen, was jetzt passieren würde. Ob er sie noch einmal aufsuchen würde, bevor er nach Kintallan ritt?

Kintallan. Vivien atmete tief ein. Selten in ihrem Leben war sie so zerrissen gewesen. Einerseits wollte sie nichts lieber, als dorthin zurückzukehren. Auf der anderen Seite konnte sie sich gerade nicht vorstellen, das mit Alasdair schon wieder zu beenden. Und wenn sie nach Kintallan zurückging, würde es das Ende von ihr und Alasdair bedeuten. Dabei hatte es doch noch nicht einmal richtig angefangen.

Es klopfte an der Tür und Vivien schrak auf. Doch als der Riegel zurückgeschoben wurde, erkannte sie, dass es nur die Magd war, die ihr beim Zubettgehen helfen würde.

Obwohl es sonderbar war, dass jemand ihr half, sich abends umzuziehen, und das Feuer für sie schürte, hatte Vivien sich mittlerweile daran gewöhnt.

Heute war es eine andere Magd, die Vivien noch nicht kannte. Möglicherweise kam anderes Personal in diesem Turm als in dem anderen.

Als sie wieder ging, schob sie den Riegel vor der Tür wieder zu und Vivien rieb sich über die Stirn. Sie hasste dieses Geräusch so sehr.

Doch dann entdeckte sie etwas. Auf der Innenseite dieser Tür gab es ebenfalls einen Riegel. Wenn sie den vorschob, würde niemand ungebeten in ihr Zimmer kommen können.

Sie sprang vom Bett und mit fast kindlicher Begeisterung schob sie den Riegel vor. So war es besser. Es tat doch gut, wenigstens ein bisschen Kontrolle über das eigene Leben zu haben.

Noch einmal ging sie zum Fenster und schaute hinaus in die Nacht. Wie schon so oft, seit sie hier angekommen war, wünschte sie sich, dass sie ein Vogel wäre und einfach mit Callum davonfliegen könnte. Allerdings wusste sie heute, dass sie vermutlich nicht mehr lange hierbleiben würde. Und diese Aussicht erfüllte sie mit Freude, denn dann war sie endlich wieder frei. Das war schon immer ihr wichtigster Wert gewesen. Freiheit ging ihr über alles. Selbst ihren Job im Hotel als Falknerin konnte sie nur ertragen, weil sie sonst gar nicht mit Vögeln arbeiten könnte, da sie nicht genug Geld hatte, um sich selbst diese Tiere leisten zu können.

Ein lauer Abendwind strich über ihre Wange und hob eine ihrer Haarsträhnen an, die sie für die Nacht offen trug. Sie nahm sie in die Hand und ließ sie durch die Finger gleiten.

Die Haare rochen immer noch nach der Seife, die Alasdair heute Nachmittag benutzt hatte, und auf einmal sehnte sie sich nach ihm. Noch mehr als eben. Seine Umarmung hatte so gutgetan. Nicht nur, weil sie mit ihm ins Bett wollte, sondern einfach weil seine Nähe etwas so Beruhigendes hatte. So, als ob alles war, wie es sein sollte.

Auf einmal fühlte sie einen Windhauch an ihren nackten Füßen und das Feuer flackerte auf. So war es hier später am Abend oft, dass der Wind noch etwas auffrischte, und Vivien dachte an den Uhu. Ob er diesen Wind auch spürte und die Sehnsucht, durch die Nacht zu fliegen, ihn ergriff?

Sie lehnte sich etwas weiter aus dem Fenster, um noch mehr von der Nachtluft zu spüren. Niemals hätte sie gedacht, dass ein Fenster etwas so Wunderbares sein konnte. Sie atmete tief durch und dachte darüber nach, ob sie vielleicht trotzdem probieren sollte, das Bett unter das Fenster zu ziehen. Möglicherweise konnte sie dann im Liegen nach draußen schauen.

Nachdenklich warf sie einen Blick auf das riesige Möbelstück. Einen Versuch war es definitiv wert.

»Ich hatte gehofft, dass dir das Fenster gefallen würde«, sagte auf einmal jemand hinter ihr.

Sie fuhr herum, und als sie Alasdair mitten im Zimmer stehen sah, setzte ihr Herz einen Schlag aus. »Wie bist du hier reingekommen?« Ihr Blick huschte zur Tür, aber der Riegel war vorgeschoben.

Er hob leicht die Schultern. »Ich finde immer einen Weg zu dir.«

Diese Worte ließen sie erschauern. Aber vielleicht war es auch der Nachtwind, der über ihre Schultern strich.

Als sie sich wieder gefangen hatte, lächelte sie. »Das Fenster und die Aussicht gefallen mir sehr.« Sie biss sich auf die Lippe. »Ich habe sogar gerade darüber nachgedacht, das Bett hierher zu schieben. Aber ich glaube, es ist zu schwer.«

Er hob eine Augenbraue. »Du weißt, dass du auch aus diesem Fenster nicht fliehen kannst. Du kannst weder fliegen noch ist da unten ein Misthaufen, der dich auffangen könnte.«

Vivien verschränkte die Arme vor der Brust und mit etwas Genugtuung sah sie, wie Alasdairs Blick dort einen Moment verweilte. »Da ich keine Gefangene mehr bin, gibt es doch keinen Grund, zu fliehen.«

Ganz langsam kam er auf sie zu. »Ich würde mich sehr freuen, wenn du noch eine Weile bleiben würdest. Vor allem jetzt, da ich erst einmal hierbleiben werde.«

Er stand jetzt so dicht vor ihr, dass sie nur die Hände ausstrecken müsste, um ihn zu berühren, doch sie behielt sie noch bei sich. Sie wollte die Vorfreude noch ein wenig auskosten.

»Das heißt, du wirst Fiona erst einmal nicht suchen?«

Er schüttelte den Kopf. »Lachlan hat darauf bestanden, an meiner statt zu gehen. Er ist bereits aufgebrochen.«

Vivien zögerte. »Das ist sehr nobel von ihm.« Eine Frage nagte an ihr. »Hast du ihm von uns erzählt? Ist er deswegen für dich gegangen?« Es passte nicht ganz zu ihrem Bild von Lachlan, dass er sich auf eine so gefährliche Mission begab, nur damit Alasdair sich hier mit ihr vergnügen konnte. Er mochte Vivien ja nicht einmal.

Alasdair schaute sie aufmerksam an. »Nein, habe ich nicht.« Ganz sanft strich er ihr eine Haarsträhne hinters Ohr. Sein Blick war ernst. »Gibt es denn ein Uns?«

Viviens Bauch kribbelte fast unerträglich. Da war eine solche Verletzlichkeit in seiner Stimme, die sie einem Krieger wie ihm niemals zugetraut hätte, und sie erkannte: Er hatte Angst, dass sie ihn ablehnen würde.

Sie machte einen Schritt auf ihn zu und legte beide Hände

flach auf seine Brust. Sie liebte es so sehr, wenn sie seinen Herzschlag unter ihren Händen fühlte.

»Wärst du denn jetzt mitten in der Nacht in meinem Zimmer, wenn es kein Uns gäbe?«

Er schüttelte den Kopf. »Das würde ich nicht wagen.« Seine Hände glitten auf ihren Rücken und sie seufzte wohlig auf. Das war es, was sie wollte.

Sie schaute zu ihm auf. »Ich denke, es gibt viel mehr uns, als uns bisher bewusst war.«

Jetzt war er es, der seufzte. So als ob er erleichtert wäre. Und tatsächlich sagte er: »Als ich hierhergekommen bin, war ich mir nicht mehr sicher, ob ich mir das alles nicht nur eingebildet habe.«

Er zog sie fester an sich und Vivien schlang die Arme um seinen Hals. »Warum solltest du es dir eingebildet haben?«

Er hob die Schultern und wirkte fast ein bisschen verlegen. »Weil ich dich so will. So sehr, dass ich sogar von dir träume.«

»Du hast von mir geträumt?« Es fühlte sich an, als ob irgendetwas in ihrem Bauch Saltos vollführte.

Er nickte. »Jede verdammte Nacht.«

Eine kribbelnde Erregung erfasste sie. »Was genau hast du geträumt?« Ihre Stimme war atemlos.

Sein Blick veränderte sich und auf einmal war die Zärtlichkeit verschwunden, ersetzt durch einen Hunger, den sie manchmal erahnt hatte, aber den er immer wieder versteckt hatte. Es war ein wunderbar aufregendes Gefühl, dass Alasdair Mackenzie sie wollte.

Er legte ihr eine Hand auf die Wange und beugte sich zu ihr runter. Seine Lippen waren direkt an ihrem Ohr, als er sagte: »Ich habe mir immer vorgestellt, dass ich dich hier in diesem Raum haben will. So, dass ich jederzeit über den Geheimgang zu dir kommen kann. Wann immer ich will.«

Vivien schloss die Augen und gab sich dem Gefühl der Erregung hin, das sie bei diesen Worten erfasste. »Und heute hast du diesen Geheimgang zum ersten Mal benutzt?«

»So ist es, und es war wunderbar, was ich hier vorgefunden habe.« Seine Stimme war tief und rauchig.

Sie drängte sich an ihn. »Und dann? Was ist in deinen Träumen weiter passiert?«

»Du hast in deinem Bett gelegen und geschlafen.« Er atmete tief ein, so als ob er seine eigene Erregung im Zaum halten müsste.

»Das klingt ein wenig langweilig.«

Sein leises Lachen direkt an ihrem Ohr war wie ein Aphrodisiakum für sie.

»Keineswegs, Vivien, keineswegs war es langweilig. Denn du warst nackt und hast von mir geträumt.«

Vivien krallte sich in seinem Hemd fest, weil ihre Beine weich wurden. »Ich habe tatsächlich in meinem Bett gelegen und von dir geträumt«, wisperte sie. »Zwar war ich nicht nackt, aber es waren wunderbare Träume.«

Auf einmal wurde er ganz ruhig, nahm ihr Gesicht in beide Hände und legte seine Stirn an ihre. Das hatte er am Nachmittag auch schon getan und sie liebte diese innige Verbundenheit, die das mit sich brachte.

»Willst du mich auch, Vivien?«, fragte er leise und wieder so unendlich sanft.

Sie zog ihn an sich, damit sich ihre Körper berührten. »Ich habe dir heute Nachmittag gesagt, dass du alles mit mir tun darfst. Alles, was du willst. Denn ich will dich auch so sehr.«

Für einen ganz kurzen Moment schloss er die Augen und atmete zitternd ein. Und dann endlich küsste er sie.

Als sich erst ihre Lippen berührten, dann ihre Zungen und sie miteinander zu verschmelzen schienen, zündete das Feuerwerk, mit dem Vivien gerechnet hatte. War schon jede Berührung zuvor mit diesem atemberaubenden Prickeln gepaart gewesen, war das in nichts mit dem zu vergleichen, was sie fühlte, als Alasdair sie endlich küsste.

Sie wollte mit ihm verschmelzen, von ihm verzehrt werden. Sie stöhnte, als er sie an die Wand drängte und sie hochhob. Sie schlang die Beine um seine Hüften und fühlte ihn durch den Stoff seines Kilts genau dort zwischen ihren Beinen, wo sie es brauchte.

Seine Hände fuhren ihre Beine hinauf und unter den Stoff ihres Nachthemdes. Seine Berührung hinterließ eine Feuerspur auf ihrer Haut.

Seine Finger kamen erst auf ihrem Bauch zum Liegen, dann tastete er sich weiter zu ihrer Brust. Vivien keuchte und war sich sicher, dass sie kommen könnte, einfach nur, weil er sie berührte.

Er drängte sich mehr gegen sie und sie fühlte seine Härte, trotz all des Wollstoffs. Auf einmal konnte sie nicht mehr klar denken. Sie wollte ihn und brauchte ihn in sich. So wie er sie brauchte.

Mit zittrigen Fingern zog sie am Stoff seines Plaids, ohne den Kuss zu unterbrechen. Sie musste ihn einfach fühlen.

Kaum hatte sie den Stoff nach oben gezogen, spürte sie ihn direkt zwischen ihren Beinen. Haut an Haut. Und auch, wie bereit sie für ihn war.

»Komm schon«, keuchte sie. »Bitte, komm zu mir.«

Doch er schüttelte den Kopf und löste die Lippen von ihren. »Nein.«

Es dauerte einen kleinen Moment, bis sie begriff, was er gesagt hatte. »Nein?«, stieß sie hervor und blinzelte. »Du willst nicht?«

Alasdair drängte sich an sie, sodass er durch ihre Feuchte glitt, aber nicht in sie hinein. Es war die reinste Tortur.

»Fühlt es sich so an, als ob ich dich nicht will?«

Vivien schüttelte den Kopf und konnte nicht anders, als ihm mit dem Becken entgegen zu drängen. Es war, als ob ihr Körper das von allein täte.

Alasdair stöhnte, vergrub sein Gesicht an ihrem Hals und bewegte sich mit ihr in einem tödlich erregenden Rhythmus. »Ich will dich im Bett, Vivien. Nackt. Unter mir. So wie ich es mir immer vorgestellt habe.«

Unter mir. Die Worte hallten in ihrem Kopf nach. Sie hatte es sich auch vorgestellt. Sie unter ihm. Er auf ihr. Sein Gewicht so herrlich schwer.

»Worauf wartest du dann noch?«, fragte sie und musste sich zwingen, ihre Hände ruhig zu halten, damit sie ihn nicht einfach in die Hand nahm und in sich hinein führte. »Oder ist das deine spezielle Art, eine Gefangene zu foltern?«

Zu ihrer Überraschung lachte er. »Ich liebe dein Mundwerk«, raunte er ihr ins Ohr. »Und vielleicht ist es Folter, weil ich dann von dir bekomme, was ich will.«

Sie krallte sich an ihm fest. »Alasdair, bitte. Nimm mich.« Mittlerweile war ihr egal, wo es passierte, Hauptsache, er war in ihr.

Er umfasste sie und trug sie hinüber zum Bett. Er küsste sie wieder und Vivien fiel auf, dass dies das erste Mal in ihrem Leben gewesen war, dass sie einen Mann angebettelt hatte, sie zu nehmen. Doch es war ihr gleich, denn mit Alasdair war alles anders.

Er setzte sie auf dem Bett ab, raffte den Stoff ihres Nachthemdes und zog es ihr über den Kopf. Er atmete tief ein und Vivien wurde bewusst, dass sie es war, die gerade seine Träume wahr machte. Noch nie hatte sie sich so weiblich und machtvoll gefühlt.

Sie rutschte weiter auf dem Bett nach hinten, damit er sie betrachten konnte. Und auch er sah wunderbar aus im Feuerschein. So stark und männlich. Sie konnte sich kaum an ihm sattsehen.

Als er ebenfalls aufs Bett kommen wollte, legte sie den Kopf schief. »Warst du in deinen Träumen auch nackt, als du zu mir ins Bett gekommen bist?«

Er hielt inne, dann hob er die Schultern. »Ich weiß es nicht mehr. Ich habe nur an dich gedacht.«

Vivien lächelte. »In meinen Träumen hast du keine Kleider getragen.«

Er verstand sofort und öffnete den Gürtel, der das Plaid an der Hüfte zusammenhielt.

»Außerdem will ich wissen, wie es sich anfühlt, wenn ich überall deine Haut berühre.« Sie wusste, dass es der absolute Overkill sein könnte, wenn sich schon ein Händeschütteln mit ihm anfühlte, als ob Blitze durch ihren Körper zuckten.

Alasdair lächelte, als der Stoff seines Plaids auf den Boden glitt. Er streifte die Stiefel ab und zog sich gleichzeitig das Hemd über den Kopf.

Vivien war sich sicher, dass sie noch nie einen Mann erlebt hatte, der sich so schnell ausgezogen hatte. Diese mittelalterlichen Kleider hatten durchaus auch Vorteile.

Er kam zu ihr aufs Bett und lehnte sich so über sie, dass sie sich auf die Daunenkissen legen musste. Aber er berührte sie noch nicht.

»Manchmal«, sagte er und küsste sie sanft auf die empfindliche Haut direkt unter ihrem Ohrläppchen, »habe ich mich gefragt, ob ich es überhaupt ertragen kann, dich nackt im Arm zu halten.«

Obwohl sie eine Ahnung hatte, was er damit sagen wollte, fragte sie: »Was meinst du damit?« Sie wollte hören, dass er es ihr sagte. Seine Worte waren so köstlich wie seine Küsse und Berührungen.

»Jedes Mal, wenn du mich berührt hast«, flüsterte er und umkreiste ihr Ohrläppchen mit der Zungenspitze, »hatte ich das Gefühl, zu verbrennen. Mit dir ist es wahrlich ein Spiel mit dem Feuer.«

Vivien stöhnte und bog sich ihm entgegen, weil sie ihn endlich fühlen wollte. Doch er wich ihr geschickt aus.

»Gleich, mein Herz, gleich. Und trotzdem will ich immer mehr von dir. Ich will dich fühlen und mit dir verbrennen.«

Er legte sich auf sie und der Körperkontakt nahm ihr für einen kurzen Moment die Luft zum Atmen, so herrlich und bestürzend schön war es.

Auch Alasdair stöhnte, aber er zog sie fest an sich. Eine Weile lagen sie ganz still, dann schlang Vivien die Beine um seine Hüften. »Bitte, Alasdair. Ich kann nicht mehr warten.«

Er küsste sie wieder. Langsam und lasziv. »Das müssen wir nicht«, murmelte er, griff zwischen ihre Körper und glitt in sie hinein.

War es vorher schon atemberaubend schön gewesen, so war dies eine Offenbarung.

Alasdair griff nach ihren Händen und sie verschränkten ihre Finger ineinander, hielten sich fest, um nicht gemeinsam zu fallen.

Ganz still lagen sie und genossen das Gefühl dieser innigen Nähe. Dann, als ob sie es abgesprochen hätten, begannen beide, sich zu bewegen.

Vivien öffnete die Augen und sah, dass auch Alasdair sie anschaute. Ein paar Herzschläge lang war sie überwältigt, denn es war genau das Bild, von dem sie so oft geträumt hatte. Seine dunklen Haare, die blauen Augen, die Lust darin, das alles gemalt vom sanften Feuerschein. Doch es war noch viel schöner als in ihren Träumen, denn sie fühlte seine Haut an ihrer, spürte, wie er sie ausfüllte und sich in ihr bewegte.

Es war einfach perfekt. So war Sex noch nie für sie gewesen.

Er stützte sich auf beide Ellenbogen, küsste sie und Vivien schloss die Augen wieder. Sie wusste schon jetzt, dass sie dieses Bild für den Rest ihres Lebens im Herzen tragen würde. Was immer auch geschah.

Obwohl ihre Lust so groß gewesen war, dass sie gedacht hatte, dass sie gleich kommen würde, spürte Vivien jetzt keine Eile mehr. Ganz im Gegenteil, sie wollte das alles so lange wie möglich hinauszögern, um es zu genießen. Und auch Alasdair schien es nicht eilig zu haben. Er küsste sie ausgiebig und bewegte sich langsam in ihr. Es war fast hypnotisch und ihre Körper waren so im Einklang, wie Vivien es noch niemals erlebt hatte.

Irgendwann wurden ihre Bewegungen tiefer und ein wenig schneller. Auch Viviens Atem beschleunigte sich und auf einmal baute sich die Erregung wieder in ihr auf.

Alasdair legte seine Stirn an ihre und schüttelte den Kopf. »Ich kann nicht glauben, dass das wirklich geschieht.«

»Ist es wie in deinem Traum?«, fragte sie und stöhnte leise, als er den Winkel veränderte und sie ihn noch tiefer fühlte.

»Besser«, flüsterte er. »Viel besser.«

Sie griff nach seiner Hand und verschränkte ihre Finger miteinander, dann bog sie sich ihm entgegen, weil es so herrlich war, wenn er noch tiefer in sie eindrang. »In deinem Traum«, fragte sie, »sind wir da auch zum Höhepunkt gekommen?«

»Höhepunkt?«, erwiderte er leise.

Vivien runzelte die Stirn und auf einmal wusste sie nicht, ob man einen Orgasmus damals auch so genannt hatte. »Ich meinte, am Ende, wenn …«

Himmel, wie sollte sie das umschreiben? Sie konnte ja kaum klar denken.

Auf einmal lächelte er. »Du meinst die Erlösung?«

Vivien nickte. Das war ein wunderbares Wort dafür. »Erlöse mich, Alasdair. Bitte.«

Und er tat, worum sie ihn gebeten hatte. Dabei ging er so zärtlich und gleichzeitig leidenschaftlich mit ihr um, dass sie sich sicher war, dass sie diesen Mann nur träumen konnte. So etwas gab es im wirklichen Leben doch gar nicht.

Und als sie kam und er mit ihr, war sie sich nicht mehr sicher, ob sie überhaupt noch wusste, was die Wirklichkeit war. Sie hatte definitiv keine Eile, es herauszufinden.

25

Vivien erwachte am frühen Morgen in Alasdairs Armen. Es war so vertraut, nackt mit ihm im Bett zu liegen, sich an ihn zu kuscheln und seine Wärme zu spüren.

Sie hatten sich noch mehrmals in dieser Nacht geliebt und Vivien hatte immer mehr neue Seiten an ihm kennengelernt. War er sonst eher schweigsam, so redete er gern beim Sex und er hatte erstaunlich interessante Fantasien, die er nach und nach preisgab. Doch es war nichts dabei, was sie nicht auch schon einmal getan hatte, deswegen probierten sie hier und da ein wenig aus.

Es war aufregend, erregend und faszinierend zugleich. Noch nie war sie mit einem Mann wie Alasdair im Bett gewesen.

Wenn sie sich nicht liebten, dann lagen sie nebeneinander und schlummerten oder sprachen leise. Doch niemals schnitten sie die Themen Fiona, Callum oder Lachlan an, und Vivien erlaubte sich nicht einmal gedanklich, in die Nähe der Zeitreisen zu gehen. Denn einmal mehr war sie überzeugt davon, dass Alasdair ihre Gedanken lesen konnte, zumindest zum Teil. Er schien immer zu wissen, was sie gerade fühlte, in welche Richtung ihre Gedanken gewandert waren oder was sie als Nächstes zu etwas sagen würde.

Sie erfuhr, dass Alasdair ihr über Balthair, dann Moira und

schließlich Lachlan das Zimmer zugewiesen hatte, damit niemand auf die Idee kam, dass er sie dort haben wollte. Er hatte es sogar so drehen können, dass Lachlan der Meinung war, dass er die Idee gehabt hatte.

Fast niemand wusste von dem Geheimgang, der Alasdairs Arbeitszimmer mit Viviens neuem Zimmer verband. So konnten sie sich von allen ungesehen treffen. Den Riegel an der Innenseite ihrer Tür hatte Alasdair am Nachmittag selbst angebaut. Er erzählte es mit solch einem Stolz, dass sie lachen musste. Und gleichzeitig rührte es sie, dass er sie so sehr wollte, dass er all diese Maßnahmen ergriff, damit sie sich sehen konnten.

Es war die herrlichste Nacht ihres Lebens.

Jetzt küsste er sie auf die Stirn und setzte sich auf. »Ich gehe besser zurück.« Er beugte sich noch einmal über sie und küsste sie erneut. Dieses Mal auf den Mund. »Sehen wir uns heute in der Falknerei?«

Sie lächelte. »Ich bitte darum. Wir können Beira die Schiene abnehmen. Und eigentlich können die drei auch in die Voliere umziehen. Ich habe nur darauf gewartet, dass du zurückkommst.«

Er küsste sie noch einmal. »Danke.«

Sie runzelte die Stirn. »Wofür?«

»Dafür, dass du hier bist.« Einen Moment schaute er sie an und sie hatte das Gefühl, als ob er noch etwas sagen wollte, doch dann wandte er sich ab und stieg aus dem Bett.

Obwohl sie ihn in dieser Nacht schon so oft und lange ange-schaut hatte, genoss sie seinen Anblick. Und sie merkte, dass er sie genauso gern anschaute, und das war Balsam für ihre Seele. Dass ein Mann wie Alasdair sie bewundern und begehren könnte, hätte sie nie gedacht.

Doch in dieser Nacht hatte er ihr auch gestanden, dass es nicht nur das Körperliche war, was ihn reizte, sondern dass er – wie sie auch – ihre Gespräche liebte. Vor allem mochte er genau das, was Callum furchtbar gefunden hatte: dass sie mit ihm sprach, als ob sie gleichgestellt wären. Er sagte ihr, dass er so etwas noch nie bei einer Frau erlebt hätte und er nicht gewusst hatte, wie sehr ihm das gefallen könnte.

Sie hingegen wusste sehr wohl, dass Männer wie Alasdair ihr gefallen könnten. Sie hätte nur nicht gedacht, dass sie existierten.

Nackt wie er war, stellte er sich neben das Bett. Er stemmte die Hände in die Hüften und legte den Kopf schief. Dann grinste er und auf einmal lehnte er sich gegen das Bett und schob es unter das Fenster. Mit ihr darin.

Vivien setzte sich auf. »Was machst du?«

Er grinste sie an. »Du hast doch gestern Abend überlegt, ob du das Bett unters Fenster stellen sollst. Ich wollte dir nur helfen.«

Vivien lachte. »Das wollte ich tatsächlich.«

Sie ließ sich nach hinten fallen und schaute in den Morgenhimmel. Die Sonne war noch nicht aufgegangen und sie sah die Mondsichel und einen Stern am Himmel.

Alasdair zog sein Hemd über und nahm sein Plaid auf. »Vielleicht können wir uns heute Abend gemeinsam die Sterne anschauen«, sagte er und es klang so beiläufig, dass es schon auffällig war. »Wenn du möchtest, meine ich.«

Er schaute sie nicht an, aber sie konnte fühlen, dass er angespannt auf ihre Antwort wartete, während er sein Plaid gürtete.

Er fragte sie also, ob sie das wiederholen wollten oder ob das ein One-Night-Stand gewesen war. Und das war ziemlich niedlich.

Sie setzte sich auf die Knie und kam zum Bettende. Sofort nahm er sie in die Arme und küsste sie wieder. »Oh Gott, du bist so schön«, murmelte er.

Vivien lächelte an seinen Lippen. »Ich würde mich sehr freuen, wenn wir uns nächste und übernächste und überübernächste Nacht gemeinsam die Sterne anschauen.« Sie hob die Augenbrauen und zupfte seinen Hemdkragen zurecht. »Und wenn du nur mit mir in die Sterne schauen willst, können wir das gern tun. Aber ich dachte, dass wir vielleicht noch etwas anderes machen können.«

Um zu verdeutlichen, an was sie dachte, legte sie eine Hand auf sein Bein und ließ sie den Oberschenkel hoch unter das Plaid wandern. Sie liebte es, ihn anzufassen, und mittlerweile hatte es etwas ganz Selbstverständliches. So als ob sie schon ewig zusammen wären. So vertraut waren sie.

Sein Atem ging auch gleich schneller und sie konnte ein triumphierendes Lächeln nicht unterdrücken.

Er fuhr mit den Fingern in ihre Haare und bog ihren Kopf zurück, sodass sie ihn anschauen musste. »Lass das«, sagte er warnend, aber mit einem Lächeln.

»Ich mag es aber, dich so anzufassen.«

»Ich ebenfalls, doch ich muss jetzt in die Halle. Sonst stellt Balthair Fragen, die ich nicht beantworten kann. Zum Glück ist Lachlan nicht da, er bemerkt mehr als die meisten anderen.«

Vivien atmete aus und ließ ihn los. Es passte nicht zusammen, ihn so anzufassen und gleichzeitig über Lachlan zu sprechen.

Aufmerksam schaute er sie an. »Was denkst du gerade?«

Vivien bis sich auf die Lippe. »Nichts.«

Er hob eine Augenbraue. »Das stimmt nicht.«

»Wir sollten nicht jetzt darüber sprechen. Du musst los.«

»Du weichst mir aus.«

Vivien griff nach einer Decke und legte sie sich um die Schultern. »Das tue ich.«

»Warum?«

»Lass uns zu einem anderen Zeitpunkt darüber reden.«

Er zögerte und sie spürte, wie gern er jetzt mit ihr sprechen wollte. Aber sie wollte nicht diese Nacht kaputtmachen, indem sie Mutmaßungen über Lachlan anstellte, die sie nicht einmal belegen konnte.

»Heute Abend?«, bot sie ihm an und hoffte, dass er es bis dahin vergessen haben möge.

Er nickte. »In Ordnung.« Dann beugte er sich zu ihr runter und küsste sie erneut. Ihre Lippen kribbelten bei dem Kuss. Es war so wunderbar mit ihm.

»Ich freue mich auf dich«, wisperte er und dann drehte er sich um und verschwand hinter dem Wandteppich.

Sie lauschte, bis sie ihn nicht mehr hören konnte, dann fiel sie zurück aufs Bett und ließ die ganze Nacht noch einmal vor ihrem inneren Auge Revue passieren.

Sie hatte erwartet, dass Alasdair ein guter Liebhaber war, aber er hatte all ihre Erwartungen um ein Vielfaches übertroffen. Nicht, weil er so ausgesprochen geschickt war, sondern einfach, weil er vorauszuahnen schien, was sie wollte und brauchte. Aber ihr ging es genauso. Sein Körper war ihr vertraut, obwohl sie sich heute Nacht zum ersten Mal geliebt hatten.

Ihre Lippen waren immer noch geschwollen von seinen Küssen und an der Wange hatte sie sicher rote Stellen von seinem unrasierten Kinn. Und die hatte sie nicht nur an der Wange.

Vermutlich sah man ihr an, dass sie die gesamte Nacht mit einem Mann im Bett verbracht hatte.

Sie wünschte sich einen Spiegel, um sich anschauen zu können, und etwas Make-up, um die roten Stellen zu übertünchen. Aber sie hatte weder das eine noch das andere.

Vielleicht war es besser, wenn sie noch eine Weile im Zimmer blieb und sich erst heute Nachmittag zeigte.

Sie zog ihr Nachthemd wieder an, schaute noch eine Weile aus dem Fenster und legte sich dann wieder ins Bett. Sie fühlte sich nicht mehr wie eine Gefangene, sondern wie eine Frau, die begehrt, geliebt und geachtet wurde. Und das alles von dem Mann, der sie entführt hatte. Wer hätte gedacht, dass so etwas daraus entstehen würde?

26

S ie sprachen nicht mehr über Lachlan. Alasdair machte ein paar halbherzige Versuche, aber Vivien lenkte ihn jedes Mal mit Sex ab, was hervorragend klappte. Als er sie dann nach ein paar Tagen auf der Burgmauer dazu ansprach und sogar offen zugab, es hier zu tun, da sie im Schlafzimmer immer abgelenkt wurden, war es an ihr, zu gestehen, dass sie eigentlich gar nichts sagen konnte.

»Ich habe einfach nur ein schlechtes Gefühl bei ihm. Es ist offensichtlich, dass er mich nicht mag.«

Entschuldigend hob Alasdair die Schultern. »Es tut mir leid, dass er dich bei der Jagd so angegriffen hat. Allerdings«, sagte er und verschränkte die Arme, »war ich sehr beeindruckt davon, wie du dich gewehrt hast.«

Vivien biss sich auf die Unterlippe. »Ich hatte eher die Befürchtung, dass ich ihm zu angriffslustig entgegengetreten bin.«

Doch Alasdair schüttelte den Kopf. »Er hat dich angegriffen, du hast lediglich seine Schläge pariert. Und das ausgesprochen elegant, wenn ich das sagen darf. In dem Moment ...« Er brach ab und holte tief Luft.

Vivien stand ganz still und hoffte, dass er weitersprechen würde. Als er jedoch schwieg, fragte sie: »In dem Moment?«

Alasdair drehte sich um und schaute in die Ferne, doch jetzt stand er so, dass sich ihre Schultern fast berührten. Obwohl sie allein waren, senkte er die Stimme. »In dem Moment wusste ich, dass ich meine Gefühle für dich nicht mehr leugnen kann.«

Ihr ganzer Körper summte vor Aufregung. Dieses Gespräch ging in eine ganz andere Richtung, als sie erwartet hatte. Sie warf ihm einen Blick zu und sah, dass sich seine Brust schneller hob und senkte als zuvor.

Nach vielen gemeinsamen Tagen und vor allem heimlichen Nächten kannte sie seinen Körper fast so gut wie den ihren und konnte die kleinsten Veränderungen leicht lesen. Und obwohl sie einerseits wollte, dass er weitersprach und ihr sagte, dass er sich in sie verliebt hatte, hoffte sie gleichzeitig, dass er es nicht tun würde. Denn das würde sie dazu zwingen, sich nicht nur mit ihren eigenen Gefühlen auseinandersetzen zu müssen, sondern auch mit der Tatsache, dass diese Verliebtheit unglücklich enden würde. Das mit ihnen hatte keine Zukunft, so schön es auch gerade war.

Ihr Herz schlug zum Zerbersten, als sie sagte: »Und ich bin froh, dass du sie nicht mehr geleugnet hast. Sonst hätten wir gar nicht so oft zusammen die Sterne anschauen können.«

Das war ihre Umschreibung für Sex geworden, und jedes Mal, wenn einer von ihnen das Wort Sterne erwähnte, egal in welchem Zusammenhang oder wer dabei war, tauschten sie einen kurzen Blick. Dieses kleine Geheimnis, von dem nicht einmal Callum wusste, weil es ihn nichts anging, was in ihrem Schlafzimmer passierte, war das Wunderbarste, was Vivien mit einem Mann erlebt hatte. Sie liebte die Heimlichtuerei, denn es machte das alles noch aufregender.

Alasdair rührte sich nicht und schien darauf zu warten, dass sie noch etwas sagte. Das schlechte Gewissen regte sich in ihr, denn er wartete darauf, dass sie auch etwas über ihre Gefühle sagte und nicht nur darüber, dass der Sex fantastisch war.

Doch sie konnte nicht, denn sie wusste, dass sie nie wieder gehen würde, wenn sie ihm und damit auch sich selbst jetzt gestand, dass sie sich Hals über Kopf in ihn verliebt hatte. Sie hatte sich erst ein Mal in ihrem Leben so heftig verliebt. Damals, mit Anfang zwanzig, als sie noch ein anderer Mensch gewesen war. Und diese Verliebtheit war ihr zum Verhängnis geworden und hatte in einer Katastrophe geendet. Deswegen war es besser, wenn sie das hier auf das rein Körperliche beschränkten.

»Vivien«, setzte er an und sie konnte an seiner Stimme hören, dass er verwirrt war und vermutlich auch ein wenig verletzt. Doch sie wandte den Blick ab und voller Panik fragte sie sich, wie sie das Gespräch wieder in eine andere Richtung lenken konnte, ohne ihn noch weiter zu verletzen.

Vor allem wollte sie nicht, dass das, was sie hatten, aufhörte. Sie konnte sich nicht einmal ansatzweise vorstellen, wie es wäre, wenn er nicht mehr nachts zu ihr kommen würde.

Sie war noch nie so glücklich gewesen wie in den vergangenen Tagen. Die Nähe zu Alasdair war für sie wie die Luft zum Atmen geworden, und wenn sie in seinen Armen lag, war ihre Welt vollkommen. Sie selbst war wieder ganz und nicht mehr in Einzelteile zerbrochen.

Aber wenn sie jetzt anfingen, über Gefühle zu sprechen, würde sie ihm Dinge sagen müssen, die dazu führen könnten, dass er sie nicht mehr wollte. Und generell waren Gefühle gefährlich.

Verdammt, warum konnten sie es nicht dabei belassen, dass sie im Bett ausgesprochen kompatibel waren, und es einfach genießen? Am besten bis in alle Ewigkeit.

Eine Bewegung auf dem Weg, der zur Burg führte, erregte ihre Aufmerksamkeit. Ein braunes Pferd, dunkle lange Haare.

»Ist das Lachlan?«, fragte sie und kannte im gleichen Moment die Antwort.

Alasdair straffte die Schultern, so als ob er erst einmal wach werden müsste, dann schaute er auf den Weg. Er atmete tief durch. »Das ist er.« Er schluckte und Vivien konnte seine Enttäu-schung spüren. »Und er ist allein.«

Es dauerte einen Moment, bis Vivien begriff. Ohne darüber nachzudenken, legte sie eine Hand auf seinen Arm. »Es tut mir so leid. Aber vielleicht bringt er ja gute Nachrichten.«

Alasdair atmete tief durch. »Und welche sollen das sein, wenn Fiona nicht bei ihm ist? Kenneth wird kaum dem Austausch mit dir zugestimmt haben, denn er kennt dich nicht einmal.« Durch-dringend schaute er sie an.

»Du hast Lachlan mit Kenneth sprechen lassen? Was ist, wenn er rausgefunden hat, dass ich nicht Kenneths Frau bin? Bist du von Sinnen?«

In dem Moment, da die Worte ihren Mund verließen, wusste sie, dass sie einen Fehler gemacht hatte.

Alasdair richtete sich auf. »Nur weil wir ein Bett teilen, heißt das nicht, dass du so mit mir sprechen darfst.« Seine Stimme war gefährlich leise.

»Sonst gefällt es dir doch immer, wenn ich so etwas sage. Aber wenn es unbequem wird, darf ich es also nicht sagen?« Sie wusste nicht, was in sie gefahren war, dass sie so mit ihm sprach.

»Vivien«, sagte er warnend.

Doch das war genau das Falsche. Ihr Stiefvater hatte ihren Namen oft auf diese Weise ausgesprochen und nicht selten war es ihr danach schlecht ergangen. Ihr Atem ging schnell und die Wut flammte in ihrem Bauch auf. Lange Zeit hatte sie Angst vor ihrem Stiefvater gehabt, bis sie sich irgendwann gewehrt hatte. Danach hatte sie sich geschworen, dass sie sich niemals mehr von einem Mann so in die Ecke treiben lassen würde. Bis sie Jeff getroffen hatte und der sie nicht nur in die Ecke getrieben, sondern sie dort auch noch gedemütigt hatte.

Sie ermahnte sich zur Ruhe, während ihr Herz rasend schnell schlug. Alasdair war nicht ihr Stiefvater und auch nicht Jeff. Sie atmete tief durch. »Du bist hier Chief, ich weiß, aber du bist nicht mein Chief und auch nicht mein Ehemann. Ich bin auch nicht mehr deine Gefangene. Ich darf sagen, was ich will. Und wenn ich der Meinung bin, dass du einen Fehler gemacht hast, dann werde ich dir das sagen. Lachlan darf nicht von uns erfahren. Niemals.«

Er öffnete den Mund und an seiner Miene sah sie, wie wütend er war. Zu Recht vermutlich, denn sie hatte ihm gerade jegliche Autorität abgesprochen, und das kam bei Männern nie gut an und bei einem so stolzen Highlander wie ihm vermutlich noch weniger. Doch sie wollte nicht hören, was er zu sagen hatte, da sie wusste, dass sie sich einfach nur noch weiter reinreiten würde. So war es doch immer.

Sie streckte die Hände vor und sagte schnell: »Ich denke, du solltest Lachlan begrüßen gehen. Ich hoffe sehr, dass er gute Nachrichten hat, und ich hoffe noch mehr, dass er nicht wirklich mit Kenneth geredet hat. Denn das wäre vermutlich mein Untergang.«

Sie biss sich so heftig auf die Unterlippe, dass es wehtat.

Ausdruckslos starrte Alasdair sie an, dann nahm sein Gesicht einen so wütenden Ausdruck an, wie sie ihn noch nie gesehen hatte. Diesen Ausdruck kannte sie bei Männern und er bedeutete meistens, dass sie am nächsten Tag blaue Flecken hatte.

Und dann hob er auch noch die Hand.

Instinktiv duckte sie sich weg und ging rückwärts, bis ihr Rücken an den Stall stieß. Ihr ganzer Körper schrie sie an, zu fliehen und sich zu verstecken, doch sie konnte nicht, denn sie war in dieser verdammten Burg gefangen. Einer Burg, in der Alasdair Chief war und die Macht hatte.

Es dauerte einen Moment, bis sie merkte, dass der Ausdruck in seinem Gesicht sich verändert hatte. Fassungslos schaute er sie an. Dann fuhr er sich durch die Haare und schüttelte den Kopf. »Guter Gott. Wir … Ich …« Er atmete tief durch und klappte den Mund zu.

Ohne ein weiteres Wort ging er davon und Vivien sackte auf dem Boden vor dem Stall zusammen. Sie umklammerte ihre Knie, zwang sich, so zu atmen, wie sie es in der Therapie gelernt hatte, um die Gefühle aus ihrem Körper zu leiten.

Niemals hätte sie gedacht, dass ihre Vergangenheit sie selbst hier einholen würde. Vielleicht war es an der Zeit, diesen Ort zu verlassen.

27

L achlans Rückkehr wurde in der Halle gefeiert, obwohl er mit schlechten Nachrichten gekommen war. Zwar erfuhr Vivien nicht, wie genau die aussahen, aber sie konnte Alasdair ansehen, dass er unzufrieden und rastlos war. Dabei hätte sie ihm so gewünscht, dass Lachlan Fiona fand und nach Hause brachte. Allein die Tatsache, dass Alasdair sich keine Sorgen um Fionas Sicherheit machte, beruhigte sie etwas. Dieser Ehrenkodex unter den Highlandern war etwas, was sie nicht recht verstand und sie wie heute auf der Burgmauer ins Straucheln brachte, aber trotzdem war sie dankbar dafür, wenn es bedeutete, dass ein Mädchen in den Händen eines Entführers sicher war.

Alasdair würdigte sie keines Blickes, was für Vivien besonders schlimm war, denn sie liebte es, wenn sie sich beim Abendessen ohne Worte verständigten und sie beide wussten, dass der andere an Sex dachte. Allerdings war Sex ihr gerade egal, denn der Bruch, den sie ihrer Beziehung heute zugefügt hatte, war viel bedeutender als das Körperliche.

Es hatte eine Weile gedauert, bis sie oben auf der Burgmauer zur Ruhe gekommen war. Ihr war klar geworden, dass Alasdair sie nicht hatte schlagen wollen. Er hatte einfach nur die Hand gehoben. Vielleicht um sie zu berühren und so eine Verbindung herzustellen. Aber ihr Unterbewusstsein war so davon getriggert worden, dass sie instinktiv reagiert hatte.

Eigentlich hatte sie gedacht, dass sie sich besser im Griff hätte. Doch Alasdair ging ihr derart unter die Haut, dass es noch viel schwerer wog, wenn sie mit ihm in einen Konflikt geriet. Es war ein Vergleich von normalen Wellen an einem Sommertag mit einer Sturmflut. Ja, Alasdair war definitiv ein Sturm in ihrer Seele und sie wusste nicht, wie sie das ändern sollte.

Vielleicht ging es ihm genauso und er brauste schneller auf, weil er auch nicht wusste, wohin mit den Gefühlen. Doch er war kein schlechter Mann. Ganz im Gegenteil.

An diesem Abend wartete sie vergeblich auf Alasdair und als sie am Morgen durchgefroren allein in ihrem Bett unter dem Fenster aufwachte, musste sie die Tränen zurückdrängen.

Er kam auch nicht zum Training mit den Vögeln und so konnte Vivien nur Sgian fliegen lassen. Der Adler schien es ihr übel zu nehmen, dass sie ihn nicht aus der Voliere holen konnte.

Es folgten noch zwei unendlich lange Nächte, in denen sie kaum schlief, und Tage, an denen sie sich kaum auf ihre Arbeit konzentrieren konnte und immer hoffte, Alasdair irgendwo zu sehen.

Am vierten Abend hielt sie es nicht mehr aus und sie wusste, dass sie etwas tun musste. Ihr war klar, dass sie nicht einfach beim Abendessen zu ihm gehen und ihn um eine Unterhaltung bitten konnte. Also entschied sie sich für einen anderen Weg. Nachdem Balthair sie auf ihr Zimmer begleitet und Moira sie für die Nacht fertig gemacht hatte, wartete sie noch eine Weile, dann schob sie den Wandteppich zur Seite.

Dahinter verbarg sich eine Tür. Wenn er schon nicht zur ihr kommen würde, musste sie wohl zu ihm gehen.

Der Gang war eng und niedrig und sie fragte sich ernsthaft, wie Alasdair es geschafft hatte, sich hier durchzuquetschen. Er war viel größer als sie.

Es dauerte nicht lange und sie gelangte an eine andere Tür. Es gab noch eine Treppe, die nach unten führte, aber Vivien war sich sicher, dass das nur eine Art Notausgang war. Alasdairs Arbeitszimmer lag im ersten Stock, so wie ihr Zimmer. Dann musste es das hier sein.

Hinter der Tür hörte sie Stimmen. Ihr Herz erkannte sofort Alasdairs Stimme und ihr Magen zog sich unangenehm zusammen, so sehr vermisste sie ihn.

Sie wusste, dass sie umkehren und in ihr Zimmer zurückkehren sollte, aber sie wollte seine Stimme hören, wissen, wie es ihm ging.

Dann bemerkte sie, dass Lachlan bei ihm sein musste.

»Ich bin mir sicher, dass sie nicht auf Kintallan ist«, sagte der jetzt. Es ging also um Fiona.

Einen Moment war es still. »Ich muss es trotzdem noch einmal probieren. Oder er hat sie zu einem seiner Verwandten geschafft.«

Vivien konnte den Schmerz in Alasdairs Stimme hören und zu gern hätte sie ihn berührt, um ihn zu trösten.

»Ich denke, du solltest hierbleiben.«

»Sag mir nicht, was ich tun soll«, fuhr Alasdair ihn an.

Erstaunt hob Vivien die Augenbrauen.

Eine Weile war es still, dann sagte Lachlan: »Du hast recht, es steht mir nicht zu. Ich glaube nur nicht, dass es sinnvoll ist, wenn du sie bei Kenneths Verwandten suchst. Es ist zu gefährlich. Was ist, wenn Kenneth genau darauf wartet, dass du Dun Coinneach verlässt, um uns dann anzugreifen?«

»Wie sollte er davon erfahren?«

»Spione gibt es überall.« Lachlan zögerte. »Und da wir gerade davon sprechen … Ich denke, du solltest den Hebel, den du hast, besser nutzen.«

Alasdair seufzte. »Vivien.«

Vivien kniff die Augen zusammen, als sie ihren Namen aus Alasdairs Mund hörte. So oft hatte sie ihn in den Nächten gehört, aber meistens hatte er ihn geflüstert oder gestöhnt, direkt an ihrem Ohr, und es hatte sie so erregt.

Jetzt klang es nüchtern.

»Ja, ich meine Kenneths Frau.« Lachlan hatte sie noch nie mit ihrem Namen angesprochen. »Wir müssen sie loswerden. Ich bin mir sicher, sie spioniert und leitet Informationen an ihn weiter.«

»Und wie soll sie das deiner Meinung nach tun?«

Vivien hielt die Luft an. Alasdair klang nicht so, als ob er Lachlan glaubte.

»Moiras Großmutter war eine MacLeod, nicht wahr?«

»Schluss damit. Willst du einer unserer treuesten Mägde unterstellen, dass sie Informationen zu Kenneth MacLeod schickt? Das würde sie niemals tun. Außerdem, was sollen das für Informationen sein?«

Seine Stimme war lauter geworden und Vivien war sich sicher, dass Alasdair näher an die Tür herangetreten war, hinter der sie stand.

Die Nähe tat beinahe weh.

»Das weiß ich nicht. Aber MacLeods Frau ist eine Gefahr. Ihr Sohn mag arglos sein wie ein Welpe und Torquil hat ihn gut im Griff, aber sie hat zu viel Spielraum. Du musst sie an die kurze Leine nehmen. Oder ich tue es. Aber so geht es nicht. Ständig ist sie allein bei den Vögeln. Wer weiß, wofür sie die ausbildet.«

Vivien biss die Zähne zusammen. Lachlan hatte keine Ahnung, wovon er sprach. Sollte sie Sgian wie eine Brieftaube ausbilden und mit einer Botschaft zu Kenneth MacLeod schicken? Der Wanderfalke würde so etwas niemals tun.

»Es reicht jetzt, Lachlan«, sagte Alasdair. »Sie genießt mein Vertrauen, denn wie ich schon einmal sagte, hat sie sich als Gast als würdig erwiesen. Ich denke nicht, dass sie etwas Böses im Schilde führt.«

Vivien legte die Fingerspitzen ans Holz, weil sie ihn dafür so gern umarmt hätte. Obwohl er wütend auf sie war, nahm er sie trotzdem in Schutz. Und dabei war sie nicht einmal im Raum. Er hätte das nicht tun müssen.

»Du hast recht«, sagte Lachlan beschwichtigend, doch Vivien glaubte ihm kein Wort. Es war nur eine Taktik. »Trotzdem glaube ich, dass Kenneth MacLeod sie gern wiederhätte. Das sollten wir ausnutzen.«

»Vielleicht auch nicht. Sonst hätte er sich doch schon längst gemeldet«, sagte Alasdair und Vivien schloss die Augen. Es war sicherlich nicht leicht für Alasdair, diese Unterhaltung zu führen.

»Stimmt, das ist sonderbar. Möglicherweise müssen wir ihn noch einmal daran erinnern, dass wir sie haben. Wenn er schon nicht seine Frau wiederhaben will, dann doch vielleicht seinen Sohn und Erben. Darauf reagiert er bestimmt.« Er räusperte sich. »Ich biete an, dass ich seine Frau nehme, zu ihm reite und den Austausch von Fiona gegen seinen Sohn fordere. Darauf sollte er doch eingehen. Möglicherweise kann ich Fiona dann mitbringen.«

»Nein.« Alasdairs Stimme klang scharf und Vivien war so froh, dass er der Chief war und die Entscheidungen traf. Und dass er wusste, dass Kenneth MacLeod keine Ahnung hatte, wer sie und Callum waren. Wie furchtbar, wenn Lachlan seinen Plan umsetzen könnte und sie von Callum getrennt werden würde.

»Aber es ist ein guter Plan.«

»Die Antwort ist trotzdem Nein.«

»Und was willst du dann tun? Einfach abwarten?« Er klang trotzig und da schwang noch etwas anderes in seiner Stimme mit. War das Sorge oder sogar eine leichte Verzweiflung?

»Ich werde mir etwas überlegen und dich rechtzeitig über meine nächsten Schritte informieren.« Alasdair klang fast abweisend.

»Aber ich kann dir helfen. Du weißt, dass ich das für dich erledigen kann.« Jetzt klang Lachlan tatsächlich verzweifelt. So als ob er nach einem Strohhalm greifen würde.

»Ich weiß«, sagte Alasdair etwas versöhnlicher und Vivien

hätte ihn am liebsten geschüttelt. Merkte er nicht, dass Lachlan ihm irgendetwas unterjubeln wollte?

»Ich werde meine nächsten Schritte überdenken. Allein. Ich informiere dich, wenn ich deine Hilfe brauche. Gute Nacht, Lachlan.«

Eine Weile war es still. »Du solltest seine Frau loswerden, bevor sie dir gefährlich wird. Ihr ist nicht zu trauen.«

»Ich habe dich gehört. Und jetzt lass mich bitte allein.«

Lachlan atmete tief aus, als ob er Alasdair für einen hoffnungslosen Fall halten würde. Dann wurde eine Tür zugezogen und auf der anderen Seite war es ganz still.

Vivien hielt den Atem an und lauschte. Alasdair war dort auf der anderen Seite. Und er war allein. Ihr Herzschlag pochte laut in ihren Ohren. Auf einmal kamen ihr Zweifel, ob es so gut gewesen war, hierherzukommen.

Sie wollte zu Alasdair und gleichzeitig wusste sie nicht, wie sie wieder gutmachen sollte, was sie mit ihren Worten angerichtet hatte. Doch dann dachte sie daran, was sie Callum in einer solchen Situation raten würde. Sie schnitt eine Grimasse, denn sie hätte ihm geraten, die Wahrheit zu sagen. Das war allerdings genau das, was sie nicht konnte. Zumindest nicht die ganze Wahrheit. Sie war sich sicher, dass er sie verstoßen würde, wenn sie ihm jetzt auch noch sagte, dass sie eine Zeitreisende war. Und wie sollte man so ein Gespräch überhaupt führen? Und das nachdem sie schon so oft miteinander im Bett gelegen und stundenlang geredet hatten.

Aber es gab noch etwas, was sie Callum in so einer Situation raten würde, nämlich dass er sich ehrlich entschuldigen sollte. Das war immer das beste Mittel der Wahl. Und wie beim Pflasterabreißen war es aus ihrer Sicht das Beste, es einfach zu tun. Nicht lange darüber nachdenken, sondern es hinter sich bringen.

Also legte sie die Hand auf den Türgriff und drückte ihn runter. Die Tür öffnete sich erstaunlich leise und so drückte Vivien sie auf.

Anders als in ihrem Zimmer war hier kein Wandteppich, hinter dem die Tür verborgen war.

Das Zimmer war nicht sehr groß, hatte aber ein Fenster und einen Kamin, in dem ein Feuer brannte. Außerdem gab es ein Stehpult und zwei Stühle, die eher Sesseln glichen. In einem davon saß Alasdair und starrte ins Feuer. Er schien sie noch nicht bemerkt zu haben, denn er rührte sich nicht.

Vivien atmete tief durch und auf einmal konnte sie sich nicht mehr bewegen.

Ohne den Kopf zu wenden, streckte Alasdair die Hand zur Seite aus. »Komm her.« Es war eher eine Bitte als ein Befehl.

Sie erschrak ein wenig und gleichzeitig war sie dankbar, dass nicht sie den ersten Schritt machen musste. Sie zögerte. »Lass mich erst die Tür verriegeln.« Darauf hatten sie in ihrem Zimmer immer sorgfältig geachtet, damit sie nicht erwischt wurden.

Sie schob den Riegel vor und ging dann mit klopfendem Herzen zu ihm. Noch immer hatte er die Hand ausgestreckt und sie ergriff sie.

Die Berührung ihrer Hände hatte etwas Magisches. Da war es wieder, das Prickeln, das durch den ganzen Körper lief und das sie in den letzten Tagen so vermisst hatte. In den Nächten, in denen sie gemeinsam im Bett gewesen waren, hatten sie sich so oft berührt, dass das Kribbeln weniger geworden war. Doch jetzt war es wieder da, stärker als zuvor.

Unschlüssig blieb sie stehen. »Ich bin gekommen, um dich um Entschuldigung zu bitten. Ich hätte nicht so mit dir reden dürfen. Es war anmaßend.«

Jetzt erst schaute er auf. Er wirkte überrascht. »Danke«, sagte er. Sein Blick wurde weich. »Und vermutlich muss ich mich genauso entschuldigen.«

Sie runzelte die Stirn. »Wofür denn?«

Er hob die Schultern. »Ich war wütend und habe es an dir ausgelassen.«

So hatte sie das Gespräch zwar nicht in Erinnerung, aber sie wollte nicht mit ihm streiten.

Er schluckte. »Außerdem hattest du Angst vor mir. Das ist nichts, was ich ertragen kann.«

Sie schüttelte den Kopf. »Das hat nichts mit dir zu tun.«

Er blickte zu ihr auf. »Du weißt, dass ich dich niemals schlagen würde, oder?«

Sie dachte an Jeff und wie er immer wieder beteuert hatte, dass er sie niemals wieder schlagen würde, und es dann doch getan hatte. Aber das mit Alasdair war anders. Er hatte sie noch nie schlecht behandelt. Nicht einmal grob angefasst hatte er sie. Also nickte sie. »Das weiß ich. Aber …«

Als sie nicht weitersprach, drückte er ihre Finger. »Hat dein verstorbener Mann dich geschlagen?«

Sie konnte nur nicken, brachte aber kein Wort heraus.

»Es tut mir so leid«, sagte er leise.

Wieder konnte sie nur nicken und schaffte es noch nicht einmal, ihn anzusehen. Es war ein Teil ihrer Vergangenheit, für den sie sich schämte. Sie wollte ihn nicht mit hierher bringen.

»Und du willst nicht mit mir darüber sprechen«, stellte er fest. Aber es klang nicht anklagend oder enttäuscht, sondern liebevoll.

Jetzt schaute sie doch auf. »Es ist vorbei und das ist alles, was zählt.« Dafür war sie jahrelang zur Therapie gegangen.

»In Ordnung«, sagte er leise und sie wunderte sich darüber, dass es tatsächlich in Ordnung zu sein schien. Ihr fiel auf, dass sie noch nie einem Mann davon erzählt hatte. Doch Alasdair war anders als alle anderen Männer, die sie kannte.

Eine Weile schwiegen sie und er spielte mit ihren Fingern. »Was hast du eben alles mit angehört?«

Sie zögerte. Es wunderte sie überhaupt nicht, dass er wusste, dass sie hinter der Tür gestanden hatte. Sie konnte auch fühlen, wenn er einen Raum betrat oder in der Nähe war.

»Lachlan will mich loswerden. Und er traut mir nicht. Aber das wussten wir ja schon.«

Er drückte mit dem Daumen auf die Innenseite ihrer Hand. »Ich will dich nicht loswerden. Das weißt du, oder?«

Sie lächelte, aber es war vermutlich etwas schief. »In den letzten Tagen war ich mir da nicht mehr so sicher.«

Mit einer schnellen Bewegung zog er sie auf seinen Schoß und sie lehnte sich mit einem erleichterten Seufzen an ihn. Er roch so gut und vertraut.

Er schloss die Arme um sie und vergrub sein Gesicht in ihren Haaren, atmete ebenfalls tief ein. Vivien zog die Beine an und schloss die Augen. Endlich war sie wieder in diesem wunderbaren Kokon, den sein Körper und seine Nähe ihr boten.

»Ich bin es nicht gewohnt, so herausgefordert zu werden«, sagte er leise, »aber ich glaube, dass ich das manchmal brauche. Du tust mir gut.«

»Und du mir«, flüsterte sie erstickt.

Eine Weile saßen sie einfach so da und genossen die Nähe des anderen, dann fragte Vivien: »Willst du wirklich noch einmal nach Kintallan?«

Er schüttelte den Kopf. »Nein, Lachlan hat gerade noch einmal die gesamte Burg abgesucht. Es hat keinen Zweck, dort nach Fiona zu suchen. Und ich denke, er hat recht, dass ich hierbleiben muss. Möglicherweise wartet Kenneth nur darauf, dass ich mich auf die Suche nach ihr mache.«

Vivien schmiegte die Wange an seinen Hals. »Du weißt, dass ich keine Spionin bin, oder?«

Er küsste sie auf den Scheitel. »Das weiß ich und das habe ich auch nie geglaubt.«

Erleichtert schloss Vivien die Augen. Doch seine nächste Frage holte sie aus der Entspannung.

»Warum traust du Lachlan nicht? Hat er dir etwas getan?«

Vivien schüttelte den Kopf. »Nein.«

»Trotzdem magst du ihn nicht.«

Vivien überlegte, ob sie sich auf dieses Gespräch einlassen sollte. Aber sie konnte nicht anders. »Vertraust du ihm denn?«

Alasdair zögerte. »Er hat nie etwas getan, was mich zweifeln lassen sollte.«

»Aber trotzdem tust du es.«

Er schüttelte den Kopf und küsste sie auf den Scheitel. »Schön, redegewandt und klug.« Dann spielte er eine Weile mit ihrer Haarsträhne. »Du hast recht mit deiner Beobachtung.«

»Woran genau zweifelst du?«

Es dauerte, bis er antwortete. »Lachlan ist ehrgeizig, das mag ich.«

»Glaubst du, dass er Chief werden will?«

»Möglich.«

»Ist er dein Nachfolger?«

»Nein.«

Vivien kaute auf ihrer Unterlippe. »Darf ich dir etwas sagen?«

»Ich denke, dass du es mir sowieso sagen wirst, ganz gleich, was ich antworte.« Er lachte leise und ihr lief ein wohliger Schauer über den Rücken, so gut hörte es sich an. Auf einmal wünschte sie sich, dass sie dieses Geräusch bis an das Ende ihrer Tage hören konnte. Sie wollte es nicht gefährden. Nicht, weil Lachlan sie an Jeff erinnerte und in seinem jugendlichen Ehrgeiz manchmal über das Ziel hinausschoss. Wenn Alasdair sagte, dass er ihn gut im Griff hatte, glaubte sie ihm das.

Als sie schwieg, spielte Alasdair mit einer ihrer Haarsträhnen. »Was wolltest du mir sagen?«

Sie atmete tief durch. Vielleicht war sie feige, aber in diesem Fall war sie jetzt mal egoistisch. Sie würde ihm nichts über Lachlan und ihre Vermutung sagen, dass er ihm nicht wohlgesonnen war und Alasdairs Autorität untergrub, wo er nur konnte. Aber sie musste ihm irgendetwas sagen. Ihre Gedanken rasten und schließlich antwortete sie: »Ich hoffe sehr, dass du mich niemals an Kenneth auslieferst.«

Wieder lachte er und sie presste ihr Ohr noch fester an seine Brust. »Das werde ich nicht, keine Sorge. Womöglich gefällst du ihm noch so, dass er dich behalten will. Was ich ihm nicht verdenken könnte.« Er hielt sie fester. »Keine Sorge, ich gebe dich so schnell nicht mehr her.«

Vivien kuschelte sich tiefer in seinen Arm und konnte nicht antworten, weil das Glück so über ihr zusammenschlug.

Wieder saßen sie eine Weile schweigend da und Vivien wusste, dass sie sich richtig entschieden hatte. Es war besser, wenn sie ab und zu den Mund hielt.

Schließlich fragte er leise: »Möchtest du noch ein wenig mit mir die Sterne anschauen?«

Vivien setzte sich auf und küsste ihn sanft. »Nichts lieber als das.«

Ja, hier war sie definitiv richtig. Alles war so, wie es sein sollte.

28

Belustigt betrachtete Vivien ihren Sohn, der sein Abendessen so schnell aß, dass sie Sorge hatte, dass er sich verschlucken würde. »Ich denke, die Hirsche laufen euch nicht weg«, sagte sie und zog den Krug außer Reichweite, weil er ihn fast mit dem Ellenbogen runterstieß.

Callum wollte mit Torquil und den anderen an diesem Abend zur sogenannten Hirschnacht und sprach seit Tagen von nichts anderem. Sie würden die Nacht im Wald verbringen, Feuer machen und sich im Licht des Vollmondes an die Hirsche heranpirschen. Wenn Vivien es richtig verstanden hatte, war es ein Initiationsritual für junge Männer, bei dem sie sich beweisen durften. Die älteren Jungen führten die jüngeren in die Jagd ein und es bedurfte Geschick, Ausdauer und ein bisschen Mut, um hier zu bestehen.

Sie war mit Callum aufgeregt, denn es war etwas unglaublich Besonderes. Auf der anderen Seite versuchte sie, nicht darüber nachzudenken, was es für ihre Abreise ins 21. Jahrhundert bedeuten würde, wenn er noch mehr solcher Rituale mitmachte, die ihn an die anderen Jungen binden würden. Denn sie wollte generell nicht über eine Abreise nachdenken. Noch nicht. Dafür war es gerade viel zu schön.

»Das weiß man nie. Wir wollen aufbrechen, bevor es dunkel wird«, sagte ihr Sohn und schob sich den letzten Bissen in den Mund. »Darf ich schon aufstehen?«

Vivien warf einen Blick zu Alasdair, der gerade mit Torquil sprach und ihm freundschaftlich auf die Schulter klopfte. Der junge Mann grinste, wandte sich um und winkte Callum zu.

»Darf ich, Mum?«

Es wunderte Vivien, dass er sie immer noch bei manchen Dingen um Erlaubnis fragte. Was er wohl tun würde, wenn sie Nein sagte? Doch das würde sie nicht tun, denn sie mochte es, dass er und die anderen so viel unternahmen. Und vor allem liebte sie es, dass er so glücklich hier war.

»Natürlich«, sagte sie. »Hab viel Spaß.«

Er beugte sich zu ihr und küsste sie auf die Stirn. Etwas, was er höchstens als Kleinkind getan hatte. »Danke. Ich hab dich lieb.« Das sagte er zwar sehr leise, aber sie hörte es trotzdem und ihr Herz wollte vor Freude überlaufen.

Er war hier wirklich zum Mann geworden und manchmal fragte sie sich, wie er sich nach dem, was er hier alles erlebt hatte, je wieder in seine normale Schule eingliedern sollte. Doch das würde sie managen, wenn sie wieder zu Hause waren.

Zu Hause. Während sie ihm nachschaute, als er zu Torquil ging, um dann gemeinsam mit ihm aus der Halle zu eilen, dachte sie über das Wort nach.

War das 21. Jahrhundert überhaupt noch sein Zuhause? Oder war das hier? Er fühlte sich mittlerweile so wohl hier. Ja, neulich hatte er ihr gestanden, dass er warme Duschen, einen Kühlschrank, Schokolade und das Internet vermisste, aber sie war sich nicht sicher, ob er das alles gegen die Erfahrungen und Kameradschaft, die er hier erfuhr, eintauschen wollte.

Ihr Blick wanderte zu Alasdair, der sich wieder gesetzt hatte und mit Lachlan sprach. Nein, sie wusste selbst nicht genau, ob sie

Internet und Schokolade gegen die Nächte mit Alasdair würde eintauschen wollen.

Sie freute sich immer den ganzen Tag auf die Nacht. Nicht nur, weil es im Bett mit ihm so aufregend und befriedigend war, sondern auch weil sie es liebte, in seiner Nähe zu sein, mit ihm zu reden und Spaß zu haben. Wenn sie gemeinsam zum Sternegucken im Bett lagen, schien er ein anderer Mann zu sein. Vollkommen gelöst und mit sehr viel mehr Humor, als seine wortkarge Art vermuten ließ.

Seit ihrem Streit vor etwa einer Woche war ihre Beziehung noch intensiver geworden. Sie hatten zwar nicht mehr über Gefühle gesprochen, aber eigentlich war es klar, dass dies mehr war als nur eine Affäre.

An der Tür hielten Torquil und Callum inne und sprachen kurz mit einem Mann, den Vivien hier noch nie gesehen hatte. Die beiden deuteten auf Alasdair, dann verschwanden sie. Der Mann nahm seine Mütze ab, griff in seine Brusttasche und förderte ein zusammengefaltetes Pergament zutage. Aufmerksam verfolgte Vivien jede seiner Bewegungen. Es war selten, dass Briefe hierher kamen. Aber das hier war definitiv der Vorläufer eines Postboten und irgendwie belustigte es sie.

Der Mann trat vor Alasdair, verbeugte sich und überreichte den Brief. Vivien saß so nah bei ihnen, dass sie hören konnte, was die Männer sagten.

»Danke. Lass dir ein wenig Eintopf geben und sei heute Abend unser Gast. Du kannst dir ein Nachtlager im Stall suchen.«

Der Bote nickte. »Habt Dank, Herr.«

Lachlan machte eine Handbewegung, die dem Boten bedeuten sollte, dass er gehen konnte. Doch Alasdair war noch nicht fertig.

»Von wem ist der Brief?«

Er drehte den versiegelten Brief in der Hand. Wie immer, wenn Viviens Blick auf seine Hände fiel, reagierte ihr Körper darauf, da sie wusste, was er mit diesen Händen alles anstellen konnte.

»Kenneth MacLeod, Herr.«

Anscheinend hatten mehrere der Anwesenden zugehört, denn auf einmal wurde es ganz still am großen Tisch.

Viviens Magen zog sich unangenehm zusammen.

Alasdair schaute kurz zu ihr und sie sah die Verwirrung in seinen Augen. Vivien fühlte genau die gleiche Unsicherheit und gleichzeitig eine Erleichterung. War Kenneth endlich bereit, über Fionas Freilassung zu verhandeln? Sie wünschte, dass Alasdair irgendetwas in der Hand hätte, was er bei diesen Verhandlungen einsetzen könnte.

»Danke«, sagte Alasdair ruhig und nickte dem Boten zu. »Du kannst gehen.«

Vivien wischte sich die Hände am Rock ab und sah, wie Lachlan zu ihr blickte. Er wirkte hämisch und sie musste tief durchatmen.

Unschlüssig hielt Alasdair den Brief in den Händen, dann brach er das Siegel. Vermutlich konnte auch er nicht mehr abwarten.

Vivien ertappte sich dabei, dass sie die Finger kreuzte. Wenn Fiona nach Dun Coinneach zurückkehrte, wäre ihr Glück perfekt.

Doch auf einmal schoss ein Gedanke in ihren Kopf. Wenn Fiona hierher zurückkehrte, wäre sie in arger Erklärungsnot, denn dann würde jeder wissen, dass sie nicht die Frau von Kenneth MacLeod war. Was würde Alasdair dann tun? Sich zu ihr bekennen? Sie fortschicken? Das mit ihnen beenden?

Noch nie hatten sie darüber geredet. Plötzlich hatte der Brief noch eine ganz andere Bedeutung. Sie wünschte sich, dass Callum bei ihr wäre, denn er war der Einzige, der die Wahrheit kannte.

Nervös leckte sie sich über die Lippen, während Alasdair den Brief entfaltete. Seine Augen huschten über die Zeilen und sie sah, wie er blass wurde.

Vivien setzte sich auf. War etwas mit Fiona geschehen?

Alasdair schluckte und der Brief zitterte in seiner Hand. Er schaute nicht auf, sondern starrte auf die Zeilen, las sie anscheinend noch einmal. Sein Gesicht versteinerte und sie konnte regelrecht spüren, wie er wütend wurde. Jetzt war sie sich sicher, dass Fiona etwas zugestoßen war.

Wie gern hätte sie Alasdair in den Arm genommen und getröstet, auch wenn er das eigentlich nicht brauchte. Trotzdem waren sie mittlerweile so miteinander verbunden, dass sie das Gefühl hatte, dass sie ihm Trost geben konnte. Was für Nachrichten er auch immer bekommen hatte.

Lachlan lehnte sich zu ihm rüber. »Was ist? Was steht in dem Brief?«

Alasdair antwortete nicht gleich. Weiterhin starrte er auf das Pergament, in seinem Gesicht arbeitete es. Dann setzte er sich auf und reichte Lachlan den Brief. Zu Viviens Erstaunen fuhr der mit dem Finger langsam die Zeilen ab und seine Lippen bewegten sich dabei. Lesen war also nicht seine Stärke.

Es schien eine Ewigkeit zu dauern. Sie versuchte, Alasdairs Blick aufzufangen, aber er starrte vor sich auf den Tisch und die Muskeln an seinen Wangen zuckten, als ob er die Zähne aufeinander biss.

Schließlich war Lachlan fertig und nickte. »Endlich hat er es eingesehen. Wir sollten sofort handeln. Soll ich sie noch heute Abend bringen?«

Alasdair schüttelte den Kopf und stand auf. »Nein.«

»Aber es ist eine Vollmondnacht. Wir könnten morgen früh schon dort sein.«

Kurz schaute Alasdair zu ihr und Vivien wurde ein wenig schlecht, als sie die Enttäuschung in seinem Blick sah. Was ging hier vor sich?

»Ich sagte Nein.«

»Dann gleich morgen früh. Ich werde sie hinbringen und mit Fiona zurück sein, bevor …«

»Schweig still«, zischte Alasdair.

»Aber …« Lachlan schaute ihn entsetzt an.

»Ich sagte, schweig. Du bringst sie nicht hin. Das werde ich selbst erledigen.«

Lachlans Mund klappte auf und plötzlich wirkte er panisch. »Nein, lass mich das machen.«

Alasdair schloss die Augen. Dann atmete er tief durch und sagte zu Lachlan: »Bring sie auf ihr Zimmer. Dann komm zu mir. Wir müssen reden.«

Schweißperlen standen auf Lachlans Stirn, als er sich zu Vivien umwandte.

Auf einmal wurde ihr mit schauriger Sicherheit bewusst, dass Alasdair über sie gesprochen hatte. Wohin sollte man sie bringen? Und was hatte das mit dem Brief von Kenneth MacLeod zu tun?

Alasdair griff nach dem Brief, und ohne sie noch eines Blickes zu würdigen, wandte er sich ab und ging die Treppe hinauf. Einige starrten ihm hinterher und wandten sich dann zu ihr um. Entgeistert blickte sie auf den Treppenaufgang, wo er verschwunden war.

Das musste ein Fehler sein, ein riesengroßes Missverständnis.

Auf einmal stand Lachlan neben ihr, packte sie unsanft am Arm und zerrte sie hoch. »Los«, herrschte er sie an.

Sie stolperte hinter ihm her. Obwohl sie es nicht wollte, fragte sie: »Was stand in dem Brief?«

Lachlan antwortete ihr nicht, er zerrte sie einfach weiter.

»Wohin wollt ihr mich bringen?«, fragte sie.

Lachlan biss die Zähne zusammen und schubste sie mehr oder weniger vor sich die Treppe hoch. Vivien wagte nicht, sich zu wehren, weil sie wusste, dass sie damit alles nur noch schlimmer machen würde. Und so wie Alasdair eben reagiert hatte, war er wütend auf sie und würde ihr vermutlich nicht helfen.

»Sag mir, was eben passiert ist«, verlangte sie. »Was stand in dem Brief? Ist etwas mit Fiona?«

»Das geht dich nichts an«, sagte er und drückte ihren Arm fester, sodass sie fast vor Schmerz aufschrie. Sie musste ganz bewusst atmen, damit ihre Angst nicht mit ihr durchging. Es half jetzt gar nichts, wenn sie in ihre alten Schutzmechanismen zurückfiel. Sie musste bei klarem Verstand bleiben. Und auch wenn Lachlan grob war, würde Alasdair niemals zulassen, dass er ihr etwas antat.

Sie biss die Zähne zusammen und konzentrierte sich auf das Gefühl, das ihr gerade am besten helfen würde. Wut und damit Angriff. Das konnte sie gut. Gerade vor Lachlan würde sie nicht klein beigeben. Er war mindestens fünfzehn Jahre jünger als sie. Also richtete sie sich etwas mehr auf. »Natürlich geht es mich etwas an. Was stand in dem Brief?«

Panik ergriff sie, als sie merkte, dass hier etwas vollkommen falsch lief und sie keine Ahnung hatte, was vor sich ging. Aus Lachlan würde sie nichts rausbekommen, es sei denn, sie würde ihn so zur Weißglut bringen, dass er sich nicht mehr kontrollieren konnte. Aber das wollte sie nicht riskieren.

Sie waren an ihrem Zimmer angekommen. Lachlan stieß die Tür auf und schleuderte sie ins Zimmer, sodass sie auf dem Boden landete. »Nicht mehr lange und du bist endlich fort. Hast genug Unheil angerichtet, du Miststück.« Dann schlug er die Tür zu und schob den Riegel vor.

Entsetzt starrte Vivien auf die Tür. Was passierte hier gerade?

Doch sie war nicht bereit, das einfach so hinzunehmen. Vielleicht konnte Alasdair ihr eine Antwort geben. Er musste einfach. Das war er ihr schuldig.

Sie rappelte sich auf und rannte zum Wandteppich, hinter dem die Tür zum Geheimgang lag. Gerade als sie den Teppich zur Seite schob, hörte sie das knirschende Geräusch des Riegels auf der anderen Seite.

Jemand hatte abgeschlossen.

Sie riss an der Tür, doch die bewegte sich nicht. Panisch klopfte sie dagegen.

Und dann wurde ihr klar, dass es nur einen geben konnte, der sie von dieser Seite aus eingeschlossen hatte.

Mit der flachen Hand schlug sie gegen die Tür. »Alasdair!«

Doch nichts tat sich.

»Mach die Tür auf! Alasdair! Wir müssen reden. Bitte!«

Ihre Hand schmerzte von den Schlägen, doch es war ihr gleich. Wenn er sie doch nur erhören würde.

Aber auf der anderen Seite der Tür blieb es still und sie öffnete sich auch nicht wieder.

Vivien sackte auf dem Boden zusammen und vergrub das Gesicht in den Händen. Er würde nicht mit ihr sprechen. Vermutlich nie wieder. Und sie hatte keine Ahnung, was morgen passieren würde. Wie hatte sich das Blatt nur so schnell wenden können? Und was hatte in dem Brief gestanden?

29

E s war Balthair, der am nächsten Tag mit versteinerter Miene vor ihr stand. Sie hockte noch immer auf dem Boden an der Wand.

Mühsam hob sie den Kopf. »Kann ich bitte mit Alasdair sprechen?«

Er schüttelte den Kopf, sagte dann aber etwas freundlicher. »Komm schon, Mädchen.«

Er zog sie am Arm hoch, deutlich sanfter als Lachlan gestern. Sie war sich sicher, dass sie blaue Flecken am Arm hatte. Dann geleitete Balthair sie in den Hof.

Sie durchquerten die Halle, wo viele Burgbewohner versammelt waren. Und alle schauten sie an, aber sie konnte in den Gesichtern nicht lesen, was los war.

Die ganze Nacht hatte sie darüber nachgegrübelt, was in dem Brief gestanden hatte. Was hatte Alasdair so wütend auf sie gemacht? Kenneth MacLeod konnte doch unmöglich etwas über sie geschrieben haben.

Im Hof standen drei Pferde bereit. Kavan, Balthairs Brauner und der Fuchs, den Vivien auf der Jagd geritten hatte. Alasdair saß bereits auf Kavan und blickte in Richtung des Burgtors. Er wandte nicht einmal den Kopf, als sie in den Hof trat.

Balthair nahm von einer Magd eine Decke entgegen, die er Vivien reichte. »Das sollte dich unterwegs warm halten. Es wird regnen.«

Ohne hinzuschauen, nahm Vivien den Umhang entgegen. Ihr Blick war die ganze Zeit auf Alasdair geheftet. Doch er schaute sie nicht an.

Auf der anderen Seite trat Lachlan in den Hof. Er war blass und hatte rote Flecken auf den Wangen. Er wirkte gehetzt, aber es war Vivien gleich. Sie versuchte nur, Alasdairs Blick zu erhaschen, damit sie herausfinden konnte, warum er sich so verhielt.

»Steig auf«, sagte Balthair und deutete auf den Fuchs.

Er wartete, bis sie auf dem Pferd saß, dann bestieg er den Braunen.

»Wohin reiten wir?«, fragte Vivien Alasdair. Er wandte sich zu Lachlan um.

Der sagte: »Alasdair, ein letztes Mal. Lass mich reiten. Es ist besser, wenn du und Balthair hierbleibt. Ich habe sie im Griff, das musst du mir glauben. Ich kann den Austausch vornehmen. Lass es mich beweisen.«

Doch Alasdair schüttelte den Kopf. »Das muss ich selbst erledigen.«

Lachlan fletschte die Zähne und für den Bruchteil einer Sekunde glaubte Vivien, dass er Alasdair angreifen würde. Er wirkte beinahe panisch.

Und auch in ihr breitete sich die Angst immer mehr aus.

Da Alasdair nicht mit ihr sprach, wandte sie sich an Balthair. »Sag du es mir. Bitte. Wohin reiten wir?«

Alasdair schaute kurz zu Balthair und nickte ihm leicht zu.

»Nach Kintallan. Wir tauschen dich gegen Fiona aus.«

Vivien starrte ihn an. Zu viele Gedanken wirbelten durch ihren Kopf. »Aber wie denn?«, stammelte sie.

Balthair runzelte die Stirn. »Kenneth will einen Austausch.«

Vivien öffnete den Mund, aber sie wusste nicht, was sie sagen sollte. Er konnte doch gar keinen Austausch wollen, weil sie nicht von Wert war für ihn. »Wo ist Callum?«, fragte sie und drehte sich um. Keiner antwortete ihr und die Panik stieg in ihr auf. »Wo ist mein Sohn?« Ihre Stimme hallte durch den Burghof. Aus der Ferne hörte sie den Schrei eines Adlers. Beira.

Sie sah, wie Alasdair die Zähne zusammenbiss. Wortlos reichte er Balthair die Zügel von Viviens Fuchs, dann trieb er Kavan an.

»Alasdair!«, rief sie. »Antworte mir! Wo ist Callum? Wir müssen ihn mitnehmen.«

Doch Alasdair schüttelte nur den Kopf und ließ Kavan in Trab fallen.

»Bitte«, schluchzte sie, »wir müssen ihn mitnehmen! Alasdair!« Doch er drehte sich nicht um.

Balthair seufzte und trieb seinen Braunen auch vorwärts.

Obwohl Vivien wusste, dass es vollkommen unsinnig war, schwang sie ein Bein über den Hals des Fuchses und sprang vom Pferd. Sie landete hart auf dem Boden und ein stechender Schmerz fuhr in ihren Knöchel. Doch sie richtete sich auf und wollte gerade losrennen, als Lachlan sie packte.

»Versuch es nicht einmal«, zischte er in ihr Ohr.

»Lass mich los«, schrie sie. »Ich muss zu meinem Sohn. Ich kann ihn nicht hier lassen.«

»Ich fürchte, das musst du«, sagte Balthair neben ihr. »Er wird später ausgetauscht, wenn wir Fiona haben.«

»Aber …«, setzte Vivien an, doch Lachlan hielt ihr den Mund zu.

»Rauf aufs Pferd.« Zu Balthair sagte er: »Reite Alasdair hinterher und sag ihm, dass sie Probleme macht.«

Balthair zögerte kurz, dann nickte er und ritt Alasdair hinterher.

Voller Panik, mit Lachlan allein zu sein, strampelte und schrie Vivien, aber er hielt sie wie eine Schraubzwinge fest und hob sie hoch. Bevor er sie jedoch aufs Pferd setzte, sagte er etwas ganz leise in ihr Ohr, was sie erstarren ließ.

»Noch etwas. Wenn du nicht mitspielst, wird es deinem Sohn schlecht ergehen. Richte Kenneth aus, dass er Alasdair sagen soll, dass er den Austausch veranlassen wird. Sonst nichts. Wartet einfach ab und euer Sohn wird nach Kintallan zurückkommen. Kein Wort darüber, was ich dir gerade gesagt habe. Sonst wird dein Sohn es büßen. Richte deinem Mann aus, dass er es nur sagen soll. Nichts tun. Verstanden?«

Vivien hatte keine Ahnung, was er da von sich gab. Sie kämpfte, um freizukommen, aber es gelang ihr nicht. Hinter seiner Hand schrie sie, doch es nützte natürlich nichts. Callum würde sie nicht hören, denn er war immer noch in den Bergen. Und Alasdair würde ihr auch nicht helfen, der war bereits aus der Burg geritten.

»Verstanden?«, wiederholte Lachlan und schüttelte sie.

Vivien begriff, dass sie keine Wahl hatte. Also nickte sie.

Irgendetwas hatte Lachlan vor, aber sie wusste nicht, was. Vielleicht konnte sie Alasdair auf dem Weg nach Kintallan überzeugen, dass hier ganz sicher etwas nicht stimmte.

Balthair kam wieder in den Burghof und schaute misstrauisch von einem zum anderen.

Lachlan setzte sie auf den Fuchs und klopfte dem Tier aufs Hinterteil. Dann ritten sie los.

Kaum waren sie aus dem Burgtor, wandte er sich zu ihr um. »Deinem Jungen wird nichts passieren.«

Vivien wischte sich über die Nase. »Woher willst du das wissen?«

»Alasdair hat Torquil angewiesen, gut auf ihn aufzupassen.«

Doch Vivien war sich nicht sicher, ob Torquil ihn auch vor Lachlan schützen konnte.

Entsetzt dachte sie an das, was Lachlan eben zu ihr gesagt hatte. Seine Forderung war eigentlich klar gewesen und gleichzeitig unverständlich. Warum sollte sie Kenneth so etwas sagen?

Es gelang ihr nicht, einen klaren Gedanken zu fassen.

»Hüll dich in den Umhang, Mädchen. Es wird ein langer Ritt«, sagte Balthair.

Vivien nickte und schlang die Decke um sich.

Balthair hielt die Zügel des Fuchses, Alasdair war weit voraus. Das Wetter war grau und wolkenverhangen. Mit jedem Schritt ließen sie Dun Coinneach und damit Callum hinter sich. Selten in ihrem Leben hatte Vivien sich so elend und hilflos gefühlt.

Vermutlich war es wirklich das Beste, wenn sie tat, was Lachlan sagte. Einfach, damit Callum nichts passierte.

Nach einigen Stunden machten sie eine kurze Rast und ließen die Pferde trinken. Als Balthair hinter einen Busch ging, um sich zu erleichtern, blickte Vivien zu Alasdair rüber, der etwas entfernt stand und die Arme verschränkt hielt. Sie konnte nicht glauben, dass sie gestern Morgen noch in seinen Armen aufgewacht war und er sich jetzt so verhielt.

Und obwohl ihr Lachlans Warnung immer noch in den Ohren klang, konnte sie nicht mehr anders. Sie raffte ihre Röcke und stapfte zu ihm rüber.

Als er sie kommen sah, drehte er sich weg. Doch sie hatte keine Angst vor ihm, also baute sie sich vor ihm auf. »Was ist nur in dich gefahren?«

Stoisch blickte er in den Wald, als ob sie nicht da wäre.

»Warum redest du nicht mit mir?«

Wieder keine Antwort. Langsam wurde sie wütend.

»Warum tust du mir das an? Du bringst Callum in Gefahr und ich verstehe nicht, wie du so etwas tun kannst.« Ihre Stimme hallte durch den Wald.

Sie sah, wie Balthair hinter dem Busch hervorkam und entsetzt von einem zum anderen schaute.

»Warum bringst du mich nach Kintallan? Du weißt, dass ich nicht seine Frau bin. Gerade du müsstest es wissen.«

Balthair klappte der Mund auf.

Alasdair biss die Zähne zusammen und seine Nasenflügel blähten sich auf, sonst zeigte er keine Reaktion.

»Was stand in dem Brief, Alasdair? Sag es mir. Ich muss es wissen.«

Alasdair holte tief Luft und drehte sich zu ihr um. Sein Gesicht war eine harte Maske. »Dass er gern seine Frau Vivien und seinen Sohn Callum wieder hätte und bereit ist, den Austausch mit Fiona durchzuführen.«

Entgeistert starrte Vivien ihn an. »Der Brief ist eine Fälschung«, rief sie. »Du weißt, dass das nicht stimmt.«

Seine Augen verengten sich. »Du hast mir beim Leben deines Sohnes geschworen, dass du nicht Kenneths Frau bist. Weißt du, was es heißt, wenn jemand sein Ehrenwort gibt und es dann bricht?«

Auf einmal wurde ihr eiskalt. »Du kannst Callum nichts antun. Bitte, Alasdair, er kann nichts dafür. Er hat nichts getan.«

»Das sehe ich auch so. Und wenn Kenneth mir Fiona ausliefert, wird ihm auch nichts geschehen. Aber ich werde dir nie wieder glauben. Du hast mich schlimmer betrogen als jeder andere Mensch vor dir. Ich …« Er schüttelte den Kopf. »Setz dich auf dein Pferd und sprich mich nicht mehr an, bis wir Kintallan erreichen. Ich bin froh, wenn ich dich nie wiedersehen muss.«

Er nahm Kavans Zügel auf und schwang sich auf dessen Rücken. Ohne ein weiteres Wort wandte er sich ab.

Vivien starrte ihm hinterher und wusste nicht mehr, was sie denken sollte. Wie hatte alles nur so schiefgehen können?

30

S ie erreichten Kintallan am Nachmittag.

Vivien hatte keine Ahnung, was sie erwartete. Mehrere Stunden hatte sie Zeit gehabt, sich darüber Gedanken zu machen, was geschehen war. Und die einzige Erklärung, die sie hatte, war, dass diese Verwirrung mit den Zeitreisen zu tun haben musste. Möglicherweise gab es eine parallele Zeit oder sonst irgendetwas. Kenneth konnte ihren Namen nicht kennen und schon gar nicht mit ihr verheiratet sein.

Vielleicht war bei ihrer Zeitreise irgendetwas vollkommen durcheinandergeraten. Relativitätstheorie und solche Sachen.

Ihr Kopf schmerzte vom vielen Nachdenken und sie betete die ganze Zeit, dass es Callum gut ging. Doch sie wusste eins mit Sicherheit: Sobald sie in Kintallan war, würde sie versuchen, in den Raum mit dem Kamin zu kommen, und ins 21. Jahrhundert reisen. Dort würde sie mit Holly sprechen. Vielleicht wusste die, was geschehen war. Dann würde sie sich eine Waffe oder irgendetwas besorgen und zurück ins Jahr 1402 reisen. Sie würde Callum befreien und nach Hause bringen, koste es, was es wolle. Aber dafür brauchte sie Ausrüstung, die sie überlegen machte, sodass diese Männer sie nicht einfach herumschubsen konnten, wie sie wollten.

Sie wusste, dass sie es schaffen würde, denn ihre Sorge um Callum machte sie schon jetzt zu einer Löwin. Allerdings war sie gerade nur eine Löwin, die auf ihre Chance lauerte, zuzuschlagen. Etwas anderes konnte sie im Moment nicht tun und sie hasste es, sich so machtlos zu fühlen.

Immer wieder schaute sie auf Alasdairs breiten Rücken und sie hasste die stoische Ruhe, die er ausstrahlte. Sie wusste, dass er sie damit bestrafen wollte. Dabei hatte sie gar nichts getan. Er war derjenige, der sich irrte. Nun gut, er würde es irgendwann merken und dann war es zu spät.

Balthair verabschiedete sich von ihnen in einem Wäldchen nicht weit von der Burg entfernt, da wo später die Bushaltestelle liegen würde. Vermutlich wollte Alasdair ihn zur Sicherheit hier lassen, falls Kenneth sich dafür entschied, Alasdair einzusperren.

Der ältere Mann nickte Vivien noch einmal zu und sie erwiderte die Geste. Sagen konnte sie nichts.

Alasdair hielt direkt auf das Burgtor zu, die Zügel von Viviens Pferd in der Hand.

Es war unglaublich, die Burg von Kintallan auf diese Weise zu sehen. Das Burgtor und die Brücke waren ihr so vertraut. Da, wo sie jetzt entlang ritten, würde in sechshundert Jahren ein Parkplatz sein.

Die Wachen schauten ihnen mit grimmigen Mienen entgegen. Als Alasdair um Einlass bat und sie ihn fragten, wer er war, ließ seine Antwort einige der Männer verblüfft aussehen. Vivien wurde klar, dass man sie nicht erwartet hatte. Kein Wunder, denn Kenneth wusste bestimmt immer noch nicht, dass sie überhaupt existierte.

Sie sah, dass Alasdair ihr einen Blick zuwarf. Ob er erwartet hatte, dass man sie erkannte? Aber wie denn, diese Männer hatten keine Ahnung, wer sie war. Grimmig dachte sie daran, dass das ein guter Hinweis für ihn wäre, dass sie tatsächlich nicht Kenneths

Frau war. Doch sie würde nicht mehr mit ihm darüber diskutieren. Alles, was sie wollte, war, in die Burg zu gelangen, nach Hause zurückzukehren und Callums Befreiung vorzubereiten. Danach konnten alle ihr gestohlen bleiben.

Man ließ sie eine Ewigkeit vor dem Tor warten. Vivien hüllte sich fester in die Decke. Sie spürte wieder das altbekannte Kribbeln. Es war dieses Summen in ihrem Körper, das in der Nähe des Kamins so viel stärker geworden war. Ob sie das Zeitreisetor fühlen konnte? In ihrer Zeit auf Dun Coinneach hatte sie dieses Kribbeln nicht gespürt.

Schließlich hieß man sie, in den Burghof zu kommen. Dort war es ganz still. Irgendwo schrie ein Rabe und Vivien schickte dem klugen Vogel in Gedanken einen Gruß. Auch Raben standen in Verbindung mit der Anderswelt. Vielleicht konnte der Vogel ihr helfen, nach Hause zu kommen und die richtigen Schritte zu Callums Rettung einzuleiten.

Ein paar Männer standen an den Seiten des Burghofes. Einige waren Handwerker, andere Bauern oder Burgbewohner. Aber niemand tat etwas, sie starrten sie einfach nur an.

Alasdair zügelte Kavan und schaute sich um. »Wo ist Kenneth?«, rief er.

Ein Mann trat nach vorn. »Er wartet in der Halle auf dich, Mackenzie.«

Alasdair atmete tief durch und schien seine Optionen abzuwägen. Anscheinend hatte er gehofft, mit Kenneth im Hof zu sprechen und hier die Übergabe zu machen.

Vivien beschloss, dass sie genug vom Warten hatte. Sie sprang vom Pferd, was ihre Füße ihr nach dem langen Ritt im Kalten nicht dankten. Es schmerzte höllisch und ihre Beine waren eiskalt, aber sie ignorierte den Schmerz. Sie wollte jetzt nur noch zu diesem Kamin.

»Gehen wir?«, fragte sie und schaute Alasdair durchdringend an. »Ich habe lange genug gewartet.«

Der atmete tief durch und schwang sich ebenfalls vom Pferd.

Sie übergaben die Tiere einem Knecht und fast hätten sich dabei ihre Arme gestreift. Doch Vivien konnte sich gerade noch wegdrehen. Wenn sie eines nicht brauchte, dann war es das. Sie wollte Alasdair nie wieder berühren und gleichzeitig sehnte sie sich danach, sich bei ihm anlehnen zu können. Und dafür hasste sie ihn noch ein bisschen mehr. Dafür, dass er ihr dieses Gefühl der Sicherheit gegeben und dann wieder genommen hatte.

Ein Mann trat zu ihnen und nickte Alasdair zu. »Kommt.« Dann wandte er sich an Vivien. »Du auch.«

Alasdair schaute zwischen ihr und dem Mann hin und her, als ob er darauf wartete, dass der sie mit Herrin ansprach. Aber natürlich geschah nichts dergleichen. Vivien zog eine Grimasse und hoffte, dass Alasdair es sah.

Bevor sie losgingen, nahm der Mann Alasdair sein Schwert und die zwei Dolche ab, die er bei sich trug. Als er Vivien fragend anschaute, schüttelte sie den Kopf. »Ich trage keine Waffen.« Auch wenn sie wünschte, dass es anders wäre. Aber dann wäre sie jetzt nicht hier, sondern bei Callum. Und vermutlich hätte sie Lachlan dann schon sehr wehgetan. Niemand bedrohte einfach so ihren Sohn.

Sie betraten die Burg durch eine Tür, die es in sechshundert Jahren nicht mehr geben würde. Auch die Aufteilung drinnen war eine andere als im 21. Jahrhundert, aber Vivien war sich sicher, dass sie im späteren Küchentrakt waren.

Sie gingen eine Treppe hinauf und undeutlich erkannte Vivien den Flur, der zu der Wohnung von Holly führte. Sie hoffte so sehr, dass sie bald da sein könnte. Ob es etwas half, wenn sie jetzt ganz fest daran dachte? Vielleicht würde das Tor hier schon funktionieren. In etwa so wie WLAN. Wenn sie es vor der Burg schon spüren konnte, müsste sie doch auch schon darauf zugreifen können.

Aber egal, wie sehr sie sich auch vorstellte, in Hollys Wohnung zu sein, nichts geschah und sie war immer noch in der zugigen, dunklen Variante des 15. Jahrhunderts gefangen. Aber wenigstens wusste sie, wo in der Burg sie sich befand. Sie hoffte, dass der Mann sie in die Halle, das spätere Restaurant, bringen würde, denn von dort aus konnte sie den Weg in das Hotelzimmer finden, in dem der Kamin lag.

Irgendwie würde sie dahin kommen, das wusste sie.

Das Kribbeln war immer noch schwach und nicht so stark wie an dem Tag, als sie mit Callum hierhergekommen war.

Vivien biss die Zähne zusammen. Sie durfte nicht an Callum denken, sonst würde sie anfangen zu weinen und vermutlich nie wieder aufhören. Sie musste einen klaren Kopf bewahren. Das war in solchen Situationen das Wichtigste.

Sie blickte zu Alasdair und merkte, wie angespannt er war. Natürlich, er hoffte, heute Fiona wiederzusehen. Vivien wünschte sich so sehr, dass Kenneth sie wirklich freilassen würde, wie es in seinem Brief gestanden hatte. Auch wenn sie keine Ahnung hatte, was das mit ihr zu tun hatte.

Schließlich erreichten sie die Halle. Kurz bevor der Mann, der sie hergeführt hatte, die Tür öffnete, drehte Alasdair sich noch einmal zu ihr um und schaute sie so forschend an, dass ihr unwohl wurde. Was hoffte er zu sehen?

Sie dachte an das, was Lachlan ihr gesagt hatte. An die Drohung und die Anweisungen. Lachlan war davon ausgegangen, dass Kenneth ihr Mann war, und erwartete dadurch etwas von ihr, was sie nicht leisten konnte. Kenneth würde nicht auf das hören, was sie ihm sagte.

Kurz überlegte sie, Alasdair von Lachlans Warnung zu erzählen, aber sie wusste, dass er ihr nicht glauben würde. Im Grunde hatte er ihr doch nie geglaubt, sonst hätte er sich nach dem mysteriösen Brief nicht einfach so gegen sie gewandt.

Und dann traten sie in die Halle. Mehrere Männer waren dort versammelt. Vivien wusste sofort, wer von ihnen Kenneth MacLeod war, denn Alasdair reagierte physisch auf ihn. Er richtete sich auf und straffte die Schultern. Kenneth tat es ihm gleich und die beiden Männer maßen sich mit Blicken. Es war wie ein

Kampf der Giganten, obwohl Kenneth ein wenig kleiner war als Alasdair, seine Haare ein dunkles Rotbraun wie bei einer Kastanie, aber er war ebenso muskulös und hatte eine ähnliche Präsenz wie Alasdair.

Nach einer Weile trat Kenneth ein paar Schritte vor und schüttelte den Kopf. »Mackenzie. Du bist es wirklich. Ich hätte nicht gedacht, dass wir uns noch einmal wiedersehen. Auf dem Schlachtfeld vielleicht, aber nicht unbewaffnet in meiner Halle.« Seine Stimme hallte durch den großen Raum.

Vivien fiel auf, dass Kenneth selbst nicht unbewaffnet war. Nur Alasdair stand schutzlos vor ihm.

»Ich hatte auch gehofft, dass wir das vermeiden können, aber du hast es ja nicht anders gewollt«, sagte Alasdair.

Vivien biss die Zähne zusammen, so nervös war sie. Kenneth wirkte nicht so, als ob er wüsste, warum sie hier waren.

»Was führt dich zu mir?«, fragte Kenneth und schaute ihn mit hochgezogenen Augenbrauen an. »Willst du deine Spielschulden von damals begleichen, bevor dein Vater dich nach Hause geholt hat? Soweit ich mich erinnere, schuldest du mir ein gutes Fell. Das würde ich gern nehmen.«

Verdammt, entweder spielte er mit Alasdair oder er hatte Fiona nicht in seiner Gewalt.

Alasdair runzelte die Stirn. »Ich will meine Tochter zurück.«

Kenneth stutzte und Viviens Herz sank.

»Deine Tochter? Ist sie dir abhandengekommen?« Er sagte es nicht von oben herab, sondern es war eine ernsthafte Frage.

Vivien konnte fühlen, dass Alasdair ganz starr wurde. Auch ihn hatte die Angst gepackt. Er räusperte sich und trat zur Seite. »Dafür bringe ich dir deine Frau.«

Vivien erstarrte, als alle Blicke sich auf sie richteten. Auf einmal fühlte sie sich klein und nichtig, schutzlos diesen Highlandkriegern ausgeliefert, denen sie keine Antwort darauf geben konnte, wer sie wirklich war und wie sie hier gelandet war.

Und irgendwie fühlte sie sich schrecklich, dass Alasdair sich gerade so zum Narren machte. Dass er völlig umsonst gekommen war und seine Tochter vermutlich nicht hier finden würde.

»Meine Frau?« Kenneth schaute sie völlig verwirrt an.

Alasdair ballte die Hände zu Fäusten und öffnete sie wieder. »Sehr wohl, deine Frau. Und jetzt möchte ich meine Tochter. Sobald sie wohlbehalten auf Dun Coinneach ist, werde ich dir deinen Sohn schicken.«

Kenneths Stirnrunzeln vertiefte sich. Dann stemmte er auf einmal die Hände in die Seiten und begann zu lachen. Alle anderen schwiegen entsetzt und Vivien hätte am liebsten nach Alasdairs Hand gegriffen. Das hier war schlimmer als gedacht.

Sie konnte die Wut und Verzweiflung spüren, die sich in Alasdair aufbaute. Und egal, wie wütend sie selbst gerade auf ihn war, das hatte er nicht verdient.

»Du bist einer Finte zum Opfer gefallen, mein Freund«, sagte Kenneth jetzt. »Meine Frau ist oben bei meiner Tochter und meinem Sohn. Ich war eben noch bei ihnen. Diese Frau hingegen kenne ich nicht.«

Alasdair warf Vivien einen Blick zu und sie biss sich auf die Lippe. Sie konnte nicht anders, als sein Leid zu fühlen.

Jetzt richtete er sich auf. »Gut, sie mag nicht deine Frau sein, aber du hast mir einen Brief geschrieben, dass du meine Tochter austauschen willst. Ich würde sie jetzt gern mitnehmen.«

Doch Vivien wusste bereits, dass Fiona nicht hier war, auch wenn Alasdair das nicht sehen konnte. Ihr Herz schmerzte. Was ging hier nur vor sich?

Kenneth breitete die Hände aus. »Hältst du mich für so erbärmlich, Mackenzie, dass ich deine Tochter entführe? Nur weil du nicht wolltest, dass sie meinen Sohn ehelicht? Wenn du das glaubst, bist du dumm.« Er schnaubte abfällig.

Alasdair schien vor Frustration zu vibrieren. Und beim letzten Wort stürzte er sich auf einmal auf Kenneth. Der war für einen Moment überrascht, aber hob dann ebenfalls die Fäuste.

Mehrere Männer stürzten nach vorn und zogen ihre Dolche,

311

doch Kenneth rief über die Schulter: »Nicht! Ich werde leicht mit ihm fertig. Kenne jeden seiner …« Doch weiter kam er nicht, denn Alasdairs Faust landete in seinem Gesicht und sein Kopf wurde nach hinten geschleudert.

Unschlüssig standen die Männer mit gezogenen Dolchen da, doch dann sagte Kenneth: »Dolche weg. Er ist harmlos.« Er stürzte sich auf Alasdair, der ihn schon erwartete.

Vivien wusste, dass Alasdair alles andere als harmlos war, denn er wurde von der Verzweiflung getrieben, von der Sorge um seine Tochter. Kenneth hatte keine Chance gegen ihn.

Trotzdem hatte sie Angst um ihn, denn er war umzingelt von Feinden.

Plötzlich wurde ihr bewusst, dass niemand auf sie achtete. Alle schauten den Kämpfenden zu. Das war die Gelegenheit!

Langsam ging sie rückwärts zur Tür. Niemand bemerkte etwas.

Sie öffnete sie und wollte gerade rausschlüpfen, als eine Wache vor der Tür sagte: »Wohin wollt Ihr?«

Für einen Moment war Vivien wie eingefroren, dann sagte sie schnell: »Euer Chief braucht Hilfe. Sie schlagen sich.«

Beide Wachen vor der Tür gingen in den Raum und blieben wie angewurzelt direkt vor der Tür stehen. Auch sie hatten Vivien vergessen.

Typisch Mann, an einer Rauferei konnten sie nie vorbeischauen. Aber gut für sie.

Vivien raffte ihre Röcke, schaute sich um und rannte dann die Treppe zum Obergeschoss hinauf. Da oben lag das Hotelzimmer, dessen war sie sich sicher.

Sie erreichte einen Treppenabsatz, wo sie eine Tür zu den Zimmern vermutete, aber hier war nur eine nackte Mauer. Verdammt, den Durchbruch hatte man anscheinend erst später gemacht.

Sie hastete weiter die Treppe hoch. Bog in einen Gang ein, der aber in eine andere Richtung führte als erwartet. Also kehrte sie um, probierte einen anderen Weg. Doch auch hier war eine Sackgasse. Sie keuchte vor Panik.

Auf einmal hörte sie Alasdairs Stimme durch das Treppenhaus hallen. »Vivien!« Er klang nicht wütend. Eher verzweifelt.

Kurz hielt sie inne, denn der Klang seiner Stimme zog an ihrem Herzen, aber dann lief sie weiter. Sie musste sich um Callum kümmern und das konnte sie nur mit Hilfe aus der Zukunft.

Im obersten Stockwerk gab es endlich einen Durchbruch. Von hier aus würde sie zurückkommen.

Vivien rannte den Gang entlang und zum anderen Treppenhaus. Wenn sie richtiglag, musste sie auf diesem Weg wieder nach unten und zu dem Zimmer mit dem Kamin kommen.

Und tatsächlich, die hintere Treppe führte zu dem Zimmer, in dem später Brynne übernachten würde und wo der Kamin war.

Das Kribbeln, das ihr anzeigte, dass das Zeitreisetor ganz in der Nähe war, wurde immer stärker.

Sie hörte ihren keuchenden Atem laut in ihren Ohren, während sie den Gang zu dem Zimmer entlangrannte. Keiner hielt sie auf, und soweit sie es erkennen konnte, verfolgte sie auch niemand. Vermutlich dachte niemand daran, dass sie ins Obergeschoss gelaufen war, sondern alle vermuteten, dass sie versuchen würde, die Burg zu verlassen.

Genau das hatte sie auch vor, nur auf einem ganz anderen Weg als erwartet. Es war die perfekte Flucht.

Schließlich hatte sie das Zimmer erreicht. Sie betete, dass niemand darin war.

Als sie gerade die Tür öffnen wollte, hörte sie eine weibliche Stimme.

»Warte!«

Vivien fuhr herum und sah eine Frau auf sich zukommen. Es war die Frau, die dabei gewesen war, als Alasdair sie entführt hatte. Ganz kurz zögerte Vivien, doch dann schüttelte sie den Kopf. Nein, sie würde sich nicht mehr aufhalten lassen.

Sie stürzte ins Zimmer und schlug die Tür hinter sich zu.

»Vivien!«, rief die Frau jetzt. »Warte doch!«

Doch sie konnte nicht mehr warten. Sie musste raus aus diesem Schlamassel. Erst einmal zumindest. Sie wollte Alasdair nie wiedersehen. Nur wenn es für Callums Befreiung sein musste.

Fort von hier. Das war alles, was sie denken konnte.

Atemlos wandte sie sich um und schluchzte erleichtert, als sie den Kamin sah.

Hier hatte alles angefangen.

Draußen klopfte die Frau an die Tür und entsetzt schob Vivien den Riegel von innen vor.

»Bitte, rede mit mir«, rief die Frau.

Doch Vivien konnte nicht mehr reden. Es gab nichts zu sagen.

»Ich weiß, was du vorhast. Du musst diesen Weg nicht allein gehen.«

Doch, das würde sie. Ihre Wege war sie immer allein gegangen. Das würde sich nicht ändern und sie traute hier niemandem mehr. Wenn sich sogar der Mann, den sie liebte, gegen sie wendete, wem sollte sie dann noch trauen?

Also hielt sie sich die Ohren zu und ging zum Kamin.

Ihr Herzschlag pochte laut in ihren Ohren.

Was hatte Callum noch gesagt? Einfach in den Kamin fassen?

Da ihr nichts anderes übrig blieb, als es zu probieren, ging sie auf die Knie. Genau so, wie Callum es in Brynnes Zimmer getan hatte.

Sie streckte eine Hand in den Kamin.

Draußen vor der Tür war es jetzt ganz still.

Das Kribbeln wurde immer stärker, aber sie fiel nicht in Ohnmacht. Verdammt, es funktionierte nicht.

Panik stieg in ihr auf. Was sollte sie nur tun? Hatte Callum noch etwas Besonderes gesagt? Sie konnte sich nicht erinnern. Damals war sie einfach gefallen, weil die Zeit so heftig an ihr gezogen hatte. Oder funktionierte es nur in eine Richtung?

Auf einmal streiften ihre Finger die Steine an der Seite und sie begann zu taumeln. Alles um sie herum wurde schwarz.

Sie schnappte noch einmal nach Luft, dann wirbelte die Zeit sie fort. Ihr letzter Gedanke war, dass die Welt jetzt für sie einen Moment lang den Atem anhielt, und sie fragte sich, ob Alasdair es auch fühlte. Sie wünschte sich, dass Callum es spürte. Dass er wusste, dass sie Hilfe holte, um ihn zu retten. Dann war sie fort.

31

Das Erste, was Vivien fühlte, waren stechende Kopfschmerzen. So wie auf dem Weg in die Vergangenheit auch. Dann hatte es also funktioniert?

Obwohl ihr Kopf pochte, schlug sie die Augen auf und schaute sich um. Vor Erleichterung hätte sie beinahe geweint. Sie war in dem Hotelzimmer.

Alles wirkte so sauber, beinahe steril, und es roch süßlich. Früher war ihr das nie besonders aufgefallen. Aber jetzt, nachdem sie wochenlang im 15. Jahrhundert gelebt hatte, war es heftig.

Trotzdem war sie so froh, hier zu sein. Denn sie hatte Fragen. So viele Fragen. Und sie hoffte, dass Holly ihr alle beantworten konnte.

Dann würde sie sich einen Plan zurechtlegen, das Material holen, das sie brauchte, und ihren Sohn nach Hause zurückholen. Am besten noch heute.

Callum. Der Schmerz brannte heiß hinter ihrem Brustbein.

Es war früher manchmal schon schwer gewesen, ihn in die Schule gehen zu lassen, da sie, seit er geboren war, in der Angst lebte, dass Jeff ihm etwas antun könnte. Doch jetzt war er nicht nur ein paar Kilometer weit weg in der Schule, wo ein Lehrer auf ihn aufpasste, sondern in einem anderen Jahrhundert. Dazu noch einen halben Tagesritt von Kintallan entfernt.

Sie hoffte so sehr, dass Lachlan ihm nichts antun würde.

Ihr wurde klar, dass es jetzt vor allem um Zeit ging. Wenn Alasdair mit leeren Händen nach Dun Coinneach zurückkehrte, würde Lachlan wissen, dass Vivien seine Anweisungen nicht befolgt hatte. Also musste sie schneller als Alasdair zurückkehren.

Auf einmal hoffte sie, dass Kenneth ihn gefangen nahm. Dann hatte sie mehr Zeit.

Ihr ganzer Körper schmerzte und sie fühlte sich alt, als sie sich am Bettrahmen abstützte und auf die Beine kam. Sie schloss kurz die Augen und atmete tief durch, dann machte sie sich auf den Weg zur Tür.

Es war so verrückt. Vor wenigen Minuten noch hatte sie den Riegel vor die Tür im Mittelalter geschoben und nun war sie hier und zog die viel schwerere, moderne Tür auf.

Doch auf einmal ließ sie sie wieder zufallen und wandte sich zum Kamin um. Noch immer konnte sie nicht glauben, dass der wirklich ein Zeitreisetor war.

Von dieser Seite war die Energie, die der Kamin ausstrahlte, eine ganz andere als im 15. Jahrhundert. Jetzt kribbelte ihr ganzer Körper wieder, und je näher sie dem Kamin kam, desto stärker wurde es. Als ob der Kamin versuchen würde, sie anzulocken und wieder in die andere Zeit zu ziehen. Das hatte sie dort drüben nicht so empfunden.

Obwohl sie wusste, dass sie zu Holly gehen und Hilfe holen musste, machte sie ein paar Schritte auf das Tor zu. Auf einmal schien in dem Kribbeln ein Gefühl mitzuschwingen. Ganz leicht nur, doch dann wurde es immer stärker und ergriff sie, wurde zu ihrem eigenen. Allerdings war es kein schönes Gefühl, sondern sie war plötzlich hilflos, dann flammte Wut in ihr auf und schließlich Verzweiflung. Tiefe Verzweiflung.

Sie keuchte und ging in die Knie, starrte den Kamin an.

Langsam entließen die Gefühle sie aus ihrem Würgegriff und zogen sich zurück. Eine tiefe Sehnsucht und Trauer blieben.

Vivien schüttelte den Kopf. Nein, sie durfte nicht traurig sein. Dafür war nicht die Zeit. Sie musste Callum retten. Und es gab auch gar keinen Grund, traurig zu sein. Es war alles in Ordnung. Bestimmt war alles in Ordnung.

»Ich komme«, sagte sie zum Kamin, als ob Callum sie auf der anderen Seite hören könnte. »Ich werde dich da rausholen, und wenn es das Letzte ist, was ich tue.«

Plötzlich klickte die Tür leise. Vivien fuhr herum und sah, wie jemand sie öffnete. Sofort sprang sie auf die Beine. Was sollte sie sagen, wenn auf einmal ein Gast hereinkam?

Doch es war kein Gast, sondern Hollys Gesicht erschien in der Tür. »Vivien«, sagte sie ganz ruhig und lächelte warmherzig. »Du bist wieder da.«

Vivien drückte sich eine zitternde Hand auf die Kehle und nickte, sagen konnte sie nichts, denn ihr Hals war auf einmal so eng.

Hollys Blick huschte durchs Zimmer und Vivien wusste genau, wen sie suchte. Da sie immer noch nichts sagen konnte, schüttelte sie einfach nur den Kopf.

Bestürzt blickte Holly sie an, dann kam sie langsam auf Vivien zu. »Ich möchte dich jetzt in den Arm nehmen. Darf ich das?«

Erst wollte Vivien noch einmal mit dem Kopf schütteln. Sie hatte keine Zeit für so etwas. Doch als Holly immer näher kam, wünschte sie sich nichts mehr als das. Also nickte sie.

Holly lächelte warm und schloss sie vorsichtig in die Arme. Erst ganz sanft, dann ein wenig fester, drückte sie Vivien an sich. Zuerst versteifte Vivien sich, doch als die Ruhe, die Holly ausstrahlte, langsam auf sie überging, entspannte sie sich ein wenig. Sie ließ den Kopf auf Hollys Schulter sinken und atmete zitternd ein. Mit der flachen Hand rieb Holly große Kreise über ihren Rücken. Sie sagte nichts, machte auch keine beruhigenden Geräusche, und dafür war Vivien dankbar.

Und plötzlich kamen die Tränen. Sie überraschten Vivien so sehr, dass sie erst merkte, dass sie weinte, als eine Träne über ihre Nase rollte und auf Hollys Kleid tropfte. Sie wollte sich losmachen, die Tränen stoppen, aber sie konnte nicht. Schon gar nicht, als Holly leise sagte: »Es ist in Ordnung. Die Tränen sind gut. Danach geht es dir besser.« Ihre Stimme war samtig und warm und immer noch strahlte sie diese Ruhe aus.

Und das war es, was Vivien die Erlaubnis gab, endlich zu weinen. Um Callum, der nun ganz allein im 15. Jahrhundert war. Um Fiona, die doch nicht bei Kenneth, sondern wer weiß wo war. Und auch um Alasdair, den sie heute auf so schreckliche Weise verloren hatte. Verrat war schlimmer als jede körperliche Wunde, die er ihr hätte zufügen können.

Und gleichzeitig wusste sie, dass er sich nur so verhalten hatte, weil er in Sorge um seine Tochter war. Dass er sie immer noch nicht gefunden hatte, brach Vivien das Herz. Sie weinte um die beiden Kinder und die Liebe, die sie dort zurückgelassen hatte.

Es tat so gut, von jemandem gehalten zu werden, der verstand. Vivien wusste nicht, woher diese Ahnung kam, aber Holly verstand genau, was hier vor sich ging. Es war, als ob ein unsichtbares Band zwischen ihnen bestehen würde, weil sie Ähnliches erlebt hatten.

Erst schluchzte sie verhalten, versuchte, nicht zu schwach zu wirken. Doch dann schüttelte sie ein Weinkrampf, während Holly ihr immer weiter den Rücken streichelte. Dann, ganz langsam, versiegten die Tränen und Vivien konnte endlich wieder durchatmen. Obwohl ihre Augen verquollen waren und die Tränen dafür sorgten, dass sie nichts sehen konnte, waren ihre Gefühle so glasklar wie ein Bergsee. Sie wühlte sich nicht mehr durch die Verzweiflung wie durch ein Schlammloch, sondern sie hatte die Kraft, zu sehen, was zu tun war.

Wer hätte gedacht, dass Tränen so reinigend sein konnten. Dann hätte sie das schon viel früher gemacht und hätte sich vielleicht nicht von ihren Gefühlen für Alasdair so benebeln lassen.

Sie hatte das Wesentliche aus dem Blick verloren. Denn das war Callum.

Vorsichtig machte sie sich von Holly los. »Danke«, sagte sie und ihre Stimme war ein Krächzen.

»Schön, dass es dir ein bisschen besser geht.«

Vivien nickte und nahm das Taschentuch entgegen, das Holly ihr hinhielt. Es war ein weiches Papiertaschentuch, das Holly irgendwoher gezaubert hatte. Vivien starrte darauf und bewegte es in den Händen. »Es ist so weich«, sagte sie.

Holly lachte leise. »Es wird noch einige Dinge geben, die dir sonderbar vorkommen werden und die du früher nicht einmal bemerkt hast.«

Vivien seufzte, nickte und putzte sich die Nase.

Holly rieb ihr über den Arm. »Was brauchst du jetzt?«

Vivien straffte die Schultern. »Ausrüstung. Eine Waffe wäre gut. Und Antworten.«

Holly öffnete den Mund und starrte sie einen Moment lang an, dann blinzelte sie. »Ich hatte eher an etwas zu essen und eine warme Dusche oder Schlaf gedacht.«

Doch Vivien schüttelte den Kopf. »Ich muss wieder zurück. Aber ich muss mich dieses Mal besser ausrüsten.«

Holly runzelte die Stirn. »Ich verstehe dich gut. Aber sag mir doch, wozu du eine Waffe brauchst.«

»Ich muss Callum befreien.«

Holly atmete tief ein und rieb sich über den Brustkorb. »Das heißt, Callum lebt?«

Vivien legte den Kopf schief. »Glaubst du, dass ich noch so ruhig wäre, wenn er tot wäre? Nein, es geht ihm vermutlich gut, aber ich will ihn trotzdem nach Hause holen. Er kann dort nicht bleiben.«

»Wird er gefangen gehalten?«

Vivien bemerkte, dass Hollys Hand zitterte, und sie fragte sich, was es damit auf sich hatte.

Über ihre Antwort musste Vivien einen Moment nachdenken. »Ja, im Grunde schon. Wir waren beide in Gefangenschaft. Aber wir waren nicht in Ketten in einem Kerker, sondern auf Dun Coinneach. Wir konnten uns frei bewegen. Also Callum zumindest. Ich nur bedingt.« Sie merkte selbst, wie schnell und abgehackt sie sprach, aber sie war gedanklich schon dabei, eine Waffe zu organisieren.

Holly schaute sie fragend an. »Und du konntest von dort fliehen?«

Vivien rieb sich über die Stirn. »Ja. Nein. Ach, es ist eine lange Geschichte.«

Verständnisvoll lächelte Holly. »Das ist es immer. Aber es wäre gut, wenn du sie mir erzählst.«

Vivien schüttelte den Kopf. »Dafür habe ich keine Zeit. Ich muss zurück.«

Doch Holly griff nach ihrer Hand. »Ganz ruhig, Vivien. Du hast eben selbst gesagt, dass du Ausrüstung, eine Waffe und Antworten brauchst. Die Antworten können wir dir bestimmt geben und das andere finden wir auch irgendwie. Vielleicht brauchst du dann noch nicht einmal eine Waffe.«

Vivien hielt inne. »Wer ist wir? Du meinst Isla?«

Holly schüttelte den Kopf.

»Ist Brynne wieder da?« Hoffnungsvoll schaute Vivien Holly an. An Brynne hatte sie definitiv einige Fragen, denn mittlerweile war sie überzeugt, dass Holly die Wahrheit gesagt hatte und Brynne in der Vergangenheit zur Legende geworden war. Die konnte ihr bestimmt so einiges darüber erzählen, was sie jetzt tun sollte.

Doch leider schüttelte Holly erneut den Kopf. »Nein. Das heißt, ja, sie war da, aber mittlerweile ist sie wieder zu Hause.«

Vivien rieb sich über die Stirn. Ihr Kopf schmerzte immer noch höllisch und ihre Knie waren wackelig. »Zu Hause? Du meinst, sie ist wieder in London?«

Hollys Lachen war warm und weich. »Nein, sie ist in ihrem neuen Zuhause. Auf Kintallan im Jahr 1492.«

Verständnislos schaute sie Holly an. »Sie ist dort geblieben? Aber warum?« In diesem Moment, da sie allein um die Sicherheit von Callum besorgt war, konnte sie nicht verstehen, dass jemand so etwas tat.

Holly nickte. »Weil sie dort ihr Zuhause gefunden hat.«

Vivien zögerte und schaute zum Kamin. »Kann ich zu ihr reisen? Ich würde gern mit ihr sprechen.« Es gab so vieles, was sie Brynne fragen wollte. Einfach nur, weil sie die gleichen Erfahrungen gemacht hatte wie Vivien. Oder zumindest ähnliche.

Bedauernd schüttelte Holly den Kopf und eine tiefe Enttäuschung breitete sich in Vivien aus. »Das ist leider nicht möglich.« Aufmerksam schaute sie Vivien an. »Weißt du, in welchem Jahr du warst?«

»1402«, sagte Vivien missmutig und starrte den Kamin an, der sie, wie es ihr schien, immer noch an sich ziehen wollte, um sie zu verschlucken.

»Oh«, sagte Holly und es kam Vivien vor, als wäre sie enttäuscht. Doch gerade hatte sie keine Energie, nachzufragen, warum das so war.

Sie verschränkte die Arme. »Wenn Brynne mir schon keine Antworten geben kann, dann will ich sie jetzt von dir haben. Und dann mache ich mich wieder auf den Weg. Callum braucht mich.«

Holly lächelte. »Also gut, das kann ich nur zu gut verstehen. Dann machen wir es jetzt so: Du kommst mit in meine Wohnung. Dort werden wir dir alle Fragen beantworten, die du hast, während du nebenher duschst und etwas isst. Außerdem möchte ich, dass du jemanden kennenlernst.«

Vivien hielt inne. »Wen?«

»Drei meiner Freunde, die genauso sind wie du und ich.«

Viviens Herz klopfte zum Zerspringen. »Es gibt noch mehr von uns?«

Holly nickte. »Das habe ich dir doch damals erzählt. Kurz bevor du und Callum verschwunden seid. Weißt du noch?«

Vivien zog eine Grimasse. »Ich fürchte, ich habe dir in dem Moment weder geglaubt, noch hatte ich den Kopf dafür. Ich habe immer wieder versucht, mich daran zu erinnern, was du damals gesagt hast, aber da ist vieles an mir vorbeigegangen.«

»Das glaube ich gern. Du warst besorgt wegen des Vaters deines Sohnes, nicht wahr?«

Übelkeit erfasste Vivien, als sie daran dachte, dass Jeff hier auf sie wartete. In den letzten Tagen hatte sie nicht oft an ihn gedacht. Da war nur noch Alasdair gewesen.

Alasdair. Als sie an ihn dachte, konnte sie für einen Moment nicht atmen. Oh Gott, es tat so weh, an ihn zu denken.

Mitfühlend legte Holly den Arm um sie. »War es so schlimm mit ihm?«

Vivien nickte, sagen konnte sie nichts. Es dauerte allerdings einen Moment, bis sie begriff, dass Holly von Jeff sprach und nicht von Alasdair.

Holly drückte sie noch einmal an sich. »Ich weiß, dass das alles viel ist, aber ich glaube, ich habe eine gute Nachricht für dich. Willst du sie hören oder musst du erst einmal weiter hier ankommen?«

Vivien schüttelte den Kopf. »Mir geht es gut. Was ist die gute Nachricht?« Die konnte sie jetzt weiß Gott gebrauchen.

»Dein Ex-Mann war in der Zwischenzeit hier.«

Entgeistert starrte Vivien sie an. »Du findest, dass das eine gute Nachricht ist?«

»Das ist es, denn du und Callum wart nicht da. Und da du Isla zumindest ein wenig über ihn erzählt hattest, als wir bei mir in der Wohnung zusammensaßen, konnten wir uns vorstellen, was ungefähr zwischen euch passiert war. Deswegen haben wir ein bisschen recherchiert.«

»Oh Gott«, murmelte Vivien. Sie wollte gar nicht wissen, was die anderen herausgefunden hatten.

»Eine andere von unseren Zeitreisenden war in ihrem vorherigen Leben Polizistin. Wir nutzen Tavia gern, um alles Mögliche herauszufinden. Sie hat noch gute Kontakte zu ihren alten Kollegen. Als sie einmal hier war, hat sie recherchiert und herausgefunden, dass Jeff Callum schon einmal entführt hat und auch im Gefängnis saß.«

»Aber nicht, weil er Callum entführt hatte, sondern weil er Steuerhinterziehung begangen hat. Dass er das Leben seines Sohnes und seiner Frau gefährdet hat, interessiert bei der Polizei ja niemanden.« Vivien hörte selbst, wie bitter ihre Stimme klang.

»Es tut mir so leid«, sagte Holly. »Ich weiß, wie das ist.«

Vivien schaute sie von der Seite an und fragte sich, woher Holly das wusste. Aber sie hatte nicht die Kraft, nachzufragen.

Doch Holly hatte ihren Blick anscheinend richtig gedeutet. »Ich war selbst nie Opfer von häuslicher Gewalt. Aber ich habe in meiner Zeit in der Vergangenheit ein Haus für Frauen geleitet, die so einer Situation entkommen sind. Ich habe viele Geschichten gehört und Dinge gesehen, die ich nie vergessen werde«, sagte sie leise.

Mit aller Macht drängte Vivien die Bilder zurück, die sich ihr aufdrängen wollten. Nein, sie war kein Opfer mehr. Aus dieser Situation hatte sie sich befreit. »Irgendwie sind wir immer noch nicht bei den guten Nachrichten und meinem Ex-Mann angekommen.« Ihre Stimme war ein bisschen kratzig, weil ihr schon wieder Tränen im Hals steckten.

Holly atmete tief durch. »Das stimmt. Es tut mir leid. Also, er war hier, obwohl er es eigentlich nicht durfte. Aber wir wussten über ihn Bescheid. Tavia hatte uns sogar ein Foto von ihm besorgt, damit wir ihn erkennen, wenn er kommt. Und das hat Isla dann auch. Er ist einfach in die Lobby spaziert und hat nach dir gefragt. Aber sie hat ihm erklärt, dass du nicht mehr auf Kintallan arbeitest und mit deinem Sohn woanders hingezogen wärst. Leider unbekannt verzogen.« Sie lächelte. »Er hat dann noch die Falknerei besucht und war bei einer Vorstellung dabei, aber Timothy hat das alles gut im Griff gehabt und es wirkte, als ob er schon seit Jahrzehnten mit den Tieren arbeiten würde.«

Vivien hielt die Luft an. »Timothy hat also alles übernommen? Den Vögeln geht es gut?«

Holly drückte ihre Schultern. »Warum wundert es mich nicht, dass du zuerst an deine Vögel denkst? Ihnen geht es gut. Timothy wirkte am Anfang etwas überfordert, aber er ist sofort eingesprungen. Mittlerweile genießt er es sogar richtig.« Sie machte eine kurze Pause, als ob sie ihre nächsten Worte genau abwägen müsste. »Ich denke, er hätte nichts dagegen, wenn du wiederkommst. Aber wenn nicht, würde er bestimmt übernehmen.«

Ganz kurz flammte Eifersucht in Vivien auf. Sie wollte nicht, dass ihre Vögel sich gut mit Timothy verstanden. Niemand als sie selbst sollte die Falknerei auf Kintallan führen. Doch dann dachte sie daran, wie dankbar sie sein sollte, dass jemand sich um alles gekümmert hatte, als sie fort gewesen war.

»Ich werde nur Callum holen und dann kommen wir zurück.«

Holly bedachte sie mit einem sonderbaren Blick, als ob sie etwas wüsste, das Vivien noch verborgen war. Doch dann nickte sie. »Aber werdet ihr auch auf Kintallan bleiben? Jeff denkt, dass ihr nicht mehr hier seid. Er ist dann einfach wieder abgereist.«

Vivien hob die Schultern. »Das habe ich noch nicht entschieden. Ich kann im Moment nur bis zu dem Zeitpunkt denken, da ich mit Callum wieder hier ankomme. Bis dahin liegt noch ein weiter Weg vor uns.« Sie nickte entschlossen. »Und für den brauche ich jetzt Antworten und mehr Wissen.«

Holly lächelte. »Und eine Dusche und etwas zu essen?«

»Meinetwegen auch das. Aber die Antworten und die Ausrüstung haben Priorität. Ich muss vor Alasdair nach Dun Coinneach zurückkehren.«

»Wer ist Alasdair?«, fragte Holly.

»Niemand«, sagte Vivien und atmete tief durch. »Absolut niemand.«

»Ich verstehe«, erwiderte Holly und in ihrer Stimme lag etwas Wissendes.

Doch Vivien wusste, dass sie das niemals begreifen konnte. Niemand würde verstehen, was sie und Alasdair verband, denn es war einzigartig.

32

V ivien fühlte sich schmutzig und verlottert, als sie mit Holly
durch die Gänge von Kintallan ging. Das Burghotel war
kein Nobelhotel, aber es war immer sehr sauber und gepflegt.
Darauf achteten Holly und Isla genau.

Früher hatte Vivien sich mit ihrer Outdoorkleidung und den
oft dreckigen Fingernägeln schon manchmal ein wenig deplatziert
gefühlt, aber da sie als Falknerin immer eine besondere Stellung
hatte und die Gäste ihren Beruf faszinierend gefunden hatten, war
es immer okay gewesen. Doch jetzt trug sie ein dreckiges und am
Saum nasses Kleid. Ihre Haare waren unordentlich zusammenge-
bunden und irgendwo steckte bestimmt wieder ein Blatt. Sie hatte
seit Wochen nicht geduscht oder gebadet und sich nur proviso-
risch die Zähne geputzt, so gut das mit kleinen ausgefransten
Birkenzweigen eben ging. Da war der Dreck unter ihren Fingernägeln das geringste Problem.

Sie trafen ein paar Gäste, die sie neugierig musterten, doch
Vivien hielt den Blick gesenkt und zog ihren Umhang fester um
sich.

Je weiter sie von dem Zimmer weggingen, desto besser konnte
sie atmen. Der Kamin war wirklich ein Energiefresser.

Holly blieb vor der Tür ihrer Wohnung stehen. »Wie geht es dir?«, fragte sie.

»Gut«, antwortete Vivien automatisch. »Ich will nur bald wieder los.«

»Hast du Kopfschmerzen? Ist dir übel?«

»Kopfschmerzen habe ich. Aber es ist nicht so schlimm. Nicht mehr. Oben war es heftiger.«

»In der Nähe des Steins?«

»Welcher Stein?«

Holly hob die Augenbrauen. »Der im Kamin. Der das Tor markiert.«

Vivien hielt inne. »Ich dachte, der ganze Kamin ist das Tor.«

»Nein, es ist nur ein Stein, aber sie haben ihn in dem Kamin verbaut. War das in deinem Jahr auch schon so?«

Vivien nickte und dachte daran, wie sie mit Callum direkt vor dem Kamin aufgewacht war.

Holly seufzte. »Dann müssen sie ihn wirklich schon gleich zu Anfang verbaut haben.«

»Ist das so schlimm?«, fragte Vivien vorsichtig.

Holly schüttelte den Kopf. »Man kann das Tor deswegen nicht bewegen. Aber das soll jetzt nicht deine Sorge sein. Wir haben dafür gesorgt, dass wir immer Zugang zum Zimmer haben, damit wir ungestört reisen können. Es wird nicht mehr mit Gästen belegt werden.«

Vivien kniff die Augen zusammen. »Stimmt, es wäre wirklich nicht gut, wenn man einfach so auftaucht, wenn dort gerade Gäste sind. Oder kann man von der anderen Seite wissen, wer dort ist?«

Holly schüttelte den Kopf. »Nein, kann man nicht. Das wäre allerdings wunderbar. Man muss es auf gut Glück versuchen.« Sie zog eine Grimasse. »Brynne zum Beispiel ist wiedergekommen, als gerade Gäste im Zimmer waren. Deswegen haben wir das jetzt anders geregelt, da wir nicht wussten, wann ihr wiederkommt.«

Grimmig nickte Vivien. »Und auch für die Abreise ist es gut. Da wir gerade davon sprechen, ich möchte bald wieder los.«

»Verstehe.« Holly legte ihr eine Hand auf den Arm. »Eins noch. Dort drinnen warten drei Menschen auf dich und ich will dir kurz erzählen, wer sie sind, damit du dich darauf einstellen kannst. Sie haben die Antworten, die du brauchst. Zumindest einige davon.«

Vivien nickte. Aufregung ergriff sie.

Holly fuhr fort. »Zum einen sind dort Jenna und Evan Mackenzie. Er ist ein Zeitreisender, lebt jetzt aber hier. Außerdem ist Evan Arzt und kann dich notfalls untersuchen. Oder Callum, wenn du mit ihm zurückkommst. Manchmal haben wir Zeitreisenden medizinische Probleme, die kein normaler Arzt versteht. Evan hingegen schon, da er die richtigen Fragen stellen kann. Evan ist mit Jenna verheiratet. Sie ist die Torhüterin in Dundarg.«

»Es gibt mehrere solcher Kamine?« Vivien hatte Mühe, das alles zu begreifen.

Holly hob die Schultern. »Meistens sind es einfach nur Steine. Und ja, es gibt mehrere. Wir entdecken immer noch neue. Einige sind auch verschüttet oder nicht mehr zugänglich.«

»Und in Dundarg ist auch so einer?« Sie hatte dort in der Nähe mal an einer Jagd teilgenommen und die Burg von Weitem gesehen.

»Genauso wie in Eriness.«

Unruhig verschränkte Vivien die Arme. »Die Burg habe ich einmal besucht. Aber da habe ich nichts gefühlt. Oder kann ich die anderen Tore nicht benutzen?«

»Doch, das kannst du vermutlich. Wir haben noch nicht ganz herausgefunden, wie es funktioniert, aber der Stein in Eriness führt anscheinend nur in ein bestimmtes Jahr. Dundarg hingegen führt jede Person in eine andere Zeit.«

»Das heißt, ich könnte auch den Stein in Dundarg benutzen, um zu Callum zu kommen?« Aufregung erfasste Vivien. Dann musste sie vielleicht gar nicht durch diesen Kamin zurückkehren und sich mit Kenneth auseinandersetzen.

»Möglich wäre es, aber ich würde es nicht empfehlen, denn du weißt nicht, wer dort zu der Zeit gerade ist. Wir haben zwar Aufzeichnungen über die Reisenden und Torhüter in vielen Jahren, aber so weit reichen die Einträge nicht zurück. Sechshundert Jahre sind eine lange Zeit.«

Vivien seufzte enttäuscht. »Außerdem ist es zu weit weg. Ich müsste von dort erst einmal nach ...« Sie brach ab, als ihr ein Gedanke kam. »Hat Dun Coinneach etwa auch so ein Tor? Sind sie immer in Burgen? Hat jede Burg so etwas?«

Holly schüttelte den Kopf. »Vermutlich nicht. Wir haben schon viele Burgen überprüft, aber sind nur selten fündig geworden.«

»Habt ihr Dun Coinneach überprüft?«

»Soweit ich weiß, ist es in Privatbesitz und nicht für die Öffentlichkeit zugänglich.«

»Dann gehe ich einfach so hin und prüfe es«, sagte Vivien bestimmt. Zitternd atmete sie ein. »Vielleicht ist es dann möglich, dass ich vor ihm wieder da bin und mit Callum einfach verschwinden kann.«

Holly legte ihr eine Hand auf den Arm, wie um sie zurückzuhalten. »Hast du denn ein Tor gefühlt, als du dort warst?«

Vivien runzelte die Stirn. »Du meinst dieses merkwürdige Kribbeln?«

Holly nickte.

»So fühlt sich das Tor an?« Enttäuschung machte sich in ihr breit. »Nein. Das habe ich dort nie gespürt.«

»Was bedeutet, dass es vermutlich kein Tor gibt. Es tut mir sehr leid.«

Vivien kniff die Augen zusammen, um klar denken zu können. Was sollte sie tun? Trotzdem suchen? Aber dann würde sie vermutlich wertvolle Zeit vergeuden.

»Nimm dieses hier«, sagte Holly leise. »Das ist sicherer.«

Das entlockte Vivien ein leises Lachen. »Da wäre ich mir nicht so sicher. Ich denke, dass Kenneth MacLeod mich gleich in den Kerker schmeißt, wenn er mich erwischt.«

»Dann darf er dich eben nicht erwischen.«

»Und dann muss ich irgendwie nach Dun Coinneach kommen.«

»Kennst du denn den Weg?«

»Grob. Ich könnte einen Kompass mitnehmen. Der müsste dort doch funktionieren. Und vielleicht eine Karte, damit ich weiß, durch welche Täler ich muss«, überlegte sie laut.

Holly legte ihr eine Hand auf die Schulter. »Um die Logistik können wir uns gleich kümmern. Jetzt möchte ich dir erst einmal die anderen drei vorstellen. Also, es sind Jenna und Evan, die das Tor in Dundarg hüten und viel Erfahrung mit Zeitreisen haben. Und dann ist noch Maira gekommen. Auch sie kennt sich gut aus. Sie ist die Torhüterin auf Eriness und lebt im Jahr 1594. Es ist Zufall, dass sie da ist, da wir etwas anderes zu besprechen hatten. Aber ich hatte so ein Gefühl, dass du kommst, und habe sie gebeten, noch ein paar Tage zu bleiben. Du hast also Glück.«

Vivien war sich nicht sicher, ob sie es Glück nennen würde, dass sie sich jetzt mit irgendwelchen Leuten unterhalten sollte. Zeitreisende hin oder her.

Holly schien zu ahnen, was sie dachte. »Ich weiß, dass du glaubst, dass du keine Zeit hast. Aber sieh es doch so: Sie haben Fachwissen, das dir fehlt. Und vielleicht kann es dir helfen, Callum zu befreien. Denn Maira und Evan haben etwas gemeinsam. Ihre Geschwister sind auch Zeitreisende und sie haben beide jeweils ihre Schwestern in der Vergangenheit gesucht. Und auch wenn es nicht das Gleiche ist, wie einen dreizehnjährigen Sohn befreien zu wollen, wissen sie, wie du dich fühlst. So wie ich auch.« Es schien, als wollte sie noch mehr sagen, aber dann schwieg sie.

Vivien ahnte, dass Holly recht hatte. »Also gut, ich habe vermutlich keine andere Wahl.«

»Man hat immer eine Wahl, Vivien. Und das ist das Gute. Aber glaub mir, du kommst schneller an dein Ziel, wenn du unsere Hilfe annimmst. Wir beide sind uns nicht so unähnlich. Wir denken immer, dass wir alles allein meistern müssen, weil das in der Vergangenheit auch so war und uns niemand unter die Arme gegriffen hat. Doch das hier ist eine Gemeinschaft von Menschen, die alle eine besondere Fähigkeit haben, über die man mit niemandem sonst sprechen kann. Wir müssen zusammenhalten, sonst gehen wir in der Zeit verloren.«

Ihr Gesichtsausdruck war so entschlossen, als wäre sie Jeanne d'Arc auf dem Weg zum Schlachtfeld, und auf einmal fragte Vivien sich, was Holly für eine Geschichte hatte, dass ihr das so wichtig war. Aber jetzt war wirklich nicht die Zeit, danach zu fragen. Später, wenn sie mit Callum zurück war, würde sie Holly danach fragen.

Sie nickte. »Ich will nur so schnell es geht zurück.«

»Das wollen wir auch. Deswegen nimm unsere Hilfe an.«

»Also gut«, seufzte Vivien.

Holly lächelte. »Früher hättest du *okay* gesagt.«

»Früher war auch noch alles anders«, sagte Vivien, und in Gedanken fügte sie hinzu: Früher war vor Alasdair, und nichts würde mehr so sein, wie es einmal war. Doch das würde sie Holly nicht sagen, denn es ging nicht um Alasdair, sondern um Callum.

33

Als Vivien hinter Holly in die Wohnung trat, war ihr zunächst ein bisschen unwohl. Dann kam eine Frau mit ausgestreckten Händen auf sie zu. Sie trug ebenfalls ein Wollkleid und hatte kastanienbraune Locken. Irgendwie kam sie Vivien bekannt vor.

»Du musst Vivien sein. Wie schön, dich endlich kennenzulernen. Ich bin Maira.« Sie legte den Kopf schief. »Kennen wir uns?«

Zögernd nahm Vivien die ausgestreckten Hände. Sie war eigentlich niemand, der fremde Menschen gern anfasste. Doch als sie Maira berührte, passierte etwas Unerwartetes. Sie entspannte sich.

Die andere Frau lächelte sie an. »Vermutlich ist das gerade etwas viel, oder? Vor allem, da du eben zurückgekehrt bist.«

Vivien nickte stumm.

»Ich habe trotzdem das Gefühl, dass wir uns schon einmal gesehen haben«, sagte Maira. Dann hellte sich ihr Gesicht auf. »Du warst ein paarmal als Gast in meinem Café in Achnagary. Das Haunted Café. Richtig?«

Erleichtert atmete Vivien durch. Sie hasste es, wenn sie Menschen nicht zuordnen konnte. Das machte ihr immer Angst, da sie nicht wusste, ob von diesen Menschen eine Gefahr ausging. Aber Maira wirkte überhaupt nicht gefährlich. Ganz im Gegenteil, ihre Ruhe war ansteckend und Vivien spürte, wie sie leichter atmen konnte.

»Das stimmt, dort habe ich dich schon einmal gesehen. Aber es ist Jahre her.«

Maira lächelte. »In der Zwischenzeit ist viel passiert und ich führe das Café nicht mehr. Das lässt sich so schwer regeln von dort, wo ich jetzt wohne.« Sie verdreht gespielt genervt die Augen. »Die Internetverbindung ist so schlecht.«

Wider Willen musste Vivien lächeln. Sie mochte die andere Frau sofort.

Maira drückte ihre Hände noch einmal. »Hat Holly schon Gelegenheit gehabt, dir etwas zu erzählen? Sie sagte, dass sie das Thema vor deiner Abreise nur kurz angeschnitten hat, und dann warst du schon fort.«

»Ein bisschen. Eben vor der Tür, damit ich weiß, dass ihr hier seid.« Vivien räusperte sich.

»Ich hoffe, es wird dir nicht alles zu viel. Wenn doch, sag es einfach. Jeder braucht etwas anderes, wenn er zurückkommt. Und zu Beginn ist alles noch viel überfordernder als später, wenn man sich an die Reisen gewöhnt hat.«

»Es geht schon«, sagte Vivien schnell. »Ich muss allerdings auch gleich wieder los.«

Wenn Maira überrascht war, ließ sie es sich nicht anmerken. Sie nickte. »Das ist manchmal so. Um wen geht es?«

»Um meinen Sohn.«

Maira drückte fest ihre Hände. »Dann ist er also noch dort? Das muss furchtbar für dich sein. Weißt du, ob es ihm gut geht? Wir sollten unbedingt überlegen, wie du schnellstmöglich zu ihm zurückkehren kannst.«

Erstaunt schaute Vivien sie an. Viele andere Frauen hätten mit Unglauben oder Schock reagiert, aber Maira blieb ganz ruhig und gleichzeitig war da eine angebrachte Besorgnis in ihrer Stimme.

334

Vivien wechselte einen Blick mit Holly. Sie hatte recht gehabt. Es tat gut, mit anderen Zeitreisenden darüber zu sprechen.

Sie nickte. »Das wäre wirklich gut. Ich mache mir Sorgen um ihn.«

Eine andere Frau stand vom Sofa auf. Sie war schwanger und legte sich beim Aufstehen eine Hand auf den Bauch. Mit einem Lächeln trat sie auf Vivien zu. »Hallo, ich bin Jenna. Es ist wirklich schön, dass du wieder da bist. Aber Maira hat recht, wir müssen dafür sorgen, dass du deinen Sohn schnellstmöglich nachholen kannst. Wo ist er jetzt?«

»Auf Dun Coinneach.«

Maira runzelte die Stirn. »Bei den Mackenzies. Wie ist es dazu gekommen?«

Bevor Vivien antworten konnte, fragte Jenna: »Über welches Jahr sprechen wir eigentlich?«

»1402«, sagte Vivien leise und auf einmal kam es ihr albern vor, sich so über die Zeitreisen zu unterhalten.

Jenna zog die Augenbrauen zusammen. »Ich glaube, darüber haben wir nicht viele Aufzeichnungen. Aber wir werden schon einen Weg finden.«

Maira nickte. »Gemeinsam schaffen wir das.« Sie nahm wieder Viviens Hände. »Aber jetzt setz dich erst einmal. Du musst erschöpft sein und du brauchst deine Kraft, wenn du bald zurückwillst. Belastet die Reise dich sehr? Hast du Kopfschmerzen?«

Vivien setzte sich aufs Sofa. Es war merkwürdig, so tief in die Kissen einzusinken. Schon lange hatte sie nicht mehr auf einem so weichen Möbelstück gesessen. Selbst die Betten mit ihren strohgefüllten Matratzen waren härter.

Jenna setzte sich auf den Sessel und schaute Vivien mitfühlend an. »Wir überfordern dich, oder?«

»Nein«, sagte Vivien rasch. So schnell war sie nicht zu überfordern.

»Sag mir ruhig, wenn es so ist. Wir haben dafür Verständnis. Die paar Male, die ich gereist bin, musste ich mich danach meistens ein paar Tage ausruhen, so fertig war ich. Aber ich habe das Gefühl, dass es dringlich ist, dass du deinen Sohn findest, deswegen machen wir jetzt schnell. Ist das okay?«

Alle drei Frauen schauten Vivien abwartend an und sie merkte, dass sie wirklich auf eine Antwort warteten. Auf einmal hatte sie einen Kloß im Hals. Wenn sie vor Jeff auf der Flucht gewesen war, hatte sie immer allein vor jeder Entscheidung gestanden. Das hier fühlte sich gut an. Und auch wenn sie nicht wusste warum, fühlte sie sich Maira und Jenna verbunden, als ob sie sich schon länger kennen würden. So war es mit Brynne auch gewesen, und auch mit Holly und Isla, als sie damals nach Kintallan gekommen war.

Sie runzelte die Stirn. »Ich habe das Gefühl, als ob wir uns kennen würden.« Es dauerte einen Moment, bis sie begriff, dass sie die Worte laut ausgesprochen hatte. Sie schaute Maira an. »Nicht nur, weil ich als Gast im Haunted gewesen bin, sondern auf einer tieferen Ebene.«

Maira lächelte. »Das Gefühl kennen wir alle. Wir finden auf diesen Zeitreisen nicht nur das Leben, für das wir eigentlich bestimmt sind, sondern auch die Menschen, die wir lieben, und Freundschaften, die so tief sind, dass man sie als eine Schwesternschaft bezeichnen könnte. Und das manchmal, obwohl man sich gerade erst kennengelernt hat.«

Holly lächelte. »War das bei dir und Tavia etwa auch so?«

Maira verzog das Gesicht und schüttelte den Kopf. »Ich glaube, sie war eine Ausnahme. Was aber vielleicht daran lag, dass sie mich am Anfang verhaften wollte.« Ihr Blick wanderte zurück zu Vivien. »Lange Geschichte. Die erzähle ich dir ein anderes Mal. Jetzt müssen wir erst einmal deinen Sohn retten. Es sei denn, du willst dich ausruhen.«

Vivien schüttelte den Kopf. »Nein. Ausruhen werde ich mich erst wieder, wenn er wohlbehalten zurück ist.«

»Gut, dann erzähl, was passiert ist, und wir schauen, wie wir dir helfen können.«

In diesem Moment ging die Tür auf und ein Mann trat ein. Er hatte dunkle Haare und braune Augen, er trug Jeans und ein kariertes Hemd, aber seine ganze Statur sah aus wie die der Männer aus dem 15. Jahrhundert. Als ob er es gewohnt wäre, zu kämpfen.

»Entschuldigt, ich war im Dorf, als ich gemerkt habe, dass jemand gereist ist, und konnte nicht so schnell weg.« Er lächelte Vivien an. »Du musst Vivien sein.«

Sie nickte.

Er trat neben das Sofa und sein Blick streifte ganz kurz Jenna. Und obwohl es nur eine Sekunde dauerte, sah sie den zärtlichen Ausdruck in seinen Augen, als er sie anschaute. Auch Jenna lächelte ihn warm an, sie schien förmlich zu leuchten.

Evan hockte sich auf die Lehne des Sessels, auf dem Jenna saß, und hielt Vivien die Hand hin. »Ich bin Evan Mackenzie.«

Der Name fuhr ihr durch Mark und Bein und für einen kurzen verrückten Moment fragte sie sich, ob Evan möglicherweise ein Nachfahre von Alasdair war. Ein bisschen Ähnlichkeit hatten sie. Aber das war ein absurder Gedanke.

Sie ergriff seine Hand und schüttelte sie. Da war das gleiche Gefühl wie bei Maira. Diese Vertrautheit. Als ob sie sich schon sehr lange kennen würden. Und es war ein Gefühl, das sie mehr genoss, als sie zugeben wollte.

Jenna legte ihrem Mann eine Hand aufs Bein. »Vivien ist leider ohne ihren Sohn wiedergekommen. Sie will gleich zurück und ihn suchen. Wir wollen ihr helfen, einen Plan zusammenzustellen. Sie kommt aus dem Jahr 1402 und ihr Sohn ist in Dun Coinneach bei den Mackenzies.« Es wirkte fast, als ob sie es gewohnt wäre, die wichtigsten Informationen über eine Zeitreisende schnell auf den Punkt zu bringen.

Evan nahm konzentriert die Informationen auf. »Dun Coinneach ist etwa einen halben Tagesritt von hier entfernt, oder?«

Vivien nickte und war erstaunt, dass alle gleich bei der Sache waren, als ob sie für den heutigen Abend ein nettes Beisammensein planen würden.

Evan legte den Kopf schief. »Hast du ein Pferd zur Verfügung? Und jemanden, der dich begleitet?«

»Leider nicht.« Sie dachte an Kavan und wie schnell er lief. Und wie gern hätte sie Balthair an ihrer Seite gehabt, denn als sie sich an die Wegelagerer erinnerte, wusste sie nicht, ob sie mit denen fertigwerden würde.

»Könntest du ein Pferd leihen?«, fragte Maira. »Kennst du die MacLeods, die hier in dem Jahr leben?«

Jenna hob die Hände. »Stopp, jetzt sollten wir erst mal einen Schritt zurücktreten. Vivien, erzähl doch mal, wie das abgelaufen ist, als ihr hingegangen seid. Ich brauche die ganze Geschichte, wenn der Plan vernünftig werden soll.«

Holly lächelte nachsichtig. »Jenna liebt Pläne, falls dir das noch nicht aufgefallen ist.«

»Wenn es ginge, würde sie sogar eine Präsentation darüber zusammenstellen«, neckte Evan seine Frau.

Die hob die Schultern. »Es ist am Ende effizienter und wir vergessen nichts. Also, Vivien, ihr habt Callum in dem Zimmer gefunden, er wollte dir was zeigen, hat das Tor berührt und du bist mit ihm mitgegangen. Was ist danach passiert? Und wo ist er jetzt?«

Vivien lehnte sich zurück und betrachtete einen Kratzer auf ihrer Hand. Sie war sich nicht mehr sicher, ob sie sich den bei der Arbeit mit Sgian oder im Bett mit Alasdair zugezogen hatte.

Auf einmal wurde ihr Herz schwer. Doch dann konzentrierte sie sich. Es war wichtig, dass sie schnell einen Plan machten.

»Callum hatte dort einem kranken Mädchen Antibiotika gebracht. Aber er war sich auf einmal nicht mehr sicher, ob er das Richtige getan hatte. Also hat er mich geholt. Als wir bei ihr im Zimmer waren, kam ...«, fast hätte sie *Alasdair* gesagt, denn mittlerweile war er ihr so vertraut, »kam ein Mann herein. Er war auf der Suche nach seiner Tochter, die entführt worden ist. Und zwar von Kenneth MacLeod, dem Chief der MacLeods. Er nahm an, dass ich Kenneth MacLeods Frau bin und Callum sein Sohn, und hat uns beide ebenfalls entführt.«

Sie hielt inne und wartete, dass jemand etwas fragte, doch alle schwiegen und ließen ihr die Zeit, die sie brauchte.

»Er hat uns nach Dun Coinneach gebracht. Ich habe dann erfahren, dass sein Name Alasdair Mackenzie ist. Er ist der Chief der Mackenzies dort.«

Gott, warum fiel es ihr so schwer, seinen Namen auszusprechen?

Sie bemerkte, wie Jenna und Maira einen Blick wechselten.

»Es war nicht schlimm«, sagte sie deswegen hastig. »Er hat uns gut behandelt. Wie Gäste. Er hat uns nicht eingesperrt. Callum hat sogar Freunde gefunden und war die meiste Zeit draußen. Er wollte gar nicht zurück.« Sie räusperte sich, als ihr klar wurde, was sie gerade gesagt hatte. »Aber ich denke auch nicht, dass er dort ohne mich würde bleiben wollen. Er wusste nicht, dass man mich zurück nach Kintallan bringt, sonst wäre er bestimmt mitgekommen.«

Maira schaute sie aufmerksam an. »Es freut mich, dass es euch dort nicht schlecht gegangen ist. Das heißt, dieser Alasdair hat sich ehrenhaft verhalten?«

Schnell nickte Vivien. »Das hat er. Sehr sogar. Uns hat es an nichts gefehlt.« Sie wollte nicht einmal daran denken, dass er ihr jetzt fehlte.

Maira schaute sie durchdringend, aber mit einem liebevollen Ausdruck an. So als ob sie verstehen würde.

Jenna tauschte wieder einen Blick mit Maira, bevor sie fragte: »Und ist er es, der deinen Sohn jetzt gefangen hält?«

»Nein.« Vivien runzelte die Stirn. »Ich meine, ja. Es ist kompliziert.«

Evan lächelte. »Ich habe noch nie eine unkomplizierte Geschichte von Zeitreisenden gehört.«

»Aber im Grunde ist sie doch immer ganz einfach«, sagte Maira. »Sie drehen sich immer um die Liebe.«

Holly, die von der Küche aus zugehört hatte und gerade mit einem dampfenden Teebecher und einem Teller mit Früchten und Scones zurückkam, stellte alles auf dem Tisch ab. »Das ist nicht immer der Fall«, sagte sie und presste dann die Lippen zusammen.

»Bei mir geht es auch nicht um die Liebe«, sagte Vivien hastig.

Maira griff nach ihrer Hand. »Natürlich geht es das. Denn deine Liebe zu Callum ist so stark, dass du ihn retten willst. Und das ist gut so, denn auch wenn die Männer damals sicher etwas anderes behaupten, sind unsere Jungen mit dreizehn Jahren doch noch Kinder.«

Vivien schluckte. »Woher weißt du, dass er das gesagt hat?«

Maira lächelte. »Weil mein Mann es genauso sieht und wir nicht selten darüber diskutieren. Sein ältester Sohn ist gerade zehn geworden und er wird ganz anders behandelt als die Jungen in dem Alter hier. Ich kann mir vorstellen, dass es bei einem Dreizehnjährigen noch schlimmer ist. Aber für Duncan ist es normal, dass die Jungen viel früher wie Männer behandelt werden. Er findet es merkwürdig, dass wir das anders sehen. Wir lernen viel voneinander.«

Auf einmal wurde Viviens Hals wieder eng. Aber sie würde nicht weinen. »Er durfte noch nicht einmal mit bei mir im Zimmer schlafen. Wir haben uns nur beim Abendessen gesehen. Und manchmal, wenn ich mit Alasdair bei den Greifvögeln war.«

»Das muss hart für dich gewesen sein«, sagte Jenna mitfühlend.

Vivien hob die Schultern. »Zu Beginn ja, aber dann habe ich gesehen, wie sehr Callum das genossen hat. Er hat genau das Leben geführt, von dem er immer geträumt hat. Mit anderen Jungen – oder vermutlich sollte ich *jungen Männern* sagen – den ganzen Tag draußen sein. Er hat sogar schon gleich am ersten Tag einen guten Freund gefunden, der ihn gar nicht wie einen Gefangenen behandelt hat, sondern wie seinesgleichen. Es war, als ob

Callum mehr in dieses Leben gehören würde als in das hier. Als ob es da schon immer auf ihn gewartet hat und er jetzt endlich angekommen wäre.«

Für einen Moment war es ganz still, dann beugte Jenna sich vor und legte Vivien eine Hand aufs Knie. »Das klingt nach einer ganz klassischen Zeitreisegeschichte. Ich habe diesen Satz mittlerweile schon oft gehört. Dieses Gefühl, als ob das wahre Leben dort auf einen gewartet hätte, das kennen viele von uns.«

Maira nickte nachdrücklich. »So ging es mir auch. Es ist ein wunderbares Gefühl, wenn man es erst einmal für sich annimmt. Mein Leben hier hat sich nie so richtig angefühlt. «

Vivien bemerkte, dass Holly die Arme verschränkte und das Kinn etwas hob. Dann glaubte sie das also nicht.

»Wie war es denn bei dir?«, fragte Maira sanft. »Hast du es genauso empfunden wie Callum?«

Vivien öffnete den Mund, um Nein zu sagen, aber dann konnte sie es nicht. Sie dachte an die Nächte mit Alasdair, an die Vögel und wie sie gemeinsam mit ihm mit den Tieren gearbeitet hatte. Sie hob die Schultern. »Es gab Momente, in denen ich mich sehr wohlgefühlt habe, aber dann habe ich gemerkt, dass ich mich geirrt habe.«

»In ihm?«, hakte Maira nach und Vivien wusste, dass sie damit nicht Callum meinte. Und obwohl sie keine Ahnung hatte, woher Maira von Alasdair und ihr wusste, bestritt sie es nicht.

»Ja.«

»Magst du uns erzählen, was passiert ist?«, fragte Jenna. »Du musst nicht, aber manchmal tut es gut, denn wir verstehen das alle. Die meisten von uns haben diese Zeit der Unsicherheit und des großen Herzschmerzes durchlebt.«

Sie griff nach Evans Hand und drückte sie und Vivien fragte sich, ob ihr das überhaupt bewusst war. Obwohl sie die beiden erst seit wenigen Minuten kannte, konnte sie die tiefe Verbindung der beiden förmlich mit Händen greifen.

Es war ganz still im Raum.

Auf einmal erklang der Schrei eines Greifvogels. Es war ein Adler. Vivien setzte sich etwas aufrechter hin. Sie hatte keinen Adler in der Falknerei hier. Was bedeutete, dass es ein wildes Tier sein musste.

Was für ein Zufall. Und dann vielleicht auch wieder nicht. Mittlerweile fiel es ihr schwer, an Zufall zu glauben.

Sie dachte an Beira und wie sehr sie es genossen hatte, Alasdair dabei zuzuschauen, wie er den Steinadler fliegen ließ. Auf einmal wurde ihr Herz noch schwerer.

»Es gab eine Zeit, in der ich dachte, dass das zwischen ihm und mir echt wäre. Aber im Grunde hat er mir nie geglaubt.« Sie seufzte. Warum fiel es ihr so schwer, darüber zu sprechen? Vermutlich, weil es ihr erneut das Herz brach. Trotzdem ahnte sie, dass es guttun würde, mit den anderen darüber zu reden. Sie war es nur einfach nicht gewohnt, solche Informationen zu teilen.

Maira beugte sich vor, nahm den Teebecher und reichte ihn Vivien. »Lass mich raten. Er hat dich entführt und du hast Gefühle für ihn entwickelt, dich dann aber schlecht gefühlt, weil er ja eigentlich dein Entführer war.«

Vivien wollte auf den immer noch heißen Tee pusten, hielt aber inne und schaute Maira ungläubig an. »Woher weißt du das?«

Maira lächelte. »Weil ich in einer ganz ähnlichen Situation gesteckt habe. Und wir waren zusätzlich beide auf der Suche nach meiner Schwester, die leider bei einem verfeindeten Clan war. Und wenn diese Clanfehden dazu kommen, wird es in den Highlands sehr kompliziert. War das bei euch mit den Mackenzies und MacLeods auch so?«

Sprachlos starrte Vivien sie an, dann fing sie sich. »So ist es. Wie habt ihr es gelöst?«

Maira hob die Schultern. »Es war ziemlich kompliziert, aber zusammen mit meiner Schwester und den anderen«, sie zeigte auf Jenna und Evan, »haben wir es geschafft, das eigentlich Wichtige im Blick zu behalten.«

»Und was ist das?«, fragte Vivien.

»Die Liebe«, sagte Jenna. »Es ist immer die Liebe und das tiefe Vertrauen, das sie mit sich bringt. Das Wissen, dass man es immer gut miteinander meint.«

Vivien schüttelte den Kopf. »Alasdair vertraut mir aber nicht mehr. Er denkt, dass ich ihn belogen habe. Deswegen hat er mich ohne Callum nach Kintallan zurückgebracht. Und das kann ich ihm nicht verzeihen. Ich werde meinen Sohn holen und dann nie wieder dahin zurückkehren.«

Zu ihrer Überraschung sah sie, wie Holly bekräftigend nickte. Die anderen beiden Frauen hingegen schauten sie mitfühlend an.

»Das muss sehr schwierig für dich gewesen sein«, sagte Maira. »Man fühlt sich dann sehr hilflos, nicht wahr? Immerhin warst du seine Gefangene.«

Vivien schluckte. »Nicht mehr. Irgendwann hat er mir endlich geglaubt, dass ich nicht die Frau von Kenneth MacLeod bin. Dann erst haben wir …« Auf einmal war es ihr unangenehm, es hier einfach so zu erzählen, nachdem sie und Alasdair es so lange geheim gehalten hatten. Es fühlte sich nicht richtig an.

»Euch näher kennengelernt?«, fragte Jenna mit einem Schmunzeln.

»So ist es«, sagte Vivien und fischte den Teebeutel aus dem Becher. »Vorher hat er sich vollkommen ehrenhaft verhalten. Aber sobald er mir geglaubt hat, war es einfach …« Sie wollte *schön* sagen, aber das Wort passte nicht. Es war zu wenig. »… magisch«, schloss sie schließlich. »Es war magisch. Und es fühlte sich an wie Ankommen.«

Sie trank einen Schluck Tee, um nicht noch mehr preiszugeben, denn die Erkenntnis erschütterte sie selbst.

»Und was ist dann passiert?«, fragte Jenna ruhig.

Viviens Magen zog sich zusammen, als sie an den Moment dachte, da der Brief gekommen war. »Alasdair hat einen Brief von Kenneth MacLeod bekommen. In dem stand angeblich, dass er seine Frau Vivien und seinen Sohn Callum gern gegen Alasdairs Tochter Fiona austauschen wolle.«

343

Es fiel ihr schwer, weiterzusprechen, weil ihr Hals auf einmal so eng war.

Jenna atmete tief durch. »Und dann hat er dir nicht mehr geglaubt, sondern war verletzt, weil er dachte, du hättest ihn angelogen.«

Vivien schloss kurz die Augen, als sie an die Nacht des Terrors dachte, als sie auf dem Boden vor der Tür zum Geheimgang gelegen hatte. »Er hat nicht einmal mit mir gesprochen, sondern einfach angenommen, dass in dem Brief die Wahrheit steht.«

»Und dann hat er dich hierher gebracht?«, fragte Evan nach.

Vivien war erstaunt, wie schnell die anderen die Situation begriffen, ohne dass sie viel erzählen musste. Vielleicht lag es daran, dass sie nicht erst über die Sache mit den Zeitreisen nachdenken mussten.

»Ja, und er hat Callum auf Dun Coinneach gelassen.«

»Um ihn als Pfand zu haben, wenn er dich schon bei deinem vermeintlichen Ehemann abgegeben hat«, sagte Holly. »Sehr klug von ihm.«

»Das war nicht klug«, fuhr Vivien auf. »Es wäre klug gewesen, mich anzuhören. Aber er hat es ja vorgezogen, mir nicht zu glauben.«

Einen Moment war es ganz still, dann fragte Jenna: »Hast du ihm denn erzählt, woher du wirklich kommst?«

»Ich hatte keine Gelegenheit dazu. Er hat mich einfach ignoriert. Ich denke, er hat erst begriffen, dass ich die Wahrheit gesagt habe, als wir hier vor Kenneth MacLeod in der Halle standen und der Alasdair erklärt hat, dass ich nicht seine Frau bin. Sein Wort zählte sehr viel mehr als meins.«

»Und dann bist du hierher geflohen?«, fragte Maira.

»Genau. Ich brauche Ausrüstung, um Callum da rauszuholen.«

Wieder das Schweigen, dann fragte Jenna: »Willst du mit ihm darüber sprechen, wer du wirklich bist?«

»Nein. Ja. Ach, ich weiß nicht. Er wird mir vermutlich sowieso nicht zuhören.«

Evan schaute sie ruhig an. »Ich habe selbst einmal den Fehler gemacht, Jenna nicht zu sagen, wer ich wirklich bin, weil ich dachte, sie würde es nicht verstehen und mich deswegen verlassen.« Jenna seufzte und er umfasste ihre Hand fester. »Als ich es dann doch getan habe, war ich überrascht, dass es alles zwischen uns geklärt hat. Erst da hatte sie die Chance, mich und das, was ich getan habe, wirklich zu verstehen und sich dafür zu entscheiden, bei mir zu bleiben und für mich da zu sein. Vorher ergaben viele meiner Handlungen für sie einfach keinen Sinn.«

Viviens Hand zitterte auf einmal so, dass Maira ihr die Teetasse abnahm. Unruhig wischte sie sich über das Gesicht. »Und was ist, wenn es ihm unheimlich ist und er mich dann nicht mehr will?«

»Dann weißt du wenigstens, woran du bist«, sagte Holly. »Egal wie schmerzhaft das ist.« Sie sagte es mit solchem Nachdruck, dass Vivien sich auf einmal fragte, ob sie gerade über sich sprach.

Jenna nickte, fügte aber hinzu: »Außerdem glaube ich, dass die Wahrheit ihm guttun wird. Im Moment ist er vollkommen verwirrt, weil er einerseits fühlt, wie besonders das zwischen euch ist, und andererseits nicht weiß, was du ihm verheimlichst. Denn für ihn ergibt die ganze Geschichte keinen Sinn. Ich kann ihn da ein bisschen verstehen. Und auch aus meiner Erfahrung als Torhüterin weiß ich, dass es meistens besser ist, wenn man diesem einen besonderen Menschen die Wahrheit sagt. Denn sein Herz versteht, was du sagst. Er wird es dir nicht übel nehmen.«

»Ich glaube nicht, dass er denkt, dass das zwischen uns etwas Besonderes ist«, sagte Vivien und hörte selbst, wie grimmig sie klang. Doch dann erinnerte sie sich an all das, was er ihr in der Abgeschiedenheit ihres Zimmers gesagt hatte, an seine Blicke und das Staunen in seinen Augen, immer wenn sie sich geliebt hatten. Das war auch für ihn nicht normal gewesen.

Unruhig stand sie auf. »Ach, ich weiß es auch nicht. Vor allem ist es kompliziert und ich will erst einmal Callum nach Hause holen. Ich glaube, dass ich erst dann wieder klar denken kann.«

Maira nickte. »Das kann ich verstehen. Als Blaire verschwunden war, ging es mir ähnlich. Ich hatte keine Ahnung, was die Zukunft mir bringen würde.«

Holly nickte resolut. »Also gut, dann sollten wir jetzt einen Plan schmieden, wie du deinen Sohn retten kannst. Was brauchst du dafür? Und wie ich verstanden habe, drängt die Zeit, weil du vor Alasdair wieder nach Dun Coinneach zurückkehren willst, oder?«

Vivien nickte. »Läuft die Zeit eigentlich parallel ab? Also, ist es dort auch Nachmittag, und während ich hier sitze und Tee trinke, ist Alasdair möglicherweise schon auf dem Rückweg?«

Jenna lehnte sich auf dem Sofa zurück und strich sich über den gewölbten Bauch. »Soweit wir das beurteilen können, ja. Man kommt immer zur gleichen Tages- und auch Jahreszeit dort an.«

»Könntet ihr mich theoretisch dorthin begleiten?« Der Gedanke hatte etwas Beruhigendes.

Alle schüttelten den Kopf. »Jeder kann nur in ein bestimmtes Jahr reisen«, sagte Jenna.

Wieder bemerkte Vivien, dass Holly die Arme verschränkte und ihr Gesicht einen entschlossenen Ausdruck annahm, so als ob sie dieser Aussage widersprechen wollte. Aber sie schwieg.

Sie überlegte. »Aber kann ich Gepäck mitnehmen?«

»In begrenztem Maße ja, aber nur, was du tragen kannst«, erklärte Maira.

»Okay, dann brauche ich eine Karte, einen Kompass, eine Waffe, wenn möglich, und irgendeinen Plan, wie ich an ein Pferd komme. Ich nehme nicht an, dass ich eines mit durch das Tor nehmen kann, oder?«

Das brachte alle zum Schmunzeln.

»Ehrlich gesagt haben wir das noch nie ausprobiert. Aber mal abgesehen davon, dass du ein Pferd nicht in das Hotelzimmer bekommst, würde es möglicherweise schiefgehen und jetzt ist nicht die Zeit für Experimente. Janet, Evans Schwester, ist einmal mit ihrem Baby gereist und das hat gut geklappt. Aber ein Tier haben wir noch nie ausprobiert.« Jenna runzelte die Stirn, als ob sie einen Versuch planen würde, das einmal auszutesten.

»Gibt es jemanden in der Zeit auf Kintallan, der dir helfen könnte?«, fragte Maira.

Vivien schüttelte den Kopf. »Ich hatte nicht genug Zeit, um so etwas herauszufinden. Wir sind angekommen, wollten nur kurz zum Zimmer dieses Mädchens, das so krank war, und dann kam auch schon Alasdair.« Sie wischte sich über die Stirn. »Ich habe ihm gesagt: Nur fünf Minuten. Ich hätte mich an meine eigenen Anweisungen halten sollen. Dann wäre das alles nicht passiert.«

Doch Maira schüttelte den Kopf. »Es ist alles so gekommen, wie es vorgesehen war. Das können wir nicht ändern.«

Jenna legte den Kopf schief. »Weißt du, ob es eine Torhüterin gibt?«

»Eine Torhüterin?«, erwiderte Vivien.

»Jemanden, der auf das Tor aufpasst. Ich mache das gemeinsam mit Evan in Dundarg. Wenn eine der Frauen kommt und irgendetwas braucht, kümmern wir uns darum. Außerdem führe ich Buch über die Reisen. Maira übernimmt das in Eriness und Holly hier auf Kintallan.«

Vivien wandte sich zu Holly um, die vor zwei Jahren als Hausdame nach Kintallan gekommen war. »Hast du deswegen den Job hier angenommen?«

Holly zögerte und Vivien fragte sich, ob sie sich es einbildete, dass die Wangen ihrer Freundin rosiger geworden waren. »Ja. Ich habe gefühlt, dass hier irgendwo ein Stein sein muss. Aber für mich ist das Signal zu schwach, ich konnte nie herausfinden, wo genau er ist. Bis Brynne ihn gefunden hat. Oder besser gesagt, Callum hat mir gezeigt, dass er im Kamin ist, als ihr beide verschwunden seid.«

»Hat noch jemand anders das Tor in der Zeit benutzt?«

Holly schüttelte den Kopf. »Nur Brynne ist zurückgekommen und dann wieder gegangen.«

Jenna blickte Vivien fragend an. »Es gibt also niemanden dort?«

»Nicht, dass ich wü…« Sie brach mitten im Wort ab.

»Was ist?« Maira lehnte sich nach vorn.

»Da war diese Frau. Ich denke, dass sie Kenneths wirkliche Ehefrau ist. Ich habe viel über sie nachgedacht, weil sie sich sonderbar verhalten hat.«

»Was meinst du damit?«, fragte Evan ruhig.

»Sie kam gleichzeitig mit Alasdair ins Zimmer und versuchte, ihn davon zu überzeugen, dass seine Tochter nicht auf Kintallan ist. Als Alasdair dann glaubte, dass ich Kenneths Frau und Callum sein Sohn sei, hat sie ihm gesagt, dass er sich irren würde. Aber er dachte, dass sie eine sehr treue Magd wäre und mich, ihre Herrin, retten wollte. Dann hat er mich mitgenommen und sie hat mir noch gesagt, dass ich mir keine Sorgen machen solle und das alles gut werden würde. Sie hat mir auch Alasdairs Namen genannt.«

Plötzlich erinnerte sie sich an etwas. »Und heute, als ich zurückgegangen bin, hat sie mich gerufen und mich gebeten zu bleiben. Sie kannte sogar meinen Namen. Das war merkwürdig.«

Jenna nickte. »Wenn du das Gefühl hast, dass sie die Torhüterin sein könnte, ist das durchaus möglich. Weißt du noch etwas über sie? Ist dir irgendetwas Ungewöhnliches an ihr aufgefallen? Manchmal sind Torhüter auch Zeitreisende.«

Auf einmal stürzten die Erinnerungen auf sie ein. »Oh Gott«, flüsterte sie. »Kenneths Frau war in den Highlands dafür bekannt, äußerst ungewöhnlich zu sein. Deswegen dachte Alasdair auch, dass ich mit Kenneth verheiratet bin. Denn ich habe Hosen getragen und Callum hatte seine Brille auf. Glaubt ihr wirklich, dass sie eine Zeitreisende sein könnte?«

Die anderen nickten. »Wie hat sie mit dir gesprochen?«, fragte Holly.

»Englisch. Aber es hatte einen merkwürdigen Akzent. Nicht

so, wie wenn Alasdair Englisch spricht, sondern noch anders. Und sie wusste so viel und es schien, als hätte sie eine Erkenntnis, als sie mich angeschaut hat.«

Mittlerweile hatte Vivien sich selbst überzeugt, dass die Frau eine Zeitreisende war.

»Glaubt ihr, sie könnte mir helfen? Ist es üblich, dass Torhüterinnen allen helfen?«

Alle nickten nachdrücklich. »Wir würden niemals eine andere Zeitreisende allein lassen, wenn sie Hilfe braucht«, sagte Maira. »Das ist im Grunde unser eigener Ehrenkodex.«

Vivien runzelte die Stirn. »Aber sie hat mich allein gelassen. Sie hat Alasdair nicht aufgehalten, als er mich mitgenommen hat. Wäre es nicht ihr Job gewesen, dafür zu sorgen, dass ich nicht entführt werde? Vor allem wenn sie die Frau des Chiefs ist, dann hätte sie doch Möglichkeiten dazu.«

Jenna rieb sich mit dem Zeigefinger übers Kinn. »Du sagtest, sie hätte viel über dich gewusst?«

»Ja. Als ob sie nicht überrascht wäre, mich dort zu sehen. Und sie meinte auch, dass alles gut wird und ich meinen Weg gehen soll. Kennt ihr sie vielleicht? Ist sie ebenfalls von hier?«

Alle schüttelten den Kopf. »Ich habe noch keine andere Zeitreisende als dich und Brynne hier auf Kintallan kennengelernt«, sagte Holly. Doch auf einmal weiteten sich ihre Augen. »Ach du meine Güte.«

»Was ist?«, fragte Jenna. »Kennst du sie doch?«

Holly setzte sich auf. »Nein. Aber ich habe mal davon gehört, dass es einen anderen Zeitreisenden-Zirkel gibt. So in etwa wie wir, nur ist ihre ursprüngliche Zeit um das Jahr 1900 herum. Es war nur ein Gerücht oder eine Vermutung. Aber vielleicht ist sie ja eine von denen. Dann weiß sie möglicherweise mehr, weil sie in Verbindung mit anderen Zeitreisenden steht.«

Jenna schaute Holly mit offenem Mund an, dann nickte sie. »Ich habe auch schon einmal von einer Zeitreisenden gehört, dass es noch eine andere Gruppe gibt. Möglich wäre es.« Sie wandte sich an Vivien. »Falls du mehr darüber herausfindest, könntest du uns dann informieren? Das wäre wunderbar. Ich stelle nämlich gerade eine Art Handbuch zusammen, mit allem, was wir darüber wissen. Und ich versuche, in Kontakt mit möglichst vielen Torhüterinnen zu kommen, aber es ist schwierig.«

Vivien hob die Schultern. »Ich werde sehen, ob ich die Zeit habe.«

»Versuche auf jeden Fall, sie zu finden. Wenn sie die Torhüterin und die Frau des Chiefs ist, wird sie dir helfen können«, sagte Maira.

»Das werde ich.« Vivien atmete tief durch. Sie musste jetzt endlich zu Callum. Also trank sie noch ein wenig von ihrem Tee, der mittlerweile nur noch lauwarm war, und stand auf. »Also, wo sollen wir anfangen? Was brauche ich? Ich will heute noch aufbrechen.«

Jenna holte einen Notizblock aus der Tasche. »Sehr gut. Ich liebe Pläne und Listen. Wir werden alles zusammenstellen. Und ich bin mir sicher, dass du Callum finden wirst.«

Während sie anfing zu schreiben, erhoben sich die anderen. Holly ging in die Küche und Maira folgte ihr. Evan jedoch kam zu Vivien. Leise sagte er: »Ich weiß, dass es dein größter Wunsch ist, deinen Sohn zurückzuholen. So ging es mir mit meiner Schwester und meiner Mutter auch, als ich sie in der Vergangenheit gesucht habe. Aber ich habe eines dabei gelernt. Manchmal ist ihnen der Platz im Leben schon vorherbestimmt. Auch wenn wir es nicht wahrhaben wollen.«

Vivien runzelte die Stirn. »Was meinst du damit?«

»Es gibt einen Grund, warum dein Sohn durch die Zeit reisen kann. Das ist nicht zufällig passiert. Nicht jeder Mensch kann den Stein fühlen, nur die, die reisen können. Und die können es aus einem bestimmten Grund. Jenna und Maira haben eben nichts dazu gesagt, weil Holly anderer Meinung ist. Ich war mir früher auch nicht sicher, ob es stimmt, aber je mehr Geschichten ich höre, desto sicherer bin ich mir.«

Unruhe stieg in Vivien auf. »Was soll das für ein Grund sein?«

»Wir glauben, dass nur die Menschen reisen können, die auf der anderen Seite ihren Seelenverwandten haben.«

»Seelenverwandten?«, fragte Vivien und ihr Magen begann, unangenehm zu kribbeln. Sie wollte nicht einmal ansatzweise daran denken, dass Alasdair ihr Seelenverwandter sein könnte. Denn das würde ihr ganz neue Probleme bereiten.

Evan nickte. »Es ist möglich, dass du reisen kannst, weil Callum dort ist, denn euch verbindet ein starkes Band. Das kannst nur du sagen. Aber er ist zuerst gereist, das heißt, auch für ihn gibt es jemanden dort. Und möglicherweise ist es für seine Seele das Beste, wenn er dortbleiben kann. Du hast gesagt, dass er sich gleich dort eingefügt hat. Vielleicht will er gar nicht mehr weg.«

Vivien schluckte. »Aber er ist erst dreizehn. Er kann doch nicht dort leben.«

»Allein möglicherweise nicht.«

»Aber ich will nicht dortbleiben.«

Evan schaute sie mitfühlend an. »Das verstehe ich. Es ist deine Entscheidung, aber ich will nur sagen, dass du mit ihm sprechen solltest. Trefft diese Entscheidung gemeinsam. Wenn du ihn gegen seinen Willen mit hierher zurücknimmst, kann es sein, dass er für den Rest seines Lebens auf der Suche sein wird, weil ein Teil seiner Seele fehlt. Freu dich für ihn, dass er seinen Platz schon so früh gefunden hat.«

Vivien schlang die Arme um den Oberkörper. Ihre Gedanken rasten. »Glaubst du, dass er seinen Seelenverwandten schon gefunden hat?«

Evan hob die Schultern. »Vielleicht. Das muss er herausfinden. Aber möglicherweise finden sie sich auch erst in den nächsten Jahren, nun, da er in der richtigen Zeit ist.«

»Woran erkennt man denn seinen Seelenverwandten?«, fragte Vivien.

Jenna war aufgestanden und stellte sich zu ihnen. Anscheinend hatte sie die letzte Frage mitbekommen. »Bei mir war es so, dass ich es sofort gefühlt habe, als Evan mich das erste Mal berührt hat. Es war so anders als alles, was ich je zuvor gespürt habe. So als ob die Zeit stillstehen würde. Es ging viel tiefer. Das haben auch viele andere Frauen berichtet. Und ihre Männer manchmal auch.«

Evan nickte. »Bei mir war es auch so. Allerdings konnte ich es damals noch nicht einordnen, da ich zwar durch die Zeit reise, seit ich ein Kind war, aber nie wusste, warum. Bis ich Jenna getroffen habe.«

»Ach du meine Güte«, wisperte Vivien und ihr wurde auf einmal schlecht.

»Du weißt, wovon wir sprechen«, stellte Jenna fest.

Vivien nickte. »Und ich wünschte, es wäre nicht so.«

Jenna umarmte sie. »Vertrau auf dein Herz. Es wird dir den richtigen Weg weisen.«

Vivien erstarrte, denn es waren dieselben Worte, die auch die Frau von Kenneth MacLeod verwendet hatte. Allerdings war sie sich nicht so sicher, ob ihr Herz sie nicht in die Irre geführt hatte.

34

E in letztes Mal überprüfte Vivien ihre Tasche, dann warf sie einen Blick aus dem Fenster des Hotelzimmers. Es war viel später geworden, als sie gedacht hatte. Das Gespräch mit Jenna, Maira und Evan war wichtig gewesen, aber sie hätte früher wieder gehen sollen. Wie sollte sie heute noch nach Dun Coinneach kommen? Es war viel zu weit.

Zum Glück war es abends noch lange hell. Vielleicht konnte sie zumindest die Hälfte des Weges schaffen. Und dann im Wald übernachten.

Wenigstens war sie frisch geduscht und hatte sich mit allem eingedeckt, was sie brauchen könnte. Inklusive Thermoleggings für sie selbst und ein paar Proteinriegel für unterwegs. Außerdem hatte sie eine Karte, Kompass, Taschenlampe, Fernglas, Pfefferspray, ein Klappmesser und einen Magnesiumfeuerstein dabei. Von einer Pistole hatten die anderen ihr abgeraten, da es in einem Kampf im Jahr 1402 schwierig werden könnte. Evan hatte ihr außerdem ein kleines Erste-Hilfe-Set mitgegeben. Und einen Beutel mit einem Pulver, das Durchfall verursachte, und einen anderen, in dem Schlafmittel war. Für den Fall, dass sie irgendwo mit einem Trick reinkommen musste.

Mairas Cousine hatte wohl einmal Schlafmittel verwendet, um jemanden aus einem Kerker zu befreien, und seitdem galt Schlafmittel bei den Zeitreisenden als adäquates Mittel für solche Zwecke.

Vivien hatte es sich nicht nehmen lassen und Holly aus der Falknerei einige Medikamente für die Vögel holen lassen. So konnte sie Sgian, Beira und Merrigan wenigstens mit dem Nötigsten versorgen. Vielleicht konnte sie Torquil oder Moira etwas von den anderen Sachen in die Hand drücken, damit sie sie Alasdair aushändigten, wenn er zurückkam. Dann könnte er sich noch besser um seine Vögel kümmern.

Oh, wie sehr sie hoffte, dass Kenneth ihn eingesperrt hatte. Und gleichzeitig schämte sie sich für diesen Gedanken, denn sie wusste, dass es für Alasdair die größte Demütigung überhaupt wäre. Aber sie musste vor ihm in Dun Coinneach sein, denn sie nahm Lachlans Drohung durchaus ernst. Sie hatte nicht getan, was er ihr aufgetragen hatte, da sie Kenneth das gar nicht hätte sagen können. Aber das wusste Lachlan ja nicht, da er davon ausging, dass sie Kenneths Frau war. Also würde er nur sehen, dass sie sich seinen Anweisungen widersetzt hatte, und dann würde er sich dafür an Callum rächen. Das musste sie auf jeden Fall verhindern.

Der Kamin, oder besser gesagt der Stein im Kamin, zog unglaublich an ihr, und allein so vor ihm zu stehen, machte sie schwindelig.

Wieder hörte sie draußen den Ruf eines Greifvogels. Dieses Mal war es jedoch ein Falke, und wenn sie sich nicht irrte, sogar ihr eigener. Es war, als ob er ihr Mut zusprechen würde. Oder vielleicht bildete sie es sich auch nur ein, weil sie ein wenig Mut brauchte.

Sie ging in die Knie, hielt ihre Tasche fester und streckte die Hand in den Kamin. Ihr wurde schwarz vor Augen, bevor sie die Steine überhaupt berührt hatte.

Als sie wieder erwachte, war ihr schlecht und ihr Kopf

schmerzte fürchterlich. Sie blinzelte und schaute sich um, als ihr Blick klar wurde. Das war das Zimmer, in dem sie auch das erste Mal aufgewacht war. Neben ihr war der Kamin.

Erleichtert atmete sie auf. Der erste Teil hatte also geklappt.

Mühsam rappelte sie sich auf. Alles schmerzte. Mit zitternden Fingern holte sie eine der Schmerztabletten aus der Ledertasche, die Evan ihr extra für diesen Zweck mitgegeben hatte. Sie steckte sie in den Mund und zerkaute sie. Das isotonische Getränk, das sie mitgenommen hatte, würde sie sich für später aufheben, falls sie draußen übernachten musste.

Mit klopfendem Herzen lauschte sie. Doch da waren nur die typischen Geräusche einer Burg, die sie mittlerweile aus Dun Coinneach so gut kannte.

Jenna und Maira hatten darauf bestanden, dass Vivien sich auf die Suche nach der Torhüterin machte. Aber sie selbst war nicht so sicher. Es würde sie nur Zeit kosten. Und ja, vielleicht konnte die andere Frau ihr ein Pferd besorgen, aber möglicherweise würde sie auch versuchen, Vivien davon abzuhalten, zu Alasdair zu reiten. Immerhin war ihr Mann Alasdairs Feind. Was war, wenn sie sich täuschten und die Frau gar nichts über Zeitreisen wusste? Würde sie Vivien dann festhalten und einsperren?

Nein, das Risiko erschien ihr zu groß. Sie musste jetzt einfach so schnell es ging nach Dun Coinneach kommen. Sie hatte sich vorhin beim Essen den Weg auf der Karte markiert. Zu Fuß konnte sie den niemals schaffen.

Maira hatte ihr erklärt, dass die Bauern höchstens schwere Arbeitspferde hatten und diese niemals verkaufen würden, da sie viel zu wertvoll waren. Ein Pferd aus der Burg wäre besser. Doch das würde Kenneth ihr verkaufen müssen, und warum sollte er das tun? Außerdem hatte sie kein Geld aus dieser Zeit und könnte höchstens mit Waren bezahlen. So hatte Jenna ihr ein paar jüngere Münzen aus Gold und Silber mitgegeben, die sie vielleicht als englische Münzen ausgeben könnte. Aber auch das war ein Risiko und die meisten Menschen hier konnten mit Geld nichts anfangen, sondern würden eher gegen Lebensmittel oder Waffen tauschen. Und das konnte Vivien nicht bieten. Zumindest nicht für ein Pferd. So viel hatte sie nicht dabei.

Am besten wäre es, wenn sie sich ein Pferd auslieh. Sie konnte es ja zurückbringen, wenn sie mit Callum zurückkam. Denn das war das Problem: Sie mussten wieder nach Kintallan, um in ihre Zeit zurückzukehren.

Und Vivien hoffte wirklich sehr, dass Callum mitkommen würde. Evans Worte klangen ihr immer noch im Ohr.

Doch jetzt musste sie erst einmal raus hier.

Sie trat ans Fenster und schob den Vorhang beiseite. Von hier hatte sie einen guten Blick in den Innenhof und auf einen Teil der Wiesen und Felder.

Es war einfach unglaublich, wie es hier aussah. Das Gelände um Kintallan kannte sie im 21. Jahrhundert in- und auswendig und jetzt sah es so sonderbar aus.

Aber dann entdeckte sie etwas, das ihr Herz schneller schlagen ließ. Eine Gruppe Reiter näherte sich gerade dem Burgtor, das weit geöffnet war. Die Wachen ließen die Männer einfach passieren.

Als im Burghof der erste Reiter absaß, wusste Vivien, dass das ihre Chance war. So würde sie sogar ein gesatteltes Pferd bekommen können. Die Gruppe war so groß, dass es vielleicht gar nicht auffallen würde, wenn sie sich eines der Pferde schnappte.

Sie lief zur Tür, lauschte kurz, ob jemand im Flur war, und als sie nichts hörte, öffnete sie die Tür und schlüpfte in den Gang.

Der Unterschied zu dem Hotelflur war so gewaltig, dass sie für einen Moment stockte. Doch nach den Wochen auf Dun Coinneach war das hier für sie schon vertrauter. Die Welt im 21. Jahrhundert war ihr sehr laut, hell und vor allem geruchsintensiv erschienen.

In Gedanken ging sie den Weg durch, den sie von hier in den Burghof nehmen wollte. Am besten, ohne gesehen zu werden.

So leise wie möglich huschte sie über den Flur, dann eine der

Hintertreppen hinunter und schließlich durch mehrere dunkle Gänge im hinteren Teil der Burg, bis sie zu der Tür kam, die in den Burghof führte.

Viviens Herz klopfte laut. Sie hatte nicht einmal jemanden getroffen. Was für ein Glück!

Doch als sie die Tür öffnete und in den Burghof spähte, merkte sie, dass das Glück sie verlassen hatte.

Ein Pärchen stand in einer Nische in der Nähe der Tür, verborgen vor allen Blicken der Anwesenden im Burghof, und knutschte heftig. Vivien hielt erschrocken inne und zog sich dann wieder in das Dunkel der Burg zurück.

Ihr war klar, dass sie an den beiden nicht ungesehen vorbeikommen würde. Selbst wenn sie sich so hingebungsvoll küssten, würden sie Vivien bemerken. Und das Risiko wollte sie nicht eingehen. Also lehnte sie sich an die Wand und wartete. Doch es fiel ihr schwer, denn sie hörte an den Geräuschen auf dem Hof, dass die Pferde versorgt und in den Stall geführt wurden.

Kurz überlegte sie, einen anderen Weg zu nehmen, aber dann hätte sie durch die große Halle gemusst, und das traute sie sich nicht. Kenneth MacLeod musste sie jetzt nicht über den Weg laufen.

Schließlich hörte sie Schritte aus dem Gang hinter sich. Vivien glitt in eine dunkle Nische und mit klopfendem Herzen hörte sie, wie jemand mit schlurfenden Schritten an der Nische vorbeiging und die Tür öffnete. Vivien hörte einen entsetzten Schrei und dann die Stimme einer älteren Frau, die anscheinend eine Magd zurechtwies, dass sie sich wieder an die Arbeit machen sollte. Dann eilige Schritte, vermutlich von der jungen Frau, die zurück in die Burg ging.

Vivien wartete noch eine Weile, hörte, wie die schlurfenden Schritte zurückkamen, und dann war Stille.

Jetzt oder nie.

Sie hatte keine Ahnung, wie viel Zeit vergangen war, aber sie musste jetzt wirklich los. Das sagte ihr auch der Stand der Sonne, als sie in den Hof trat. Und Pferde waren tatsächlich keine mehr zu sehen. Verdammt, sie hatte es verpasst. Jetzt musste sie in den Stall.

Auf einmal läutete eine Glocke und Vivien sprang erschrocken in den Schutz eines Busches. Hatte man sie entdeckt? Doch dann merkte sie, dass die Burgbewohner in Richtung der großen Halle gingen.

Das war die Glocke zum Abendessen und kein Alarm.

Vivien konnte ihr Glück kaum fassen. Das war perfekt. Je weniger Leute im Hof waren, desto eher konnte sie fliehen.

Als niemand mehr zu sehen war, schlich sie im Schatten der Burgmauer zum Stall. Wieder lauschte sie an der Tür, ob jemand drinnen war, aber außer dem Stampfen der Tiere und dem Mahlen ihrer Zähne hörte sie nichts.

Sie schlüpfte hinein und ließ ihren Augen einen Moment Zeit, sich an die Dunkelheit zu gewöhnen.

Auf Zehenspitzen schlich sie den Gang entlang. Welches Pferd sollte sie nehmen?

Als sie einen schlanken, aber sehr wachen Rappen entdeckte, wusste sie, dass sie ihr Pferd gefunden hatte. »Hallo«, sagte sie, nachdem sie ihr Herz für das Tier geöffnet hatte, und streckte eine Hand über die Boxwand. »Ich glaube, du bist unheimlich schnell. Kannst du mich zu meinem Sohn bringen?«

Das Pferd schaute sie aufmerksam an und schnaubte.

»Ja? Das ist wunderbar.«

Vivien schaute sich um und entdecke eine Trense an der Stallwand. Die musste ihm bestimmt passen. Aber wo war der Sattel?

Sie schlich weiter durch den Stall und es dauerte eine Weile, aber dann fand sie die Sattelkammer. Doch als sie hineinschaute, stockte ihr Herz. Da drin saß ein alter Mann und schlief. Er hatte den Ellenbogen auf den Tisch gestützt und den Kopf auf die Hand. Sein Mund stand offen und er schnarchte leise. Doch die Position sah so aus, als ob sein Kopf jeden Moment von der Hand rutschen könnte, und dann würde er unweigerlich aufwachen.

Unschlüssig blickte Vivien sich um. Wenn er aufwachte, würde sie vermutlich mit ihm kämpfen müssen, damit er nicht Alarm schlug. Einfach geben würde er ihr einen Sattel bestimmt nicht. Und selbst dann würde sie sich nicht einen Sattel schnappen und wegrennen können. Dazu dann noch das Pferd aus der Box holen, aufsatteln und aus dem Tor reiten.

Außerdem waren hier viel zu viele Sättel. Sie wusste gar nicht, welcher dem Rappen passte. Aber sie hatte eine Trense und sie war schon oft ohne Sattel geritten. Dann würde sie wohl so nach Dun Coinneach reiten. Irgendwie würde es schon gehen.

Sie schlich zurück zu dem Pferd und schaute es noch einmal genauer an. Verdammt, der Rücken war so spitz, dass es eine Qual sein würde, auf ihm ohne Sattel zu reiten.

Sie blickte sich um und ein Schimmel fiel ihr auf. Der Rücken war breit und gemütlich, aber auf einem weißen Pferd würde sie viel zu leicht zu erkennen sein.

Doch dann entdeckte sie das passende Tier. Es war riesig und ebenfalls schwarz wie die Nacht. Sein Rücken war breit genug und es würde trotzdem schnell sein. Hervorragend. Auch neben seiner Box hing eine Trense.

Vivien begrüßte dieses Tier ebenfalls so ehrfurchtsvoll wie möglich und der Rappe stupste sie mit der Nase an. So weit, so gut.

So lautlos wie möglich zog sie ihm die Trense an, was er willig geschehen ließ.

Jetzt kam der schwierige Teil. Sie musste das Pferd aus dem Stall bringen und dann irgendwie aufsteigen. Das konnte sie hier drin am besten, indem sie sich auf eine der Stangen der Boxen stellte. Also öffnete sie kurzerhand die Stalltür und hoffte, dass der Mann in der Sattelkammer nicht davon aufwachte.

Abendlicht flutete den Stall und Staubpartikel tanzten in der Luft.

Vivien führte den Rappen aus der Box, kletterte auf den

Rücken des Pferdes und trieb ihn an. Als sie durch die Tür in den Hof traten, legte sie sich flach auf seinen Rücken.

Ihr Herz klopfte schnell, als sie sich umschaute. Das Burgtor war noch geöffnet. Eine Wache war zu sehen. Schießen konnte er nicht auf sie, denn Feuerwaffen gab es in dieser Zeit noch nicht, und wenn sie den Rappen zum Galopp antrieb, würde er sich ihr bestimmt nicht in den Weg stellen.

Dann würde sie es also so machen. Sie atmete tief durch und öffnete ihr Herz noch einmal. »Machst du mit, Großer?«

Das Pferd kaute auf dem Gebiss und Vivien nahm das als Ja.

Sie trieb ihn an und er setzte sich langsam in Bewegung. Allerdings fiel er nicht gleich in Trab und schon gar nicht in Galopp.

Vivien betete, dass niemand sie sah, und trieb das Pferd weiter an. Vielleicht nahm er sie nicht ernst, weil er keinen Sattel trug.

»Komm schon, Großer. Du schaffst das. Wir müssen jetzt ein bisschen Gas geben.«

Endlich begann er zu traben und Vivien atmete erleichtert auf. Sie trieb ihn weiter. Doch auf einmal hörte sie eine Stimme.

»Vivien!«

Oh Gott, es war die Frau. Dafür hatte sie jetzt wirklich keine Zeit.

Sie schüttelte den Kopf und blickte nicht einmal zur Seite, sondern hielt immer weiter auf das Tor zu. Doch plötzlich stand die Frau vor ihnen und das Pferd kam zum Stehen. Sie griff in die Zügel und seufzte, als hätte sie ein unartiges Kind bei einem Streich erwischt. »Ich wusste doch, dass du da bist.«

Vivien setzte sich auf. »Woher?«

Einen Moment schauten sie sich einfach nur an.

»Weil du über die Schwelle gekommen bist. Du weißt doch, dass man sie fühlen kann, oder?«

Obwohl sie geahnt hatte, dass die andere Frau auch eine Zeitreisende war, fühlte Vivien doch den Schock der Erkenntnis. Es war so unglaublich merkwürdig.

»Du kannst es auch fühlen, nicht wahr?«, hakte die Frau nach, als Vivien nicht antwortete.

Vivien dachte an den Moment, als sie bei Holly gesessen hatte und Callum zurückgekommen war. Damals hatte sie es auch gefühlt und ihre Reise hatte begonnen. Sie nickte. »Das weiß ich. Aber ich muss jetzt wirklich los. Bitte. Es ist dringend und ich habe keine Zeit, zu reden.«

»Zu Fiona. Ich verstehe. Aber willst du nicht wenigstens einen Sattel mitnehmen? Ich nehme an, du leihst dir das Pferd nur aus, nicht wahr? Mein Mann würde es nicht zu schätzen wissen, wenn sein Lieblingspferd verschwindet und ausgerechnet bei Alasdair Mackenzie im Stall auftaucht.«

Vivien runzelte die Stirn. Kenneths Frau wollte ihr das Pferd ausleihen und auch noch einen Sattel holen? »Ich bringe das Pferd zurück, sobald ich Callum geholt habe.«

»Callum ist dein Sohn?«

Vivien schluckte und nickte. »Und er ist noch in Alasdair Mackenzies Gewalt.«

Die Frau schaute sie lange an. »Er wird ihm nichts tun.«

Vivien war sich da nicht so sicher. »Woher willst du das wissen?« Auf einmal begriff sie. »Ist er noch hier? Hat Kenneth ihn eingesperrt?«

Die Frau schüttelte den Kopf. »Nein. Er hat ihn ziehen lassen.«

Vivien kniff die Augen zusammen. »Verdammt.«

»Was ist daran so schlimm? Er war auf der Suche nach dir, aber natürlich wusste er nicht, wo er suchen muss. Er weiß nicht, wer du wirklich bist, oder?«

»Und das wird er auch niemals erfahren.« Vivien biss die Zähne zusammen. »Es ist mir egal, dass er mich gesucht hat. Es wäre besser gewesen, wenn ihr ihn eingesperrt hättet.«

»Warum, Vivien?« Der Blick der anderen Frau war durchdringend.

Doch Vivien war nicht bereit, mit ihr zu sprechen. Sie wollte einfach nur Callum holen.

Als ob die Frau ihre Gedanken gelesen hätte, kam sie um den Rappen herum, hielt ihn aber weiter am Zügel. »Wir haben uns noch gar nicht vorgestellt, dabei haben sich unsere Wege schon zweimal gekreuzt. Mein Name ist Isobel.«

Vivien nickte nur, schwieg aber. Stattdessen schaute sie wieder zum Tor. Wenn sie doch nur gehen könnte.

»Gleich, Vivien. Ich will nur verstehen, denn ich glaube, du hast ein paar entscheidende Informationen nicht.«

Unruhig blickte Vivien Isobel an. Sie wollte nicht in ein Gespräch verwickelt werden und gleichzeitig war sie neugierig. »Welche sollen das sein?«

»Du bist auf dem Weg, Fiona zu retten, nicht wahr?«

Vivien starrte sie an.

»Alasdairs Tochter?«, hakte Isobel nach. »Das Mädchen, das er gesucht hat, als er dich im Schlafgemach meiner Tochter gefunden hat.«

»Ich weiß, wer Fiona ist. Aber ich suche sie nicht. Ich will nur meinen Sohn holen.«

»Aber sie hat gesagt …«, setzte Isobel an und brach ab. Sie runzelte die Stirn, als ob sie sich an etwas erinnern würde. Schließlich nickte sie und hob den Blick wieder. »Fiona hat gesagt, dass du sie retten würdest.«

Vivien war sich sicher, dass sie sich verhört hatte. »Wann hat sie das gesagt? Ich dachte, Kenneth hätte Fiona nicht in seiner Gewalt.«

»Hat er auch nicht. Er würde so etwas niemals tun. Er liebt unsere Kinder viel zu sehr, als dass er einem anderen Mann so etwas antun würde.«

Müde rieb Vivien sich über das Gesicht. Trotz der Schmerztablette tat ihr Kopf immer noch weh. »Aber wie hast du dann mit Fiona gesprochen? Und woher weiß sie, dass ich sie retten werde?« Sie konnte kaum noch klar denken. Diese Zeitreisen waren kompliziert.

Isobel atmete tief durch. »Ich habe nicht mit Fiona gesprochen, sondern eine meiner Schwestern. Sie hat Fiona getroffen, als die auf dem Sterbebett lag.«

Es dauerte einen Moment, bis Vivien die Worte verstanden hatte. Trotzdem fragte sie: »Wie ist das möglich?«

Isobel legte ihr eine Hand aufs Bein. »Meine Schwester lebt rund siebzig Jahre in der Zukunft. Von hier aus gesehen. Sie hat Fiona getroffen und die hat ihr von ihrer Rettung erzählt. Sie hat mit viel Zuneigung von dir gesprochen.«

»Ich habe sie gerettet?« Vivien war sich immer noch nicht ganz sicher, ob sie das richtig verstanden hatte. Als Isobel nickte, fragte sie weiter: »Aber wie denn?«

»Das hat sie nicht gesagt. Sie war nur kurz bei sich. Aber du hast sie damals gerettet und wohlbehalten zu ihrem Vater zurückgebracht.«

Vivien schluckte. Der Gedanke, dass Fiona wieder auftauchen und es ihr gut gehen würde, trieb ihr beinahe die Tränen in die Augen, denn sie wusste, dass es Alasdairs innigster Wunsch war. Wenn die Zeitreisen möglich machten, dass dieses Wunder geschah, war sie die Letzte, die das infrage stellen würde.

Dann würde sie also das Mädchen retten. War nur noch die Frage: Wie sollte sie das anstellen? Sie hatte keine Ahnung.

»Und wo ist sie?«, fragte sie.

Isobel hob die Schultern. »Ich dachte, dass du das wüsstest.«

»Nein. Woher denn?«

Isobel kaute auf der Unterlippe. »Meine Schwester hat mir nur noch erzählt, dass Fiona bei einem sehr klaren See gefangen gehalten wurde. Von einer Frau. Sagt dir das etwas?«

»Nein.« Vivien schüttelte den Kopf.

Isobel seufzte schwer. »Es ist immer furchtbar, wenn so etwas passiert. Unsere Kinder sind ein Teil unseres Herzens und die Sorge ist so groß. Aber du wirst sie finden, das wissen wir ja.« Sie lächelte wehmütig. »Ich war überzeugt, dass du sie schon wenige

Tage, nachdem Alasdair dich von hier entführt hat, finden würdest.«

Vivien schüttelte den Kopf. »Wir haben nicht einmal nach ihr gesucht, da Alasdair überzeugt davon war, dass Kenneth sie entführt hätte.«

»Wie ich schon sagte, das würde er nicht tun. Wie kommt Alasdair nur darauf?«

»Lachlan hat …«, setzte Vivien an. Und dieser Name setzte eine Kaskade in Gang, die sie nicht aufhalten konnte. Eine Information nach der anderen fiel ihr ein und setzte sich wie ein Mosaikbild zusammen. Auf einmal konnte sie klar sehen und sie fragte sich, wie sie es bisher hatte übersehen können. Ihr Gefühl hatte sie nicht getrogen, aber sie hatte es sich ausgeredet.

Sie presste die Finger vor den Mund. Lachlan war es gewesen, der Alasdair darauf aufmerksam gemacht hatte, dass bestimmt Kenneth MacLeod Fiona entführt hätte. Das hatte Vivien von Balthair gehört. Außerdem war er geschockt gewesen, als Alasdair sie und Callum mitgebracht hatte. Denn dieses Warten auf den Austausch mit Fiona hatte sicher seine Pläne durcheinandergebracht.

Er hatte sie hierher zurückbringen wollen, hatte es mehrmals angeboten und war panisch geworden, als Alasdair es selbst tun wollte. Selbst kurz vor dem Abritt hatte er es noch einmal probiert.

Und dann diese merkwürdige Drohung, als sie am Morgen losgeritten waren. Wenn Lachlan Fiona selbst entführt hatte, wusste er, dass Kenneth sie nicht hatte und dementsprechend auch nicht an Alasdair übergeben konnte. Deswegen hatte er nicht gewollt, dass Alasdair selbst hierherkam. Er hatte gewusst, dass es schiefgehen würde.

Ob er auch den Brief von Kenneth an Alasdair gefälscht hatte? Bestimmt, denn er musste ja irgendwie bewerkstelligen, dass Vivien und Callum zurück nach Kintallan kamen.

Hatte er vor, Fiona wieder freizulassen? Und warum hatte er sie überhaupt entführt?

Sie dachte an sein Gehabe und seine erzwungene Autorität und später das Betteln bei Alasdair, dass er beweisen wollte, dass er Verantwortung übernehmen konnte. Vielleicht wollte er Fiona vermeintlich retten und zu Alasdair zurückbringen. Ob er sich dadurch mehr Status erhoffte?

Das waren Fragen, die sie nicht beantworten konnte. Aber jetzt ergab sein Verhalten einen Sinn. Auch wenn es ein furchtbarer und grausamer Sinn war, dessen Opfer ein neunjähriges Mädchen war. Und das Herz von dessen Vater.

Isobel betrachtete ihr Gesicht aufmerksam. »Du weißt, wo sie ist.«

Vivien blinzelte, dann schüttelte sie den Kopf. »Nein, aber ich weiß jetzt, wer sie entführt hat.«

»Wer?« Isobel trat näher.

»Lachlan. Alasdairs Neffe.«

Isobel seufzte. »Es geht um Macht, nicht wahr? Und Fiona muss darunter leiden.«

Vivien nickte. »Wenn ich doch nur wüsste, wo sie ist.«

»Steig ab«, sagte Isobel.

»Warum?«

»Weil du einen Sattel brauchst und am besten Begleitung. Ich werde zwei unserer Männer abstellen, damit sie dich begleiten.«

»Aber ich weiß doch noch gar nicht, wo sie ist.« Trotzdem rutschte sie schon vom Pferd.

»Dir wird es einfallen, dessen bin ich mir sicher.« Isobel winkte einen Knecht heran. »Bitte sattle ein Pferd für meinen Gast. Es soll schnell und ausdauernd sein. Und sag Angus und John Bescheid, dass sie sich bereitmachen sollen.«

»Ein dunkles Pferd, bitte«, fügte Vivien hinzu. »Damit man uns in der Nacht nicht sieht.«

»Richtig«, sagte Isobel. »Für Angus und John bitte auch dunkle Pferde.«

Sie zog Vivien zu einer Bank unter einer Linde. »Denk nach, Vivien, wo könnte er sie versteckt halten?«

Vivien hob die Schultern. »Ich kenne ihn kaum. Er wird sie wohl nicht auf Dun Coinneach gefangen halten, oder?«

Isobel schüttelte den Kopf. »Nein, sie hat von einer alten Frau gesprochen und einem glasklaren See. Kennst du so einen? Es kann nicht sehr weit von Dun Coinneach entfernt sein.«

»Da ist nur …«, setzte Vivien an, doch auf einmal erinnerte sie sich und sie schnappte nach Luft. »Das ist es.«

»Sag schon.« Gespannt beugte Isobel sich vor.

»Als wir auf der Jagd waren, hat Lachlan uns überzeugt, einen anderen Weg zu reiten, als Alasdair vorgeschlagen hatte. Torquil hat Callum erzählt, dass es schade wäre, da der See, zu dem wir geritten wären, die besten Fische hat, weil das Wasser so kalt und klar ist. Lachlan wollte nicht, dass wir dorthin reiten. Er ist richtig wütend geworden.«

Jetzt begriff sie, dass er im Stress gewesen war, weil er Angst gehabt hatte, dass sie das Versteck entdeckten.

»Bist du dir sicher?«, fragte Isobel.

»Nein. Nicht sicher, aber es ist sehr wahrscheinlich. Zumindest passt es ins Bild.«

Erleichtert atmete Isobel auf. »Obwohl ich weiß, dass du sie finden und befreien wirst, mache ich mir trotzdem Sorgen. Ich hoffe, ihr ist nichts geschehen.«

Sie tauschten einen Blick und Vivien nickte. »Das hoffe ich auch.«

»Findest du dorthin?«, fragte Isobel, als der Knecht den schlankeren Rappen aus dem Stall führte, den Vivien sich als Erstes ausgesucht hatte.

Vivien biss sich auf die Lippe. Von Dun Coinneach vielleicht, wenn sie den Weg noch einmal abritt, den sie bei der Jagd benutzt hatten, aber das wäre sicherlich ein Umweg. Aber dann erinnerte sie sich an die Karte. Rasch holte sie diese aus ihrer Tasche und faltete sie so auf, dass sie nur den Teil von Dun Coinneach sah, das sie mit einem lila Kreuz markiert hatte.

Isobel starrte auf die Karte. »Darf ich das anfassen?«

Vivien zögerte kurz, dann nickte sie. »Da ist viel eingezeichnet, was es jetzt noch nicht gibt.«

Sanft ließ Isobel die Finger über die Karte gleiten. »Das ist unglaublich. Ich habe noch nie etwas aus meiner eigenen Zukunft gesehen.«

Für einen Moment fühlte Vivien sich unwohl. Sie wollte nichts durcheinanderbringen. Doch dann entspannte sie sich. Alasdair hatte auch Callums Brille und ihre Schuhe gesehen und nichts Schlimmes war passiert. Anscheinend brachten einige Zeitreisende ihren Männern ab und zu etwas mit.

Vivien studierte die Karte und versuchte zu ergründen, wo sie während der Jagd entlang geritten waren. Schließlich konnte sie das fast runde Tal ausmachen, in dem sie die Hirsche gesehen hatten. Kurz danach musste es gewesen sein.

Und auf einmal sah sie den See. Es gab nur einen dort in der Gegend, zumindest einen, der groß genug war, um eingezeichnet zu werden.

»Der muss es sein.«

»Bist du dir sicher?«, fragte Isobel.

Vivien schüttelte den Kopf. Sicher war sie sich nicht, aber ihnen blieben keine anderen Anhaltspunkte, als es dort zu probieren.

Zwei Männer kamen aus der Burg und Isobel hob grüßend die Hand. »Das sind Angus und John. Sie werden dich begleiten. Oder möchtest du heute Nacht hierbleiben?«

Schnell schüttelte Vivien den Kopf. Obwohl es ihr nicht behagte, mit den beiden MacLeods die Nacht im Wald zu verbringen, wollte sie schon morgen früh dort sein. Und wenn sie Fiona nicht fand, würde sie wenigstens zu Callum reiten und ihn nach Hause bringen. Und mit ihm reden, erinnerte sie sich, als sie an Evan dachte.

»Die Köchin hat euch etwas zu essen mitgebracht. Brauchst du noch einen Umhang? Es könnte heute Nacht kalt werden.«

Vivien schüttelte den Kopf. »Ich habe einen Umhang und warme Kleidung dabei.« Allerdings verzichtete sie darauf, diese Isobel zu zeigen.

»Gut. Dann bleibt uns wohl nichts anderes, als Lebewohl zu sagen.« Sie stand auf und griff nach Viviens Händen. »Ich bin froh, dass ich dich abgefangen habe. Aber vermutlich hätte es gar nicht anders kommen können.«

Vivien atmete tief durch. »Warum tust du das für mich? Du kennst mich doch gar nicht.«

Isobel legte den Kopf schief. »Natürlich kenne ich dich. Du und ich, wir können etwas, was nicht viele Menschen vermögen. Das verbindet uns und wir kennen uns besser, als andere das jemals verstehen können. Außerdem«, sie schluckte und drückte Viviens Hände, »hast du meine Tochter gerettet und dafür werde ich dir ewig dankbar sein.«

Schnell schüttelte Vivien den Kopf. »Das war ich nicht, sondern mein Sohn. Er hat ihr die Medizin verabreicht. Er hat mich nur geholt, weil er nicht sicher war, ob er es richtig gemacht hat.«

Jetzt hatte Isobel Tränen in den Augen. »Dann hoffe ich sehr, dass ich deinen Sohn eines Tages in die Arme schließen und ihm persönlich danken kann. Ich hatte solche Angst um sie, denn das Fieber hat sie verzehrt. Aber was immer es war, was er ihr gegeben hat, hat Wunder gewirkt. Auch Kenneth ist euch dankbar. Wir wissen nicht, wie wir das jemals wiedergutmachen können.«

»Wie geht es deiner Tochter jetzt?«, fragte sie, denn sie wusste, dass Callum es bestimmt wissen wollte.

Isobel nickte. »Gut. Sie erholt sich langsam und ist manchmal noch ein wenig schwach, aber wenigstens ist sie noch hier.«

»Weiß dein Mann, wer ich bin?«, fragte Vivien vorsichtig und dachte daran, wie Kenneth sie heute ungläubig angestarrt hatte.

»Bis heute um die Mittagszeit wusste er es nicht.«

»Aber weiß er, wer wir sind?«

Isobel nickte. »Wir hätten nicht fünfzehn Jahre verheiratet sein können, ohne dass er diese wichtige Sache über mich weiß. Er hätte so vieles nicht verstanden. Die, die wir lieben, wissen sowieso, wer wir sind. Tief in ihren Herzen. Deswegen ist es für sie kein Schock.«

Vivien senkte den Kopf. Es war dem ähnlich, was Jenna und Maira ihr gesagt hatten.

»Ist er hier?« Irgendwie wollte sie noch einmal mit Kenneth sprechen.

»Nein, er musste fort und wird erst in ein paar Tagen wiederkommen. Es war Glück, dass ihr ihn heute Mittag angetroffen habt. Aber ich habe ihm gesagt, dass wir beide uns bestimmt wiedersehen, und er sendet seinen Dank, dass du Mairead die Medizin gebracht hast.«

Vivien schaute zu den Zinnen der Burg hinauf, in die Richtung des Zimmers mit dem Kamin. »Es gibt eine Sache, mit der ihr euren Dank ausdrücken könnt«, sagte sie. Vielleicht war es schäbig, das auszunutzen, aber wenn sie einen Teil ihrer Reise absichern konnte, dann würde sie es tun. »Wenn ich mit Callum hierher zurückkomme, dürfen wir dann das Tor benutzen? Lasst ihr uns in die Burg? Ich glaube, auf Dun Coinneach gibt es kein Tor.«

Isobel lächelte. »Natürlich. Nichts leichter als das. Du und dein Sohn habt lebenslanges Nutzungsrecht des Zimmers. Aber das habt ihr sowieso, es steht doch in unserem Kodex geschrieben.«

Vivien runzelte die Stirn. »In welchem Kodex?«

»Wir haben ein Buch, in dem wir alles vermerken, auch die Gesetze und die Ehre, die uns Zeitreisende verbindet.«

Viviens Herz schlug schneller. »Dann gibt es mehrere von euch?« Sie erinnerte sich, dass Jenna sie gebeten hatte, danach zu fragen.

Isobel lächelte. »Ja, viele. Wir sind wie Schwestern, obwohl wir nicht über das Blut miteinander verwandt sind. Aber wir sind so etwas wie Zeitschwestern.«

»Sind es nur Frauen?«, fragte Vivien.

»Diese Gabe ist nur Frauen gegeben.«

»Aber mein Sohn ist gereist.«

Isobel blinzelte. »Ich dachte, du bist gereist und hast ihn mitgenommen.«

»Nein, er war einige Male allein hier.«

Isobel legte sich eine Hand auf den Brustkorb. »Ach du meine Güte. Es gibt noch so vieles, was wir nicht wissen.« Dann beugte sie sich vor und küsste Vivien auf die Wange. »Wir werden miteinander sprechen, wenn du wieder da bist. Das hier ist dein sicherer Hafen. Wenn du in Not bist oder etwas brauchst, komm zu uns. Hier wird dir nichts geschehen.«

Jetzt war es Vivien, die die andere Frau an sich zog. Sie wusste nicht, was sie auf ihrer Reise erwartete, aber sie wusste schon jetzt, dass sie gut begonnen hatte. Gemeinsam würden sie alles schaffen.

35

Sie ritten, bis die Dämmerung hereinbrach. Die beiden Männer sprachen nicht viel und Vivien war dankbar dafür. So konnte sie ihren Gedanken nachhängen.

Je öfter sie ihre Theorie durchging, dass es Lachlan war, der Fiona entführt hatte, desto logischer erschien ihr diese Erklärung. Auch wenn sie nicht mit Sicherheit wusste, warum er etwas so Gemeines und Hinterhältiges getan hatte, ergab alles einen Sinn.

Wie sehr er seinen Onkel damit verletzt hatte. Ganz zu schweigen von Fiona selbst.

Das Schlimmste war, dass er Sorge um Fiona geheuchelt hatte.

Alasdair konnte nichts geahnt haben, sonst hätte er sie und Callum nicht entführt und wäre auch nicht mit ihr zu Kenneth geritten. Nein, sein Entsetzen heute war echt gewesen. Er hatte wirklich gedacht, dass er Fiona aus Kintallan würde mitnehmen können.

Jedes Mal, wenn sie an ihn dachte, wurde ihr Herz ein bisschen weicher. Wo er jetzt wohl war? Und was er wohl gerade tat? Ob er in seinem Arbeitszimmer war? Dachte er an sie?

Am Abend schlugen sie ein Nachtlager auf und Vivien zog hinter einem Busch ihre Thermounterhosen an, denn es wurde nachts kühl in den Highlands. Es war ein unruhiger Schlaf, in den sie fiel. Sie wickelte sich in ihren Umhang und bettete ihren Kopf auf die Deckes ihres Pferdes.

Am Morgen erwachte sie früh, als es dämmerte und die erste Singdrossel und ein Rotkehlchen sangen.

Schon bald machten sie sich wieder auf den Weg. Vivien hatte überlegt, ob sie sich die Route einprägen sollte, aber da die Landschaft nicht so viele Anhaltspunkte aufwies, die auf der Karte eingezeichnet waren, musste sie ab und zu nachschauen. Die Berge und Täler sahen alle gleich aus, wenn es keine Wegweiser gab.

Erst holte sie die Karte heimlich raus, dann immer offener, denn Angus und John schienen sich nicht daran zu stören. Vielleicht waren sie so ein Verhalten von Isobel gewohnt.

Sie kamen an der Stelle mit dem Felsen vorbei, an der die Wegelagerer sie auf dem ersten Ritt von Kintallan nach Dun Coinneach überfallen hatten, doch heute war es ruhig. Vivien dachte daran, wie sie versucht hatte, vor Alasdair zu fliehen, und mit welch einer Leichtigkeit er sie eingefangen hatte.

Erstaunt stellte sie fest, dass sie froh war, dass ihr die Flucht damals nicht gelungen war. Vor allem wegen Callum, weil der sonst all die wunderbaren Dinge nicht erlebt hätte, die er auf Dun Coinneach hatte machen können. Und ein klein wenig auch für sich selbst, wenn sie an die Nächte mit Alasdair dachte. So etwas wie mit ihm würde sie nie wieder erleben, dessen war sie sich sicher. Vom ersten Augenblick an hatten sie einander verstanden und waren sich so unglaublich nah gewesen.

Ihr kam etwas in den Kopf, das Evan gesagt hatte. Die Sache mit dem Seelenverwandten. Es war so ein kitschiges Wort, das in der Kultur der modernen Zeit vollkommen überbewertet war. Vivien hatte schon lange für sich beschlossen, dass es so etwas nicht geben konnte. Wie sollten Seelen verwandt sein? Dann musste man vermutlich auch an Wiedergeburt glauben.

Oder an Zeitreisen?, sagte eine kleine Stimme etwas mokant in ihrem Hinterkopf.

Vivien schloss die Augen und drängte die Stimme weg. Wenn es so war, musste sie auch eine Seelenverwandtschaft mit Maira, Jenna, Evan, Holly, Isla und Brynne haben. Vielleicht sogar auch mit Isobel, denn mit denen fühlte sie sich verbunden, als ob sie sich schon ewig kennen würden.

Ob es so etwas wie Seelenfreundschaften gab? Vielleicht waren es auch Seelenschwestern.

Der Ruf eines Greifvogels riss sie aus ihren Gedanken und fast automatisch hob sie den Kopf und suchte den Himmel ab. Tatsächlich, da oben kreiste ein Steinadler. Vivien schickte ihm einen stillen Gruß und wurde sofort ein wenig ruhiger, da sie wusste, dass er ihnen den Weg weisen würde. Ja, mit diesen Tieren verband sie wirklich eine Seelenfreundschaft. Das konnte sie nicht leugnen.

Mittlerweile waren sie in dem Tal angekommen, in dem Alasdair damals den Umhang um sie geschlungen hatte. Schon da hatte sie gespürt, dass zwischen ihnen etwas anders war, als sie es mit irgendeinem anderen Mann zuvor erlebt hatte. Auch wenn sie das in dem Moment absolut nicht hatte wahrhaben wollen.

Die Erinnerung an die Wärme seines Körpers und seine beschützende Umarmung, die ihr an diesem Regentag und in dem verwirrten Gefühlschaos gutgetan hatte, brachte sie selbst heute noch zur Ruhe. Diese Wirkung hatte er immer noch auf sie. Als ob sie in seinen Armen angekommen wäre.

Doch im selben Moment, da sie das dachte, flammte die Enttäuschung in ihr auf. Darüber, dass er Lachlan und nicht ihr geglaubt hatte.

Wieder rief der Adler und Vivien biss die Zähne zusammen. Es war, als ob der Greifvogel sich immer dann melden würde, wenn sie an Alasdair dachte.

Obwohl sie immer noch enttäuscht von seinem Verhalten war, konnte sie ihn doch verstehen. Wenn alles stimmte, was sie sich überlegt hatte, und Lachlan so ein perfides Spiel mit Alasdair gespielt hatte, hatte er kaum anders handeln können. Für ihn hatte es so aussehen müssen, als ob Vivien ihn belogen hatte.

Jetzt war die Stimme in ihrem Hinterkopf trotzig und fragte sie gehässig, ob ein wahrer Seelenverwandter die Wahrheit nicht hätte fühlen müssen. Doch Vivien wusste, dass das nicht möglich gewesen wäre. Die Sorge um sein Kind hatte alle anderen Gefühle und das logische Denken ausgeschaltet. Das war etwas, was sie verstehen konnte.

So war es ihr selbst doch schon oft gegangen. Immer wenn Jeff in ihrem Leben aufgetaucht war und Callums Sicherheit bedroht hatte, war sie nicht mehr in der Lage gewesen, rational zu denken.

Als sie an dem kleinen Waldstück vorbeikamen, in dem sie Alasdair auf dem Weg zurück nach Kintallan angeschrien hatte, wurde ihr klar, dass sie an seiner Stelle genauso gehandelt hätte. Wäre es um Callum gegangen, hätte sie Alasdair auch der Lüge bezichtigt, wenn es bedeutet hätte, dass sie Callum wiederbekommen würde.

Auf einmal verließen die Wut und Enttäuschung ihren Körper. Sie wusste nicht, ob das zwischen ihnen jemals wieder in Ordnung kommen würde, aber zumindest konnte sie ihm verzeihen, was er getan hatte. Denn es war verständlich gewesen.

Sie schaute nach oben und suchte den Himmel ab. Dort oben kreiste der Adler. So groß und majestätisch, der König der Highlands. Er schraubte sich immer höher und Vivien fragte sich, ob er von da aus Dun Coinneach sehen konnte.

Dort waren die beiden Menschen, die ihr Leben so bereichert und verändert hatten, und auf einmal wollte sie nur noch dorthin.

Aber erst mussten sie Fiona finden.

Vivien trieb den Rappen an und die beiden Männer folgten ihr. Sie würde es schaffen, dessen war sie sich jetzt sicher.

36

Als sie den See erreichten, war Vivien enttäuscht. Das Wasser war unglaublich klar und die Morgensonne spiegelte sich auf der Oberfläche. Aber sie konnte kein Haus und auch keine Burg sehen.

Irgendwie hatte sie sich das leichter vorgestellt.

Sie atmete tief durch. Was war, wenn sie sich geirrt hatten und das hier gar nicht der richtige See war? Fiona konnte dann irgendwo in Schottland sein und sie würden sie niemals finden.

Es führte nur ein schmaler Pfad zu dem See und man konnte nicht drum herum reiten, da die Vegetation zu dicht war.

Vivien stieg vom Pferd und stemmte die Hände in die Hüften.

Fiona war angeblich eine alte Frau gewesen, als sie Isobels Schwester von ihrer Befreiung berichtet hatte. Was war, wenn sie sich geirrt hatte? Vielleicht hatte sie das mit dem See falsch in Erinnerung gehabt.

Aber wie auch immer, sie wusste ja, dass Vivien sie befreit hatte. Deswegen musste sie sie irgendwie finden.

Ein Schwarm Krähen erweckte ihre Aufmerksamkeit. Sie turnten in den Bäumen auf der anderen Seite des Sees herum. Die

Art, wie sie miteinander kommunizierten, sagte Vivien, dass die Tiere etwas zu fressen gefunden hatten. Ob dort Aas lag?

Sie schaute genauer hin und sah, dass es nicht das andere Ufer war, sondern eine Insel.

Gerade wollte sie den Blick abwenden, als sie zwei Krähen bemerkte, die sich gegenseitig jagten. Und dann sah sie es. Eine ganz dünne Rauchsäule hinter den Bäumen.

Die konnte nur von einem Haus stammen.

Viviens Herz machte einen Sprung. Sie griff in ihre Tasche und holte ein Fernglas heraus. Mit klopfendem Herzen suchte sie die Bäume ab. Sie sah die Krähen, die sich anscheinend um eine Nuss stritten. Und dann sah sie grauen Stein hinter den Bäumen. Da war das Haus.

Sie deutete darauf. »Dort müssen wir hin.«

Angus und John nickten und schauten sich, ohne weiter nach-zufragen, nach einem geeigneten Weg um. Doch auch sie fanden keinen.

»Wir werden außen herum reiten müssen«, sagte Angus. »Dort gibt es bestimmt einen Weg zum Haus.«

Noch einmal schaute Vivien durch das Fernglas. Auf einmal entdeckte sie etwas. »Da ist ein Boot.«

»Das hilft uns nicht, wenn es auf der anderen Seite ist«, erklärte John.

Vivien warf ihm einen Blick zu und verdrehte die Augen. Als ob ihr das nicht auch klar wäre. »Möglicherweise gibt es auf dieser Seite auch ein Boot, denn ich glaube, das da drüben ist eine Insel. Helft mir bitte suchen.«

Es dauerte eine Weile, bis sie tatsächlich ein Boot im Schilf gefunden hatten, das sehr versteckt lag. Vermutlich wollten die Bewohner der Insel nicht, dass einfach jeder dort rüber paddeln konnte. Es war sauber vertäut, und, auch wenn es sicherlich schon länger nicht benutzt worden war, voll funktionstüchtig.

Vivien nickte entschlossen. »John, du bleibst hier bei den Pfer-den. Angus, du begleitest mich.«

Zum Glück widersprachen die Männer nicht, sondern taten, was sie sagte. Im Stillen dankte Vivien Isobel, die ihr die beiden mitgegeben hatte. Sie war sich nicht sicher, ob sie die Reise so schnell allein geschafft hätte.

Sie ruderten über den klaren See und tatsächlich sah Vivien die vielen Fische, von denen Torquil Callum erzählt hatte.

Die Krähen lärmten immer noch in den Bäumen, als sie am anderen Ufer anlegten.

Jetzt konnte sie das Haus deutlich sehen. Es lag auf einem kleinen Hügel weiter hinten auf der Insel. Vermutlich war es höher gebaut worden, um es vor Überschwemmungen zu schützen.

Irgendwo muhte eine Kuh, und wenn Vivien sich nicht täuschte, hörte sie auch Hühner. Hier lebte also jemand. Und sie hoffte, dass es die Frau war, bei der Fiona gefangen gehalten wurde.

Vivien holte abermals ihr Fernglas heraus und schaute sich das Haus genauer an. Es war aus Stein, was ungewöhnlich für diese Zeit war, und sie fragte sich, warum es hier im Nirgendwo gebaut worden war. Fast alle anderen Häuser außer den Burgen, die sie in dieser Zeit gesehen hatte, waren torfgedeckte Hütten.

»Wünscht Ihr, dass ich Euch begleite?«, fragte Angus. Er hatte die Hand am Heft seines Schwertes.

Vivien überlegte und auf einmal war sie nervös. Fiona hatte das Wort *befreien* verwendet, und wenn ihre Theorie stimmte, war das Mädchen von Lachlan hierher verschleppt worden. Ob man sie in einer Art Gefängnis gefangen hielt? Würde es zu einem Kampf kommen?

Es war definitiv besser, wenn sie Angus an ihrer Seite hatte.

»Ja, bitte«, erwiderte sie. »Ich weiß nicht, was uns erwartet.«

Er nickte und lockerte den Dolch an seinem Gürtel etwas.

Vivien öffnete ihre Tasche und holte das Klappmesser und etwas diskreter das Pfefferspray heraus. Beides ließ sie in ihrer Rocktasche verschwinden. Sie umklammerte beide Gegenstände mit den Händen, atmete noch einmal tief durch und nickte Angus dann zu. »Also los.«

Beim Haus war alles ruhig. Viviens Herz klopfte laut und schnell und sie versuchte, sich durch langsames Atmen zu beruhigen, aber es gelang ihr nicht. Immer wieder sagte sie sich, dass diese Mission gut ausgehen würde. Isobel hatte es ihr doch gesagt. Und sie hoffte so sehr, dass das alles stimmte.

Ganz kurz flammte Sorge in ihr auf, dass Isobel sie möglicherweise komplett in die Irre geführt hatte. Was war, wenn das hier eine Falle für sie selbst war? Vielleicht wollte Kenneth sie gefangen nehmen? Und Isobel hatte ihr diese Geschichte aufgetischt und ihr die beiden Männer mitgegeben, damit sie hierherkam und in ihr eigenes Gefängnis lief?

Das alte Misstrauen und die Panik keimten wieder in ihr auf und sie warf Angus einen Blick zu. Wartete er nur auf den richtigen Moment, um sie zu überwältigen? Niemand würde sie hier jemals finden und Callum würde nie wissen, was mit ihr geschehen war. Oh Gott, es war ein Fehler gewesen, hierherzukommen.

Doch dann hörte sie das Krächzen der Krähen, die immer noch durch die Bäume hüpften. Dieses Geräusch riss sie aus ihrem Gedankenstrudel und ihr rationales Denken setzte wieder ein.

Nein, Isobel hatte von Fiona gewusst, obwohl Vivien ihr niemals den Namen genannt hatte. Das war ein Beweis. Außerdem hatten sie oder Kenneth keinen Grund, Vivien gefangen zu nehmen. Nicht einmal, um Alasdair unter Druck zu setzen. Zum einen wussten sie nichts von ihrer Liebesbeziehung und zum anderen hätten sie auch einfach Alasdair einsperren können, als der zu ihnen in die Burg marschiert war.

Alles war in Ordnung. Und das hier würde jetzt auch gut gehen.

Sie erreichten das Haus. Auf einmal hörte Vivien etwas, was ihr den Atem nahm. Zwischen dem Gekrächze der Krähen hörte sie das Lachen eines Kindes. Es konnte nicht weit weg von ihnen sein.

»Ihr seid doch frech«, sagte es jetzt und kicherte wieder. »Wartet, bis ich euch etwas gebe.«

Vorsichtig pirschte Vivien sich bis zur Ecke des Hauses. Sie lehnte sich nach vorn und warf einen Blick auf den Platz neben dem Stall. Dort stand ein Mädchen mit dem Rücken zu ihr. Eine Krähe saß vor ihr auf dem Boden und schaute zu ihr hoch. Eine andere saß ganz in der Nähe auf dem Ast eines Baumes.

Das Mädchen warf etwas in die Höhe. »Und hopp! Schnapp es dir!«

Die Krähe flatterte los, verfehlte den Happen aber und die Krähe auf dem Boden schnappte sich ihn.

Ein helles Lachen erklang. »Du bist zwar sehr schlau, Eoin, aber Fliegen ist nicht deine Stärke, oder?«

Vivien musste dem Mädchen in Gedanken widersprechen. Die Krähe war ein kunstvoller Flieger, sie hatte nur nicht mit ihren Flügeln das Gesicht des Mädchens streifen wollen und deswegen die Kurve nicht geschafft.

»Irgendwann werde ich dir Sgian vorstellen. Sie fliegt so schnell wie ein Pfeil und hätte das mit Leichtigkeit gefangen.«

Viviens Brustkorb zog sich zusammen, als sie begriff, was das Mädchen eben gesagt hatte.

»Oh mein Gott«, flüsterte sie. Das Mädchen war wirklich Fiona.

Eine der Krähen hatte sie entdeckt und schlug Alarm. Alle flatterten höher in die Bäume. Jetzt ging das Gezeter los und auch Fiona drehte sich um.

Vivien versuchte rasch, ihr Herz für die Vögel zu öffnen, aber sie war so aufgeregt, dass es ihr nicht gelang.

Selbst von hier konnte Vivien die strahlend blauen Augen des Mädchens sehen. Sie war eindeutig Alasdairs Tochter.

Jetzt verschränkte Fiona die Arme. »Wer seid Ihr?«, rief sie.

Ihre helle Stimme hallte von den Wänden des Hauses wider und Vivien erschrak. Was war, wenn jemand sie hörte?

Sie trat aus dem Schatten und wischte die Hände an ihrem Rock ab. Sie merkte, wie Angus ihr folgte.

»Du bist Fiona, nicht wahr?«

Das Mädchen nickte.

Vivien legte sich eine Hand auf den Brustkorb und spürte, wie schnell ihr Herz schlug. »Ich bin Vivien. Dein Vater schickt mich.«

Sofort hellte sich Fionas Miene auf. Doch dann verschloss sie sich und sie trat einen Schritt rückwärts. »Ich kenne Euch nicht«, sagte sie.

Vivien lächelte zitternd. »Ich weiß, und es ist gut, dass du das bemerkst. Aber ich will dir beweisen, dass ich deinen Vater wirklich kenne. Du hast eben den Krähen von Sgian erzählt.«

Fiona runzelte die Stirn, sagte aber nichts.

»Ich kenne sie. Sie ist ein Falke und kann richtig schnell fliegen.«

»Das kann auch geraten sein.«

Vivien bewunderte das Mädchen. Es war schlau. Kein Wunder, dass es misstrauisch war, nach dem, was es erlebt hatte.

»Das stimmt. Aber ich weiß auch, dass dein Vater noch Beira und Merrigan hat.«

Fionas Augen weiteten sich vor Überraschung und Vivien beschloss, noch einen draufzusetzen. »Und Sgian hat eigentlich sahnefarbene Füße, aber am rechten Bein hat sie eine dunkle Feder, die da gar nicht hingehört. Hab ich recht?«

»Du warst so dicht an ihr dran?«, fragte Fiona mit großen Augen, die so sehr denen von Alasdair glichen, dass es Vivien wehtat.

Sie nickte. »So nah war ich dran. Glaubst du mir jetzt, dass dein Vater mich geschickt hat?«

Fiona atmete tief durch. »Ja. Er würde niemanden so nah an die Vögel ranlassen, den er nicht mag. Und er muss dir vertrauen.«

Erstaunt bemerkte Vivien, dass ihr bei diesem Kompliment Wärme in die Wangen stieg.

»Dich lässt er bestimmt zu den Vögeln, oder?«

Fiona nickte eifrig. »Ich vermisse sie. Nimmst du mich mit nach Hause?«

»Das hoffe ich. Vielleicht sollten wir deswegen jetzt gehen.«

Sie hielt dem Mädchen die Hand hin, doch es runzelte die Stirn und schüttelte den Kopf. »Ich kann nicht einfach so gehen.«

Viviens Bauch verknotete sich etwas. »Ich denke schon. Wir sollten gleich aufbrechen.«

»Es wäre aber nicht nett der alten Bethel gegenüber. Ich will mich gern verabschieden.«

Und bevor Vivien sie aufhalten konnte, lief Fiona auf das Haus zu.

»Warte!«, rief sie so leise und eindringlich, wie sie konnte, aber Fiona blieb nur kurz stehen und winkte ihr zu.

»Ich bin gleich wieder da.« Dann zögerte sie. »Oder willst du mitkommen und ihr Bescheid sagen, dass du mich mitnimmst?«

Vivien wechselte einen Blick mit Angus, der unschlüssig die Schultern hob. »Warte kurz«, rief sie und rannte zu Fiona. »Ist die alte Bethel freundlich?«

Fiona wiegte den Kopf hin und her. »Ja. Sie hat mich immer mit den Vögeln sprechen lassen. Aber ich glaube, sie hat nicht gedacht, dass ich so lange bleibe. Deswegen wurde sie in letzter Zeit ein wenig unleidlich. Vielleicht ist es aber auch nur ihr Rücken. Sie plagt die Gicht.«

»Dir ist hier also nichts passiert?«

Fiona schüttelte den Kopf. »Einmal hatten wir einen schlimmen Sturm, da ist ein Baum umgekippt und das Wasser hat den kleinen Garten überschwemmt.«

Erleichtert atmete Vivien aus. »Hat dich mal jemand besucht?«

Wieder schüttelte das Mädchen den Kopf. »Nein. Niemand. Warum fragst du das?«

»Auch nicht dein Vetter?«

»Lachlan? Er war nicht hier.«

Vivien nickte. Das hieß trotzdem nicht, dass er nicht hinter der ganzen Sache steckte. Und im Grunde ergab es auch Sinn, dass Fiona nicht wusste, wer sie hierher gebracht hatte. Sie könnte Lachlan leicht identifizieren.

»Dann lass uns jetzt zu Bethel gehen, damit du dich verabschieden kannst.«

Fiona wollte sich gerade abwenden, als Angus fragte: »Lebt sonst noch jemand hier?«

»Nur der alte Knecht.«

»Keine Wachen?«, fragte Angus weiter und Vivien schaute ihn dankbar an. Sie hatte gar nicht darüber nachgedacht, dass das ein Problem werden könnte.

»Warum sollten hier Wachen sein?« Fiona schüttelte den Kopf. »Ich bin doch keine Gefangene.« Sie wirkte, als ob sie diesen Gedanken vollkommen absurd fände.

Das Mädchen führte sie in das Haus, das sauber und aufgeräumt war. Es war nicht sehr groß, aber heimelig.

Fiona ging schnurstracks in die Küche, wo eine ältere Frau an der Feuerstelle stand und in einem Topf rührte. Sie hatte etwas von einer alten Hexe aus einem der Märchen, die Vivien Callum früher vorgelesen hatte.

»Mein Vater hat jemanden geschickt, um mich abzuholen«, verkündete Fiona.

Bethel drehte sich um und musterte Vivien. »Das wird aber auch Zeit.«

Fiona ging zu ihr und schlang der alten Frau die Arme um die Taille. »Danke, dass du dich so gut um mich gekümmert hast.«

Die ältere Frau tätschelte ihr den Kopf, behielt dabei aber Vivien im Auge. »Was blieb mir denn anderes übrig?«

»Und danke, dass ich mit deinen Krähen spielen durfte.«

»Es sind wilde Krähen. Sie suchen sich ihre Spielkameraden selbst aus. Und sie haben dich gewählt. Damit hatte ich nichts zu tun.«

Sofort wusste Vivien, dass die alte Bethel jemand war, den sie mochte.

»Jetzt geh nach oben und hol deine Sachen. Ich will noch mit der Dame sprechen.«

Fiona nickte, drückte Bethel noch einmal und lief in das obere Stockwerk.

»Ihr wollt das Mädchen also mitnehmen.«

»So ist es.« Vivien würde nicht fragen, ob das in Ordnung war. Besser Tatsachen schaffen.

»Sie war viel länger hier als vereinbart. Und sie isst eine Menge.«

Vivien war sich nicht sicher, ob das stimmte, denn Fiona war schmal und aß bestimmt keine Unmengen. Aber sie ahnte, worauf die Frau hinauswollte.

»Hat der, der sie gebracht hat, Euch bereits bezahlt?«

»Nein.«

»Hat er eine Bezahlung vereinbart?«

Bethel zögerte. »Eine Kuh«, sagte sie und Vivien wusste, dass es nicht stimmte. Aber sie konnte ihr nicht böse sein. Sie musste sicherlich auch sehen, wo sie blieb.

Bethel hob den Kochlöffel. »Wenn Ihr die Kuh nicht habt, bleibt das Mädchen hier. Sie ist viele Tage länger geblieben als vereinbart.«

»Was war denn vereinbart?«, fragte Vivien.

»Nur bis Johannis.«

Mit diesen Kirchenfesten kannte sie sich immer noch nicht aus. Unsicher schaute sie Angus an, doch der begriff nicht, was sie ihn mit ihrem Blick fragen wollte.

»Wie viele Tage waren das?«

Bethel hielt eine Hand hoch und streckte alle Finger aus.

»Fünf Tage?«

Bethel nickte.

Jetzt musste Fiona über einen Monat hier gewesen sein.

Das Mädchen kam die Treppe wieder herunter. Sie trug ein kleines Bündel.

»Ich habe leider keine Kuh«, sagte Vivien schnell.

»Dann bleibt sie hier.«

Vivien wusste zwar nicht, wie Bethel sie und Angus davon abhalten wollte, Fiona mitzunehmen, aber sie wollte es nicht darauf ankommen lassen.

»Wie wäre es, wenn ich Euch stattdessen das hier gebe?« Sie öffnete ihre Tasche und zog die Goldmünze heraus, die Jenna ihr gegeben hatte. Sie würde erst in etwa zweihundert Jahren geprägt werden, aber das war auch okay.

Bethel warf einen Blick darauf. »Damit kann ich nichts anfangen.«

Vivien kam ins Schwitzen. Etwas anderes hatte sie nicht. Und sie konnte der Frau ja keinen Proteinriegel oder ein Schlafmittel anbieten. Ganz kurz überlegte sie, ob sie Bethel heimlich betäuben könnte, aber jetzt stand Fiona hinter ihr und hörte zu. Da konnte sie weder Angus sagen, dass sie Fiona gegen Bethels Willen mitnehmen würden, noch die alte Frau anders übertölpeln.

Fiona legte den Kopf schief. »Hat mein Vater dir keine Bezahlung für Bethel mitgegeben?«

Vivien schüttelte den Kopf. »Ich habe nur diese Goldmünze. Aber ich verstehe, dass Bethel damit nichts anfangen kann.« Wo sollte die alte Frau hier draußen denn mit Geld bezahlen?

Sie räusperte sich. »Kann ich später wiederkommen und Euch die Kuh bringen?«

»Nein. In diese Falle tappe ich nicht.«

»Aber ich schwöre es. Ich komme wieder.«

»Dann bleibt Fiona solange hier.«

Vivien biss sich auf die Lippe. Wenn sie mit ihrer Theorie richtiglag, würde Lachlan bald kommen und Fiona mitnehmen. Und möglicherweise ihr etwas antun, weil er nicht würde erklären können, woher sie kam. Das musste sie auf jeden Fall verhindern. Wenn Vivien jetzt erst zu Alasdair ritt und ihm von Fionas Aufenthaltsort erzählte, würde es das Mädchen vielleicht unnötig in Gefahr bringen.

»Hast du noch etwas anderes in deiner Tasche?«, fragte Fiona neugierig. »Vielleicht kannst du damit bezahlen.«

Unschlüssig schaute Vivien auf ihre Ledertasche. Sie konnte den Inhalt unmöglich jetzt auspacken. »Ich weiß nicht«, sagte sie, um Zeit zu gewinnen, während sie in Gedanken durchging, was sie alles eingepackt hatte. Der Kompass brachte Bethel sicherlich nicht viel. Die Karte und das Erste-Hilfe-Set sicher auch nicht.

Doch dann hatte sie eine Idee.

»Ich habe sogar drei Dinge für Euch.«

Bethel verschränkte die Arme und hob die Augenbrauen.

Vivien holte den Magnesiumfeuerstein heraus. »Damit kann man ganz leicht Feuer machen.« Sie führte es vor und die Funken stieben nur so vom Metall.

Bethel starrte den schwarzen Stab an. »Wie ist das möglich?«

»Und das hier«, sagte Vivien und hielt das Fernglas hoch. »Damit kann man besser sehen, was weit entfernt ist. Wenn also jemand am Seeufer steht, könnt Ihr ihn genau sehen, ohne dass er Euch erkennt.« Sie hielt es Bethel hin. »Hier, schaut durch.«

Bethel tat, was Vivien sagte, und zuckte erstaunt zurück.

Und schließlich holte sie das Pfefferspray aus der Tasche. »Wenn Euch jemand angreift, könnt Ihr ihm das hier in die Augen sprühen.«

Bethel wich einen Schritt zurück. »Sprühen?«, wiederholte sie.

Vivien fuhr sich mit der Hand über die Stirn. Das Wort war vielleicht noch nicht so weit verbreitet. »Ihr drückt mit dem Zeigefinger hier drauf und dann ist es wie kleine Wassertropfen von einem Wasserfall. Wenn sie in die Augen Eures Angreifers kommen, tut es ihm sehr weh.«

»Wasserfall?« Noch immer klang Bethel ungläubig.

»Kein Wasserfall, sondern nur viele kleine Tropfen, die hier vorn rauskommen. Aber achtet darauf, dass dieser Fleck immer zu der anderen Person zeigt, die Euch angreifen will. Sonst sprüht Ihr es Euch selbst ins Gesicht.«

Sie bereute, dass sie das Pfefferspray herausgeholt hatte. Was, wenn Bethel sich damit selbst verletzte? Aber sie wollte einen guten Tausch machen, damit Bethel sie ziehen ließ.

»Und die Goldmünze gebe ich Euch auch noch, weil Ihr Euch so lange um Fiona gekümmert habt. Viel länger als vereinbart. Vielleicht könnt Ihr sie eines Tages ja doch gebrauchen.«

Bethel zögerte, dann raffte sie die Sachen zusammen. »Die Kuh will ich aber trotzdem.«

Vivien nickte erleichtert. »Ich verspreche Euch, dass Fionas Vater sie Euch bringen wird.«

Fiona lächelte. »Ich auch. Er hält sich immer an sein Wort. Das ist ihm wichtig.«

Vivien wurde ein bisschen schlecht, als sie daran dachte, wie sehr er ihr übel genommen hatte, dass sie ihm angeblich nicht die Wahrheit gesagt hatte.

»Können wir jetzt gehen?«, fragte sie die alte Bethel.

Die nickte. »Also gut.«

Zu Viviens Überraschung nahm sie Fiona noch einmal fest in den Arm. »Mögen die guten Geister und deine Vögel dich begleiten. Wenn du eine Krähe siehst, denke an mich.«

Fiona kuschelte sich an sie. »Das mache ich, Bethel.« Sie hob den Kopf. »Und du denke an mich, wenn du eine Schnecke siehst. Irgendwann kommt sie doch aus ihrem Haus.«

Die beiden teilten ein Lächeln und Vivien wurde warm ums Herz. Anscheinend hatte Fiona es bei Bethel wirklich gut gehabt.

Dann wandte das Mädchen sich um und zu ihrer Überraschung nahm sie Viviens Hand. »Jetzt lasst uns nach Hause gehen.« Mit ihren blauen Augen schaute sie zu Vivien auf. »Kennst du den Weg?«

Sie schluckte und nickte Fiona zu. »Ja, den werde ich finden.«

Sie tauschten ein Lächeln und auf einmal keimte Hoffnung in Vivien auf, dass womöglich doch noch alles gut werden würde.

37

Fiona reckte sich vor Vivien im Sattel. »Ich kann mein Zuhause sehen!«

»Wir sind gleich da«, sagte Vivien und ihr Herz schlug unglaublich schnell. Sie hatte keine Ahnung, was sie dort erwarten würde. »Dein Vater wird sich sehr freuen, dich wiederzusehen.«

Ob er sich auch freuen würde, sie wiederzusehen? Vermutlich nicht. Aber zumindest würde er ihr hoffentlich Callum übergeben, wenn sie ihm Fiona brachte.

Als sie die Burg erblickte, wurde ihr schlecht vor Aufregung.

Es war bereits Nachmittag und die Sonne kam immer wieder hinter den Wolken hervor, die schnell über den Himmel trieben. Aber es hing auch Regen in der Luft.

»Können wir schnell reiten?«, fragte Fiona aufgeregt. »Ich kann es kaum erwarten.«

»Natürlich«, erwiderte Vivien und rückte ihre Tasche zurecht. John und Angus hatten sich schon vor einer Weile verabschiedet und seitdem hatten sie etwas zügiger reiten können. Fiona liebte es, schnell unterwegs zu sein.

Sie war ein unglaublich aufgewecktes Mädchen und hatte keine Scheu vor Vivien, nachdem sie erst einmal verstanden hatte, dass sie und Alasdair sich wirklich kannten. Vivien hatte Fiona sogar erklärt, dass ihr eigener Sohn bei Alasdair auf Dun Coinneach war. Zum Glück hatte Fiona nicht gefragt, wer sie eigentlich war oder woher sie Alasdair kannte.

Sie griff um Fiona herum nach beiden Zügeln des aufgeweckten Rappen, der sie so treu hierher getragen hatte.

»Bereit?«, fragte sie Fiona und war sich nicht einmal sicher, ob sie selbst bereit war, Alasdair gegenüberzutreten. Also konzentrierte sie sich auf Callum und darauf, dass sie ihn gleich wieder in die Arme nehmen konnte.

»Ja«, sagte Fiona mit der Inbrunst einer Neunjährigen, und als Vivien den Rappen angaloppieren ließ, juchzte sie vergnügt.

Die Hufe des Pferdes trommelten auf dem Boden. Der Wind riss an ihren Haaren und ihr wurde schmerzlich der Moment in Erinnerung gerufen, als Alasdair sie Kavan hatte reiten lassen und ihr das Haarband aus den Haaren gezogen hatte.

Damals war es so viel leichter zwischen ihnen gewesen. Jetzt erschien alles schwer.

Fiona lachte und das Geräusch tat Vivien gut. Callum hatte früher auch so gelacht. Sie war so unglaublich froh, dass dem Mädchen nichts zugestoßen war. Bethel hatte sich anscheinend wirklich gut um sie gekümmert.

Auf einmal rief Fiona: »Da ist mein Vater.« Sie riss die Arme hoch und winkte, sodass Vivien das Mädchen festhalten musste, damit es nicht aus dem Sattel geschleudert wurde.

Sie zügelte das Pferd, weil die Angst sie auf einmal überkam. Sie war nicht bereit, Alasdair schon entgegenzutreten.

»Warum wirst du langsamer?«, fragte Fiona. »Ich will zu ihm. Ich habe ihn so lange nicht gesehen.«

Auch Vivien kam es vor, als ob sie ihn eine Ewigkeit nicht gesehen hätte.

Aber jetzt kam er tatsächlich auf sie zugeritten. Kavan ging noch Schritt, doch dann zügelte Alasdair ihn, starrte in ihre Richtung und dann trieb er Kavan auf einmal an. Das schwarze Tier stürmte los.

Vivien spürte, wie sie zitterte. Fiona hingegen lachte und winkte immer noch.

Auf einmal entdeckte Vivien hinter Alasdair eine andere Gestalt. Auf einem braunen Pferd saß noch jemand und auch diesen Menschen hätte Vivien unter tausenden erkannt.

»Callum«, flüsterte sie und musste ebenfalls vor lauter Freude und Unglauben lachen.

Die beiden ritten auf sie zu, wobei Kavan deutlich schneller war als der Braune.

Mit jedem Schritt, den das Pferd näher kam, wurde Fiona aufgeregter und Vivien nervöser. Sie konnte den Ausdruck auf Alasdairs Gesicht nicht deuten.

Er brachte Kavan direkt vor ihnen zum Stehen, sodass kleine Steine spritzten. Ihr eigenes Pferd scheute ein wenig zurück, vermutlich fand es Kavan ebenfalls furchteinflößend.

»Fiona!«, rief Alasdair.

»Vater!« Fiona klatschte in die Hände. »Ich bin wieder da.«

Sie streckte die Arme nach ihm aus. Alasdair trieb Kavan neben Viviens Pferd und zog Fiona vor sich in den Sattel. Er umarmte sie fest, und die überwältigte Freude, die sie auf seinem Gesicht sah, trieb Vivien die Tränen in die Augen.

»Du bist wieder da«, flüsterte er und für einen kurzen verrückten Moment wünschte Vivien sich, dass er dasselbe auch zu ihr so zärtlich sagen würde.

Fiona schmiegte sich an ihn. »Warum hast du mich nicht früher abgeholt, wenn du mich so vermisst hast?«

Alasdair schaute auf und ihre Blicke trafen sich. Eine heiße Energie schoss durch Viviens Bauch. Was sollte sie ihm sagen?

»Woher hast du sie?« Seine Stimme war rau.

Bevor sie antworten konnte, erreichte Callum die Gruppe. »Mum!«, sagte er atemlos. »Wo warst du?«

Vivien presste sich eine Hand vor den Mund. »Geht es dir gut?«, fragte sie und musterte ihn.

»Natürlich geht es mir gut. Aber wo warst du?«

Sie zögerte nur kurz. »Zu Hause.«

Er setzte sich gerade auf. »Du warst auf Kintallan?«

Hatte man ihm nichts gesagt?

Vivien nickte. »Bei Holly und Isla.«

Callums Augen weiteten sich, aber er sagte nichts.

Vivien fühlte, wie sich Alasdairs Blick in sie bohrte. »Woher hast du sie, Vivien?«, fragte er. »Hatte Kenneth sie etwa doch auf Kintallan?«

Fiona machte sich von ihm los. »Kintallan ist doch die Burg der MacLeods, oder? Da war ich nicht.«

Alasdairs Gesicht wurde weich, als er sie anschaute. »Wo warst du dann, wenn du nicht auf Kintallan warst? Weißt du das?«

»Bei Bethel.«

»Wer ist Bethel?«, fragte Alasdair und sein scharfer Blick richtete sich wieder auf Vivien.

»Ich weiß es nicht«, erwiderte sie. »Aber sie hat gut auf Fiona aufgepasst.«

»Du weißt nicht, wer sie ist? Willst du mich zum Narren halten?«, sagte Alasdair und er klang wütend.

Fiona durchbrach die Stille, die seinen Worten folgte. »Ich glaube, Bethel und Vivien kannten sich noch nicht. Ich habe Vivien auch erst heute kennengelernt. Sie ist mich holen gekommen, weil du sie geschickt hast. Zumindest hat sie das Bethel so gesagt.«

Alasdair schloss die Augen und strich Fiona zärtlich über das Haar. »Ich verstehe, mein Mäuschen. Danke für die Erklärung.«

Vivien tauschte einen hilflosen Blick mit Callum, der sie auch fragend anschaute.

»Kannst du mir jetzt bitte erklären, was hier vor sich geht?«, fragte Alasdair und seine Stimme war so schneidend, dass Vivien schlucken musste. Er war also immer noch wütend auf sie. Wie hatte sie nur etwas anderes vermuten können?

»Können wir darüber allein sprechen?«, fragte Vivien.

»Nein«, sagte Alasdair.

Vivien seufzte. »Dann werde ich gleich einen Verdacht aussprechen, von dem du selbst entscheiden solltest, ob deine Tochter davon wissen soll.«

Alasdair zögerte eine Weile, dann winkte er Callum zu sich. »Zeig Fiona den Bach.«

Das Mädchen schaute von einem zum anderen. »Aber den Bach kenne ich schon. Ich möchte wissen, worum es geht.«

Vivien schaute sie mit einem Lächeln an. »Aber bestimmt kennst du nicht Callums Trick, wie man einen Frosch fängt. Er zeigt es dir bestimmt gern. Und wie ich deinen Vater kenne, wird er dir später alles so genau erklären, wie er kann.«

Fiona schaute ihren Vater fragend an. »Wirst du es mir sagen?«

»Versprochen«, sagte er.

Fiona nickte. »Also gut, zeig mir, wie das mit dem Frosch geht«, sagte sie und wand sich aus Alasdairs Armen. Sie ließ sich am Sattel entlang auf den Boden gleiten.

Callum schaute noch einen Moment von Vivien zu Alasdair und zurück, dann stieg auch er ab. »Komm mit.« Er hielt ihr die Hand hin. »Ich bin übrigens Callum.«

Fiona ergriff sie und schüttelte sie heftig. »Ich bin Fiona. Die Tochter von Alasdair Mackenzie.«

»Und ich bin der Sohn von Vivien Munro.« Er schaute dabei auf und lächelte Vivien kurz an. Es war, als wären sie gar nicht getrennt gewesen. Er konnte wirklich schon gut auf sich selbst aufpassen. Hier vielleicht sogar noch besser als dort.

Stolz stieg in Viviens Brust auf. Es war wunderbar, einen Sohn wie Callum zu haben. Und die Erleichterung darüber, dass es ihm gut ging, war so unglaublich groß.

Mit dem Braunen am Zügel gingen die beiden über die Wiese davon.

Vivien war so nervös, dass sie es auf ihr Pferd übertrug und der Rappe nervös herumtänzelte. Also stieg sie ab. Vielleicht konnte sie dann besser denken, wie sie dieses Gespräch anfangen sollte.

Seit sie Fiona heute Morgen befreit hatte, war sie in Gedanken nur damit beschäftigt gewesen, zu überlegen, wie sie Alasdair alles erklären konnte. Aber wie so oft hatte sich die Situation ganz anders entwickelt als erwartet. Sie konnte fühlen, dass er misstrauisch war und immer noch so verletzt.

»Wie kommt es, dass du mir auf einmal Fiona bringst?«, fragte er ohne Umschweife und mit deutlich mehr Härte in der Stimme, als sie erwartet hatte.

Sie verschränkte die Arme und konnte die Worte nicht zurückhalten. »Wie wäre es erst einmal mit einem Danke, dass ich sie dir gebracht habe?« Vielleicht war es unklug, das zu sagen, aber sie war auch verletzt.

Alasdair schaute sie durchdringend an. »Was willst du, Vivien?«

»Kannst du vielleicht erst einmal absteigen? Dann können wir besser sprechen.«

Er biss die Zähne zusammen, rührte sich aber nicht.

Gut, dann wollte er es also auf die harte Tour haben. Darauf war sie zwar nicht vorbereitet, aber sie würde improvisieren. Sollte er doch auf seinem hohen Ross sitzen bleiben.

»Was war es, was du nicht vor Fiona sagen wolltest? Hat Kenneth noch irgendwelche Forderungen?«

Vivien seufzte. »Kenneth MacLeod hat mit der ganzen Sache nichts zu tun. Er hat Fiona nicht entführt und weiß auch nicht, dass ich sie befreit habe. Himmel, er kennt mich nicht einmal, sondern hat mich gestern nur ein Mal kurz gesehen. Und seine Reaktion hast du ja selbst erlebt. Jetzt beiß dich nicht an eurer

Rivalität fest, denn ich vermute, dass du ein ganz anderes Problem hast.«

Sie holte tief Luft und presste die Lippen zusammen. Es war nicht klug, so mit ihm zu sprechen, das hatte sie schon häufiger gemerkt. Sie durfte ihn nicht von oben herab behandeln, sonst hörte er ihr vermutlich überhaupt nicht zu. Aber da er das Gleiche mit ihr tat, konnte sie nicht anders.

Alasdair hob das Kinn ein wenig. »Es fällt mir schwer, das zu glauben, denn als ich dich das letzte Mal gesehen habe, war das auf Kintallan. Und dann bist du auf einmal in der Burg verschwunden. Aber du hast sie nicht verlassen. Zumindest nicht durchs Burgtor. Hast du dich oben in einem Zimmer versteckt?« Er lehnte sich vor und starrte sie an. »Wer bist du, Vivien? Und erzähl mir nicht, dass du die MacLeods nicht kennst, denn seine Frau erweckte den Eindruck, als ob sie irgendetwas über dich wüsste. Also, wer bist du wirklich?«

Je länger er sprach, desto härter wurde seine Stimme und desto mehr zog Vivien sich zurück. Sie hatte nicht erwartet, dass sich das Gespräch so entwickeln würde.

Ihr Atem ging so schnell, als ob sie gerannt wäre, und alles in ihr sagte, dass sie tatsächlich aus dieser Situation fliehen sollte. Alasdair wurde gerade wütend. Und wütende Männer waren immer ein Problem.

Sie schaute sich nach ihrem Pferd um. Wenn sie schnell war, konnte sie sich darauf schwingen und losreiten. Doch sie wusste auch, dass Kavan sie mühelos einholen würde.

»Wag es nicht«, sagte Alasdair jetzt. »Lauf nicht schon wieder weg. Sprich endlich mit mir.«

Sie maßen sich mit Blicken und der Drang, zu fliehen, war so groß, dass es Vivien viel Energie kostete, ihn in Schach zu halten. Doch sie wusste, dass Alasdair ihr nichts tun würde, egal wie wütend er gerade war. Er war anders als Jeff und ihr Stiefvater. Und auch als Lachlan.

Lachlan. Der Name brachte sie ein bisschen zur Besinnung. Deswegen war sie doch eigentlich hier.

Sie schluckte und schob sich eine Strähne hinters Ohr, die der Wind aus ihrem Zopf gerissen hatte. »Steig ab, dann werde ich mit dir reden.« Wieder duellierten sie sich mit Blicken und schließlich fügte Vivien hinzu: »Steig bitte ab. Es ist mir wichtig. Dann kann ich klarer denken.«

Zu ihrer Überraschung schwang er sich tatsächlich vom Pferd. Er ließ Kavans Zügel los und der begann sogleich zu grasen. Er schnaubte und das Geräusch beruhigte Vivien ein bisschen.

»Danke«, sagte sie leise.

Alasdair beantwortete das mit einem Nicken, aber sein Gesicht war immer noch verschlossen.

Vivien holte tief Luft und rieb sich über die Stirn. »Also gut. Wie du weißt …« Sie schüttelte den Kopf. »Nein, vergiss das bitte. Du weißt es nicht, sonst wärst du nicht so wütend auf mich, obwohl ich dir gerade deine Tochter wiedergebracht habe.« Ganz kurz flammte Wut in ihr auf, dass sie sich rechtfertigen musste. Doch dann versuchte sie, die Situation aus seiner Perspektive zu betrachten. Das war etwas, was Callum ihr beigebracht hatte. Meistens half es, die Situation zu entschärfen. »Glaub mir bitte, wenn ich dir sage, dass Kenneth MacLeod Fiona nicht entführt hat. Er hat absolut nichts damit zu tun. Und glaub mir bitte auch, wenn ich dir sage, dass ich ihn nicht kenne und er mich auch nicht. Ich habe lediglich seine Frau kennengelernt und sie hat mir geholfen, dass ich Fiona befreien konnte. Wir sollten ihnen also dankbar sein.«

Doch Alasdair wirkte nicht, als ob er dankbar war. Er zog die Augenbrauen zusammen. »Warum hat seine Frau dir geholfen?«

Vivien knetete ihre Hände, doch als sie sah, dass Alasdair es bemerkte, zwang sie sich, damit aufzuhören. Sie war nicht bereit, Alasdair davon zu erzählen. Was sollte sie auch sagen? *Weil wir beide Zeitreisende sind?*

»Weil sie ein guter Mensch ist und ich, oder besser gesagt

Callum, ihrer Tochter geholfen habe, als sie krank war. Du hast sie doch in dem Zimmer damals gesehen. Das Mädchen, das im Bett lag? Die Medizin, die wir ihr gebracht haben, hat sie geheilt.«

Alasdair verschränkte die Arme. »Dann seid ihr also fahrende Heiler?«

Vivien schüttelte den Kopf. Doch dann nickte sie. »So etwas in der Art.«

»Warum hast du mir das nicht früher gesagt?«

»Ich habe dir mehr als ein Mal gesagt, dass ich nicht Kenneths Frau bin«, antwortete Vivien empört.

»Aber nicht, dass du eine Heilerin bist.«

Verdammt, das ging schon wieder in die falsche Richtung.

»Das ist es nicht, worüber ich mit dir sprechen wollte.«

Er kam langsam auf sie zu und wie schon so oft war seine Präsenz atemberaubend. Sie konnte fühlen, wie er sich ihr näherte. Als ob ihn ein Energiefeld umgäbe, das immer stärker wurde. Es nahm ihr den Atem und gleichzeitig raubte es ihr den Kampfgeist, denn sie liebte es, dass sie ihn so fühlen konnte. Das war etwas so Besonderes. Seine Energie gab ihr Kraft, so viel mehr Kraft, als sie allein aufbringen konnte.

»Aber es ist das, worüber ich sprechen will«, sagte er. Doch auch er klang nicht mehr so hart. Ob er diese Anziehung zwischen ihnen auch spürte?

Er hatte damals gesagt, dass er jede ihrer Berührungen auch als so intensiv empfand.

Auf einmal wollte sie ihn anfassen, so sehr. Je näher er ihr kam, desto mehr sehnte sie sich nach ihm. Es war kaum zu ertragen. Vor allem konnte sie nicht mehr denken. Also hob sie beide Hände und trat einen Schritt zurück. »Lass uns später über mich sprechen.«

»Nein, jetzt.« Seine Stimme war bestimmt, aber schon sanfter als vorher. Im Grunde ein bisschen wie im Bett, wenn er die Führung übernahm.

Oh Gott, daran durfte sie jetzt überhaupt nicht denken.

»Es geht aber nicht um mich, sondern um Fiona. Und ich denke, dass sie immer noch in Gefahr sein könnte.«

Alasdairs Gesichtsausdruck veränderte sich schlagartig. Auf einmal wirkte er grimmig. »Was meinst du damit?«

»Versprich mir, dass du mir zuhörst. Ich habe keine eindeutigen Beweise, aber alles spricht für meine Theorie.«

Er zögerte nur kurz. »Ich höre dir zu.«

»Aber wenn du die ganze Zeit nur darüber nachdenkst, dass es doch Kenneth gewesen ist, klappt es nicht. Bitte öffne deinen Geist ein wenig. Oder dein Herz. Ja, besser öffne dein Herz, und du wirst sehen, dass ich vermutlich recht habe.«

Er schaute sie eine Weile lang an, dann seufzte er. »Rede endlich, Vivien.«

Sie atmete tief durch. Es war wie ein Sprung in eiskaltes Wasser oder wie ein Pflaster abzureißen oder die Hand in den Kamin zu stecken und in die Zeit zu fallen.

»Ich glaube, dass Lachlan Fiona entführt hat.«

Alasdair blieb ganz still und starrte sie nur durchdringend an. Für einen verrückten Moment fragte sie sich, ob er gerade versuchte, sein Herz zu öffnen. Doch Krieger wie Alasdair konnten so etwas wahrscheinlich nicht.

»Lass mich erklären, warum ich das denke. Auch wenn es vielleicht verrückt klingt.«

Er schüttelte den Kopf. »Fiona wüsste, wenn es Lachlan gewesen wäre. Und sie hätte es mir bereits gesagt.«

Vivien hob den Finger. »Er hat sich ihr natürlich nicht gezeigt, sondern irgendjemanden angeheuert, der sie abgeholt und dorthin gebracht hat. Es waren ein Mann und eine Frau, die sie beim Spielen in der Nähe des Dorfes abgefangen haben. Sie hatten ihre Kleider und ein Spielzeug dabei, deswegen dachte sie, dass du davon wüsstest und die Anweisung gegeben hättest. Das hat sie mir eben auf dem Rückweg erzählt.«

Er hob eine Augenbraue. »Sie hatten ihre Kleider dabei?«

»Ja, allein deswegen kann Kenneth es doch nicht gewesen sein, oder?«

Er runzelte die Stirn. »Warum sollte Lachlan so etwas tun?«

Vivien hob die Schultern. »So weit bin ich noch nicht. Aber ich kann dir sagen, was ich glaube, was passiert ist. Lachlan hat Fiona entführt und bei der alten Bethel untergebracht. Nach ein paar Tagen wollte er sie holen und vermeintlich retten. Vielleicht um besser in deinem Ansehen dazustehen. Ich denke nicht, dass er ihr etwas antun wollte. Ihr ging es sehr gut, ich habe mich selbst davon überzeugt.«

Alasdair nahm diese Information mit einem Nicken entgegen.

»Er hat dir erzählt, dass Kenneth MacLeod sie entführt hat, damit es deinen Hass auf ihn schürt. Womit er nicht gerechnet hat, war, dass du selbst aufbrichst, um Fiona aus Kintallan zu retten. Und schon gar nicht hat er damit gerechnet, dass du mich und Callum als Pfand mitbringst.«

Alasdair atmete tief ein und in seiner Miene arbeitete es.

Vivien hob den Finger. »Jetzt hatte er ein Problem, denn solange ich hier war, konnte er Fiona nicht retten. Deswegen war sie länger bei der alten Bethel als ausgemacht. Es waren nur fünf Tage geplant, aber dann ist es über ein Monat geworden. Deswegen will Bethel jetzt als Bezahlung eine Kuh. Die schuldest du ihr noch. Ich habe es ihr versprochen, da ich sicher war, dass du dankbar bist, dass Fiona bei ihr nichts geschehen ist.«

Alasdair presste die Lippen zusammen. »Ich bin dankbar.«

»Gut, dann zeig es ihr bitte, damit ich nicht als Lügnerin dastehe. Aber weiter zu Lachlan.« Sie wollte ihre Argumente unbedingt darlegen. »Er hatte also das Problem, dass er nicht einfach Fiona nach Hause holen konnte. Denn sonst hättest du mich und Callum nach Hause geschickt und Kenneth hätte davon erfahren, dass er fälschlicherweise bezichtigt wurde, deine Tochter entführt zu haben. Dann hätte er sich sicherlich gewehrt und du hättest irgendwann erfahren, was eigentlich passiert ist. Nein, Lachlan musste mich und Callum vorher loswerden.«

Alasdair schluckte. »Deswegen hat er versucht, dich umzubringen.«

Vivien stand ganz still. »Er hat was?«

»Er hat versucht, dich zu töten. Als die Mauer eingestürzt ist. Das war kein Unfall, sondern er wollte dich töten. Himmelherrgott, jetzt ergibt alles einen Sinn.«

Vivien konnte sich immer noch nicht rühren und ihr Herz raste. Lachlan hatte versucht, sie umzubringen? Aber es stimmte. Sie war allein auf der Mauer gewesen, Lachlan war auf die Baustelle gegangen und er war bestürzt gewesen, als er erfahren hatte, dass Alasdair bei ihr auf der Mauer gewesen war.

»Und Callum auch«, fügte Alasdair hinzu und fuhr sich durch die Haare.

»Wie bitte? Er hat auch versucht, Callum umzubringen?«, fragte sie und ihre Knie wurden weich.

Alasdair nickte. »Es gab einen Vorfall, den wir uns nicht erklären konnten. Torquil hat schnell und gut reagiert, aber wenn er nicht gewesen wäre, hätte es schlecht für Callum ausgesehen. Und Lachlan war in der Nähe, was mir damals schon merkwürdig vorkam.«

Ein Piepen erklang in Viviens Ohr. »Warum habt ihr mir nie etwas davon gesagt?« Ihre Stimme klang schrill und sie wirbelte herum, um zu sehen, wo Callum war, und um sich zu vergewissern, dass es ihm gut ging.

»Vivien, es ist alles in Ordnung mit ihm. Er lebt.«

Sie wischte sich mit beiden Händen über das Gesicht und versuchte, sich zu konzentrieren. Später würde sie mit Torquil sprechen, da sie ihm einfach danken musste.

Ihre Knie waren auf einmal so weich, dass sie nicht mehr stehen konnte. Sie ging zu einem nahen Felsen und setzte sich darauf. Sie stützte die Ellenbogen auf die Knie, ließ den Kopf hängen und atmete tief durch.

Auf einmal kniete Alasdair vor ihr. Er fasste sie nicht an, aber seine Nähe war beruhigend.

»Ihr lebt beide noch. Ganz ruhig.«

Vivien nickte. »Ich weiß. Aber es ist trotzdem unglaublich. Ich wünschte, ich hätte ihn nie hierher gebracht.«

Alasdair lachte leise. Es war dieses Lachen, das sie so liebte. »Wenn man es genau nimmt, habe ich ihn hierher gebracht. Ihr hattet beide keine Wahl.« Er seufzte. »Es tut mir leid, dass ich euch auf diese Weise in eine solche Gefahr gebracht habe.«

»Das konntest du ja nicht wissen«, sagte Vivien schwach. Doch dann hob sie den Kopf. »Du glaubst mir also?«

Er saß so dicht vor ihr, dass es ihr den Atem nahm. Seine blauen Augen schienen sich in sie zu bohren und er musterte sie aufmerksam.

»Ich glaube dir alles, was du über Lachlan gesagt hast.«

»Aber?«, fragte sie, denn sie konnte es ganz deutlich in seiner Stimme hören.

Er schluckte. »Aber ich weiß nicht, was ich dir sonst noch glauben soll. Ich verstehe immer noch nicht, wer du bist und welche Rolle du in all dem gespielt hast. Warum warst du dort? Und woher weißt du das alles? Warum bist du überhaupt da? Und warum sagst du, dass Kintallan dein Zuhause ist, wenn Kenneth dich noch nie zuvor gesehen hat? Oder bist du seine Mätresse und er hält dich vor seinen Leuten und seiner Frau geheim?«

Er klang schon wieder ärgerlich.

Vivien schluckte. Sie konnte es ihm nicht sagen. »Ich bin sehr froh, dass du mir bezüglich Lachlan glaubst. Was willst du jetzt tun?«

Abrupt stand er auf und wandte sich ab. »Das geht dich nichts an.«

Vivien erhob sich ebenfalls. »Alasdair, bitte.«

»Bitte was? Was willst du von mir, Vivien?«

Das wusste sie selbst nicht so genau. »Dass du mir glaubst, dass ich nie etwas Böses im Sinn hatte. Ich bin aus Versehen hier gelandet, und wenn ich gewusst hätte, was mich hier erwartet, wäre ich niemals gekommen.«

»Aber woher kommst du?«, rief er und seine Stimme trug weit über die Wiese.

»Aus Kintallan«, antwortete Vivien wahrheitsgemäß. In ihren Ohren piepte es schon wieder.

»Du weichst mir aus.« Er brüllte die Worte beinahe. »Immer und immer wieder weichst du mir aus. Ich weiß nicht, wer du bist, obwohl ich dich so nah an mich herangelassen habe wie noch keinen Menschen zuvor. Es war ein Fehler, ein großer Fehler, dich überhaupt in mein Heim zu lassen. Du ...« Er brach ab und schüttelte den Kopf.

Die Worte hallten in ihrem Kopf wider, obwohl er sie nicht ausgesprochen hatte. »*Du bist ein Fehler.* Das wolltest du sagen, oder?«

»Nein.« Er schüttelte den Kopf und stemmte die Hände in die Hüften. »Nein, Vivien, das wollte ich nicht sagen. Aber du machst mich wahnsinnig. Ich kann nicht mehr klar denken, seit ich dich zum ersten Mal getroffen habe. Ich war sogar der Meinung, dass ich dich fühlen kann, wenn du einen Raum betrittst. Aber du hast mich belogen und sagst mir auch jetzt nicht die Wahrheit.«

Nun wandte er sich um und in seinen Augen blitzte der Zorn. Doch zum ersten Mal in ihrem Leben, wenn ein Mann zornig war, zuckte sie nicht zurück, denn sie konnte seine Verzweiflung spüren. Sie wollte ihm sagen, dass sie ihn auch fühlen konnte, wenn er in einen Raum kam. Dass es keine Einbildung war. Doch sie schwieg, denn er war noch nicht fertig, und vielleicht musste er alles einmal gesagt haben.

»Weißt du, warum ich mit Callum hier draußen war?« Es war keine richtige Frage, auf die er eine Antwort erwartete, trotzdem schüttelte sie den Kopf. »Ich dachte, ich hätte dir Unrecht getan. Ich habe gemerkt, dass Kenneth dich nicht kennt und dass du in Bezug auf dich und ihn die Wahrheit gesagt hast. Mir war auch klar, dass Kenneth nichts mit Fionas Verschwinden zu tun hat, denn er hat mir seine Hilfe angeboten, sie zu finden. Weil wir aber nichts tun konnten, habe ich abgelehnt. Doch sobald ich hier war, wollte ich wenigstens ein Unrecht wieder gutmachen. Deswegen wollte ich Callum zu dir bringen. Nach Kintallan. Weil ich wusste, wie verzweifelt du warst. Und du hast mich zu Recht gehasst, als ich ihn hiergelassen habe. Ich wollte dich um Verzeihung bitten, denn ich weiß, wie es sich anfühlt, wenn man sich um sein Kind sorgt.«

»Das wusste ich nicht«, sagte Vivien erstickt. »Aber ich danke dir.«

Doch Alasdair schien sie nicht zu hören. »Und nun bist du auf einmal wieder da. Erneut ohne Antworten. Und du wirst mich wieder mit mehr Fragen zurücklassen. Du hast mich die ganze Zeit an der Nase herumgeführt, nicht wahr?«

Er klang so bitter, dass es ihr das Herz brach.

Auf einmal dachte sie an das, was Isobel gesagt hatte. Tief im Herzen wussten die, die sie liebten, wer sie waren. Und auch Maira und Evan hatten dafür plädiert, dass sie Alasdair sagte, wer sie wirklich war. Vielleicht würde er ihr nicht glauben, aber sie musste es wenigstens versuchen. Sie wollte nicht, dass es ihn weiterhin so quälte.

Auf einmal wünschte sie sich, dass sie doch den Ausgang von diesem Gespräch schon genauso wissen könnte wie die Tatsache, dass sie Fiona befreien würde. Was hatte Zeitreisen für einen Sinn, wenn man die Zukunft nicht zumindest ein bisschen voraussagen konnte?

Aber vielleicht war es auch gut so.

»Alasdair«, sagte sie sanft.

Er atmete tief durch.

Ohne darüber nachzudenken, hielt sie ihm beide Hände hin. Er starrte darauf, schluckte und schüttelte dann den Kopf. »Ich kann das nicht.« Seine Stimme war rau.

»Gut«, sagte sie. Doch dann kniff sie die Augen zusammen.

»Nein, es ist nicht gut, dass es so weit kommen musste. Aber ich wünsche mir, dass du mich wenigstens anhörst.«

Es dauerte einen Moment, bis er antwortete. »Ich habe dich oft nicht angehört oder dir nicht geglaubt. Aber ich will es jetzt tun.«

Diese Antwort überraschte sie. Und machte ihr ein wenig Hoffnung. Sie hielt die Hände immer noch vor sich, als Einladung, dass sie in Verbindung mit ihm gehen wollte. Und sie öffnete ihr Herz.

»Ich werde dir jetzt etwas erzählen, das für dich schwer zu glauben sein wird.«

»Das hast du eben schon und ich habe dir trotzdem geglaubt.«

Das war ein sehr guter Punkt. Trotzdem wurde sie so nervös, dass ihre Hände zitterten. Sie hatte sich keine Rede zurechtgelegt, wie sie ihm das beibringen sollte. Also musste sie improvisieren.

»Ich habe dir gesagt, dass Callum und ich auf Kintallan zu Hause sind. Das ist die Wahrheit. Trotzdem kennen wir Kenneth MacLeod nicht. Gestern habe ich ihn zum ersten Mal gesehen. Ich habe dir auch gesagt, dass ich zu dem Zeitpunkt, als du mich und Callum in dem Zimmer gefunden hast, erst kurz auf Kintallan war. Auch das ist richtig. Zumindest in dieser Zeit.« Sie schluckte und fügte hinzu: »In diesem Jahrhundert.«

Stumm schaute er sie an, aber sie sah, dass sein Atem schneller ging.

»Ich bin nicht von hier, Alasdair. Nicht aus diesem Jahrhundert.« Sie schaffte es nicht, zu sagen, dass sie aus der Zukunft kam. Es hörte sich albern an. Aber sie hoffte, dass er auch so verstand.

Schließlich räusperte er sich. »Du kommst aus der Anderswelt?«

Vivien zögerte. »Nein und ja. Ich komme aus derselben Welt, aber nicht aus derselben Zeit.«

Er atmete tief durch und schaute in die Ferne. Zu gern hätte Vivien ihn gefragt, was er dachte, aber sie wusste, dass sie seine

Gedanken besser nicht störte. Er brauchte immer einen Moment. Doch sie hielt es kaum aus. Fast hätte sie ihm gesagt, dass er vergessen sollte, was sie ihm gerade gesagt hatte.

Während sie ihn voller Sorge beobachtete, wurde ihr klar, wie sehr sie sich wünschte, dass er ihr glaubte. Sie wusste nicht, was sie tun sollte, wenn er es nicht tat.

Schließlich zog er eine Grimasse und schloss kurz die Augen. »Ich denke, ich habe es schon immer gewusst. Oder zumindest geahnt.«

Viviens Hände zitterten und sie wollte sie gerade zurückziehen, als Alasdair die seinen ausstreckte.

Ihr Herz schlug so schnell, dass es schmerzte. Er glaubte ihr also. Und er schien nicht einmal geschockt. Es war, wie Isobel gesagt hatte, dass die anderen es tief in ihrem Herzen wussten. Diese Erkenntnis brachte eine solche Erleichterung, dass alles in ihr leicht wurde.

Ganz sanft legte er seine Hände auf ihre, und als sich ihre Haut berührte, war da wieder diese unglaubliche Energie, die zwischen ihnen strömte. Wie hatte sie nur denken können, dass sie ihn nie wiedersehen wollte? Sie brauchte ihn.

Alasdair seufzte leise. Es klang gequält. »Du wirst mir fehlen«, flüsterte er.

Der Wind trug seine Stimme davon und Vivien war sich sicher, dass sie ihn falsch verstanden hatte. »Was meinst du damit?«

Er lächelte traurig. »Du gehörst nicht hierher, Vivien. Das weiß ich jetzt. Danke, dass du mir endlich die Wahrheit gesagt hast.«

Er umfasste ihre Hände und führte sie an seine Lippen. Während sie ihn sprachlos anstarrte, küsste er erst ihre eine Hand, dann die andere.

»Leb wohl, mein Herz. Ich werde dich nie vergessen.«

Ihr war, als hätte ihr jemand den Boden unter den Füßen weggerissen. Sie fiel in die Unendlichkeit. Also klammerte sie sich an seinen Händen fest. »Aber ich will bleiben.«

Kaum hatte sie die Worte ausgesprochen, wusste sie, dass das die eigentliche Wahrheit war. Es ging nicht darum, woher sie kam, und auch nicht darum, wohin sie ging. Sondern nur darum, dass sie hier sein wollte. Bei ihm.

Alasdair wurde ganz still. Er atmete nicht einmal mehr. Nur der Wind zerrte an seinen Haaren.

Sag etwas, flehte sie ihn in Gedanken an.

»Oder willst du mich nicht?«, fragte sie schließlich und es fiel ihr unendlich schwer, die Worte auszusprechen, da sie die Antwort so sehr fürchtete.

Er zog sie an sich, legte seine Stirn an ihre und schaute ihr tief in die Augen. »Natürlich will ich dich. Ich war mir nur gerade nicht sicher, ob du das wirklich gesagt hast oder ob es mein Wunsch war, der mich das hören ließ.« Er atmete tief durch. »Du willst wirklich bleiben?«

Vivien nickte. »Wenn ich darf. Ich weiß nicht einmal, ob es für dich überhaupt möglich ist, mit mir zusammen zu sein. Schließlich bist du Chief und deine Leute erwarten sicher von dir, dass du eine andere Frau heiratest.«

Sie schloss die Augen. Hatte sie gerade wirklich heiraten gesagt? Sie wollte nicht mehr heiraten, hatte sich geschworen, dass sie sich nie wieder an einen Mann binden wollte. Aber an Alasdair würde sie sich gern für den Rest ihres Lebens ketten lassen.

»Vivien«, sagte er leise. »Schau mich an.«

Sie blinzelte und musste sich zwingen, seinem Blick nicht auszuweichen. Doch sie hatte ihm versprochen, ehrlich zu sein, und so würde sie jetzt auch ehrlich mit ihren Gefühlen umgehen.

»Du hast recht, ich bin der Chief der Mackenzies. Man erwartet viel von mir. Aber es bedeutet auch, dass ich einige Dinge frei entscheiden kann. Und solange du nicht die Frau von jemandem bist und ich ein Gebot Gottes verletze, wenn ich dich eheliche, werde ich das mit Freuden tun.«

Vivien riss die Augen auf. »Du willst mich heiraten?«

Er lachte leise. »Willst du einfach so mit mir zusammenleben?«

Sie öffnete den Mund und er schüttelte den Kopf. »Natürlich würdest du das.« Er lächelte. »Und ich würde es auch tun, wenn es der einzige Weg ist, wie ich dich behalten kann.«

Sie schluckte. »Es ist nicht der einzige Weg. Ich könnte mir sehr gut vorstellen, deine Frau zu werden.« Sie konnte kaum glauben, dass sie diese Worte gerade ausgesprochen hatte. Aber sie fühlten sich gut an.

Sie hörte ein Lachen aus der Ferne. Es musste Fiona sein. Sie schloss die Augen wieder, als ihr etwas einfiel. »Ich habe noch nicht mit Callum darüber gesprochen. Ich weiß nicht, ob er bleiben will. Wenn nicht, dann …« Sie konnte den Satz nicht zu Ende führen, denn diese Vorstellung erschreckte sie zutiefst.

Sie konnte nicht ohne Callum hierbleiben, aber wie sollte sie Alasdair verlassen? Es war einfach nicht möglich.

Doch der wirkte sehr gelassen. »Ich habe so ein Gefühl, dass er bleiben möchte.«

Vivien nickte und schaute zum Wäldchen hinüber, in dem die Kinder waren. »Ich auch. Aber ich muss trotzdem mit ihm sprechen.«

»Ich weiß.«

Diese schlichte Antwort verursachte ihr eine wohlige Gänsehaut. Alasdair wusste so vieles, was sie ihm nicht erklärt hatte. Und genauso war es andersherum.

»Ich denke, Fiona wird begeistert sein.«

»Bist du dir sicher?«, fragte Vivien. Darüber hatte sie noch gar nicht nachgedacht. Wenn sie blieb, würde sie noch ein Kind dazu bekommen.

»Ich konnte sehen, dass sie dich schon jetzt mag. Und sie hat immer den Mangel an Frauen in unserem Haushalt beklagt und mich gebeten, wieder zu heiraten. Dass sie jetzt eine Mutter bekommt, die ihre Leidenschaft für die Greifvögel teilt und sie nicht dazu zwingt, zu spinnen und zu sticken, wird ein Geschenk für sie sein.«

Vivien zog die Nase kraus. »Ich kann nicht spinnen«, sagte sie. »Und sticken auch nicht. Damals habe ich gelogen. In meiner Zeit brauchen wir so etwas nicht.«

Alasdair lachte leise. »Ich weiß. Und das war ein weiterer Hinweis, dass du nicht die warst, für die du dich ausgegeben hast.«

Sie schüttelte den Kopf. »Ich habe mich nie als Kenneth' Frau ausgegeben. Du hast es einfach nur angenommen.«

»Das kann ich nicht leugnen.«

Vivien schlang die Arme um seinen Hals. »Ich kann es immer noch nicht fassen, dass du mir glaubst.«

Er hob die Schultern. »Ich wusste schon in dem Moment, da ich dich das erste Mal berührt habe, dass du mein Leben verändern wirst.«

»Ach ja? In dem Moment warst du aber sehr wütend auf mich.« Sie lächelte. »Aber ich habe es auch gespürt. Irgendwie habe ich immer gewollt, dass du mich wieder anfasst, und hatte gleichzeitig auch Angst davor.«

Er beugte sich zu ihr und ließ seine Lippen über ihre Wange gleiten, bis zu ihrem Ohr. »Ich weiß.«

Vivien schloss die Augen. Der wohlige Schauer war kaum zu ertragen. »Woher?«, schaffte sie trotzdem noch, zu sagen.

»Weil es mir genauso ging. Und als ich dich im Stall zum ersten Mal in den Armen gehalten habe, wusste ich, dass es kein Zurück mehr gibt.« Er hielt sie noch fester. Dann küsste er sich zu ihrem Mund zurück und verweilte an ihrem Mundwinkel. »Und als ich dich dann zum ersten Mal geküsst habe, war ich verloren.«

Und jetzt endlich küsste er sie. Sanft, zärtlich und innig. Und gleichzeitig voller Leidenschaft und einem Versprechen für eine gemeinsame Zukunft.

Nein, auch für sie gab es kein Zurück mehr. Nie wieder.

38

Callum schüttelte den Kopf. »Ich kann immer noch nicht glauben, dass er das wirklich getan hat. Wie kommt man auf eine solch dumme Idee?«

Vivien betrachtete die Szene, die sich unten im Burghof abspielte.

Lachlan bestieg gerade mit versteinerter Miene ein Pferd. Balthair, Alexander und ein paar andere standen im Kreis Wache. Alasdair stand mit verschränkten Armen unter der Linde und ließ seinen Neffen nicht einen Moment aus den Augen.

»Es gibt Menschen, die sind so machtgetrieben, dass sie es nicht ertragen können, wenn jemand mehr hat als sie selbst. Um mehr Macht zu bekommen, tun sie die unglaublichsten Dinge«, erklärte sie ihrem Sohn.

»Ich bin sehr froh, dass Alasdair nicht so ist«, erwiderte der.

»Ich auch«, sagte Vivien. »Denn immerhin wird er jetzt unser Chief sein.«

Sie hatte Callum noch am Bach davon erzählt, dass sie gern im 15. Jahrhundert bleiben würde. Die Reaktion hätte nicht positiver ausfallen können, denn er hatte sie stürmisch umarmt, sodass sie beinahe von dem Felsen gekippt war, auf den sie sich gesetzt hatte.

»Das stört mich überhaupt nicht. Ich glaube, er ist ein richtig guter Chief.« Mit einem Grinsen fügte er hinzu: »Und Vater.«

Vivien hielt die Luft an. Da sie transparent hatte sein wollen, hatte sie Callum auch davon erzählt, dass sie und Alasdair ein Paar waren. Was ihr Sohn mit den Worten »Ich weiß« kommentiert hatte.

In ihren kühnsten Träumen hätte Vivien sich nicht ausmalen können, wie sich ein solches Glück anfühlte. Und nun standen sie hier, bei Sonnenuntergang, und schauten zu, wie Lachlan von Dun Coinneach und dem Land der Mackenzies verbannt und aus dem Clan ausgestoßen wurde.

Alasdair hatte direkt nach ihrem Gespräch am Bach mit Lachlan gesprochen und unter dem Druck des stechenden Blicks seines Onkels hatte der alles gestanden. Tatsächlich hatte er mehr Macht gewollt und die Sicherheit, dass er Alasdairs Nachfolger werden würde, wenn er Fiona rettete.

Es war genau, wie Vivien vermutet hatte: Die Entführung von Fiona hätte nur wenige Tage dauern sollen und es war nie Lachlans Plan gewesen, dass Kenneth MacLeod jemals davon erfuhr.

Das Einzige, was Alasdair ihm zugutehielt, war die Tatsache, dass er Fiona bei Bethel untergebracht hatte. Das Mädchen hatte erst jetzt verstanden, dass man es entführt hatte.

Dass Lachlan sie gut behandelt hatte, war der einzige Grund, warum er jetzt ein Pferd und seine Waffen mitnehmen durfte. Balthair und Alexander würden ihn bis zum Land der MacLeods geleiten und dann Kenneth einen Brief überbringen, in dem Alasdair ihm die Situation erklärt hatte. Auch bei den MacLeods würde Lachlan unerwünscht sein, wie vermutlich bei vielen anderen Clans, und Alasdair vermutete, dass er irgendwo in den Lowlands enden würde.

»Ich finde es erstaunlich, dass Fiona so eine gute Menschenkenntnis hat«, sagte Callum jetzt.

Vivien nickte. »Aber ich bin auch froh darüber, denn das hat Alasdair endgültig die Augen geöffnet.« Auch dafür, dass er manchmal besser hinhören sollte, wenn jemand ihm etwas sagte. Er musste nicht immer alles allein entscheiden.

Sie rieb ihrem Sohn über den Rücken. »Danke übrigens für deine gute Unterstützung, ihn zu überzeugen.«

Nach ihrer Versöhnung am Bach war Alasdair zunächst allein in die Burg gegangen und hatte das Geständnis von Lachlan bekommen. Erst danach war er zum Bach zurückgekehrt und hatte mit Fiona darüber gesprochen. Zuerst hatte er ihr verheimlichen wollen, was wirklich passiert war, da er es unglaublich fand, dass jemand aus der eigenen Familie sie derart in Gefahr gebracht hatte. Doch Vivien hatte ihm erklärt, dass es unmöglich sein würde, dass niemand in der Burg sich verplapperte. Immerhin hatten sie alle wochenlang um das Mädchen gebangt. Mit neun Jahren war Fiona außerdem alt genug, um diese Dinge über sich selbst zu erfahren.

Callum musste dem Gespräch gelauscht haben, denn zu Viviens Überraschung hatte er sich eingemischt. In wenigen Sätzen informierte er Alasdair darüber, dass sein Vater sich ähnlich schändlich verhalten hatte und dass er immer froh gewesen war, dass Vivien so offen mit ihm bezüglich der Situation gewesen war. Trotz seiner Angst hatte er verstanden, warum sie manche Dinge anders machen mussten als andere Familien.

Alasdair hatte ernst zugehört, immer wieder zu Vivien geschaut, und sie wusste, dass sie über Jeff noch ein Gespräch mit ihm würde führen müssen. Aber dann hatte er Fiona alles erklärt. Und die hatte alle damit überrascht, als sie sagte, dass sie Lachlan noch nie hatte leiden können, da er Alasdair immer gehasst hatte. Das hätte sie an den Blicken gesehen, die er ihrem Vater zugeworfen hätte, wann immer der ihm den Rücken zudrehte. Vivien und sogar Callum hatten dem erstaunten Alasdair das bestätigt.

Jetzt würde Lachlan die Burg endlich verlassen, und Vivien war, als ob eine schwere Last von ihren Schultern genommen worden wäre. Die Wahrheit war doch etwas Wunderbares.

Callum wandte sich ihr zu. »Wann wird Alasdair allen erzählen, dass ihr ein Paar seid?«

Vivien verschluckte sich fast und hustete. Sie schüttelte den Kopf. »Keine Ahnung. Vielleicht ist es dafür noch ein bisschen zu früh. Und heute war erst einmal Fiona wichtig. Alle haben sich so gefreut, dass sie wieder da ist.«

Callum schaute sie mit einem Stirnrunzeln an. »Glaubst du, dass sie sich nicht freuen werden, dass ihr beide zusammen seid? Schließlich bist du diejenige, die Fiona befreit und nach Hause gebracht hat. Ich würde sagen, hier sind dir viele sehr dankbar.« Er grinste. »Von Lachlan abgesehen.«

Vivien stieß ihn an, um ihn für diesen Witz auf Kosten eines anderen zu ermahnen, doch dann drückte sie seinen Arm, denn Lachlan hatte es verdient.

»Im Ernst, Mum, sie werden nichts dagegen haben.«

Sie hob die Schultern und kratzte mit dem Daumennagel eine Flechte von der Burgmauer. »Ich weiß es nicht. Immerhin dachten sie bis zum Abendessen noch, dass ich die Frau von Kenneth MacLeod bin. Jetzt haben sie erst einmal erfahren, dass wir beide keine Gefangenen mehr sind, sondern Gäste. Ich glaube, es ist gut, wenn wir kleine Schritte machen.«

Ihr Sohn wirkte nicht so, als ob er das für eine gute Idee hielt. »Ich bin mir nicht sicher, ob ihr das verheimlichen könnt.«

Vivien presste die Lippen zusammen und sagte lieber nichts dazu, dass sie es schon ein paar Wochen lang sehr erfolgreich verheimlicht hatten. Denn das war ein aufregender Teil ihrer Beziehung gewesen. Sie fände es gar nicht schlimm, wenn sie das noch ein wenig fortführen würden.

Aber wenn sie ehrlich war, hätte sie auch nichts dagegen, wenn sie auch tagsüber und ganz offensichtlich mit Alasdair zusammen sein könnte. Sie liebte es, ihn anzufassen, und konnte manchmal kaum ihre Hände bei sich behalten, wenn er in der Nähe war. Wenn sich ihre Hände dann rein zufällig streiften, wie vorhin in der Halle, als es ein improvisiertes Willkommensfest für Fiona gegeben hatte, war dieses Kribbeln, wenn sich ihre Haut berührte, noch heftiger.

Auf einmal hielt sie inne, als sie an die Sache mit den Seelenverwandten und ihr Gespräch mit Evan dachte. Und jetzt wollte sie etwas wissen.

»Ich finde das mit den Zeitreisen immer noch merkwürdig. Hast du dich mittlerweile an den Gedanken gewöhnt?«, fragte sie ihren Sohn beiläufig.

Callum nickte. »Wenn man es recht bedenkt, ist es gar nicht so sonderbar. Für mich war es, als ob eine Ordnung wiederhergestellt würde.«

»Wie meinst du das?« Neugierig schaute Vivien ihren Sohn an.

Er hob die Schultern. »Schon als ich zum ersten Mal auf dieser Seite aufgewacht bin, habe ich mich zu Hause gefühlt. Und ich weiß noch, dass ich gedacht habe, dass wir beide vielleicht immer auf der Flucht waren, um diesen Ort hier zu finden. Wo wir in Frieden leben können.«

Vivien nickte. »Ich weiß, was du meinst.« Sie wählte ihre nächsten Worte sorgfältig. »Aber am Anfang war ich mir nicht sicher, ob wir nicht vielleicht gerade etwas gewaltig durcheinanderbringen.«

»Wie meinst du das?«

»Zum Beispiel als Alasdair ins Zimmer kam und mich gepackt hat, da war es, als ob ich einen elektrischen Schlag bekommen hätte. Ich dachte wirklich, dass es ist, weil wir nicht dort hätten sein sollen. Oder zumindest, dass wir niemanden hätten berühren sollen.«

Callum hörte aufmerksam zu und sie meinte, so etwas wie Verstehen in seiner Miene zu erkennen.

»Dann war es aber jedes Mal so, wenn Alasdair mich angefasst hat, und manchmal ist es immer noch so.«

Callum runzelte die Stirn. »Du bekommst jedes Mal einen elektrischen Schlag, wenn du ihn anfasst?«

»Nein, das nicht. Es ist nur anders, als wenn ich zum Beispiel dich berühre oder Fiona oder wenn Moira mir beim Anziehen geholfen hat. Es ist nur bei Alasdair.«

In Callums Gesicht arbeitete es und Vivien fragte sich, ob sie ihrem Sohn zu viele Informationen gegeben hatte, die er gar nicht haben wollte.

»Und da ich immer noch nicht verstehe, warum das so ist, wollte ich wissen, ob du das Gefühl kennst.« Ihr Herz schlug schneller und sie war sich nicht sicher, ob sie diese Frage hätte stellen sollen. Aber mittlerweile war Callum so groß, dass man mit ihm über so etwas sprechen konnte.

Er zögerte, dann nickte er. Allerdings wich er ihrem Blick aus. Dann war es ihm also peinlich.

Vivien überlegte hin und her, ob sie weiterfragen sollte, aber ihre Neugier siegte. Und vielleicht würde es ihm helfen, darüber zu sprechen.

»Magst du mir sagen, wer es ist?«

Callum kaute auf seiner Unterlippe und seine Ohren wurden rot. Vivien dachte an das, was Maira und Jenna ihr über ihre Beziehungen verraten hatten und dass es eigentlich immer um die Liebe ging, wenn man reisen konnte. Was bedeutete, dass Callum hier auch die Liebe seines Lebens finden würde, wenn er reisen konnte. Was er über das Gefühl des Ankommens hier gesagt hatte, sprach auch dafür.

»Ist es Torquil?«, fragte sie schließlich sanft. Die beiden hatten sich von Anfang an gut verstanden und klebten zusammen wie Pech und Schwefel.

Callums Kopf ruckte hoch. »Nein. Wie kommst du denn darauf? Ich fühle gar nichts, wenn er mich anfasst. Und außerdem fasst er mich nicht an.«

Vivien hob die Hände. »Nun, ihr versteht euch gut, und das war gleich von Anfang an so.« Ob er es nur nicht sagen wollte, weil Torquil ein Junge war? Allerdings musste er wissen, dass sie kein Problem damit hätte, wenn er schwul wäre.

Aber wenn es nicht Torquil war, wer dann? Sie dachte an Fiona und wie die beiden sich vorhin die Hand gegeben hatten. Ob er es da gefühlt hatte? Danach hatten sie die ganze Zeit zusammen am Bach nach Fröschen gesucht und viel gelacht.

Es wäre eine Möglichkeit, da Alasdair und sie auch füreinander bestimmt waren. Aber sie würde es nicht fragen, denn offensichtlich war ihm das Thema unangenehm.

Jetzt verschränkte er die Arme. »Du hast das immer, wenn du Alasdair anfasst?«

Vivien nickte und war gespannt, was jetzt kommen würde. Anscheinend verfolgte er gerade einen Gedanken.

»Er war der Erste, den du in diesem Jahrhundert berührt hast, oder? Vielleicht ist es das.«

Vivien hielt die Luft an. Sie beschloss, ihm nicht zu sagen, dass er nicht der Erste gewesen war, denn sie wollte wissen, worauf er hinauswollte. »Das ist möglich. Wie kommst du darauf?«

Callums Stirnrunzeln vertiefte sich. »Weil ich das bei dem kranken Mädchen hatte. Und sie war die Erste, die ich angefasst habe, als ich hier angekommen bin.«

Sprachlos starrte Vivien ihn an, während ihre Gedanken rasten. Wenn die Theorie der anderen stimmte, wäre Isobels Tochter diejenige, die für Callum bestimmt war. Und er für sie.

Ihr Sohn hatte seine Seelenverwandte also schon gefunden. Ohne es zu wissen.

Aus vielen Gesprächen über Schulkameraden und alles, was man so im Internet fand, wusste sie, dass das Thema Mädchen und Liebe für Callum noch nicht relevant war. Jedes Mal, wenn sich in einem Film jemand geküsst hatte, hatte er die Augen zugemacht und sie gebeten, ihm Bescheid zu sagen, wenn es vorbei war. Deswegen würde sie ihn ganz sicher überfordern, wenn sie ihm jetzt verkündete, dass Mairead seine Seelenverwandte war. Was sollte er mit dieser Information auch anfangen?

Und was war, wenn es nicht stimmte?

Nein, sein Gehirn hatte sich eine Erklärung zurechtgelegt, die passend erschien und mit der er umgehen konnte. Das war gut so.

Wenn die Theorie der anderen stimmte, würden Mairead und Callum sowieso zusammenfinden. Und zur Not konnte sie ihm in ein paar Jahren einen Stupser in die Richtung geben. Er würde dann schon sehen, wie gut es sich anfühlte, wenn man mit dem richtigen Menschen zusammen war.

Und das Gute war, dass Callum und Mairead sich vermutlich häufiger sehen würden, da das Tor nun einmal auf Kintallan lag.

Zufrieden lächelte sie Callum an. »Ich denke, du hast recht. Vermutlich ist der erste Mensch, den man hier in der anderen Zeit berührt, etwas ganz Besonderes. Vielleicht muss die Zeit sich erst einmal daran gewöhnen, dass wir einfach so herumgereist sind.«

Erleichtert atmete Callum aus. »Diese Erklärung ergibt doch Sinn, oder?«

»Sehr viel Sinn«, sagte sie und strich ihm über die Wange.

Für einen kurzen Moment schmiegte er sich in ihre Hand, dann seufzte er. »Mum. Nicht hier.«

Sie lächelte wehmütig. Er war in dieser Zeit wirklich erwachsen geworden. Aber das brachte auch viel Gutes mit sich.

Sie wandte sich um und blickte in das Tal hinab. In der Ferne sah sie drei Reiter, die im Galopp über den Weg in Richtung des Waldes preschten. Lachlan war endgültig fort.

Vivien ertappte sich dabei, dass sie ein klein wenig dankbar dafür war, dass Lachlan sich so schäbig verhalten hatte. Denn ansonsten wäre sie Alasdair niemals begegnet.

Obwohl, die Wörter wäre und hätte bekamen als Zeitreisende ganz andere Bedeutungen. Mittlerweile glaubte sie nicht mehr an Zufälle. Alles war so, wie es sein sollte.

Plötzlich hörte sie die aufgeregte Stimme eines Kindes, und als sie sich umwandte, sah sie, wie Alasdair und Fiona die Treppe hinaufkamen.

Wie immer, wenn sie ihn sah, machte ihr Herz einen kleinen Sprung.

Er fing sofort ihren Blick auf und das liebevolle Lächeln, das er ihr schenkte, machte ihre Knie weich.

Sie liebte ihn. So sehr. Und seit heute bewunderte sie ihn noch ein bisschen mehr. Schließlich hatte er vor allen Anwesenden, die die Rückkehr von Fiona feierten, gesagt, dass er ihr zu ewigem Dank verpflichtet sei, da sie seine Tochter gerettet hatte. Und dann hatte er erklärt, dass er sich geirrt und die falsche Frau gefangen genommen habe. Atemlos hatte Vivien ihn angestarrt und die Würde und Souveränität bewundert, mit der er seinen Fehler zugegeben hatte.

Er war der großartigste Mann, dem sie je begegnet war. Und sie war froh, dass sie der Fehler war, den er gemacht hatte.

Fiona kam auf sie zugelaufen und kam atemlos vor ihnen zum Stehen. Ihre Wangen waren rot und die Augen weit aufgerissen. Vermutlich würde sie jeden Moment umkippen und schlafen. So viel Aufregung an einem Tag musste müde machen.

»Die neuen Ställe für die Vögel sind toll! Ich glaube, die drei fühlen sich sehr wohl. Vater sagte, dass ihr die gemacht habt.« Mit leuchtenden Augen schaute sie von Callum zu ihr und zurück.

»Ich glaube auch, dass sie sich in ihrem neuen Zuhause wohl-fühlen«, sagte Vivien. Dabei schaute sie kurz zu Alasdair, der genau verstand, was sie damit meinte.

Er lehnte sich neben sie an die Burgmauer und schaute in die Ebene. Von den Reitern war nichts mehr zu sehen.

»Es ist so wichtig, dass man sich in seinem Zuhause wohl-fühlt«, sagte er und blickte Callum an. »Torquil sagte mir, dass du Freundschaft mit dem Apfelschimmel geschlossen hast. Ich würde ihn dir gern schenken.«

Vivien öffnete den Mund, um dankend abzulehnen, da ihr erster Gedanke war, dass ein Pferd ein viel zu großes Geschenk war. Aber Alasdair schien zu ahnen, was sie dachte, denn er warf ihr einen amüsierten Blick zu und schüttelte den Kopf. »Es ist das Mindeste, was ich tun kann, da ich euch zu Unrecht hier gefangen gehalten habe. Sieh es als eine Art Entschädigung.«

Vivien atmete tief durch. »Das ist wirklich nicht nötig. Aber vielen Dank.«

Callum starrte ihn immer noch an, als ob er sein Glück nicht fassen könnte. »Danke.«

Fiona stieß ihn an. »Ich habe ein sehr schnelles Pony. Wir können um die Wette reiten. Ich bin mir sicher, dass ich gewinne.«

Vivien musste lächeln. Sie mochte die Einstellung des Mädchens.

Alasdair nickte Callum zu. »Nimm dich in Acht, die beiden sind wirklich schnell. Selbst Kavan hat manchmal Mühe, mitzuhalten.«

Vivien war sich sicher, dass sich ihr Herz gerade noch ein bisschen mehr für ihn öffnete. Die Vorstellung, wie er mit Fiona um die Wette ritt und sie gewinnen ließ, war einfach zu schön.

Er fuhr etwas ruhiger fort: »Außerdem brauchst du ein Pferd, wenn du ab und zu nach Kintallan reiten wirst.«

Callum wechselte einen Blick mit ihr und sie verständigten sich mit einem Nicken.

Sie lehnte sich so an die Burgmauer, dass sich ihre Unterarme leicht berührten, aber es auch Zufall sein konnte. »Wir werden sicherlich hin und wieder nach Kintallan reisen. Aber unser Zuhause ist jetzt hier.« Bei dir, fügte sie in Gedanken hinzu und hoffte sehr, dass er das verstand.

An der Art, wie er tief durchatmete, wusste sie, dass er genau begriffen hatte, was sie meinte.

Fiona gähnte herzhaft. Auf einmal waren ihre Augen ganz glasig. »Ich möchte ins Bett. Endlich wieder in mein eigenes.«

Zärtlich strich Alasdair ihr über den Kopf. »Du hast recht.« Dann deutete er auf den Himmel. Obwohl die Sonne noch nicht lange untergegangen war, stand schon die Mondsichel über den Bergen. Doch Alasdair zeigte auf etwas anderes. Den Polarstern. »Schau, da ist schon der erste Stern. Die anderen werden auch bald zu sehen sein. Es ist wirklich Zeit, ins Bett zu gehen.«

Während er das sagte, strich er mit dem Daumen sanft über

Viviens kleinen Finger. Versteckt vor den Blicken der Kinder und ein süßes Versprechen für die Nacht, die vor ihnen lag.

Ein sanftes Kribbeln durchlief Vivien und sie lehnte sich unauffällig gegen ihn. So also fühlte sich Ankommen an. Wenn es nach ihr ging, konnte es für immer so bleiben.

EPILOG

Vivien stieg durch das Fenster aufs Dach der Burg und atmete tief die Nachtluft ein. Es war herrlich, wieder hier auf Kintallan zu sein, auch wenn ihr Herz so schnell es ging zurück ins 15. Jahrhundert zu Alasdair wollte. Aber dieser Abend war wichtig, denn sie wollte ihn mit Isla verbringen. Vermutlich würden sie sich längere Zeit nicht sehen.

Sie setzte sich neben ihre Freundin aufs Dach, wo sie schon so viele Abende verbracht hatten. Isla liebte es, sich zu unterhalten, während Vivien es vorzog, zuzuhören, und nur ab und zu etwas Kluges oder Altkluges einwarf.

Mittlerweile konnte sie nicht glauben, dass sie hier gemeinsam so viel Zeit verbracht hatten und sie Isla niemals etwas von Jeff erzählt hatte. Durch die Sache mit Alasdair war ihr klar geworden, wie wichtig es war, so etwas mit den Menschen zu teilen, die man liebte und denen man vertraute.

Sie hatte Isla schon vom ersten Moment an gemocht und sie waren schnell zu Freundinnen geworden. Und jetzt wusste Vivien auch endlich, warum sie Schwestern im Geiste waren. Seelenschwestern. Der Begriff geisterte immer wieder in ihrem Kopf herum.

Isla zog die Beine an und legte den Kopf auf die Knie. Mit einem Lächeln schaute sie Vivien an. »Einerseits bin ich so traurig, dass wir das hier vermutlich nicht mehr so oft wie früher machen werden, und andererseits bin ich so glücklich.«

Vivien runzelte die Stirn. »Du bist glücklich, dass du mich nicht mehr so oft siehst?«

Islas Lächeln vertiefte sich. »Nein, aber irgendwie macht mir deine Geschichte Hoffnung. Ich habe immer gespürt, dass du vor etwas auf der Flucht warst. Und auch wenn du lange Zeit hier warst, bist du nie zur Ruhe gekommen. Irgendwie wirktest du immer so, als ob du ständig über die Schulter schauen würdest, ob jemand hinter dir steht.«

Viviens Hals zog sich angesichts dieser sehr genauen Beobachtung zusammen. Vor jeder Flugvorführung hatte sie sich die Gesichter der Zuschauer angesehen, um zu prüfen, ob Jeff dort saß.

Isla strich ihr über den Unterarm. »Aber jetzt ist das anders. Du wirkst wie ausgewechselt, und das in einem sehr positiven Sinn. Es ist schön, dich so zu sehen.«

Vivien nickte langsam. »Ich weiß, was du meinst. Aber warum gibt dir das Hoffnung? Du ruhst doch schon vollkommen in dir. Zumindest wirkst du für mich so.«

Isla setzte sich in den Schneidersitz und hob die schmalen Schultern. »Es ist alles in Ordnung. Aber es kann ja immer noch besser werden.«

Vivien betrachtete ihre Freundin aufmerksam. »Was verschweigst du mir?«

Isla kaute auf der Unterlippe. »Wie ist es dort eigentlich?«

Vivien legte den Kopf schief. »Das erzähle ich dir gern. Aber nur, wenn du mir sagst, warum du ablenkst.«

Isla griff nach ihrem Picknickkorb, den sie wie immer mit guten Sachen aus der Hotelküche gefüllt hatte. »Möchtest du auch einen Sekt oder besteht die Gefahr, dass du schwanger bist?«

»Du lenkst schon wieder ab«, erwiderte Vivien und setzte sich auf. »Aber ja, ich möchte ein Glas Sekt. Denn schwanger kann ich nicht sein.«

»Das haben schon viele Frauen gesagt. Und ich nehme an, dass du im Moment viel Sex hast. Da ist es doch durchaus möglich.«

Sie hatte sogar sehr viel Sex und für sie gab es nichts Schöneres, als die Nächte mit Alasdair in ihrem Bett unter dem Fenster zu verbringen. Meistens hatten sie jedoch nicht viel Gelegenheit, die Sterne anzuschauen. Das Bett mit ihm darin war zu ihrem perfekten Wohlfühlort geworden. Ihr sicherer Hafen, in dem sie sich geliebt und sicher fühlte und in dem sie Alasdair alles erzählen konnte. Auch die dunkelsten Geheimnisse aus ihrer Zeit mit Jeff.

»An Sex herrscht zwar kein Mangel, aber ich kann vermutlich keine Kinder mehr bekommen«, sagte sie und beobachtete Islas Reaktion.

Die hielt mitten in der Bewegung inne. »Oh nein, Vivien, das tut mir so leid.«

»Das muss es nicht.«

»Doch. Denn ich bin mir sicher, dass es dir früher egal war, aber dass du mit Alasdair sicherlich noch einmal neu über das Thema nachgedacht hast, oder nicht?«

Vivien atmete tief durch, streckte die Beine aus und schaute in den Sternenhimmel. Wie immer, wenn sie die Sterne hier sah, fragte sie sich, ob Alasdair sie auch gerade betrachtete.

Obwohl er viele Jahrhunderte weit weg war, verliefen die Zeiten für sie doch parallel und sie wusste, dass es bei ihm auch gerade Nacht war und er allein in seinem Bett auf Kintallan lag. Es war so wundervoll gewesen, dass er sie und Callum hierher begleitet hatte. Sie wusste, wie viel Überwindung es ihn gekostet hatte, zurück in das Haus seines Rivalen zu kommen. Dabei hatten Kenneth und Alasdair über ihre Frauen jetzt mehr gemeinsam, als sie vermutlich jemals erwartet hätten.

Sie nickte. »Ja, wir haben darüber gesprochen, aber ehrlich gesagt bin ich froh, dass das Thema für mich abgehakt ist.«

Isla legte den Kopf schief. »Wie meinst du das?«

»Ich habe einen fantastischen Sohn, den ich sehr liebe, und ich habe es genossen, ihn großzuziehen. Auch wenn es oft schwer war wegen Jeff. Aber die Zeit mit Callum war immer schön. Ich weiß, dass ich mich manchmal wie eine Glucke verhalten habe, aber das war nur, weil ich solche Angst vor Jeff hatte. Zum Glück konnte ich dieses Verhalten jetzt endgültig ablegen. Dabei hat Alasdair mir auch geholfen und ich bin froh darüber. Wie gesagt, so schön die Zeit mit Callum auch war: Jetzt bin ich auch bereit für etwas Freiheit. Ich will die Zeit mit Alasdair genießen, auch wenn das egoistisch klingt.«

»Ich denke, wenn jemand mal ein wenig egoistisch sein darf, dann bist du das.« Isla packte die Sektflasche aus und öffnete sie.

Vivien hob die Schultern. »Außerdem bin ich siebenunddreißig Jahre alt. Selbst wenn ich jetzt noch einmal schwanger werden könnte, was vermutlich nicht der Fall ist, wäre es hier schon nicht ganz einfach. Wegen meiner medizinischen Vorgeschichte müsste ich ständig zum Arzt, um alles überprüfen zu lassen. Das könnte ich von Dun Coinneach aus gar nicht leisten. Ich kann ja nicht alle zwei Wochen nach Kintallan reiten, um dann hierher zu reisen und zum Frauenarzt zu gehen.« Sie schüttelte den Kopf. »Evan sagte zwar, dass die Reisen dem Baby nicht schaden, weil seine Schwester das auch ständig gemacht hat, aber allein der Ritt wäre eine Tortur für das Kind.«

»Und für dich«, fügte Isla hinzu. »Weiß Alasdair davon?«

»Ja, wir haben lange darüber gesprochen.«

»Ist er sehr enttäuscht? Ich kann mir vorstellen, dass es Männern damals sehr um den männlichen Erben ging. Und er hat ja nur Fiona, oder?«

Vivien biss sich auf die Lippe. »Ich glaube, im ersten Moment war er erstaunt, da er ja nur sieht, dass ich schon einen gesunden Sohn habe. Aber als ich ihm erklärt habe, dass ich bei der ersten

Geburt fast gestorben wäre, war er sehr dankbar, dass ich nicht noch einmal schwanger werden kann. Und für seine Nachfolge hat er schon andere Pläne. Allerdings werden wir die bestimmt noch öfter diskutieren, denn er setzt sehr auf Fionas zukünftigen Ehemann. Ich werde aber dafür sorgen, dass ich meine moderne Meinung durchsetze, dass sie sich selbst den Mann aussuchen darf, den sie möchte. Sie ist nämlich ein ausgesprochen aufgewecktes Kind und braucht jemanden, der mit ihr mithalten kann.«

Isla schaute sie mit einem Lächeln an und reichte ihr ein Sektglas. »Du hast jetzt zusätzlich noch eine Tochter.«

Vivien seufzte. »Die habe ich. Und es macht solchen Spaß mit ihr. Ich glaube, ich kann mit älteren Kindern tausendmal besser umgehen als mit den Babys. Also ist alles gut so, wie es ist.«

Isla hob ihr Glas. »Darauf, dass alles gut so ist, wie es ist, und so gekommen ist, wie es kommen sollte.«

Sie stießen an, und während der Sekt in Viviens Kehle prickelte, schaute sie Isla fragend an. »Ist bei dir auch alles gut so, wie es ist?«

Ihre Freundin zögerte so lange mit der Antwort, dass Vivien schon ahnte, was kam.

»Ich sollte wirklich dankbar sein für alles, was ich habe.«

»Natürlich. Aber es heißt ja nicht, dass man sich nicht noch mehr wünschen kann. Was wünschst du dir denn?«

Isla atmete tief durch. »Das weißt du genau.« Sie schaute ins dunkle Tal hinab. »Und manchmal ist es mir echt peinlich, dass ich die Suche noch nicht aufgegeben habe. Als ob man als Frau nichts anderes zu tun hat, als sich einen Mann zu wünschen.«

»Den einen Mann«, sagte Vivien und stieß Isla mit der Schulter an. »Der Mann, mit dem du eine Familie gründen und ganz viele hübsche, grünäugige Babys haben kannst.«

Isla zog eine Grimasse. »Mach dich nicht lustig.«

»Das tue ich nicht.«

»Ich weiß.« Dafür kannten sie sich zu gut.

»Ich finde es vollkommen in Ordnung, dass du auf der Suche

nach ihm bist Was gibt es Schöneres als die Liebe. Vor allem eine, die so erfüllend sein kann. Und eine Familie mit so einem Mann zu gründen, der dich wirklich glücklich macht, darf auch ein Lebensziel sein. Lass dir nicht von irgendjemandem etwas anderes einreden. Denn sieh es mal so, wenn du endlich richtig glücklich in deiner Liebesbeziehung wirst, dann machst du die Welt auch ein kleines Stückchen besser, weil du dieses Glück ausstrahlst.«

Isla lächelte. »Ich hätte nie gedacht, dass ich solche Worte mal aus deinem Mund höre.«

Vivien erwiderte das Lächeln. »Ich bin eben weiser als du denkst.« Sie griff nach Islas Hand. »Du wirst ihn schon noch finden.«

»Bisher hat er sich aber viel Zeit gelassen.«

Vivien trank noch einen Schluck Sekt und überdachte ihre nächsten Worte genau. Dann sagte sie: »Vielleicht hast du bisher nur am falschen Ort gesucht.«

Isla hatte so ziemlich alles ausprobiert, was einer Frau zur Verfügung stand. Blind Dates von Freundinnen vermittelt, Touristen, die im Hotel eincheckten, Söhne von Bekannten ihrer Mutter und Datingplattformen, wobei das in den abgelegenen Highlands schwierig war. Aber nie war einer dabei gewesen.

Isla trank auch einen großen Schluck, aus dem zwei wurden. Dann schloss sie die Augen. »Oder meinst du, dass ich in der falschen Zeit gesucht habe?« Ein sonderbarer Unterton schwang in ihrer Stimme mit.

»Möglich«, erwiderte Vivien ruhig. »Du kannst es auch fühlen, oder?«

Isla nickte. »Aber das macht mir Angst.«

»So schlimm ist es dort eigentlich nicht.«

Isla lachte und leerte ihr Glas. »Nur, dass man entführt und gefangen gehalten wird. Oder dass man sich auf einmal mitten in einer Schlacht wiederfindet oder der Belagerung der Burg standhalten muss. Das klingt großartig.«

Vivien konnte ein Lächeln nicht unterdrücken. »Aber es ist doch bisher immer alles gut ausgegangen.«

»Bei euch vielleicht. Und was ist, wenn es bei mir schiefgeht?«

»Das wird es nicht.«

»Das kannst du nicht wissen.« Isla schenkte sich nach.

»Aber ich weiß etwas anderes. Wenn du den Mann findest, der für dich bestimmt ist, ist das Gefühl unglaublich. Es ist in nichts mit dem zu vergleichen, was du aus anderen Beziehungen kennst. Du würdest das alles und noch viel mehr für ihn tun. Ich hätte nie gedacht, dass ich so etwas einmal sage, aber diese Liebe ist ganz anders als alles, was du hier finden wirst.« Sie setzte sich auf. »Und wenn du es fühlen kannst, bedeutet das, dass dein Seelenverwandter dort drüben ist.«

Isla zog eine Grimasse. »Ich habe mit Leana darüber gesprochen, als sie neulich Holly besucht hat. Leana ist die Witwe, erinnerst du dich? Sie hat etwas Ähnliches gesagt.« Isla zögerte, als ob sie noch etwas hinzufügen wollte.

Vivien nickte. »Es freut mich, dass du auch mit den anderen darüber sprechen kannst. Ich liebe diese Gemeinschaft. Ohne Maira, Evan und Jenna wäre das mit Alasdair und mir vielleicht anders ausgegangen.« Sie selbst war so neugierig auf die Geschichten der anderen Frauen. Aber nicht neugierig genug, als dass sie dafür hierbleiben würde, um alle zu treffen. Es war allerdings wunderbar, dass diese Gemeinschaft der Zeitreisenden so zusammenhielt. Man schien sich mit jeder der Frauen sofort unterhalten zu können. Auch über die großen Probleme und tiefen Gefühle.

Vivien hatte noch nicht alle kennengelernt, aber bisher hatte sie nur Unterstützung, Wohlwollen und ganz viel Freundschaft erfahren.

»Leana hat auch gesagt, dass es mit den Männern dort eine ganz andere Verbindung ist.« Isla zog eine Grimasse. »Holly glaubt aber nicht daran.«

»Hat sie das gesagt?«

»Nein, aber man merkt es ihr an, wenn die anderen darüber sprechen.«

»Vielleicht glaubt sie es nur nicht, weil sie diesen Menschen selbst noch nicht gefunden hat.«

Isla seufzte. »Und was ist, wenn ich ihn auch nicht finde? Leana denkt auch, dass ich nur deswegen den Stein fühlen kann, weil dort dieser eine Mann ist. Und das glaube ich mittlerweile auch. Aber es kann ja auch sein, dass ich ihn nicht finde.«

»Dann hast du es wenigstens versucht.«

Isla murmelte etwas von »Du hast wirklich leicht reden« und trank noch einen Schluck.

Vivien griff in den Korb und reichte ihrer Freundin ein Stück Brot. »Vielleicht solltest du etwas essen, sonst bist du gleich betrunken.«

Missmutig biss Isla ein Stück von dem Brot ab. »Wenn ich wenigstens wüsste, dass dort jemand ist, der mir helfen kann. Du zum Beispiel oder Maira oder eine der anderen Torhüterinnen. Aber darauf kann man sich ja nicht verlassen.«

»Du wirst gut allein zurechtkommen, da du jeden mit deinem Charme um den Finger wickelst. Außerdem hast du Zeit und Gelegenheit, dich vorzubereiten. Wir helfen dir alle gern.«

Isla schwieg eine Weile und pulte an ihrem Brot herum. In ihr arbeitete es und Vivien beobachtete sie gespannt. Gerade Isla würde sie es so wünschen, dass sie die Liebe fand, die sie immer gesucht hatte.

Sie selbst hatte die Liebe nicht gesucht und trotzdem gefunden, dann sollte es bei Isla doch auch funktionieren.

Schließlich seufzte ihre Freundin. »Es gibt noch ein anderes Problem.«

»Deine Mutter?«, fragte Vivien mitfühlend. Ihre Freundin pflegte seit einigen Jahren ihre Mutter, die hier im Dorf lebte. Sie war zwar nicht bettlägerig, aber ihre Krankheit schränkte sie sehr ein.

Isla nickte. »Aber anders, als du denkst.«

425

Interessiert schaute Vivien sie an. »Im Moment denke ich, dass du einen Weg suchen musst, wie du die Liebe deines Lebens finden kannst, während du gleichzeitig deine Mutter nicht im Stich lässt. Denn so etwas würdest du niemals tun.«

Isla kaute auf ihrer Unterlippe und formte ein Stück Brot zwischen ihren Fingern zu einer Kugel. »Ich weiß gar nicht, wie ich es sagen soll, denn ich verarbeite diese Information selbst immer noch.«

»Sag es einfach, wir verarbeiten es dann gemeinsam. Du weißt, mich kann nicht sehr viel schocken.«

Isla seufzte. »Sie ist eine von uns.«

Vivien wäre beinahe das Sektglas aus der Hand gefallen. »Eine von uns? Eine Zeitreisende?«

Isla nickte. »Sie hat es mir vor ein paar Tagen erzählt.«

»Ach du meine Güte. Was genau hat sie gesagt?«

Isla schaute Vivien mit großen Augen an. »Sie sagte, dass wir früher häufiger zusammen in der Vergangenheit waren. Also sie und ich.«

Vivien starrte ihre Freundin mit offenem Mund an. »Du warst schon dort?«

»Ich kann mich aber überhaupt nicht daran erinnern. Nur ganz dunkel, dass wir mehrmals auf Festen waren, auf denen die Leute sehr merkwürdig gekleidet waren. Aber sie hat damit wohl aufgehört, als ich ungefähr sechs Jahre alt war.«

»Warum hat sie aufgehört?«

Isla hob die Schultern. »Darüber hat sie nichts gesagt. Das ganze Gespräch war sehr aufwühlend für sie und jetzt traue ich mich nicht mehr, es anzusprechen. Es schwebt wie eine große Blase zwischen uns im Raum.«

»Weiß sie, dass du das auch kannst?«

Isla nickte. »Sie hat wohl gefühlt, dass das Tor benutzt wurde, und war besorgt, dass ich es war. Deswegen hat sie das Thema aufgebracht. Sie hat mich dafür sogar extra in der Burg besucht. Du weißt, dass sie schon Ewigkeiten nicht mehr hier oben war. Sie wollte wissen, ob ich es fühlen kann. Dabei …« Isla brach ab und presste die Lippen zusammen.

»Damit hatte ich ganz sicher nicht gerechnet.« Vivien versuchte, ihre Gedanken zu sortieren. »Aber will sie, dass du gehst, oder möchte sie, dass du hierbleibst?«

»Sie will, dass ich hierbleibe, und hofft immer noch, dass ich den Mann meiner Träume hier finde. Aber wenn ich das von dir und den anderen höre, fürchte ich, dass das nichts mehr wird. Zumindest nicht hier. Und wenn ich es richtig beurteile, dann ist ihr das auch klar und sie weiß, dass sie mich nicht davon abhalten kann.«

Vivien atmete tief durch. Islas Mutter hatte schon immer gewollt, dass ihre Tochter glücklich wurde, und wünschte sich nichts mehr als einen Schwiegersohn und Enkelkinder.

»Ich weiß nicht, was ich dazu sagen soll.«

Zu Viviens Überraschung lachte Isla. »Ich glaube, das habe ich noch nie von dir gehört.«

»Aber jetzt erlebst du mich sprachlos. Diese Information muss ich erst einmal sacken lassen.«

»Ich auch«, gestand Isla. »Ich weiß jetzt wirklich nicht mehr, was ich tun soll.«

Vivien lehnte sich zu ihr und nahm ihre Freundin fest in den Arm. »Du wirst den richtigen Weg finden. Er wird sich dir auftun, wenn du es am wenigsten erwartest. Und ich bin mir sicher, dass die Reise fantastisch wird, und der Mann, der dort auf dich wartet, wird all deine Träume erfüllen. So wie du seine.«

»Ich hätte nie gedacht, dass du so eine Romantikerin bist.«

Vivien lächelte. »Bin ich auch nicht. Für mich ist das die Realität.«

Sie hielt Isla ganz fest.

»Wir sind Seelenschwestern, Isla. Und deswegen weiß ich, dass alles gut werden wird. Die Zeit wird es zeigen. Auch für dich.«

Isla hielt sie ganz fest. »Das hoffe ich so sehr«, flüsterte sie und dann fügte sie noch leiser hinzu: »Ich muss dir etwas beichten.«

Vivien löste sich aus der Umarmung und hielt Islas Hände fest. »Du warst schon dort, oder?« Sie wusste nicht, woher sie diese Gewissheit nahm.

Islas Wangen färbten sich rosa. Sie nickte. »Ich war so neugierig, dass ich es ausprobieren wollte.«

Vivien spürte Freude in sich aufsteigen. Das war der richtige Weg für ihre Freundin und sie würde finden, was sie suchte. Das wusste Vivien. »Erzähl mir alles«, sagte sie und lächelte. »Von Anfang an.« Denn manchmal, das hatte sie selbst gelernt, musste man erst in die Vergangenheit reisen, um seine Zukunft zu finden.

————

Wenn Du noch eine Bonusszene mit Vivien und Alasdair möchtest, dann erfährst Du auf der nächsten Seite, wie Du sie bekommst. Es wird auf jeden Fall sehr romantisch!

JULIAS ROMANCE CLUB

Kannst Du Vivien und Alasdair noch nicht gehen lassen? Dann habe ich noch einen Blick in ihre Zukunft für Dich. Einfach unten klicken oder den QR-Code einscannen.

Du wirst automatisch für Julias Newsletter angemeldet - wenn Du nicht schon auf der Liste bist. Das ist für Dich komplett kostenlos.

Ich verspreche, dass ich niemals Spam sende und Du kannst Dich natürlich auch jederzeit wieder abmelden. Hier erfährst Du auch als Erste, wie es für die Zeitreisenden weitergeht.

Wenn Du schon auf meiner Newsletterliste bist, findest Du in jedem meiner Newsletter im P.S. den Link zur Seite mit allen Bonusgeschichten.

Wenn Du keine E-Mail mehr von mir hast, dann melde Dich einfach nochmal an, dann bekommst Du den Link zugeschickt.

Tippe einfach folgenden Link in Deinen Browser ein: http://www.juliastirling.com/dcdzvk2

Oder scanne einfach diesen QR-Code, das bringt Dich auch direkt zur Seite:

Weiter geht es mit Islas Geschichte - spätestens im Herbst 2025, aber vielleicht auch schon früher. Wenn es früher kommt, erfährst Du davon im Newsletter.

ZEITREISE-ROMANE VON JULIA STIRLING

Der Club der Zeitreisenden

Diese spannenden Zeitreise-Serie, die in den schottischen Highlands spielt, ist mystisch, geheimnisvoll, voller Freundschaft und Liebe zu außergewöhnlichen Männern, die nicht aus dieser Welt sind.

Verliebe Dich ebenfalls in die neue Serie *Der Club der Zeitreisenden*.

Alle Romane von *Der Club der Zeitreisenden* sind in sich abgeschlossen und in jedem Buch findet eine andere der Freundinnen, den Mann, für den sie bestimmt ist.

Begleite die Freundinnen in eine Welt voller Abenteuer, Freundschaft, Liebe und natürlich atemberaubender Highlander im schottischen Hochland.

Mittlerweile sind mehrere Bücher in der Serie erschienen.

Band 1: JENNA

Band 2: ALLISON

Band 3: LAUREN

Band 4: CAITRIN

Band 5: MAIRA

Band 6: TAVIA

Band 7: LEANA

Band 8: BLAIRE

Band 9: JANET

Band 10: BRYNNE

Band 11: VIVIEN

Die ersten acht Bücher gibt es auch als Hörbücher bei allen Anbietern, die Hörbücher verkaufen, wie Audible, Storytel, Spotify und vielen mehr.

————

Infos über weitere Bücher gibt es auf Julias Website und hier kannst Du Dich auch für den Newsletter anmelden, damit Du nie eine Neuerscheinung verpasst!

www.juliastirling.com

KLEINSTADTLIEBE IN DEN SÜDSTAATEN DER USA

The Merry Men Weddingplanner Serie

Carolina Creek ist ein kleiner Ort an der Atlantikküste von North Carolina. In dieser Stadt herrscht zwar Südstaaten-Gemütlichkeit, aber es ist trotzdem immer etwas los. Vor allem in den Herzen der Protagonisten.

Die vier Crawford-Brüder und ihre Freunde haben es nicht immer leicht mit der Liebe, aber sie alle werden die Frau fürs Leben noch finden. Dabei können sie sich immer aufeinander und auf alle anderen Mitbewohner der Kleinstadt verlassen.

Während sie selbst die Liebe ihres Lebens finden, gründen die Männer aus Versehen gemeinsam ein Unternehmen, das ganz besondere Hochzeiten ausrichtet.

Alle Romane sind in sich abgeschlossen und können unabhängig voneinander gelesen werden, aber das beste Leseerlebnis bekommst Du, wenn Du sie in der richtigen Reihenfolge liest.

Folgende Bücher sind bereits erschienen:

Prequel - wie alles begann: Willkommen in Carolina Creek - dieses Buch bekommst Du kostenlos, wenn Du Dich in meinem Newsletter anmeldest

Band 1: Sehnsucht nach Carolina Creek

Band 2: Hoffnung in Carolina Creek

Band 3: Neuanfang in Carolina Creek

Band 4: Träume in Carolina Creek

Band 5: Verliebt in Carolina Creek

Band 6: Vertrauen in Carolina Creek

Band 7: Neues Glück in Carolina Creek

Die ersten drei Bücher sind auch als Hörbücher erschienen - die anderen folgen.

———

Infos über weitere Bücher gibt es auf Julias Website und hier kannst Du Dich auch für den Newsletter anmelden, damit Du nie eine Neuerscheinung verpasst!

www.juliastirling.com

© / Copyright: 2024 Julia Stirling

Lektorat und Korrektorat: Martina König, Lektorat Sprachgefühl

Cover-/Umschlaggestaltung: Alfie von 99Designs

Verlag: BoD · Books on Demand GmbH, In de Tarpen 42, 22848 Norderstedt,
bod@bod.de
Druck: Libri Plureos GmbH, Friedensallee 273, 22763 Hamburg
Cover gestaltet mit Bildern von Depositphoto und Adobe Stock

ISBN: **978-3-7693-5539-0**

www.juliastirling.com